KYSS by rowohlt POLARIS

AdriAnne May

DARK LABYRINTH

Gefährliches Verlangen

Roman

Aus dem Englischen
von Bianca Dyck

KYSS

Die englische Originalausgabe erschien 2025 unter dem Titel
«Exquisite Ruin» bei Gallery Books.

1. Auflage

Deutsche Erstausgabe
Veröffentlicht im Rowohlt Taschenbuch Verlag,
Kirchenallee 19, 20099 Hamburg, Mai 2025

Redaktion Gesa Weiß

Covergestaltung ZERO Werbeagentur, München
Coverabbildung Shutterstock
Satz aus der Mercury Text
bei Dörlemann Satz, Lemförde
Druck und Bindung CPI books GmbH, Leck
ISBN 978-3-499-01746-9

Kontaktadresse nach EU-Produktsicherheitsverordnung:
produktsicherheit@rowohlt.de

MIX
Papier | Fördert
gute Waldnutzung
FSC® C083411

Dieses Buch enthält potenziell triggernde Inhalte.
Wenn du dich darüber informieren möchtest, findest du auf
unserer Homepage unter www.endlichkyss.de/darklabyrinth1
eine Content-Note.

Für Lukas.
Ohne dich hätte ich dieses Buch nicht schreiben können –
weder die guten noch die schweren Teile.

1

Als ich die Augen aufschlage, weiß ich nicht, wo ich bin, nur dass ich auf einem Bett aus samtweichem Moos liege, auf einem spiegelglatten schwarzen Steinboden. Ich weiß auch nicht, wer ich bin. Nicht einmal meinen Namen kenne ich. Doch unter meiner Haut vibriert Macht wie eine Quelle, die nur darauf wartet, angezapft zu werden. Ich weiß nicht, wie ich sie erreichen soll, aber ich weiß, dass sie da ist. Ihre Präsenz ist tröstlich, während alles andere mir fremd ist, selbst mein eigener Körper.

Als mein Magen sich zusammenkrampft, rolle ich mich auf die Seite und würge, doch es kommt nichts hoch. Einen Moment lang liege ich einfach da und atme. Um meine Handgelenke sind seltsame Seile gewickelt, aber wenigstens bin ich nicht gefesselt. Mir verschwimmt die Sicht, und mein Bauch rumort wie eine stürmische See, während ich blinzle, um die Welt schärfer wahrzunehmen.

Skulpturen aus weißem Marmor treten anmutig aus Hecken hervor, die wie hohe grüne Mauern aufragen, nur vom Himmel begrenzt. Obwohl die Statuen leblos sind, huscht mein Blick von einer zur nächsten, auf der Suche nach Gefahr. Die Steinfiguren stellen Menschen und Götter dar, aber auch Tiere, seltsame Bestien und Kreaturen, halb Tier, halb Mensch. Der zarte Duft von Blumen kitzelt mich in der Nase. Einige der Gestalten stehen abseits der Hecken, Ranken und Blätter winden sich um Hälse und Schultern, und frische Blüten verzieren Köpfe und Hörner.

Sie alle wirken friedlich, wohlwollend, als wären sie mitten in einer netten Zusammenkunft im Freien erstarrt. Schmetterlinge schweben ziellos durch die Luft, einer landet auf der erhobenen Hand einer nahe stehenden Statue, ein lächelnder Mann mit einem Fischschwanz anstelle von Beinen. Dieser Ort wirkt zugleich wie eine alte Ruine und etwas einzigartig Neues.

Ich krümme mich zusammen – der harte Boden unter mir drückt gegen meine Hüfte. Ich stütze einen Ellbogen auf ein moosbedecktes Fleckchen und betrachte meinen Körper, um meinem Magen Zeit zu geben, sich zu beruhigen. Die blasse Haut meines Oberschenkels wird kaum von einer cremeweißen Tunika bedeckt, die für mehr Bewegungsfreiheit von der Hüfte abwärts geschlitzt ist. Mysteriöse dünne, faserige Seile, scheinbar von Gold durchzogen, sind um meine Arme und meine schmale Taille geschlungen und winden sich zwischen meinen bescheidenen Brüsten entlang. Ich erinnere mich an das flüchtige Gefühl von Lippen, die über sie streichen, und für einen Moment ist es, als würde ich mich selbst von außerhalb meines Körpers betrachten.

Wie es scheint, bin ich eine Frau. Diese Erkenntnis ist, genau wie alles andere, verwirrend. Meine Hand wandert zu meinen Rippen, dann an meinen Po. Ja, ich habe eine feste Form. Ich scheine die Grenzen meiner Welt zu begreifen, ich verstehe nur nicht, was sie beinhaltet.

«Na so was. Sieh an, wo du gelandet bist, du verdammte, kolossale Närrin», sagt eine Stimme hinter mir, zugleich Zischen und Schnurren, zornig und hämisch.

Ich werfe einen Blick über meine Schulter und mir entfährt ein erstickter Schrei.

Er ragt über mir auf, sowohl Mann als auch Monster und dabei keine Statue – dafür ist er zu bedrohlich, zu plastisch und lebendig. Er ist groß und gut gebaut, eine schwarze Tunika, ähnlich geschnitten wie meine, lässt kräftige Arme erkennen, um die sich scharlachrote Seile schlingen. Seine Haut ist blass, allerdings auch leicht rauchig, beinahe bläulich sogar. Starke Hände mit feingliedrigen Fingern und spitzen schwarzen Nägeln ruhen auf Hüften, die sich auf eine Art aus den breiten, sehnigen Schultern verjüngen, die meinen Blick abwärts zieht.

Doch es ist vielmehr sein zorniger Ausdruck als seine düstere Schönheit, der meine Aufmerksamkeit wieder auf sein Gesicht lenkt. Seine Augen, von einem kräftigen, wütenden Rot, sitzen über markanten Wangenknochen, die aussehen wie aus Stein gemeißelt. Noch seltsamer sind die geschwungenen dunklen Hörner, die aus den schieferfarbenen Locken auf seinem Kopf wachsen, zwei von ihnen, wie die Zinken einer bösen großen Gabel.

«Anscheinend bist du mir gegenüber im Nachteil», sagt er mit einem weißen, scharfzahnigen Grinsen. «Wie üblich.»

Allerdings erkenne ich ihn nicht, aber ich erkenne ja nicht einmal mich selbst. Ein Schwanz, bedeckt mit seidigem Fell in der Farbe seines Haars, peitscht hinter ihm durch die Luft. Dort, wo sonst Schuhe und Füße wären, wächst das gleiche Fell über seine Knöchel und umhüllt dunkle gespaltene Hufe.

«Was bist du?», krächze ich. *Wer bist du?* wäre wohl die höflichere Frage gewesen, aber es fällt mir schwer, mich auf etwas anderes als seine Hörner und Hufe zu konzentrieren.

Er macht eine Geste, als wollte er sich selbst präsentieren. «Ein Daemon.» Als ich nur blinzle, fügt er hinzu: «Einst ein Halbgott, der seine göttliche Seele gebunden hat. Göttliche Seelen sind lästige Dinger, so begrenzt durch göttliche *Regeln*. Ich bevorzuge es, selbst über meine Bindungen zu entscheiden – und in diesem Fall haben sie mich befreit. So macht Unsterblichkeit doch viel mehr Spaß, denkst du nicht auch? Eigentlich solltest du das wissen, aber du erinnerst dich natürlich an nichts, richtig?» Er wartet nicht auf meine Antwort. «Mein Gedächtnis scheint größtenteils intakt, denn leider erinnere ich mich an dich, wenn auch nicht daran, wie wir hier gelandet sind.»

«Wo …?», setze ich an, räuspere mich und setze mich aufrecht hin. *Ich* habe Füße, stelle ich fest, in robusten Sandalen, deren Riemen sich an meinen schlanken Unterschenkeln emporwinden. Langes bronzefarbenes Haar fällt mir in Wellen ins Gesicht. Seltsamerweise erinnere ich mich nicht daran, diese Haarfarbe zu haben, allerdings weiß ich noch, dass mir dieser Ton, der irgendwo zwischen Rot, Dunkelblond und Hellbraun liegt, immer gefiel. Ich streiche mir die Strähnen aus dem Gesicht und blicke auf. Mir ist schwindelig, aber nicht so sehr, dass ich die hoch aufragenden grünen Wände und den moosbedeckten, glatten schwarzen Boden um mich herum nicht besser wahrnehmen könnte.

Ich befinde mich in einem kleinen Hof, ein Fleck nichtssagenden Himmels über mir, der mir weder die Tageszeit noch das Wetter zu verraten vermag. In drei verschiedenen Richtungen gehen Gänge ab, die von weißen Marmorstatuen gesäumt sind. Die Wege biegen zu früh ab, als dass ich erkennen könnte, wohin sie führen. In der Mitte des Hofes befindet sich ein riesiger Springbrunnen, dessen trockenes Becken stellenweise mit Moos bewachsen und von Ranken überwuchert ist. Kein Wasser, doch trotz meines trockenen Mundes habe ich auch keinen Durst.

«In einem Labyrinth», sagt der Daemon und beantwortet damit meine halb gestellte Frage. «Es gehört nicht zum Reich der Sterblichen, und trotzdem muss ich betonen, dass du für dieses Schlamassel selbst verantwortlich bist. Ihr Hexen seid alle so überambitioniert, greift nach Dingen, die euch nicht gehören. Greift nach *Wesen*, die ihr nicht versteht.» Er wedelt mit der Hand herum. «Gute Arbeit, endlich hast du eins davon so sehr verärgert, dass es die Herausforderung angenommen hat. Wenn irgendjemand so nerven kann, dann du.»

Sein harter Tonfall passt nicht zu diesem Schauplatz, er passt nicht zu *mir*, und er bereitet mir Kopfschmerzen. Ich presse einige Finger an meine Schläfe, als würde das dafür sorgen, dass alles aufhört, sich zu drehen.

«Welche Herausforderung?», frage ich. Momentan komme ich mir weder besonders herausfordernd *noch* besonders nervig vor.

Er legt eine Hand an seinen Mund. «Götter, ich liebe es. Du, ganz tief unten. Aber ich kann großzügig sein, auch wenn du mich mit dir herabgezogen hast.» Er schluckt seine unverkennbar gehässige Freude herunter. «Dieses Labyrinth ist eine Prüfung. Es ist dein Weg zum Erfolg. Dein Untergang.»

Die Umgebung hat durchaus ihren Reiz, und die luftigen grünen Gänge werden nur von diesen seltsamen friedlichen Statuen bevölkert. Ich sehe nichts, was hier herumstreift. Doch die Mauern wirken bedrückend. Erwartungsvoll. *Lebendig.* Mehr, als Hecken es sein sollten. Es war ganz richtig, nach Gefahr Ausschau zu halten.

Und vielleicht habe ich sie genau vor mir, in Form dieses hünenhaften, böswilligen Daemons. Auch er ist nicht reizlos, doch das umwerfende Lächeln und die ansprechend definierten Muskeln, die ich selbst unter der Tunika problemlos erkennen kann, können über die scharfen Nägel und die Brutalität in seinen Bewegungen nicht hinwegtäuschen.

«Was für ein Erfolg?», frage ich, während ich ihn aus zusammengekniffenen Augen ansehe und versuche, meine Zunge zu befeuchten.

Mit einer blassblauen Hand deutet der Daemon auf unsere Umgebung. «Nun, wenn du hier lebend rauskommst, das Rätsel löst und das Monster am Ende besiegst, erhältst du eine immense Macht, die deine wildesten Fantasien übersteigt. *Meine* allerdings nicht, denn ich bin bereits mächtig.»

«Das bin ich auch», sage ich. Das ist die einzige Wahrheit, die ich kenne. Bevor er meine Fähigkeiten in Zweifel gezogen hat, habe ich mir eher Sorgen um das *Monster* gemacht.

Er lacht, ein Laut, scharf genug, um jemanden bluten zu lassen. «Du bist nichts im Vergleich zu mir.»

Das erscheint mir nicht richtig. «Warum sollte ich dir glauben?»

Immerhin ist er ein Daemon. Auch wenn ich nicht ganz begreife, was das bedeutet, hat er sich selbst als das Gegenteil seiner einst göttlichen Natur beschrieben – frei von Regeln. Und das heißt, er könnte auch ein *Lügner* sein.

Dann wiederum ist er angeblich unsterblich. Das könnte mich im Vergleich zu ihm tatsächlich zu einem Nichts machen. Und doch fühle ich mich nicht wie nichts.

«Fragen über Fragen.» Er legt eine seiner Hände mit den langen Nägeln flach auf seine Brust. «Aber ich bin großzügig, weißt du noch? Jetzt werde ich dir sogar noch mehr helfen. Ich werde dir helfen, das hier zu meistern. Ich tue das nicht *nur* aus Selbstlosigkeit. Wenn du nicht ans Ende gelangst, tue ich es auch nicht. So lautet die Abmachung.»

Ich schüttle den Kopf. «Das ergibt doch alles keinen Sinn. Warum kann ich mich an nichts erinnern?»

Der Daemon zuckt mit den Schultern, offenbar hat er genug von den Fragen. Dafür breitet sich eine köstliche Zufriedenheit auf seinem Gesicht aus wie Sahne auf den Schnurrhaaren einer Katze. Sein peitschender Schwanz passt perfekt ins Bild.

Als würde ein Blitz eine dunkle Landschaft erhellen, erinnere ich mich plötzlich wieder: ich, wie ich ihn unter einem Blätterdach mit einer in Honig getauchten Feige füttere, in einem Raum voll weicher Seide und hellem Marmor. Seine Zunge, wie sie die klebrige Masse von meinen Fingern leckt, bevor er den Bissen in den Mund nimmt und sich selbst mit ihr über die Lippen fährt. Sein verruchtes Grinsen. Doch in seinen roten Augen liegt noch mehr als nur Hunger. Etwas Mächtigeres, Besitzergreifendes.

Ich ziehe die Knie an meine Brust, meine Sandalen streifen

über das Moos. Ein Schaudern lauert unter meiner Haut, doch die Kälte, die ich fühle, ist nicht an meiner Oberfläche; sie liegt irgendwo vergessen tief in mir. Ich weiß nicht viel, doch ich weiß, dass dieser Mann, dieser Daemon mich nicht leiden kann. Und instinktiv kann auch ich ihn nicht leiden. Daher erscheint es unmöglich, dass es einmal eine Zeit gegeben hat, in der ich ihm solch eine süße Köstlichkeit angeboten habe und er mich im Gegenzug so angesehen hat.

Ganz eindeutig steckt noch mehr hinter unserer Geschichte. Aber ich muss beim Anfang beginnen.

«Wie heiße ich?», flüstere ich.

Ungewollte Emotionen huschen über seine harten, kalten Gesichtszüge. Widerwilliges Mitleid vielleicht. Vermutlich sehe ich wirklich erbärmlich aus, wie ich hier auf dem Boden kauere.

«Sadaré», sagt er.

Ich wiederhole den Namen, ohne ihn wiederzuerkennen. «Und du?»

«Daesra.»

Seinen Namen wiederhole ich nicht, um ihn nicht zum Näherkommen aufzufordern – vergeblich, denn als ich versuche, auf dem glatten Boden aufzustehen, der dort, wo das Moos ihn nicht mit blühendem Grün bedeckt, funkelt wie der Nachthimmel, zittern meine Beine. Erneut zeigen sich diese ungewollten Gefühle auf Daesras Gesicht, und er streckt eine Hand aus, um mir Halt zu bieten.

Wie ich diesen Blick bereits hasse, nachdem ich ihn erst zweimal gesehen habe. Ich weiche vor ihm zurück.

Spöttisch verzieht er das Gesicht und packt mit alarmierender Kraft meinen Ellbogen, bevor er ihn angewidert wieder wegstößt und mich ins Wanken bringt. «Ich weiß nicht, warum ich dir überhaupt helfe. Ach ja, wenn ich es nicht tue, sitze ich mit dir hier fest. *Du* kannst wenigstens sterben.»

Ich schaffe es gerade so, mein Gleichgewicht wiederzuerlangen. Seine Größe und Stärke scheinen meine eigene Zerbrechlichkeit noch hervorzuheben, auch wenn ich mich trotzdem noch mächtig *fühle* – möglicherweise unverdientermaßen. Wieder sehe ich mich um, nehme die steil aufragenden Hecken wahr, die doppelt so hoch sind wie ich, die abzweigenden Gänge voller Gesichter und Gliedmaßen – die drei Wege nach vorn. Doch bevor ich mich diesen nähern kann – oder dem *Monster* an deren Ende –, habe ich noch grundlegendere Dinge zu klären. «Was bin *ich*?»

Ich schätze, in Bezug auf mich selbst kann ich eine solch unfreundliche Frage ruhig stellen.

Daesra hebt eine dunkle Augenbraue, aber überraschenderweise liegt diesmal kein Spott in seinem Ausdruck. «Wie schon gesagt, du bist eine Hexe. Auch als Blutsaugerin oder Schmarotzerin bekannt», fügt er hinzu.

«Eine Frau», sage ich nur halb fragend und ignoriere den letzten Teil.

«Ich denke schon, aber der Schein kann trügen, und das Äußere ist ohnehin wandelbar.»

«Ich bin sterblich?»

«Sterblicher geht nicht.»

«Aber du bist es nicht», sage ich. «Du bist ein Daemon.»

«Brillant, dir sind die Hörner und der Schwanz aufgefallen», sagt er, obwohl er derjenige war, der es mir mitgeteilt hat. «Und schon verstehst du unsere jeweilige Bedeutsamkeit. Oder vielmehr deine Bedeutungslosigkeit.»

Auch das ignoriere ich und lege mehr Selbstsicherheit in meine Stimme, als ich fühle. «Also, ich bin hier, um ein Rätsel zu lösen und etwas zu gewinnen. Mehr Macht. Unsterblichkeit vielleicht, wenn ich gegen ein höheres Wesen antrete. Du bist verpflichtet, mir zu helfen, zumindest wenn du selbst wieder hier herauskommen willst, denn du tust das alles nicht aus der Güte deines Herzens. Ich erinnere mich an nichts, da das Teil der Herausforderung ist, und du hast nicht vor, meiner Erinnerung auf die Sprünge zu helfen. Habe ich alles erfasst?»

Daesra neigt den Kopf, und seine geschwungenen dunklen Hörner funkeln. Abgesehen von den erhabenen Ringen, die sich über ihre Länge verteilen, wirken sie so glatt wie der dunkle Steinboden, der mich umgibt. Meine Finger zucken, und einen Moment lang frage ich mich, wie sie sich wohl anfühlen würden, doch dann sieht er mir in die Augen, und erneut kann ich mir keine Welt vorstellen, in der ich jemals die Distanz zwischen uns überwinden könnte. Ich unterdrücke ein Schaudern und balle die Fäuste.

«Habe ich dich irgendwie dazu gezwungen, mir zu helfen?», rate ich. «Hasst du mich deshalb so?»

«Meine liebe Sadaré», sagt er mit einem ruhigen, trägen Lächeln. «Ich habe *weitaus* triftigere Gründe, dich zu hassen.» Er zuckt mit den Schultern und fährt nach dieser Aussage so beiläufig fort, als würde er ein Kleidungsstück abstreifen.

Ich fühle mich so wackelig auf den Beinen wie bei einem Erdbeben.

«Also nein», fügt er hinzu. «Ich helfe dir, weil ich dir tatsächlich etwas schulde.»

«Was habe ich getan? Ach, egal.» An dem Blick des Daemons erkenne ich bereits, dass er mir darauf keine Antwort geben wird, und ich will ihm nicht die Genugtuung lassen, sie mir zu verweigern.

Allmählich begreife ich, dass ich *ihn* möglicherweise aus ebenso geringem Anlass hasse wie er mich.

Ich wende mich von ihm ab, um auf eine der Statuen zuzugehen, meine Beine fühlen sich an wie die eines Fohlens, ungeübt noch, aber meine Kraft nimmt zu. Die Skulptur eines heldenhaften Kriegers mit Schild und Schwert stellt neben seinen nackten Brustmuskeln noch einiges mehr zur Schau, denn abgesehen von einem Gürtel trägt er nichts weiter. Rundum ein meisterhaftes Kunstwerk, muss ich sagen. Der helle Marmor ist an gewissen ... Erhebungen beinahe durchsichtig. Der Künstler – übernatürlich oder nicht – hat ein Auge fürs Detail.

«Was ist das?» Ich berühre eine Wange der Statue, auf der ich beinahe einen Bartschatten erkennen kann, halte jedoch inne, als ein seltsamer Ausdruck über Daesras Gesicht huscht, kurz taucht er auf und verschwindet dann wieder. Wenigstens habe ich nicht weiter unten hingegriffen.

«Teil des Labyrinths», ist alles, was er sagt.

«Eifersüchtig, wenn ich ihm meine Zuneigung schenke?» Ich weiß nicht, warum ich das frage, außer um ihn zu provozieren. Mir ist bewusst, dass er mich hasst; das hat er deutlich gemacht. Wenn ich die Worte zurücknehmen könnte, täte ich es, vor allem da nun unmissverständlich Zorn in seinen roten Augen auflodert.

«Eifersüchtig», sagt er mit vollkommen ausdrucksloser Stimme. «*Deinetwegen.*» Eine Aussage, keine Frage.

Das Herz in meiner Brust galoppiert los, mein Körper spürt die Gefahr, während mein Verstand noch nicht so weit ist.

Bevor ich überhaupt zusammenzucken kann, packt Daesra mit erdrückender Kraft mein Handgelenk, und seine schwarzen Nägel graben sich in meine Haut. «Du tätest gut daran, *meine* Zuneigung zu wollen», zischt er, «so gering meine Achtung für dich auch sein mag.»

Ich schreie vor Schmerzen auf und versuche, mich zu befreien, doch er zieht mich noch näher und senkt seine listigen Lippen an mein Ohr. Wieder erinnere ich mich daran, wie seine Zunge über den üppigen Bogen seines Mundes leckt, diesmal allerdings fletscht er scharfe Fangzähne. Die Dissonanz dieser sich überlagernden Bilder macht mich ganz schwindelig, doch seine nächsten Worte lassen die Realität wieder klar und deutlich werden. Vielleicht sind es auch seine Nägel, die sich in mein Handgelenk bohren.

«Wenn du mit blutigen Nägeln blind am Grund dieses speziellen Brunnens kratzt, ohne Hoffnung auf Entkommen, und da ist niemand, dem du wichtig bist», flüstert er beinahe verführerisch in mein Ohr, «denk daran, dass ich der Einzige bin, der dich hier rausbringen kann. Und wenn du mich nervst, werde ich nicht zögern, dich dem Tod zu überlassen, auch wenn das mein eigenes Ende bedeutet.»

Angst durchdringt mich. Obwohl ich selbst mächtig bin, ist seine Stärke überwältigend. Seine breite Gestalt beugt sich über mich, seine Finger versengen mich wie im Feuer erhitztes Eisen, seine Drohung brennt mir heiß auf der Wange. Aus dieser Nähe kann ich seinen Duft wahrnehmen – sauberer, erdiger Moschus, irgendwas zwischen Mann und Bestie, das mich zu einem anderen Zeitpunkt möglicherweise dazu brächte, meine Nase in seiner Halsbeuge zu vergraben und tief einzuatmen.

Doch plötzlich rieche ich Holzrauch, den ich zuvor nicht wahrgenommen habe, und Herbstlaub, obwohl die Hecken um mich herum grün sind und die Luft eher warm. Mir stockt der Atem in der Brust, und Panik vibriert in meinen Adern, steigt in mir empor, bis ich sie fast schmecken kann. Und dann *kann* ich es schmecken – unerklärlicherweise, Erde in meinem Mund, Blut auf meiner Zunge. Der Druck, der mich auf den Boden presst, hilflos, obwohl meine Füße noch fest auf dem Marmor stehen.

Es ist weniger eine aufflackernde Erinnerung als vielmehr eine tief vergrabene Verletzung, die durch Daesras Hand wieder zum Leben erweckt wird, eine alte, vergessene Wunde, auf der mein instinktives Verständnis davon beruht, dass Macht einem genommen werden kann. Und dass ich ohne meine Macht verletzlich bin.

Etwas muss mir passiert sein. Ich kann mich nicht daran erinnern, aber mein Körper hat es nicht vergessen.

Hat *er* mir das angetan?

Anstatt vor ihr zurückzuweichen, will ich diese Kraft, die sich in mich bohrt, sowohl die gegenwärtige als auch die vergangene, packen und *wegschieben*. Ich stemme mich dem Griff des Daemons entgegen, seine Nägel graben sich tiefer, und ich ignoriere seinen schmaler werdenden Blick, bis ich etwas anderes spüre als Angst. Schmerz, ja, doch er verleiht mir Klarheit, und jetzt rufe *ich* ihn herbei. Und dann spüre ich etwas darunter lauern, es surrt unter meiner Haut.

Ein warmes Glühen des Potenzials, das mein Körper birgt, wie auch immer es sich außerhalb davon offenbaren mag. Macht. Nur weiß ich nicht, wie ich auf sie zugreifen kann. Sie ist so fest in mir eingeschlossen, wie Daesra mein Handgelenk umklammert.

Ich habe bereits erfolglos versucht, mich von ihm loszureißen, also schlucke ich die Angst herunter und warte stillschweigend auf den Moment, in dem er die Finger lockert. Schließlich tut er genau das, als er sieht, wie ich entschlossen die Zähne zusammenpresse – doch nicht bevor seine starken, flinken Finger sich einen von meinen greifen und zügig etwas um den Ansatz binden, mitsamt einer winzigen Schleife.

Daesra zieht sich zurück, und ich sehe einen dünnen, scharlachroten Faden zwischen uns, der in einem identischen Knoten an seinem Finger endet.

«Was ...?», ist alles, was ich hervorbringen kann, bevor er den durchhängenden Faden strafft und kräftig *reißt*. Der Knoten an meinem Finger zieht sich schmerzhaft zusammen, das Band schneidet heiß in meine Haut. Keuchend krümme ich mich darüber, will nicht zurückweichen. Kurz frage ich mich, ob das seine Absicht ist – ob er meinen Finger abreißen will. Doch dann lässt der Schmerz so schnell nach, wie er eingesetzt hat.

Durch einen Tränenschleier starre ich schockiert auf meinen Finger. Dort ist nur noch eine dünne rote Linie zu sehen, wie eine Narbe. Oder ein Ring.

«Was denn, weißt du mein Geschenk etwa nicht zu schätzen?», fragt Daesra unschuldig.

Mit heißer Wut funkle ich ihn an. Ich will die Macht in mir freisetzen und ihm ein Glied nach dem anderen ausreißen, doch bevor ich es überhaupt versuchen kann, wackelt er mit seinem Finger, auf dem sich ebenfalls eine lilarote, ringähnliche Narbe abzeichnet. Er lächelt neckisch. «Mir hat's auch wehgetan. Jammer nicht.»

Soweit ich weiß, habe ich gar nichts gesagt, erst recht nichts, was als Jammern ausgelegt werden könnte. «Was hast du gemacht?»

«Nur einen Faden um deinen Finger gewickelt», sagt er, «zur Erinnerung.»

Ziegenficker, denke ich. Dieses Mal muss mehr als das bedeuten, da ich mich immer noch an kaum etwas erinnern kann. Aber ich kann mir beim besten Willen nicht vorstellen, was. Und ich weiß, dass er es mir nicht sagen wird.

Früher oder später werde ich es herausfinden. Ob ich nun will oder nicht.

«Nun denn», sagt der Daemon, und ich zucke zusammen, denn er klatscht in die Hände, als wäre das hier ein ganz normaler Tag – als wüsste ich, wie ein ganz normaler Tag aussieht. «Sonst noch was, bevor wir weiterziehen?»

«Was ist die Quelle meiner Macht?», frage ich, während ich erneut erst meinen Finger und dann seinen betrachte, die nicht länger durch den roten Faden verbunden sind, jedoch vielleicht durch etwas anderes.

«Ah, also erinnerst du dich zumindest ein wenig daran, wie deine Hexenkraft funktioniert.» Er nickt in Richtung der dickeren faserigen Seile, die um meine Brust geschlungen sind. «Durch Opfer. *Schmerz*. Du hast einen besonderen Hang zu Seilen und scharfen, spitzen Gegenständen. In diesem Fall gibt es keine arme Kreatur, die du fesseln und leiden lassen kannst, um dein Feuer zu zünden. Du musst mit dem arbeiten, was dir zur Verfügung steht. Mit dir selbst. Benutze deinen eigenen Schmerz.»

Jetzt, da er es erwähnt, wirken die Seile an meinem Körper unangenehm fest, sodass mir das Atmen schwerfällt und meine Rippen schmerzen. Genau wie vorhin, als ich mich seinem harten Griff entgegengestemmt habe, atme ich tief gegen die Seile an. Unter dem Unbehagen meldet sich derselbe warme Funken wie zuvor, wie ein heißes Feuer, das beinahe meine Fingerspitzen erreicht. Ich muss nur danach greifen.

Und doch ... Ich würde es bevorzugen, nicht selbst leiden zu müssen. Aber es war nicht der Schmerz von Daesras Nägeln, der mir Angst gemacht hat. So, wie ich weiß, dass ich mächtig bin, weiß ich auch, dass es einst anders war. Auch wenn ich mich nicht daran erinnern kann, was mich zu Boden geworfen hat, hallt die Furcht noch durch meinen Körper wie ein Schrei. Ich werde alles tun, um nicht noch einmal in diese Situation zu geraten. Die Vorstellung von Schmerz ist sogar aufregend, wenn er die Aussicht auf etwas Größeres bereithält. Etwas, womit ich *andere* verbrennen kann, bevor sie mir wehtun – selbst wenn ich mir dafür zuerst selbst wehtun muss.

Vielleicht hat Daesras Wunsch, nur selbst gewählten Bindungen zu unterliegen, etwas für sich. Ein weiteres Mal wandert mein Blick zu ihm, verweilt auf seinen breiten, dunklen Hufen und den gefährlich geschwungenen Hörnern. Es sind nicht direkt Fesseln, und doch stellen sie Kennzeichnungen dar, von demjenigen, der seine Seele genauso fest gefangen hält, wie es die Seile an meiner Brust mit mir tun. Kennzeichen von *Macht*.

Und dabei ist es sicher furchtbar, ein Daemon zu sein.

«Es gibt auch noch dich», sage ich, während meine Finger an den verknoteten Enden der Seilmanschette an meinem Unterarm spielen.

Die roten Augen des Daemons lodern vor einem Zorn, der stärker ist, als ich jemals verstehen könnte. «Wenn du versuchst, mich zu binden, werde ich dich Stück für Stück zerreißen, dein verkümmertes Herz roh verschlingen und auf deine Überreste pissen.»

Unbewusst trete ich einen Schritt zurück. Er hat erst kürzlich demonstriert, dass er zu alldem und vermutlich sogar mehr fähig wäre.

«Hast du nicht gerade *mich* gebunden?», will ich wissen und kann die Empörung unter meiner Furcht kaum verbergen. Ich denke, *verkümmert* war ein bisschen übertrieben.

«Sadaré, Sadaré», sagt er in plötzlich lässigem Tonfall, während sich auch sein Gesichtsausdruck komplett verändert. «Das war ein Kitzeln im Vergleich zu dem, was ich tatsächlich kann. Zu dem, was wir beide können, so ungern ich dir diesen Ruhm auch zugestehe.» Er streckt die drahtigen Arme aus, seine Muskeln und Sehnen treten hervor – was ich nun eher mit Vorsicht betrachte als mit Bewunderung –, und weist auf die Statuen, die hohen Hecken und die drei abzweigenden Pfade. «Sollen wir dann loslegen? Wir haben ein Labyrinth zu bezwingen und ein Monster zu besiegen. Andernfalls stecken wir hier fest, bis du stirbst.»

Wenn ich dich nicht schon vorher umbringe, denke ich.

Er grinst mich an, als wüsste er genau, was ich denke – und als dächte er etwas ganz Ähnliches. Und dann macht er, elegant wie ein Tänzer, auf einem gespaltenen Huf kehrt, sein Schwanz peitscht hinter ihm durch die Luft, und er dreht mir seinen breiten Rücken zu.

Anstatt ihn mit bloßen Händen zu packen, beiße ich die Zähne zusammen – und setze mich mit verschränkten Armen auf den Rand des Springbrunnens.

«Ich traue dir nicht», sage ich, als er stehen bleibt und sich mir mit fragend gerunzelter Stirn zuwendet.

«Und ich werde dir *niemals* trauen», sagt er mit einem tiefen Knurren. «Doch du bist eine noch größere Närrin, als ich erwartet habe, wenn du glaubst, es sei eine gute Idee, ohne mich hierzubleiben.»

Schulterzuckend betrachte ich die Statuen um mich herum. «*Du* bist das Schlimmste, was ich bis jetzt gesehen habe.»

Seine roten Augen werden schmal, und er setzt zischend zu einer Erwiderung an, als wir beide ein *anderes*, lauteres Zischen hören. Sein Blick geht über meine Schulter, und grelle Furcht blitzt darin auf.

Ich wirble herum und entdecke, dass heller Nebel aus dem Loch im Zentrum des Springbrunnens austritt. Wie auch sonst alles, was ich bis jetzt gesehen habe, wirkt er nicht sonderlich furchteinflößend, eher friedvoll, wie er langsam dort ausströmt – bis er einen Moosflecken erreicht und das Grün sofort bräunlich verwelkt, sich unmissverständlich im Tode zusammenkrümmt.

Ich springe vom Rand des Brunnens auf, als der Nebel gerade die Stelle erreicht, an der sich eben noch mein Hintern befand. Er sammelt sich im Becken, um jederzeit von dort über den Rand zu treten. Stolpernd entferne ich mich, meine Füße sind bereit zu rennen, erst recht, als die nebeligen Ranken sich entfalten und wie die Tentakel eines lebendigen Wesens nach uns greifen.

«Möchtest du jetzt gerne gehen?», fragt Daesra süffisant, während der Nebel an den Rankengewächsen knabbert, die vom Brunnen hängen, und ihrer grünen Leuchtkraft nachjagt, als tränke er sie.

«Los», keuche ich, und als er mir diesmal den Rücken zukehrt, eile ich ihm hinterher ins Labyrinth.

2

Ohne zu zögern, schreitet Daesra in den mittleren der drei Gänge, und ich folge ihm widerspruchslos. Ich warte nicht darauf, mir anzusehen, wie der Nebel den Rest des Grüns im Hof zerstört. Ganz sicher möchte ich nicht sehen, was er mit meiner bloßen Haut anstellen würde.

Obwohl meine Beine mich in aller Eile vorwärtstragen, um mit dem zackigen Tempo mitzuhalten, das die Hufe des Daemons auf dem Marmor zwischen den Moosflecken klappernd vorgeben, kommen wir nicht besonders weit, bevor uns die Notwendigkeit, eine Entscheidung zu treffen, zum Anhalten bringt: erneut drei mögliche Wege in Form einer Kreuzung. Immer wieder schaue ich mich nach dem Nebel um, doch er scheint uns nicht zu folgen, oder er ist zumindest nicht schnell genug. Die drei Gänge vor uns sehen mehr oder weniger identisch aus, von grünen Hecken gerahmt, spiegelglatte schwarze Böden und ein silberner Himmel. Weiße Marmorstatuen stehen verteilt am Rand.

Daesra unterbricht seine Betrachtung unserer Optionen, schürzt die Lippen und wirft mir einen Seitenblick zu, während ein paar Schmetterlinge um uns herumflattern. Sein leicht gehobener Mundwinkel lässt mich vermuten, dass er den Weg kennt und ihn mir einfach nicht mitteilt – mich absichtlich im Ungewissen lässt. Mich dazu zwingt, mich an ihn zu halten, zumal uns der drohende Tod im Nacken sitzt.

Ich widerstehe dem Drang, noch einmal über meine Schulter zu blicken, und versuche, ruhig zu atmen. Ich kann ihm nicht aus lauter Panik bereitwillig die Kontrolle über die Situation überlassen. Er hat bereits versucht, sie an sich zu reißen; als Beleg habe ich immer noch den Abdruck seiner Nägel am Handgelenk.

Der Nebel hat nur das bewiesen, was ich schon vermutet hatte, bevor Daesra darauf beharrte: Hier geht es um Leben und Tod. Um zu überleben, brauche ich meine Macht – nicht *ihn*.

Dennoch lasse ich mich gern von ihm inspirieren. Während ich vorgebe, an der Seite des Daemons die Optionen abzuwägen, grabe ich mir unauffällig die Nägel in den Unterarm. Schmerz durchzuckt mich, und das warme Gefühl meines Potenzials sammelt sich wie Blut unter meinen Fingernägeln, obwohl ich die Haut nicht verletzt habe. Ich versuche, die Wärme zu ergreifen, und drücke meinen Arm unabsichtlich noch fester, doch sobald ich sie packen will, zieht sie sich zurück.

Als der Daemon sich ganz zu mir umdreht, lasse ich die Hand sinken.

«Wo geht's lang?», frage ich widerwillig und nicke in Richtung der drei Wege. Wenn ich ihm seinen Willen lasse, bleibt er vielleicht mit dem Labyrinth beschäftigt, während ich mit meinem eigenen inneren Rätsel experimentiere.

Träge hebt er eine Schulter. «Was denkst du? Ich habe das erste Mal entschieden.»

«Ich dachte, du bist mein Gehilfe.»

«Als dein *höchst widerwilliger Verbündeter* würde ich vorschlagen, dass du jetzt den Weg wählst und wir einfach sehen, was passiert, schließlich vertraust du mir nicht.»

Er wird mir nicht gestatten, mich einfach im Hintergrund zu halten, und ich folge seiner Aufforderung bereitwilliger, als vermutlich vernünftig ist. Ohne auf ihn zu warten, gehe ich nach links. Links ist meine starke Hand – eine Eigenschaft, die angeblich Unglück bringt, was ich immer töricht fand, auch wenn ich mich nicht an die genauen Umstände erinnern kann, in denen ich das tat. Das ist die einzige Begründung, die ich für meine Wahl habe, und sie ist so dürftig, dass es mir nicht notwendig erscheint, sie dem Daemon mitzuteilen.

Und doch will ich mich nicht drücken, falls er mich auf die Probe stellt. Jedenfalls ist mein Stolz wesentlich weniger schüchtern als meine Macht.

Ich höre Daesra feixen, als er mir folgt. «Jetzt übernimmst du die Führung, was?»

Ich spreche, ohne mich umzudrehen, während ich mich vorsichtig einer Biegung nähere. Und doch sind die Statuen immer noch unsere einzigen Begleiter. «Du schienst sie nicht zu wollen.»

«Oh, ich will sie immer», sagt er auf eine tiefe, träge Art, die mich wieder an eine sich rekelnde Katze erinnert. Ein Raubtier beim Müßiggang. Allmählich frage ich mich, ob die Wahrung meines Stolzes es wert ist, ihn in meinem Rücken zu haben, bereit zum Angriff. «Es stellt sich nur die Frage, ob du mir folgen würdest oder nicht. Du kannst ziemlich dickköpfig sein, wenn du es genau wissen willst.»

«Will ich nicht.» Ich presse den Kiefer zusammen, während ich um die Kurve gehe. «Da du mir noch keinen Grund gegeben hast, dir zu vertrauen, folge ich für den Moment meinem eigenen Urteilsvermögen.»

Abrupt bleibe ich stehen, und Daesra kräht: «Und welch hervorragendes Urteilsvermögen du doch hast!»

Der Gang endet in einer Sackgasse – eine weitere Heckenwand und die Statue eines einsamen Satyr-Mädchens, das mit einer Rebe Trauben in der Hand irgendwie verloren wirkt.

Wie passend.

«Dann also rechts», verkünde ich und marschiere den Weg wieder zurück.

«Warum nicht der mittlere Weg?», fragt der Daemon. Den hat er beim ersten Mal gewählt. Ein Blick über meine Schulter verrät mir, dass er mir noch immer folgt – und noch immer grinst. «Erscheint mir ausgeglichener.»

«Und es ist die offensichtliche, einfache Wahl.»

«Natürlich würdest *du* das Offensichtliche übergehen.»

Ich ignoriere ihn und nehme den rechten Weg, nachdem ich wieder an der Kreuzung angekommen bin. Kurz darauf – noch schneller als zuvor – erreichen wir wieder das Ende einer Sackgasse, an dem die Statue eines Jungen steht, der sich eine nicht entzündete Kerze an die Brust presst und überrascht über seine Schulter blickt. Wenn das ein Test war, habe ich wohl versagt.

«Na gut», sage ich, verschränke die Arme und funkle die Heckenwand wütend an. «Du entscheidest.»

Die roten Augen des Daemons weiten sich in gespielter Dankbarkeit. «Du bietest mir die Führung an, wenn nur noch eine Option verbleibt, und zwar die, die ich vorgeschlagen habe und du ignoriert hast – wie großzügig von dir.»

Ich wirble zu ihm herum und lasse die Arme sinken. «Ich habe dich schon vorher nach deiner Meinung gefragt.»

«Ah, aber du hast nicht höflich genug darum gebeten.»

Ich schüttle den Kopf. «Ich wusste es. Du kennst den Weg oder weißt zumindest, wie man ihn erkennt, aber du willst es mir nicht verraten. Oder du willst eine Gegenleistung, wie dass ich darum bettle.» Ich schiebe mich an ihm vorbei, um erneut denselben Weg wieder zurückzugehen. «Aber ich habe nie um deine Hilfe gebeten», zumindest glaube ich das, «also werde ich jetzt auch nicht darum betteln.»

«Schade», sagt er hinter mir. «Damit würdest du viel weiter kommen.»

«Weil du dir wünschst, dass ich dir ausgeliefert bin?», frage ich, ohne mich umzudrehen. Ich ignoriere das Prickeln, das seine ungesehene Präsenz in meinem Nacken verursacht.

«Weil du mir bereits ausgeliefert *bist*», sagt er mit tiefer, brummender Stimme. «Und je eher du dir dessen bewusst wirst und dich vor meiner überlegenen Stärke und meinem Wissen verneigst, desto besser.»

Seine Worte bestärken mich in meinem Entschluss: Je eher ich lerne, meine Macht einzusetzen, desto besser. Denn jetzt kenne ich noch eine dritte Tatsache, abgesehen davon, dass ich über eine solche Macht verfüge und es einst nicht tat: Ich kann ihm nicht trauen, egal, wie viel Wissen er möglicherweise besitzt. Nicht wenn er mich meiner Macht so bereitwillig berauben würde.

Oder schlimmer noch: wenn er mich dazu bringen will, ihm *freiwillig* meine Stärke zu überlassen.

«Du meinst, ich soll mich vor *dir* verneigen?», schnauze ich und marschiere schneller, als könnte ich ihn abhängen. Doch seine langen Beine halten mit mir mit, seine Hufe klappern über den rutschigen Boden, bis wir wieder bei der Kreuzung ankommen. «Für irgendein krankes Spiel von dir? Als wäre das Labyrinth nicht schon genug.»

Der einzige Hinweis, dass er mich gehört hat, ist sein dezentes Lächeln, das ich sehe, als er neben mich tritt. Ich halte inne, als etwas anderes meine Aufmerksamkeit auf sich zieht – das flüsternde Rascheln von Blättern, als würde eine leichte Brise wehen, nur ist um uns kein einziger Lufthauch.

Ich drehe mich um und erspähe Nebelschwaden, die aus dem Gang kriechen, der uns hierhergeführt hat. Unaufhaltsam fließen sie über den Boden und lassen nichts als Tod zurück. Die Hecken zu beiden Seiten verwelken, als eine Art morbider Schauer fällt ein Regen aus braunen Blättern hinab.

Entsetzt keuche ich auf, aber Daesra tritt nur um mich herum. Trotz seiner Größe und Breite hat er flinke Füße – oder Hufe –, und doch streift mich beim Vorbeigehen seine Schulter, und sein Schwanz peitscht schmerzhaft gegen meinen Oberschenkel.

«Sollen wir dann?», fragt er, als wäre das hier ein entspannter Spaziergang.

Ich protestiere nicht, als er die Führung übernimmt; ich laufe ihm nach, um ihn einzuholen, als er den mittleren Weg dem Nebel gegenüber einschlägt, und mein Herz hämmert wild.

Dieses Mal erwartet uns keine Sackgasse oder Ähnliches. Wäre da nicht der Nebel hinter uns, hätte ich gewünscht, es wäre anders, nur um ihn zu ärgern. Wenigstens bringen wir so schnell Distanz zwischen uns und ihn. Trotzdem kann ich es nicht lassen, alle paar Schritte über meine Schulter zu blicken, für ein Gespräch bin ich zu nervös.

Stattdessen nutze ich die Gelegenheit, um mir erneut den Arm zu drücken, diesmal mit mehr Verzweiflung als zuvor. Ich bleibe absichtlich zurück, damit der Daemon es nicht sehen kann. Zusammen mit dem Schmerz spüre ich die Macht in mir aufsteigen, und anstatt sie mit unsichtbaren Händen so fest zu packen, wie ich die Finger in meine Haut grabe, heiße ich die Empfindung einfach willkommen. Lasse mich in die stechende Wärme sinken. Meine Augen schließen sich, zuckend vor Erleichterung.

Es ist, als würde sich ein Tor öffnen. Abrupt reiße ich die Augen auf, als die Hitze unter meiner Haut in meiner Handfläche zu *echtem* Feuer wird, genau wie ich es für möglich gehalten habe. Ich lasse es vor mir aufsteigen, staune über die kühlen blauen Flammen, die über meine Fingerspitzen tanzen, ohne mich zu verbrennen ... und dann wandert meine Aufmerksamkeit zu Daesra.

Um genau zu sein, zu seinem Schwanz, der sich geschmeidig aus den Falten seiner schwarzen Tunika schlängelt.

Ich strecke den Arm aus, kanalisiere meine Kraft – und das Feuer schießt aus meiner Hand. Doch es strauchelt in der Luft, flackert und wird schwächer, und zischt nur noch leicht gegen das Büschel an seinem Schwanz. Wenigstens versengt es ein wenig Fell.

Der Daemon wirbelt zu mir herum, peitscht mit dem Schwanz umher, um die Funken zu löschen, und Zorn erhellt seine roten Augen. «Spielen wir jetzt Spielchen?»

«Nicht mehr als du», blaffe ich zurück.

Als wollte er mich an meine Sterblichkeit erinnern, schnippt Daesra mit den Fingern, und als Antwort lodern blaue Flammen um seine Hand, prasseln hell wie eine Fackel, sodass ich zurückspringe.

«Wenn du gegen mich spielst, Sadaré», sagt er, und seine Augen glühen lila im Feuerschein, «wirst du verlieren. Ich brauchte nicht einmal neuen Schmerz hierfür. Nur die Bindung meiner Seele. Willst du sehen, was ich mit einer frischen Wunde vollbringen kann?»

Sein Blick wandert zu seiner Hand und zieht meinen mit sich: Mit einem langen schwarzen Nagel sticht er sich in den Daumen. Es gibt kaum eine Wunde. Und trotzdem schießt eine *Säule* weißen Feuers, so dick wie sein Arm, aus seinen Fingerspitzen in den Himmel. Sie hält nicht lange an, aber lange genug, um sein Argument zu unterstreichen. Der grelle Schatten bleibt in mein Sichtfeld gebrannt, während ich erschrocken blinzle.

Nachdem die lodernde Flamme erloschen ist, streckt er mir seine Hand entgegen, mit der Handfläche nach oben. Auf seinem Daumen ist keine Wunde mehr zu sehen, nur ein Fleck dunklen Blutes – von so tiefem Rot, dass es beinahe schwarz ist. Daemonisch.

Er kann also ebenfalls seinen Schmerz einsetzen, allerdings wesentlich effektiver als ich. Und seine Unsterblichkeit heilt seine Wunden umgehend. Ihm steht eine unbegrenzte Quelle an Schmerz zur Verfügung. So grenzenlos wie sein Leben.

Auch wenn ich das Rätsel gelöst habe, wie ich auf meine Macht zugreifen kann, habe ich doch nichts gefunden, was an seine auch nur entfernt heranreicht. Ich kann nicht endlos Schmerzen erleiden. Ich muss mit dem arbeiten, was ich habe – mit meinen Grenzen. Es reicht nicht, den Schmerz willkommen zu heißen, ich muss ihn irgendwie in meinem Körper festhalten. Ihn in mir lagern, anstatt immer neue Wunden zu verursachen. Ich brauche meine *eigene* Quelle, nicht nur einen Eimer, mit dem ich aus dem Fluss schöpfe, wenn er vorbeifließt.

Ich kann nicht anders, als seine Hand hungrig zu beäugen. Ihm ist seine Stärke sicher – auf ewig. Wenn die Unsterblichkeit mein Gewinn ist, dann ist er *alles*.

Er muss die Sehnsucht in meinem Blick erkennen, denn hastig zieht er seine Hand zurück, wie man einem unartigen Kind ein Spielzeug wegnimmt. Ich presse die Zähne aufeinander.

«Ich schlage vor, wir arbeiten zusammen», sagt er. «Solltest du das allerdings ablehnen, werde ich mich vermutlich auch gut amüsieren.»

Die Drohung ist deutlich. Natürlich würde es ihm Spaß machen, mir wehzutun. In der Hinsicht scheint er sich nicht von einem Menschenmann zu unterscheiden. Vielleicht ist er sogar schlimmer, hat als Daemon möglicherweise noch verdorbenere Neigungen.

Wütend funkle ich ihn an, nehme seinen Anblick in mich auf, von dem unterteilten Schwung seiner Hörner über das Fellbüschel an seinem langen, peitschenartigen Schwanz bis zu den scharfen Spalten seiner Hufe – wobei ich die Neugier unterdrücke, wie es sich wohl anfühlen würde, mit den Fingerspitzen darüberzustreichen –, und blicke ihm schließlich in die blutroten Augen.

«Hast du mir wehgetan? Früher?», frage ich.

Er lächelt. «Nur, wenn du es verdient hast.» Meine Augen weiten sich, doch bevor ich zurückweichen kann, fügt er hinzu: «Und doch hast du mich nie gefürchtet, selbst dann nicht, wenn du es hättest tun sollen. Die Quelle deiner Angst ... Die war nicht ich.» Es klingt, als gäbe er mir diese Information nur widerwillig.

Ich würde ihn gerne fragen, was mir an diesem Herbsttag mit dem Holzrauch, den modernden Blättern und dem Schmutz passiert ist, doch dieses Gefühl der Verletztheit möchte ich ihm nicht anvertrauen. «Und jetzt? Sollte ich dich fürchten?»

Ernst starrt er mich an. «Definitiv.»

Ich gebe mir alle Mühe, mein Zittern zu verbergen.

«Und ich dachte, das Monster wäre das Schlimmste hier», sage ich und schlage einen lässigen Tonfall an.

Er macht einfach auf einem Huf kehrt und geht weiter, sodass ich ihm folgen muss. Das Labyrinth bleibt weiterhin frei von jeglichen Monstern, wenn man von dem Daemon vor mir absieht. Stattdessen tauchen immer mehr Schmetterlinge auf, die vor uns herumflattern, als wollten sie zeigen, wie frei und friedvoll der Weg vor uns ist. Seltsamerweise wirken die Statuen nicht länger fröhlich und entspannt. Ihre Posen lassen es meist so aussehen, als gingen sie an unserer Seite, ihre Gesichter haben ernstere Ausdrücke. Sie wecken ein Gefühl der Unruhe in mir – den Drang, endlich anzukommen, wo auch immer wir hingehen, als wäre der Nebel, der uns langsam verfolgt, nicht schon Ansporn genug.

Als wir an eine weitere Kreuzung kommen und Daesra stehen bleibt, gehe ich nicht einfach geradeaus weiter, wie wir es beim letzten Mal getan haben und wie er es vermutlich vorschlagen wird. Ich gehe auch nicht nach links oder rechts. Stattdessen gehe ich auf eine Marmorsäule in der Mitte der Kreuzung zu, weil mir eine Idee kommt.

«Warum gehen wir nicht nach oben?», frage ich. «Verschaffen uns einen Überblick.»

«Weil kein Weg nach oben führt», sagt Daesra, als würde er mit einer Idiotin sprechen.

Ich weise mit dem Kopf Richtung Säule. «Aber wir haben die hier.» Ich lächle, bevor er mir mitteilen kann, dass ich nicht daran hinaufklettern kann. «Und dich.»

Er hebt einen Huf und setzt ihn mit einem Klacken wieder ab. «Ich bin noch schlechter dafür gemacht, glatten Marmor zu erklimmen, als du.»

«Aber du bist *groß*. Hilf mir rauf.» Nachdem er mir gerade gesagt hat, dass ich ihn fürchten sollte, ist der Gedanke, dass ich ihn zwingen kann, mir zu helfen, lächerlich befriedigend. Und es dient sehr wohl einem Zweck.

Stirnrunzelnd sieht er mich an. «Ich glaube, dir wird nicht gefallen, was du da zu sehen bekommst.»

«Das werde ich nicht wissen, solange ich nicht nachsehe, oder?», sage ich zuckersüß. «Und du hast schließlich gesagt, wir sollten zusammenarbeiten.»

Er knurrt weder zustimmend noch ablehnend, aber verschränkt die Finger ineinander zu einer Art Steigbügel und bückt sich für mich. Ich versuche, mir nicht vorzustellen, dass ich ein Pferd besteige, als ich meinen Fuß auf seine breiten Handflächen setze, denn sonst muss ich womöglich lachen.

Stattdessen entfährt mir ein erschrockener Schrei, als er mich mit Leichtigkeit hochhebt, sodass ich in die Luft geschleudert werde und mich an der Seite der Säule festklammern muss, um das Gleichgewicht nicht zu verlieren. Sie ist tatsächlich zu breit und zu rutschig, als dass ich daran hinaufklettern könnte. Mit gebeugten Knien schwanke ich gefährlich an der Säule, und gegen meinen Willen streckt meine Hand sich Halt suchend nach einem der Hörner des Daemons aus.

Wir erstarren beide, nur meine Finger bewegen sich und umschließen reflexartig die harte Oberfläche seines Horns. Es fühlt sich kühl an und glatt wie Stein, abgesehen von den Erhebungen, die für einen festen Griff sorgen. Ich stelle mir vor, wie ich beide Spitzen halte und seinen Kopf dorthin lenke, wo ich ihn haben will – meine Arme wären die Zügel, mit denen ich sein Gesicht führe, vielleicht abwärts, zwischen meine Schenkel ...

Hektisch blinzle ich, versuche, das lebendige Bild beiseitezuschieben, und sehe, dass er mich durch seine Haarsträhnen hindurch wütend anfunkelt.

«Willst du, dass ich dich fallen lasse?», knurrt er.

«Nein», keuche ich. «Nicht.»

«Dann lass *los*.»

Das tue ich hastig, und mir bleibt kaum Zeit, mich nach oben auszustrecken, bevor er mich noch höher hebt, hoch über seinen Kopf, und mir zusätzlich einen Schubser verpasst, mich beinahe in die Luft schleudert. Ich schlinge die Arme über die eckige Kante der Säule, um mich an der anderen Seite festzuhalten, bevor ich mit Mühe hinaufklettere. Sobald es mir möglich ist, hocke ich mich auf die schmale Plattform und versuche, nicht nach unten zu sehen. Ich nehme mir einen Moment, um zu Atem zu kommen und mein Gleichgewicht wiederzuerlangen – allerdings ist es weniger die Höhe, die mich schwanken lässt, als vielmehr der Weg, den meine Gedanken eingeschlagen hatten.

Das war keine Erinnerung – oder? Nein, wir können nichts dergleichen getan haben. Er hasst mich, und ich hasse ihn.

Ich schüttele mich innerlich, während ich mich vorsichtig in den Stand erhebe.

Und ich schaue auf das Labyrinth hinaus.

Soweit das Auge reicht, erstrecken sich Gänge aus Hecken in alle Richtungen, bis die vielen Wege sich unter dem dunstigen grauen Himmel zu einem schmalen grünen Streifen am Horizont verdichten. Statuen verschwinden sofort hinter Biegungen, werden verschluckt. Von diesem Aussichtspunkt aus kann ich den richtigen Weg genauso schlecht erkennen wie in einem verworrenen Garnknäuel auf dem Boden – einem Knäuel ohne Ende. Das Labyrinth ist *unfassbar* groß. Schwindelerregend. Wenigstens entdecke ich keinen Nebel in den Gängen, auch keine toten Pflanzen, wobei das nur wenig tröstlich ist.

Als ein Schmetterling auf meiner Schulter landet, löse ich den Blick vom Labyrinth und betrachte ihn irgendwie erleichtert. Er ist klein, vertraut, und seine langsam schlagenden Flügel sind bezaubernd in ihrem Schillern. Doch während ich die Myriade wunderschöner Farben in ihnen betrachte, entdecke ich noch etwas anderes.

Ein Gesicht. Auf seinem Rücken. Ich bilde es mir nicht ein, und es ist auch keine optische Täuschung im Muster; es ist dort, so deutlich wie jedes Gesicht der Skulpturen, ein Zusammenspiel winziger Erhebungen. Es bewegt sich nicht, die Augen sind fest zugekniffen, der Mund in einem endlosen stummen Schrei geöffnet.

Ich schreie und schlage nach ihm – und verliere das Gleichgewicht. Die Säule rutscht mir unter den Füßen weg, als ich zur Seite kippe, der Himmel und die Hecken verschwimmen in einem Bogen vor meinen Augen.

Starke Arme fangen meinen Sturz ab, anstatt mich mit knochenbrechender Kraft auf den Boden schlagen zu lassen. Heftig keuchend blicke ich zu Daesra auf. Sein Körper drückt sich fest an meinen, doch ich kann das donnernde Schlagen seines Herzens und das hastige Heben und Senken seiner kräftigen Brust spüren. Seine Augen sind weit aufgerissen – beinahe besorgt. Doch dann blinzelt er, und der Ausdruck verschwindet. Er schleudert mich geradezu auf die Füße, sodass ich von ihm fortstolpere und mich an der Säule festhalten muss.

«Was ist los mit dir?», zischt er. «Hast du vor, dich selbst zu töten, bevor das Labyrinth es tut?»

Ich werfe mir das Haar aus dem Gesicht. «Nein, Ich ... Ich war abgelenkt.»

«*Wovon*? Von der Sinnlosigkeit deiner Mission?»

Da *war* die unfassbare Größe des Labyrinths, nur hat sie nicht meinen Sturz verursacht. Sondern das schreckliche schreiende

Gesicht, verborgen in etwas scheinbar so Schönem. Ich kann nur hoffen, dass das Labyrinth nicht ähnlich ist und noch viel mehr verbirgt.

Ich öffne den Mund, um den Schmetterling zu beschreiben – und schließe ihn dann wieder. Es würde albern klingen, dass mich etwas so Kleines so sehr erschüttert hat, dass ich das Gleichgewicht verloren habe. Ganz zu schweigen von der Tatsache, dass sich mir schon bei der bloßen Erinnerung die Haare auf den Armen aufstellen.

«Ich konnte nicht erkennen, in welche Richtung wir müssen. Das Labyrinth erstreckt sich bis zum Horizont», sage ich so ruhig wie möglich und streiche meine Tunika glatt, wenn ich schon meine Würde nicht retten kann. «Es ist ganz eben, ohne charakteristische Merkmale.»

Daesra schüttelt den Kopf, als hätte er das bereits erwartet. «Ich glaube nicht, dass die Lösung darin besteht, möglichst viel Strecke zu machen. Ich glaube, der Weg, den wir einschlagen sollten, ist, abgesehen von vorwärts, *abwärts*.»

Ich schnaube. «Vorwärts und abwärts. Klingt zu simpel. Außerdem habe ich noch keinen Weg gesehen, der *nach unten* führt. Abgesehen von meinem Sturz von der Säule.» Und dann sehe ich ihn an und kann nichts dagegen tun, dass mein Blick auf dem Horn verweilt, an dem ich mich festgehalten habe. «Du hast mich aufgefangen. Danke.»

«Geh lieber nicht von einer Wiederholung aus. Beim nächsten Mal könnte ich mich durchaus dagegen entscheiden.»

Ich setze gerade zu einer Retourkutsche an, als ein weiterer Schmetterling vor mein Gesicht flattert und fast auf meinen Lippen landet, weshalb ich erschrocken zurückweiche und ausspucke. Dort, wo er herkam, sehe ich mehr von ihnen, sie bilden vor uns eine bewegliche Wolke – vielleicht, um auszuschwärmen.

Ohne zu zögern, rase ich durch sie hindurch, wedle wild mit

den Armen und behalte gerade noch im Kopf, geradeaus zu gehen, wie wir es von Anfang an hätten tun sollen. Erst als ich mich jenseits der schimmernden Flügel des Schwarms befinde, zwischen den weniger bedrohlichen allgegenwärtigen Heckenmauern, bleibe ich stehen. Ich ignoriere den amüsierten Ausdruck auf Daesras Gesicht, als er mich einholt, und reibe meine schwitzigen Handflächen energisch über die Seile an meinen Armen, als könnte ich den Anblick dieses grässlichen Brustkorbs so aus meinem Gedächtnis verbannen.

Die Spitzen von Daesras Hörnern neigen sich nach vorn, als er mich mit gehobener Braue betrachtet. «Stimmt etwas nicht mit den Schmetterlingen?»

Als ich ihm in die roten Augen sehe, spüre ich eine unerklärliche Erleichterung. Dabei könnte er ebenfalls etwas Schreckliches hinter seiner Schönheit verstecken. Ich mag ihn nicht, und er ist furchteinflößend, aber er ist mir ... vertraut? Ist er mir vertraut? Auf den ersten Blick hat auch der Schmetterling so auf mich gewirkt, und Daesra ist nicht viel greifbarer als das schreiende Gesicht auf dem Rücken des Insekts, mit seinen Hufen, den Hörnern, dem Schwanz und seinem tiefen Hass auf mich. Doch zumindest seine Beständigkeit ist beruhigend.

Und er *hat* mich aufgefangen, als ich gefallen bin.

«Sie sind ... seltsam», ist alles, was ich diesmal herausbringen kann. Es gelingt mir nur halbwegs, ein Schaudern zu unterdrücken.

Da ist wieder dieser Ausdruck auf dem Gesicht des Daemons: Mitleid.

«Aber du bist seltsamer», äußere ich in einer Halblüge. «Wenn auch angeblich nützlich.»

Wie nützlich er wirklich ist, werde ich noch sehen.

Jetzt ist er mit Schnauben an der Reihe, als er sich wieder in Bewegung setzt. Vielleicht ist es diese Abscheulichkeit in dem, was auf den ersten Blick friedlich und lieblich erschien, die mich daran erinnert, aber nachdem wir uns eine kurze Weile durch die im Gang stehenden Statuen geschlängelt haben, frage ich: «Was ist mit diesem Monster, das sich angeblich im Zentrum des Labyrinths befindet?»

Daesra spaziert ein Stückchen vor mir her und verschränkt die Hände hinter seinem Rücken. Seine wohlgeformten Arme treten stärker in meinen Fokus, als mir lieb ist, die Muskeln zeichnen sich unter der rauchigen Haut ab. Das Klappern seiner Hufe ertönt laut inmitten unserer reglosen, schweigsamen Gefährten. Ich bin dankbar, als ein einzelner Schmetterling vor ihm, und somit auch vor mir, zurückweicht.

«Seinetwegen wurde das hier erbaut», sagt er. «Um dieses Wesen einzusperren, denn wer auch immer es gefangen hat, konnte es nicht töten – oder *wollte* es vielleicht nicht.»

«Aber warum denn nicht?»

«Ist es so unvorstellbar, dass jemand irgendwo, irgendwann, dieses Monster geliebt hat?» Er bedenkt mich mit einem ironischen Blick. «Meine Güte, Sadaré, selbst die Eltern von Daemonen lieben ihre Brut.»

Vielleicht sind Daesras Worte der Schlüssel zu dem, wer er ist, und im weiteren Sinne dann auch dazu, wer ich bin. Ich beäuge ihn von der Seite, nehme seinen feinen, scharf geschnittenen Kiefer und die kerzengerade Nase wahr, bevor mir im Vorbeigehen das seltsame Stirnrunzeln auf dem Gesicht einer Statue auffällt. Selbst in ihrer Erstarrung sehen sie immer noch so aus, als drängen sie gemeinsam mit uns immer tiefer in das Labyrinth vor.

«Wenn Daemonen einst Halbgötter waren», sage ich, «bedeutet das, einer ihrer Elternteile ist immer noch eine Gottheit.» Als er nicht antwortet, füge ich in der Hoffnung, wenigstens einen kleinen Hinweis auf seine Abstammung zu erhalten, hinzu: «Und Eltern lieben ihre Kinder, manchmal zu sehr.»

Ich kann mich nicht an irgendwelche Götter erinnern, daher weiß ich nicht wirklich, ob sie dieselben Gefühle haben wie sterbliche Eltern. Wobei ich mich genauso wenig daran erinnere, selbst Eltern zu haben.

Gibt es dort draußen noch eine Gottheit, die dich liebt? Dieser Gedanke versetzt mir einen seltsamen Stich – Mitleid für den Daemon, der einen unaussprechlichen Handel eingegangen ist und seine göttliche Seele gebunden hat, um so zu werden. Ich finde dieses Gefühl beinahe genauso unangenehm, wie wenn er es mir gegenüber zeigt. *Wenn es solch eine fehlgeleitete Gottheit gibt, wer ist sie?*, frage ich mich.

Bald schon gelangen wir zu einer weiteren Kreuzung in den Hecken. Diesmal gehen sechs Wege von ihr ab, die Pfade verteilen sich sternförmig um uns herum, doch Daesra geht ohne Zögern weiter geradeaus und sieht mich nur mit gehobener Braue an, um sicherzugehen, dass ich ihm folge.

Arroganter Mistkerl.

«Es gibt noch eine weitere Möglichkeit», sagt Daesra, während er vorwärtsläuft. «Dass Liebe nichts mit dem Monster an diesem Ort zu tun hat.»

«Wobei du das selbst in den Raum geworfen hast», murmle ich seinem Rücken zu.

«Vielleicht benutzt jemand dieses Wesen, macht sich seine Macht zu eigen», sagt er und ignoriert meine Worte, während er die Arme den Hecken um uns herum entgegenstreckt. «Dieses Labyrinth ist wie ein endloses Gewirr von Seilen, das die Bestie im Inneren fesselt – eine Bindung, die sie gefangen hält.»

Ein ähnlicher Gedanke ist mir schon selbst gekommen, daher ist es keine allzu seltsame Überlegung. «Und wir müssen es entwirren.»

Er nickt, als wäre das offensichtlich.

So arrogant er auch sein mag, erweist er sich in mancher Hinsicht leider als kundig. Wieder führt uns der Weg geradeaus tiefer ins Labyrinth hinein, keine Sackgassen in Sicht.

«Aber wenn wir hier die Knoten einer Bindung lösen, wie du behauptest», sage ich und zeige auf den steinernen Weg, «laufen wir dann nicht Gefahr, das Monster zu befreien?»

«Deshalb müssen wir es auch töten.»

Mir schwirrt der Kopf, und mein Verstand greift nach Fäden, als wollte er mich *selbst* fesseln. «Also gibt es da draußen eine Person, die dieses Wesen gefangen hat, weil sie es entweder aus Liebe oder mangelnder Stärke nicht töten konnte oder weil sie sich seine Macht zunutze macht, und wir sollen uns dem Willen dieser *Person* nun entgegenstellen.» Ich schweige nur für wenige klappernde Schritte von Daesras Hufen, während wir beide uns zwischen den Statuen hindurchschlängeln. Ich komme mit dem gleichzeitigen Gehen und Reden und den verstohlenen Blicken weit weniger gut zurecht als er. «Und *wer* hetzt uns gegen sie auf? Wessen Auftrag führen wir aus? Denn wenn er nicht vom», ich blicke mich um, «offenbar göttlichen Schöpfer dieses Labyrinths kommt, dann kommt er von jemand anderem. Von jemandem, der mich dazu benutzt, etwas zu töten, das jemand mit großer Macht nicht töten konnte oder wollte. Jemandem, den ich so sehr bedrängt oder genervt habe, wie du behauptest, dass er mir diese Aufgabe auferlegt hat. Eine Aufgabe mit hohem Risiko und einer großen Belohnung.»

Daesra zuckt mit den Schultern. «Vielleicht will dieser Jemand, dass *du* dir die Hände schmutzig machst, damit seine sauber bleiben. Was bedeutet, dass der Schöpfer des Labyrinths und der Aufgabensteller auch dieselbe Person sein könnten. Wer weiß das schon?»

Du, knurre ich innerlich. Oder zumindest glaube ich das, aber er gibt mir Informationen erst, wenn er will, dass ich sie habe. Und das könnte auch *niemals* sein.

«Auf jeden Fall tätest du gut daran, dich vor dem Schöpfer dieses Ortes zu hüten», fügt er hinzu und bleibt vor einem Rahmen aus hellem Stein in der Hecke stehen.

Es ist kein Teil einer Skulptur, stelle ich fest, als ich mich ihm zuwende, sondern ein *Fenster*. Ich sehe vielleicht ein weiteres Dutzend dieser Rahmen, gleichmäßig in der lebenden Wand verteilt erstrecken sie sich vor uns zwischen den wandernden Statuen, die jetzt in verzweifelteren Posen erstarrt sind.

Jenseits des Fensterrahmens ist nichts ... wenn nichts ein Ozean wäre. Ein *alles verschlingendes* Nichts. Ich blicke auf einen Strandstreifen, der unter einem sternenlosen Himmel in endloses, aufgewühltes graues Wasser übergeht, dessen tosende Wellen unerbittlich und vernichtend an dem hoffnungslosen Sand zu nagen scheinen, gegen den sie schlagen. Ich sehe die blassen Gerippe von Schiffen aus der fernen Tiefe auftauchen, Ruinen einer verlorenen Zivilisation. Die Szene raubt mir den Atem und gleichzeitig die Lebenskraft, so eindrucksvoll und *tot* ist sie.

Ich habe das Labyrinth gerade erst von oben gesehen. Es gab kein Meer, nur Gänge, die sich bis zum Horizont erstrecken und winden. Jener Anblick war schon nahezu unfassbar, aber dieser hier ist es erst recht, und er ist weit mehr als beunruhigend. Es ist wie ein Fenster zu einer völlig anderen Welt, nur dass ich hindurchgreifen und sie anfassen kann.

Eine schrecklich tote Welt.

Ich blinzle und komme wieder zu mir, als ich eine Hand auf meiner Schulter spüre. Daesras Hand. Langsam und bestimmt zieht er mich von dem Fenster weg. Seine Wärme fühlt sich an wie ein Kaminfeuer in einer bitterkalten Nacht. Für einen Moment möchte ich mich zurücklehnen, mich an seine Brust schmiegen, mich mit ihm umhüllen wie mit einer Decke. Oder einer Rüstung.

Doch das wäre absurd, sogar gefährlich. Weil *er* gefährlich ist – das darf ich nicht vergessen, egal wie tröstlich er wirken mag.

«Ich würde dir raten, diese Aussicht nicht zu lange zu genießen», sagt er. Nur in den verborgenen Schatten seiner Stimme höre ich sein eigenes Unbehagen.

Aber etwas in mir kann es nicht lassen, so wie ein Kind, das auf einen vertrockneten Kadaver im Wald starrt, während die Knochen ihm eine Geschichte zuflüstern, die nur der Wind hören kann. Daesra folgt mir, seine Hufe klacken hinter mir über den glatten Stein, während ich zum nächsten Fenster eile. Zum nächsten Ozean.

Er ist anders. Und doch genauso. Der Ausblick und das Licht kommen aus einem anderen Winkel, anstelle von Schiffen liegen die Trümmer uralter Burgen in den Wellen, doch der Tod bleibt. Ich weiß, dass die anderen Fenster mir Ähnliches zeigen werden. Andere Winkel, andere Meere, aber alle mit derselben Absicht.

Zu verschlingen. Und mir wird bewusst, dass der Ozean möglicherweise nicht das einzige hungrige, tote Ding da draußen ist. Gewaltige Gestalten bewegen sich im Wasser, ihre Rücken durchbrechen kaum die Oberfläche. Diese Zeichen möglichen Lebens sollten mich erleichtern, doch sie wirken genauso ausgehungert und abscheulich wie der Rest der Szenerie.

Mir fällt auf, dass die Posen der Skulpturen immer verzweifelter aussehen. Fast als würden sie davonlaufen, tiefer ins Labyrinth, in ihren nervösen Blicken und verzogenen Mündern liegt Entsetzen.

«Kannst du dir vorstellen, was passiert, wenn diese Wasser hier eindringen?» Jetzt sind die Worte des Daemons weniger tröstlich. «Vielleicht ist der Nebel nur ein kleiner Vorgeschmack. Wenn wir hier scheitern und dann *darin* schwimmen müssen, bis in alle Ewigkeit ertrinken?» Daesra zeigt auf das Fenster. «Nun, Ewigkeit für mich. Da könnte der Tod eine Erlösung sein.»

Das ist noch schlimmer als das schreiende Gesicht auf dem Rücken des Schmetterlings. *Mir* ist nach Schreien zumute.

«Wir sind in einem Labyrinth, umgeben von Tod», murmle ich und wünschte, es würde weniger angsterfüllt klingen.

«Wie gesagt: Hüte dich vor dem Schöpfer», sagt Daesra voller Arroganz. «Oh, sieh, das ist nicht mal das Schlimmste!»

Ich trete zum letzten Fenster und sehe, dass es gar kein Fenster, sondern ein Spiegel ist, dessen silberne Oberfläche abblättert. Durch seine Mitte verläuft ein Riss, der zuerst mich in zwei Hälften teilt und dann von Daesra trennt, als der weiter in den Rahmen tritt und ich zur Seite weiche, um Distanz zu ihm zu wahren. Wenigstens lenkt mich das von dem tiefgehenden Grauen der Ozeane ab. Ich funkle ihn an und sehe, dass meine Augen von einem kräftigen Grün sind. Das genaue Gegenteil seiner roten. Meine fließende weiße Tunika steht im Kontrast zu seinem festen schwarzen Stoff. Mein Haar wirkt wie Feuer, seins wie Rauch.

Mein eigenes Gesicht zu sehen, ist, als würde ich jemand anderen anschauen. Ich erkenne es nicht – ich sehe jung aus, vielleicht kaum zwanzig Jahre alt. Mittlerweile ist Daesra mir da vertrauter.

«Soll uns das auch Angst machen?», frage ich und versuche einen lockeren Tonfall anzuschlagen, doch meine Worte klingen dünn. «Als könnte das, was in uns steckt, schlimmer sein als diese anderen Anblicke?»

Daesras Blick hält meinen fest. «Du weißt nicht, was in dir steckt.»

«Ich habe keine Angst vor mir selbst», sage ich und wünsche mir sehnlichst, es wäre wahr. «Vor diesem Ort allerdings ...»

«Vielleicht tröstet es dich etwas, dass wir hier drinnen sind und nicht dort draußen. Siehst du die Statuen?» Er nickt in ihre Richtung. «Sie wollen sich anscheinend in Sicherheit bringen. Vielleicht soll das andeuten, dass wir in diesem Labyrinth eine Art Schutz genießen vor dem, was dort draußen ist.»

«Auch wenn ich deinen Versuch zu schätzen weiß, sie als etwas anderes als verstörend darzustellen, grenzt das an Gutgläubigkeit. Allein schon, weil wir ein Monster suchen.» Ein plötzlicher Gedanke bringt mich zum Schaudern, und ich wende mich schneller vom Spiegel ab als zuvor von den Ozeanen. «Vielleicht treiben uns diese Wellen dorthin.»

Erst der Nebel, dann die Schmetterlinge und jetzt das. Und wir sind gerade erst losgegangen. Meine Knie sind weich und mein Atem ist flach, als würde diese schreckliche Flut bereits gegen meinen Körper schlagen und nur Kälte und salzige Erde zurücklassen.

«Und im Gegensatz zu leblosen Steinbrocken bist du angeblich in der Lage, damit fertigzuwerden. Oder hast es zumindest jemandem *weisgemacht.*»

«Aber daran erinnere ich mich nicht!», platze ich heraus und wirble zu ihm herum, während gegen meinen Willen Panik in meiner Stimme aufsteigt. Jede Kontrolle, die ich über mich habe, entgleitet mir allmählich, und ich weiß nicht, was passiert, wenn ich sie gänzlich verliere. «Ich weiß nicht mal, wer ich bin! Ich weiß nicht, wie ich meine Macht richtig einsetzen kann, und ich –»

«Die Sadaré, die ich kenne, war zu mehr in der Lage, als mir lieb war», zischt Daesra und beugt sich zu mir vor. Nach dem Anblick dieser toten Meere – und vielleicht sogar der Fremdheit meines eigenen Spiegelbildes – genieße ich seine Hitze, seine Lebenskraft, seine seltsame *Beständigkeit,* wenn wir es so nennen wollen, und vergesse für einen Moment, vor ihm zurückzuweichen. «Obwohl ich dir nur ungern irgendeinen Vorteil gewähren möchte, den du gegen mich verwenden könntest, du hinterlistiges Wesen, wirft es ein schlechtes Licht auf mich als deinen Führer, dich in so einem erbärmlichen Zustand verweilen zu lassen.» Sein Gesicht ist meinem jetzt sehr nahe, seine Stimme tief gesenkt. «Möchtest du, dass ich dir beibringe, wie du deine Kraft sammelst? Aber sei gewahr, dass ich das mit harter Hand tun werde.»

Seine Worte liebkosen meine Wange, und ich höre das verführerische Locken viel mehr als die Warnung darin.

«Ja?», sage ich mit mehr Zweifel als Gewissheit in der Stimme, aber das reicht ihm.

Er dreht mir den Arm auf den Rücken und drückt meinen Körper von sich weg, bevor ich überhaupt blinzeln kann. Außer mir vor Zorn schreie ich auf und greife mit der freien Hand nach ihm.

«Glaubst du etwa, das kann mich aufhalten?», fragt er ungerührt. Währenddessen finden seine suchenden Finger die Fessel an meinem rechten Unterarm und entknoten das Seil. Ich versuche mich aus seinem Griff zu winden, doch in einem perversen Tanz dreht er sich mit mir.

«Warum tust du das?», kreische ich und greife erfolglos nach seiner Hand, seinem Gesicht.

Er hat so eine große Reichweite, dass er sich einfach zurücklehnen kann. «Weil du stark sein musst, wenn du es bis zum Ende schaffen willst. Ich kann es schaffen, aber leider benötige ich deine Anwesenheit. Also wirst du *lernen*, was ich dir beizubringen habe.»

Ein kräftiger Zug und das Seil löst sich, was mir kurzzeitig Erleichterung verschafft. Seine Bewegungen sind sicher, schnell, als er es in einem neuen Muster wieder um meinen Ellbogen wickelt und meinen Arm mit einer Schlinge auf meinen Rücken bindet. Es tut nicht besonders weh, aber es ist ganz gewiss auch nicht angenehm, und ich bin furchteinflößend verletzlich. Er macht noch einige Handgriffe, während er mich fixiert hält, und mir kommt erneut eine kurze Erinnerung, weniger bildlich, vielmehr ein Erinnern meines Körpers, wie zuvor, nur ist es diesmal nicht grauenvoll. Ganz im Gegenteil. Heißer Atem strömt über meinen Nacken, Zähne knabbern an meiner Kehle, Finger streicheln meine Haut, während Seile in sie schneiden, mich festhalten und gleichzeitig meinen Geist selig ziehen lassen – und dann zieht Daesra den Knoten fest, zerrt mich aus der vergangenen Empfindung in die Klarheit der Gegenwart, und ich keuche zornig.

Mein Arm ist wie ein Vogelflügel an meinem Rücken fixiert, in einem seltsamen Schultergeschirr gefangen, das nur dafür entworfen sein kann, Unbehagen zu bringen – und als ein schmerzvolles Dilemma. Während das Seil selbst kaum wehtut, ist es eine Qual, sich nach dem Knoten zu verrenken.

Jetzt gestattet Daesra mir, ihn anzusehen. Einarmig. Ich spucke und sprudle förmlich, ohne dass Wörter herauskommen.

Während er mich mit einem Ausdruck betrachtet, der Zufriedenheit nahekommt, spricht er: «Wenn ich dir ohne deine ausdrückliche Zustimmung Schmerz zufüge – wenn das irgendjemand außer dir selbst tut –, kannst du ihn nicht für Beschwörungen nutzen, es sei denn, du findest einen Weg, den Schmerz anzunehmen. Jetzt wehrst du dich gegen mich, obwohl du um meine Unterweisung gebeten hast. Also habe ich dich mit diesem Zaumzeug lediglich wie einen sturen Esel zum Wasser geführt.» Er deutet auf meine Fesseln. «Hast du nun Durst?»

Mit einem weiteren Schrei greife ich mit der anderen Hand nach dem Seil und zerre dabei an meiner Schulter. Ich löse einen Teil des Knotens, aber mein Arm bleibt weiterhin gefangen. Nach dem ersten qualvollen Schmerzausbruch hat sich ein tiefes, surrendes Brennen in meinem Fleisch und meinen Knochen festgesetzt, die den Fesseln hilflos ausgeliefert sind. Und doch bin *ich* nicht hilflos. Mein bewegungsunfähiges Glied ist nur ein weiteres Opfer. Eine andere Form der Kapitulation.

Und da spüre ich es – *viel* stärker als vorhin, als ich meine Nägel in meinen Arm gerammt habe.

Wärme blüht auf. Während die eine Hand gefesselt ist, formt sich in der anderen ein Feuerball von der Größe eines Schädels, lodert blau und heißer als das Feuer einer Schmiede. Und er verschwindet nicht, nicht solange der Schmerz und das Opfer durch die Fesseln gehalten werden. Ich hebe den Arm, bereit, den Feuerball *durch* die Brust des Daemons zu schleudern.

Auf seinen flinken Hufen macht er einen Schritt zur Seite. Ein Lächeln hebt einen seiner Mundwinkel an. «Sieh einer an. Du bist bereit zu brennen – mit einem kleinen Stoß in die richtige Richtung.»

In der Stimme des Daemons liegt Stolz, doch sie ist gleichzeitig voller Herablassung. Ich hasse ihn mehr, als ich es in so kurzer Zeit für möglich gehalten hätte. Was bedeutet, dass unsere gemeinsame Geschichte so tief, dunkel und unergründlich sein muss wie dieses Labyrinth.

«Meine Stärke ist nicht dein Verdienst», spucke ich aus, «und ich bin nicht deine unterwürfige Novizin!» Und schon gar kein *sturer Esel*, den ich durch keine Erwähnung würdige.

«Ach nein?», fragt er lässig und schüttelt dann den Kopf. «Nein. Aber das liegt eher daran, dass ich dich nicht als würdig erachte, nicht umgekehrt.»

Ich spüre die brennende Ohrfeige seiner Worte und verfluche mich selbst für meine Torheit. Seine Achtung bedeutet mir nichts, und ich hege nicht den Wunsch, ihm verbunden zu sein. Allerdings *hat* er mir etwas gezeigt. Ich war gerade dabei, es selbst herauszufinden, aber das hier ist ein großer Sprung in die richtige Richtung. Langsam dämmert mir, wie ich mir meinen Schmerz zunutze mache und ihn festzurre – buchstäblich.

«Glaub mir, das Maß an Achtung beruht auf Gegenseitigkeit. Jetzt binde mich los», presse ich hervor und halte das Feuer in die Höhe, um meine Forderung zu untermauern.

«Du willst diese Kraft nicht verfügbar halten?»

«Ich werde sie selbst erschließen, unter meiner eigenen Kontrolle. Mit meiner eigenen Absicht.» Ich weiß, auf diese Art und Weise wird der Schmerz wesentlich mächtiger, auch wenn ich ihm die Erlaubnis erteilt *habe*, egal wie unentschlossen, mir zu zeigen, wie ich ihn einsetzen kann. Außerdem bin ich so immer noch verletzlich, wenn ich plötzlich Beweglichkeit anstelle von Feuerkraft benötige, und das weiß er.

Daesra grinst mich einen Augenblick länger an als nötig – ein weiterer Moment, in dem sich mein Hass vertieft –, und dann gleitet er um mich herum, während er die von mir beschworene Flamme genau im Auge behält. Mein Instinkt sagt mir, dass ich mich mit ihm drehen sollte, ihm niemals wieder den Rücken zuwenden. Doch das muss ich, damit er mich losbinden kann.

Ich bin immer noch versucht, ihn zu verbrennen. Die Spitze seines Schwanzes anzusengen, war nicht annähernd genug, vor allem jetzt, wo ich mehr Feuer zur Verfügung habe. Ich will ihn in Asche verwandeln.

Doch ich blicke nicht einmal über meine Schulter, als der Daemon hinter mich tritt – unnötig dicht –, während seine Hufe über den Stein scharren. Seine breite Gestalt lauert in meinem Augenwinkel, seine Körperwärme greifbar, sein Atem an meinem Ohr. Ich habe das Gefühl, dass er mich einzuschüchtern versucht. Doch ich gestatte mir nicht, ihn zu fürchten. Ich nehme ihn kaum zur Kenntnis. Diese Genugtuung werde ich ihm nicht lassen.

Außerdem ist er eine Ablenkung, die ich mir nicht leisten kann. Ich muss mich auf das Labyrinth konzentrieren. Es ist viel größer als ich. Viel größer als *er*.

Mein Arm ist frei, was einen Schauer warmer Erleichterung mit sich bringt, und dann kleine Nadelstiche, als mein Blut wieder zurückfließt. Ich wende dem Daemon meine Seite zu. Eine Zurschaustellung von Gleichgültigkeit, nicht von Verletzlichkeit oder Übermut. Ich widerstehe dem Drang, meine Handgelenke zu reiben, und begegne seinem Blick unbeirrt.

«Erklär mir, wie das möglich ist ... Bitte», füge ich nach absichtlicher Verzögerung hinzu. «Diese Macht, die ich mir durch Schmerz zunutze mache.»

«Da du so nett *bitte* gesagt hast», antwortet der Daemon süffisant.

Er streift mich, als er wieder losgeht, stößt mich dabei stärker an als beim letzten Mal und übernimmt die Führung den Gang entlang. Ich habe das Bedürfnis, ihm ein Bein zu stellen, doch der Gedanke, dass sein Huf mir möglicherweise die Zehen zerquetscht, hält mich zurück. Stattdessen schlucke ich ein Knurren herunter und folge ihm, wobei ich mich frage, ob er mir überhaupt antworten wird. Ich hasse es, dass ich ihn fragen muss, aber er ist derzeit meine einzige Wissensquelle. Außerdem möchte ich an diesem seltsamen Ort gern jemandes Stimme hören, auch wenn es seine ist.

Nachdem er mich gerade lange genug hat warten lassen – höchstwahrscheinlich eine absichtliche Verzögerung, um mir meine heimzuzahlen –, überrascht er mich, indem er spricht: «Der Äther ist die Macht, die du nutzt. Beziehungsweise», er bewegt eine Hand in meine Richtung, während ich eilig zu ihm aufzuschließen versuche, «die du in greifbarere Elemente wie Feuer und Luft *transmutierst*, denn er gehört nicht in diese Welt. Er ist das fünfte Element. Eigentlich das *erste* Element, aber die Menschen sind so voller Hochmut, dass sie ‹ihre› Elemente zuerst zählen.» Er nickt, als er sieht, wie ich überrascht auf meine Handfläche schaue, aus der ich Feuer beschworen habe. «Ja, niedere Sterbliche, es ist nicht nur die Macht der Götter, die du so bereitwillig nutzt, sondern ihr Atem selbst. Erinnerst du dich an das alte Sprichwort: ‹Ich keuche vor Anstrengung und erhalte im Gegenzug den Atem des Himmels.› Nicht?»

Ich funkle ihn an und weiche einer laufenden Statue aus. «Du weißt genau, dass ich mich nicht erinnere.»

«Es ist, als würde man mit einem Kind reden», murmelt er. «Zum Glück habe ich ausreichend Geduld.» Er muss gar nicht schauen, wo er hingeht, um den Statuen auszuweichen, sondern knibbelt lässig an seinen langen schwarzen Nägeln. «Der Äther ist im Reich der Sterblichen nicht richtig greifbar. Er ist weder heiß noch kalt, weder nass noch trocken, weder hart noch weich. Im Reich der Götter ist er die Luft, das, was sie zum Leben und Atmen brauchen. Im Reich der Sterblichen ist es am einfachsten, ihn in Feuer umzuwandeln. Aber man kann alles damit machen, wenn man weiß, wie. Er ist pure Macht. Die Götter selbst sind in seiner Nutzung allerdings eingeschränkt, sie wird bestimmt durch ihre unauslöschlichen Grenzen.»

«Grenzen?», frage ich und winkle meinen schmerzenden Arm an.

«Ist es seltsam, sie sich als *begrenzt* vorzustellen, ja, wie du in deinem erbärmlichen Menschenkörper?» Als er eine nahe Statue passiert, in ihrer Bewegung erstarrt, schnippt er mit einem überraschend lauten Klacken gegen ihre Schulter.

Seine Nägel müssen kräftig sein – ein Gedanke, der mich erschaudern lässt, als ich mir vorstelle, wie sie sich in Haut bohren. An der Stelle, die er zuvor gepackt hat, schmerzt *meine* Haut erwartungsvoll – nicht aus Furcht, sondern eher begierig. Angewidert schüttle ich mich. Es ist eine Sache, von Schmerz angetan zu sein, eine ganz andere, von *ihm* angetan zu sein.

«Doch was die Götter so rein macht, hält sie gefangen», fährt er fort. «Ihr unveränderliches Wesen. Der Gott der Flüsse oder der Jahreszeiten oder der Ernte – ziemlich spezifisch, oder? Mit ganz klaren Grenzen. Natürlich können sie versuchen, diese Einschränkungen zu umgehen, doch im Großen und Ganzen müssen sie sich an gewisse Regeln halten, die für uns nicht gelten. Was ihre Fähigkeiten angeht, verfügen sie über eine Kraft, die die wildesten Träume der Sterblichen übertrifft. Allerdings sind wir im Reich der Sterblichen freier darin, den Äther zu nutzen, wie es uns beliebt – vorausgesetzt es wird ein angemessenes Opfer erbracht.»

«Wenn Äther hier nicht existiert, wie können wir ihn dann überhaupt nutzen?» Ich runzle die Stirn, da mir klar ist, dass ich das wissen müsste, und es frustriert mich, dass ich es nicht tue. «Warum ist Schmerz der Zugang?»

«Das ist eine lange Geschichte, in der die Götter eine gewisse Rolle spielen, und ich hasse es, über sie zu sprechen. Ich bleibe lieber bei dem Thema, das ich am zweitwenigsten mag: Hexen.» Er grinst auf mich herab, mir wieder einmal viel zu nah, und sein sauberer Moschusduft umströmt mich. Ich erröte, als mir auffällt, dass mein Körper sich in seine Richtung neigt, und ich weiche zurück. Ich möchte mich seiner Wärme entgegenlehnen, seiner Stärke – jedoch nur, um sie mir als meine eigene vorzustellen, versichere ich mir selbst. «Betrachte den Schmerz einfach als ein Opfer, für das dir im Gegenzug Äther gewährt wird. Manche von euch *genießen* die Selbstverletzung sogar – diejenigen, die keine anderen binden, um für sie zu leiden.» Er winkt zu mir herab. «Und hier bist du, bedienst dich am Atem der Götter, indem du dein Blut darbietest. Daher auch Schmarotzerin.»

«Ich habe schon verstanden, was du damit andeuten wolltest», blaffe ich. Es ist immer noch seltsam – und auch nervig –, *Schmerz* mit Macht in Verbindung zu bringen, aber dann ist es wohl so. Kein Wunder, dass einige von uns anfangen, das Gefühl zu genießen. Ich deute auf ihn. «Und wo kommt ihr ins Spiel, Daemon?»

Er grinst. «Vielleicht erzähle ich es dir, wenn du netter fragst.»

Doch ich kenne die Antwort bereits. Oder zumindest habe ich sie schon erraten, auf Grundlage des Wenigen, das er preisgegeben hat. «Daemonen sind abtrünnige Halbgötter – so in etwa, frei von ihrem göttlichen Wesen. Halbgötter verfügen nur über Kräfte, die ihnen von ihrem göttlichen Elternteil gegeben werden, irgendeine Fähigkeit dieser Gottheit. Wodurch Daemonen Hexen nicht unähnlich sind – wir können beide auf unsere eigene Weise nach Äther greifen.»

Daesra zuckt mit den Schultern, doch ich bemerke seine Verärgerung daran, wie er sie versteift – nur ein weiterer Beweis dafür, dass er es nicht mag, wenn ich über Informationen verfüge, die *er* mir nicht gegeben hat. «Daemonen sind Hexen weit überlegen.»

«Genau wie wir nutzt ihr Bindungen und Schmerz, um eure Einschränkungen zu überwinden. Und doch nennst du uns Blutsauger, obwohl ihr mit eurer Unsterblichkeit eine wesentlich größere Menge an Blut vergießen könnt als wir.»

Endlose Mengen, denke ich. Endloser *Schmerz*. Für manche mag dieser Gedanke abstoßend sein.

Für mich ist er berauschend.

Er bleibt stehen, damit ich mich vor ihm durch einen engen Spalt zwischen zwei Statuen zwängen kann – wir befinden uns inmitten einer Gruppe von Figuren, die sich in ihrer hektischen Flucht den langen Gang hinunter aneinander drängen. Seine scheinbare Galanterie steigert nur mein Misstrauen. Ich will ihm auf keinen Fall Angst zeigen, aber ich bin auch nicht so töricht, ihm länger als nötig den Rücken zuzuwenden. Ich warte, bis er mich eingeholt hat, bevor wir beide gemeinsam weiter den Gang hinuntergehen, wobei der Daemon sich ein wenig vor mich schiebt. Offensichtlich genießt er es gleichermaßen, zu führen und mir Informationen wie Brotkrumen hinzuwerfen, denen ich folgen kann. Er versucht immer, die Oberhand zu behalten.

Er schenkt mir ein listiges, wissendes Lächeln, als er mit seiner Erklärung fortfährt. «Ein Halbgott kann zum Beispiel in der Lage sein, Wasser zu manipulieren, Blumen zum Blühen zu bringen oder Schwerter abzuwehren, oder er kann über die fünffache Kraft eines normalen Menschen verfügen, aber sonst nichts. Sie sind gezwungen, dem Wesen eines *anderen* zu gehorchen.» Er deutet in den gleichgültigen Himmel über ihm. «Aber dank des Makels der Menschlichkeit haben Halbgötter im Gegensatz zu ihren göttlichen Eltern eine *Wahl*, sie haben die Möglichkeit, über sich hinauszuwachsen. Sie können diesen göttlichen Teil von sich binden, um ihr volles Potenzial zu entfalten, so wie eine Hexe Teile ihres Körpers oder eines anderen Menschen im Austausch gegen Äther binden würde. Aber wie ich schon sagte, auf überlegene Weise.»

Als Daesra diesmal eine Statue anschnippt, zerfällt sie zu Schutt.

Unwillkürlich springe ich zurück, er hingegen geht einfach weiter. Ich frage mich, wie fein die Steinbrocken sind, wie viel Kraft für diese kleine Demonstration nötig war, und folge dem Daemon dann noch vorsichtiger. Tief aus meinem Inneren steigt widerwillige Bewunderung auf. Ich wünschte, ich könnte sie vergraben, selbst wenn sie nur seiner Stärke gilt und nicht *ihm*.

«Du meinst, ihr verderbt euer Wesen», sage ich. «Wenigstens müssen Hexen ihre Seelen nicht binden, um welche zu werden.»

«Und ihr seid so viel besser?» Er schnaubt, und sein Schwanz peitscht einmal hinter ihm durch die Luft. «Wenn ich mein Wesen verdorben habe, verdirbst du mit mir zusammen den Äther. Ich würde sagen, wir sind gleich, nur dass ich stärker bin. Schwäche ist keine Tugend.»

Nun bin ich an der Reihe, die Schultern zu zucken. «So wie ich das sehe, benutze ich einfach die Werkzeuge, die mir als Sterbliche gegeben sind. Ihr nutzt eure sowieso schon ungerechten Vorteile, um uns zu imitieren und noch mehr Macht zu erlangen, die ihr nicht einmal braucht.»

Mit verengtem Blick sieht er mich aus seinen roten Augen an. «Damals, als ich noch unter den Einschränkungen der Göttlichkeit litt, hatte ich meine eigenen Herausforderungen zu meistern.»

Ich grinse hämisch. «Nur hattest du eine gottgleiche Fähigkeit, die dir dabei half, richtig? Welche?»

Er schnalzt mit der Zunge. «*Diese* Geschichte erzähle ich nicht noch einmal. So schnell werde ich mich nicht wiederholen.»

«Aber wann hast du …?» Ich verstumme.

«Ach, du hast unsere früheren Gespräche vergessen? Es ist nicht an mir, diese Einschränkung zu überwinden.»

Meine plötzliche Wut brennt so heiß wie meine Flamme vorhin. «Findest du die Beschränkungen, die du deiner eigenen Seele auferlegt hast, erträglich, Daemon?» Viel lieber verspotte ich seinen dunklen Handel, als eifersüchtig zu sein. Ich warte darauf, dass meine Worte zu ihm durchdringen; der einzige Hinweis ist ein Schatten, der sich in seinen Blick schleicht. Ich lächle. «Muss qualvoll sein, so eine Fessel an deinem innersten Selbst. Sag mir, wie fühlt es sich an?»

«Schmerz ist Macht.» Er lächelt mir kalt entgegen. «Und ich liebe es, wie du dir die Freiheit nimmst, über mich zu urteilen, ohne überhaupt zu wissen, wer du bist und was du getan hast.»

Ich weigere mich, diesen Köder zu schlucken, damit er sich nicht weigern kann, meine Fragen zu beantworten. Die Erklärung, wie der Äther funktioniert, hat mir zu diesem Zeitpunkt wohl keinen Vorteil gebracht, nur deshalb hat er sie so bereitwillig gegeben. Nicht einfach, weil ich nett gefragt habe – oder vielmehr gebettelt.

«Gehen wir weiter, ja?», schlage ich vor, gehe um ihn herum und wende ihm selbstbewusster als zuvor den Rücken zu, und sei es nur, um ihn zu ärgern. Ich binde das Seil wieder um meinen Arm, während ich mich zwischen den Statuen und den immer dichter werdenden Hecken hindurchbewege. Diesmal schnüre ich meinen Arm an meine Vorderseite, in einer viel natürlicheren Haltung, aber doch zu fest, um angenehm zu sein. Ich weiß nun, wie es geht, und meine Hand bewegt sich mit schneller Präzision und in vergessener Gewohnheit. Meine anderen Fesseln sind immer noch eng genug, um mein Feuer zu schüren, aber eine solche

Bewegungseinschränkung funktioniert noch besser. Ein größeres Opfer, mehr Äther im Gegenzug.

Ich gehe zügig, halb in der Hoffnung, vor dem Daemon zu bleiben, aber er passt sich meinem Tempo ohne Schwierigkeiten an. Eine Weile gehen wir schweigend nebeneinanderher, nur das Klacken seiner Hufe hallt auf dem Stein wider. Mein freier Arm schwingt umher; der andere kribbelt und schmerzt dumpf.

Ich muss stehen bleiben und blinzeln, als sich der Weg direkt vor meinen Augen verändert und seltsame Winkel zwischen den Hecken auftauchen, während wir näher kommen. Der Weg teilt sich nicht zu den Seiten, sondern zwischen oben und unten. Zwei schwarze Steintreppen neigen sich in entgegengesetzte Richtungen und führen zwischen grünen Mauern hindurch, bis man sie nicht mehr sieht.

Ich brauche Daesra nicht, um zu wissen, wo es langgeht. Die Worte kommen mir ungebeten.

«Vorwärts und immerzu abwärts», murmle ich.

Den *Vorwärts*-Teil haben wir bereits gelernt, aber er hatte recht – ich spüre förmlich in den Knochen, wie es mich *abwärts* zieht.

«Doch das ist nicht die einzige Lösung», sagt er, da er offenbar immer klüger klingen muss als ich. «Das funktioniert, wenn es wie bisher einen mittleren Weg gibt, oder einen, der nach unten führt, wie jetzt, aber was passiert, wenn wir nur zwei Optionen haben, wie links oder rechts? Oder was, wenn der einzige Weg nach unten ein tödlicher Abhang ist?»

Ein unangenehmer Gedanke nagt an mir. «Warum *abwärts*?» *Wie* ist vielleicht die bessere Frage. Dieser Ort ist bereits unmöglich, und ich habe gerade mal an der Oberfläche gekratzt.

Er nickt in Richtung der Treppe. «Ich glaube, das alles hier ist Schicht für Schicht auf etwas Tiefem und Dunklem erbaut worden. Der einzige Weg, der uns wirklich voranbringt, *führt* abwärts.»

«Ah, wie der Brunnen, in dem du mich mit blutigen Fingernägeln zurücklassen wolltest?» Ich schlage einen lässigen Ton an; ich will nicht, dass er weiß, wie viel Angst mir seine kleine Ansprache gemacht hat. Wie sehr sie mich an das Gefühl von Hilflosigkeit erinnert hat.

Er sieht mich mit fröhlichem Gesicht an. «Ganz genau! Du lernst schnell – wenn du zuhörst.»

Ich presse die Zähne aufeinander und entgegne nichts, sondern steige die Stufen hinunter. Als sie in einen weiteren Gang münden, ist das einzige Anzeichen dafür, dass wir hinabgestiegen sind, dass die Heckenwände höher aufragen. Als ich mich umdrehe, um zu sehen, wo die andere Treppe hinaufführte, ist sie fort, nur der graue Himmel befindet sich über mir. Mir dreht sich der Magen um, während meine Augen versuchen, die veränderte Realität zu begreifen. Kann sich das Labyrinth hinter uns verwandeln – oder sogar *vor* uns, je nachdem, welche Entscheidungen wir treffen?

Die Hecken werden nicht nur höher, je weiter wir vorankommen, sie wuchern auch wilder und schließen viele der Skulpturen ein, deren Posen immer verzweifelter werden – sie laufen, stolpern, ziehen Grimassen, während sie auf der Flucht über ihre Schultern blicken, selbst die Tiere. Manchmal zeigen sich die steinernen Bewohner des Labyrinths nur durch eine blasse Hand, ein Gesicht oder ein Paar Hörner, die aus dem Grün auftauchen. Unsere Schritte werden immer dumpfer, je mehr Moos den schwarzen Stein unter unseren Füßen bedeckt.

«Geht es nur mir so», sage ich, als ich es nicht mehr länger aushalte, «oder wirken die Wände allmählich ein wenig erdrückend?»

«Ich persönlich wünschte, dass gewisse *andere* Anwesende weniger erdrückend wären», sagt Daesra, «aber jetzt, wo du es erwähnst, wirken sie tatsächlich hungrig.»

Besonders dort, wo das Grün die Statuen buchstäblich verschluckt. Während die Ranken und Blumen sich vorher um Hälse und Köpfe wanden, würgen sie sie jetzt, ersticken sie. Die Münder sind in stummer Panik geöffnet, die Augen nach hinten in die Höhlen gerollt.

Und da höre ich den Schrei. Er ist klagend und mitleiderregend – ein tierischer Laut, aber so verzweifelt, dass er etwas in mir berührt, von dem ich nicht wusste, dass es da ist. Mein Kopf zuckt in seine Richtung wie der einer Marionette. Das Geräusch scheint von weiter vorne zu kommen – da ist eine versteckte Biegung in der Hecke, die ich nur sehen kann, wenn ich direkt daraufschaue. Es ist weniger eine Gabelung als vielmehr eine Abzweigung. *Nicht* vorwärts.

Und doch regt sich etwas in mir, etwas Vergessenes und Tiefes, das sich reckt und gähnt, vollkommen erwacht, und schon bewegen sich meine Füße in Richtung des Lauts.

«Das ist vermutlich eine Falle», sagt Daesra. «Ganz zu schweigen davon, dass es der falsche Weg ist.» Und ich höre sein gemurmeltes «Närrin» hinter mir, als ich nicht stehen bleibe.

Diesmal folgt er mir nicht, als ich um die Ecke biege.

«Wenn du nicht stirbst», ruft er, «warte ich da vorne auf dich.»

Diese Worte lassen mich einen Moment innehalten. Seine Bereitschaft, mir zu helfen, endet natürlich irgendwo. Vielleicht ist es unklug, ohne ihn loszuziehen. Doch seine Absichten, ganz zu schweigen von der Qualität seiner Hilfe, wenn er sie denn gewährt, sind ohnehin völlig zweifelhaft. Ich habe keinen Grund, ihm zu vertrauen. Vielleicht sollte ich erleichtert sein, ihn loszuwerden.

Als ich den verzweifelten Schrei erneut höre, zögere ich nicht mehr weiter. Ich laufe auf den Ursprung zu – und weg von Daesra.

3

Hinter der Ecke erwartet mich ein weiterer langer lebendiger Gang. Nur ist dieser nicht leer. Und auch nicht ausschließlich von Statuen bevölkert.

Ein kleines Stück vor mir liegt eine Kreatur auf dem Boden, von der Größe einer Katze oder eines kleinen Hundes, soweit ich es erkennen kann, halb umschlungen von den blütenbewachsenen Ranken der Hecke. Sie ist nicht aus Stein, sondern aus Fleisch und Fell und eindeutig in Schwierigkeiten. Mir fällt auf, dass die Ranken sich wie Schlangen um ihren Körper winden und ihn fest einschnüren, und die roten Blüten, die sie schmücken, lassen sie nicht weniger unheilvoll aussehen.

Erneut schreit die Kreatur, *kreischt*, ein Laut, zu gellend und schrecklich für etwas so Kleines, und ich sammle das brennende Gefühl in meinem gefesselten Arm, beschwöre wieder Flammen in meiner Hand.

Das Feuer hoch erhoben, stürze ich auf das kleine, zappelnde Bündel zu. Ich reiße die Ranken fort und schicke Flammen an ihnen entlang, vorsichtig, um kein Fell zu versengen. Die blutigen Blüten verkümmern ob meiner Berührung, und die blattreichen Ranken ziehen sich zurück und hinterlassen vertrocknete, flatternde Flügel toter Schmetterlinge auf dem Boden und beißende schwarze Rauchschwaden in der Luft, die mir in der Nase brennen.

Sie legen ein Tier frei, so seltsam, dass es sogar meine Vorstellungskraft übersteigt. Es liegt auf der Seite und versucht panisch atmend und strampelnd auf die Beine zu kommen. Es wirkt wie ein kleiner kurzhaariger Hund, hat allerdings hervortretende Augen, eine vollkommen zerknautschte Schnauze und eine zottelige Mähne wie ein Löwe. Dort, wo ich einen Löwenschwanz erwarten würde, wenn auch einen kleinen, befindet sich stattdessen ein gewundener schuppiger Fortsatz, der eher dem Schwanz eines Schweins ähnelt. Es hat außerdem winzige stumpfe Hörnchen, die sich in die tiefen Falten seiner Stirn schmiegen, alarmierend scharfe Klauen an den Füßen wie eine Raubkatze und stummelige gefiederte Flügel, die diese ausladende Brust niemals vom Boden heben könnten. Sein angestrengtes Atmen klingt wie Schnarchen.

Ich zeige auf das Tier. «Steh auf! Lauf weg!»

Aus seinem faltigen, flachen Gesicht wirft es mir mit einem hervorstehenden Auge nur einen verdrehten Blick zu, während seine Zunge schlaff heraushängt – eindeutig zu lang für seine nicht vorhandene Schnauze. Ich weiß nicht, ob das sein normaler Ausdruck ist, aber es sieht furchtbar erschrocken aus. Und ausgesprochen unintelligent.

«Ich habe mir das mit dem Warten anders überlegt», erklingt die Stimme des Daemons direkt hinter mir und lässt mich aufschrecken. «Ich bin gekommen, um dich zu holen.»

«Ich muss nicht geholt werden», zische ich und drehe mich nur zu ihm um, um ihn wütend anzufunkeln. Dabei ignoriere ich, wie seine Präsenz – Hörner, Hufe, Schwanz und Muskeln – den Gang ausfüllt. Ich greife nach der Kreatur, bevor er mich daran hindern kann.

«Sadaré, lass es los!», keift er. Fast schon im Befehlston.

Wie kann er es wagen?, denke ich, bis seine nächsten Worte mich innehalten lassen:

«Sein Leben ist *deins* nicht wert.»

Erneut sehe ich ihn an, und seine roten Augen sind leicht geweitet, bevor sich etwas in ihnen verschließt, mich ausschließt. «Oder deine Erfolgschancen», fügt er verspätet hinzu.

Mir war nicht bewusst, dass mein Leben ihm überhaupt etwas wert ist – unabhängig von den rätselhaften Beweggründen, die ihn hier halten – oder dass ihm mein Erfolg bei dieser Aufgabe wichtig ist. Ich hätte eher gedacht, dass er mein Versagen genießen würde.

«Was –?», setze ich an, doch dann schlingen sich Ranken um meine Knöchel und ziehen mir die Füße weg. Da mir nur eine Hand bleibt, um mich abzufangen, komme ich hart auf dem Boden auf, stoße mir die Hüfte und den gefesselten Ellbogen. Meine Flamme erlischt zwischen meiner Hand und dem dunklen Steinboden. Umständlich rolle ich mich mit einem Arm auf die andere Seite und versuche, die Ranken wegzutreten, aber sie umschlingen mich fest, halten meine Füße zusammen und schlängeln sich an meinen Waden empor.

Ich spüre die kleinen Nadelstiche in meiner Haut. *Blutrot* war der richtige Farbton für die Blüten. Ich befürchte, sie könnten langsam von mir trinken, Tropfen für Tropfen, genau wie sie es bei den Schmetterlingen getan haben und wie sie es bei der armen Kreatur tun wollten, als wäre ich eine Fliege, gefangen in einem Netz aus Tausenden winzigen Spinnen.

Ich hoffe sehr, dass dieses Labyrinth nicht Tausende winzige Spinnen bereithält.

«Hilf mir!», rufe ich.

Daesra funkelt mich nur missbilligend an, ohne mich an ein *Bitte* zu erinnern. «Ich habe dir gesagt, du sollst es lassen. Du hast die Konsequenzen verdient, weil du nicht auf mich gehört hast.»

«Du meinst, ich verdiene es zu *sterben*?», presse ich hervor.

Anscheinend würde das einzige Lebewesen, das ich in dieser seltsamen Welt kenne – abgesehen von der röchelnden Kreatur mit den Glupschaugen neben mir –, es zulassen, dass ich langsam von blutdürstigen Pflanzen verschlungen werde, nur um auf seinem Standpunkt zu beharren.

Was im Namen aller Götter habe ich Daesra angetan, dass er mich so sehr hasst?

Er sieht nicht einmal mehr zu mir, obwohl ich hier gefesselt am Boden liege; er blickt über seine Schulter zurück zum Hauptgang. «Wir müssen gehen, sofort.»

«Siehst du nicht, dass ich gerade ein wenig beschäftigt bin?»

«Dann *konzentrier* dich. Sonst verlieren wir den Weg nach vorne – oder Schlimmeres», sagt Daesra, während er zu mir herumwirbelt und sein Schwanz hinter ihm umherpeitscht. «Welch hässliche kleine Chimäre», fügt er hinzu – und ignoriert *immer noch* die Ranken, die sich um mich schlingen, während er das torkelnde kleine Tier mit der heraushängenden Zunge begutachtet. «Das fehlgebildete Spielzeug einer Gottheit.»

«Wie du?», keuche ich.

Er sieht uns beide dort auf dem Boden an, und seine spitzen dunklen Hörner lassen ihn noch größer erscheinen, während er auf uns herabblickt. «Du hattest nie ein Haustier, soweit ich mich erinnere. Nun, abgesehen von ... egal. Trotz deines Kontrollzwangs hattest du es nie nötig, mit *kleineren* Kreaturen zu spielen, um dich überlegen zu fühlen. Um die Göttin zu spielen.»

«*Meines* Kontrollzwangs? Du bist doch derjenige, der von seinem erhabenen Standpunkt aus mit mir spielt», schnauze ich und zerre an einer Ranke, die meinen Oberschenkel hinaufkriecht, während ich versuche, mich zu konzentrieren, um mehr Flammen herbeizurufen. Aber Daesra ist keine Hilfe, in vielerlei Hinsicht. Er steht nicht einfach nur rum; er lenkt mich ab, obwohl er mich dazu anhält, mich zu *konzentrieren*. «Ich habe es nicht aus einem Überlegenheitsgefühl heraus gerettet. Sieh es dir doch an!» Ich deute auf die lächerliche Kreatur – Chimäre, nehme ich an –, die immer noch versucht, auf dem zu glatten Boden Halt zu finden, und dabei mittlerweile grunzt wie ein Schwein. Ist es ein Hunde-Schwein? Ein Löwen-Hund? Mit den Flügeln eines Huhns und winzigen Ziegenhörnern? Ich muss wohl oder übel zustimmen, dass sein Schöpfer irgendwo falsch abgebogen ist. «Es braucht Hilfe!»

«Es scheint mir, als bräuchtest *du* momentan Hilfe. Dir ist schon klar, dass es dir hier mehr nützen würde, dich wie dein normales, skrupelloses Ich zu verhalten.» Daesra schnaubt. «Wie kommt es, dass du auf einmal so mütterlich bist?»

«Danke, dass du mir diese Information ausgerechnet jetzt gibst», sage ich bitter und werfe den Kopf in Richtung meiner gefangenen Beine, «wo sie das Letzte ist, was ich brauche. Übrigens trinkt diese Hecke mein Blut.» Ich kann nicht anders, als hinzuzufügen: «*Mütterlich*?»

Dieses Wort fühlt sich für mich so seltsam an, als würde ich meinen Fuß in den schlecht sitzenden Schuh von jemand anderem stecken.

Der Daemon zuckt die Schulter und verschränkt die Arme. Und hilft mir immer noch nicht. «Ich sage ja nur, dass es seltsam ist, falls du das aus einem Mutterinstinkt heraus tust. Du wolltest nie Kinder. Du hattest für niemanden Liebe übrig außer für dich selbst.»

Kinder? Ausdruckslos starre ich ihn an, wie ein ausgenommener Fisch, bis ich mich so weit gesammelt habe, dass ich sprechen kann. Nur mit dem Atem einer Sterblichen, nicht mit Feuer, obwohl sich die Ranken unaufhaltsam auf meine Hüften zubewegen. Sie verschlingen mich langsam, wie eine große Schlange. Sie saugen mich *aus*, durch Tausende kleiner Stiche. Doch ich bin so sehr von Daesras Worten eingenommen, dass es mir schon fast egal ist.

Er wagt es, über etwas so … Intimes … zu sprechen, obwohl ich nichts über mich selbst weiß? Obwohl er mir nichts weiter erzählt?

«Ich bin froh», presse ich schließlich zwischen den Zähnen hervor, «dass ich, was auch immer du aus unserer Vergangenheit über mich weißt, nie Liebe für *dich* übrig hatte.»

In seinem Blick liegt etwas Distanziertes und absolut Kaltes. «Das bin ich auch. Und jetzt geh auf die Knie und fleh um meine Hilfe.»

«*Entschuldige, was*?» Die Worte kommen beinahe kreischend heraus und erschrecken die Chimäre.

«Du bist nicht entschuldigt», sagt der Daemon. «Ich sagte: auf die Knie.» Ich öffne den Mund, um ihn anzuschreien – vielleicht mit abscheulichen Flüchen –, doch er unterbricht mich und winkt ungeduldig ab. «So kannst du dir den Schmerz *zu eigen* machen, Sadaré. Genauso wie die Fesseln, die dich bewegungsunfähig machen und dabei wehtun, ist Unterwerfung etwas, was dein Opfer verstärkt. Stell es dir als eine Art mentales Band vor. Und jetzt», er nickt zu meinen gefangenen Beinen, «geh auf die Knie, fleh mich um Hilfe an, und du wirst über genügend Kraft verfügen, um dich selbst zu befreien.»

«Warum kannst *du* mich nicht einfach befreien?», will ich wissen.

«Das wäre nicht besonders lehrreich.» Er zuckt mit den Schultern. «Außerdem – wo bleibt da der Spaß?»

Ich sehe ihn mürrisch an. «Freut mich, dass du Spaß hast.»

Er bewegt einen Finger im Kreis, als würde er ein Rad nachzeichnen. «Netter Versuch, aber jetzt mach weiter, und zwar mit weniger Sarkasmus.»

Mit einem Knurren drehe ich mich mühsam auf die Seite und versuche angestrengt, die Beine unter meinen Körper zu ziehen. Unter den Ranken, die sich in meine Haut graben, bilden sich kleine Blutlachen.

«Warum», fauche ich, «muss ich *dich* anflehen?»

«*Irgendwem* musst du dich unterwerfen, und die Götter hören nicht länger zu. Ich bin der Einzige hier, es sei denn, du möchtest vor dieser lächerlichen Abscheulichkeit auf die Knie gehen.»

Ich schaue die kleine Chimäre an, und ihre Glupschaugen rollen in meine Richtung. Würde sie nicht so verängstigt wirken, sähe es fast so aus, als würde sie grinsen, während ihre Zunge aus ihrem Mund hängt.

Vor dieser Kreatur auf die Knie zu gehen, würde niemals ein glaubhaftes Opfer darstellen.

Trotzdem sage ich: «Mir wäre jeder lieber als du.» Ich presse ein Stöhnen zwischen den Zähnen hindurch, verlagere mein Gewicht auf die Knie und stütze mich dann auf die Schienbeine, in die die Ranken besonders tief hineinschneiden. «Ich komme nicht gegen den Gedanken an, dass *du* auch irgendwas davon hast.»

Der Daemon grinst auf mich hinab, zeigt seine scharfen Fangzähne und das offenkundige Vergnügen, das ihm mein Anblick bereitet. «Natürlich.»

«Ich hasse dich.» Ich keuche, als ich meine freie Hand flach auf den Boden presse und mich nach vorne beuge, wobei meine Hüfte so steif abknickt wie ein Baum im Sturm.

Er sagt fröhlich: «Was sich nicht beugt, wird brechen. Aber du könntest dich mit dem Beugen vielleicht etwas beeilen.»

Mürrisch blicke ich auf den dunklen Steinboden direkt vor meinem Gesicht, versuche, meinen Stolz herunterzuschlucken, und scheitere. «*So* schnell trinken die Ranken mein Blut nun auch wieder nicht.»

«Nur sind sie nicht das, was dich bald töten wird», sagt der Daemon über mir. «Sondern der Gang hinter uns. Er schließt sich.»

Erschrocken blicke ich zu ihm hoch. Ich kann es jetzt hören, ein fernes Tosen wie der Wind. Der Gang stürzt ein. Und wie es sich anhört, geschieht das in einem viel schnelleren Tempo, als der Nebel sich bewegt hat, vor dem wir am Anfang davongeeilt sind. «Deshalb bin ich hier», fügt er hinzu. «Das Labyrinth schien dein eigensinniges Abenteuer noch weniger zu schätzen als ich. Wobei ich nicht genau weiß, warum.»

Ich schließe fest die Augen und versuche, mich jetzt ernsthaft zu konzentrieren. Ich atme in meine Fesseln hinein, sowohl in das Seil als auch in die Ranken, und dehne den Schmerz aus, besonders dort, wo mein Knien ihn noch verstärkt hat. Ich mache ihn zu meiner Opfergabe und verdopple ihn.

«Bitte», keuche ich in die ungefähre Richtung des Daemons – und meine es auch so, nun, da ich weiß, in welcher Gefahr ich mich befinde. «Hilf mir.»

Als wäre ich Anzündholz, auf das ein Funke trifft, bricht die Macht in mir hervor, und meine Beine glühen wie die Sonne. Die Ranken winden sich wie Würmer auf einem Salzfeld. Sie können sich nicht schnell genug entwirren, um sich zurückzuziehen, und sie fangen an zu knistern und zu dampfen, zu rauchen und sich dann schwarz zusammenzukrümmen. Ihr Sterben hinterlässt Verbrennungen und blutende Wunden wie Nadelstiche auf meiner blassen Haut, überall dort, wo die Lederriemen meiner Sandalen und meine Tunika keinen Schutz bieten. Schon jetzt ist der cremefarbene Stoff mit Blut und Kohle beschmutzt. Ich kippe seitlich zu Boden, trete die Asche der Ranken von meinen Beinen und spucke darauf, aber meine Gedanken sind bereits auf dem Weg, der vor mir liegt – dem sich *schließenden* Weg, von dem ich das raschelnde Tosen der Blätter höre, während die Heckenwände wie krachende Wellen zusammenbrechen.

Daesra zieht mich auf die Füße und will mich in den Gang zerren, aus dem wir gekommen sind, auf den Lärm zu, doch ich reiße mich los.

«Das ist immer noch der Weg nach vorne, trotz der Gefahr», knurrt er. «Wir dürfen ihn nicht verlieren.»

«Ich weiß!» Ich wehre mich lange genug, um die grunzende,

schniefende Chimäre hochzuheben. *Definitiv ein Hunde-Schwein*, denke ich.

«Du strapazierst wirklich meine Geduld, Sadaré», sagt der Daemon. «Aber es wird nicht an mir sein, dich zu bestrafen. Schade», fügt er hinzu, als er mich zum Laufen antreibt.

Mir bleibt keine Zeit für eine bissige Antwort, denn ich sehe, wie meine Strafe aussehen könnte, als ich den Hauptgang erreiche. Ich sprinte weiter, so schnell ich kann, denn nicht weit hinter uns beben die Hecken und neigen sich, als würden sie uns verfolgen. Stürzen ein. Verändern sie sich, weil ich in die falsche Richtung gegangen bin? In eine Falle getappt bin, indem ich die Chimäre gerettet habe, wie Daesra zu glauben scheint? Oder weil die Gänge hier das einfach tun?

Vielleicht sind die Statuen auch vor dem sich verändernden Labyrinth geflohen, wenn nicht vor den toten Ozeanen.

Obwohl ich das nur ungern zugebe, bedeutet das, dass der Daemon mir vielleicht tatsächlich geholfen hat. Wenn es nicht bereits zu spät ist. Hinter uns wirbeln Äste umher, und Statuen fallen in die blättrige Masse, als würde ein Pflug sie umwerfen. Ich komme kaum voran, werde fast zu Boden gezogen, das Tosen klingt wütend und schrecklich, wie eine Bestie, die mir auf den Fersen ist. Daesra hängt mich schnell ab, denn ich trage eine Last, die er mir nicht abnehmen wird. Aber ich weigere mich, die kleine Kreatur zurückzulassen.

Mein Atem rasselt mir in den Ohren, während ich renne, das Hunde-Schwein unter den Arm geklemmt wie eine klobige Tasche, während der Wind der zusammenbrechenden Hecken lose Blätter über den schwarzen Boden weht. Ich bin nicht langsam, aber die Chimäre ist erstaunlich schwer. Wegen meiner Bindung kann ich sie nicht mit beiden Händen halten, und mein freier Arm brennt vor Anstrengung. Ich könnte an der Schnur ziehen, die ich so angebracht habe, dass ich meinen Arm schnell befreien kann, aber ich möchte die Kraft so lange wie möglich als Reserve behalten. Meine Fußsohlen brennen, immer wenn sie auf den Boden klatschen, und mein Herzschlag ist ein rhythmisches Donnern in meinen Ohren.

Dann kommt das Schlimmste. Vor mir erhebt sich eine Wand aus glattem schwarzem Stein, die unseren Weg versperrt und höher ist als ich – wenn auch nicht annähernd so hoch wie die Hecken –, fast so, als sollte sie uns zwischen sich und dem sich schließenden Durchgang einsperren. Ich könnte mich mit Mühe an ihr hochziehen, aber nicht mit einem gefesselten Arm und einer Chimäre im anderen.

Daesra hat die Mauer vor mir erreicht und springt hinauf, bevor er in die Hocke geht und die drahtigen Beine unter der schwarzen Tunika faltet, der buschige Schwanz peitscht. Er sieht mich an. Wartet, ob ich es schaffe, seine roten Augen leuchten. Alles, was er tun müsste, wäre, mir eine Hand entgegenzustrecken.

Ich würde nach ihr greifen, wenn ich eine Hand frei hätte. Doch ich brauche meine Arme nicht, um eine Mauer zu erklimmen. Der Daemon wartet wahrscheinlich darauf, dass ich mich von selbst daran erinnere. Ich fange an, meine Kraft in den Füßen und Schenkeln zu sammeln. Mein Schmerz ist nicht nur eine Waffe, er ist ein Werkzeug, und ich kann ihn nutzen, um zu springen wie Daesra, schneller und höher, als jeder Mensch es könnte.

Stattdessen verfängt sich mein Zeh in einem Stück Moos und Blättern, und ich werfe die Chimäre in die Luft, um mich abzufangen und mir nicht die Nase zu brechen. Als ich auf dem Boden aufkomme, schlagen meine Zähne heftig aufeinander, und ich beiße mir kräftig auf die Zunge. Der Schmerz ist so stark, dass ich nicht mehr klar denken kann.

Das, korrigiere ich, *ist das Schlimmste*. Meine wässrigen Augen suchen instinktiv das eine Wesen, das mir helfen kann.

«Daesra!», rufe ich. Und dann: «Du *Mistkerl*!»

Denn er steht bereits auf und dreht sich auf seinen Hufen von mir weg. Er springt lässig auf die andere Seite, aus meinem Sichtfeld. Und lässt mich zurück.

Mein Zorn brennt heißer als mein Schmerz. Ich will diesen Daemon in Brand stecken, aber das wird warten müssen. Die größere Gefahr befindet sich hinter mir.

Ich sollte mir diese Qual zu eigen machen, ihre Kraft nutzen. Ich sollte Feuer oder was auch immer gegen die sich schließende Hecke werfen. Aber alles, was ich sinnloserweise denken kann, ist: *Jetzt hat dieser Ziegenficker mich doch zum Sterben zurückgelassen.* Ich drehe mich auf die Seite, ringe nach Atem, Tränen trüben meine Sicht, und ich habe Blut im Mund. Die Chimäre liegt neben mir und starrt mit ihren Glupschaugen auf die herannahende Flutwelle aus Blättern. Sie scheint vor Angst wie gelähmt zu sein, oder vielleicht sieht sie auch immer so aus.

Ich versuche zu schreien: «Lauf, Hunde-Schwein!», denn das ist der beste Name, der mir für die arme kleine Kreatur unter Druck einfällt. Die Chimäre hat auch etwas von einem Löwen, aber es ist einfach nicht beeindruckend genug, um sich gegen die anderen Teile durchzusetzen. Allerdings bleibt mir das *Lauf* zusammen mit dem Blut im Halse stecken, und ich gluckse einfach «Hein» und spucke dabei ein paar Spritzer roter Tropfen.

Der Name ist so gut wie jeder andere.

Zumindest bin ich bereit, an der Seite dieses Namens zu sterben. Ich kenne nicht mal meinen eigenen Namen mit Gewissheit, also kann ich mir wohl kaum ein Urteil erlauben. Immerhin ist der Daemon, der ihn mir genannt hat, nicht annähernd vertrauenswürdig. Ich sehe die Chimäre an, und sie erwidert den Blick.

Sie wendet sich dem herannahenden Gewirr von Ästen zu, ohne dass sich der Ausdruck in ihren Glupschaugen verändert. Eine halbe Sekunde lang starre ich sie verwundert an und warte auf den Tod.

Doch dann öffnet sie ihren geknautschten, wirkungslos aussehenden kleinen Kiefer und schmettert dem sich schließenden Gang ein *Löwengebrüll* entgegen. Dieses Geräusch sollte für eine so kleine Kreatur unmöglich zu erzeugen sein, breite Brust hin oder her. Es übertönt das Tosen der Hecken komplett. Ich halte mir mit einer Hand ein Ohr zu und drücke die andere Seite meines Kopfes schützend auf den Boden. Aus dem Schrei der Kreatur, vielleicht sogar aus ihrem Maul, erhebt sich ein neuer Wind und peitscht gegen den wirbelnden Sturm des sich wandelnden Labyrinths an. Blätter und Zweige und sogar Steinbrocken explodieren mit gewaltiger Geschwindigkeit um mich herum. Ich rolle mich zu einem Ball zusammen.

Als der Lärm nachlässt und die herumfliegenden Trümmer aufhören, auf meine Haut zu prasseln, öffne ich vorsichtig ein Auge. Ich bin noch am Leben. Das Hunde-Schwein auch, wie ich sehe. Es sitzt da und hechelt fröhlich. Ich setze mich auf, Staub und Blätter regnen von mir, ich huste und schaue auf den Gang, wo die sich schließenden Hecken mich gerade verschlucken wollten.

Es *gibt* keinen Gang mehr, der Weg, den wir gekommen sind, ist blockiert, und ich bin vor der dunklen Steinmauer fast eingeklemmt. Aber auch die neue Heckenwand ist nicht stabil. In sie wurde eine große Wunde gesprengt, ein Tunnel aus abgebrochenen Ästen und zerfetzten Blättern, der sich immer weiter verengt, bis er einfach endet. Die Zerstörung scheint von der Chimäre verursacht worden zu sein.

Ich starre die Kreatur an und stütze mich auf die freie Hand, die noch vom Aufprall schmerzt. Ich hoffe, ich habe mir nicht das Handgelenk gebrochen oder einen Zahn gelockert. «Warst du das?», krächze ich. «Hast du das Labyrinth daran gehindert, uns zu verschlingen?»

Das Hunde-Schwein niest nur und kratzt sich die Schnauze.

Schnell schlage ich seine Pfote beiseite, bevor es sich mit seinen zu groß geratenen Katzenklauen noch ein Auge auskratzt.

Mütterlich, denke ich spöttisch. *Vielleicht.* Der Gedanke verblasst, als ich die Kreatur ansehe. Sie mag lächerlich aussehen, aber hilflos ist sie nicht.

«Pocli», sage ich und beuge mich vorsichtig vor, um ihr flaches Gesicht mit meiner freien Hand sanft in meine Richtung zu drehen. Vollkommen ernst begegne ich ihrem starren Blick aus den hervortretenden Augen und komme ihm sogar näher. «Hund, Schwein und, ganz wichtig, *Löwe* – porcus, cane, leo, kurz gesagt *pocli.* Ich werde dich nie wieder unterschätzen.»

Die Kreatur leckt mir über den Mund, bevor ich sie aufhalten kann, und niest direkt wieder, diesmal in mein Gesicht.

Ich wische mir mit dem Arm über die Wangen, um mich sauber zu machen, aber verschmiere den ganzen Rotz nur in dem Staub, der mich bedeckt. «Oder besser gesagt, ich werde dich nicht mehr unterschätzen, wenn es um Leben und Tod geht, in jeder anderen Situation vielleicht schon.»

Poclis Zunge hängt schlaff aus dem Mund. Wieder einmal sieht die Chimäre aus, als würde sie mich angrinsen.

Ich senke den Kopf, um mir den Unterkörper der Kreatur genauer anzusehen. «Du bist ein Er», sage ich, bevor ich mühsam auf die Füße komme. «Sofern ich eine Sie bin. Also, tapferer Herr, wir müssen den Feigling finden, der uns hier zurückgelassen hat.» Ich sehe wieder zu ihm. «Natürlich nur, wenn du mitwillst.»

Er sieht mich nur an, und seine Zunge hängt zur Seite heraus, während er hechelt. Seine Glupschaugen schauen einmal zu der hohen Steinmauer – auf den Weg nach vorn – und dann wieder zu mir. Ist das eine Frage oder eine Feststellung des Offensichtlichen?

«Klar. Dann sind diese Flügel wohl nutzlos. Natürlich.» Mühsam hebe ich ihn wieder hoch. Er scheint jetzt irgendwie noch schwerer zu sein, vielleicht liegt das daran, dass ich an mehreren Stellen Schmerzen habe: Knie, Hüfte, Handgelenk, Kiefer. Ich spucke Blut und beiße die Zähne zusammen, wodurch die Schmerzen noch stärker werden. Sodass ich sie mir zu *eigen* machen kann. «Na komm, du. Ich behalte dich. Auf dich ist wenigstens Verlass.»

Diesmal schaffe ich den Sprung, ohne zu stolpern. Aber ich setze zu viel Kraft ein und überschätze die Breite der Mauer. Ich springe komplett über sie hinweg und lande auf der anderen Seite.

Und ich falle direkt in ein tiefes Becken mit quecksilbriger Flüssigkeit, das vollkommen von schwarzen Steinwänden umgeben ist und somit den einzigen Weg darstellt, den ich nehmen kann. Wenigstens führt er mich *abwärts*. Allerdings fühle ich mich dadurch in der Sekunde, die mir bleibt, um meine Entscheidung zu bereuen, kaum besser. Panik packt mich, als die kalte, metallene Fremdartigkeit im Becken über meinen Kopf schwappt und mich und Pocli verschlingt.

Mein einziger Trost ist: Wenn das hier eine schreckliche Entscheidung war, dann hat Daesra sie wenigstens zuerst getroffen.

ZUVOR

Ich beobachte die Szene, als würde ich körperlos über ihr schweben. Ich, Sadaré, bleibe unten, wo Daesra neben mir steht.

Um mich herum ist die Welt so warm und leuchtend wie ein Sonnenuntergang. Ich stehe vor einem wunderschönen roséfarbenen Turm, der scheinbar aus Glas besteht, durchscheinend in dem goldenen Licht, das den Himmel durchdringt. Selbst die gläsernen Stufen unter meinen Füßen strahlen Wärme aus und leuchten sanft. Der Fuß des Turms ist breiter als jeder Tempel, den ich je gesehen habe. Wie passend, denn dies ist der Turm der Götter. Ich kann winzige Gestalten ausmachen, die sich im Inneren bewegen und wie Ameisen die endlose Wendeltreppe hinaufwandern, die an der halbdurchsichtigen Außenwand entlangführt. Das ist die Pilgerreise – der Preis, um *sie* zu erreichen. Ich kann die Spitze nicht sehen, von so weit unten.

Es scheint, als seien wir gerade erst angekommen.

Zunächst lächelt mich der Daemon nur freundlich an, als wüsste er noch weniger, warum wir hier sind, als ich – die Sadaré, die von oben zusieht. Meine Gedanken und meine Perspektive beginnen sich in diesem Moment auf beunruhigende Weise mit denen der Sadaré hier zu überschneiden, sinken hinab in meinen Körper wie in ein warmes Wasserbecken, bis ich nur noch das Gefühl der Versunkenheit kenne, sodass ich fast den Drang verspüre, ihn anzulächeln. Sein Ausdruck ist so gütig, so rein – vielleicht sah er einmal so aus, bevor er ein Daemon wurde –, und für eine Sekunde wünschte ich, sein Gefühl wäre echt.

«Komm jetzt zu mir zurück», sage ich.

Daesra blinzelt, und sein Lächeln verschwindet langsam. Es wird durch etwas gänzlich anderes ersetzt. Blitzschnell geht plötzlich Hass von ihm aus, der nicht zu der entspannten Ruhe unserer Umgebung passt. Er ist eine Gewitterwolke am schönen Horizont, ein Tintenklecks auf makellosem Pergament. Ich spüre, dass er explodieren und alles verdecken will, was hell ist. Die ganze Welt in Dunkelheit ertränken.

«Du hast mich *hierher* gebracht?», zischt er. «Dass du es wagst …! Ich wünschte, ich könnte deine Knochen zerkauen, das Mark aus ihnen saugen und es dir ins Auge spucken, während du zusiehst.»

Ich verdrehe die Augen. Ich kann jetzt meinen Körper fühlen, meinen Gedanken folgen, aber auf nichts außerhalb dieses Moments zugreifen, als wäre ich hier und nur hier. «Ich habe große Angst, ganz sicher.»

Doch ich *habe* Angst, trotz meiner vorgeblichen Gleichgültigkeit. Ich kann kaum ein Schaudern unterdrücken. Ich habe Angst vor Daesras Hass, ja, aber auch vor den hoch aufragenden Kristalltüren vor uns. Wenn ich erst einmal mit ihm eingetreten bin, kann ich nie wieder zurück.

Was werde ich sein, wenn ich auf der anderen Seite hinauskomme?

Was wird aus ihm?

Ich kann nicht anders, als ihn anzusehen. Und ich will vor dem zurückweichen, was ich sehe.

Sein Blick ist mehr als mordlustig. «Dafür wirst du bezahlen, Sadaré, und du wirst mich *so* gut dafür bezahlen. Wenn du strauchelst, werde ich da sein, um dich aufzufangen.» Sein Tonfall lässt es wie die Drohung klingen, die es ist, kein edles Angebot, mir zu helfen. «Um *abzurechnen.*»

«Da bin ich sicher.» Ich zwinge mich zu einem nachgiebigen Lächeln, obwohl es in meinem Magen unangenehm rumort. «Gehen wir.»

Als ich die Stufen hochsteige, folgt der Daemon mir einfach – was mich-als-Beobachterin verblüfft.

Doch dann fällt mir das dicke Band aus Eisen an seinem Hals auf.

Er ist mein Gefangener.

Ich habe ihn *gebunden*. Das weiß ich, ohne zu ahnen, wie ich dieses Kunststück gemeistert habe. Einen Daemon zu binden, der einst ein Halbgott war – und jetzt mächtiger ist oder zumindest weniger gehemmt als früher, verdorben, wie er nun ist –, sollte nahezu unmöglich sein, selbst für jemanden mit meiner Stärke.

Und jetzt übergebe ich ihn den Göttern.

Kein Wunder, dass er mich hasst, denke ich, nachdem ich erst kurz zuvor über das *Warum* nachgedacht habe, irgendwo, irgend*wann*, bevor ich gesprungen bin – gefallen?

Wenn ich gefallen bin, frage ich mich jetzt, wird der Daemon da sein, um mich aufzufangen?

Das ist kein tröstlicher Gedanke. Angst packt mich, und das Bild des roségoldenen Turms verschwindet. Ich öffne die Augen in einer anderen Welt.

4

Ich bin wieder im Labyrinth, oder wahrscheinlich habe ich es nie verlassen. Ich blinzle langsam.

Daesra wartet hier auf mich. Zum Glück hat er mich dieses Mal nicht aufgefangen – dafür ein Nest aus seltsamen Wurzeln. Ich bin umgeben von dicken, fasrigen Armen, die am Fuß eines gigantischen Baums ineinander verworren sind, der in schwindelerregende Höhen wächst.

Einen atemlosen Moment lang kann ich nichts weiter tun, als den Daemon anzustarren.

Bevor ich in das Becken gefallen bin, wollte ich ihn anschreien, bis meine Kehle wund wird. Ich wollte ihn verbrennen, weil er mich verlassen hat. Jetzt sehe ich ihn direkt an, während er mit verschränkten Armen lässig an der Wand lehnt, ein hinterhältiges Glänzen in den roten Augen.

Da er ebenfalls durch das Becken getaucht ist, weiß er, was ich gesehen habe. Und er weiß, dass ich nicht in der Position bin, ihn des Verrats zu beschuldigen. Nicht nach dem, was ich ihm angetan habe – falls ich ihn wirklich gebunden habe und das Ganze nicht nur ein Trick des Labyrinths ist.

Doch die Erinnerung fühlt sich realer an als alles andere um mich herum. Als würde man ein fehlendes Körperglied wiederfinden – sie ist ein Teil von mir, der zurückgekehrt ist. Und obwohl ich mich nur an wenig erinnere, weiß ich bereits, wie dringend ich die Unsterblichkeit will, wegen der grenzenlosen Macht, der Sicherheit, die sie mir gewähren würde. Wenn ich sie nicht selbst erlangen könnte, wäre ich ganz sicher bereit gewesen, ihn zu binden, um Zugriff auf sein ewiges Leben zu haben.

Um seinen endlosen Quell an Schmerz anstelle von meinem eigenen zu benutzen. *Ihn* zu benutzen.

Kein Wunder, dass er mich hasst. Mich dem Tod überlassen will.

Und doch ist er immer noch hier. Er hat mich nicht *lange* verlassen, auch wenn ich während seiner kurzen Abwesenheit hätte umkommen können.

«Ich wusste, dass du es schaffst», sagt Daesra, als würde er meine Gedanken lesen. Nur glaube ich ihm nicht. «Du bist zu nervtötend störrisch, um zu sterben. Nimm dir ruhig einen Moment, um dich zu sammeln.»

Da er nicht mit seinen scharfen Nägeln und der Absicht, mich auszuweiden, auf mich losgeht, reiße ich den Blick von ihm los und nehme mir tatsächlich einen Moment, um mich umzusehen.

Ich scheine tiefer in das unbegreifliche labyrinthische Gebilde hinabgetaucht zu sein, nachdem ich in das Quecksilberbecken gesprungen bin – *durch* diese seltsame, schimmernde Oberfläche hindurch, wie es scheint – bis zu dem, was darunter liegt. Ich fühle mich nicht, als wäre ich hart gelandet, obwohl ich anscheinend tief gefallen bin. Mein Blick wandert den Baumstamm hinauf, immer weiter nach oben, bis zu einer hoch aufragenden schwarzen Steinwand, an die er sich schmiegt und die so glatt ist wie der Boden des Labyrinths, wo er nicht mit Moos bewachsen ist. Mit einem flauen Gefühl im Magen wird mir klar, dass die Bäume die Hecken des Labyrinths über uns gebildet haben, und die Kronen dieser Mauern neben mir waren die Wege, die ich gegangen bin und für den Boden gehalten habe. Jetzt ist dieser Boden unter mir weggefallen und zu meinem neuen Gefängnis geworden. Ich suche nach einem Hinweis auf das Quecksilberbecken, aber es ist verschwunden. Der Himmel ist ein blasser Streifen weit über mir, ein blaugrauer Fluss, der die tiefe Schlucht aus dunklem Stein mit den breiten Baumstämmen und dem dichten Laubdach, das mich einschließt, durchschneidet.

Vorwärts und immerzu abwärts. Nun, ich bin auf jeden Fall nach unten gegangen.

Der neue Boden unter meinen Füßen besteht aus rauen, massiven, quadratischen Pflastersteinen, die wie die Knochen eines älteren, tiefer liegenden Bauwerks wirken, und Wurzeln, die sich über sie ausbreiten wie sich windende Schlangen. Ich blinzle, als sich die Wurzeln *tatsächlich* zu winden scheinen. Aber als ich wieder hinsehe, bewegen sie sich nicht. Es muss eine Täuschung des Lichts gewesen sein, oder meiner immer noch verwirrten Sinne.

Ich täte gut daran, wachsam zu bleiben. Immerhin bildete das Blattwerk am oberen Ende dieser Bäume nicht nur die Wände des Labyrinths, sondern *auch* die Ranken, die mein Blut getrunken haben.

Kurz schließe ich die Augen, als mich Schwindel überkommt. Meine Vergangenheit ist selbst eine Art Labyrinth, und ich habe gerade erst einen kleinen Blick hineingeworfen. Nun, da ich durch das Becken geschwommen bin, ist es vielleicht *in* mir. Eine wiederhergestellte Erinnerung. Seine glänzende Oberfläche war ein Spiegel, in den ich hineinblicken und mich selbst sehen konnte – das Ich, das ich vergessen habe, wenn auch nur ein flüchtiges Flackern davon. Ich hoffe auf mehr Spiegel und fürchte sie zugleich. Wie die blutdürstige Heckenmauer scheinen sie mir etwas nehmen zu wollen, während sie mich vorwärtsleiten.

Wer bin ich? Irgendwann in der Vergangenheit habe ich Daesra gebunden. Er ist ein Daemon und hat es vielleicht verdient, dennoch ist das eine schwerwiegende Tat. Auch wenn er das Halsband nicht mehr trägt, kann ich sein Gewicht beinahe selbst spüren, wie es scheuert, mich nach unten zieht, würgt …

Es erscheint mir ungerecht, dass ich mich so schuldig fühle, als sollte diese Last jemand anderes tragen, da ich mich nicht einmal an die Tat erinnere. Doch ich habe den Beweis dafür in der Erinnerung gesehen. Und wenn ich ihn zuvor gebunden habe, was habe ich wohl noch getan?

Du weißt nicht, was in dir steckt, hat Daesra zu mir gesagt. Ich erschaudere.

Etwas Feuchtes gleitet über mein Gesicht. *Leckt* darüber.

Natürlich. Pocli ist auch hier bei mir, windet sich in meiner Armbeuge, seine Klauen bohren sich in meine Oberschenkel und bringen mich zu mir selbst zurück. Ich bin mit ihm im Arm über die Mauer gesprungen, und er scheint den Sturz unbeschadet überstanden zu haben. Erneut versucht er mich abzuschlecken, aber ich schiebe ihn von meinem Schoß auf den Boden, wobei ich auf seine nutzlosen Flügel achtgebe.

Ich bin froh über den Anstoß, weiterzugehen, den ausnahmsweise nicht der Daemon gibt. Ich will jetzt nicht über meine tief vergrabene Vergangenheit nachdenken und auch nicht mehr von den Wurzeln um mich herum bedrängt werden, die sich plötzlich klammernd und erdrückend anfühlen. Ich kämpfe mich aus dem Gewirr, nicht besonders würdevoll mit meinem immer noch gefesselten Arm und den Schmerzen in Handgelenk und Hüfte.

Trotz der Schmerzen und Ängste fühle ich mich in meinem Körper wohler, als ich mich aufrichte und die Schultern ausschüttle. In der Erinnerung war ich zu Beginn eine passive Beobachterin, aber dieser kurze Blick hat mich mit mir selbst verbunden, wie zart diese Verbindung auch sein mag. Wie beunruhigend. Ich klammere mich daran wie an eine Ankerleine im Sturm, obwohl es eigentlich nur der lose Faden eines Spinnennetzes ist, der über einen roségoldenen Himmel treibt, nur für eine Sekunde sichtbar – eine Warnung vor möglicherweise unbemerkten, giftigen Fangzähnen.

Daesra lächelt trocken und zeigt mir seine eigenen Reißzähne. «Genießt du deine Pause?»

Ich ignoriere ihn und humple an ihm vorbei. Ich weiß nicht, was ich ihm sagen soll, als würden wir unsere Klingen kreuzen – nur ist seine schärfer und hat mehr Reichweite.

«Na komm, tapferer Herr», sage ich stattdessen zu Pocli.

«Tapfer?», schnaubt Daesra und folgt mir auf seinen Hufen. «Dieses Ding?»

Es ist gut, dass er nicht weiß, wozu Pocli fähig ist – wenn die Chimäre sich überhaupt die Mühe macht, mir noch mal derart zu helfen –, denn dann könnte es sein, dass ich die Kraft der Kreatur gegen den Daemon einsetzen muss, falls er sich doch gegen mich wenden sollte. Ein Ass im Ärmel sozusagen. So hatte Daesras kurze Abwesenheit immerhin einen Vorteil.

Ohne zu antworten, gehe ich den breiten Korridor zwischen schwarzen Steinmauern und hoch aufragenden Bäumen entlang, steige über Wurzeln und unebene Fugen im Kopfsteinpflaster hinweg und lasse die unangenehme Stille auf mich wirken. Auf wundersame Weise trottet die kleine Chimäre hinter mir her und starrt mich ein paar Sekunden lang aus ihren Glupschaugen an, als wollte sie sich vergewissern, dass ich sie wirklich angenommen habe, bevor sie mir folgt. Bei Pocli ist meine Mühe offenbar nicht verschwendet. Dafür sind seine Flügel selbst eine Verschwendung. An seinem Hinterteil wackelt sein schuppiger Ringelschwanz im Takt seines Watschelgangs hin und her. Bei diesem Anblick kräuseln sich meine Lippen.

Das heißt, bis Daesra ohne ein weiteres Wort an mir vorbeischreitet, wieder die Führung übernimmt und mir seinen breiten Rücken zuwendet.

Auch die Statuen sind eine kaum unterhaltsame Gesellschaft. Ihr Unbehagen hat sich fast gänzlich in Verzweiflung verwandelt, die bleichen Steinfiguren rennen nur noch, stolpern über Wurzeln, wedeln mit den Armen. Einige Gesichter sind zu verängstigten Schreien verzogen. *Wovor haben sie Angst?*, frage ich mich.

Nach dem, was das Labyrinth bereits getan hat, möchte ich das vielleicht gar nicht wissen.

Im Moment verläuft der Gang geradeaus, aber trotzdem bereitet er mir Probleme, wenn auch aus anderem Grund als zuvor. Durch die blutdürstigen Ranken und meinen Aufprall auf dem Marmorboden bin ich von winzigen Bissen, kleinflächigen Verbrennungen und zahlreichen Blutergüssen übersät, und getrocknetes Blut blättert von meiner Haut ab. Am schlimmsten schmerzen mein Kiefer, der sich anfühlt, als hätte ich einen Schlag von einem Riesen kassiert, und mein Handgelenk, das mir verstaucht zu sein scheint.

Ich kann das in Ordnung bringen. So wie ein vorsätzliches Opfer – mein eigenes oder das von jemandem, den ich gebunden habe – mir an anderer Stelle Kraft und Schnelligkeit verleihen kann, kann eine Wunde eine andere heilen. Es ist einfach eine größere Herausforderung. Ich spüre das Summen des Äthers unter meiner Haut, bereit, aufzusteigen und mit explosiver Kraft aus mir hervorzubrechen. Oder Feuer – das wäre am einfachsten. Wasser und vor allem feste Materie sind schwieriger zu manipulieren, vielleicht weil sie starrer und weniger veränderlich sind, und Fleisch und Blut sind beides. Und wenn ich eine Wunde an demselben Körper heile, der den Schmerz liefert, ist das nie so effektiv, wie es sonst wäre. Es ist, als würde man ein Wasserrad benutzen, um das Wasser anzutreiben, das das Rad dreht.

Ich komme nicht umhin, zu Pocli zu blicken. Wenn ich die Kreatur binde, *ihren* Schmerz nutze ... Aber nein, schon beim Gedanken daran wird mir schlecht. Pocli hat mir das Leben gerettet; nachdem ich ihm zuerst seins gerettet habe. Genau wie Daesra verstehe ich diesen edelmütigen Impuls immer noch nicht, aber dafür ich habe es nicht getan.

Also muss es doch mein eigener Schmerz sein. Es geht nicht um die Schwere der selbst verursachten Wunde im Verhältnis zu der, die ich heilen möchte, sondern nur um die Intensität des Schmerzes. Es muss wehtun … und zwar sehr. Oder es muss ein anderes Opfer hinzukommen, wie Unterwerfung anscheinend, doch mit dem Niederknien bin ich durch. Am liebsten für immer.

Plötzlich fällt mir ein, wo ich meine Nadeln aufbewahre, als würde die Erinnerung in meinen Fingerspitzen stecken: unter der Seilmanschette an dem Arm, den ich nur selten fessle, meinem starken linken. Vielleicht wurde die Information freigesetzt, als ich mich an einen kleinen Teil meiner Vergangenheit erinnerte, oder dieses Wissen hat einfach in meinem Fleisch gewartet, so wie die Kenntnis meiner Kraft. Ich binde meinen gefesselten Arm los, weil ich ihn brauche, um an meine Nadeln zu kommen, und weil ich dank meines pochenden Kiefers vermute, dass der Nutzen, den die Bewegungsunfähigkeit bringt, das Risiko nicht wert sein könnte.

Aufzugeben ist hingegen das Risiko nicht wert, das es für meinen *Stolz* darstellen würde.

Als ich mich befreit habe, durchzuckt mich ein Schmerz von der Schulter bis zu den Fingerspitzen – genug, um die Prellungen an meinem Knie und meiner Hüfte zu heilen. Als das prickelnde Gefühl des in meinen Arm zurückkehrenden Blutes folgt, heile ich die winzigen Bisse und Verbrennungen an meinen Beinen. Aber die Erleichterung setzt, nachdem ich mich losgebunden habe, zu schnell ein. Für mein Handgelenk und meinen Kiefer brauche ich mehr.

Mit meiner gerade befreiten Hand wickle ich die Seile meiner Armmanschette auf, um die Köpfe der Nadeln zu finden, die in dem darunter eingebundenen, gefalteten Lederstreifen stecken. Ich erinnere mich daran, dass ich Nadelstiche Schnittwunden vorziehe. Weniger Sauerei, weniger Risiko, dass die Wunden eitern und schwierigere Heilungsprozesse erfordern. Nadeln sind geradezu sauber, wenn man sie in einer Linie anbringt und dabei die Haut nur leicht anhebt, und sie lassen sich leicht an unauffälligen Stellen wie dem Oberarm oder dem Oberschenkel unterbringen. Wenn ich die Zeit habe, mache ich gerne hübsche Muster. Sie zu kreuzen, ist noch schmerzhafter, und wenn ich dann noch ein Seil darüber wickle, bekomme ich entsetzliche Kraft. Irgendwie bin ich es gewohnt, das zu tun. Diese Art von Schmerz macht mir nichts aus. Gewollt. Zielgerichtet. Ein Teil von mir mag sie sogar, auf eine seltsame Weise. Ich weiß, dass Leiden mich stärker und mächtiger macht, vielleicht fühlt es sich deshalb *gut* an.

Ich verdränge den Gedanken, dass Daesra mich eine Blutsaugerin nennt.

Mit noch immer steifen Fingern ziehe ich eine Nadel heraus und übergebe sie meiner geschickteren Hand, bevor ich mich meinem Oberarm zuwende, der noch immer leuchtend rote Einkerbungen vom Seil aufweist. Das ist schließlich der Arm, den ich weniger benutze, und wenn ich in eine bereits schmerzende Stelle steche, wird es sich noch mehr lohnen.

Daesra nimmt mir die Nadel aus den Fingern, als ich sie gerade in die Haut stechen will. Ich habe nicht einmal gehört, wie er langsamer geworden ist.

«Gib sie mir wieder!», schnauze ich und weiche bei dem Ausdruck in seinem Gesicht dann beinahe zurück. Er ist so gnadenlos wie die Steinwände.

«Nein», sagt er. Er streckt eine Hand aus und krümmt langsam einen Finger. «Gib mir auch die restlichen.»

«*Nein*», wiederhole ich wütend und schiebe mich so würdevoll an ihm vorbei, wie ich nur kann. «Die brauche ich, um mich zu heilen.»

Seine unerbittliche Stimme folgt mir. «Du hast andere Werkzeuge.»

«Aber *diese* gefallen mir.»

«Tja, mir aber nicht.»

«Was geht's dich an?» Mein scharfer Konter hallt von den hohen Wänden wider. Verlegen sehe ich mich um, bevor ich zu Daesra herumwirble – und beinahe wieder zurückweiche. Er steht *sehr* dicht hinter mir. Diesmal zwinge ich mich dazu, den Blick zu heben und ihm in die Augen zu sehen. Immerhin hat er behauptet, mir wehgetan zu haben – und außerdem meinte er, ich hätte es verdient –, warum interessiert es ihn also, wenn ich mich selbst verletze? «Und warum sollte es mich kümmern, was du denkst?»

«Ich schulde dir keine Erklärung, und *du* willst es nicht drauf ankommen lassen. Und jetzt gib mir die restlichen Nadeln. Oder soll ich sie dir abnehmen?» Er grinst mit einem eindeutig verruchten Glänzen in den Augen. «Denn das könnte Spaß machen.»

Abwehrend verschränke ich die Arme. «Deine Art von Spaß gefällt mir nicht.»

«Früher schon.»

Ich will gar nicht wissen, was er damit meint, also starre ich ihn mürrisch an, ohne etwas zu sagen – oder ihm die Nadeln zu geben.

«Du könntest auch einfach noch mal flehen», sagt er, «und dich damit heilen.»

«Oder du könntest mir *helfen*», presse ich hervor.

«Dich dazu zu bringen, mich anzuflehen, *ist* meine Hilfe. Schließlich heißt es doch: *Übung macht den Meister.*» Er zuckt mit den Schultern. «Die richtige Frage wäre: Warum sollte ich dir helfen? Ich bin da hin- und hergerissen.»

Ich weiß, warum er unsicher ist. Ich habe ihn gebunden, was ihm beinahe einen Grund gibt, mich in Stücke zu reißen. Und doch braucht er mich angeblich, um aus diesem Labyrinth zu gelangen, wofür ich in einem Stück ans Ende kommen muss. Wenn er mich in der Zwischenzeit demütigen kann, umso besser.

Was ich *nicht* weiß, ist, warum das schlimmer schmerzt als jede Nadel.

«Ich weiß, warum du mich hasst», platze ich heraus. «Ich habe dich gebunden. Ich erinnere mich.»

Seine Stimme klingt aufgesetzt höflich, während sein Blick mich verbrennt. «Dann musst du dich auch daran erinnern, dass du eine abscheuliche Hexe bist.»

Er geht um mich herum, als könnte er meinen Anblick nicht länger ertragen, eine Geste, so effektiv wie eine Ohrfeige. Ich folge ihm, wobei ich mich gleichzeitig närrisch und seltsam verzweifelt fühle.

«*Nein*, daran erinnere ich mich nicht, und das bin ich sicher auch nicht.» Zumindest hoffe ich das. «Warum habe ich dich zu den Göttern gebracht? Und zu *welchen* Göttern? Wer und was sind sie?»

Er spricht, ohne sich umzudrehen. «Das sage ich dir, wenn du mir Folgendes nachsprichst: *Ich bin eine abscheuliche* –»

Mein frustrierter Schrei unterbricht ihn. «Warum kann ich mich nicht erinnern?» Ich weiß, dass es etwas mit der Prüfung hier zu tun hat – vielleicht mit dem Ausmaß der Belohnung, die ich mir zuvor schon vorzustellen versucht habe –, doch diese Erklärung ist mir nicht gut genug, nicht mehr. «Warum bist du als mein Verbündeter hier, widerwillig oder nicht, wenn du einst mein Gefangener warst?»

Er marschiert weiter, weicht Wurzeln aus. «Weil wir die Dinge jetzt anders angehen.»

«Wenn du glaubst, ich würde als Gegenleistung deine Bittstellerin spielen, oder sogar deine Gefangene, dann irrst du dich.»

«Wer sagt, dass wir spielen?»

Ich sage das, und abgesehen davon hat auch er das gesagt. Es ist alles nur ein Spiel, egal wie schrecklich.

«Du musst diese Behandlung verdient haben.» Mir gefällt

nicht, dass meine Stimme eher flehend als bestimmt klingt, und ich vermisse meine angeborene Selbstsicherheit. «Du musst mich irgendwie verraten haben.»

Jetzt ist Daesra an der Reihe, sich zu mir umzudrehen, so plötzlich, dass ich beinahe in seine Brust hineinlaufe.

«*Ich* habe *dich* verraten?» Seine Stimme klingt so gefährlich, dass ich glaube, es sei besser, dieser Frage auszuweichen. Als ich nichts erwidere, streckt er mir wieder eine Hand hin und blafft: «Nadeln. *Sofort*. Meine Geduld ist am Ende.»

«*Nein*.»

Er macht einen bedrohlichen Schritt auf mich zu, sein Huf stampft laut auf dem Stein auf. Es braucht keine Erinnerung an Dreck auf meiner Zunge oder den Geruch von Waldrauch und Herbstlaub, damit ich vor dem Gefühl der Hilflosigkeit zurückschrecke, das mich durchströmt.

Tränen der Demütigung brennen mir in den Augen. Lieber verliere ich meine Nadeln als mich selbst, und so hebe ich beschwichtigend die Hände und verbeiße mir ein frustriertes Stöhnen. Diese Runde habe ich verloren – der Daemon ist stärker als ich. Und durch diese Niederlage gebe ich noch mehr Macht ab, aber das ist besser, als alles zu verlieren. Ich löse die Seilmanschette an meinem Arm, ziehe den Lederriemen mit den Nadeln heraus und schlage ihm das Päckchen gegen die Schulter.

Er packt mein Handgelenk und drückt zu. «Gute kleine Hexe.»

«Fick dich doch.» Diese Worte spucke ich aus, bevor ich darüber nachdenken kann, und zerre meinen Arm zurück, wobei meine Nadeln in seinem Griff verbleiben. Ich spüre die Hitze seiner Finger an meiner Haut wie eine brennende Manschette. Zum Glück hat er nicht mein verstauchtes Handgelenk gepackt. Ich ignoriere den scharfen Schmerz *darin* und das Pochen in meinem Kiefer, während ich ihn wutschäumend anfunkle.

In seinen roten Augen flackert etwas auf, das ich nicht ganz zuordnen kann. «Erinnerst du dich daran, wie *du mich* gefickt hast?»

Die Frage entzieht meinen Lungen jegliche Luft. Genau das wollte ich nicht in Betracht ziehen, auch wenn ein Teil von mir diese Möglichkeit immer wieder anstößt wie meinen schmerzenden Zahn. Es mir *vorzustellen,* die Härte seiner Hörner unter meinen Fingern, wie ich seinen Kopf auf mein Vergnügen zuführe. Einen Moment lang kann ich ihn nur anstarren und versuche verzweifelt, mir solche Dinge jetzt nicht vorzustellen. «Das kann nicht sein. Du hasst mich.»

Er zuckt mit den Achseln. «Vielleicht hast du dich mir aufgezwungen, während ich an dich gebunden war, unfähig, mich zu wehren.»

Bevor ich es merke, bin ich schon in Bewegung. Während er die Augenbrauen hebt, lege ich beide Hände flach auf die harte Brust des Daemons – ignoriere den Schmerz in meinem Gelenk – und schubse ihn unter Anwendung eines Kraftstoßes, so stark ich kann. Als könnte ich damit die Möglichkeit von etwas so Grässlichem wegschieben.

«Du lügst!», kreische ich.

Den qualvollen Schmerz, der in meinen Arm schießt, spüre ich kaum. Die Stärke des Stoßes hätte ihn durch die Luft fliegen lassen sollen. Aber er wankt nur und muss aufpassen, wo er seine Hufe zwischen die Wurzeln setzen kann. Abgesehen davon lacht er. Er *lacht.*

Er muss lügen. Wenn das tatsächlich ein Teil meiner verlorenen Vergangenheit ist, weiß ich nicht, wie ich mich wieder zusammensetzen soll. Wie ich mich je wieder im Spiegel ansehen und mich ganz fühlen könnte.

Er lacht weiter, bis er sieht, was auch immer mein Ausdruck ihm verrät. Ich bebe, meine Augen, heiß und brennend, drohen vor Tränen überzulaufen. Er hält inne, mustert mich.

«Das hast du nicht getan», sagt Daesra knapp. «Mich benutzt, meine ich.»

Meine Sicht verschwimmt, und ich brauche einen Moment, um die Worte aus meiner engen Kehle hervorzupressen. «Wie konntest du so etwas dann überhaupt andeuten?»

«Ich wollte den Ausdruck auf deinem Gesicht sehen.» Jetzt sieht er mich nicht an. «Hat sich als nicht besonders befriedigend herausgestellt. Ich bringe dich nur gerne zum Weinen, wenn es Spaß macht – auch wenn sich das noch ändern kann.»

Pocli winselt mich an, und ich blinzle und wische mir mit der nicht pochenden Hand energisch über die Augen.

«Ich *hasse* dich», spucke ich aus. Erst droht er mir mit Gewalt, mit *Machtlosigkeit*, und nutzt dann mein verlorenes Gedächtnis aus, um anzudeuten, ich hätte ihm noch Schlimmeres angetan, nur um sich an meiner Reaktion zu ergötzen? Es ist mir egal, wenn das am Ende einen bitteren Nachgeschmack in ihm hinterlassen hat. Er kann in der Hölle schmoren.

«Ach ja, jetzt spielst du wieder das unschuldige Opfer, und ich bin der böse Daemon? Auch wenn *das* nicht zu deinen Verbrechen gehörte, heißt das nicht, dass deine Hände rein sind.» Sein Grinsen kehrt zurück. «Du beschmutzt dich gerne, und das auf so viele Arten. *Bevor* du mich gebunden hast, war unsere körperliche Beziehung allerdings von ganz anderer Natur. Das ist tatsächlich geschehen, befürchte ich.»

Ich starre ihn wieder an und kann kaum atmen. «Nein.»

Ich wünsche mir vielmehr, dass das nicht stimmt, als dass ich mir dessen sicher bin.

Er klatscht in die Hände, und ich zucke zusammen. «Wir haben keine Zeit für Plaudereien. Die Sonnenuhr läuft.» Und einfach so marschiert er wieder los, sein Schwanz peitscht wie ein Todesstoß hinter ihm durch die Luft.

Er wechselt offensichtlich das Thema, um mich zu ärgern,

aber ich lasse die Sache mit unserer *körperlichen Beziehung* nur zu gern hinter uns, am liebsten so weit, dass das Labyrinth sie begräbt. Und etwas in seinem Blick nach hinten wirkt ernsthaft wachsam, obwohl sich im Labyrinth nichts verändert hat, soweit ich sehen kann. Ich zögere nur für einen Moment, werfe einen nervösen Blick über meine eigene Schulter, bevor ich ihm wieder einmal folge und meine Hand an meine Brust drücke. Etwas anderes kann ich nicht tun; derzeit gibt es nur einen Weg nach vorn.

Es dauert eine Weile, bis ich meine Wut weit genug herunterschlucken kann, um zu fragen: «Warum siehst du so besorgt aus? Ich dachte, ich bin die Einzige in Todesgefahr.»

«Ich sagte zwar, ich kann nicht sterben. Aber wenn wir nicht tun, wofür wir hergekommen sind, werde ich nicht ... frei sein.» Er klingt ein wenig zögerlich. Unsicher, obwohl ich dachte, er wäre klar im Vorteil.

«Frei vom Labyrinth?», frage ich.

«Vielleicht auch von der Folter deiner Gesellschaft.»

Es war naiv von mir zu glauben, dass er endlich etwas mit mir teilen würde, und dann auch noch seine Sorgen. Dadurch würde er sich zu verletzlich machen. Es wäre nicht annähernd arrogant oder grausam genug. Als ich meinen Kiefer zusammenpresse, erinnere ich mich wieder, dass er genauso kaputt ist wie mein Handgelenk. Ich zucke zusammen und fasse mir an die Wange, wobei ich über eine Wurzel stolpere.

Daesra fängt mich mit einer Hand auf, bewegt sich wieder einmal zu schnell für meine Augen und stützt mich. Ich schlage seine Hand weg.

«*Heile* dich, Sadaré», sagt er mit einem genervten Seufzen. «Möglicherweise müssen wir uns gleich beeilen, und so wird das nichts.» Ein weiterer argwöhnischer Blick zu den Mauern.

Na gut. Ich bitte ihn nicht, mir meine Nadeln zurückzugeben, weil ich weiß, dass er sich weigern würde. Wenn das hier ein

Spiel ist, kann ich es genauso gut spielen wie er. Eigentlich haben die Ranken mich auf die Idee gebracht, als sie in mein Fleisch schnitten, während ich mich gewunden und gewehrt habe. Vielleicht haben auch sie eine Erinnerung an etwas ausgelöst, das ich bereits wusste.

Ohne Vorwarnung setze ich mich auf den rauen Steinboden und mache mich an meinen Seilen zu schaffen. Ich löse beide Manschetten von meinen Handgelenken und wickle sie überkreuzend an einer Wade hoch – so fest, wie ich es mit meinem verstauchten Handgelenk schaffe, während die Muskeln in meinen Beinen entspannt und nachgiebig sind. In meiner vorgebeugten Haltung ziehe ich auch mein Brustgeschirr fester. Daesra blickt nur teilnahmslos auf mich hinab, die langfingrigen Hände in die Hüften gestemmt. Vielleicht wartet er darauf, dass das Knien und Betteln beginnt. Mit diesen Fesseln wäre es furchtbar schmerzhaft.

Aber nie wieder, nicht für ihn.

Stattdessen stehe ich auf, und meine plötzlich angespannten Muskeln stemmen sich schreiend gegen die Bindungen, als ich das Bein belaste. Ich schenke dem Daemon ein verschämtes Lächeln, als er die Stirn runzelt, drücke den Rücken durch – schmerzhaft – und führe eine schlangenartige Wellenbewegung aus, die von meinen Armen über meine Hüften bis zu den Knien rollt. Und dann wiederhole ich das Ganze, während ich auf den Zehenspitzen in kleinen Schritten auf ihn zugehe. Es ist ein Tanz, den Dienstmädchen – manchmal auch Jungen, je nachdem – vor Königen und Königinnen aufführen. Ich mache es, so gut ich kann, mit meinem gepeinigten Bein und den eingeschnürten Rippen, wobei ich den kühnen Blickkontakt nie abbreche.

Natürlich ist das alles nur ein Spiel, aber ein furchtbar gewagtes und sinnliches. Er will mich mit Anspielungen auf unsere intime Vergangenheit verspotten, obwohl er mich hasst? Nun denn. Ich werde das Gleiche mit ihm tun.

«Das hast du dir gewünscht, ja?», murmle ich mit tiefer, verführerischer Stimme und spüre, wie sich in meinem Inneren die Macht entfaltet wie die leuchtendsten Blüten des Frühlings. «Wie kann ich dir dienen?»

Daesras Lippen sind zu einer flachen, harten Linie zusammengepresst, was warme Befriedigung in mir aufglühen lässt. «Du kannst mit dieser Farce jederzeit wieder aufhören.»

Ich heile ohne große Mühe meinen Kiefer und mein Handgelenk, beende den Tanz und stolziere an ihm vorbei, ohne ihn noch einmal anzusehen – na ja, wenn man das Stolzieren nennen kann. Meine Bindungen sind immer noch schmerzhaft und zwingen mich zu einem hinkenden, stolpernden Gang, aber ich behalte sie bei, falls ich sie noch brauche.

Die Stimme des Daemons erhebt sich hinter mir, er weigert sich, mir das letzte Wort zu überlassen. «Du hast schon früher so für mich getanzt. Nur war es damals überzeugender.»

Ich stolpere einmal, zwinge mich aber weiterzugehen und ignoriere ihn, selbst als er zu mir aufschließt – und mich überholt, um wieder die Führung zu übernehmen. Ich möchte ihn fragen, wann, *wie* ich so für ihn hätte tanzen können, aber gleichzeitig möchte ich auch nicht fragen. Ganz und gar nicht.

Außerdem lügt er wahrscheinlich, um mich zu verunsichern, so wie er es vorher bereits getan hat.

Wir gehen beide in eisigem Schweigen weiter, während die Seile brennende Linien in meine Wade schneiden. Die Bäume werden immer größer und ihre Wurzeln dicker, je weiter wir gehen. Gelegentlich muss ich Pocli über dickere Ableger heben, die quer auf dem Boden liegen. Der Streifen hellen Himmels über uns wird schmaler, und bald bilden die Blätter, die einst die Wände waren, ein grünes Dach hoch über uns, durch das schillerndes Licht auf uns fällt. Staubpartikel schweben durch die smaragdgrünen Lichtstrahlen wie glitzernde Goldflecken.

Es ist ruhig – zu ruhig, als würde man den Atem anhalten. Ich traue dem Labyrinth nicht mehr als vorher, egal wie schön es oberflächlich erscheint. In meiner Wade breitet sich ein heftiges, ofenheißes Brennen aus, das ich in Bereitschaft halte.

Die Statuen sehen weiterhin beunruhigend aus, vor allem, weil ich jetzt sehe, dass einige von ihnen in den Wurzeln verheddert sind, andere umgestürzt und begraben, sodass nur noch Gliedmaßen oder Hufe herausragen. Ich versuche, mich nicht auf sie zu konzentrieren, doch ich achte mehr auf die Wurzeln.

Die nächste Unterbrechung, auf die wir in diesem Gang stoßen, ist eine Gabelung mit nur zwei Abzweigungen nach links und rechts. Das hatte ich befürchtet, obwohl ich wusste, dass es so kommen würde: kein Weg, der eindeutig nach vorne oder unten führt, nur eine Seite oder die andere. Die Wege sehen identisch aus. Sogar die Wurzeln und Statuen sind gleichmäßig auf dem breiten Kopfsteinpflaster verteilt.

Daesra scheint das nicht weiter zu beunruhigen. «Gehen wir nach rechts.» *Seine* starke Seite, wie ich beobachtet habe, obwohl ich nicht weiß, ob er danach seine Entscheidung getroffen hat und damit so töricht wie ich. «Folge mir.»

Ich folge, ohne zu widersprechen – vorerst. Und es ist nicht lange nötig. Mein Schweigen fühlt sich angenehm schwer an, nachdem wir beide um eine Kurve biegen und uns in einer Sackgasse wiederfinden.

Ich würde meine Schadenfreude lautstärker äußern, aber dort stehen zwei Statuen auf einem niedrigen Podest, an die letzte Wand gepresst, die mich jeglichen Spott herunterschlucken lassen. Sie befinden sich im Zustand qualvoller Leidenschaft oder Gewalt oder ... irgendetwas. Die hintere Figur sieht aus wie ein sterblicher Mann, und da ist eine Frau, die sich ihm mit dem Rücken entgegenwölbt, ganz im Stil meines Tanzes. Nur ist der Mann davon nicht abgeschreckt, wie Daesra es war, sondern legt einen Arm fest um ihre Brust, sodass sich ihr Busen verführerisch über die geöffnete Tunika hinauswölbt, während seine andere Hand um ihren Hals geschlungen ist. Ihre Augen sind geschlossen, ihre Lippen geteilt, ihr Kopf an seine Schulter zurückgeworfen. Ihr eigener Arm ist gehoben und umfasst seinen Hinterkopf, wodurch sie völlig entblößt ist. Sein Mund ist gesenkt, als wollte er ihre Halsbeuge küssen. Oder vielleicht hineinbeißen.

«Nun, hier geht's offensichtlich nicht lang», sagt Daesra und macht abrupt auf dem Huf kehrt, um dorthin zurückzumarschieren, wo wir hergekommen sind.

Meine Augen sind auf die Statuen gerichtet, und ich brauche mehr als einen Atemzug, bis ich ihm folge, da ich mich kurz in einem Tagtraum von einem harten Körper verliere, der sich wie dafür geschaffen an meinen schmiegt, von starken Armen, die mich halten, von weichen Lippen und scharfen Zähnen, die meine Kehle liebkosen, bevor ich ihn abschütteln kann. Das, was ihn an der Konstellation abgestoßen hat, hat mich gefangen genommen ... und das macht mich zu einer Närrin. Dieses Labyrinth ist kein Ort für solche Ablenkungen. Es sei denn, ich nutze sie für meine eigenen Zwecke. Zu meinem Vorteil.

Wir kehren zur Weggabelung zurück und nehmen den linken Gang, woraufhin ich dann doch über den Daemon lache. Denn er führt in eine weitere Sackgasse, an deren Ende sich bis auf einen niedrigen Sockel nichts befindet. Pocli bellt dieses Nichts an, und mein Schnauben hallt in dem leeren Raum wider.

«Ich weiß nicht, warum dich das belustigt», sagt Daesra mit verschränkten Armen, während er die Steinmauer wütend anfunkelt. «Denk dran, dass du hier auch nicht rauskommst, wenn ich es nicht schaffe. Und momentan gibt es keinen Weg nach vorne.»

Da hat er recht. Ich humple auf meinem brennenden Bein vorwärts und zögere, als mir auffällt, dass der Sockel genau die gleiche Form und Position hat wie im anderen Gang, nur die Statuen fehlen. Ich untersuche den Stein dahinter – und entdecke eine feine Fuge, die vom Boden die aufragende Mauer hinaufläuft, bis man sie nicht mehr erkennen kann.

Pocli bellt erneut und flattert mit den Stummelflügeln. Vielleicht war *doch* nicht nichts gemeint.

«Das ist eine Tür», sage ich. «Wenn auch eine gigantische.»

Daesra schnaubt. «Nicht mal ich könnte eine so große Tür öffnen. Und ich bin *ziemlich* stark.»

Ich ignoriere ihn und zeige auf den Sockel. «Da fehlen nur die Statuen. Das muss der Schlüssel sein.»

Er sieht überrascht aus, vielleicht weil er die Puzzlestücke nicht zuerst erkannt hat. Ich weiß nicht, wie ich die Details vor ihm bemerken konnte – und dann ermahne ich mich selbst, dass ich mich nicht unter Wert verkaufen sollte, nur weil ich sterblich bin.

«Also schleppen wir sie hier rüber und stellen sie da auf?», fragt er mit deutlicher Skepsis in der Stimme. «Ich glaube nicht, dass du eine davon tragen kannst, und so bleiben sie praktischerweise beide mir, ich verstehe.»

«Nein», sage ich langsam, weil ich nicht zugeben will, was ich denke.

Mit wachsender Ungeduld dreht er sich zu mir um. «Was dann?»

«Es sind zwei Statuen. Und wir sind auch zwei.» Ich sehe ihn nicht an, und doch kann ich seinen Blick auf mir spüren, bevor er zu dem Sockel wandert und – genau wie ich zuvor – die Einkerbungen entdeckt, in die Füße passen. «Vielleicht müssen wir ...» Ich kann den Satz nicht beenden.

Das Innere meiner Brust fühlt sich eng an, und das liegt nicht an der Straffheit meiner Seile.

«Nun gut», sagt Daesra schließlich ausdruckslos. Beinahe schicksalsergeben. «Keine Ahnung, warum das Labyrinth uns so quälen sollte, aber einen Versuch ist es wert.» Das gewohnte Grinsen breitet sich auf seinem Gesicht aus. «Ich schätze, ich übernehme die Rolle des Mannes, trotz meiner Hufe.»

«Vermutlich», sage ich und fühle mich irgendwie benommen, als ich auf den Sockel zugehe.

Er steigt auf die niedrige Plattform, wobei seine Hufe laut auf dem Stein klacken, und dreht sich zu mir um, bevor er sich mit dem Rücken an die Wand lehnt, die muskulösen Arme an seinen Seiten. Mit einer Fingerbewegung ruft er mich zu sich.

«Du bist dran», sagt er.

Ich trete vor ihm hinauf, wesentlich zögerlicher als er gerade. Und dann kann ich mich nicht mehr bewegen; ich kann nur auf seine breite Brust blicken. Erstarrt. Vor Angst, ja, doch da ist noch etwas anderes. Ich weiß nur nicht, was.

«Ich glaube, du musst dich umdrehen, wenn wir es dem anderen Paar gleichtun sollen», sagt er mit gehobener Braue.

Mich selbst verfluchend wende ich ihm den Rücken zu. Warte darauf, dass seine Nägel sich in mein Fleisch bohren. Ich will es beinahe, mit einer krankhaften Vorfreude.

«Sadaré», sagt er mit übertriebener Geduld. «Komm her. Ich beiße nicht.»

«Nicht?», hauche ich.

Seine großen Hände landen auf meinen Schultern, lassen mich zusammenschrecken, und er zieht mich fest an seine harte Brust. «Nicht jetzt. Du entsprichst eindeutig nicht meinem Geschmack.»

Das glaube ich ihm nicht ganz, während wir beide einen Moment lang unbeholfen dastehen, seine Hitze an meinem Rücken.

«Also, ich sollte ...», setze ich an.

«Ja, und ich ...» Er hält inne, wartet.

Ich schließe die Augen und versuche die Sinnlichkeit einzufangen, die ich in der Skulptur der Frau gesehen habe – oder die ich gefühlt habe, als ich den Daemon mit meinem Tanz fröhlich verspottet habe. Ich neige mich ihm entgegen, lege den Kopf auf seine Schulter und eine Hand an seinen Hinterkopf, bevor ich einen leisen Atemzug ausstoße, um meine Lippen zu öffnen, während meine Finger sich in seinem gewellten Haar vergraben. Es ist überraschend weich. Meine Fesseln schneiden tiefer in meine Wade und meine Rippen, aber so dicht an ihm spüre ich kaum, wie unbequem das ist.

Es fühlt sich sowohl seltsam vertraut als auch absolut falsch an. Wie mein Fuß im Schuh einer anderen, auch wenn der Schuh passt.

Er steht so lange erstarrt da, dass ich murmle: «Lässt du mich jetzt ewig so rumstehen?»

Sein Arm schlingt sich fest um meine Brust, genau wie bei der Statue des Mannes, der die Frau hält, zieht mich an seinen Körper und entlockt mir ein aufrichtiges Keuchen. Als wollte er den Laut ersticken, legt er seine freie Hand an meinen Hals. Er senkt den Mund an meine Kehle, wo ich seinen heißen Atem auf meiner Haut spüren kann – und mein Schlucken unter seiner Hand. Kribbelnde Hitze bricht auf meiner Kopfhaut aus, wandert mein Rückgrat hinunter und sammelt sich in meiner Mitte. Als seine Lippen meinen Hals streifen, werden meine Knie ganz weich. Mein Griff in seinem Haar wird unwillkürlich fester, und der Daemon stößt ein leises Stöhnen aus, das tief aus seiner Kehle kommt.

Hinter uns ertönt lautes Krachen und knirschendes Rumpeln. Daesra stößt mich förmlich von sich, dreht sich um und springt vom Sockel. Wir atmen beide schwerer als zuvor, stelle ich fest, bevor mein Blick wie betrunken zu dem Spalt wandert, der sich vor uns im Stein auftut.

Was war das?, komme ich nicht umhin zu denken, und damit meine ich nicht nur die seltsame Magie hinter dem hoch aufragenden Durchgang – oder vielmehr dem schmalen Spalt –, der sich zu einem neuen Gang hin öffnet, den ich nun langsam erkennen kann. Ich reibe mir gedankenlos die Kehle und eile dann dem Daemon hinterher, der durch den neuen Spalt schlüpft. Ich vergewissere mich nur flüchtig, dass Pocli mir folgt. Ich bin zu benommen, um auch nur zu lächeln, als eines von Daesras Hörnern in der Hast gegen den Stein stößt. Ich frage mich, ob er wegen seiner Größe enge Räume nicht mag ... oder ob er es eilig hat, Abstand zwischen *uns* zu bringen.

Auf jeden Fall hält er sich von mir fern, als wir alle auf der anderen Seite der Mauer herauskommen. Wir betreten einen Gang, der von Bäumen gesäumt und mit Wurzeln überwuchert ist, ähnlich wie der, den wir verlassen haben, nur dass sich dieser Gang fast sofort in *zwei* absteigende Steintreppen teilt, die in ähnliche Korridore münden. Und an gleicher Stelle befinden sich in ihnen schimmernde Vorhänge aus etwas, das wieder wie Quecksilber aussieht und diesmal senkrecht herabhängt.

Spiegel. Zwei von ihnen. Auch die Wege spiegeln einander – beide führen vorwärts und abwärts, ohne Sackgasse, und verheißen die potenzielle Belohnung einer neuen Erinnerung, weshalb ich mich ihnen auf Zehenspitzen entgegenrecke, auch wenn ein Teil von mir vor dem, was sie enthüllen könnten, zurückweichen möchte.

«Ich glaube, wir sollten uns aufteilen», sagt Daesra sofort.

Alarmiert blinzle ich ihn an. «Man hat mir zu verstehen gegeben – überaus deutlich –, dass es gefährlich wäre, das zu tun.» Erneut blicke ich auf die identischen Gänge. Stellen sie eine Ausnahme von der Regel dar ... oder eine Versuchung, sie zu brechen?

Der Daemon wirkt nicht besorgt. «Nur wenn einer von uns den falschen Weg nimmt, dann ja. Aber wenn beide Wege richtig sind, sollten wir sie beide erkunden.»

Ich komme nicht gegen den Gedanken an, dass er sich an der neuartigen ... Nähe ... zwischen uns stört und weniger davon bevorzugen würde. Das kann ich ihm nicht ganz übel nehmen. Und doch: Wenn die Trennung sich als gefährlich herausstellt, wird es für mich vermutlich schlimmer als für ihn, da er unsterblich ist. Unruhe durchströmt mich. Beim Gedanken daran, ohne ihn weiterzugehen, seine Stärke nicht in meinem Rücken zu spüren – auch nur in übertragenem Sinne –, fühle ich mich fürchterlich verletzlich. Kalt. Nackt.

Nur kann ich ihn das auf keinen Fall wissen lassen.

«Du wirst mir meine Nadeln wohl nicht zurückgeben, wenn ich dich darum bitte», merke ich an.

Sein Mund verzieht sich widerwillig. «Nein. Du brauchst sie nicht. Außerdem habe ich dir schon vor einer Weile gesagt, dass du sie nicht mehr benutzen sollst, und früher hast du auf mich gehört.» Er zeigt auf den Spiegel auf meiner Seite der Gabelung. «Vielleicht wirst du dich gleich daran erinnern. Wir sehen uns anschließend.»

Werden wir das?, frage ich mich schaudernd und kann nicht anders, als die Arme um meine Mitte zu schlingen. Was ist, wenn der Spiegel mich woandershin führt und nicht direkt auf die andere Seite? Ich weiß nicht, wie diese Dinger funktionieren – ob ich durch den ersten einfach hindurchgefallen bin und da gelandet, wo ich sowieso aufgekommen wäre, oder ob er mich irgendwie dort hintransportiert hat. Auch wenn mich ein Kälteschauer erfasst und mir den Atem verschlägt – wäre es so schlimm, wenn wir uns *nicht* wiedersehen würden? Er ist das einzige vertraute Gesicht in diesem Labyrinth, ganz zu schweigen von einem mächtigen Wesen, das mir helfen kann – mich aber genauso auch verletzen und behindern könnte. Und er erinnert mich regelmäßig daran, dass ich ihn vor allem verachte und dass er mich genauso verachtet, wenn nicht sogar mehr. Und jetzt gerade will er eindeutig von mir wegkommen.

Vielleicht ist das auch besser so.

«Was, wenn wir zu einem weiteren Rätsel gelangen, das wir zu zweit lösen müssen?», frage ich und reibe mir die Arme.

«Dann finden wir einen anderen Weg.»

Ich glaube nicht, dass es so einfach wird, aber seine Schroffheit fühlt sich zu sehr nach einer Ohrfeige an, als dass ich darüber diskutieren will.

«Nun gut», sage ich, lasse die Arme sinken und marschiere, ohne den Daemon noch mal anzusehen, auf die Treppe zu, die mir am nächsten ist. Ich schaue nicht zu ihm zurück, damit er die Angst in meinen Augen nicht sieht. Ich schaue nur nach unten, um auf meinen Oberschenkel zu klopfen. «Na komm, Pocli.»

Als die Chimäre hinter mir her watschelt, fragt Daesra verächtlich: «Lässt du dieses Ding immer noch nicht zurück?»

«Seine Gesellschaft ist besser als deine», rufe ich über meine Schulter und hoffe, der Daemon hört nur die Unbekümmertheit in meiner Stimme und nicht die tiefe Beunruhigung darüber, ihn zu verlassen, die ich mir nicht einmal selbst eingestehen will.

Nachdem ich die Treppe behutsam hinuntergestiegen bin, warte ich unten und hoffe, dass sich hinter mir nichts bewegt oder hervorspringt, um mich anzugreifen. Auch Pocli scheint nichts Ungewöhnliches zu bemerken. Als ich es mir endlich erlaube, die Treppe hinauf zu Daesra zu blicken, ist er verschwunden. Offensichtlich hat er den anderen Weg genommen, wahrscheinlich ohne einen Blick zurückzuwerfen.

Nun gut.

Ich durchquere den Gang vor dem Spiegel immer noch vorsichtig und taste mich an den Wurzeln entlang. Als ich mich dem Quecksilbervorhang nähere, werde ich noch langsamer und beäuge die schimmernde Oberfläche misstrauisch. Es hat sich so seltsam angefühlt, als sie sich beim letzten Mal über meinem Kopf schloss. Und was sie mir gezeigt hat, war noch seltsamer. Was lauert dieses Mal dahinter?

Ich sehe mich gezwungen, es herauszufinden, egal was es ist. Ich muss mich daran erinnern, wer ich wirklich bin. Egal, wer ich bin. Auch *ohne* Daesras Hilfe, wenn es sein muss.

Ich will gerade Pocli auf den Arm nehmen und durch die silberne Flüssigkeit treten, als ich hinter mir einen alarmierten Schrei höre. Er klingt echt. Ich erstarre.

Es ist Daesra.

Diesmal renne ich nicht ohne nachzudenken in Richtung des Schreis, wie ich es bei der Chimäre getan habe. Ich starre die Treppe hinauf und überlege es mir ein zweites und drittes Mal. Denn es ist *Daesra*. Es könnte ein Trick sein.

Und selbst wenn nicht, könnte ich das, was ihn wahrscheinlich angreift, auch einfach weitermachen lassen. Immerhin wollte er sich von mir trennen. Und er hat mich verlassen – zweimal –, auch wenn es beim zweiten Mal zumindest dem Anschein nach auf Gegenseitigkeit beruhte. Abgesehen davon hasst er mich dafür, was ich ihm in einer Vergangenheit angetan habe, an die ich mich nicht mehr erinnern kann.

Ich sollte abwarten, bevor ich blindlings zu ihm zurücklaufe. Er braucht meine Hilfe ohnehin nicht.

Aber dann wird mir ganz warm beim Gedanken daran, wie er mich eben erst gehalten hat, seine harte Brust an meinen Rücken gepresst, die starken Arme um mich geschlungen, seine scharfen Finger an meiner Kehle, sein heißer Atem an meinem Hals ...

Wenn er mich wirklich so sehr hassen würde, hätte er mich umbringen können. Aber das hat er nicht getan. Und er hat es nicht *nur* deshalb unterlassen, weil er mich braucht, um aus diesem Labyrinth herauszukommen. Er war anschließend sehr erpicht darauf, sich von mir zu trennen. Obwohl sein Körper während unserer Umarmung etwas ganz anderes erzählt hat – weder mordlustig noch abgestoßen wirkte.

Vielleicht brauchte Daesra nur einen Moment allein, um sich

zu sammeln. Um tief Luft zu holen sozusagen, denn wir waren beide etwas außer Atem. Ich glaube, ich habe ihn mit unserer Umarmung genauso überrascht wie er mich. Und jetzt könnte er tatsächlich Hilfe brauchen.

Als ich einen weiteren erschrockenen Schrei höre, winselt Pocli. Ich begegne seinem stieren Blick, und er vollführt einen absolut albernen keinen Hüpfer auf seinen Vorderbeinen und knurrt, als wollte er mich provozieren. Oder mich daran erinnern, was ich für ihn getan habe und er für mich.

Ich presse die Zähne zusammen. «Die Götter sollen dich verdammen, Pocli. Und dich auch, Daemon.»

Dann renne ich den Weg zurück, den ich gekommen bin, die kleine Chimäre dicht auf meinen Fersen.

Vermutlich haben die Götter den Daemon bereits verdammt. Doch ich kann ihn nicht zurücklassen, wie er mich zurückgelassen hat, um in diesem sich verändernden Labyrinth zerquetscht zu werden. Denn Pocli hat recht, wenn überhaupt je ein Gedanke in diesen seltsamen runden Kopf vorgedrungen ist. Ich muss nicht so gehässig sein wie Daesra. Ich kann ihm zeigen, dass wir nicht an die Vergangenheit gebunden bleiben müssen; wir können *beide* von vorn anfangen. Jedenfalls rede ich mir das ein, als ich den Fuß der Treppe erreiche – dass meine Entscheidung nur damit zu tun hat, dass ich moralische Überlegenheit demonstrieren will, und nicht mit meiner Angst davor, allein an diesem Ort zu bleiben. Eine Angst, die so groß ist, dass ich sogar *seine* miese Gesellschaft akzeptiere.

Als ich über meine Schulter zurückblicke, ist der Spiegel verschwunden.

Nun denn. Jetzt gibt es keinen Grund mehr für mich, in diese Richtung zu gehen. Es ist fast, als wollte das Labyrinth, dass ich zu Daesra zurückkehre. Oder es bestraft mich und nimmt mir die Chance auf eine Erinnerung.

Mir bleibt keine Zeit, weiter darüber nachzudenken, während ich die Stufen erklimme und in den anderen Weg einbiege, denn dort sehe ich mich der seltsamsten Szene gegenüber, die ich je erlebt habe. Ich kann mich nicht an viel aus meinem Leben erinnern, aber das hier werde ich nicht vergessen.

Die Statuen sind lebendig geworden. Und sie greifen Daesra an.

5

Die Statuen haben Daesra umzingelt, doch sie bewegen sich nicht direkt. Sie ändern ihre Position abrupt, zu schnell, um ihnen zu folgen, selbst wenn ich mich bemühe, nicht zu blinzeln. Von ihren unnatürlichen, ruckartigen Bewegungen wird mir schwindelig, also konzentriere ich mich auf den Daemon.

Hinter ihm befindet sich kein Spiegel. Genau wie meiner ist er verschwunden, offensichtlich waren es Köder für die Falle, in die wir beide getappt sind. Oder zumindest Daesra, denn es war seine Idee, dass wir getrennte Wege gehen. Immerhin greifen mich keine Statuen an.

Er versucht, sie abzuwehren, während sie nach ihm greifen – oder, nein, ihn schubsen – und eine Mauer aus ihren Körpern bilden, die ihn einschließt. Wenn er versucht, sie zu packen, rucken sie einfach aus seinem Griff heraus. Und wenn er ausweicht, tauchen sie wieder vor ihm auf und treiben ihn weiter. Daesras Schwanz peitscht vor Aufregung hin und her. Er verliert an Boden und ein dunkler Streifen Blut ziert einen seiner scharfen Wangenknochen, ansonsten ist er jedoch unverletzt. Vielleicht hat er deshalb seine Kraft noch nicht auf sie losgelassen.

Vielleicht sollte er nicht länger damit warten.

Die Statuen scheinen ihn in Richtung eines scheußlichen Wurzelgewirrs zu treiben, das sich aus dem Fuß eines besonders massiven Baumes windet und den Weg nach vorn versperrt. Ich kann die Gliedmaßen anderer Statuen erkennen, die aus der dicht gewundenen Masse ragen, unbeweglich, als wären sie verschlungen worden. In dem Stamm, der sich aus dem Gewirr erhebt, entdecke ich Gesichter, fast im Holz versunken, als wäre es um sie herumgewachsen oder hätte sie verschluckt: eine Nase und ein Mund, die Lippen in einem Keuchen oder Schrei geöffnet; ein spitzes Ohr und ein Teil einer Wange; eine gehörnte Stirn und ein Paar großer Augen, die Panik deutlich in den Stein gemeißelt. Ich spüre Kälte in meinem Nacken kribbeln, die nicht da ist.

Versuchen die Statuen, Daesra an ihrer Stelle an den Baum zu verfüttern – vielleicht als Opfer? Hat das Labyrinth es gefordert, oder ist es aus ihrem eigenen Verlangen geboren? Haben diese Statuen überhaupt einen Willen, unabhängig vom Labyrinth?

Wie dem auch sei, ich werde sie in Stücke reißen. Ich atme tief ein, sodass meine Rippen gegen meine Brustfesseln drücken, und hebe den Fuß, was einen Schmerz in meiner Wade auslöst und meine innere Kraft anregt.

Doch bevor ich einen Finger rühren kann, fängt Pocli an, misstönend zu bellen, und stürzt sich auf die Gruppe von Statuen. Bevor ich es mir anders überlegen kann, presche ich ihm hinterher. Während die Chimäre springt und erfolglos nach einer der Marmorfiguren schnappt – wo ist jetzt sein Löwengebrüll? –, schleudere ich einen Feuerball vor drei von ihnen auf den Boden. Er stößt die Statuen um und sprengt zwei von ihnen die Beine weg. Die andere fährt zu mir herum, ruckt schneller als der Blitz auf mich zu, ihre Geschwindigkeit ist beängstigend. Ich weiche zurück, aber die Figur – eine Frau in einer langen Tunika – bleibt nur ein paar Schritte vor mir stehen, ihr steinerner Blick hält meinen fest.

Will die Statue nur Daesra und mich nicht?

Mein Angriff hat dem Daemon Zeit gegeben, selbst etwas Schreckliches und Kraftvolles zu tun. Die meisten anderen Statuen sind zu Schutt und Asche zerfallen – der Beweis für einen unfassbar starken Einsatz von Äther –, und eine unsichtbare

Kraft schleudert eine weitere in die Wurzeln. Sie versucht daraufhin gar nicht mehr, sich zu bewegen, allerdings scheint ihr Fuß bereits in einem Wurzelknäuel festzustecken.

Ich unterdrücke ein Schaudern, habe beinahe Mitgefühl.

Daesra wirbelt zu mir herum. «Tu der da nichts», sagt er und zeigt auf die Frau. Anstelle eines Dankes verzieht er mürrisch den Mund. «Was tust du überhaupt hier? Ich hatte die Situation bestens unter Kontrolle. Du hättest weitergehen sollen.»

Ich deute auf die Trümmer auf dem Boden. «Du warst umzingelt – sie wollten dich an die Wurzeln verfüttern!»

«*Ich* wollte *sie* an die Wurzeln verfüttern, und das ohne so viel Aufwand. Ich habe die Gesichter in dem Baum gesehen und hielt das für eine einfache Lösung. Ich habe sie dahin geführt, wo ich sie haben wollte, nicht andersherum.»

Er lässt mich wie eine Närrin dastehen, weil ich ihm helfen wollte, genau wie ich es befürchtet hatte. «Aber ich habe dich schreien hören.»

«Ich war überrascht, als sie angefangen haben, sich zu bewegen, mehr nicht.»

«*Zweimal* habe ich dich gehört.»

«Eine weitere Überraschung.» Er wischt sich über das dunkle Blut an seiner Wange, auf der keine Wunde zu sehen ist. «Ich wusste nicht, dass sie so stark sein würden. Und trotzdem bin ich bereits vollständig geheilt.»

«Ich ...» Ich weiß nicht genau, was ich sagen soll. Ich presse die Lippen aufeinander und entscheide mich dafür, ihn einfach anzufunkeln.

«Du hast dir *Sorgen* um mich gemacht?» Erst klingt er auf verächtliche Art ungläubig, doch dann verfinstert sich sein Ausdruck. Ich fühle mich noch dümmer, doch bevor ich antworten kann, murmelt er: «Nein. Das tue ich nicht noch mal.»

«*Was* denn?», verlange ich zu wissen.

«Geht dich nichts an.» Auf dem Gesicht des Daemons breitet sich ein träges Lächeln aus. Mit einem langen schwarzen Nagel schnippt er ein Steinchen von seinem Handrücken und sagt: «Jedenfalls hättest du dir keine Sorgen zu machen brauchen. Das war eine Taktik, um dich loszuwerden, und es war einen Versuch wert.»

Und einfach so wendet er sich ab und befreit sich aus dem schlimmsten Teil des Geflechts. Behutsam setzt er seine Hufe zwischen die Wurzeln und bahnt sich so seinen Weg. Ich folge ihm und hebe dabei Pocli auf. Ich will die Chimäre nicht in der Nähe dieser Wurzeln wissen. Meine Vorsicht hindert mich jedoch nicht daran, dem Rücken des Daemons etwas zuzurufen.

«Wie kannst du nach all dem hier so grausam sein?»

«Du glaubst, dieser erbärmliche Rettungsversuch ist genug, um wiedergutzumachen, was du getan hast?» Als er mich wieder ansieht, ist der Hass in seinen Augen so erschreckend, dass ich abrupt stehen bleibe.

Und doch schockiert er mich nicht so sehr wie die Statue der Frau, die bereits den halben Weg zu uns zurückgelegt hat. Jetzt steht sie wieder reglos da.

Ich drehe mich zur Seite, sodass ich sowohl sie als auch den Daemon im Auge behalten kann. Ich erkenne sie nicht, natürlich nicht, er aber vielleicht schon – immerhin wollte er nicht, dass ich sie verletze. Etwas an ihr beunruhigt mich zutiefst.

Genau wie sein Hass auf mich. Er fühlt sich ... unausgewogen an. Es sei denn, die Schwere meiner vergangenen, vor mir verborgenen Taten ist irgendwie groß genug, um ihn zu rechtfertigen.

«Was *habe* ich denn getan?», schreie ich und bin immer weniger überzeugt, ob ich es wirklich wissen will.

«Abgesehen davon, dass du mich gebunden hast, meinst du?» Er fuchtelt mit der Hand, als würde er versuchen, mich fortzuwischen. «Du hast gedacht, du könntest mir meine Macht stehlen und sie dir zu eigen machen, du gierige Hexe. Du hast es mit der Bindung versucht, und als das kein zufriedenstellendes Ergebnis brachte, war *das* hier deine großartige Idee.» Er breitet die Arme aus, um das ganze Labyrinth einzuschließen. «Eine Prüfung, die du mit einer Gottheit ausgemacht hast, als du mich in diesen verdammten Turm gezerrt hast. Du hast *mich* zu dieser Prüfung herausgefordert.»

«Herausgefordert?», frage ich und halte meine Stellung zwischen der Statue und Daesra, die mich beide gleichermaßen beunruhigen. «Ich dachte, wir wären Verbündete.»

Während ich das frage, höre ich ein knirschendes Poltern hinter mir. Ein Stück der Trümmer löst sich aus der glatten Steinmauer und zerbricht auf dem Boden in Steine und Kies.

Daesra nickt in ihre Richtung, wobei die Spitzen seiner Hörner für ihn darauf zeigen. «Sind wir auch. Wir beide stehen zusammen gegen diesen Ort.» Sein Blick begegnet meinem nicht, während er das sagt. «Genau wie vorhin, als die Hecken sich bewegt haben – ich glaube, wenn wir zu lange brauchen oder den falschen Weg wählen, egal ob zusammen oder allein, wird das Labyrinth uns im besten Fall wieder auf den richtigen Weg jagen und uns im schlimmsten Fall bestrafen. Sogar der Stein.»

«Also hast du falsch gewählt bei den Spiegeln.»

«Oder *du*, indem du zurückgekommen bist.»

Da gibt es etwas, das immer noch keinen Sinn ergibt, nicht, wenn er so unbedingt getrennte Wege gehen wollte. Etwas, das er mir nicht mitteilen will. Das spüre ich daran, wie er meinem Blick ausweicht – er lässt etwas in Bezug auf meine Vergangenheit oder die Prüfung des Labyrinths aus. Oder in Bezug auf beides.

«Aber wenn wir Verbündete sind, warum lässt du mich dann im Nachteil?», beharre ich, und vielleicht ist das dumm, denn ich fühle mich, als würde ich einen schlafenden Bären wecken. «Warum kann ich mich an nichts erinnern, und warum *tust* du zumindest so, als wüsstest du alles? Es ist ja nicht so, als *bräuchtest* du einen Vorteil. Ich bin nur eine Sterbliche, und du ... du bist –»

Er streckt die Arme aus, als würde er sich mir präsentieren. «Unglaublich? Erstaunlich? Unfassbar mächtig? *Unsterblich*?»

«Ein Daemon», spucke ich aus. Ich wollte tatsächlich *unsterblich* sagen, bis er es vor Arroganz triefend selbst genannt hat.

«*Ich* wollte, dass dir deine Erinnerungen genommen werden, Hexe», sagt Daesra. Ich öffne den Mund, doch bevor ich etwas erwidern kann, fügt er schroff hinzu: «Weil du mir *meine* genommen hast, nachdem du mich gebunden hast. Ich wusste nicht, wer oder wo ich war oder wie lange ...» Er unterbricht sich und schluckt etwas offensichtlich Widerliches herunter. «Das hat es dir einfacher gemacht, mich zu manipulieren, und deshalb weiß ich kaum noch, wie wir hier gelandet sind. Also ist es nur gerecht, und außerdem hast du behauptet, es würde dir nichts ausmachen, diese Prüfung unter denselben ungleichen Bedingungen zu bestreiten, die du mir einst auferlegt hast.» Er neigt den Kopf, und seine Hörner kippen zur Seite. Neugierig. *Bösartig*. «Wie fühlt sich das an?»

Dasselbe habe ich ihn vorhin gefragt: wie es sich anfühlt, derart entwürdigt zu sein, an diese daemonische Form gebunden. Und nun hat er den Spieß umgedreht.

«Nicht gut», gebe ich zu. So viel kann ich ihm zugestehen.

«Wunderbar», sagt er und wendet mir wieder einmal den Rücken zu. «Die Rechnung ist noch nicht beglichen, nicht einmal annähernd. Ich bin ein Unsterblicher mit den dazugehörigen Erinnerungen. Du hast nur einige elendig kurze Menschenjahre vergessen. Wenn wir das hier in einem Stück zu Ende bringen, werde ich dich vielleicht zu nahezu lebenslanger Gefangenschaft hier drinnen verdammen, und *dann* nehme ich dir freundlicherweise deine Erinnerungen daran und wir sind quitt.» Er dreht sich um, um mir in die Augen zu sehen, und sein Gesicht strahlt, als hätte er die Lösung zu einem großen Problem gefunden. «Wie klingt das?»

Er sieht so strahlend aus, so schön, und ich hasse seine Schönheit noch viel mehr ob seiner Worte.

Ich kann nicht glauben, dass dies dasselbe Wesen ist, das mich noch vor Kurzem wie ein Liebhaber im Arm gehalten hat. Falls ich ihm jemals wichtig war, liegt diese Zuneigung tief unter einem Berg von Abscheu begraben.

Das ist wahrscheinlich der Grund, warum ihn die erzwungene Intimität so verunsichert hat. Die Art, wie er mich gehalten hat, hatte etwas an sich, das an meinem Körper zog, wenn nicht gar an meiner Erinnerung, und es hat auch in ihm etwas ausgelöst – ein Gefühl, das kein Hass war. Etwas, das ihm nicht gefiel. Der Gedanke, dass er es sich nicht gestattet, auch nur das kleinste bisschen Zuneigung für mich zu empfinden, obwohl er doch angeblich mein Verbündeter ist, ist sowohl bitter als auch beängstigend, also sammle ich meine Wut als eine Art Schutzmantel.

«Dann geh doch, wenn du unbedingt willst!», schreie ich und deute auf das Offensichtliche: Es gibt momentan keinen anderen Weg. «Du bist nicht mehr an mich gebunden.» Ich halte inne. «Wie *habe* ich dich gebunden?»

Er wirbelt auf einem Huf herum, marschiert auf mich zu und spuckt mir beinahe zähnefletschend entgegen: «Glaubst du wirklich, das würde ich dir erzählen, damit du es wieder tun kannst? Es war mein Fehler – und den werde ich nicht wiederholen.» Seine Stimme wird tiefer, versetzt mit honigsüßem Gift. «Du hast mich einmal zum Narren gehalten, und dafür: Fick dich. Aber wenn dir das ein zweites Mal gelingt, dann sollte ich mich selbst … Ach, aber du *genießt* es ja so, mir dabei zu helfen. Früher jedenfalls.»

Hitze steigt mir ins Gesicht. Ich presse hervor: «Wie kannst du es wagen –»

«Die Wahrheit zu sagen?» Sein Lächeln könnte auch aus Dornen bestehen. «Nun, meine Ehre als Daemon verlangt es!»

Entsetzt nehme ich wahr, wie meine Stimme bricht. «Wir könnten niemals ... intim gewesen sein ... so wie du mich behandelst. Selbst ich war freundlicher –»

«Ich will deine Freundlichkeit nicht!», schreit der Daemon, auf seinem Hals zeichnen sich deutlich Adern ab, und ich zucke zusammen. «Ich will, dass du *skrupellos* bist, denn dann wüsste ich wenigstens, was ich mit dir anfangen soll! *Das* hier ist erbärmlich!» Energisch streckt er die Arme zu beiden Seiten aus. «Entweder bist du ohne deine Erinnerung weich und schwach geworden, oder dein Verhalten ist eine List, um mich erneut auszutricksen. Was es auch ist, meine Zuneigung zu dir wächst dadurch kein Stück. Wenn es nach mir ginge, würde ich nicht mit dir hier feststecken. Ich würde nicht mal dieselbe *Luft* atmen wie du. Da ich noch nicht herausgefunden habe, wie das geht, denke ich, dass ich nun endlich genug von deiner Gegenwart habe.» Er verbeugt sich auf übertriebene Weise. «Also werde ich mich verabschieden.»

«Wir gehen doch denselben Weg!», schreie ich ihm entgegen. «Außerdem mag das Labyrinth es nicht, wenn wir uns trennen.»

«Daran habe ich meine Zweifel.» Mit geschürzten Lippen sieht er mich abschätzend an. «Aber für den unwahrscheinlichen Fall, dass du recht hast, können wir vielleicht denselben Weg nehmen, nur eben in einigem Abstand, ohne dass das Labyrinth wütend wird.»

«Warum willst du das Risiko eingehen?», frage ich, aber da fällt es mir schon ein: Weil *ich* das größere Risiko trage. Als Sterbliche.

«Du hast bereits eine Version dieser Frage gestellt, meine liebe Sadaré, und ich hasse es, mich zu wiederholen.»

«Jaja, du hasst mich. Aber angeblich brauchst du mich auch lebendig, mein allzeit widerwilliger Verbündeter.»

«Du hast recht damit, dass ich dich brauche – auch wenn du nicht weißt, wann, wie oder wo ich dich brauche. Und du hast unrecht damit, dass ich dein Verbündeter bin.»

Ich erstarre. «Was?»

Daesra hebt den Arm und zieht mit den schwarzen Nägeln seiner anderen Hand lange Kratzer in die blasse, bläuliche Haut auf der Innenseite unterhalb seiner roten Seilmanschette, bevor ich begreife, was er tut. Bevor ich das Opfer in seinem hervorquellenden dunklen Blut als solches erkenne. Wenn er, ein Daemon, über die Bindung seiner Seele hinaus so viel opfert, muss er dafür etwas Unermessliches verlangen.

«Ergreif Sadaré», sagt er, den Blick auf etwas – jemanden – hinter mir gerichtet.

Ganz und gar unnachgiebige Arme legen sich um mich, überraschen mich völlig, da ich von dem Daemon vor mir so abgelenkt war. Ich schaue nach unten und sehe Gliedmaßen aus weißem Marmor, die mich von hinten umschließen. Die Chimäre wirbelt zu meiner Angreiferin herum und bellt erst jetzt warnend. *Sehr hilfreich.* Obwohl ich Pocli wohl keinen Vorwurf machen sollte. Ich habe mich selbst nicht umgesehen.

Jetzt schaue ich über meine Schulter und erwarte den steinernen Blick der Frau hinter mir, aber – es ist *Daesra*. Ich kann nur einen kurzen Blick auf sein Gesicht erhaschen, aber eine weiße Marmorversion von ihm scheint mich festzuhalten. Der Daemon muss die Statue so verändert haben, dass sie wie er aussieht. So wie Äther etwas heilen oder zerstören kann, kann er auch formen. Gestalten. *Kontrollieren.*

Die benötigte Kraft muss enorm sein. So tief die Kratzer auf Daesras Arm auch aussehen, ich bräuchte dafür weit mehr als das. Außerdem schließen sich seine Wunden bereits ohne jegliche Hilfe.

Obwohl die Steinfigur mich fixiert, starre ich gierig auf seinen

Arm, dessen Haut unter den blutigen, dunklen Schlieren jetzt wieder glatt ist. Vielleicht ahne ich nun, warum ich diese Prüfung wollte – um *das* zu werden. Unsterblich. Unendlich mächtig.

Allerdings nicht ganz so wie er. Ich könnte bestimmt mehr vollbringen als jemand, der mich hintergeht und sich gegen mich wendet, nachdem ich zurückgekommen bin, um ihm zu helfen. Dieser verdammte *Mistkerl*. Ich stemme mich gegen die steinernen Fesseln der Arme, die mich umfassen. Sie rühren sich nicht, selbst wenn ich mehr Kraft aufbringe, als ein normaler Mensch es könnte.

«Was tust du?», knurre ich, als Daesra sich weiter entfernt. Als könnte ich ihn so überhaupt erreichen.

«Dich hier festhalten, während ich weitergehe. Es war eine Lüge, dass wir zusammen gegen das Labyrinth antreten. Wir treten auch gegeneinander an. Leider kann ich dich nicht einfach töten – das ist gegen die Regeln, weil es zu einfach für mich wäre –, also überlasse ich das dem Labyrinth oder dem Monster.»

Er lässt mich zurück. Furcht krallt sich an meiner Kehle fest. «Du hast mich die ganze Zeit angelogen!»

«Das ist nur gerecht, nachdem du mich den Großteil der Zeit angelogen hast, die ich dich kannte.» Er wendet sich ab.

«Das müssen wir doch nicht endlos so weiterführen!» Als ihn das nicht zu beeindrucken scheint, kann ich nicht mehr verhindern, dass sich Panik in meine Stimme stiehlt. «Was, wenn du dich irrst? Was, wenn das Labyrinth über mir einstürzt, sobald du mich verlässt?»

«Wir müssen wohl einfach sehen, was passiert, oder?» Da ich mich wieder energisch zu befreien versuche, muss er die Stimme heben, während er auf die Statue zeigt. «Aber ich glaube, *er* hat genug von mir in sich, damit das Labyrinth denkt, dass ich in deiner Nähe bleibe, wenn eigentlich er dir folgt. Falls es das ist, was es will. Er wird dir Gesellschaft leisten. Du wolltest mich doch als Haustier haben, oder nicht? So sah ich als Halbgott aus, bevor ich einige Verbesserungen vorgenommen habe. So schön und rein. So unschuldig und naiv. Vielleicht kann er dich tragen, wenn du irgendwann zu müde wirst zum Gehen, wie ein treues Ross.» Der Daemon schnaubt spöttisch Richtung Pocli. «Im Gegensatz zu deinem *anderen* Haustier.»

Wieder einmal bin ich froh, dass er nicht weiß, welche Bedrohung Pocli für ihn darstellen könnte – wenn das denn tatsächlich der Fall ist – oder wie sehr mich seine Worte beschämen. Ein gefallener Halbgott ist immer noch ein mächtiges Wesen, wie die steinerne Gestalt hinter mir beweist, auch wenn ich mich bemühe, *diesen* Daesra nicht anzusehen. Und ich habe es gewagt, ihm ein Halsband anzulegen.

Der Daemon soll nicht wissen, wie schlecht ich mich deshalb fühle. Und auch nicht, wie sehr mich sein Verrat verletzt. Er würde diese Schwachstelle ausnutzen, um mich entweder hier einzusperren ... oder Schlimmeres zu tun.

Ich versuche, meine Stimme kühl klingen zu lassen. Furchtlos. Ich höre auf, mich zu wehren, da es ohnehin nichts bringt und ich noch nicht ganz dazu bereit bin, der Statue die Arme wegzusprengen. Immerhin waren ihre Augen seltsam freundlich, im Gegensatz zu dem wütenden Rot des Daemons vor mir. Außerdem will ich mich dabei nicht selbst verletzen.

«Es war für dich in Ordnung, zumindest so zu tun, als wären wir Verbündete», sage ich. «Was hat sich geändert?»

Ich glaube, ich weiß es: Er hat begonnen, etwas anderes für mich zu fühlen als Hass. Doch ich bezweifle, dass er das zugeben wird.

«Darüber denke ich noch nach, genau wie du», sagt er. «Überlege mir, wie ich dich nach den speziellen Regeln des Labyrinths besiegen kann. Du glaubst, es ist gefährlich, wenn wir uns trennen. Ich glaube, die Gefahr liegt darin, einander zu vertrauen.

Beides könnte uns den Untergang bringen. Wir müssen auf der Schneide dieses Rätsels balancieren, bis wir die letzte Prüfung erreichen, ohne zu sehr zu einer Seite zu kippen und zu fallen.»

«Du vergisst, dass wir uns die ganze Zeit verletzen werden, wenn wir auf der Schneide bleiben.»

«Nun, das Labyrinth hier war *deine* Idee, und du hast Schmerz schon immer gemocht.»

Ich presse den Kiefer zusammen. «Was *genau* war meine Idee?»

Er zuckt mit den Schultern. «Wie schon gesagt, ich erinnere mich nicht gut an die Details – dank dir. Aber welches Spiel du in diesem Labyrinth auch immer spielst, ich werde dir niemals vertrauen, Sadaré.»

«Und du hast mich angelogen! Darüber, dass wir Verbündete sind, dass du alles weißt –»

«Ich weiß mehr als genug. Ich weiß, dass du mich wieder verraten würdest, genau wie damals, also komme ich dir einfach zuvor.»

«Das würde ich nicht – nicht ohne Grund!» Ich kann den anwachsenden Zorn in meiner Stimme nicht unterdrücken. «Du irrst dich, was mich angeht.»

Er schüttelt den Kopf. «Sobald du dich an dich selbst erinnerst, wirst du wieder die abscheuliche Hexe sein, die du immer warst.» Sein Lächeln ist träge und giftig. «Ich kann es nicht erwarten, dass dir das bewusst wird. Falls du es schaffst, ein wenig Reue aus deinem verkümmerten Herz herauszupressen, ist es hoffentlich genug, damit du daran erstickst.» Ich kann ihn nur fassungslos anstarren, während er der Statue zunickt. «Wenn ich fort bin, darfst du dich frei bewegen. Aber behalt sie im Auge.»

«Ziegenficker!», knurre ich.

Er zeigt auf seine Hörner. «Das sind eigentlich Stierhörner, und ich habe keinen gefickt. Nach allem, was man hört, wäre so was wohl eher nach dem Geschmack deiner Mutter.» Er neigt den Kopf und zwinkert mir zu. «Ich habe allerdings dich gefickt.»

Aus schierem Frust kreische ich los, als er mir den Rücken zudreht. «Jetzt beleidigst du meine *Mutter*? Warum sollte ich dir auch nur ein Wort glauben? Wer auch immer sie ist, das würde sie niemals tun, und ich weigere mich zu glauben, dass du und ich … *das* getan haben!» Der folgenden Frage kann ich nicht widerstehen. «Wie könnten wir?»

Während der Daemon hinter einer Kurve verschwindet, antwortet mir nur noch sein Lachen. Ich schreie ihm mehr Obszönitäten hinterher, bis ich mich ausreichend beruhigt habe, um nachzudenken.

Behalt sie im Auge.

Daesras letzter Befehl bringt mich auf eine Idee. Der Daemon befindet sich noch nicht außerhalb meiner Reichweite. Ich beiße mir auf die Zunge – nicht meine liebste Quelle des Schmerzes, aber da meine Arme gefangen sind, muss es reichen. Als ich mein linkes Auge schließe und so mein Sichtfeld um die Hälfte beschneide – ein weiteres Opfer –, spüre ich die Verbindung einrasten.

Immer wenn ich das Auge jetzt schließe, kann ich Daesra unter meinem Lid über die Schulter blicken, als würde ich ihm folgen. Die Doppelsicht irritiert mich, aber ich lächle dennoch zufrieden. Während ich warte, gefangen in den Marmorarmen, merke ich mir, welche Wege er einschlägt, wo die Entscheidung nicht ohnehin klar ist.

Schließlich gibt die Statue mich frei. Ich drehe mich um, um sie wütend anzufunkeln – und kann nicht anders als staunen.

Er ist wunderschön. Daesra der Daemon ist ebenfalls schön, aber *dieser* Daesra hat eine unverfälschte Weichheit in seinem Ausdruck, obwohl sein Gesicht aus Stein gemeißelt ist. Ihm fehlen die Hörner, die Hufe, der Schwanz – offenbar alles Teile eines Stieres, nicht einer Ziege. Ich frage mich, warum Daesra als Daemon dieses Aussehen angenommen hat. Falls er überhaupt ein Mitspracherecht hatte.

Davon gehe ich aus, da er sehr von dem Bedürfnis getrieben zu sein scheint, alles zu kontrollieren. Außerdem haben Stiere keine roten Augen oder blasse, bläuliche Haut. Das muss alles von Daesra stammen – oder war es eine alte Gabe von seinem göttlichen Elternteil?

Wieder frage ich mich, welche Gottheit das wohl ist. Er hat es mir früher schon einmal erzählt, sofern man ihm glauben kann. Dessen bin ich mir nicht sicher. Vor allem nicht, wenn er denkt, dass wir beide …

Wir könnten nie, denke ich wütend. *Und meine Mutter fickt* keine *Stiere.*

Knurrend drehe mich von der Statue weg und marschiere los. Kurz schließe ich mein linkes Auge, um sicherzugehen, dass ich keine Entscheidung des Daemons verpasse. Die Statue soll mich sicherlich leiten, damit ich auf dem richtigen Weg bleibe, aber ich habe nicht vor, auf sie zu warten.

Pocli watschelt direkt hinter mir her, ohne meine Wut – oder besser gesagt irgendetwas – wahrzunehmen, und ich schaue mich nur einziges Mal um, um sicherzugehen, dass die Statue von Daesra-dem-Halbgott mir folgt. Er bewegt sich nicht mehr so unheimlich wie zuvor, er geht eher wie ein unbeholfener Mann, statt in unnatürlichen ruckartigen Sprüngen vorwärtszukommen. Ich frage mich, ob der Daemon, der ihn verändert hat, etwas damit zu tun hat – damit er mehr wie Daesra selbst wirkt. Abgesehen natürlich von dem milden, freundlichen Gesichtsausdruck der Statue. *Den* finde ich allmählich etwas unheimlich, und ich frage mich, was genau hinter diesen Augen steckt.

Daesra hat ihm aufgetragen, mich im Auge zu behalten. Vielleicht beobachtet mich nicht nur die Statue. Vielleicht hatte der

Daemon dieselbe Idee wie ich, und er selbst bespitzelt mich durch diesen leeren, steinernen Blick. Dass die Statue mich vor dem Labyrinth schützen soll, ist nur ein Vorwand, den er benutzt, damit ich mich ihrer nicht entledige. Ich widerstehe dem Drang, die Statue spöttisch anzusehen. Vielmehr tue ich so, als würde ich sie kaum beachten.

Allerdings beschleunige ich meine Schritte. Trottend und schnaufend wirft Pocli mir nervöse glupschäugige Blicke zu, schafft es jedoch mitzuhalten.

Ohne große Vorwarnung biege ich um eine Ecke – die Statue ist nun ein gutes Stück hinter mir, da sie sich so steif bewegt –, schnappe mir Pocli und setze zu einem schmerzhaften Sprint an, da das Seil immer noch fest in meine Wade drückt. Ich laufe in die Richtung, in die der Daemon gegangen ist, wenn er mir also nachspioniert, kann die Statue mir folgen, indem sie ihm folgt. Das heißt, um die Statue endgültig abzuhängen, muss ich das Risiko eingehen, eine falsche Abzweigung zu nehmen. Selbst wenn es der Statue dann gelingt, mich aufzuspüren, kann ich ihr auflauern und sie zerstören, falls ich mich nicht an ihr vorbeischleichen oder sie in die Wurzeln stoßen kann.

Ich könnte eine Bestrafung durch das Labyrinth auslösen, indem ich den falschen Weg einschlage, aber dann kann die Statue sie hoffentlich an meiner Stelle erleiden und ich kann wieder Daesras Spur folgen – *ohne* seinen Spion.

Wie erwartet gelange ich an eine der gefürchteten Weggabelungen und gehe in die entgegengesetzte Richtung von Daesra. Ich tausche Schmerz gegen Geschwindigkeit und Kraft, um über Wurzelknäule zu springen und großen Brocken des spiegelglatten schwarzen Steins auszuweichen, die sich – beunruhigenderweise – von den hoch aufragenden Wänden gelöst zu haben scheinen. Aber wenigstens bieten sie mir etwas Deckung und versuchen dabei nicht, mir das Blut auszusaugen.

Ich will nicht *zu* weit in die falsche Richtung laufen, um es noch rechtzeitig zurückzuschaffen. Ich verstecke mich hinter einem großen Felsbrocken und kauere mich mit Pocli dort zusammen.

Mit angehaltenem Atem warte ich.

Dazu ist die Chimäre leider nicht in der Lage. Pocli keucht weiterhin so laut wie zuvor, schnarcht schon beinahe, obwohl er hellwach ist. Obendrein niest er mir auch noch ins Gesicht und überzieht die eine Hälfte mit einem feinen Sprühnebel.

Ich überlege kurz, meine Hände auf Poclis Gesicht zu drücken, doch stattdessen stecke ich mir ein Stück Stoff von meiner dreckigen Tunika ins Ohr und presse mein gebundenes Schienbein auf den Steinboden. Dieses Opfer reicht, um mich in eine Blase der Stille zu hüllen wie in einen lärmdämpfenden Mantel. Sie wird jeden Laut, den ich – und damit auch die Chimäre – von mir geben könnte, verstummen lassen. Genauso wird sie auch jedes Geräusch von meinen Ohren abschirmen, auch über die Blockade, die ich mit meiner Tunika geschaffen habe, hinaus, aber daran kann ich nichts ändern.

Ich schließe mein linkes Auge, um zu sehen, wohin Daesra gegangen ist. Er hat angehalten, steht vollkommen still. Der Mistkerl *muss* mich ausspionieren, wenn er seine ganze Aufmerksamkeit jetzt auf etwas anderes richtet, anstatt weiter durchs Labyrinth zu navigieren.

Leider tue ich das Gleiche, und ich merke zu spät, dass die Opferung meiner Sinne mich das Leben kosten könnte. Ich höre das Knirschen der Steine und das Prasseln der herabfallenden Kiesel nicht, bis ein paar davon auf meiner Schulter landen. Als ich aufschaue, ertönt ein ohrenbetäubendes Krachen, dessen Vibration ich durch die Sohlen meiner Sandalen spüren kann.

Ein massiver Brocken des schwarzen Gesteins löst sich aus der Wand über mir. Mit einem Getöse, lauter als Donner, stürzt er herab, schlägt durch die Bäume auf seinem Weg und zerschmettert ihre hoch aufragenden Stämme wie Zweige.

Ohne nachzudenken, setze ich mich in Bewegung, benutze all meinen Schmerz, um aufzuspringen und den Weg, den ich gekommen bin, so schnell wie möglich zurückzulaufen, trotz der verdammten Statue. Pocli kreischt auf, als sich meine Nägel in sein Fleisch graben – ich halte eher eine Handvoll seines Fells fest als seinen Körper –, während ich kraftvolle, große Schritte mache. Ich habe Hoffnung, dass ich es schaffe, aus der Schusslinie zu kommen, bis ein zersplitterter Baumstamm, größer und breiter als ein Kutschwagen, vor mir zusammenbricht.

Ich springe darüber hinweg, komme aber falsch auf, und mein Fuß knickt auf einem Steinbrocken um. Ich stolpere und falle, unfähig, bei dieser Geschwindigkeit mein Gleichgewicht wiederzufinden. Ich stürze und poltere über den Boden, schramme mir Ellbogen und Knie auf, während ich versuche, Pocli sicher an meine Brust zu drücken. Als ich endlich zum Halten komme, bleibt mir keine Zeit mehr, mich anders zu schützen, ich kann mich nur zu einem festen Ball zusammenrollen, bevor das massive Mauerstück – eher ein ganzer Abschnitt der Mauer selbst – hinter mir aufschlägt.

Eine Flutwelle aus Staub, Holzsplittern und Stein explodiert mit einer Wucht, wie ich sie noch nie zuvor gesehen habe. Der Baumstamm in meinem Rücken schützt mich vor einem Teil der Trümmer, aber die riesige Staubwolke spuckt ein Mauerstück aus, das groß genug ist, um mich komplett zu zerquetschen. Wie ein kolossaler Diskus wirbelt es durch die Luft und fliegt direkt auf mich zu.

Es kommt mir nicht in den Sinn, meine Kräfte einzusetzen. Ich kneife die Augen zu, halte Pocli fest und schütze ihn mit meinem Körper.

Ich höre den Aufprall eher, als dass ich ihn spüre – ein weiteres schreckliches Krachen, wenn auch leiser als die vorangegangenen. Ich warte auf den Schmerz.

Und warte.

Schließlich stelle ich mit geschlossenen Lidern fest, dass ich nichts anderes spüre als Pocli, der sich an mir windet. Ich fühle mich jedenfalls nicht tot, wie auch immer sich das anfühlen mag. Die Chimäre beginnt, an meinem Kinn zu lecken, ihre lange Zunge streckt sich nach meinen Lippen. Um dem auszuweichen, hebe ich den Kopf und öffne die Augen. Ich schaue nach oben und schreie fast auf.

Daesra, die Statue, beugt sich über mich und hält sich – und das zerbrochene Stück schwarzen Felsens, das über ihm aufragt – im Stütz von mir und dem Boden fern. Seine Augen und sein Lächeln sind immer noch friedvoll. Aber seine Marmorschulter ist gesplittert, ein tiefer Riss zieht sich über seine Brust. Seine Arme – das Einzige, was zwischen mir und dem Tod steht – beben.

Ich nehme einen Atemzug, dann noch einen zweiten und krabble so schnell wie möglich unter ihm hervor, wobei ich Pocli vor mich werfe. Ich bin versucht, weiterzulaufen, aber die Wand stürzt hinter mir nicht mehr ein. Vorerst. Also bleibe ich stehen und drehe mich widerwillig nach der Statue um. Sie ist immer noch unter dem erdrückenden Gewicht aufgestützt. Verliert den Kampf.

«Verdammt noch mal», knurre ich und beiße mir wieder auf die Zunge. Fest. Verflucht sei Daesra, weil er meine Nadeln genommen hat. Tränen steigen mir in die Augen, aber ich mache mir nicht die Mühe, sie wegzuwischen, bevor ich eine Faust balle. Unsichtbar wie Wind bricht eine Kraft aus mir hervor, teilt sich vor der Statue und sprengt die über ihr liegende Steinplatte, sodass Teile davon herumfliegen.

«Komm schon!», schreie ich, und *dann* laufe ich los, ohne nachzusehen, ob die Statue mir folgt. Wenn sie zu beschädigt ist, um sich zu bewegen, kann ich ihr ohnehin nicht helfen. Unterwegs schnappe ich mir Pocli und bemerke nur am Rande, dass mir Blut über die Unterarme läuft. Ach ja. Ich habe mir die Haut an den Ellbogen weggeschürft, als ich über die Pflastersteine gestolpert bin. Genau wie die Haut an den Knien, und ich spüre das Schmatzen des Blutes in meinen Sandalen und zwischen den Zehen. Den Schmerz spüre ich noch nicht, aber der wird kommen.

Ich bleibe erst stehen, nachdem ich um die Kurve, die ich eigentlich hätte nehmen sollen, gelaufen und noch ein paar Schritte weitergegangen bin. Dann beuge ich mich schwer atmend vor, setze Pocli ab und stütze die Hände fast auf meine blutigen Knie, bevor ich es mir anders überlege und sie stattdessen auf meine Oberschenkel lege. Einen Moment lang atme ich einfach nur, Schweiß und noch mehr Blut von irgendwoher rinnen von meiner Stirn und tropfen auf die breiten Steinfliesen unter meinen Füßen.

Doch ich bin zufrieden, froh, dass ich überhaupt noch stehen kann. Mein Körper würde am liebsten zu einem bebenden Haufen aus Fleisch und Knochen zusammenfallen, aber ich sollte wohl weitergehen, für den Fall, dass noch mehr Wände einstürzen wollen.

Als ich mich aufrichte, steht die Statue hinter mir. Zersplittert, gesprungen, unbeweglich lächelt sie mich friedlich an.

Seltsamerweise – vielleicht bin ich wahnsinnig geworden – spüre ich, wie sich im Gegenzug einer meiner Mundwinkel hebt. Immerhin hat sie mir gerade das *Leben* gerettet.

Ich sollte mir einen Namen für sie überlegen. So wie bei Pocli ziehe ich Optionen in Betracht, die auf die körperlichen Attribute Bezug nehmen. *Steinmann?* Zu umständlich. *Hübscher?* Damit würde Daesra sich brüsten. Mir fällt der seltsame Ausdruck im Gesicht des Daemons ein – Eifersucht? –, als ich ganz zu Anfang, kurz nach meinem Erwachen im Labyrinth, diese andere Statue bewundert habe. Vielleicht will er mich dazu zwingen, jetzt eine

Statue von *ihm* zu bewundern, und ich weigere mich, dabei mitzuspielen. *Halbgott* ist etwas zu pompös, aber ... *Deos.*

Von Göttern abstammend – der Umstand, dem ein Daemon entkommen will. Nicht besonders kreativ, aber vielleicht ärgert der Name Daesra zumindest, und das reicht mir dann. Er hat mir diesen extrem realen Geist seines früheren Ichs aufgebürdet, also erinnere ich ihn sehr gern an seine ungeliebte Vergangenheit, wenn ihm das ein wenig Schmerz bereitet.

Und ich kann auch nicht anders, als dankbar zu sein – sowohl Daesra als auch Deos. Ich bezweifle, dass die Statue mich ohne seinen Einfluss gerettet hätte.

«Deos», sage ich. «Du hast meinen Dank.»

Deos neigt den Kopf. *Sehr gern geschehen, Sadaré.*

Es ist *seine* Stimme – die des Daemons. Könnte Deos sprechen, würde er nie so sarkastisch klingen, nicht bei diesem Gesichtsausdruck. Seine steinernen Lippen bewegen sich natürlich nicht.

Hätte ich noch Energie in mir, würde ich vor Schreck aufspringen. So kann ich nur fragen: «Dann warst das alles du?»

Kurz folgt Stille, als würde der Daemon nachdenken. *Nein. Die Statue – ich sterbe lieber, als ihn mit diesem Namen anzusprechen – hat sozusagen einen eigenen Verstand. Ich habe ihr einen Auftrag gegeben, und sie kann ihn nach Gutdünken ausführen. Liebend gerne würde ich die volle Verantwortung dafür übernehmen, dir das Leben gerettet zu haben, damit du so erbärmlich vor mir zu Kreuze kriechst, aber nun ja ... Ich werde mich wohl mit einer abgespeckten Version deiner Unterwürfigkeit zufriedengeben müssen.*

«Ich mag Deos jetzt schon lieber als dich», sage ich und betone den Namen besonders, bevor ich weiterspreche. «Und ich habe *ihm* gedankt. Was dich angeht, kannst du einfach ... still sein?»

Jetzt schmerzen meine Knie und Ellbogen, meine Gelenke brennen quälend bei jeder Bewegung, was dafür sorgt, dass mich alles andere noch zusätzlich ärgert.

Und doch muss ich mir noch mehr Schmerzen zufügen. Wenigstens *habe* ich dann wieder Knie, sobald ich mich geheilt habe. Der Schmerz kann mir nur nutzen, solange mein Körper nicht auseinanderfällt.

Und ich weiß auch genau, wie ich dafür sorge. Zwar habe ich mir geschworen, nie wieder vor jemandem auf die Knie zu gehen, aber manchmal *bettelt* eine Situation geradezu darum. Fast lache ich selbst über meinen schlechten Witz.

«Gern würde ich dir, *Deos*, meine Dankbarkeit demonstrieren, weil du mich gerettet hast.» Ich wende mich zu ihm um, woraufhin er stehen bleibt. Und dann gehe ich auf die Knie.

Ich schreie beinahe auf, doch stattdessen beuge ich mich vor, um mir den Mund zuzuhalten, während ich obendrein auch meine Ellbogen auf den Stein presse. Ich mache mir den Schmerz zu eigen, während ich ihn durch meine Unterwerfung verzehnfache.

Sadaré. Der Daemon klingt verärgert. *Du solltest nur vor jemandem niederknien, der es verdient.*

«Also kannst du mich sehen und hören», keuche ich unter Tränen am Boden. Ich habe gehofft, dass er sich so verrät – falls es ihm überhaupt ein Anliegen war, es zu verbergen. «Aber ich rede nicht mit dir. Ich rede mit Deos, und ich flehe *ihn* an, meinen Dank anzunehmen», füge ich mit übertriebener Inbrunst hinzu.

Dann spüre ich meine Macht wie einen hellen Kern in mir, und ich lasse sie durch meine Glieder strömen. Das Brennen in meinen Knien und Ellbogen lässt bald nach, und das Blut hört auf, meine Tunika zu tränken – auch wenn ich das nicht sofort erkenne, als ich mich auf die Beine stemme.

Bei den Göttern, meine Beine sind blutüberströmt. Ich halte kurz inne und versuche, etwas davon mit dem Rock meiner einst weißen Tunika wegzuwischen. Doch das lässt mich erst recht aussehen wie eine Schlächterin, und als ich mich so nach vorn beuge, versucht Pocli mir die Lippen zu lecken, also gebe ich auf.

Schade, dass du deinen Stolz nach so einer peinlichen Vorstellung nicht heilen kannst, sagt Daesras Stimme.

Ich werfe mein Haar zurück, das jetzt von noch mehr roten Strähnen durchzogen ist, und gehe weiter. «Schade, dass wir nicht alle Daemonen sein können.»

Zum Glück. Ich liebe meine Überlegenheit.

Ich ignoriere ihn. «Weißt du was? Es macht mir nichts aus, für jemanden niederzuknien, der es *wirklich* verdient hat.»

Der Daemon sagt kein Wort. Ich hoffe, dass ihn das noch mehr verärgert hat, und fange an, mein Haar mit geübten Handgriffen zu flechten – natürlich zu fest –, während ich weitergehe. Das wird zu einem netten Kopfschmerz führen, den ich benutzen kann, der Zopf erfüllt denselben Zweck wie mein Brustgeschirr. Meine Haare haben mir sowieso zu oft in den Augen gehangen.

Du gefällst mir mit offenen Haaren besser, sagt diese ständig tönende Stimme.

«Du gefällst mir tot besser.» Ich kann nicht anders – nachdem die Worte raus sind, schnaube ich. Irgendetwas an der panischen Angst vor dem nahen Tod, die dann der Erleichterung wich, dieses Gefühl, das durch meine Glieder strömte, auf gute wie auf schlechte Art, hat mich kribbelig gemacht, aufgedreht ... Irgendwie erkennt mein Körper diesen Zustand und versinkt in ihm, auch wenn ich ein entferntes Aufflackern von Sorge spüre. In dieser Stimmung muss ich besonders auf der Hut sein.

Hast du gerade über deinen eigenen Mangel an Raffinesse gelacht? Wenn man diesen reizlosen Tierlaut überhaupt Lachen nennen kann. Wenn Deos eine Augenbraue heben könnte, um den Tonfall zu unterstreichen, hätte er es getan. Stattdessen dreht sich sein Marmorkopf einfach in meine Richtung.

Erneut schnaube ich. «Vielleicht.»

Du bist vom Schmerz berauscht, Sadaré. Das kann Daesra zweifellos in meiner Stimme hören.

«Na dann, auf mein Wohl.» Ich proste der Statue mit einem unsichtbaren Becher zu und stoße meine Faust gegen ihre Marmorschulter.

Daesra lacht ebenfalls bellend. *So gefällst du mir. Vielleicht versuche ich, dich immer in diesem Zustand zu halten.*

Ich widerstehe dem Drang, die Statue wegzustoßen, denn ich weiß, dass sie nicht wirklich der Daemon ist. Stattdessen begnüge ich mich mit einem bösen Funkeln, das Daesra wenigstens sehen kann.

Außerdem, wie könntest du dir wirklich meinen Untergang wünschen?, fährt er fort. *Deine erbärmliche sterbliche Existenz wäre hoffnungslos langweilig ohne mich. Und Ruhe und Frieden hast du dir nie gewünscht.*

«Nein, das habe ich wohl nicht.» Viel weiß ich nicht über mich, aber das scheint mir zu stimmen.

Immerhin bin ich eine schmerzhungrige Hexe, die einst einen Daemon gebunden hat.

«Was ist mit dir?», frage ich, bevor ich mich eines Besseren besinnen kann. «Auch wenn du nicht sterben kannst, hast du jemals darüber nachgedacht, dein Schwert oder deine Klauen oder was auch immer an den Nagel zu hängen und ein weniger schreckliches Dasein zu fristen?»

Weißt du, ich habe tatsächlich ein Schwert, sagt er, ohne auf meine Frage zu antworten. *Und zwar ein ziemlich schönes.*

«Oh? Das habe ich noch nicht zu Gesicht bekommen.»

Ich benutze es nur bei besonderen Anlässen.

Ich bin tatsächlich neugierig – vor allem darauf, welche Waffen er möglicherweise noch besitzt –, aber er führt es nicht weiter aus. Natürlich nicht.

«Also? Du hast meine Frage nicht beantwortet.»

Lass uns ein Spiel spielen. Eine Antwort für eine Antwort. Vielleicht können wir das Vertrauen, das uns fehlt, wieder aufbauen.

Das kann er nicht ernst meinen. «Lustig, dass du das vorschlägst, nachdem du gerade gesagt hast, du würdest mir nie wieder vertrauen und Vertrauen wäre gefährlich – was du wunderbar bewiesen hast, indem du mich verraten hast.» Und dann zucke ich mit den Schultern. «Aber warum nicht?»

Ich habe sonst ohnehin nichts zu tun, während ich ihm folge, und außerdem habe ich nicht viel zu erzählen, da ich mich an kaum etwas erinnere.

Um deine Frage zu beantworten: Einmal. Ein einziges Mal habe ich ein friedlicheres Leben in Betracht gezogen.

«Darf ich fragen, wann?»

Jetzt bin ich dran mit Fragen. Was hast du gefühlt, als wir einander vorhin so nahe waren?

Anscheinend habe ich *doch* Geheimnisse, die ich bewahren möchte.

Als ich nicht antworte, sagt er: *Und es gilt: Eine Wahrheit für eine Wahrheit – nicht einfach irgendeine Antwort. Sonst antworte ich auch einfach irgendwas.*

Zischend atme ich aus. «Ich war verwirrt.»

Das reicht nicht. Warum?

«Weil ich mich gleichzeitig vor dir gefürchtet habe und mich ... geborgen gefühlt habe. Sicher.» Ich spüre, dass meine Wangen glühen, und hoffe, er kann es nicht sehen.

Das ist alles?

Ich nicke und wünsche mir, es wäre so.

Dann bist du eine absolute Närrin, wenn du dich in meiner Nähe sicher fühlst. Bevor ich etwas erwidern kann, sagt er: *Und zu der Frage, wann ich über ein friedlicheres Leben nachgedacht habe: Das war kurz bevor du mich in diesen elenden Turm gezerrt hast, und dann in dieses Labyrinth. Und um dir das heimzuzahlen, werde ich jetzt für alle Ewigkeit so grausam sein wie möglich. Vor allem während der kurzen Zeit deiner erbärmlichen Existenz.*

Ich schnaube. «Wahrscheinlich warst du vollkommen zufrieden, bevor ich mich eingemischt habe. Hast glücklich mit einer Frau, einem Mann oder einem Monster zusammengelebt, anstatt gottloses Chaos zu verbreiten.»

Einen Moment lang schweigt er. *Ich war mit einem Monster zusammen, so viel steht fest.*

Mein Herzschlag beschleunigt sich. Er meint doch nicht etwa ... *Nein, frag das nicht,* ermahne ich mich selbst. Er will, dass ich es frage, und das kann nicht gut enden. Er will mich nur mit mehr Lügen ablenken. Ich muss einfach weitergehen. Über irgendetwas anderes reden.

«Wieso bin ich nicht hungrig?», platze ich heraus, während ich mich zu den hohen Mauern und den gewaltigen Bäumen umsehe. «Ich glaube, ich brauche hier keine Nahrung. Und ich muss mich nicht erleichtern oder schlafen, selbst wenn ich erschöpft bin. Das ist seltsam.»

Komisch, dass du eine so banale Frage stellst, und dabei bist du nicht einmal dran. Aber die schenke ich dir. Das hier ist nicht das Reich der Sterblichen, weißt du noch? Auch nicht das der Götter. Es ist woanders. Die Zeit vergeht hier anders. Wer weiß, wie lange wir schon hier sind? Herrje, man könnte meinen, dass wir uns mittlerweile sehr gut kennen. Oder sollte ich sagen, wieder *gut kennen?*

Er bringt uns zurück auf das Thema, über das ich nicht nachdenken will: dass wir uns vielleicht einmal *sehr* gut gekannt haben. Schlimmer noch, dass er mich vielleicht besser kennt als ich selbst, weil er sich an eine Vergangenheit erinnert, die ich nicht kenne.

Vielleicht sollte ich mich nicht erinnern wollen.

Ich befürchte, dass er nicht lockerlassen wird, als würde er einen Nagel in mein Fleisch drücken, aber er überrascht mich, indem er sagt: *Es geht nach rechts, nicht nach links.* Irgendwie kommt das Geräusch seiner missbilligend schnalzenden Zunge von der Statue.

Blinzelnd schaue ich mich um. Er hat recht, stelle ich fest. Ich habe die Abzweigungen verwechselt, wahrscheinlich wegen meiner verwirrten Sinne. Ich wollte nach links abbiegen, aber er ist an dieser Weggabelung in den schwarzen Steinmauern, die ich gerade erreicht habe, nach rechts gegangen. Allerdings weiß er nicht, dass ich es weiß. Und mir wäre es lieber, wenn er weiterhin nichts von meiner Spionage ahnt.

«Woher weiß ich, dass du die Wahrheit sagst?», frage ich, obwohl ich eigentlich wissen will: *Warum hast du es getan?*

Das ist schon eine zweite Frage, obwohl du nicht dran bist, also wirst du mir einfach vertrauen müssen. Auf seiner Stimme liegt nur eine dünne Schicht Unschuld, die nicht verbergen kann, was darunter ist. *Wäre das denn so schwierig?*

«Ja», sage ich, während ich nach rechts gehe. Ich bin ehrlich. «Und das betrachte ich als *deine* Frage.»

Tief im Inneren weiß ich, dass auch er keinen Grund hat, mir zu vertrauen.

Versuchen wir etwas anderes, sagt der Daemon, und Deos bleibt stehen, weshalb auch ich zögerlich innehalte. *Dreh dich zu mir um.*

Es ist weniger ein Vorschlag als vielmehr ein Befehl. Aber ich drehe mich um und beäuge die Statue skeptisch. Würde er – Deos – noch versuchen, mir wehzutun, nachdem er mir das Leben gerettet hat und ich ihm seins?

Schließ die Augen, sagt Daesra.

«Das kann nicht dein Ernst sein», sage ich.

Ist es. Das wird dir beweisen, dass du mir vertrauen kannst.

Ich behalte die skeptische Miene bei, unterdrücke aber innerlich ein Grinsen. So kann ich ihn weiter ausspionieren, während ich so tue, als würde ich mich fügen.

Ich sehe ihn – oder besser Deos – ein letztes Mal stirnrunzelnd an und schließe dann die Augen.

Daesra, der Daemon, erscheint hinter meinem linken Augenlid. Und er sieht mich *direkt* an, da er irgendwie den Punkt über seiner Schulter fokussiert, von dem aus ich ihn beobachte. Auch er hat ein Grinsen versteckt, das jetzt sichtbar ist, und die Enden seiner Hörner und seine spitzen Zähne sehen besonders scharf und bösartig aus.

«Da du dich als *so* vertrauenswürdig erwiesen hast», schnurrt er fast, «dachte ich, ich stelle sicher, dass du weißt, wohin du gehen musst.» Mit einem langnagligen Finger deutet er mit selbstgefälliger, katzenhafter Genugtuung auf die neben ihm schimmernde Quecksilberoberfläche.

Ich sehe, dass vor ihm vier Wege abgehen. Da sich in einem davon der Spiegel befindet, der wieder wie ein flüssiger Vorhang senkrecht herabhängt, hätte ich auch ohne seine Hilfe gewusst, wo es langgeht.

«Hier wirst du die Antwort auf deine drängendste Frage finden.» Er dreht sich um, um durch den Spiegel zu treten, blickt aber noch kurz mit rot leuchtenden Augen zurück. «Ach, und Sadaré? Du solltest besser rennen.»

Ich reiße die Augen auf, denn ich höre etwas, das *nicht* von seiner Seite kommt. Ein erschütterndes, knirschendes, kreischendes Krachen, das durch meinen ganzen Körper hallt.

Die Wände stürzen hinter uns beiden ein. Vielleicht hat Daesra das ausgelöst, indem er durch den Spiegel ging. Schwarze, glänzende Steinbrocken brechen heraus, so groß wie vorhin, nur viel mehr an der Zahl. Die *gesamte* Wand, auf beiden Seiten. So wie die Hecken in sich zusammengefallen sind, als wären sie unter einen Pflug geraten, so stürzen nun die Mauern ein. Der einzige Unterschied besteht darin, dass es sich hier um ungeheuer dicke, hoch aufragende Steinwände handelt, die von riesigen Bäumen statt von bloßen Hecken gesäumt werden – und schon die Hecken hätten mich töten können. Statuen werden wie bleiche Insekten verschluckt. Der malmende Wirbel aus zerklüfteten Felsbrocken und zersplitterten Baumstämmen rast wie ein Strudel des Todes auf mich zu.

Entsetzen durchfährt mich und lässt mich erstaunlich klar denken. Wenn Pocli nicht gerade ein getarnter Gott ist, was ich ernsthaft bezweifle, wird kein Brüllen von ihm das hier aufhalten. Er wimmert zu meinen Füßen, als würde er dem zustimmen.

Ich packe ihn am Nacken, ignoriere seinen Aufschrei und renne um mein Leben. Ich renne schneller als je zuvor. Ich würde meine Ellbogen, meine Knie, ein ganzes Körperglied opfern, um vor dem zu bleiben, was hinter mir ist.

Ich gebe mein Bestes, um mich an den Weg zu erinnern, und biege in halsbrecherischem Tempo ab. Selbst wenn er es wollte, kann mir Daesra jetzt nicht mehr helfen – ich habe Deos zurückgelassen, obwohl er versucht, hinterherzukommen. Auch die Statue würde ich opfern. Ich kann sie schlecht tragen.

Pocli ist schwer, aber ich lasse Energie in meine Gliedmaßen strömen – meinen ganzen Schmerz. So spüre ich sein Gewicht kaum. Mein ganzer Fokus liegt auf einer Aufgabe: *Lauf.*

Lauf, lauf, lauf.

Mein Gedächtnis, vielleicht geschärft durch den anregenden Wind der Zerstörung hinter mir, führt mich zielsicher zu den vier abzweigenden Wegen. Ich zögere nicht, bevor ich mich direkt in die flüssige Oberfläche des Spiegels stürze.

Ich weiß nicht, ob Deos es schaffen wird. Aber *ich* habe es geschafft, und das ist das Wichtigste. Und Pocli.

In mir ist nur wenig Platz für Erleichterung. Ich spüre nur entfernte Besorgnis, während die überirdische Substanz mich umschließt wie eine kalte, alles verschlingende Umarmung. Daesra hat gesagt, ich würde meine Antwort hier finden.

Ich frage mich, wie die Frage wohl lautet.

ZUVOR

«Du solltest besser rennen.» Es ist Daesras Stimme – ein tödliches Flüstern an meinem Ohr. Er steht im Dunkel des Waldes hinter mir, seine Lippen nähern sich meiner Kehle. Sein kribbelnder Atem auf meiner Haut beunruhigt mich – ich wusste nicht, dass er da war. Schreckliche Angst durchzuckt meinen Körper.

Ohne zu zögern, laufe ich los. Denn er wird mich jagen.

Aber zuerst wird er mit mir spielen.

Ich höre sein Lachen hinter mir durch die Bäume hallen, doch seine Bewegungen höre ich nicht. Trotz seiner schweren gespaltenen Hufe ist er leise wie ein Windhauch. Ich hingegen bin weniger leise, panisch, eine einfache Sterbliche, ich schramme an der Rinde uralter Lorbeerbäume entlang und stolpere durch das Gestrüpp. Ich weiß, dass ich ihm nicht entkommen kann. Aber ich muss es versuchen.

Ich habe weder Seile noch Nadeln. Er hat sie mir genommen. Selbst mein Haar ist offen, weht wie eine Flagge hinter mir her. Das und mein dünnes weißes Gewand – die Robe einer Priesterin, aber aus so durchscheinender Seide, wie ich sie noch bei keiner Priesterin gesehen habe – wirken in der Nacht wie eine Fackel, zumindest bei seinem Sehvermögen. Nach Atem ringend verstecke ich mich hinter einem besonders dicken Baum und presse mir die Nägel in den Arm, vergrabe sie tief. Der Schmerz reicht aus, um einen Mantel aus Stille und Schatten über mir auszubreiten.

Seine spöttische Stimme ertönt links von mir. «Glaubst du, ich kenne deine Tricks nicht? Denkst du, du kannst dich vor mir verstecken?» Jetzt kommt sie von rechts. «Ich werde dich immer finden, Sadaré.»

Ich schreie, und der Laut durchbricht die tiefe Nacht. Ich versuche wieder loszulaufen, doch seine starken Hände packen meine Taille, und seine Klauen bohren sich durch mein dünnes Gewand. Hart drückt er mich gegen den Baum, und die Rinde gräbt sich in meine Schulter, als ich mich wehre. Ich schreie auf, aber seine Lippen bringen mich zum Schweigen. Seine Zunge dringt in meinen Mund ein, schickt einen Stromstoß durch meinen Körper. Verschlingt mich, nur flüchtig. Dann zerkratze ich ihm die Brust, das Gesicht und schaffe es, ihm zu entkommen. Jedoch nur, weil er mich lässt, das weiß ich.
Er liebt die Jagd.
Nur kann er es wohl nicht erwarten, denn ich bin nur einen Moment frei. Sein Gewicht prallt gegen mich, stößt mich um. Er umschlingt mich, während wir fallen, und seine Schulter fängt den Aufprall ab, dann rollt er uns beide über den mit Blättern bedeckten Boden. Als wir schließlich zum Stillstand kommen, ist er über mir. Er greift meine Handgelenke, umwickelt sie blitzschnell mit Seilen und fixiert sie über meinem Kopf. Sein Körper, eine Wand aus harten Muskeln, presst mir den Atem aus den Lungen. Als er sich vorbeugt, atmet er meine Angst ein und sein heißes Verlangen an meiner Wange aus. Seine scharfen Zähne sind gefährlich gefletscht.
Diesen anderen Teil von ihm spüre ich an meinem Bauch, als er sich an mich drückt, hart wie Stein zwischen seinen Beinen. Erregung durchzuckt mich, und meine Brustwarzen ziehen sich unter meinem Priesterinnengewand beinahe schmerzhaft zusammen. Durch die dünne Seide sind meine Brüste deutlich zu erkennen. Unter dem Gewand bin ich nackt, erinnere ich mich. Verletzlich. Bereit für ihn, damit er sich nehmen kann, was er will.

Die Panik überwältigt mich beinahe, doch dann kann ich es nicht länger aushalten, und etwas in mir gibt nach.
Ich *kichere* ihn an. «Diesmal hast du mich fast überzeugt.»
Mit den Zähnen schnappe ich nach seiner Nase und grinse, als er den Kopf wegzieht. (Von irgendwo anders – aus einer anderen Zeit vielleicht? – stört ein Gedanke die Erinnerung wie ein Tropfen einen spiegelglatten See: *Was?*)
Sein furchteinflößendes Zähnefletschen verwandelt sich in ein amüsiertes Lächeln. «Du weißt, dass du das ganze Spiel verdirbst, wenn du aus der Rolle fällst. Hast du je ein Schauspiel gesehen? Würden die Darstellenden während des tragischen Höhepunkts zu lachen anfangen, würde es das Ganze für das Publikum ruinieren, oder nicht?»
Ich zucke mit den Schultern, soweit mir das möglich ist, während meine Arme immer noch von den Seilen und seinem kräftigen Griff über meinem Kopf festgehalten werden. «Wir haben kein Publikum, dem wir gefallen müssen.»
«Das ist mal eine Idee. Vielleicht nächstes Mal. Vorerst solltest du dir wünschen, *mir* zu gefallen.»
«Nun gut.» Ich winde mich an ihm – vielleicht ein wenig zu zielgerichtet an einer speziellen Stelle – und versuche, meine Hände loszureißen, während ich schreie: «Bitte, tu mir nicht weh!»
Er leckt mir über die Wange, und der nasse Schreck bringt mich wieder zum Lachen. «Deine Angst ist recht köstlich, muss ich gestehen», sagt er und stöhnt mir lüstern ins Ohr.
Der Laut dringt mir tief ins Fleisch und hallt als Echo durch meinen Körper. Löst ein Sehnen darin aus.
Ich begegne seinem lusterfüllten Blick und beiße mir auf die Lippe. «Warum sich mit fadem Essen zufriedengeben, wenn wir uns an den süßesten und würzigsten Köstlichkeiten zugleich laben können?»

Sein Blick fällt auf meinen Mund. Dann fährt er ihn mit der Zunge nach, in selbstsicheren, besitzergreifenden Zügen. Anschließend beißt er mir in die Lippe, und ich keuche auf. «Du magst die Süße nur, weil sie die Würze hervorhebt», murmelt er. Seine Zähne streifen meinen Kiefer, knabbern daran, bis sie meine Kehle erreichen. Der Druck seiner Fangzähne an der empfindlichen Haut dort entlockt mir ein Wimmern. «Glücklicherweise», seine Zunge liebkost meine Haut, während er spricht, «bist du nicht die Einzige mit einem solchen Geschmack.»

Ich kann nicht anders, als mich erneut auf diese ganz spezielle Art unter ihm zu winden. «Das ist nicht bloß eine Vorliebe. Es ist deine Kunst. Du hast mir gezeigt, wovon ich zuvor nur träumen konnte. Du bist der Herr und Meister dieses Reiches.» Es ist Schmeichelei, die an unterwürfige Verehrung grenzt – vielleicht zu viel, als dass er es glauben könnte. Ich schiebe meine Hüften entschieden nach oben, reibe mich an ihm. «Dieses Körpers. *Meines* Körpers.»

Er hebt den Kopf gerade weit genug, um mich anzusehen, seine roten Augen funkeln durch seine dunklen, zerzausten Locken hindurch. Ich halte seinem Blick stand und wünsche mir, dass jedes Wort zu ihm durchdringt, als hätte ich meine Adern für ihn geöffnet.

«Pass auf, was du mir versprichst», sagt er ernst. «Möglicherweise gebe ich es nie wieder zurück.»

«Und wenn ich genau das will?», flüstere ich.

Er lässt eine Strähne meines kupferfarbenen Haars durch seine Finger gleiten. «Bist du mein, Sadaré? Wahrlich?»

«Ja.»

«Dann beweise es.»

So schnell und leicht, als würde er eine Decke wegreißen, erhebt er sich von mir, lehnt sich an einen Baum und verschränkt die kräftigen Arme. Ich fühle Kälte, Unbehagen, als ich mich in eine sitzende Position bringe, die Hände vor mir gefesselt, das Gewand bis zu den Oberschenkeln hochgeschoben. Blätter kleben auf meiner Haut, sind in meinem Haar. Aber meine Brustwarzen sind härter als je zuvor, und das nicht nur wegen der Kälte.

«Kriech auf den Knien zu mir», sagt er. «Fleh mich an, dich zu nehmen.»

Götter, denke ich. Mein Mund ist zu trocken, um zu sprechen. Meine Beine regen sich schon, bevor ich es ihnen auftragen kann, schieben mich durch die Blätter voran. Ich spüre die Feuchtigkeit zwischen meinen Schenkeln. «Bitte», presse ich hervor.

Aber so kann ich nicht zu ihm gehen, so verzweifelt. Ich wünschte, ich könnte so kalt und unnahbar aussehen wie er gerade ... doch das möchte er nicht. Und ehrlich gesagt, ich genauso wenig. Dennoch ringe ich unter meinem sturen Stolz um Selbstkontrolle. Die brauche ich noch für das, was folgt. Ich bringe die gefesselten Hände auf den Boden, um mich sinnlicher vorwärtsbewegen zu können, wackle mit dem Hinterteil.

«So?», frage ich und lasse meine Stimme tief und verführerisch klingen.

«Nein.» Das Wort fühlt sich an wie ein schwerer Schlag. «Beweis es, habe ich gesagt. Ich will, dass du es so meinst.»

Ein Schaudern überkommt mich – ein köstliches Gefühl von Erleichterung. Mit nichts anderem werde ich ihn täuschen können, und meine Demütigung kann ich später einsetzen. Ich keuche und Tränen treten mir in die Augen, als ich die Ellbogen aufsetze und mich schmerzhaft, erbärmlich, verzweifelt vorwärtsziehe. «Bitte», raune ich. «Bitte nimm mich. Ich flehe dich an.»

«Das kommt dem Ganzen doch schon näher», knurrt er, und dann ist er vor mir, wirft mich auf den Rücken. Er reißt meine zarte Robe vom Kragen bis zum Saum entzwei.
Mit einer Hand fixiert er meine Handgelenke wieder über meinem Kopf und legt sich eins meiner Beine über die Schulter. Mit der anderen rafft er seine eigene Robe aus dem Weg und packt mich an der anderen Kniekehle, bohrt seine Klauen in meine Haut, um mich weit zu spreizen. Kurz lächelt er auf mich herab, bewundert mich, wie ich entblößt vor ihm liege. Vollkommen offen, nur für ihn. Ich hebe ihm die Hüften entgegen, flehe wortlos. Ich bin im Begriff, erneut zu betteln, als er mit einem einzigen harten Stoß in mich eindringt, mit all dem stechend süßen Ungestüm, nach dem ich mich so verzweifelt gesehnt habe.
Er nimmt mich, und er nimmt mich hart. Sein bemerkenswerter Umfang wird noch beeindruckender durch etwas, das ich in der Dunkelheit nicht sehen konnte – glatte Erhebungen zieren den oberen Teil seiner Länge und reiben nun köstlich an meinem Inneren. Von Anfang an liefen mir die Tränen, und ich werde sie jetzt nicht mehr aufhalten können. Nicht bevor seine Kraft unerträglich wird, sich mit jedem drängenden Stoß in mir aufbaut, zu groß wird, als dass ich sie halten kann. Ich zerberste unter ihm, zersplittere gefühlt in einer Sternenexplosion. Mein Körper besteht aus reinem Licht und flackernden Flammen.
«Sadaré», keucht er und verlangsamt seine Stöße, um sich unserem neuen Rhythmus anzupassen. «Du verbrennst mich.»
Ich reiße die Augen auf, sehe, dass meine Haut glüht, und unterbinde es schnell. «Tut mir leid!»
Er grinst wild, keucht. «Das halte ich aus, aber ich würde momentan nichts Wichtiges verlieren wollen.»

«Warum probieren wir dann nicht etwas anderes aus?» Ich befreie meine Hände sowohl aus seinem Griff als auch aus den Fesseln, nutze reichlich Schmerz, um das Seil zu durchtrennen – den Schmerz, den ich durch meine Unterwerfung empfangen und mir zu eigen gemacht habe. Meine Freiheit lag immer in meiner Hand. Ich lege die Handflächen auf seine Brust und drücke sanft. Ein Vorschlag, kein Befehl. Verträumt lässt er zu, dass ich ihn auf den Rücken schiebe und mein Bein über ihn schwinge. Ich ziehe mich auf ihn, lasse mich wieder auf seine unebene Länge sinken, und mein loderndes Inneres vibriert vor Empfindungen.

«Das ist ungewohnt», sagt er. Doch in seinem Blick glänzt Interesse, als er meinen Körper nachfährt, der über seinem im Mondlicht leuchtet. Seine großen Hände umfassen meine Brüste, seine geschickten Finger finden meine Brustwarzen. Langsam bewege ich mich auf ihm, wiege die Hüften.

«Ich will das Gefühl haben, dich genauso zu besitzen, wie du mich besitzt», sage ich. «Wenn auch nur für einen Moment.»

Sein Blick flackert. Ist nun skeptischer. «Vorsicht, Sadaré.»

«Vertraust du mir nicht?» Ich spüre einen Anflug von Schmerz, weil er Nein sagen könnte, und man hört es deutlich in meiner Stimme.

Es genügt.

«Doch, tue ich», stöhnt er und klingt beinahe überrascht, als ich mich härter gegen ihn dränge.

«Dann schließ die Augen», sage ich. Als wollte ich es ihm vormachen, schließe ich meine und werfe den Kopf zurück. Ich biege den Rücken durch, drücke meine Brüste in seine Hände und sammle mein Haar in meinen eigenen. Mache meinen Körper zu einem biegsamen Bogen für seinen Pfeil.

Ich spüre instinktiv, dass er die Augen geschlossen hat, als eine meiner Hände an meine Kehle wandert. Mit all dem süßen, drängenden Schmerz aus meinem Inneren, von dort, wo ich mich gegen ihn presse, lasse ich meinen Fingernagel zu einer scharfen Klinge werden.
Mit einer schnellen Bewegung schlitze ich mir die Kehle auf. Leuchtend rotes Blut spritzt über seine geschlossenen Augenlider.
Schockiert reißt er die Augen auf, während mich unerträgliche Qualen durchzucken. Aber es ist zu spät. Ich nutze den Schmerz – *so* viel Schmerz, mehr, als ich je geopfert habe –, um ihm die Halsfessel anzulegen, während er so verletzlich ist. Sie rastet mit der Bindung ein.
Erkenntnis tritt in seine Gesichtszüge. Und dann ist *er* derjenige, der entblößt ist. Der völlig offen vor mir liegt. Obwohl mein Blut in einer heißen Flut über seine Brust fließt. Ich muss seine Kraft als meine eigene nutzen, und so stoße ich meinen messerscharfen Finger direkt in sein Herz. Er krümmt sich unter mir, seine Krallen graben sich in meine Oberschenkel, tief genug, um die Haut zu durchbohren.
Er wird überleben. Ich nicht, wenn ich nicht schnell handle. Mit der immensen Kraft, die sein Schmerz erzeugt – mehr, als ich je zuvor gespürt habe –, heile ich hastig die sprudelnde Wunde an meinem Hals, bevor sie mich töten kann. Selbst im Rausch dieser Macht schaffe ich es nur knapp.
Er hätte mich gleich getötet, wenn ich ihn nicht aufgehalten hätte. Wenn ich ihm nicht befohlen hätte, zu vergessen. Wenn ich ihm nicht gesagt hätte, dass er mich liebt.
Der mörderische Hass verlässt seine roten Augen. Und dann ist er mein.
(*Ah*, denke ich entfernt. So *habe ich also einen Daemon gebunden.*)

6

Keuchend fasse ich mir an die Kehle und taumle auf die Knie – ich bin gerannt, mit Pocli unterm Arm. Meine Hand versucht, das Blut zurückzuhalten, von dem ich vage weiß, dass es nicht länger wie in Fontänen aus mir heraussprudelt.

Das Entsetzen packt mich noch fester.

Und doch ist ein Teil von mir, der die Erinnerung noch immer abzuschütteln versucht, als wäre sie ein Traum, von ebenso atemloser Vorfreude erfüllt, wie ich sie in jenem Moment empfand. Von ebenso atemlosem Verlangen. Als ich meine Umgebung in Augenschein nehme – unversehrte grob behauene Steinwände, Bodenfliesen, verschlungene Wurzeln, die über mir baumeln –, ebbt meine Leidenschaft schnell ab und hinterlässt etwas, das Scham unangenehm nahekommt. Nicht nur, weil Daesra und ich Dinge zusammen getan haben, an die ich nur kurz denken muss, damit mir die Hitze in die Wangen steigt und tief in meinem Bauch wieder neu entflammt. Sondern wegen der Dinge, die *ich* getan habe. Ich habe die Intimität zwischen uns benutzt, um ihn zu binden.

Das war, gelinde gesagt, ein gewagter Schachzug. Hätte ich versagt, wäre es nur noch darum gegangen, was mich als Erstes tötet: der Blutverlust oder Daesra, der mich in Stücke reißt.

Ehrlich gesagt, hätte ich ihm das nicht mal ganz so übel genommen.

Zumindest verblasst im Vergleich dazu mein Entsetzen darüber, dass ich tatsächlich Sex mit ihm hatte – vielleicht sogar mehr als einmal – und mich ihm so überzeugend unterworfen habe.

Ich setze mich auf meine Fersen zurück, lasse endlich meine Kehle los und tätschle Pocli abwesend. Jetzt verstehe ich besser, warum der Daemon mich hasst. Auch wenn diese Taten sich immer noch nicht ganz wie meine eigenen anfühlen, hasse ich mich doch ein wenig *selbst*. Genug, um jeder Versicherung, dass ich besser bin als er, einen bitteren Beigeschmack zu geben. Auf jeden Fall genug, um die Erinnerung an das Vergnügen zu trüben, das seine Hände und ... *andere* Teile von ihm mir bereitet haben.

Und *was* für ein Vergnügen.

Die Antwort auf deine drängendste Frage, hat er gesagt. Damit meinte er natürlich: *Hatten wir Sex?*

Angewidert verziehe ich das Gesicht. Er wollte, dass ich das sehe. Wollte, dass ich es weiß. Ich gebe ihm immer nur mehr von dem, was er will, was auch immer es ist. Meine Reue. Mein immer noch lebendiges Verlangen. Meinen inneren Aufruhr, weil diese beiden Seiten in mir einander bekriegen. Er will mich verunsichern, sodass ich stets im Nachteil bin und er mich in dieser Prüfung schlagen kann.

Schließ die Augen, hat er gesagt. Genau wie ich ihn in der Erinnerung angewiesen habe.

Ich bin zwar für ihn auf den Knien gekrochen, aber am Ende habe ich ihn gebunden, vor die Götter gezerrt und in dieses Labyrinth geworfen. Jetzt werde ich ihn besiegen – erneut. Und endlich das bekommen, wonach ich mich am meisten sehne.

Unverwundbarkeit. Ich bin bereits mächtig – das weiß ich; ich wusste es von Anfang an, auch als ich sonst nichts wusste. Aber ich will eine Macht, von der jeder weiß, sogar die Götter. Vor allem *er*. Ich will eine Kraft, die mir niemand mehr nehmen kann.

Ich sehe mich um und komme endlich wieder ganz zu mir. Der Spiegel hat mich an einen völlig anderen Ort gebracht. Ich muss herausfinden, wo ich bin, oder was mich töten oder über mir einstürzen könnte. Ich habe mich lange genug von der Erinnerung ablenken lassen. Mich nicht damit zu befassen, ist die beste Art, mich für seinen Verrat zu rächen – das und nicht zu sterben.

Es scheint, als wäre ich durch die Risse zwischen den einstigen breiten Steinfliesen der Ebene über mir gefallen. So wie der glatte schwarze Boden zuvor zu den Wänden wurde, erstrecken sich die neuen Grenzen des Labyrinths in Form eines engeren Ganges aus einfachem Stein geradeaus vor mir. Die Wurzeln sind jetzt die Decke und hängen so tief, dass sie meinen Kopf streifen, wenn ich nicht aufpasse. Licht fällt nur noch durch die größeren Lücken in ihrem Gewirr. Hier unten ist es viel dunkler. Feuchter. Ich spüre fließendes Wasser in der Nähe ... oder unter mir.

Im schwachen Licht kann ich die blassen Umrisse von marmornen Gliedmaßen erkennen, hier ein Arm, dort ein Bein, von den gewundenen Wurzeln über mir umschlungen. Statuen, verfangen und eingesponnen wie in einem Spinnennetz. Ich hoffe, diese Opfer sind von oben herabgesunken und wurden nicht auf der Ebene, auf der ich mich befinde, vom Boden nach oben gerissen. Ansonsten durchbrechen keine weiteren Statuen die Monotonie des Ganges, der eher einem in Stein gehauenen Graben oder gar einem Tunnel gleicht, da die Wurzeln das meiste Licht von oben verschlucken.

Kurz frage ich mich, ob die Wurzeln die Statuen tatsächlich fressen. In den Baumstämmen oben habe ich Gesichter gesehen, aber kann Marmor wirklich verspeist werden? Was könnte sich von Stein ernähren?

Vielleicht will ich das nicht wissen – ein Gefühl, das schnell ein wiederkehrendes Motiv in diesem speziellen Schauspiel geworden ist. Ich hoffe nur, es wird nicht zu einer Tragödie.

Hast du je ein Schauspiel gesehen?, erinnere ich mich an Daesras spöttische Stimme in meinem Ohr, während sein Gewicht auf mir lag.

Hör auf, daran zu denken, befehle ich mir selbst.

Ich schaue hinter mich, in die Richtung, aus der ich gerannt kam – dorthin, wo das einstürzende Labyrinth versucht hat, mich zu begraben. Dort ist nur eine kahle Steinwand zu sehen. Eine Sackgasse. Oder ein neuer Anfang, den mir der Spiegel geschenkt hat.

Es gibt nur einen Weg nach vorn. Doch das wird sich sicherlich noch ändern.

Ich untersuche Pocli, taste die Gelenke seiner nutzlosen Flügel ab, seine Schultern, seine Hüften, während er ob der beiläufigen Massage genüsslich brummt. Nichts gebrochen. Ich streichle seine kleine Löwenmähne, ziehe die pelzigen Falten auf seiner Stirn zurück und schaue in seine tiefbraunen Augen. «Das war ein harter Ritt. Geht es dir gut, kleiner Freund?»

Er niest mich an und reibt sich die Schnauze.

«Das werte ich als Ja.» Ich stehe auf und wische mir angewidert übers Gesicht. «Na dann los. Aber sei wachsam. Der verdammte Mistkerl kann nicht weit sein.»

«Ich kann dich hören, weißt du», ruft Daesra durch den Tunnel.

Ich erstarre. Und dann merke ich, dass ich ihm nicht aus dem Weg gehen kann, wenn er dort vor mir wartet. Es gibt nur diesen geraden, engen Durchgang. Ich atme tief ein, drücke meine Rippen gegen mein Brustgeschirr, um einen Energieschub zu erhalten, und wappne mich. Ich überlege, ob ich die quälende Bindung an meiner Wade lösen soll, um mir den Schmerz der Erleichterung zu gönnen – und dann meine andere Wade zu umwickeln. Das Problem mit Bindungen, oder eigentlich mit jedem Schmerz, ist, dass man sich an das Gefühl gewöhnt. Die Seile verlieren sozusagen ihre Wirkung, werden als Opfer weniger effektiv, bis ich meinem Bein eine Pause gönne. Das ist ein weiterer guter Grund, mich zu heilen – abgesehen davon, dass ich nicht auseinanderfallen will – oder eben das Bein zu wechseln. Aber das will ich nicht tun, bevor ich nicht muss.

Dann erinnere ich mich wieder: Das ist Daesra, und ich habe ihm *das* angetan. Ich beschließe, es nicht darauf ankommen zu lassen. Keine Ahnung, warum er mich warnen sollte, bevor er mich überfällt, aber ich weiß auch nicht, warum er mir mit guten Absichten auflauern sollte.

Ich löse das Seil an meinem Bein und stöhne erleichtert auf – doch schon folgt die Qual, als das Gefühl in die tiefen Furchen in meinem Fleisch zurückkehrt. Es ist, als würden sie sich mit Feuer füllen. Sie versorgen mich mit echtem Feuer, das sich in meinen Handflächen sammelt, während ich meine andere Wade abbinde, mich auf meine beiden schreienden Beine stelle und dem Daemon entgegenschreite.

Wie sich herausstellt, ist er uns nicht weit voraus. Und er wartet nicht. Er ist *gefangen*. An der Decke – oder besser gesagt in ihr, von Wurzeln umschlungen. Nur sein blasses, bläuliches Gesicht ragt heraus wie eine schöne, aber mitleiderregende Marmorskulptur. Die Wurzeln haben sich sogar in seinen Hörnern verheddert und halten seinen Kopf fixiert. Er kann kaum mit einem Finger zucken.

«Ich könnte etwas Hilfe gebrauchen, wenn es dir nichts ausmacht», sagt er beiläufig, als ich auf ihn zukomme.

Vollkommen verblüfft blicke ich zu ihm auf. «Ach ja?»

«Ja. Wie du siehst, haben die Wurzeln mich überrascht.»

«Und du kannst dich nicht selbst befreien?»

«Sie sitzen sehr fest.» Er verzieht das Gesicht, als eine Wurzel an seiner Mitte sich bewegt, ihre hölzernen Fasern ächzen und stöhnen. «Dir hätten sie bereits alles gebrochen. Außerdem sind sie *überall*. Ich hatte schon Geschlechtsverkehr, der weniger invasiv war.»

Ich hebe eine Augenbraue. «Soll ich euch dann lieber etwas Privatsphäre gönnen?»

Ich wende mich bereits ab, als er sagt: «Das willst du nicht tun.»

«Und warum nicht?»

Er übergeht die Frage. «Zuerst habe ich versucht, sie mit einfacher Kraft zu bekämpfen – Luft, für die Vergesslichen unter uns –, aber sie haben das meiste von dem, was ich ihnen entgegengeschleudert habe, *getrunken*. Es sind wohl Wurzeln. Als ich dann Feuer in Betracht zog, berührten sie schon jeden Teil meiner Haut, den sie erreichen konnten. Auch wenn ich keine große Lust hätte, mich selbst zu braten, würde ich es tun, um mich zu befreien. Allerdings weiß ich auch nicht, wie schlau es wäre, die Decke in Brand zu stecken, während wir unter ihr festsitzen.»

«Warum zersetzt du sie nicht einfach oder reißt dich los?», schlage ich vor, als wäre das eine simple Aufgabe und würde keine enorme Menge an Äther benötigen.

«Diese Wurzeln zerfallen nicht einfach so. Wie gesagt, sie sind viel stärker, als sie aussehen. Viel stärker als der Marmor der Statuen. Abgesehen von der Herausforderung, genug Kraft aufzubringen, um mich von ihnen loszureißen, befürchte ich, dass die Decke dann einstürzen könnte. Wäre auch nicht besonders lustig für uns.»

«Ach, jetzt heißt es *uns*, ja?» Mein Tonfall klingt unschuldig, doch auf meinem Gesicht breitet sich ein Lächeln aus. «Was erwartest du denn von *mir*?»

«Überleg dir was. Ich bin schließlich zum Teil in diesem Dilemma, weil ich Rücksicht auf deinen zerbrechlichen Körper genommen habe. Vielleicht könntest du mir helfen, sie zu lösen, ohne sie zu brechen?»

Als Antwort lache ich nur. Nachdem er mich so oft im Stich gelassen hat, kann ich mein Glück jetzt kaum fassen. Immer noch kichernd und mit der Freude eines Kindes an einem Festtag hüpfe ich förmlich unter ihm im Kreis. Pocli bellt und springt neben mir her, da er es wohl für ein Spiel hält. Nach meinem

Freudentanz bleibe ich auf der anderen Seite des gefangenen Daemons stehen – hinter ihm.

«Ich erinnere mich, dass du mich dem einstürzenden Labyrinth überlassen hast – zweimal. Ich erinnere mich außerdem, dass du meine Hilfe schnaubend abgelehnt hast, als ich sie dir zuvor angeboten habe.»

Ich denke, er wird zu argumentieren versuchen, dass er meine Hilfe zuvor nicht benötigt habe, genauso wenig wie ich seine. Doch stattdessen formt sein Mund sich zu einem scharfen Grinsen. «Woran erinnerst du dich *sonst* noch, Sadaré?»

Wenn ich nicht ohnehin schon beschlossen hätte, ihn zurückzulassen, hätte das jetzt dafür gesorgt.

Ich schürze die Lippen, als würde ich nachdenken. «Nichts besonders Denkwürdiges.»

Und dann setze ich mich in Bewegung.

«Sadaré!», brüllt Daesra, was mich gegen meinen Willen abrupt zum Stehen kommen lässt. «Das würde ich nicht tun, wenn ich du wäre. Das Labyrinth bestraft uns, wenn wir uns trennen. Dessen bin ich mir jetzt sicher.»

«Ich aber nicht», werfe ich zurück. «Vor allem, da du das nur denkst, weil du gefangen bist. Als du mich zurückgelassen hast, hast du es anders gesehen. Was hast du gesagt? *Du hast mich einmal zum Narren gehalten, und dafür: Fick dich. Aber wenn dir das ein zweites Mal gelingt* –»

«Ich habe das Labyrinth auf die Probe gestellt», unterbricht er mich. «Zum ersten Mal, als wir uns getrennt haben, um die beiden Wege zu nehmen, die durch die Spiegel nach unten geführt haben, und da haben die Statuen angegriffen. Und dann noch mal, als ich dachte, ich könnte das Labyrinth austricksen, indem ich dich mit der Statue hinter mir zurücklasse, und dann sind die Wände eingestürzt – zweimal.»

«Das lag daran, dass ich einen falschen Weg genommen hatte,

um Deos abzuhängen.» Ich grinse ihn höhnisch an. «Der vielleicht weg ist, falls dich das kümmern sollte.»

«Ihm geht's gut», sagt Daesra schroff.

Ich vertraue dem Daemon kein bisschen, doch ich verschwende keinen Atem, um das zu hinterfragen. «Die Wände sind erst eingestürzt, als du den Spiegel betreten hast», fahre ich fort und lächle dann zuckersüß. «Also schätze ich, dir bleibt Zeit, dich aus diesem Dilemma zu befreien, bis ich den nächsten Spiegel finde.»

«Das erklärt aber nicht, warum mich diese Wurzeln hier ergriffen haben. Es ist, als hätten sie gewollt, dass du mich einholst. Und ich bin sicher, du erinnerst dich noch an diese Farce, als wir die Statuen imitieren mussten. Das Labyrinth versucht, uns zusammenzubringen.»

Einen ausgedehnten Moment lang schaue ich ihn an. «Du hattest vorhin recht. Wenn dieses Labyrinth meine Idee war, wie du behauptest, dann hätte ich es nie so geplant, dass wir einander ertragen müssen.» Ich verbeuge mich, während ich seine eigenen Worte wiederhole. «Ich denke, dass ich nun endlich genug von deiner Gegenwart habe.»

Diesmal ruft Daesra mir nicht hinterher, als ich mich abwende und gehe, nicht einmal, um mich zu verfluchen. Natürlich bettelt er auch nicht, obwohl ich das irgendwie gehofft hatte.

Die erste Abzweigung, die ich in diesem unteren Teil des Labyrinths erreiche, ist eine Kreuzung. Ich schaue nach rechts und links und sehe dieselben Steinwände, aber die Decke ist von weniger Wurzeln überzogen. Ich gehe weiter in dieselbe Richtung: vorwärts, ohne mich von den anderen Wegen verleiten zu lassen. Ich muss mich auf das konzentrieren, was vor mir liegt.

Und ganz sicher nicht auf das, was hinter mir liegt.

Das hier sollte nie sauber, einfach oder schmerzlos sein. Vielleicht führe ich die Drecksarbeit für eine Gottheit aus. Erweise mich als würdig, etwas Großes zu erlangen – vielleicht etwas so Unermessliches wie Unsterblichkeit. Die Last einer Herausforderung, die *das* wert ist, würde in der Tat schwer wiegen.

Was bedeutet, dass das Monster am Ende dieser Prüfung nicht schön sein wird.

Gegen meinen Willen taucht Daesra vor meinem geistigen Auge auf. Manche Monster *sind* schön – viel zu schön für das, was sich hinter der Fassade verbirgt. Wäre der Daemon doch nur mein Endgegner und nicht mein Rivale, dann könnte ich ihn töten und hätte es hinter mir. Nicht, dass ich ihn *wirklich* töten könnte, wie er mich nur allzu gerne erinnern würde.

Und da ich nun weiß, dass ich ihn bereits einmal gebunden habe – und zwar auf diese spezielle Weise –, wirkt es ein wenig, als würde man Zitronensaft in eine Wunde spritzen, wenn ich jetzt versuche, etwas noch Schlimmeres zu tun. *Vielleicht* könnte ich ihm erlauben, noch ein wenig gemeiner zu mir zu sein, bevor ich so etwas in Erwägung ziehe. Auch wenn er mich seitdem mehrmals hintergangen hat.

Und doch … Ist es wirklich besser, ihn den Wurzeln zu überlassen, als zu versuchen, ihn selbst zu töten?

Ich folge dem Weg, und je weiter ich komme, umso weniger siegreich fühle ich mich. Wenn ich nur etwas hätte, das mich davon ablenkt, abgesehen von meiner Wachsamkeit den Wurzeln gegenüber, die sich überhaupt nicht bewegen. Vielleicht haben sie mit Daesra bekommen, was sie wollten. Ich begegne immer noch keinen Statuen – nur denen, die über mir in den Wurzeln hängen –, und der dämmrige Tunnel verläuft weiterhin geradeaus, keine Kreuzungen in Sicht. Als wollte er mich mit jedem meiner Schritte daran erinnern, dass ich Daesra zurücklasse, dem Labyrinth ausgeliefert.

Pocli wirkt vollkommen ahnungslos, trottet fröhlich neben mir her, seine Zunge hängt ihm aus dem Mund, die Stummelflügel hüpfen, sein Ringelschwanz wippt. Wenigstens verurteilt er mich diesmal nicht. Vielleicht hat er auch einfach nicht gesehen, dass Daesra über uns gefangen war, und hat daher keine Ahnung, was los ist. Ansonsten *würde* er mich vielleicht verurteilen.

Bei den Göttern. Ich lasse zu, dass die Schuldgefühle mir so nahegehen, dass ich sie auf eine hirnlose Chimäre projiziere. Selbst der Daemon würde so einen erbärmlichen Gedanken nicht gutheißen.

Und doch bleibe ich stehen und blicke zurück. Daesra ist längst außer Sichtweite, verschluckt von den Schatten des Tunnels. Und natürlich von den Wurzeln.

Hinter mir vernehme ich ein Kratzen und spüre ein beinahe verspieltes Ziehen an meinen Haaren. Mit einem Knurren wirble ich zu ihm herum. Hat er nur so getan …?

Doch dort ist niemand. Erst recht nicht Daesra.

Und dann werde ich an meinem Flechtzopf nach oben gezerrt. Mein Haar wird mir förmlich aus der Kopfhaut gezogen.

Vor Überraschung und Schmerzen keuche ich auf. *Die Wurzeln.*

Ich schärfe meine Fingernägel zu feinen Messern und bearbeite zuallererst mein Haar, schneide die Hälfte meines Zopfes ab und befreie mich somit aus dem Griff. So ist es besser, da ich nun kämpfen kann – oder fliehen, wenn schon der Daemon den Wurzeln nicht gewachsen ist.

Ich lande in der Hocke, bereit loszulaufen. Doch etwas umklammert meinen Knöchel und zieht mir die Füße weg. Eine hölzerne Ranke zieht mich an meinem nicht gefesselten Bein hoch, sodass mein Kopf auf dem Steinboden aufschlägt. Sterne explodieren in meinem Blickfeld. Einen Moment lang kann ich einfach nur kopfüber dort an einem Fuß baumeln. Die Wurzel beginnt, sich mit mir im Griff wieder zurückzuziehen, zerrt mich nach oben. In die Umarmung des verworrenen Nestes. Die eine

Ranke quetscht mein Bein bereits mit beängstigender Kraft zusammen.

Dir hätten sie bereits alles gebrochen, hat Daesra gesagt.

Pocli flattert mit seinen nutzlosen Flügeln, das Knurren in seiner Kehle steigt zu einem misstönenden Kreischen an. Kurz überkommt mich die Sorge, dass er, wenn er die Decke anbrüllt, wie er es bei den Hecken getan hat, den Tunnel über uns beiden zum Einsturz bringen könnte. Aber vielleicht ist es das Risiko wert.

Bevor ich entscheiden kann, was ich tun soll, rollt sich eine weitere Wurzel schnell wie eine Peitsche aus und erwischt mein Bein von der anderen Seite. Beide Ranken ziehen in verschiedene Richtungen, als würden sie um mich kämpfen. Eine Marmorstatue kann solch eine Behandlung vielleicht aushalten, oder ein Daemon wie Daesra, aber er hatte recht: Ich bin nicht dafür gemacht.

Mein Bein kann dem Druck nicht standhalten. Unter meinem Fleisch zersplittert der Knochen. Und dann hänge ich kopfüber, und mein ganzes Gewicht zerrt an dem Bruch.

Ich erlebe Schmerzen wie noch nie zuvor. Nicht einmal mir die Kehle durchzuschneiden war so schlimm. Und das konnte ich wenigstens *einsetzen*, da ich es mir selbst angetan hatte.

Jetzt kann ich nichts weiter tun als schreien und immer wieder schreien, ein animalischer Laut, wie ich ihn noch nie aus meiner Kehle gehört habe. Meine Hände greifen in mein Haar, ziehen kräftig an meiner brennenden Kopfhaut. Nicht um die Schmerzen einzusetzen, sondern einfach um mich vom Rest abzulenken. Mehr kann ich nicht tun. Ich kann nicht denken. Ich hätte nichts dagegen, die Decke einstürzen zu lassen, um all dem ein Ende zu setzen. Nur kann ich mich nicht genug konzentrieren, um es zu versuchen.

Ich kann kaum richtig sehen, aber in meiner Wahrnehmung

beginnen sich Poclis Gesicht und sein Kiefer zu dehnen, sie wachsen und werden breiter, wie etwas aus einem Albtraum. Benommen schaue ich zu und frage mich, ob der Schmerz mich halluzinieren lässt, bis sein Kopf und seine Schultern wirklich auf einen Löwen passen würden. Und dann springt er an die Decke und beißt in die Wurzeln neben mir.

Anstatt sich mit seinem viel zu breiten Kiefer dort einfach festzubeißen, wirft er seinen massigen Kopf hin und her und *zerrt* an den Wurzeln. Sie reißen gewaltsam ab, lösen sich und lassen Dreck und Stein und ein paar zerbrochene Marmorglieder hinabregnen. Und mich.

Instinktiv hebe ich die Arme, um meinen Kopf zu schützen, bevor ich auf dem Boden aufschlage, aber ich wünschte, ich hätte stattdessen mein Bein schützen können. Es prallt auf den rauen Steinboden, und vor Schmerz wird mein Blickfeld weiß. Ich nehme kaum wahr, wie Pocli verzweifelt über mein Gesicht leckt, sein Körper und glücklicherweise auch seine Zunge haben wieder ihre gewohnte Größe angenommen. Ich glaube, ich schreie erneut, aber wegen des Klingelns in meinen Ohren kann ich es nicht mit Sicherheit sagen. Ich schaffe es gerade noch, mein Gesicht halb in den Boden zu drücken, um dem Speichel der Chimäre auszuweichen.

Für einen Moment verliere ich selig das Bewusstsein. Als ich die Augen wieder öffne, steht Daesra über mir.

«Stimmst du mir jetzt zu?», fragt er ausdruckslos.

Der Daemon ist ganz und unversehrt, nur seine Tunika ist an einigen Stellen zerrissen. Ich versuche halbherzig, die Schreie in meiner Kehle zu unterdrücken. So sollte er mich nicht sehen, aber ich kann mich nicht dazu bringen, dass es mich kümmert. In den Schatten des Tunnels hinter ihm erkenne ich Deos' blasse Gestalt. Vielleicht hat die Statue ihn befreit, aber ich denke nicht lange darüber nach. Ich kann nicht einmal Erleichterung darüber empfinden, dass Deos tatsächlich aus dem einstürzenden Labyrinth da oben entkommen ist. Ich betrachte es als Erfolg, dass ich nur noch ein hohes Wimmern ausstoße anstelle eines erneuten Schreis.

Ich erwarte Schadenfreude seitens des Daemons. Dass er lacht, während ich mich zu seinen Füßen unter Qualen winde. Aber als er auf mich herabblickt, während ich auf dem Boden jammere, ist sein Gesicht ganz reglos. Tödlich. Und dann scheint er eine Entscheidung zu treffen.

«Wir müssen weiter, bevor die Wurzeln wieder nach uns greifen», sagt er. «Ich weiß nicht, wie du gegen sie gekämpft hast oder ob du es in diesem Zustand noch mal tun kannst – ob du es überhaupt tun *solltest*. Wir wollen auch nicht mehr hier sein, wenn die Decke zusammenbricht. Aber du hast wahrscheinlich nicht den Mumm für das, was du tun musst.»

Ich beschwere mich nicht darüber, dass es jetzt *wir* und *uns* heißt. Und lasse außer Acht, dass die Wurzeln mich angegriffen haben, *nachdem* ich stehen geblieben bin, um zu ihm zurückzukehren – was bedeutet, dass ich immer noch nicht sicher bin, was das Labyrinth von uns beiden will. Aber im Moment brauche ich Daesras Hilfe mehr als je zuvor, also werde ich sie nicht infrage stellen. Und auch nicht seine Beweggründe.

«Du willst, dass ich aufstehe?», krächze ich mit wundgeschrieener Kehle. Ich lache erstickt – selbst das ist schon zu viel Bewegung. «Ich glaube, dann könnte ich sterben.»

Daesra wendet sich an Deos. «Halt sie fest.»

Obwohl mein Gesicht noch zur Hälfte auf den Boden gedrückt ist, reiße ich die Augen auf. «Was?»

Doch er antwortet mir nicht, sondern sagt zu der Statue, die sich nicht geregt hat: «Es ist zu ihrem Wohl, du hast mein Wort.»

«Was ist dein Wort wert?», ächze ich.

Gefühllos blickt er auf mich herab. «Mehr als deins.»

Kühle Marmorhände greifen an meine Achseln und heben mich mit überraschender Sanftheit an. Wenn die Statue mich unterhalb der Hüfte gepackt hätte, wäre ich vielleicht wieder ohnmächtig geworden. So keuche ich nur und mir wird schwindelig – zu sehr, um protestieren zu können, als Deos' steinerne Arme sich um meine Schultern legen, nachdem er mich aufgesetzt hat, und mich fest an Ort und Stelle halten.

Ich kann meine Angst nicht verbergen, als ich zu Daesra aufschaue. «Was hast du vor?»

Er hockt sich vor mich, nimmt meine Hand und greift einen meiner Finger, während ich mich nur mit Mühe wehren kann. Die anderen hält er fest, seine Faust verschluckt meine, und er greift den einzelnen Finger mit der anderen Hand. Wie einen Zweig, den er gleich brechen wird.

Mein Atem wird so hektisch, dass mir noch schwindeliger wird. «Nicht, nicht, *nicht* …» Meine Stimme ist pure Panik. Den Gedanken an noch mehr Schmerz kann ich nicht ertragen. Er nimmt mich ohnehin schon völlig ein.

«Sadaré.» Er senkt den Kopf, zwingt mich, ihm in die Augen zu sehen, als ich immer nur das eine Wort wiederhole. «*Sadaré.*» Seine Stimme klingt wie ein Peitschenknall, der mich zum Schweigen bringt, bevor er ruhiger hinzufügt: «Du musst mich darum bitten.»

«Was?», flüstere ich, und die Flut an Furcht versucht, mir meine Stimme zu nehmen.

«Bitte mich darum. Es gibt keine andere Möglichkeit.»

Heiße Tränen strömen mir über die Wangen. Ich spüre, wie sie durch den Schmutz auf meiner Haut rinnen. Er hat recht mit dem, was geschehen muss. Ich brauche weit mehr als den Schmerz eines Seils oder einer Nadel, oder auch zehn, um mein Bein zu heilen. Und auf keinen Fall hätte ich jetzt die Kraft, mir selbst Schmerz zuzufügen.

Er könnte mich natürlich heilen, ohne das hier zu tun. Oder mich zumindest nicht darum betteln lassen.

«Warum?» Meine Stimme bricht auf demütigende Weise. «Ist das noch ein krankes –»

«*Denk nach,* Sadaré. Warum solltest du mich bitten? Das weißt du.»

Und das tue ich. Die Antwort war einfach unter dem Berg von Qualen begraben, der mein Bein zerquetscht. Wenn ich mich nicht für den Schmerz entscheide, ist er keine Opfergabe. Ich kann das, was die Wurzeln mir angetan haben, nicht nutzen, um Äther zu generieren, denn nichts davon war von mir gewollt, und ich kann mir ohnehin nicht vorstellen, mir einen derartigen Schmerz zu eigen zu machen oder ihn zu kontrollieren. Das wäre so, als würde man versuchen, sich einen Wirbelsturm zunutze zu machen. Wenn ich das könnte, wäre ich mächtig genug, um dieses Labyrinth zum Einsturz zu bringen.

Was vermutlich ohnehin nicht schlau wäre.

Um eine solch überwältigende Kraft zu *stoppen*, muss ich mich selbst verletzen. Ihn darum zu bitten, ist nur ein einfacher Zwischenschritt, der ihn zu meinem Werkzeug macht. Aber so leicht mir das auch fallen sollte, meine Zunge rebelliert. Ich weiß, was passiert, wenn ich ihn darum bitte.

«*Bitte mich darum.*» Er knurrt mir die Worte ins Gesicht, und seine spitzen Zähne glänzen. «Und du musst es auch so *meinen.*»

Ich erschaudere, und es fallen mehr Tränen. Und dann nehme ich einen tiefen, zittrigen Atemzug, um mich zu wappnen. «Tu ... Tu es.»

Kein Zögern: In einer schnellen Bewegung bricht er mir den Finger. Mein Schrei lässt die Luft erbeben. Sofort lässt Deos mich los, so als wollte er nichts mehr damit zu tun haben, nun, da er seinen Zweck erfüllt hat. Ich wäre zurück auf den Boden gesackt, nur schiebt Daesra überraschend sein angewinkeltes Bein unter meinen Arm und lässt mein Gewicht auf ihn gleiten. Wieder hinterfrage ich es nicht, sondern hänge da wie ein ausgewrungener Lappen und schluchze an seinem Oberschenkel, auf dessen anderer Seite meine Hand baumelt.

Ich wünschte, ich könnte mich noch weiter von meinem Finger distanzieren. Ihn vielleicht abhacken, doch ein Teil von mir weiß, dass das nicht gerade helfen würde. Das Ende meines Arms fühlt sich an wie pures Feuer, der Schmerz ist so grell, dass er hinter meinen zugekniffenen Augenlidern rot-orange leuchtet. *Fast* so stark, dass er mich von dem glühenden Kohlenbett, das mein Bein umgibt, ablenken könnte.

Schmerz wie diesen genieße ich nicht. Er ist so intensiv, dass es mir egal ist, wie ich gerade aussehen muss. Dass ich vor ihm – *auf* ihm – heule wie ein Kind.

Daesras Hand reibt in kleinen Kreisen über meinen Rücken. «Lass es raus. Lass den Schmerz durch dich hindurchgleiten, sonst kontrolliert er dich. Du musst *ihn* kontrollieren.»

Das weiß ich. Und doch hilft seine beruhigende Rede seltsamerweise, auch wenn sie zu einem anderen Zeitpunkt nur nervig wäre. Wie ein vertrauter Sprechgesang, der mich erdet. Seine Berührung bewirkt dasselbe. Sie gibt mir eine Empfindung neben meinen gebrochenen Knochen.

«Atme.» Sein tiefes Flüstern dringt in mein Ohr. Besänftigend.

Als ich meine Schluchzer unterdrücke, merke ich, dass ich den Atem angehalten habe. Ich kämpfe gegen den Schmerz an, anstatt ihn anzunehmen. Ich nehme einen zittrigen Atemzug und wünsche mir, ich könnte meinen Körper einfach verlassen.

«Jetzt heil dein Bein», sagt Daesra, die Worte klingen schärfer als zuvor, schneiden tiefer durch den roten Nebel meines Schmerzes.

Am liebsten würde ich mich über seinen Befehlston beschweren. Aber die Anweisung gibt mir Fokus, hilft mir, bei der Sache zu bleiben, obwohl ich lieber noch eine Weile hier liegen und weinen würde.

Das rot glühende Feuer in meinem Finger erfüllt den Zweck ausreichend. Als ich den Knochen oberhalb meines Knöchels richte, heule ich auf, lang und laut, und ich spüre, wie Daesras Hand an meinen Nacken wandert, wie seine Finger gleichmäßigen Druck ausüben und mich mit dieser kleinen Geste zusammenhalten. Irgendwie bleibe ich bei Bewusstsein, wobei ich mir nicht sicher bin, ob das ein echter Segen ist. Aber dann lässt der Schmerz in meinem Bein allmählich nach. Ich schluchze erneut, dieses Mal vor purer Erleichterung. Trotzdem wird es noch eine Weile dauern, bis der Knochen wieder vollständig zusammengewachsen ist, und ich habe immer noch mit meinem Finger zu kämpfen. Ich kann mir noch nicht vorstellen weiterzugehen.

Als Daesra sanft meine Hand dreht, um sie zu untersuchen, hebe ich den Kopf und knurre ihn an wie ein Tier. «Fass ihn nicht an!»

Er schnalzt mit der Zunge. «Du solltest mir hierfür danken. So ein glatter Bruch!»

Nun, da meine Gedanken wieder klarer sind, hasse ich ihn wieder. Ich bemühe mich, nicht zu beachten, wie fest sein Schenkel unter mir ist.

«Du hättest mich auch selbst heilen können», sage ich und stemme mich mit so viel Würde von seinem Bein hoch, wie ich aufbringen kann, was nicht sehr viel ist, da mir immer noch Tränen und Schleim über das Gesicht laufen. «Also spare ich mir meinen Dank.»

Geschmeidig erhebt Daesra sich auf seine muskulösen Beine, wodurch mein Ausblick auf Augenhöhe schlagartig unangenehm wird. Schnell senke ich den Blick auf seine gespaltenen Hufe. Ich widerstehe dem absurden Drang, einen von ihnen mit den Fingern meiner unverletzten Hand anzuschnippen.

«Das war meine Art der Hilfe, da ich dir tatsächlich nicht helfen *kann*, solange es mir nicht auch selbst etwas bringt», sagt er über mir, wobei sein Tonfall gefasst klingt, als hätte ich ihn nicht gerade komplett vollgeheult. «Das sind die Regeln. Immerhin versuchst du, mich zu besiegen.»

«Sind das die Regeln des Labyrinths oder deine?» Ich schniefe laut. «Hindert deine daemonische Natur dich daran, nett zu sein?»

Denn wenn das Labyrinth möchte, dass wir zusammenbleiben, warum sollte es uns dann davon abhalten, einander zu helfen? Außer natürlich, das Ganze hier ist wirklich ein Wettkampf – nur eben einer, der Nähe erfordert.

«Meine daemonische Natur hindert mich daran, mich unentwegt Närrinnen zu erklären», sagt Daesra kühl. «Aber vielleicht kann *er* dich ja retten, denn wir müssen jetzt weiter.»

Ich blicke auf, als er auf Deos zeigt. Sofort bückt die Statue sich, um mich hochzuheben, legt einen Arm unter meine Knie, den anderen um meine Schultern.

«Vorsicht!», schreie ich und drücke meine Hand an meine Brust.

Aber wie zuvor geht Deos sanft mit mir um. Als er sich aufrichtet und mich vom Boden anhebt, geht mein Blick argwöhnisch hinauf zu den Wurzeln.

Schmerz wie dieser ist eine Lektion, die ich nicht so schnell vergessen werde. Selbst wenn er keine Narben hinterlässt, hat er sich für immer in mein Gedächtnis gebrannt, wie ein Brandzeichen.

Pocli fängt sofort an, die verknäulte Decke anzuknurren. Wenn er das flache Gesicht auf dem kurzen Hals so nach oben reckt, sieht er mit seiner Löwenmähne und den Stummelhörnern aus wie eine seltsame, hässliche Blume. Er rennt im Kreis, als ob er auf der Hut ist, den Ringelschwanz besonders fest eingerollt.

Daesra funkelt ihn an, als er losgeht. «Warum hat dieser Ort *diese* erbärmliche Abscheulichkeit noch nicht verschlungen?»

Ich will zurückkeifen, dass diese *erbärmliche Abscheulichkeit* mir das Leben gerettet hat. Und zwar inzwischen schon zweimal, während ich zu langsam oder verblüfft oder von zu starken Schmerzen gelähmt war, um zu reagieren. Doch Daesra weiß immer noch nicht, wie mächtig die kleine Chimäre sein kann, und ich glaube, es ist am besten, wenn ich diese Information für mich behalte. Als versteckten Dolch.

Außerdem will ich nicht, dass er weiß, wie schwach ich war. Ich muss meine Reflexe verbessern, für den Fall, dass Pocli beim nächsten Mal zu sehr mit Schnarchen oder Niesen beschäftigt ist.

Und doch muss Daesra vermuten, dass irgendwie *mehr* in der Chimäre steckt, denn auf einmal erstarrt der Daemon und hebt die Hand, um auch Deos zum Anhalten zu bewegen. Ich höre ein faseriges Knarren über mir, ein Stück weiter vorne im Tunnel. Ich bin mir nicht sicher, ob das Labyrinth uns jetzt angreifen wird, wo wir doch alle zusammen sind, aber Pocli geht das Risiko nicht ein. Er stürmt voraus, watschelt direkt unter eine möglicherweise tödliche Schlinge und beginnt kreischend zu bellen. Daesra verzieht das Gesicht und hält sich ein Ohr mit einem Fingerknöchel zu, bleibt dabei aber für alles bereit, was auch immer über uns hereinbrechen könnte.

Doch die Wurzeln an der Decke werden still und ruhig, als würden sie die Warnung der Chimäre beherzigen.

Schließlich hält Daesra es für sicher genug, um weiterzugehen. Er wirft Pocli im Vorbeigehen einen prüfenden Blick zu, sagt aber nichts.

Gut. So muss ich wenigstens nicht lügen. Und es gibt mir Zeit, mich zu sammeln. Ich spüre förmlich, wie sich die Risse in meinen einst zersplitterten Knochen schließen – außer in meinem Finger natürlich. Der ist immer noch eine grausame Ablenkung, aber ich schaffe es, durch den Schmerz hindurchzuatmen. Glücklicherweise – seltsamerweise – verläuft der Tunnel weiterhin gerade, und Deos bewegt sich gleichmäßiger als je zuvor, als würde er darauf achten, mich nicht herumzustoßen. Wir überqueren nur eine exakt rechtwinklige Kreuzung, wobei die schnurgeraden Tunnel auf beiden Seiten im Schatten verschwinden. Es wirkt in der Tat so, als befänden wir uns in den Fugen zwischen den Fliesen, nur dass die Fliesen nun größer sind als Stadtplätze. Daesra geht natürlich geradeaus.

Jetzt, wo meine Gedanken klarer sind, uns hoffentlich nicht gleich Wurzeln verschlingen werden *und* ich etwas Zeit hatte, um über die Situation nachzudenken, sage ich zu ihm: «Danke. Für deine Hilfe.»

Er dreht sich um und grinst mich an. «Warum dankst du mir? Ich habe dir genau genommen nicht geholfen – ich habe dir einen Finger gebrochen.»

Dass er vorhin noch gesagt hat, ich solle ihm danken, tut hier wohl nichts zur Sache. Ich nicke zu Deos und presse zwischen den Zähnen hindurch: «Wie rechtfertigst du das?»

«Hab ich doch schon erklärt: *Er* trägt dich, nicht ich. Habe ich nicht gesagt, dass er ein feines Ross abgeben würde?»

Und dass Daesra ihn überhaupt erst geformt hat, spielt wohl auch keine Rolle.

«Warum bist du überhaupt noch hier?», frage ich, obwohl ich es weiß: weil das Labyrinth nicht will, dass er mich verlässt. Ich klinge leider ziemlich erbärmlich. Mein Bein pocht dumpf, während es heilt, und mein Finger fühlt sich an wie heiße Glut. Ich glaube, das Schmerzopfer wurde sehr gut angenommen, und ich denke nun darüber nach, was es braucht, um *ihn* zu heilen.

«Momentan», sagt Daesra und bleibt stehen, «musst du mich an einer juckenden Stelle kratzen.»

Ich richte mich in den Armen der Staue ein wenig auf, um

trotz der uneleganten Position, in der ich mich befinde, etwas Haltung zu erlangen. «Wie bitte?»

«Hier.» Er zeigt auf eine Stelle zwischen seinen Schulterblättern und dem Nacken, während er sich mir und Deos zuneigt. Als ich mich nicht rege, beäugt er mich durch seine Haare hindurch. «Tu es, oder ich breche dir noch die restlichen Finger.»

Ich knurre ihn an. Ich weiß nicht, welches Spiel er hier spielt. Aber leider schulde ich ihm einen Gefallen, also drehe ich mich etwas, um meine andere Hand zu benutzen.

«Nein, mach's mit deinem gebrochenen Finger.»

Fassungslos starre ich ihn an. «Bist du ein noch fürchterlicheres Monster, als ich gedacht habe?»

«Ach, du kannst nicht?», fragt er und hebt eine Augenbraue, als würde ihn das Offensichtliche tatsächlich überraschen. «Wenn dein Finger nicht funktioniert, kann er meinem Zweck nicht dienen. Das werde ich nicht dulden.»

Er hebt seinen eigenen Finger. Doch anstatt sich selbst zu kratzen, sticht er sich mit seinem langen, spitzen Daumennagel in die Fingerkuppe. Ich habe kaum Zeit, das hervorquellende dunkle Blut zu bemerken, bevor sich mein gebrochenes Gelenk mit einem schmerzhaften Knacken wieder richtet. Ich schreie, aber als ich aufhöre, ist der Schmerz schon wieder fort. Ich starre auf meinen Finger, beuge ihn und schaue dann auf den Daemon.

Er beugt sich wieder vor. «Es juckt mich, Sadaré. Das meinte ich ernst.»

Benommen strecke ich die Hand aus und kratze mit meinem frisch gerichteten Finger ein paarmal über seinen Nacken. Der flüchtige Kontakt zu seiner Haut jagt mir eine seltsame surrende Wärme über den Rücken.

Das war alles nur eine Ausrede, um die *Regeln* zu umgehen – ob nun seine oder die des Labyrinths –, die besagen, dass er mir nicht helfen darf.

«Du ... Du hast mich geheilt», sage ich.

«*Nein*», sagt er mit übertriebener Geduld, «ich habe dich zum Schweigen gebracht. Dein Jammern war ziemlich erbärmlich.»

Jegliche Dankbarkeit in mir schlägt um. «Du hättest ja nicht zuhören müssen, und du musst mir auch nicht mehr helfen, jetzt, da ich ... dich gekratzt habe. Wir können ja noch mal versuchen, das Labyrinth mit genug Abstand zwischen uns zu bestreiten, um nicht den Verstand zu verlieren, aber nicht so viel, dass wir seinen Zorn heraufbeschwören.»

Ich weiß nicht, wie das funktionieren soll, da wir nun beide wissen, dass wir gegeneinander antreten – unabhängig davon, ob das Labyrinth uns nah zusammen haben will oder nicht –, allerdings ist es in meinem verletzlichen Zustand wohl besser, nicht zu fragen.

«Leider», sagt der Daemon, «musst du mir recht nahe bleiben.»

Ich blinzle. «Warum?»

Sein Tonfall ist fröhlich. «Ach, ich habe nur gerade beschlossen, dich bei mir zu behalten. Zweifellos gegen deinen Willen.»

Was er sonst noch sagt, geht fast in einer Woge der Panik unter, die surrende Wärme hat mich verlassen. Jetzt tönen vielmehr die Alarmglocken.

«Wenn du meine Gefangene bist», fährt er fort und scheint meiner aufsteigenden Panik nicht gewahr, «sollte das Labyrinth nicht zurückschlagen. Ich überlasse Deos das Tragen der Last, und deine hässliche kleine Chimäre ist meine unwahrscheinliche Verstärkung gegen unerwartete Angriffe. Vor allem sichere ich mir so den Sieg – durch dich.» Er grinst mich an. «Und, wie fühlt sich *das* an?»

Nicht gut, ist wieder einmal die Antwort. Vor allem nicht nach dem, was er als Nächstes tut.

7

Wie ich beschämt zugeben muss, überwältigt mich der Daemon mit Leichtigkeit. Ich lasse mich überrumpeln, doch zu meiner eigenen Verteidigung muss ich sagen: Ich habe keinen festen Stand und erhole mich noch vom letzten Kampf. Und ich bin *schwach*. Daesra wehrt praktisch jeden erbärmlichen Gegenangriff ab, den ich mit Schmerzen oder Fäusten durchführe, und hält mich mit klaustrophobischer Kraft fixiert – so muss er sich gefühlt haben, als er von den Wurzeln umgeben war.

Während ich wie erstarrt bin, heilt er schnell alle blauen Flecken und Schrammen, die ich noch habe. Er löst die Bindungen an meiner Wade und meinen Brustgurt und wickelt alle drei mit Goldfäden durchzogenen Seilstränge an seinem Gürtel auf – für das, was er geplant hat, sind sie zu sehr mit meinen eigenen Absichten verbunden. Stattdessen benutzt er sein rotes Seil, löst seine eigenen Manschetten, um meine Hände fachmännisch zusammenzubinden – fädelt es zwischen und um meine Finger, damit ich sie nicht benutzen kann –, genau wie meine Beine von den Knöcheln bis zu den Waden. An meinem frisch verheilten Bruch ist er behutsam, zieht die Fesseln jedoch genauso fest.

Mit geschickten Fingern löst er sogar den Rest meines durchtrennten Zopfes, wobei seine Nägel auf eine Weise über meine Kopfhaut fahren, die sich für meine momentane Stimmung ein wenig zu gut anfühlt. Mein rötliches Haar fällt jetzt bis knapp über meine Brüste, während es mir vorher fast bis zur Taille gereicht hat, die Enden sind kantig und ungleichmäßig. Spielerisch zerzaust er es, während er mich von der unsichtbaren Kraft befreit, die mich festhält.

Ich möchte ihn beißen, aber ich begnüge mich damit, ihn von Deos' Armen aus vor Wut schäumend anzufunkeln. Der Daemon hat mich mit seinen eigenen Seilen schmerzfrei bewegungsunfähig gemacht, sodass ich nicht in der Lage bin, ein eigenes Opfer zu erbringen, während ich von der Statue herumgetragen werde, die er erschaffen hat. Ich habe auch keine Möglichkeit, mich überzeugend zu unterwerfen. Absolut nichts, was ich gegen Macht eintauschen könnte. Kein Opfer oder Schmerz, die ich ihm entgegenschleudern könnte. Alles gehört ihm. Er hat die vollständige Kontrolle übernommen, und alles, was ich tun kann, ist, mich relativ bequem zurückzulehnen, während er damit durchkommt. Und mir vielleicht auf die Zunge zu beißen.

Aber selbst das ahnt der Mistkerl voraus.

«Wenn sie versucht, sich zu beißen, hindere sie daran», trägt er der Statue auf und wendet sich dann an mich. «Und wenn du heimlich versuchst, dir auf die Zunge oder in die Wange zu beißen, werde ich dich so knebeln, dass du würgen musst. Allerdings würde ich lieber die Unterhaltung mit dir genießen, du nicht auch?»

Ich nicke einmal kurz. Ich möchte *Sabbern* nicht zu der Liste meiner aktuellen Demütigungen hinzufügen müssen.

«Antworte mir, damit ich weiß, dass du mich nicht missachtet hast.»

«Mir wäre es lieber, wenn ich nicht geknebelt werde», verkünde ich zornig.

«Gut. Antworte mir weiterhin, wenn ich mit dir spreche. Und jetzt lass uns gehen.»

Besorgt winselt Pocli mich an und läuft im Kreis um die Statue herum, doch er konzentriert sich schnell wieder darauf, die Wurzeln anzuknurren und gelegentlich anzubellen, während unsere kleine Gruppe weiterzieht, an der Spitze Daesra, der Deos bedeutet, ihm zu folgen. Vielleicht sind die Wurzeln momentan *wirklich* die größte Gefahr. Selbst Deos muss das so sehen, denn er scheint die Tatsache zu ignorieren, dass ich gefesselt bin und von dem Daemon bedroht werde, auch wenn er mich geheilt hat.

«Mir ist Folgendes in den Sinn gekommen: Wenn ich dich einfach ins Zentrum des Labyrinths schleppe und dem Monster zum Fraß vorwerfe», sagt Daesra im Plauderton und gestikuliert ausschweifend, «dann gewinne ich. Und es gibt keinen Wettkampf mehr.»

«Ich dachte, du magst Wettkämpfe», spucke ich aus und versuche, mich unter meinen Fesseln zu bewegen. Irgendwie sind sie überhaupt nicht unangenehm, obwohl sie mich bewegungsunfähig machen. Wie eine feste Umarmung.

«Langsam ermüdet es mich. Immerhin bin ich ein Daemon, und du bist nur eine einfache Sterbliche. Mir wird schnell langweilig.»

«Natürlich bin ich so nicht unterhaltsam genug.» Ich lache spöttisch, wobei ich erfolglos versuche, meine Angst zu verbergen. «Auf dieser Welt existiert nicht genug Schärfe für dich. Du musst mich Stück für Stück auseinanderreißen. Mich bis auf die Knochen zermürben und diese noch zerreiben.»

Diese Worte müssen reichen, damit er versteht, worauf ich anspiele. Er blickt sich nach mir um. «Immerhin hast du mich als Herr und Meister solcher Dinge bezeichnet, also weißt du bereits, dass ich eine hohe Toleranzgrenze für Schärfe und ... *Reiben* habe.» Er fletscht die Zähne und grinst anzüglich.

Nun ist es schließlich doch so weit: Wir reden über die Erinnerung. Ich war nicht sicher, ob einer von uns das will, aber natürlich kann der Daemon nicht anders. Er will mich so sehr ärgern, wie es nur geht.

Mit einem höhnischen Lächeln erwidere ich: «Und du hättest

es ahnen sollen. Wenn dein Stolz nicht zu solch einer Größe angeschwollen wäre –»

«Ich sehe davon ab, einen Scherz darüber zu machen, *was* zu solcher Größe angeschwollen war.»

«– dann hättest du gewusst, dass ich *lüge*», presche ich schnell weiter, damit meine Wangen nicht rot anlaufen. «Warum hast du mich überhaupt so nah an dich herangelassen?»

Abschätzig hebt Daesra eine Schulter. «Vielleicht kann ich einem hübschen Gesicht nicht widerstehen.»

Ich schnaube heftig. Als Daemon mit einem hübschen Gesicht hat er zweifellos viele andere gesehen und liebkost, ohne irgendjemanden nahe genug an sich heranzulassen, um ihn zu binden. Doch bei mir war er unvorsichtig.

Vielleicht habe ich mich besser *unterworfen* als alle anderen. Ich komme nicht umhin zu bemerken, dass meine Hände jetzt in einer Geste des Flehens aneinandergebunden sind.

«Bist du sicher, dass dieses grunzende kleine Schwein nicht eigentlich dein Kind ist?», fragt Daesra und zeigt auf Pocli.

Ich ignoriere ihn. «Du hast bekommen, was du verdient hast, nachdem du jemanden dazu gebracht hast, wegzulaufen, zu schreien, zu flehen und vor dir zu kriechen.»

Einen Moment lang bleibt der Daemon stehen und sieht mich ernst an. «Die Dinge, die du getan hast, habe ich nicht verlangt. Du hast sie mir zum Geschenk gemacht. Ein Geschenk, das du mir *mit Freuden* gemacht hast, wenn du dich erinnerst.» Sein gewohntes Grinsen kehrt zurück, als er weitergeht, nun langsamer, neben Deos und mir. «Vielleicht kannst du das auch jetzt, ein wenig.»

Ich will nicht darüber reden, ob ich es genossen habe oder nicht. «Ein Geschenk? Du meinst, als ich meine Würde auf dem Altar deiner geraubten Göttlichkeit geopfert habe?»

«Ich weiß das pietätlose Bild zu schätzen, das du hier zeichnest. Tatsächlich haben wir in der Vergangenheit eine solche Szene aufgeführt.» Er fährt fort, bevor ich es abstreiten kann – nicht dass ich das wirklich könnte. «Jedenfalls hältst du deshalb doch nicht ernsthaft weniger von dir selbst, oder? Ich dachte, deine Opfer sollten zeigen, dass ich solcher Geschenke würdig bin. Du hast sie mir aus *Vertrauen* gegeben, nicht aus Angst oder Geringschätzung – und *ich* war zumindest vertrauenswürdig.» Er verdreht die Augen. «Du bist das stolzeste, unnachgiebigste Wesen, dem ich je begegnet bin, falls du es wissen willst. Und ich bin *Göttern* begegnet. Man könnte dich für zehnmal so fähig halten, wie du eigentlich bist. Ich würde es zu schätzen wissen, wenn du dich in meiner Gegenwart etwas kleiner machen könntest. Etwas mehr katzbuckeln würdest.»

Sein Ton ist spöttisch, aber im Zusammenhang mit dem Rest seiner Worte – die seltsam aufrichtig und, wenn ich es nicht besser wüsste, fast wie ein Kompliment klangen –, wirkt er eher wie eine Maske.

Ich bin so verwirrt, dass ich einen Moment lang nicht mehr weiß, was ich ihm sagen wollte.

Seine Worte werden schärfer – die geschliffene Kante eines geübten Schwertstoßes. «Und wenn wir schon dabei sind, einander ein schlechtes Gewissen einzureden, können wir dann auf die Tatsache zurückkommen, dass du dir selbst die Kehle aufgeschlitzt hast, während du mich geritten hast – selbst für einen Daemon ziemlich erschreckend –, und mich dann gebunden hast, während ich natürlich überrumpelt war? Wenn wir in einem Wettbewerb stünden, wer am niederträchtigsten ist, hättest du bereits gewonnen. Stattdessen versuchen wir, uns gegenseitig in dieser qualvollen Prüfung zu übertrumpfen – die du dir auch noch selbst ausgedacht hast –, und du hast schon so gut wie verloren.» Sein Lächeln stellt erneut scharfe Zähne zur Schau.

Doch diesmal machen sie mir keine Angst. Sie sind zu eng mit einer *anderen* Erinnerung verbunden. Ich kann diese Spitzen immer noch an meinem Hals spüren, an meinen Brüsten. Nicht nur in meine Wangen steigt Hitze.

«Du hast doch nicht wirklich vor, mich die ganze Zeit gefangen zu halten», platze ich heraus, nur um irgendwas zu sagen. Es *ist* die drängendere Angelegenheit, auch wenn ich meine Schenkel fester zusammenpressen muss, um das Feuer dort zu unterdrücken.

«Doch. Bis das hier vorbei ist.»

«Aber das ist nicht gerecht! Wir kämpfen uns durch ein Labyrinth!»

«So bist du eine Kreatur weniger, gegen die ich kämpfen muss, *Hexe*. Wohl fast die schlimmste, neben dem Monster am Ende. Und wenn ich dich ihm vorwerfe, muss ich mich dem Monster vielleicht gar nicht erst stellen.»

Mir stockt der Atem. «Das würdest du mir wirklich antun?»

«Ohne zu zögern.» Bei diesen Worten sieht er mir nicht in die Augen, aber als er es einen Moment später dann doch macht, wünschte ich, er hätte es nicht getan. Sein Blick brennt – *nicht* auf eine angenehme Art, sondern mit unverfälschtem Hass. «Du hast mich verraten. Und dafür würde ich dich in den Schlund der Hölle werfen.»

Mein Mund wird trocken. Nun wohnt ihm keine Sanftmut mehr inne. Er hat mir nur durch meinen Schmerz geholfen, damit ich mich für seine Zwecke heilen konnte. Schließlich macht es keinen Spaß, etwas zu zerstören, das bereits kaputt ist. Er hat sogar mit mir gespielt, als er meinen Finger geheilt hat, um mich einmal mehr glauben zu lassen, dass er sich um mich sorgt. Davor hat er mir den Finger gebrochen, obwohl er auch einfach mein Bein hätte heilen können. Ich bin nur sein Spielzeug, das er reparieren und kaputt machen kann, wie er will.

Aber vielleicht konnte er mich auch deshalb nicht heilen, weil er mir ehrlich helfen wollte, und diese undurchsichtigen Regeln des Wettbewerbs haben es nicht zugelassen. Und tatsächlich ist es ihm erst jetzt in den Sinn gekommen, mich gefangen zu nehmen, daher ist es kein gutes Zeichen, dass er mich für seine eigenen Zwecke heilen kann. Was hat sich nun wieder in ihm verändert, dass er diesen Weg wählt? Ich bin innerhalb kürzester Zeit von einer Verbündeten zur Rivalin und dann zur Gefangenen geworden.

Er ist wohl nur ein Daemon, wie er selbst zugegeben hat. Unbeständig. Wankelmütig.

Oder er hat sich einfach zu deutlich daran erinnert, was ich ihm angetan habe, und hatte es nur im Chaos und im Eifer des Gefechts vergessen, als ich so hilflos schien. Hilflos gefalle ich ihm. Ich rufe mir sein Gesicht in Erinnerung, als er auf mich herabsah, während ich mich mit meinem gebrochenen Bein auf dem Boden gekrümmt habe, sein Blick tödlich ruhig. Wie ein Raubtier, bereit, seine Beute zu töten ... oder bereit, *für* mich zu töten.

Aber dann ist ihm wieder eingefallen, wozu ich fähig bin. Dass ich in Wirklichkeit nicht hilflos bin und nicht verteidigt werden muss. Dass ich selbst eine Art Monster sein kann.

Bei der Vorstellung dreht sich mir der Magen um, ganz abgesehen davon, dass ich diesen Gedanken niederringen muss, damit ich all meine Kraft und jeden Vorteil, den ich mir verschaffen kann, nutzen kann, um mit *ihm* zu ringen, Monster oder nicht.

Ich muss gewinnen. Deshalb bin ich schließlich hier.

«Du hast dir deine Zunge doch nicht abgebissen, oder?», fragt der Daemon.

«Nein», blaffe ich und zeige sie ihm obendrein.

Er grinst, doch sein roter Blick lodert noch immer.

Dann gehen wir alle schweigend weiter. Nun, ich werde getragen, und Pocli ist nicht ganz still, er knurrt und bellt gelegentlich das Wurzelgeflecht über uns an, ansonsten ist die Stimmung zwischen Daesra und mir zum Zerreißen gespannt. Es wäre ein wenig wie ein Patt, wenn wir nur annähernd dieselben Voraussetzungen hätten. Allerdings sind mir die Füße gebunden.

Der Weg bleibt gerade und schmal, trotz gelegentlicher Abzweigungen, die wir nicht nehmen. Fast wünschte ich mir, es gäbe mehr Abwechslung, um den Daemon abzulenken.

Mir fällt nichts ein, was ich gegen ihn einsetzen könnte. Selbst wenn es mir gelänge, mich unauffällig zu verletzen und zu befreien, was dann? Daesra könnte mich in einem Zweikampf an der Wand zerquetschen. Wenn ich mich ihm direkt stelle, verliere ich, und dann wird er das, was von mir übrig ist, zusammenkratzen, mich heilen und mich wieder dahin bringen, wo ich jetzt bin. Deshalb existiert wohl das Rätsel des Labyrinths, eine streng kontrollierte Prüfung, nach welchen Regeln auch immer, die mich zu einem *anderen* Gegner führt. Nur so kann ich den Daemon herausfordern, da ein direkter Kampf gegen ihn unmöglich ist. Er *schummelt*, wenn es so etwas an diesem Ort gibt.

Jetzt, da ich weiß, dass wir wirklich gegeneinander antreten und er mich keinesfalls freundlich behandeln wird, muss ich mich darauf konzentrieren, ihn auf eine Weise zu besiegen, die ich wirklich umsetzen kann. Es spielt keine Rolle, dass ich derzeit in die richtige Richtung unterwegs bin. Ich muss ihm entkommen.

In der Zwischenzeit kann ich vielleicht versuchen, ihn abzulenken, und dabei sogar mehr über uns beide erfahren. Verborgenes Wissen aufdecken, das ich gegen ihn verwenden kann.

In der unangenehmen Halbstille räuspere ich mich. «Wenn dir so schnell langweilig wird, musst du mittlerweile doch komatös sein, sogar ich bin es. Du meintest, du bist Göttern begegnet?»

Seine Antwort kommt widerwillig, aber sie kommt. «Bedauerlicherweise, ja.»

«Du könntest mir eine Geschichte erzählen, während wir unterwegs sind. Die, die du mir vorhin nicht erzählen wolltest, über die Götter und warum wir über Äther verfügen wie sie. Immerhin kenne *ich* keine Geschichten, und du hast meine Neugier geweckt. Du hast über Opfer von Sterblichen gesprochen und entsetzlich gebundene Seelen», er wirft mir einen warnenden Blick zu, «aber hinter alldem stehen diese mysteriösen Götter. Wie?»

«Ich habe es dir schon mal gesagt», erwidert er langsam. «Ich hasse es, über sie zu reden.»

Vermutlich aus einem interessanten Grund, spreche ich nicht laut aus. «Bitte?» Das betone ich besonders deutlich. «Was spielt es noch für eine Rolle, wenn du mich zu meinem voraussichtlichen Tod bringst? Ich bin jetzt so stark im Nachteil, dass du mir irgendetwas zurückgeben solltest, und wenn es nur dein Hass ist.»

«Oh, den hast du», murmelt er und seufzt dann. «Na gut. Deine Gesellschaft ist in der Tat so ermüdend, dass diese Geschichte es vielleicht weniger ist. Du willst wissen, warum wir können, was wir können?» Er hebt die Arme, als würde er etwas lobpreisen wollen. «Das ist alles der Gottheit des Äthers zu verdanken!»

«Es gibt eine Gottheit des Äthers?» Ich dachte, die einzelnen Götter wären breiter aufgestellt, wenn man bedenkt, dass sie, nun, *Götter* sind. Allerdings hat Daesra ja gesagt, dass sie durch bestimmte Grenzen eingeschränkt sind.

«Die Götter werden nach dem benannt, dessen Gott sie sind, also ist diese Gottheit bekannt als Breath – die Substanz, aus der andere Götter bestehen, verborgen vor den Augen der Sterblichen. Zur selben Zeit wie Breath entstanden auch andere Gottheiten – und du musst wissen, dass Götter kein Geschlecht haben, wie die Menschen es verstehen. Manche haben sich mit der Zeit für eins entschieden, andere nie, und selbst die, die es getan haben, wechseln gerne mal, wie es ihnen gefällt.»

Das weckt mein Interesse, nur will ich seine Geschichte nicht unterbrechen, um nachzuhaken. Ausnahmsweise könnte er mal nützliche Informationen preisgeben.

«Die mächtigsten Götter sind einfach aus dem Äther gewachsen», er wedelt mit den Händen umher, als würde er Gestalten aus der Luft formen, «wie Wein sich aus Most fermentiert. Nachdem Breath über Äonen hinweg zugesehen hatte, wie die Geschwister durch das göttliche Königreich schwebten, ist der Gottheit wohl langweilig geworden – was ich ihr nicht verübeln kann –, weshalb sie aus Lehm die Sterblichen geformt hat. Oder aus irgendeiner anderen festen Materie, aber Lehm klingt poetischer. Etwas zu erschaffen, lag in Breaths Natur, auch wenn dey die anderen Götter genau genommen nicht erschaffen hat. Und dann hat Breath diesem Lehm Leben eingehaucht mit – richtig geraten: Äther!»

Ich presse die Zähne zusammen und widerstehe dem Drang, einen ungeduldigen Kommentar abzugeben.

Daesra schenkt mir keine Aufmerksamkeit. «Sky – der Gott des Himmels, falls du nicht mitkommst – war nicht erfreut. Seiner Partnerin Sea war es egal, aber Sky hatte das letzte Wort, da er beschlossen hatte, dass er der höchste Gott war – vermutlich wegen seines Namens –, und die anderen haben zugestimmt, weil sie absolute Narren sind.» Ob seiner Blasphemie kann ich nur fassungslos blinzeln, bevor er fortfährt. «Sky hasste diese Lehmgestalten, die den winzigen Anteil des Göttlichen in ihnen zu verderben schienen. Er wollte sie zerstören.» Daesra wandte sich mir zu. «Manchmal kann ich das auch *ihm* nicht verübeln. Bist du noch bei mir? Oder zumindest deine Zunge?»

Ich nicke schon, doch fauche dann: «*Ja.*»

«Wunderbar.» Daesra geht weiter und fährt auch mit der Geschichte fort. «Breath überzeugte Sky, dass die Sterblichen sich selbst erhöhen könnten, indem sie die Götter anbeten. Breath war der Meinung, Sky sollte die Sterblichen bei dieser Aufgabe unterstützen *wollen*, denn das würde seinem Wesen als höchster Gott entsprechen. Und wenn er seinem Wesen zuwiderhandeln würde, würde er sich selbst herabsetzen. Ganz schön listig von Breath.»

Meine Lippen zucken.

«Sag was», befiehlt der Daemon.

«Ich stimme zu, dass Breath schlau war», sage ich bemüht deutlich.

«Sehr schön. Nun, Sky hatte natürlich nichts dagegen, angebetet zu werden. Er würde sagen, das liege daran, dass es seine Pflicht sei, die Menschheit auf eine höhere Stufe zu bringen, aber ich glaube, es war reine Eitelkeit. Dennoch protestierte der sture Mistkerl: ‹Jegliche Nähe der Sterblichen zum Göttlichen birgt das Risiko, dass wir herabgesetzt werden, anstatt sie erhöht.›

‹Dann lass sie Opfer bringen als Beweis, dass sie würdig sind›, schlug Breath vor. ‹Sieh dir an, was sie tun.›» Der Daemon deutete auf den leeren, glatten Steinboden, als stünde er weit darüber.

Ich kann nicht anders, als beeindruckt zu sein, wie gut er die Geschichte wiedergibt, wie er seine Mimik und sogar seine Stimme den verschiedenen Gottheiten anpasst. Ich frage mich, wer ihm wohl diese Geschichte erzählt hat. Ein Elternteil? Sterblich oder göttlich?

Daesra scheint meinen Blick nicht zu bemerken, denn er starrt auf einen unsichtbaren Fleck auf dem Boden, wie es in meiner Vorstellung ein missbilligender Gott tun würde. «Sky sah auf die Sterblichen herab und sagte: ‹Aber wir brauchen nichts, was sie uns geben können. Opfergaben aus Wein und Fleisch auf blutigen Altären sind erbärmlich neben unserem Nektar und Ambrosia.› Was denkst du?»

Diese plötzliche Frage überrascht mich so sehr, dass ich einfach mit der Wahrheit herausplatze. «Dass Sky ein Mistkerl ist und du gut Geschichten erzählst.»

Das entlockt dem Daemon tatsächlich ein Lächeln, bevor er fortfährt. «Unterdessen widersprach Breath Sky: ‹Die Bereitschaft, die materiellen Dinge aufzugeben, die *sie* brauchen, ist das Äußerste, was sie im Rahmen ihrer begrenzten Macht anbieten können, um sich zu beweisen. Während wir nichts brauchen, benötigen die Sterblichen in ihrem Streben nach Höherem Unterstützung, die nur wir geben können. Sie sollten als Gegenleistung für ihre Ergebenheit etwas von uns erhalten. Für ein mächtiges Opfer sollten sie einen dringenden Wunsch erfüllt bekommen. Ihr Atem für unseren.›»

Bevor der Daemon nach meiner Meinung fragen kann, sage ich: «Breath war immer noch gerissen.»

Daesra zwinkert mir zu und verschränkt die Arme hinter dem Rücken, um vollends den Eindruck eines entspannten Spaziergängers zu erwecken – trotz des Ortes, an dem wir uns befinden, und der Tatsache, dass er ein Daemon ist und ich gefesselt von einer Statue getragen werde, während mir eine alberne Chimäre folgt. «Sky gab schließlich nach, allerdings mit einigen Vorbehalten. So kam es, dass die Sterblichen durch Opfergaben die Hilfe der Götter erhalten konnten. Sie konnten den Äther nicht selbst nutzen, es sei denn, sie waren Halbgötter, wie es sie dank der unvermeidlichen *Vermischung* der Götter mit den Menschen bald gab. Und doch nutzten die Sterblichen die Macht der Götter stellvertretend, um Königreiche zu erschaffen und Schicksale zu verändern.»

Ich kann nicht anders, als in Deos' Armen zu erschaudern.

Daesra blickt mich an, sagt aber nur: «Breath ging es nicht darum, ob Sky angebetet wurde, dey wollte nur den eigenen Lehmkindern helfen, weil das in der Natur der Gottheit lag. Um sie am Leben zu halten, nehme ich an. Schon bei ihrer Erschaffung hatte Breath sich selbst eingebracht. Warum nicht noch mehr, um sie zu stärken?»

Er klingt anerkennend, obwohl er sonst dazu neigt, die Götter zu verunglimpfen. Vielleicht bewundert er, wie Breath den Willen der Götter untergraben hat, was, wie ich vermute, sehr nach dem Geschmack des Daemons ist.

Oder vielleicht ist er irgendwie mit Breath verwandt? Das kann ich unmöglich erkennen, da er durch seine daemonischen Attribute hervorragend getarnt ist.

«Wohl wahr», stimme ich ihm zu.

Daesra zuckt mit den Schultern. «Leider bereute Sky seine Zustimmung, als er sah, dass die Gaben der anderen Götter zu Instrumenten für Rache und Gier und Lust wurden und dass die Götter sich selbst entwürdigten, indem sie menschliche oder tierische Gestalten annahmen, um die gewünschten Gefallen gewähren zu können. Manchmal sehr intime Gefallen. Was denkst du dazu?»

Diesmal kommen meine Worte zögerlicher. «Dass es mehr Möglichkeiten für ... Vermischungen ... zwischen Göttern und Menschen gab, als ich mir vorgestellt habe.»

Der Daemon hebt anzüglich eine dunkle Braue. «Manche sagen, dass sich sogar Sky selbst ein- oder zweimal solchen sterblichen Genüssen hingab, indem er einen festen Körper annahm und entgegen seiner Natur unanständige Dinge tat. Ich bin sicher, *er* würde behaupten, er hätte keine Kontrolle gehabt, da die Körperlichkeit seine Reinheit beschmutzte. Aber wie dem auch sei, vielleicht beschloss Sky, dass es zu viel war, nachdem er selbst genug hatte. Mit seiner Ermutigung verlangten die Götter immer mehr Opfer für ihre Hilfe und gewährten ihre Gaben nur noch ihren liebsten Sterblichen, alle anderen ignorierten sie in ihrer zunehmenden Verzweiflung und zogen sich in ihr erhabenes Reich zurück.» Er wedelt mit der Hand Richtung Wurzeldecke, als wollte er die Hilfe der Götter wegfegen.

«Mistkerl», bestätige ich unaufgefordert.

Daesra nickt. «Breath fand das ungerecht, wandte sich gegen die Götter und gewährte den Sterblichen, die bereit waren, den Preis zu zahlen, einen offenen Zugang zum Äther. Doch das erforderte mehr als eine bloße Opfergabe in einem Göttertempel. Es reichte nicht aus, einem Stier die Kehle aufzuschlitzen oder den besten Jahrgang auf dem Altar zu verschütten. *Diese* Art von roher Macht erforderte ein Opfer vom eigenen Körper des Sterblichen. Gaben aus Fleisch und Blut. *Schmerz* im Tausch gegen Äther. Nicht jeder nahm diesen Handel an, aber einige wenige schon.»

«Wer das wohl sein könnte?», frage ich mit fröhlichem Sarkasmus.

Die Hand des Daemons saust so plötzlich hinab, dass ich in meinen Fesseln zusammenzucke. «Zur Strafe dafür, dass er so hintergangen wurde, warf Sky Breath zurück in die Ursuppe, aus der sie alle entsprungen waren, und zwang die Gottheit, sich mit der Quelle selbst zu vereinigen. Das ist ein bisschen wie sterben, sofern eine Gottheit sterben kann. In gewissem Sinne verdammte Sky Breath zu ewiger Folter – dazu, für immer als Äther von Göttern wie Sterblichen verzehrt zu werden, wodurch die Unsterblichkeit zu einem Fluch wird.» Daesra lehnt sich näher an mich heran und fuchtelt mit seinen Fingern vor meinem Gesicht herum, weniger wie ein Daemon, sondern eher wie jemand, der einem Kind eine Gruselgeschichte erzählt.

Ich fände es lustiger, wenn ich nicht von den Fingern bis zu den Knöcheln gefesselt wäre. Bevor er mich dazu auffordern kann, strecke ich ihm wieder unhöflich die Zunge heraus. *Zwei Augen mit einem Stock*, denke ich und wünschte, ich könnte ihm seine Augen ausstechen.

Grinsend fährt er fort: «Sky hat natürlich versucht, den Sterblichen den direkten Zugang zum Äther zu verbieten, doch es gab einige, die ihn ignorierten und heimlich weiterhin andere kleine

Sterbliche unterrichteten. Sie wurden verachtet, von Menschen und Göttern gleichermaßen als unnatürlich angesehen, aber auch gefürchtet. Sky konnte den Äther nicht kontrollieren, um diese Entwicklung zu stoppen – der scheint einen eigenen Willen zu haben, denn er akzeptiert weiterhin die Selbstopfer derjenigen, die es verstehen, ihm im Austausch für seine Macht etwas anzubieten. Möglicherweise liegt das daran, dass Breath darin lauert und immer noch der eigenen Natur entsprechend handelt.»

Daesra streckt einen langen Arm aus und wirbelt zu mir herum, was Deos zum Anhalten zwingt. «Und *so* kam es, dass durch diese Opfer und Belohnungen, fortan getrennt von den Göttern, verdorbene Sterbliche entstanden, die den Äther zu ihrem eigenen Vorteil einsetzen. Hexen wie du.»

«Und *so* bist auch du entstanden», sage ich. «Durch *Vermischung*. Und dann hast du deine eigene Seele gebunden, um ein Daemon zu werden.» Ich halte inne, da ich seine Antwort bereits kenne, und dennoch kann ich nicht widerstehen zu fragen: «Welche Gottheit war es?»

Er seufzt. «Ich sagte doch bereits, das habe ich dir schon erzählt und möchte es nicht noch mal tun.»

Wenigstens ist der Blick des Daemons nicht mehr ganz so hasserfüllt wie beim letzten Mal, als er mich direkt angesehen hat. Die Geschichte hat ihn beruhigt und hoffentlich etwas abgelenkt, wobei ich nicht genau weiß, was sie mir sonst noch gebracht hat. Vielleicht Fragmente, die ich zusammensetzen kann, um irgendwann eine Art Verteidigung oder Waffe gegen ihn zu errichten, auch wenn ich noch nicht weiß, wer sein göttlicher Elternteil ist. Ich hoffe, wenn ich mehr über die Götter weiß, erfahre ich dadurch auch mehr über *diesen* Ort und vielleicht über meine Aufgabe, nicht nur über ihn.

Pocli hat seine gelegentlichen Bellanfälle nicht eingestellt, und seine Wachsamkeit wird belohnt, als die Wurzeln über uns an der nächsten Kreuzung endlich ein Ende nehmen. Leider besteht der Weg geradeaus diesmal aus einem echten Tunnel, eine runde Öffnung gähnt in der Steinmauer, nicht viel höher als die spitzen Hörner des Daemons. Darin ist es stockdunkel.

«Und es geht immer tiefer hinein.» Daesra schürzt die Lippen. «Ich nehme an, es lauert absolut nichts Unangenehmes dort drinnen in der Dunkelheit.»

Nervös winde ich mich in Deos' Armen. «Ich schätze, du willst mich nicht losbinden, damit ich mich gegen die Dinger wehren kann, die absolut nicht dort drinnen lauern?»

«Ich schätze, das will ich nicht, nein.»

«Schade.» Mein lässiger Tonfall kann meine Unruhe nicht ganz verbergen.

Er zuckt mit den Schultern. «Im Notfall kannst du ja noch an deiner Zunge knabbern. Diese Freiheit habe ich dir nicht *ausschließlich* wegen der glänzenden Unterhaltungen gelassen. Falls nötig, hast du einen Ausweg.» Mit schmalen Augen blickt er zu mir zurück. «Angst vor der Dunkelheit gilt nicht.»

Angst vor der ...? Ich möchte ihn mit meiner Empörung nicht belustigen, also lächle ich stattdessen zuckersüß. «Und was ist, wenn ich dir in den Rücken stechen muss?»

«Ich fürchte, das hast du bereits getan.»

«Ich bin ziemlich sicher, es war die Brust.»

Er hebt eine Augenbraue. «Bittest du mich gerade darum, dich zu knebeln? Du musst es nur sagen, Sadaré.»

Mein Lächeln schwindet.

«Dachte ich mir», sagt er und mustert mich dann einen Moment lang. «Du *hast* mich schon mal darum gebeten, weißt du? Dich zu knebeln. Es hat dir gefallen.»

Ich bin völlig sprachlos, kann ihn nur anstarren. *Wann hätte ich ...?*

Wie als Antwort auf meine stumme Frage flackert eine Erinnerung in mir auf. Plötzlich spüre ich, wie Seidenstoff auf meine Zunge drückt, in meine Wangen schneidet und mein Stöhnen unterdrückt, während der straffe Stoffstreifen meinen Mund offen hält. Speichel läuft an meinem Kinn hinab, und scharfe Nägel streichen darüber, heben meinen Kopf an, sodass ich roten Augen entgegenblicke ...

Nein. Ich schüttle die Phantomeindrücke ab. Selbst wenn so etwas zwischen uns passiert sein sollte, werde ich dem nicht weiter nachgehen, weder in Gedanken noch mit ihm. Er hat schon viel zu viele Treffer gegen mich gelandet; ich werde mich ihm nicht noch für weitere öffnen.

«Glaubst du nicht, dass ich schon genug im Nachteil bin?», frage ich heiser.

«Niemals. Aber ich gewähre dir eine flüchtige Pause von harten Wahrheiten.» Er zieht den Kopf ein, um den Tunnel zu betreten, aber ruft zuerst Feuer als Lichtquelle in seiner Handfläche hervor. Ich sehe sein selbstzufriedenes Grinsen, bevor er sich umdreht. «Sollen wir dann?»

Wütend funkle ich seinen Rücken an, während Deos ihm folgt. Pocli trottet zwischen uns her.

Der Tunnel ähnelt einem Loch und ist so dunkel, wie er vor dem Eingang wirkte. Aber zum Glück auch frei von Wurzeln. Wobei mir die fast schon lieber wären als Spinnnetze, die ich mir mit gefesselten Händen nicht einmal hastig vom Körper zerren könnte.

«Warum atmest du schneller?», fragt Daesra. «Hast du wirklich Angst im Dunkeln?»

Verflucht sei sein Gehör. «Spinnen», sage ich schroff.

Er bedenkt mich mit einem ungläubigen Blick. «Ich wusste nicht, dass du Spinnen fürchtest.»

«Vielleicht kennst du mich nicht so gut, wie du denkst.»

Er stößt einen unbestimmten Laut aus, bevor er leise lacht.

«Keine Sorge, meine giftige kleine Hexe, ich werde dich vor den Spinnen beschützen.»

Anschließend versuche ich, ruhiger zu atmen, und zwar nicht nur, damit er nicht merkt, dass ich Angst habe. Die ganze Zeit bilde ich mir ein, in der Dunkelheit etwas zu hören, aber es sind nur die Echos unserer Bewegungen. Daesra ist so still wie seine Flamme, seine Hufschläge sind offensichtlich gedämpft, aber Deos' Marmorfüße stampfen dumpf über den Steinboden, und Poclis Atem übertönt alles andere. So wie sein Röcheln widerhallt, könnte man meinen, ein riesiges Tier würde hechelnd hinter der nächsten Ecke lauern.

In dem Tunnelsystem gibt es Biegungen und Abzweigungen, aber längst nicht so regelmäßig wie in dem Gang, aus dem wir gerade kommen. Daesra hält sich bei der Wahl des Weges an seine gewohnte Regel, und wenn es schwieriger wird, rät er einfach, wobei sich die Konturen seiner Hörner in die eine oder andere Richtung drehen. Ich bemühe mich, mir darüber nicht den Kopf zu zermartern, da ich sowieso nicht in der Lage bin, Entscheidungen zu treffen, doch ich ertappe mich dabei, wie ich versuche, unseren Weg in Gedanken zurückzuverfolgen, und verliere den Überblick. Hier könnte man sich leichter verirren als je zuvor, denn es gibt kaum Veränderungen in der Tunneloberfläche oder andere Orientierungspunkte. Wenigstens scheint das Labyrinth mit den Entscheidungen des Daemons zufrieden zu sein. Bis jetzt.

Ich versuche vor allem nicht darüber nachzudenken, dass der Tunnel einstürzen könnte. Immerhin ist der letzte Abschnitt auch nicht eingestürzt, aber vielleicht lag das daran, dass wir nach dem Angriff der Wurzeln nie falsch abgebogen sind oder uns zu weit voneinander entfernt haben. Wenigstens kann ich in diesen Wänden keine Risse oder Bruchstellen entdecken.

Und dann höre ich ein entferntes Geräusch, das mich verstehen lässt, warum der Tunnel so glatt und sauber ist. Zuerst ist es nur ein Flüstern, schwillt dann jedoch an, bis es zu einem rauschenden Tosen wird – immer noch entfernt, und doch würde ich diesen Klang überall wiedererkennen.

Fließendes Wasser. Und zwar eine *Menge*. Ich hoffe, dass wir uns *ihm* nähern und nicht andersherum – dass es sich uns nähert. *Schnell* nähert.

Vielleicht hätte ich mir Spinnen wünschen sollen.

Schließlich muss ich doch fragen: «Hörst du das?» Meine Stimme klingt jetzt auffällig leise in der Dunkelheit, winzig angesichts dieses anderen Geräusches.

«Ja», sagt Daesra angespannt. Sein Schwanz peitscht umher.

«Denkst du …?»

«Ja», sagt er. Er geht schneller, wie mir nun auffällt.

Jetzt habe ich Angst. «Bist du falsch abgebogen?»

«Das werden wir wohl gleich herausfinden.»

Die Lautstärke des Tosens steigt an, es ertönt überall um uns herum, erfüllt den Tunnel, als stünde uns die Gefahr bereits bevor – Wasser, das mit der Kraft eines Flusses heranrauscht.

«Vielleicht gefällt es dem Labyrinth nicht, dass du mich gefangen genommen hast», erwähne ich mit mehr als leichter Verzweiflung und hoffe, er versteht den Wink.

Er antwortet nicht.

«Können wir hier irgendwo in Deckung gehen, falls es auf uns zukommt?», frage ich, als er schneller wird, seine langen Schritte schon kurz vor einem Sprint. Deos versucht mitzuhalten.

Der Daemon ignoriert mich. Ob er mich wohl wieder zurücklässt, wenn es heikel wird?

«Ich ertrinke, wenn du mich nicht losbindest.»

Noch immer antwortet er nicht. Allmählich spüre ich eine kühle Brise aus dem Tunnel hinter uns. Nebel. *Luft*, die von der Flut nach vorn gedrängt wird.

«Daesra!», schreie ich.

Und dann kommen wir um eine Ecke und treffen auf das, was ich am meisten befürchtet habe: eine Sackgasse. Schlimmer noch, der Tunnel endet in einer Wand aus Marmorkörpern, als hätte das Wasser sie mitgerissen und gegen ein Gitter geschleudert. Die Statuen sind in verdrehter Pein ineinander verschlungenen, die Glieder erstarrt und ihre Gesichter verängstigt, verbunden durch die gescheiterte Flucht, zwischen ihnen Lücken, die gerade groß genug sind, dass Wasser hindurchfließen kann. Ich möchte mich auf keinen Fall zu ihnen gesellen. Die steinernen Finger scheinen nach uns zu greifen und um Hilfe zu betteln, doch eigentlich warten sie nur darauf, uns aufzuspießen.

Langsam beginnt Wasser Deos' Knöchel, Poclis Pfoten und Daesras Hufe zu umspülen. Rauschend schwappt es gegen die Blockade der Statuen, bildet Strudel, staut sich um ihre verschlungenen Beine und lässt die Angst in ihren leblosen Gesichtern viel zu frisch und lebendig erscheinen. Meine Panik steigt mit der Flut an.

Daesra stößt einen Fluch aus. Er klingt überzeugend verzweifelt, aber ich frage mich fast, ob er uns absichtlich auf den falschen Weg geführt hat, um mich dem Tod zu überlassen. Aber er verlässt mich nicht, auch wenn er mich immer noch nicht losbindet. Er watet durch den dunklen Wasserstrom, der um seine Waden fließt, geht den Weg zurück, den wir gekommen sind, und gibt Deos ein Zeichen, ihm zu folgen.

Doch die Flut fegt Pocli fast von den Pfoten. Die kleine Chimäre planscht wild im Wasser und schlägt panisch mit ihren nutzlosen Flügeln, aber sie verliert an Halt, wird hin und her geschleudert und ist kurz davor, in den Griff der schrecklichen Statuen getrieben und aufgespießt zu werden. Zu sehen, wie der kleine Kerl sich abmüht, reicht aus, damit ich mich in seine Richtung werfen will, gefesselt oder nicht.

«Pocli!», schreie ich und strample in den Armen der Statue. Wenn Deos mich so fallen lässt, werde ich ertrinken, aber es erregt zumindest die Aufmerksamkeit des Daemons. Er braucht mich wohl einigermaßen lebendig, damit er mich an das Monster verfüttern kann, denn er hält inne. «Wir lassen ihn nicht zurück!»

Mit einem weiteren Fluch wirbelt Daesra herum und stürzt sich auf die Chimäre, packt sie mit einer Hand am Genick und hält mit der anderen seine blaue Flamme in die Höhe. In diesem Moment brechen dunkle Wassermassen hinter ihm in den Tunnel ein und klettern mit rasender Geschwindigkeit die Wände hinauf, mit weißen Schaumkronen wie Reißzähnen, die bereit sind, alles zu verschlingen. Eine Kraft, uns alle zu zermalmen – auch Deos. Und besonders mich.

Mit einem Knurren hebt Daesra die leuchtende Hand. Obwohl er ein Daemon ist – so stark und lächerlich stur –, hätte mich sein Anblick, wie er sich da mit einer kleinen Flamme als Lichtquelle und einer zappelnden, durchnässten Chimäre unter dem Arm erhobenen Hauptes einer solchen Flut entgegenstellt, zu einem anderen Zeitpunkt zum Lachen gebracht. Oder dazu, ihn vor Bewunderung anzustarren. Doch jetzt schließe ich die Augen und drücke mich an Deos' Marmorschulter, während ich darauf warte, dass die Flut über mir zusammenschlägt.

Als dies nicht passiert, reiße ich die Augen auf und sehe, dass wir immer noch zu allen Seiten von der Flut umgeben sind, dass Daesras Hand immer noch erhoben ist und dass das Wasser sich um uns herum teilt. Sich für *ihn* teilt. Die abgerundeten Steinwände haben sich in einen Tunnel aus tosendem Wasser verwandelt, das an uns vorbeiströmt – sich für uns öffnet.

Zumindest für den Moment. Direkt hinter Deos' Schulter schließt der Strom sich in einem krachenden Strudel, als würden zwei Flutwellen aufeinanderprallen. Ich kann die Statuen hinter uns nicht mehr sehen. Vielleicht wurden sie ausgelöscht.

«Komm schon», sagt Daesra und schreitet voran, einen Huf nach dem anderen, den Arm erhoben. Die blaue Flamme flackert an seinen glühenden Fingerspitzen im aufgewirbelten Nebel, als er zurück zu der Abzweigung läuft, an der er falsch gewählt hat.

Mir bleibt der Mund offen stehen, während Deos hinter ihm herläuft, aber das ist mir egal. Staunend starre ich auf den Rücken des Daemons, mehr noch als auf die wütenden, uns bedrängenden Wasserwände. «Bist du der Sohn eines Flussgottes oder eines See …?»

«Dieses Gespräch führen wir *definitiv* nicht jetzt», unterbricht Daesra mich. Er lässt Pocli zu Boden gleiten, denn das Wasser dort ist nicht tief. Die Chimäre weicht vor den Wänden zurück und gerät dabei fast unter die Hufe des Daemons. «Wenn diese kleine Abscheulichkeit mich stolpern lässt, lasse ich sie diesmal sterben.»

Ich kann immer noch kaum glauben, dass er ihn überhaupt gerettet hat, doch es gibt andere Dinge, die ich noch schwerer glauben kann, wie zum Beispiel das, was ich gerade sehe. Ich wusste, dass Daesra mächtig ist – ein Daemon, ja, aber er ist auch der Sohn einer Gottheit. Ich habe noch nie gesehen, wie er seine Kraft auf diese Art einsetzt. Er teilt eine riesige Menge Wasser so leicht wie einen Seidenvorhang. «Du *kannst* doch nicht …?»

«*Du* kannst sterben!», wirft Daesra knurrend über seine Schulter, seine roten Augen blitzen auf. «Willst du das? Wenn nicht, dann halt den Mund, damit ich mich konzentrieren kann.» Seine Beine sind beim Gehen jetzt äußerst angespannt, seine Hufe platschen beim Aufstampfen, die breiten Schultern drängen angestrengt nach vorn. Mir fällt auf, dass seine Hand zittert, die blaue Flamme beginnt zu flackern. «*Ich* lasse das vielleicht leicht aussehen, aber vertrau mir, das ist es nicht. Ich habe meine göttliche Natur unterdrückt.»

In diesem Moment vertraue ich ihm tatsächlich. «Los, los!»,

rufe ich, nicke hastig in Deos' fester Umarmung und fuchtele mit den gefesselten Händen, als würde uns das weiterbringen.

Wir erreichen die Abzweigung, und der Wassertunnel biegt mit uns ab, als wir den anderen Weg wählen. Daesras Schritte werden langsamer, und seine Flamme erlischt für einen kurzen Moment, bevor sie wieder schwach aufflackert. Pocli winselt nervös zu ihm hinauf, mit weit aufgerissenen Glupschaugen und ausgebreiteten Flügeln, als wäre er jederzeit bereit, seine Hilfe anzubieten.

Die Wasserwände beginnen sich um uns herum zu verengen. Etwas spritzt an meine Füße, dann an meine Schulter, als würden sie sich befreien. Mehr Wasser sammelt sich auf dem Boden und fließt wirbelnd über die Hufe des Daemons.

«Fast ... da ...» Daesra atmet schwer.

«*Wo* denn?», schreie ich und habe das Gefühl, bereits in meiner Panik zu ertrinken. Und dann erlischt das blaue Licht. In der Schwärze kann ich meinen eigenen rasselnden Atem kaum noch hören, weil das Wasser um uns herum so laut tost. Es wird uns bald einschließen. Pocli quiekt.

Und dann taucht blendendes silbernes Licht in der Dunkelheit auf, wie auf Daesras Ruf hin – wobei er uns eigentlich nur so weit nach vorne geführt hat, dass sich das Wasser um das Licht teilt und es in dem Tunnel vor uns zum Vorschein kommen kann. Ein Spiegel.

Das muss es gewesen sein, was er zu finden gehofft hatte. Überraschenderweise stürzt sich Daesra nicht zuerst in den Spiegel, sondern tritt Pocli hinein und zerrt die Statue vorwärts, schiebt uns beide durch den schimmernden Vorhang, während seine Barriere um uns herum zusammenbricht und die Wasserwände mit erdrückender Kraft herabstürzen.

Aber die seltsame Oberfläche schließt sich schneller über meinem Körper, und alles wird in Silber getaucht.

ZUVOR

Daesra trägt mich durch einen uralten Lorbeerhain, mit sanften, kraftvollen Schritten seiner breiten Hufe, seine starken Arme halten mich, als würde ich nichts wiegen. Wenigstens gibt es zwischen den knorrigen Stämmen nichts, was seinen Weg behindern könnte, außer einem Teppich aus Blättern. Allerdings versperrt dichter Nebel mir die Sicht. Er hat mir nicht gesagt, wohin wir gehen.
Aber er erzählt mir eine Geschichte. Wie er es versprochen hat, wenn ich brav bin. Den größten Teil dieser Geschichte kenne ich natürlich schon, aber ich wollte sie von ihm hören.
Also habe ich mich tadellos benommen, obwohl seine Erwartungen mich mit den Zähnen knirschen ließen.
Das ist unser kleines Spiel: Wie er mit mir spricht. Wie ich mich dazu zwinge, mich gut zu benehmen, obwohl das selten in meiner Natur liegt. Er weiß, dass ich es hasse, genauso wie er weiß, dass ein Teil von mir es liebt. Mehr noch, er weiß, dass ich den Widerstreit zwischen diesen beiden Punkten genieße wie die Spannung in einem Seil. Daesra hat mir nie das Gefühl gegeben, dass es seltsam ist, solche Dinge zu wollen, oder eine Erklärung dafür verlangt. Er hat es einfach verstanden, und er ist mehr als glücklich, mir zu geben, was ich will, denn es ist auch, was er will.
Außerdem kenne ich meine eigene Stärke. Und ich lerne seine Schwächen kennen.
«Mein göttlicher Elternteil ist Sea», sagt er, während er durch die Bäume und den Nebel schreitet. Es ist kühl, und ich zittere, schmiege mich an seine warme Schulter, lege eine Wange an seine geschmeidige Brust und lausche, wie

die tieferen Töne seiner Stimme in ihm summen, während er spricht. «Ich habe keine Ahnung, warum sie von meinem sterblichen Vater Besitz ergriff, während er und meine sterbliche Mutter zusammen waren. Zum Spaß, nehme ich an? Sie – wenn die Bezeichnungen *er* und *sie* hier überhaupt passen – wollte vielleicht spüren, wie es ist, ein Mann zu sein, oder erleben, wie eine Frau ihr Leidenschaft entgegenbringt, vor allem, nachdem Skys Liebeleien allseits bekannt geworden waren. Mein sterblicher Vater und meine sterbliche Mutter waren wohl wunderschön und für ihre tiefe Liebe bekannt. Vielleicht hatte Sea mit Sky nie echte Liebe erfahren und wollte sie daher erleben, wenn auch nur kurz.»

Nein, sie hatte keine echte Liebe erfahren, denke ich. Aber vielleicht hat die Göttin jetzt etwas, das dem näher kommt. Natürlich spreche ich das nicht laut aus.

«Seas Äther vereinigte sich mit dem Samen meines Vaters, als er in den Schoß meiner Mutter eindrang. Also sind tatsächlich alle drei meine Eltern. Aber leider starb mein sterblicher Vater, nachdem die Göttin ihn verlassen hatte – er war verbraucht. Auch meine sterbliche Mutter wäre bei meiner Geburt gestorben, wenn Sea nicht eingegriffen hätte. Es waren nicht meine Hörner oder Hufe», sagt er süffisant und blickt auf mich herab, als hätte ich diesen schrecklichen Scherz machen wollen und er wäre mir nur zuvorgekommen, bevor ich die Gelegenheit dazu hatte. «Die hatte ich noch nicht. Ich war noch kein Daemon, sondern ein Halbgott, der jedoch über zu viel Kraft verfügte, als dass der Körper meiner Mutter ihr hätte standhalten können. Irgendwie – frag mich nicht wie, denn ich weiß es nicht mehr – hat mich Sea aus dem Leib meiner Mutter geholt und mich an ihrer Stelle in diese Welt gebracht.

Vielleicht aus Mitleid mit der Sterblichen, mit der sie Liebe gemacht hatte, oder vielleicht wollte sie auch einfach *alles* ausprobieren – Vaterschaft und Mutterschaft.
Es war von Anfang an klar, was ich war. Meine blasse Haut war so bläulich, als wäre ich ertrunken, allerdings war ich lebendiger als jedes andere Kind in meinem Alter und konnte schwimmen wie ein Fisch. Meine Augen waren silbern, genau wie mein Blut. Manchmal konnte ich die Gedanken in den Augen anderer lesen, und wenn ich das tat, änderte sich die Farbe meiner eigenen, sie war so wechselhaft wie das Meer.» Auf meinen erschrockenen Blick hin sagt er: «Keine Sorge, das kann ich nicht mehr. Diese Gabe von Sea habe ich aufgegeben, als ich ein Daemon wurde, und meine Augen haben dabei ein kräftiges Rot angenommen.»
Vor Wut?, frage ich mich. Ich danke den Göttern, dass er nicht mehr die Fähigkeit hat, Gedanken zu lesen. Ich nehme an, dass er mich dann nicht sanft durch einen Hain tragen, sondern eher von einer Klippe werfen würde.
«Meine Mutter zog mich allein auf und sprach nicht viel über meinen sterblichen Vater», fährt Daesra fort, ohne meine Gedanken zu kennen. «Ich hätte erwartet, dass sie Sea für das, was die Göttin ihr und ihrem Mann angetan hatte, verachten würde, aber stattdessen wurde meine Mutter eine ihrer ergebenen Priesterinnen und diente in ihrem größten Tempel, wobei ich vor allem im Weg war, also kletterte ich auf Berge und schwamm im Meer. Als ich volljährig wurde, brachte mich meine Mutter in Seas Tempel. Sie sagte mir, wenn ich ihren Altar verschieben könne, würde ich den Beweis für meine Abstammung finden, denn die Göttin hatte ihr gesagt, er sei darunter verborgen.
Mit einiger Anstrengung verschob ich den Altar. Das konnte

nur ein Halbgott, und vielleicht sogar nur ich. Darunter lag ein wunderschönes Schwert, dessen Klinge wie Quecksilber war, schärfer als jedes Metall, und dessen Griff aus einer einzigen riesigen schwarzen Perle geschnitzt war. Ich fand dort auch Sandalen, die mir an Land und im Wasser Schnelligkeit verliehen, auch wenn ich die kaum brauchte.» Er lächelt, als würde er sich daran erinnern, wie es sich anfühlte, in diesen Sandalen voranzupreschen.

Wenn er so in die Ferne blickt, sehe ich weniger die Wut in ihm und mehr den Jungen.

Er schnaubt reumütig. «Ich habe mich wie der König der Welt gefühlt und mir in den Kopf gesetzt, zum Turm der Götter zu gehen, um ihnen meine Abstammung unter die Nase zu reiben, ganz egal, ob es schwierig ist, sie überhaupt anzusehen. Meine Mutter sagte, wenn ich mit meinem göttlichen Elternteil sprechen wolle, solle ich ans Meer gehen. Oder über das Meer zu ihr reisen, wenn sie nicht zu mir an die Küste käme. Aber wie ein Narr reiste ich übers Land, nahm den langen Weg. Unterwegs habe ich viele schreckliche Feinde besiegt und Heldentaten vollbracht», er rollt mit den Augen, «damit mein Name mir vorauseilen würde.»

«Und war es so?», frage ich.

«Nicht so, wie ich gehofft hatte. Sky hatte von mir gehört, bevor ich im Turm ankam. Er erahnte meine Abstammung. Bis dahin hatte er nicht gewusst, was Sea getan hatte, und er war nicht erfreut über meine Existenz. In seinen Augen war ich eine Abscheulichkeit, ungeachtet der seltsamen Früchte, die sein eigener Samen hervorgebracht hatte.»

Irgendwie sind seine Worte genauso wohlüberlegt wie seine Schritte. Er ist der Daemon, und doch bin ich diejenige, die an seiner statt wütend ist.

«Natürlich wusste ich davon nichts», fährt er fort, «ich

wollte nicht nur Sea beeindrucken, sondern auch ihren Gegenpart, den höchsten Gott Sky. Ich wollte so sein wie Sun, das goldene Abbild Skys, so erhaben wie er. Nicht *ganz* so ehrwürdig und mächtig – das wäre unmöglich, vor allem in Skys Vorstellung –, aber dennoch strahlend und vollkommen, fast wie Skys eigenes Kind.» Seine Stimme wird leiser. «Ich weiß noch, wie ich unterwegs sogar in einem von Suns Tempeln dafür gebetet habe. Erbärmlich.» Er schüttelt den Kopf. «Jedenfalls war mein Empfang im Turm der Götter, wie du dir vielleicht denken kannst, nicht besonders herzlich.»

Diese Wunde, schon lange von Narbengewebe bedeckt, tut mir weh, während sie ihn nicht mehr zu schmerzen scheint. «Was ist passiert?», flüstere ich. Ich weiß es bereits. Aber ich will, dass er es mir sagt. Dass er mir vertraut. Ich muss *wissen*, dass er mir vertraut.

Kurz verzieht er das Gesicht, dann ist es wieder neutral. «Die Götter waren in der Tat schwer anzusehen. Du würdest wissen, was ich meine, wenn du sie jemals zu Gesicht bekommst.»

Oh, ich weiß. Ich zumindest *kann* sie nicht wirklich ansehen, ohne zu sterben, da ich ein Mensch bin.

«Sky verbarg seine Verachtung für mich größtenteils, doch er sagte mir, er zweifle an meinen Behauptungen über meine Herkunft. Sea äußerte unterdessen kein Wort zu meiner Verteidigung. Um mich zu prüfen, erteilte Sky mir den Auftrag, einen riesigen Stier zu fangen, der in der Nähe des Tempeleingangs auf der Erde sein Unwesen trieb. Wenn es mir gelänge, ihn zu bezwingen und Sun zu opfern, würde Sky mich als sein verehrtes Kind betrachten, Sun praktisch gleichgestellt. Er würde mich sogar zu einem vollwertigen Gott machen, als wäre er mein richtiger Vater. Ein göttliches

Kind, geboren aus Erde, Meer und Himmel – ein *neuer* Gott. Ein Gott des Weins vielleicht, passend zu meinem Wesen. Eine Substanz aus Land und Wasser, die jedoch stark berauschend und den Göttern als Trunk würdig ist. Das Bild ist mir, wie das Getränk, zu Kopf gestiegen.»

Daesra stößt einen Atemzug aus, jedoch nicht vor Anstrengung, obwohl er mit mir einen von Wurzeln bewachsenen Hügel hinaufsteigt. «Ich habe diesen Stier gefunden – es war nicht schwer – und ihn zu den Göttern gebracht, mich dabei wie ein großer Held gefühlt. Aber Sky grinste mich nur höhnisch an, sofern ein Gott wie er höhnisch grinsen kann. Er sagte, indem ich ihm den Stier brachte, hätte ich nur bewiesen, dass dieser reiner war, als ich es je sein könnte. Göttlicher, weil er von nur einer Art abstammte und nicht verunreinigt war. Sea sagte immer noch kein Wort. Ich nehme an, sie hat sich nie um mich geschert.»

Ich bin anderer Meinung, doch das behalte ich für mich.

«Und da wusste ich, dass ich mich ihnen nie würde beweisen können. Den Göttern würde ich nie gut genug sein. Aber ich könnte genauso stark sein. Ich band den Stier an mich und schlachtete ihn. Nicht, um Sun zu huldigen, sondern mir selbst. Ich nutzte die Kraft seines Opfers, um das, was an Göttlichkeit in mir war, zu binden und mich dadurch zu verändern. Ich nahm zum Teil das Aussehen des Stiers an und wurde zu dem Daemon, der ich bin, viel freier und mächtiger als zuvor. Unsterblich, während ich als Halbgott höchstens langsam gealtert wäre. Natürlich wurden die Sandalen meiner Mutter dabei von meinen Hufen zerstört. Sehr symbolisch.» Er grinst. «Danach habe ich dem Turm den Rücken gekehrt. Anscheinend habe ich einen ziemlichen Aufruhr verursacht.»

Ich weiß mehr über diese spezielle Geschichte als er. Die

Götter waren in größerem Aufruhr, als er sich je vorstellen könnte.

«Sky hat natürlich versucht, mich aufzuhalten. Menschliche Soldaten sollten mir auflauern, um mich gefangen zu nehmen.» Ich spüre, wie er mit den Schultern zuckt. «Ich habe sie abgeschlachtet, genau wie alle, die danach kamen. Anschließend begann ich, die Tempel der Götter zu verwüsten: Ich korrumpierte Priester und Priesterinnen auf die beste Art und Weise, entweihte Altäre, stürzte die Götterbilder um und verbreitete böse Gerüchte über die Götter selbst. Als ich zum Tempel meiner sterblichen Mutter zurückkehrte, musste ich feststellen, dass sie sich offenbar aus Scham über das, was aus mir geworden war, selbst in Brand gesteckt hatte. Sie hat sich nicht einmal dem Meer übergeben, wie es für eine Priesterin wie sie üblich war.»

Ich weiß, warum sie das nicht getan hat.

Daesra fährt fort, als würde ihm das alles nichts ausmachen, obwohl es eine Last sein muss, die er nur scheinbar so mühelos trägt wie mich. «Ich beschloss, eine Zeit lang an ihrem Altar zu verweilen und nur kurze Reisen zu unternehmen, um andere Tempel zu plündern, aber ich hatte nie vor, so lange zu bleiben.»

Er hat um sie getrauert, auf seine eigene gewaltsame Art. Ich wünschte, ich könnte ihm die Wahrheit sagen – dass seine Mutter sich nicht seinetwegen umgebracht hat. Aber wenn ich das tue, wird er sich fragen, woher ich das weiß. Und dann bringt er möglicherweise *mich* um.

Ich lasse meine Stimme ebenfalls leicht klingen. «Und da hast du mich kennengelernt.»

Er lächelt auf mich herunter, und es wirkt aufrichtig. Beinahe rein. Schön wie immer. Und dann wird sein Grinsen verrucht. «Und da wären wir.»

Er meint nicht nur am Ende der Geschichte. Er bleibt stehen, und ich hebe überrascht den Kopf. Wir sind auf Umwegen oben auf dem Hügel inmitten des Lorbeerhains angekommen, ein Meer aus Nebel und Baumkronen unter uns. Plötzlich habe ich – vielleicht unvernünftigerweise – Angst, dass es hier irgendwelche Klippen geben könnte. Stattdessen steht auf dem Gipfel des Hügels eine uralte Statue Skys, deren Gesichtszüge völlig verwittert sind.

Passend, denke ich.

Darunter befindet sich ein Altar aus gesprungenem Marmor, dunkel gefärbt von altem Blut. Daesra setzt mich darauf ab – der hüfthohe Stein ist kalt unter meinen Schenkeln – und beginnt, meine Hände mit seinem roten Lieblingsseil zusammenzubinden.

Mein Herzschlag beschleunigt sich. Ich lecke mir über die Lippen. «Was machst du da? Ich hoffe, du fesselst mich nicht, um mich hinzurichten?»

Der Daemon knüpft aus dem Rest des Seils eine Schlinge, die er um den Hals des Gottes wirft, dann zurrt er es fest, um meine Arme über meinen Kopf zu ziehen – der Rest meines Körpers folgt, bis ich aufrecht auf dem Altar stehe. Nachdem er das Seil befestigt hat, sind meine Hände ungefähr dort, wo sich das Herz des Gottes befinden würde. Daesras Kopf befindet sich auf Höhe meiner Hüften. Er blickt durch seine dunklen Wimpern zu mir auf, seine Augen sind unglaublich rot.

Ein Schauer durchfährt meinen ganzen Körper, von der Kälte, der Nervosität und etwas noch Köstlicherem, das sich in meinen Gliedern ausbreitet.

«Jetzt, kleine Hexe», sagt er mit tiefer Stimme, «werde ich dich auf jede erdenkliche Weise auf diesem Altar ficken, bis du meinen Namen so laut schreist, dass *dieser* Mistkerl es hören kann.» Er hebt den Kopf in Richtung der Statue, zeigt mit seinen Hörnern auf sie.

Mein Magen schlägt wilde Saltos, noch bevor Daesra mein Gewand komplett zerreißt. Ja, ich bin gewissermaßen eine Opfergabe auf Skys Altar. Praktisch nackt und gefesselt und zitternd vor freudiger Erwartung.

Aber ich stehe auch dort, wo der Gott selbst steht, und ich greife nach seinem Hals.

Ebenfalls passend.

Der Daemon grinst zu mir hoch, spreizt meine Beine mit kräftigen Händen und beugt sich zu dem Punkt vor, an dem sich meine Schenkel treffen. Sein Atem ist heiß auf meiner Gänsehaut, und seine Worte ... und dann seine Lippen ... streichen flüsternd über meine zarteste Stelle. «Aber zuerst werde ich an einem anderen Altar beten.»

8

Wir befinden uns immer noch in den Tunneln, als wären wir nie weg gewesen. Es stürzt nicht länger eine Wasserflut auf uns zu, doch von meinem Hochsitz in Deos' Armen fällt mir etwas anderes ins Auge und zieht meine Aufmerksamkeit sogar von einer *solchen* Erinnerung auf sich.

Und zwar Daesra. Räuspernd wendet er sich leicht von mir ab und löscht abrupt die Flamme, die unseren Weg erleuchtet hat, allerdings nicht bevor ich die Wölbung unter dem schwarzen Stoff gesehen habe, der seine Leiste bedeckt.

«Nun, das ist peinlich», murmelt er. Ich höre, wie er sich unter seiner Robe richtet.

Ich muss grinsen, obwohl ich nach dem, was ich gerade gesehen habe, selbst mehr als nur ein wenig feucht bin – und zwar nicht allein von dem Wasser, das uns beinahe ertränkt hätte. «Offenbar hast *du* dich daran erinnert, dass du mich einst zumindest ein wenig gemocht hast.»

Aber nein, ich bin wieder einmal diejenige, die eine Lektion erhält, als die Flamme wieder aufleuchtet. Sein absolut tödlicher Ausdruck erinnert mich recht eindrücklich daran, dass er der daemonische Sohn von Sea ist, dem Gegenpart des höchsten Gottes. Seine lodernden roten Augen brennen mir das hämische Grinsen sofort aus dem Gesicht. Er sagt nichts, doch sein Blick genügt schon.

Und *ihn* habe ich zu dieser Prüfung herausgefordert? *Ihn* habe ich gebunden? Es war schon schlimm genug, bevor ich wusste, wer sein göttlicher Elternteil war. Jetzt verstehe ich besser als je zuvor, dass das Einzige, was ihn daran hindert, mich zu töten oder in einem dunklen Loch verrotten zu lassen, die seltsamen Regeln dieses Labyrinths sind. Mein Vergangenheits-Ich muss wahnsinnig gewesen sein, uns beide hier einzusperren.

Meine Stimme klingt höher, als mir lieb ist. «Hast du nicht gewusst, was wir im Spiegel sehen würden?»

Die Spiegel tauchen immer als Antworten auf Fragen auf, die ich nicht stellen wollte – Antworten, die Daesra bereits gekannt zu haben scheint. Es wäre schon unheimliches Glück, wenn der Spiegel mir diesmal nur zufällig meine Frage zu seiner Abstammung beantwortet hätte – die er mir zuvor ausdrücklich *nicht* offenlegen wollte.

Vielleicht ist das Labyrinth tatsächlich wütend, weil er mich gefangen genommen hat. Ich hoffe, ich kann mich darauf verlassen.

Sein ausdrucksloser Tonfall verdeckt den offensichtlichen Zorn, der immer noch unter der Oberfläche brodelt. «Nein, aber ich konnte raten. Bei der vorherigen Erinnerung hatte ich eine genauere Vorstellung, weil es nach der ersten nur diese sein konnte. Oder besser gesagt, nach der *letzten*, da sie in der Zeit rückwärts zu gehen scheinen. Jetzt könnten mehr Überraschungen folgen. Ich habe keine Kontrolle darüber, was das Labyrinth dir zeigt.» Das scheint ihn zu ärgern.

«Du könntest mir auch einfach alles erzählen, was du weißt, und uns beiden die Unannehmlichkeiten ersparen», schlage ich bitter vor, obwohl ich weiß, dass er das nicht tun wird.

«Wenn ich in Spendierlaune bin, werfe ich dir vielleicht ein paar Häppchen zu», sagt er und scheint sich etwas zu entspannen, nun, da dies wohl auch andere Teile von ihm tun. «Allerdings bist du in letzter Zeit nicht sehr folgsam, also fehlt es mir gerade an Großzügigkeit.»

«Wer behandelt jetzt wen wie ein Haustier?», presse ich durch die Zähne hindurch.

Grinsend tätschelt er mir den Kopf, und ich ziehe ihn knurrend weg.

«Welch wilde kleine Hexe du doch bist», sagt er.

«Ich hasse dich», spucke ich ihm mit dem ganzen Gift in mir entgegen.

«Ich versichere dir, das Gefühl beruht auf Gegenseitigkeit.»

Das bezweifle ich nicht. Die Tage, an denen er mich so angesehen hat wie in dieser Erinnerung, sind vorbei. Aber ich weiß auch, dass da noch etwas zwischen uns ist, nicht vollständig tot und begraben, wie er gerade bewiesen hat. Ich spüre es auch, das muss ich zugeben – dasselbe habe ich kurz gefühlt, als wir als heftig verliebte Statuen posierten. Eine Art brennender Funke, der uns überhaupt erst zusammengeführt hat, wann und wo auch immer das war.

Wahrscheinlich ist es am besten, wenn wir beide es ignorieren und einander einfach weiter hassen. Das macht meine Aufgabe sicherlich leichter. Obwohl … wenn *er* sich wieder in unserem Feuer verfängt, könnte ihn das ausbremsen. Vielleicht genug, damit ich ihm entkommen und als Erste im Zentrum des Labyrinths sein kann. Letzten Endes muss ich ihn irgendwie ablenken. Jeden Vorteil ausnutzen, den ich mir verschaffen kann.

Darüber grüble ich nach, während unsere kleine Gruppe weiterzieht. Schon bald kann ich ein Licht vor uns sehen, das nicht von Daesras Flamme stammt. Wir erreichen eine runde Kammer mit einem tiefen, kreisförmigen Becken in der Mitte, eher eine unterirdische Zisterne, mit Tunneln, die wie die Speichen eines Rades rundherum von ihr abgehen. In der hohen gewölbten Decke befindet sich ein Rundfenster, durch das ein Lichtstrahl in die Mitte des Beckens fällt, doch seltsamerweise scheint der Großteil der Beleuchtung der Kammer vom Wasser selbst zu kommen. Die

Zisterne ist so tief, dass ich ihren Boden von unserem Standpunkt aus nicht sehen kann, und sie leuchtet in einem hellen Türkis, als würde sich in ihrem Inneren ein Licht befinden. In der Mitte des Beckens erspähe ich einen Steinsockel, dessen Oberfläche ein Stück unter dem Wasserspiegel liegt und von der Lichtsäule erleuchtet wird, als wäre er die Achse dieses seltsamen Rades. Wurzeln bedecken die halbe Decke und baumeln über den Rand der Zisterne ins Wasser, aber zum Glück befinden sie sich auf der anderen Seite des Raumes. Allerdings müssen wir wahrscheinlich dort hindurch, um weiterzukommen.

Vorsichtig bewegen wir uns alle auf den Beckenrand zu. Sogar Pocli ist wachsam, versucht hineinzuschauen, ohne zu nahe heranzugehen, lehnt sich auf seinen Krallen zurück und streckt sein Hinterteil mit dem Ringelschwanz heraus, als könnte das Wasser ihn hineinziehen. Ich kann mir ein Lächeln nicht verkneifen, bevor ich meine Aufmerksamkeit auf etwas anderes richte. Als wir uns nähern, kann ich den Grund der Zisterne erkennen, sie ist so tief wie etwa fünf oder sechs übereinanderstehende Menschen. Und es sieht so aus, als befänden sich Menschen *da unten*. Aber nein, es sind nur Statuen, stelle ich erleichtert fest, die dort auf einem Haufen liegen, als wären sie hinuntergestürzt ... oder geworfen worden. Sie bewegen sich nicht. Einige von ihnen sehen sogar so aus, als wären sie halb im Boden versunken, als wären sie nicht in Stein, sondern in Schlamm versunken. Der Anblick ist unheimlich, aber irgendwie auch schön, denn das Licht des türkisfarbenen Wassers lässt den blassen Marmor fast silbern schimmern.

Silbern, denke ich.

Den äußeren Rand der Zisterne säumen ein paar Steinstufen, die in konzentrischen Ringen ins Wasser hinabführen, bevor die Wand steil abfällt. Als wollten sie zum Eintreten einladen.

Ich fühle mich mehr als eingeladen. Vielleicht habe ich sogar einen Plan.

«Daesra, bitte, erlaube mir, mich zu waschen. *Bitte.*» Jetzt macht mir das Flehen nichts aus. Trotz der Flut, die uns beinahe erwischt hat, bin ich immer noch dreckig – mit so viel Schmutz, altem Schweiß, getrocknetem Blut und Chimärenspucke bedeckt, dass ich fast alles für ein kurzes Bad geben würde, selbst meine Würde. Ich muss meine Hände nicht einmal bittend zusammenlegen. Sie sind bereits so aneinandergebunden.

Er wirkt erst, als wollte er es mir verwehren, doch dann betrachtet er meinen Zustand genauer. «Ich schätze, es lässt mich ehrlos erscheinen, wenn meine Gefangene so aussieht. Außerdem hast du *so* nett gefragt, und so gefesselt kannst du ohnehin nicht abhauen.»

Mein Ausdruck wechselt in kurzer Folge von flehend über mürrisch zu fassungslos. «Warte, du willst mich nicht einmal lange genug losbinden, damit ich mich waschen kann?»

«Hast du meine Großzügigkeit mit Dummheit verwechselt? Ich helfe dir beim Waschen.»

Beim Gedanken daran, dass er mich berührt, spüre ich ein seltsames Gefühl im Bauch.

Es wird direkt wieder erdrückt, als er hinzufügt: «Obwohl ich fast geneigt bin, dich einfach in die Tiefe zu werfen und dabei zuzusehen, wie du zu den Statuen auf den Boden sinkst.»

Ich werfe den Kopf zur Seite. «Vielleicht möchte ich dann doch nicht rein.»

Seufzend bedeutet er Deos vorwärtszugehen. «Setz sie auf die Stufen und wirf sie *nicht* rein.»

Ich bezweifle, dass Deos den Befehl sonst befolgen würde, auch wenn ich es nicht mit Sicherheit sagen kann. Und fragen kann ich ihn ja auch nicht. So sanft wie immer setzt mich die Statue im Wasser ab, bevor sie vom Rand zurückweicht, als ob auch sie ihm nicht zu nahe kommen will. Ich kann es Deos nicht verdenken, wo doch die anderen Statuen dort am Grund liegen. So gut er sich auch bewegen kann, obwohl er aus Marmor besteht, ich bezweifle sehr, dass er schwimmen kann. Pocli steht besorgt am Rand und winselt. Er kann sicherlich ebenfalls nicht schwimmen, wenn man bedenkt, wie schlecht er die Überschwemmung im Tunnel verkraftet hat.

Als das kühle Wasser meine Beine und Hüften bedeckt, seufze ich verzückt. Ich lasse mich weiter hineinsinken, sodass es über meine Brüste, meine Achseln und meinen Hals reicht, bis ich merke, dass der einst weiße Stoff meiner Tunika fast durchsichtig geworden ist. Für einen kurzen Augenblick flackert Verlegenheit in mir auf, aber ich kann nicht viel daran ändern. Außerdem hat Daesra mich wahrscheinlich schon öfter nackt gesehen, als ich zählen kann. Ich frage mich, ob mein Anblick ihn vielleicht sogar *fernhält*. Es gibt mehr als einen Weg, seine Gefühle für mich zu nutzen, ob sie nun auf Anziehung oder Abscheu beruhen – oder vielleicht auch auf beidem.

Aber Daesra nähert sich und hockt sich direkt neben mich, schiebt seine Finger unter den Halsausschnitt meiner Tunika und streift meinen Nacken auf so beiläufige, vertraute Weise, dass meine Haut vom Kopf bis zu den Zehen kribbelt. Dabei greift er nur eine Handvoll des Stoffes. «Wenn du den Kopf untertauchen willst, halte ich dich», sagt er.

Sofort tauche ich das Gesicht ins Wasser, nicht zuletzt, um die Hitze in meinen Wangen zu lindern. Unter Wasser öffne ich die Augen, aber auch von hier aus kann ich nicht mehr sehen als vorher. Ich schüttle mein Haar aus, so gut ich kann. Zu meiner völligen Überraschung spüre ich, wie Daesra seine andere Hand ins Wasser taucht, um meine Kopfhaut zu massieren. Offensichtlich kann ich das selbst nicht tun, aber ich verstehe trotzdem nicht, warum er sich die Mühe macht, wenn er mich doch so sehr hasst. Es fühlt sich so gut an, dass ich so lange wie möglich unter Wasser bleibe. Leider muss ich atmen.

Als ich wieder hochkomme, streicht er mir die klatschnassen Haare aus dem Gesicht. Ich versuche auszublenden, wie angenehm es sich anfühlt, wenn seine Nägel an meiner Schläfe und hinter meinen Ohren entlangfahren, um die nassen Strähnen wegzuschieben.

Ich danke ihm nicht, denn meine Kehle ist so eng, dass ich meiner Stimme nicht traue. Seine Berührung fühlt sich vertrauter an als vor den Erinnerungen. Ich frage mich, ob es ihm genauso geht oder ob er trotz seines Hasses immer so für mich empfunden hat. Ob er sich immer daran erinnert hat.

Ich nehme an, dass es das mit meinem Bad bereits gewesen ist – und es war schon viel mehr, als ich dachte –, aber dann greift er ins Wasser, um ein loses Ende meiner Tunika in die Hand zu nehmen. So gut es geht, drückt er den Schmutz heraus, streicht damit über meine Stirn, meine Wangen und meinen Hals, um mich sanft zu reinigen. Als er bei meinen Schultern und Oberarmen ankommt, kann ich mir ein genüssliches Stöhnen nicht verkneifen.

«Ich weiß nicht, warum du so nett zu mir bist», sage ich mit halb geschlossenen Augen.

«Bin ich nicht. Ich bin eher nett zu mir, da du wirklich abartig dreckig bist.»

Den letzten Teil ignoriere ich. «Na jedenfalls, danke. Und danke, dass du mich und Pocli vor der Flut gerettet hast.» Während er mich wäscht, schweige ich einen Moment, allerdings nicht lang. «Wenn deine Mutter – die Gottheit, meine ich, die auch irgendwie dein Vater ist – jetzt also Sea ist, heißt das, dass du immer noch eine Vorliebe für Wasser hast?»

«Eigentlich hasse ich es inzwischen, auch wenn ich teils noch meine frühere Fähigkeit besitze, es zu kontrollieren.» Er lächelt, als ich überrascht zu ihm hochschaue. «Ich treibe nicht unbedingt oben, und Hufe geben nicht die besten Paddel ab.» Er zeigt auf die

Stelle, an der sie fest auf dem Stein stehen, unter den angespannten Muskeln seiner gebeugten Beine, und mein Blick bleibt daran hängen. «*Die* habe ich nicht von Sea, wie du gerade erfahren hast. Ich gehe schnell unter, also ist es die Mühe nicht wert.»

Mein frisch gekeimter Plan beginnt zu wachsen.

«Ich bin nicht sicher, wie es bei Stieren ist, aber können Pferde nicht sehr gut schwimmen?», frage ich, nur um ihn am Reden zu halten. Außerdem will ich die Gelegenheit nicht verstreichen lassen, ihn mit einem Tier zu vergleichen.

«Ihre großen Lungen halten sie über Wasser. Es ist, als hätte die Natur sie mit riesigen Luftblasen ausgestattet.»

«Und *dich* hat sie mit Muskeln und einem sehr dicken Schädel ausgestattet.» Mit einem schamlosen Blick betrachte ich ihn von den Hörnern bis zu den Hufen.

Daraufhin spritzt er mir einfach Wasser ins Gesicht. Aber kurz bevor er das tut, sehe ich, wie sein Mundwinkel zuckt.

Ich kann mir ein Lachen nicht verkneifen und wische meine Wange an meiner Schulter ab. «Also hast du doch eine Schwäche», sage ich neckisch. «Wasser.» Besser, man bringt die Beobachtung direkt ans Tageslicht und macht sich entwaffnend darüber lustig, als sie auffällig zu ignorieren, sodass sie modert und zu riechen beginnt. «Ich hoffe, du badest *ab und zu*», füge ich noch hinzu.

«Ich habe nur gesagt, dass ich es hasse, nicht, dass ich es nicht berühren würde. Das tue ich offensichtlich.» Er plätschert mit den Fingern auf der Oberfläche des Wassers, wodurch Wellen entstehen, die gegen meine Brüste schlagen. «Ich kann es immer noch gut genug manipulieren, wie du gerade erst gesehen hast.»

Ich spüre – und sehe –, wie meine Brustwarzen hart werden, und das kommt nicht von der Kühle des Wassers, an die ich mich bereits gewöhnt habe. Vielleicht liegt es daran, dass die Berührung des Wassers sich wie eine Fortsetzung von Daesras anfühlt.

Doch es ist mir jetzt nicht peinlich. Es kann nicht schaden, wenn er es merkt. Ich spüre sogar ein Glühen der Befriedigung, als sein roter Blick zu den offensichtlichen Stellen unter dem fast durchsichtigen Stoff meiner Tunika wandert, der sich an die Rundung meiner Brüste schmiegt.

«Und selbst *wenn* ich untergehe», fügt er hinzu, wobei er leicht abgelenkt klingt, «kann ich sehr lange den Atem anhalten.» Er schürzt die Lippen. «Ich nehme an, das habe ich von Sea geerbt – eine weitere Sache, die ich bei meiner Verwandlung nicht verloren habe, genauso wie die unmenschliche Färbung meiner Haut. Aber vielleicht ist es auch einfach meine natürliche Widerstandsfähigkeit.»

Ich ertappe mich dabei, wie ich auf diese Lippen starre und mir vorstelle, wie es wäre, sie genau jetzt zu küssen. Ich schüttle die Vorstellung ab. Warum, im Namen der Götter, lasse ich meine Gedanken so abschweifen, während ich versuche, ihn zu betören? Da war die Erinnerung, die ich gerade durchlebt habe, ja, aber das war für uns beide praktisch ein anderes Leben, so frisch sie sich auch anfühlte. Ich darf mich nicht in solchen Gedanken an ihn verlieren, zumindest nicht so sehr, dass ich meinen Plan vergesse.

Wenigstens wird mein verweilender Blick meinen kleinen Auftritt noch glaubhafter machen.

«Jetzt hatte ich auch genug Wasser, aber vielen Dank für das Bad», sage ich aufrichtig und sehe ihm in die Augen.

Er blinzelt mich leicht überrascht an. Erfreut. «Gern geschehen.»

Kokett senke ich den Blick. «Da wäre noch ein Gefallen, den du mir tun könntest.» Ich lasse die Worte gerade genug einsinken, dass sein Mund – sein sinnlicher Mund – sich skeptisch verzieht. «Hilfst du mir, hier herauszukommen, bitte?» Kurz hebe ich meine Hände, die in flehender Haltung gefesselt sind.

Sein Misstrauen verwandelt sich in Belustigung, sein Blick wird so weich, wie ich ihn noch nie gesehen habe – zumindest nicht in der Gegenwart. Fast fühle ich mich schuldig. Denn während er aufsteht und ich mich kurz außerhalb seiner Reichweite befinde, bevor er sich vorbeugen kann, um mich hochzuheben, stoße ich mich von der Treppe ab und stürze mich ins tiefere Wasser. Er kann mich nicht rechtzeitig packen, auch wenn er es versucht. Seine Hand greift nach mir, aber er erwischt nur Luft und ein paar Strähnen meines Haares, das dank ihm weitgehend an meinem Kopf und meinen Schultern klebt.

«Pocli, komm!», rufe ich, aber überraschenderweise ist die kleine Chimäre mir bereits ins Wasser nachgesprungen. Ich frage mich wieder, ob sie schwimmen kann, aber vielleicht sollte ich mich zuerst um mich selbst sorgen.

Daesras donnernder Schrei zerreißt die Luft. «*Sadaré*!»

Oh, ist er zornig unter der Überraschung. Und sogar ein wenig besorgt.

Schließlich sind meine Hände und Beine komplett *gefesselt*. Ich erwarte, dass mich jeden Moment seine Kraft erfasst und zurückzieht. Da ich viel zu schnell unter die Oberfläche sinke, beiße ich mir kräftig in den Oberarm und heiße den Schmerz willkommen.

Und doch bringt er mir nichts. Meine Fesseln wollen sich nicht lösen. Das Wasser antwortet nicht auf meinen Ruf.

Ich habe keine Zeit, mich darüber zu wundern. Auch so kann ich einigermaßen schwimmen, selbst wenn mein Kopf häufiger unter Wasser ist als nicht, während ich herausfinde, wie ich meinen Körper richtig bewegen muss. Im Gegensatz zu Daesra bin ich eine gute Schwimmerin, auch wenn ich nicht mehr weiß, warum. Und wenn meine Macht hier keine Wirkung hat, gilt das vielleicht auch für seine.

Mein Plan ist immer noch verrückt und verzweifelt – eine

schwache Hoffnung, die auf einer Ahnung beruht. Vor allem muss das Labyrinth mitspielen, damit ich ihm entkommen kann. Mit offenen Augen kann ich jetzt bis zum Grund des Beckens sehen und erkenne, was das Wasser zum Leuchten bringt.

Ich entdecke genau das in der Tiefe, was ich vermutet habe, verborgen hinter halb versunkenen Statuen.

Einen Spiegel.

9

Genau wie ich zuvor kann Daesra den Spiegel in den Tiefen der Zisterne von oben nicht sehen. Ich muss nur dorthin gelangen, ohne zu ertrinken, und dann könnte er mich von Daesra wegbringen, bevor dieser merkt, wohin ich verschwunden bin. Wenn das Labyrinth hinter mir zusammenbricht, ist das nicht mein Problem. Was auch immer mich auf der anderen Seite des Spiegels erwartet, allerdings schon, und ich hoffe, es wird nicht zu schlimm sein, vielleicht als Ausgleich für Daesras Betrug. Vorausgesetzt, das Labyrinth schert sich überhaupt darum, ob wir getrennte Wege gehen.

Alles ist besser, als die untätige Gefangene des Daemons zu sein. Zumindest hoffe ich das. Immerhin hat er mir öfter das Leben gerettet, als ich zugeben möchte. Aber er hat mein Leben auch bedroht und in Gefahr gebracht, und er will mich einem Monster opfern.

Ich brauche nur einen Moment auf dem Sockel im Zentrum, um einmal tief durchzuatmen und mich zu orientieren, bevor ich hinuntertauche. Mit etwas Glück habe ich auf der anderen Seite des Spiegels Zeit, irgendwie meine Fesseln loszuwerden. Und wegzulaufen. Wenn der Daemon das Wasser so sehr hasst, wie ich annehme, wird er mir vielleicht nicht einmal folgen.

Trotzdem erwarte ich halb, dass er mir jeden Moment in das Becken hinterherspringt, wenn er seine Macht nicht nutzen kann, um mich zu ergreifen. Aber er tut es nicht. Und Deos würde einfach untergehen.

Als ich auftauche, läuft Daesra wütend fluchend am Beckenrand auf und ab, während sein Schwanz hinter ihm umherpeitscht. Ich habe den Sockel fast erreicht, Pocli ist ganz in meiner Nähe. Die kleine Chimäre schwimmt eigentlich recht munter vor sich hin, ihre volle Mähne scheint ihr zu helfen, das flache Gesicht aus dem Wasser zu halten, und allem Anschein nach sind ihre Flügel nicht völlig nutzlos, denn sie kann dank ihnen über Wasser bleiben und vorwärtskommen. Vielleicht sind es eher Entenflügel als die eines Huhns. Die Flut war einfach zu viel für Pocli, wie sie es auch für fast jeden anderen gewesen wäre, außer für Daesra.

Dieses Wasser scheint den Daemon jedoch schachmatt gesetzt zu haben.

«Sadaré!», schreit Daesra wieder in warnendem Tonfall. «Dieses Wasser ist seltsam. Es entzieht mir meine Macht, wie die Wurzeln. Ich kann es weder manipulieren noch dich mit meiner Kraft herausziehen oder das Gestein, das es berührt, formen, um dich *hinauszuheben*. Glaub mir, ich habe alles davon gerade versucht. Du solltest nicht dort drinnen sein.»

Welch unglaubliches Glück. Vielleicht habe ich das dem Spiegel zu verdanken, dessen Seltsamkeit die Zisterne durchflutet. Mein Plan wirkt plötzlich wesentlich weniger schwach, wenn auch genauso nass wie zuvor.

«Natürlich glaubst *du*, dass ich nicht hier drinnen sein sollte», keuche ich, nicht zu atemlos für Sarkasmus, während ich die steinerne Plattform erreiche, die sich hüfttief im Wasser befindet und durch das Rundfenster darüber angestrahlt wird. Nach Atem ringend gehe ich mit meinen gefesselten Beinen in die Hocke, um tiefer im Wasser zu bleiben, falls ich dem Daemon so besser entkommen kann. Von hier aus kann ich den Spiegel recht gut erkennen, wie er dort in den silber-blauen Tiefen wogt.

«Es ist wirklich hübsch», sage ich laut.

Daesra unterbricht seine Schritte und sein Fluchen lange genug, um herrisch zu fragen: «*Was* denn?»

«Das Wasser», sage ich schnell und merke, dass es stimmt.

«Es *will*, dass du das denkst. Sadaré, hör mir zu. In Sümpfen gibt es Pflanzen, die einen Nektar produzieren, um Insekten anzulocken, sie zu verspeisen und langsam zu verdauen. Sieh dir die Statuen an. Ich glaube, dieses Becken ist eine Fortsetzung der Wurzeln, oder zumindest von ihnen verdorben.» Er fuchtelt in Richtung des Wurzelvorhangs an der Wand hinter mir, dessen Ranken tief in das Wasser hängen. «Oben haben sie uns nicht zu packen bekommen, also haben sie gewartet, bis wir tiefer gewandert und auf ihre nächste Falle gestoßen sind.»

«Bezeichnest du mich gerade als Fliege?», frage ich kichernd und sehe ihn dann aus zusammengekniffenen Augen an. «Wenn ich mich so umsehe, bist du das Einzige, was einer Spinne gleichkommt, also bleibe ich lieber hier drüben.» Was nicht so richtig Sinn ergibt, da er etwas Albernes über eine *Pflanze* gesagt hat, die mich fressen will, nicht über eine Spinne, aber ich denke, er wird es schon verstehen.

Gab es nicht noch etwas anderes, was ich tun sollte, als hier zu hocken? Ich küsse Pocli zwischen die Stummelhörner, während ich versuche, mich zu erinnern, und die kleine Chimäre leckt mir die Wange. Sie scheint erfreut darüber, mit mir zu schwimmen. Wenn Daesra sich nur entspannen und mitmachen könnte.

«Komm schon, Spinne!» Ich nehme einen Schluck Wasser und spucke es in seine Richtung. «Komm rein und hab ein bisschen Spaß mit mir.» Ich grinse ihn böse an und wackle mit dem Hinterteil, sodass um mich herum kleine Wellen entstehen. «Wir könnten eine *Menge* Spaß haben.»

Jetzt sieht der Daemon mich besorgt aus großen Augen an. «Ich glaube, das Wasser nährt sich von dir. Du verlierst den Verstand. Und zwar schnell.» Allmählich klingt er etwas verzweifelt.

«*Denk nach*, Sadaré. Das Letzte, was du wolltest, war, dass ich dir in dieses Becken folge, weißt du noch? Keine Ahnung, was genau dein schwachsinniger Plan war, aber das war es nicht.»

Unbekümmert zucke ich mit den Schultern und spucke ihm noch mehr Wasser entgegen.

«Götter, hör auf, es zu *trinken*», schnauzt er und fährt sich mit der Hand über das Gesicht. «Natürlich war ich so dumm, dich da reinzulassen. Jetzt benutzt es dich, um mich hineinzulocken. *Ich* wollte doch gar kein gottverdammtes Bad.»

«Aber *mich* willst du doch?», frage ich.

Er grinst mich spöttisch an. «Wie typisch für dich, dass du wieder den Köder spielst. Was glaubst du, was passiert, wenn dieses Ding seine Krallen in mich schlägt?»

Den Köder. Wann habe ich den schon einmal gespielt? Dann erinnere ich mich daran, wie ich ihn ekstatisch geritten habe. Wie ich ihm aufgetragen habe, die Augen zu schließen. Mir die Kehle aufgeschlitzt habe, um ihn zu binden. Nun, in der Gegenwart, schmerzt die Erinnerung wie ein Schnitt.

«Es tut mir *leid*», rufe ich aus und versuche mühsam, auf dem hüfttiefen Sockel aufzustehen. Mit den gefesselten Gliedmaßen benötige ich einige Anläufe, doch dann drehe ich ihm in der Lichtsäule das Gesicht zu. Wasser tropft an mir herab, aber nicht nur das. Tränen laufen mir über die Wangen, während Pocli fröhlich im Kreis um mich herumschwimmt. «Es tut mir leid, was ich dir damals angetan habe.»

«Es tut dir nicht leid», blafft Daesra, «denn du würdest es wieder tun. Was du jetzt gerade fühlst, ist bloß uneingeschränkte Schuld. Sobald du *verdammt noch mal da rauskommst*, wird dein hinterhältiger kleiner Verstand jegliches Gewissen, das du besitzt, zweifellos wieder unterdrücken.»

«Das stimmt nicht!», schreie ich und schluchze erstickt. «Ich meine es ernst. Sag mir, dass du mich nicht hasst.»

«Ich hasse dich nicht.» Sein Knurren straft seine Worte Lügen. «Zufrieden?»

«Doch, tust du, und nein, bin ich nicht.» Ich zögere. «Findest du mich wenigstens schön?» Das Licht lässt das Rot meiner Haare auflodern und die Tropfen auf meiner blassen Haut glitzern, es lässt mich strahlen. Mein Körper ist unter der nassen Tunika deutlich zu erkennen, meine Brustwarzen zeichnen sich als dunkle Kreise unter dem weißen Stoff ab.

Er kratzt sich förmlich über das Gesicht. «Ich kann nicht glauben, dass du das gerade tust.»

«Sag mir die Wahrheit.»

«*Ja*, Sadaré, du bist wunderschön.»

«Du hast meine vorherige Frage nicht beantwortet: Willst du mich?»

«Ich will dich auf jede erdenkliche Art, auf die ich dich haben kann, aber vor allem will ich dich *hier bei mir*.»

«Sag mir, dass du mir verzeihst. *Bitte*», flehe ich. «Ich muss es hören. Ich muss wissen, dass du es so meinst.»

Der Daemon holt tief Luft und setzt eine ruhige Miene auf, sein Tonfall ist plötzlich sanft. «Komm zurück, und ich sage es. Schau, ich werde dir sogar helfen.» Er hebt eine Faust, und als er die Finger spreizt, läuft Blut aus seiner Handfläche, das aus dieser Entfernung schwarz aussieht. Er muss sich die Nägel tief ins Fleisch gebohrt haben. Das rote Seil löst sich von meinen Handgelenken und Fingern, gleitet ins Wasser und treibt auf der Oberfläche. So viel Aufwand für so eine Kleinigkeit – das Wasser muss ihm starken Widerstand entgegensetzen, obwohl ich schon halb daraus aufgetaucht bin, doch das Seil ist völlig durchnässt. Nur *ist* es keine Kleinigkeit, nicht wahr? Der Anblick meiner ungefesselten Hände rüttelt etwas in mir wach, gerade als Daesra flehend die Hand nach mir ausstreckt. «Komm zurück zu mir, Sadaré. Ich werde dir nicht böse sein, weil du abgehauen bist, versprochen.

Und ich werde dir verzeihen, was du in der Vergangenheit getan hast. Schwimm zu mir, und ich beweise es dir.»

Die Fesseln an meinen Beinen kann er durch das Wasser hindurch wohl nicht erreichen, aber schon mit den freien Händen wäre es ein Leichtes, zu ihm zurückzuschwimmen – wenn ich denn glauben würde, was er mir verspricht. Aber das tue ich nicht. Ich könnte jetzt auch meine Beine losbinden, mit Pocli ins Wasser springen und zu dem Spiegel tauchen, an den ich mich gerade wieder erinnere.

Aber ich tue nichts von alledem. Stattdessen schöpfe ich Wasser in meine Handflächen, spritze es mir ins Gesicht und lache vor Freude. «Danke!»

Daesras frustrierter Schrei hallt laut durch den Raum. «Komm sofort zurück, sonst schwöre ich bei den Göttern, dass ich zu dir komme und dich da rauszerre.»

«*Das* klingt schon eher nach dir. Du magst die Jagd, nicht wahr?» Ich grinse und locke ihn mit einem Finger heran. «Komm und hol mich.»

Mit langen Schritten seiner Hufe tritt er einige Meter von der Zisterne zurück, seine Stimme klingt tief und gefährlich. «Möglicherweise magst du mich nicht mehr, wenn ich das tue.»

«Ich mag dich jetzt schon nicht.» Ich fange so heftig an zu lachen, dass ich mit den Armen rudern muss, um auf meinen gefesselten Beinen im hüfthohen Wasser aufrecht zu bleiben. «Das ist so lustig, oder? Ich mag dich, aber auch *nicht*.»

Mit einem wütenden Knurren nimmt der Daemon Anlauf und springt mit seinen kräftigen Beinen vom Beckenrand. Mit einem einzigen Satz überwindet er den tiefen Bereich und landet explosionsartig neben mir auf dem Sockel. Sofort greift er mit einer Hand nach dem losen Seil, das auf dem Wasser schwimmt, mit der anderen packt er meine Handgelenke und zieht mich mit einem Ruck an seine Seite.

Mit gebeugten Knien hüpfe ich hoch und ramme ihm meinen Kopf gegen das Kinn. Sein Kopf schnellt zurück. Während er noch benommen ist, beiße ich so fest ich kann in seine Hand, spüre, wie seine Haut nachgibt und meine Zähne auf den Knochen treffen. Er schreit auf und lässt mich reflexartig los.

Ich weiß nur, dass ich nicht zulassen kann, dass er mich mitnimmt. Aber wohin mitnimmt? Jedenfalls nicht fort von hier.

Als er wieder nach mir schnappt, werfe ich mich auf ihn statt von ihm weg, ziele mit den Fingern auf seine Augen und überrumple ihn. Er weicht nur knapp aus, aber ich erwische ihn an der Wange und ziehe tiefe Kratzer über sein Gesicht. Der Anblick lässt mich aus irgendeinem Grund innehalten, lange genug, dass er wieder nach meinem Arm greifen kann.

«Verdammt noch mal, Sadaré!», schreit er und schüttelt mich. «*Versuchst* du, mich zur Weißglut zu treiben?» Grimmig blickt er auf mich herab, ein Knurren in seiner Kehle. Doch dort, wo seine Hand mich festhält, massiert sein Daumen mein Fleisch, als könnte er nicht widerstehen, mich zu berühren.

Das wirkt nicht gerade fuchsteufelswild. Zumindest nicht nur. Die Spannung zwischen uns ist spürbar, wie damals, als wir als Statuen posiert haben – nur dass wir uns jetzt beide frei bewegen können.

Der Kratzer in seinem Gesicht ist bereits verheilt, aber eine Träne aus dunklem Blut läuft immer noch in Richtung seines Kiefers. Plötzlich erinnere ich mich: ein Spritzer leuchtend roten Blutes auf seinem Gesicht. Meins, als ich ihn gebunden habe. Aber anstatt mich deswegen wieder schlecht zu fühlen, worauf ich keine besondere Lust habe, denke ich lieber daran, was wir gemacht haben, *bevor* ich ihn gebunden habe.

Auf jeden Fall nicht gekämpft.

Langsam hebe ich die Hand, wie ich es bei einem wilden Tier tun würde. Seine roten Augen weiten sich ein wenig. Ich lege die

Hand an seine Wange und wische mit dem Daumen das Blut weg. Einen Moment lang stehen wir so da, meine Hand an seinem Gesicht, seine auf meinem Arm. Die Luft zwischen uns steht still wie ein angehaltener Atemzug.

Und dann ziehe ich mich mit aller Kraft zu ihm hoch und presse meine Lippen auf seine.

Diese wunderschönen Lippen.

Zuerst versucht er, mich wegzudrücken, allerdings nicht mit seiner ganzen enormen Kraft. Vielleicht, weil er mir nicht wehtun will. Immerhin klammere ich mich an ihn wie eine Klette.

Vielleicht ist es aber auch etwas anderes, das ihn zögern lässt.

«Sadaré», keucht er an meinem Mund. «Keiner von uns beiden will das hier wirklich tun. Diese Gefühle sind nicht deine. Das Wasser nährt sich von ...» Er bricht ab, unfähig, mich zu stoppen. Schließlich schwankt er selbst. Seine Hände stoßen mich nicht länger weg; sie halten mich fest.

«Nein, nein», murmelt er zwischen meinen wilden Küssen. «Nicht das. Nicht jetzt.» Aber er scheint den Kampf mit sich selbst zu verlieren, denn er beginnt, meine Küsse zu erwidern. Zuerst zögernd, dann mit immer mehr Inbrunst, sein Griff um mich wird fester. Und dann zieht er mich in eine Umarmung, legt seine starken Arme um mich und drückt mich an seine Brust. Seine Zunge nimmt Besitz von meinem Mund, bevor seine Hand sich in meinen Haaren verfängt, meinen Kopf zurückreißt und mich zum Keuchen bringt. Er stürzt sich geradezu auf mich, leckt und küsst mein Kinn, meinen Hals und sogar meine Brüste durch die Tunika hindurch, während er mich nach hinten beugt und mit dem anderen Arm stützt. Durch den nassen Stoff hindurch beißt er in meine Brustwarzen.

Götter, er könnte mich entzweibrechen, und ich glaube, es würde mir gefallen.

«Ja, ja», keuche ich. «Mehr, gib mir mehr.»

Er zerrt mir die Tunika von den Schultern und reißt sie bis zur Taille auf. Er packt meine nackte Brust und zieht mich an seinen Mund, als wollte er mich verschlingen. Seine Zunge, Zähne und Lippen liebkosen mich, bis ich so laut stöhne, dass es durch die Kammer hallt. Er steckt mir seine Finger in den Mund, erstickt meine Schreie, damit ich stattdessen an ihnen saugen kann. Seine andere Hand streicht unter dem Wasser über meinen Po, drückt ihn und presst meine Hüften gegen seine. Er beginnt, seine Härte an mir zu reiben.

Auch durch meine Tunika hindurch reicht das vollkommen, um die Lust in mir ansteigen zu lassen. Er ist so stark und so hart, und ich bin so bereit dafür, so *begierig*. Als er mich wieder an seine Brust drückt und mich küsst, bis mir der Atem wegbleibt, machen seine Hüften gleichmäßige kreisende Bewegungen. Ein pulsierendes Gefühl steigt von meiner Mitte auf, bis es hinter meinen Augenlidern grell aufleuchtet und ich mit zittrigen Beinen die Zehen krümme.

Er löst seine Lippen von meinen, nur um wortlos und hungrig in mein Ohr zu knurren, das Ohrläppchen zwischen seine Zähne zu nehmen und einen stechenden Schmerz durch mich hindurchzuschicken, der mich dazu bringt, mich an ihn zu pressen. Seine Finger kneten besitzergreifend meinen Po, ziehen mich enger an ihn, verursachen köstliche Reibung, während sein anderer Arm sich fester um mich legt, um mit einer suchenden Hand meinen Rock im Wasser hochzuschieben. Als er mich entblößt hat, greift er tiefer zwischen meine Beine, und ich spüre, wie seine langen Nägel *beide* Öffnungen streicheln – die verlockendste aller Drohungen. Er reizt mich, wie ich zuvor ihn.

Er lässt zwei Finger in mich gleiten, und ein Schauer der Erlösung durchfährt meinen Körper. Mehr brauche ich gar nicht. Ich gehe schneller über die Klippe, als ich es für möglich gehalten hätte, und folge seiner Aufforderung, indem ich beinahe umgehend komme. Ich schreie in seinen Mund, jeder Muskel spannt sich an, und weiß glühende Sterne explodieren in meinem Sichtfeld, blenden mich. Seine Arme umschließen mich, während ich explodiere, halten mich und ziehen mich immer näher an seine drängende Härte. Seine Lippen verschlucken meine Schreie in einem Kuss, seine Zunge leckt meine, während mich eine Welle der Lust nach der anderen schüttelt, saugt mich aus, bis ich leer bin.

Ich sacke haltlos an ihm zusammen, aber er zieht mich wieder hoch.

«Ich bin noch nicht fertig mit dir», knurrt er mir zu, und seine Augen brennen jetzt nur noch vor Lust, nicht mehr vor Hass. Ein Feuer verzehrt das andere.

«Ich will, dass du das niemals bist», flüstere ich. «Ich will das hier für immer tun. Ich will diesen Ort nie verlassen.»

In seinem roten Blick flackert Misstrauen auf. Und ein silbriges Licht, als ihm hinter mir im Wasser etwas ins Auge fällt.

«Ein Spiegel», sagt er, was für mich zuerst keinen Sinn ergibt. Und dann erinnere ich mich. Staunend starren wir einander an.

«Oh!», keuche ich.

«*Mist!*», spuckt er aus.

In diesem Moment höre ich das Geräusch von rauschendem Wasser. Es beginnt als leises, entferntes Grollen, das dann in ein erdbebenartiges Tosen übergeht. Wir drehen uns beide zu den Tunneln um und versuchen herauszufinden, aus welchem es kommt. Doch das Geräusch kommt von *überall*her.

Daesras Griff an meinem Arm wird fester. «Wir haben lange genug hier verweilt. Ich denke, wir sollten jetzt weitergehen. Abwärts.»

Ich nicke bereits hektisch, bevor er mich an den Rand des Sockels zerrt, mich durch das Wasser hebt. Meine Beine sind immer noch gefesselt, aber es bleibt keine Zeit, das zu ändern. Ich klemme mir Pocli unter den freien Arm. Daesra lässt den anderen nicht los.

«Deos!», rufe ich der Statue zu, die immer noch am Rand der Zisterne steht. Sie sieht uns immer noch mit diesem ruhigen Lächeln an – ein seltsamer Zeuge dessen, was gerade passiert ist – und bleibt reglos stehen, selbst als die Zerstörung auf seinen Rücken zurast. «Spring!»

Mehr Zeit bleibt mir nicht, bevor das Wasser mit der Kraft eines Dammbruchs aus allen Tunneln in den Raum schießt. Daesra taucht ab und zieht mich mit sich unter die Oberfläche, ehe die Strömung mich aus seinem Griff reißen kann.

Durch die Blasen kann ich den Spiegel nicht sehen. Alles um uns herum ist ein wirbelnder Strudel. Nur mit Mühe kann ich Pocli an mich drücken und Daesras tretenden Hufen ausweichen. Seine Hand ist wie ein eisernes Band an meinem Arm. Zum Glück, fällt mir ein, hat er wenig Auftrieb.

Und dann wird alles in Silber getaucht.

ZUVOR

Ich schlage die Augen in einer Halle mit Marmorsäulen und weichen Seidenvorhängen auf, das Abendlicht fällt durch die Bäume vor dem Fenster. Ich befinde mich in einem Tempel, demjenigen, den Daesra zu seinem Heim gemacht hat. Es scheint Zeit fürs Abendessen zu sein – und ich bin als Mahlzeit vorgesehen. Nackt liege ich auf einem Marmortisch in einem Bett aus Blättern, meine Haut ist mit Honig beträufelt und mein Körper mit honigsüßen Feigen verziert. Daesra hat das süßeste Festmahl aus mir gemacht. Er sieht hungrig aus, wie er am Ende des Tisches vor mir aufragt. Momentan knabbert er ausgerechnet an meinen Füßen. Er nimmt einen meiner Zehen in den Mund und beißt sanft zu, woraufhin ich mich lachend winde.

«Ah, ah», tadelt er. «Bring meine Dekorationen nicht durcheinander, sonst gibt es Ärger.»

Ich versuche stillzuhalten, während er an einem Zeh nach dem anderen saugt. Er sieht mich durch seine dunklen Wimpern hindurch an, hält meinen Blick fest, während seine Zunge, Zähne und Lippen mich auf unerträgliche Weise kitzeln. Zum Ende hin keuche und zittere ich und bin schrecklich erregt.

Gnädigerweise lässt er von meinem Fuß ab. «Ich weiß nicht, wie ich selbst deine Zehen köstlich finden kann, aber es ist so.»

Ich warte darauf, dass er mit einer anderen Stelle weitermacht.

«Und wie sieht es hier oben aus?» Ich stibitze mir eine Feige und stecke sie mir zwischen die Zähne.

Bereitwillig kommt er zu mir herum und beißt die Hälfte

der Frucht ab, wobei er meine Zunge mit seiner liebkost. «Himmlisch.» Seine Hand legt er besitzergreifend an meine Kehle.

Ich kaue und schlucke meinen Bissen herunter, bevor ich mir die Lippen lecke. «Solche Köstlichkeiten. Wie du mich verwöhnst.»

Er nimmt eins der Feigenblätter vom Tisch unter mir und platziert es an der Stelle, wo meine Schenkel aufeinandertreffen. «Vielleicht sollten wir diese spezielle Köstlichkeit lieber bedecken.»

«Warum?» Ich ziehe einen Schmollmund. «Das ist der beste Teil – wenn *du* davon kostest, meine ich.»

«Die Götter haben eine Schwäche dafür.» Er lächelt leicht, verschränkt die Arme und lehnt sich an den Tisch. «Das zeigt ihre Unvollkommenheit, sie sollten eigentlich nichts begehren. Vielleicht habe ich auch eine Schwäche dafür.» Sein Lächeln schwindet, und er begegnet meinem Blick.

Er sieht auf eine Art auf mich herunter, die mir Angst macht, jegliche Neckerei ist verschwunden. Ich weiß nicht, ob er mich ein für alle Mal loswerden oder mich vor den Augen der Welt verstecken und nur für sich behalten will. Keines dieser Extreme möchte ich erleben.

Um die Spannung zu lösen, greife ich nach einer weiteren Feige und füttere ihn damit. Er grinst.

(An diesen Moment erinnere ich mich. Wie ich ihm eine süße Köstlichkeit anbiete, während er mich auf eine Weise ansieht, die mir unvorstellbar ist.)

«Dann sollten wir auch dich mit Blättern einkleiden», sage ich, «denn ich habe schon oft gehört, dass die Götter begehren, was du hast.» Mein Blick fällt auf die Stelle unterhalb seiner Gürtellinie, und ich stöhne, weil ich weiß, welche Lust er mir bereiten kann. Um ihn ebenfalls an angenehmere Zerstreuungen zu erinnern, hebe ich das Feigenblatt an und necke ihn, indem ich ihn kurze Blicke auf mich erhaschen lasse. Ein eindeutiger Versuch, die Stimmung aufzulockern.

Er schüttelt den Kopf und sieht mich nicht an. «Keiner von ihnen will mich. Das wollten sie nie.»

«Geht es um eine bestimmte Gottheit, die du erwähnen willst?»

Nachdenklich verengt er den Blick. «Vielleicht erzähle ich dir meine Geschichte nachher. Wenn du brav bist.»

Das Warten macht mir nichts aus. Ich weiß es ohnehin schon.

«Nun, *ich* will dich», sage ich. «Und das sollte genug sein.» Ich strecke mich, biege den Rücken durch und verschiebe dabei einige Feigen, vor allem aber hebe ich meine Brüste hervor. «Ich bin überaus wichtig.»

Er kneift mir so kräftig in die Brustwarze, dass ich keuche, und klettert auf den Tisch, wo er mich bäuchlings auf seinen Schoß zieht, noch bevor ich blinzeln kann. «Wichtig und wichtigtuerisch sind zwei verschiedene Dinge. Habe ich nicht gesagt, ich würde dich bestrafen, wenn du meine Dekoration zerstörst?»

Seine Hand wirkt noch drohender als seine gesenkte Stimme, streicht zart über meinen bloßen Hintern und bringt mich zum Beben. Plötzlich fühle ich mich entblößter als je zuvor.

Atemlos sage ich: «Darauf habe ich gezählt.»

Vielleicht ist *locker* nicht die Stimmung, die wir beide gerade wirklich wollen.

«Wie wäre es, wenn du dann Folgendes zählst?» Seine Hand schnellt herunter, hart.

Von dort, wo seine Handfläche aufkommt, durchfährt mich

ein Stoß der Lust und des Schmerzes, sodass ich den Rücken durchdrücke und die Fäuste balle.
«Nicht bewegen», warnt er, und seine Hand trifft mich erneut, härter diesmal. Ich beiße mir auf die Lippe, um einen Aufschrei zu unterdrücken, genau wie den Drang, mich zu winden. Mir brennen bereits Tränen in den Augen.
Seine Finger gleiten zwischen meine Schenkel. «Schon jetzt so feucht? Ich habe den Eindruck, das ist keine richtige Bestrafung für dich. Vielleicht muss ich mich mehr anstrengen. *Zähl,* habe ich gesagt. Ich fange noch mal an.»
Die nächsten Schläge zähle ich, zwanzig im Ganzen, bis ich sie laut hinausschreie. Sie lassen mich zittern und weinen, und ich liege schlaff auf seinem Schoß wie ein abgelegter Mantel, bis die köstlichste Trägheit meinen Körper durchströmt.
Dies ist der Moment, in dem sich die Welt für mich am richtigsten anfühlt. Wenn es sich gut anfühlt, Wein zu trinken, dann stelle ich mir *so* den Geschmack des Nektars der Götter vor. Mein Verstand ist völlig leer, frei von Verwirrung und Furcht. Meine Haut besteht aus Feuer und Licht – löst sich auf. Alles, was ich bin, ist hier, genau jetzt, in diesem Moment. Und dieses Gefühl liebe ich mehr als alles andere. *Beinahe* mehr als alles andere.
Daesra dreht mich um und zieht mich an seine Brust, während er mein Haar streichelt, meine Tränen trocknet und mir beruhigende Nichtigkeiten zuflüstert. Mit diesem Ritual setzt er mich wieder zusammen. Damit ist er bestens vertraut. Er hat schnell verstanden, was ich im Anschluss brauche, und er gibt es mir ausnahmslos.
Anfangs hat er versucht, mir nicht wehzutun. Er wollte es – oh, und wie er es wollte –, doch er hat gewartet, bis ich ihn angefleht habe. Und nicht nur, weil das dem Ganzen noch

die brennende Demütigung hinzufügt, sondern weil er sicher sein musste, dass ich es wollte. Zugegeben, lange habe ich nicht gebraucht, um ihn zu überzeugen.
In der Hinsicht habe ich ihn nie angelogen.
«Danke», flüstere ich.
Er küsst meine Stirn und blickt mit unmissverständlicher Zuneigung auf mich herab. «Sehr gern geschehen, Liebste.»
Das Wort hat seine Lippen schon verlassen, bevor er es zu begreifen scheint. Bis jetzt hieß es immer *Spätzchen, Täubchen* – kleine Vögel, die er jagen kann – und zuletzt sogar *Teuerste*. Aber nie das.
Wir erstarren beide. Plötzlich versucht mein Herz, mir aus der Brust zu springen – ich kann tatsächlich sehen, wie es unter meiner honigbeschmierten Haut schlägt. Sein roter Blick ist ein wenig wild.
Genau das wollte ich doch, sage ich mir selbst. Nur warum habe ich dann solche Angst?
«Nun gut.» Sein Seufzen ist beinahe ein Knurren. Er fährt sich mit der Hand zwischen den Hörnern durchs schieferschwarze Haar und hinterlässt vermutlich Honig darin. «Dann kann ich es jetzt auch ganz sagen. Ich glaube, ich liebe dich.»
«Du klingst, als wärst du nicht glücklich darüber», flüstere ich an seiner Brust. Diese Beobachtung erspart mir eine Entgegnung.
Er zuckt mit den Schultern. «Bin ich auch nicht wirklich. Ich habe nicht geglaubt, dass ich irgendetwas lieben könnte. Ich *wollte* nie irgendetwas lieben.»
«Weil es eine Schwäche ist?» Ich weiß, dass es eine Schwäche ist.
«So in etwa. Es führt zu Schmerz.»
«Auch wenn du nicht annähernd so gern Schmerz empfin-

dest, wie du ihn anderen zufügst, dachte ich dennoch, du würdest ihn gut aushalten.»

«Nicht diese Art», sagt er schroff.

«Nun denn», sage ich mit einer Stimme so zuckersüß wie eine honigüberzogene Feige und lege ihm eine Hand an die Wange, damit er mir wieder in die Augen sieht. «Ich verspreche, dir nicht wehzutun.»

Ein Versprechen, das ich werde brechen müssen.

10

Ich habe wohl oder übel keine Zeit, über die Erinnerung nachzudenken. Wir werden von einer Wasserflut durch einen Tunnel getragen, der sich kurz darauf nach oben hin öffnet, sodass wir uns in der Rinne eines Aquädukts befinden. Obwohl wir immer noch mit beängstigender Geschwindigkeit vorwärtsgetrieben werden, kann ich so wenigstens verzweifelt nach Luft schnappen. Ich versuche, auch Pocli hochzuziehen – höre ihn schnauben, röcheln und husten. Über uns herrscht Dunkelheit, als befänden wir uns tief in einer Höhle, auch wenn ein schwacher Schimmer gerade genug Licht spendet, um Umrisse auszumachen. Daesra hält mich immer noch am Arm, und trotz des hektischen Chaos schaffen wir es, uns in die Augen zu schauen. Er sieht ein wenig benommen aus. Beunruhigt.

«Wir fallen gleich!», ist alles, was er sagt, bevor er mich wegstößt.

«*Was*?», rufe ich, aber dann *endet* das Aquädukt einfach und wir werden zusammen mit dem Wasser hinausgeschleudert. Und tatsächlich fallen wir, die schwarz glitzernde Oberfläche eines unterirdischen Sees kommt uns schnell entgegen. Ich drücke Pocli an mich und schütze seinen kleinen Körper mit meinem eigenen. Daesra hat sich wahrscheinlich eher Sorgen darüber gemacht, mich mit seinem zu verletzen. Seine Hufe könnten mir Schnittwunden zufügen und seine Hörner mich durchbohren, wenn ich auf ihnen lande.

Die Oberfläche des Sees ist schon schlimm genug. Ich pralle

hart auf, habe das Gefühl, dass jeder Zentimeter meiner Haut einen heftigen Schlag abbekommt, selbst durch die Tunika hindurch. Kühles Wasser strömt mir in Nase und Mund, und eine Zeit lang weiß ich in der kalten, erdrückenden Dunkelheit nicht, wo oben ist. Ich lasse Pocli los, als er sich mit seinen Krallen von mir abstößt. Ich kämpfe selbst damit, an die Luft zu gelangen, wobei meine Arme die meiste Arbeit leisten müssen, da meine Beine noch gefesselt sind.

Strampelnd und keuchend breche ich durch die Oberfläche. Daesra taucht neben mir auf, spuckt und wirft sich die Haare aus den Augen. Um uns herum erstreckt sich eine riesige Höhle, Stalagmiten und Stalaktiten säumen die schattigen Ränder des Sees wie Zähne, die äußeren Bereiche verschwinden in der Dunkelheit. Nichts sieht warm oder einladend aus, und wer weiß, was unter uns im kalten Wasser lauert.

Pocli paddelt bereits in Richtung Ufer. Halbherzig versuche ich, von dem Daemon wegzuschwimmen, hauptsächlich, weil mein Stolz es verlangt.

«Oh nein, ganz sicher nicht», knurrt Daesra, und seine Hand schießt vor und packt mich im Nacken, um mich zu ihm zurückzuziehen.

Mit den gefesselten Beinen würde ich sicherlich ohnehin ertrinken. Eine kurze Strecke hätte ich schaffen können – bestimmt aus der Zisterne heraus, wenn ich gewollt hätte –, aber einen See zu durchqueren, ist eine gänzlich andere Angelegenheit, und außerdem fühle ich mich halb tot. Ich wehre mich nicht, als Daesra mich an seine Brust zieht und mich festhält. Mit kräftigen einarmigen Zügen und Tritten schwimmt er zum Ufer, wobei ihn seine Hufe nicht im Geringsten behindern, soweit ich das beurteilen kann. Das Wasser selbst scheint uns voranzutreiben und um uns herum eine Strömung zu bilden. Er muss wieder in der Lage sein, es zu manipulieren. Dieses Wasser ist einfach nur Wasser.

Ich gönne mir Ruhe, weil ich sowieso keinerlei Kraft für etwas anderes aufbringen kann.

Als er das Ufer erreicht, trägt er mich nicht richtig, sondern zerrt mich vielmehr aus dem See, als wäre auch er zu müde, um mich anzuheben. Wir lassen uns beide auf den glatten Steinboden fallen und atmen einfach die kühle, feuchte Höhlenluft ein. Pocli watschelt hinter uns her, das Fell durchnässt und die Mähne triefend, und lässt sich ohne Vorwarnung auf den Bauch fallen. Innerhalb von Sekunden beginnt er zu schnarchen.

Ich bin erschöpft bis ins Mark. Ich dachte, Daesra würde mich auf die angenehmste Weise verschlingen, dabei war es in Wirklichkeit das Becken, das uns beide verschlungen hat.

«Wenn die Flut nicht gekommen wäre, hätten wir dann einfach weiter ... *das* ... gemacht, bis wir gestorben wären?», murmle ich zur Decke hinauf, die zu hoch ist, als dass man sie sehen könnte. Der obere Teil der Höhle versinkt zwischen Stalaktiten in Tiefen, die so dunkel sind wie der See, der darunterliegt. Ich frage mich, wie ich überhaupt etwas sehen kann, bis ich feststelle, dass auf dem Stein um uns herum eine Art Alge wächst, die blaugrün leuchtet.

«Bis *du* gestorben wärst, und das wäre eher früher als später passiert, glaube ich.» Daesra, der auf dem Rücken liegt, klingt genauso erschöpft. «Keine Ahnung, was mit mir passiert wäre. Vielleicht wäre ich vollkommen wahnsinnig geworden. Eine Kreatur mit endlosem Hunger.»

Irgendwie ist es leichter, darüber zu reden, als über das, was anschließend passiert ist – was wir beide in der Erinnerung gesehen haben. Vielleicht ist es auch nur deshalb leicht, weil wir im Dunkeln nebeneinander liegen und einander nicht ansehen.

«Anscheinend will das Labyrinth so dringend, dass wir zusammenbleiben, dass es bereit ist, uns dafür zu töten.» Ich lache zittrig.

Das, oder wir sind wie Narren in eine Falle getappt, und das Labyrinth hat uns beide wieder herausgespült – vielleicht als Ausgleich dafür, dass Daesra mich gefangen genommen hat. Ich will mir nicht eingestehen, dass ich diese Möglichkeit in Betracht ziehe, denn das würde bedeuten, dass ich ihm so schnell wie möglich entkommen sollte, und dafür bin ich zu erschöpft. Ganz zu schweigen davon, dass meine Beine immer noch gefesselt sind.

Vielleicht können wir beide noch eine Weile so tun, als wären wir keine Gegner. Zumindest so lange, bis ich wieder zu Atem gekommen bin und mich losbinden kann.

«Ich ... entschuldige mich ... für das, was ich da in der Zisterne getan habe», sagt Daesra langsam. «Es warst nicht du, die es wollte. Du hast mir nicht wirklich die Erlaubnis erteilt, zu tun, was ich getan habe.»

«Gleichfalls. Es warst auch nicht du, der mir gegeben hat, was ich verlangt habe.» Für einen Moment schweigen wir beide. Denken darüber nach, wie viel Wahrheit in diesen Aussagen steckt. Jedenfalls tue ich das. «Vielleicht habe ich dir gar keine andere Wahl gelassen, indem ich dich dazu gebracht habe, in dieses Wasser zu steigen», füge ich hinzu, bevor ich noch etwas sage, das ich später bereuen könnte, wie: *Mir tut es auch leid.* Oder: *Danke, ich habe genossen, was du getan hast.* Denn wo im Namen der Götter würde uns das hinführen?

«Und ich habe dir keine andere Wahl gelassen, indem ich dich gefangen genommen habe. Vermutlich hätten wir ohnehin durch das Becken schwimmen müssen, wenn das der einzige Weg vorwärts beziehungsweise *abwärts* war. Vielleicht hattest du recht, und es hat dem Labyrinth nicht gefallen, dass ich mir dir gegenüber so einen unfairen Vorteil verschafft hatte, und deshalb hat es uns auf ... direkterem ... Weg zusammengeführt.»

Oder es hat uns dort herausgespült, weil wir uns zu *nahe gekommen sind*, sage ich noch nicht.

«Also ist vielleicht niemand schuld an dem, was passiert ist», fügt Daesra hinzu, der immer noch schrecklich vernünftig klingt. Überhaupt nicht wie er selbst. Beinahe schon einsichtig.

«Aber vielleicht hättest du mir widerstehen können, wenn ich mich dir nicht so an den Hals geworfen hätte», sage ich, da ich aus irgendeinem Grund selbst vernünftig sein möchte. «Immerhin *hasst* du mich.»

Das ist keine Frage. Ich würde niemals so offensichtlich nach seiner Bestätigung suchen, nicht mehr.

«Vielleicht ...», setzt er an, und mein Herz schlägt mir bis zum Hals. «Vielleicht sollten wir uns fürs Erste weniger bekämpfen. Und uns stattdessen den seltsamen Launen des Labyrinths beugen und freiwillig zusammen weitergehen. In einer Art Waffenstillstand.» Und dann zerstört er alles, indem er hinzufügt: «Auch wenn ich dir nicht vertrauen kann.»

Ich setze mich weit genug auf, um ihn fassungslos anzustarren. «Als ob ich *deinen* Versprechungen vertrauen könnte! Ganz zu schweigen davon, dass du mich öfter hintergangen hast als ich dich. Du hast in der Zisterne behauptet, du würdest mir vergeben. Du hast gelogen!»

Er stützt sich ebenfalls auf die Ellbogen – was uns beide wohl zu den müdesten halb ertrunkenen Streithähnen macht, die ich je erlebt habe. Ich würde lachen, wären da nicht seine Worte.

«Ich habe versprochen, dass ich dir vergeben würde, wenn du zu mir zurückkommst, bist du aber nicht. Aber ja, ich habe gelogen», fügt er hinzu, bevor ich ihn erneut beschuldigen kann. «Du hattest den Verstand verloren, und ich habe versucht, dich aus einer gefährlichen Lage zu befreien. Es war zu deinem Besten. Außerdem hast du schon lange jegliches Recht verloren, die Wahrheit von mir zu hören.»

«Du verurteilst mich für Vergehen, an die ich mich nicht richtig erinnere, was sich schon ungerecht anfühlt», schieße ich zurück. «Und was, wenn ich dich damals nur zu *deinem* Besten angelogen habe?» Doch schon während ich das sage, zweifle ich selbst daran.

Sein Blick verrät mir, dass er das auch tut.

«Vergibst du mir nur, wenn ich dir gestatte, mich richtig zu bestrafen?», frage ich böse. «Mich zu *schlagen*?» Ich weiß, dass ich es in der Erinnerung wollte, aber es ist die verletzendste Aussage, die mir gerade einfällt: sein Geschenk zu nehmen und gegen ihn zu wenden wie einen vergifteten Dolch.

Seinem Lachen fehlt jegliche Heiterkeit. «Nur wenn du mich erst anflehst. Und selbst dann – nein. Das verdienst du nicht. Du verdienst gar nichts, was du dir wünscht.»

Ich habe noch einen anderen Dolch im Ärmel.

«Du hast mich *geliebt*», platzt es aus mir heraus.

So viel dazu, dass ich nichts sagen wollte, was ich bereuen könnte.

Daesras rote Augen verengen sich und sein Ton wird säuerlich. «Ich dachte, du hättest es durch das Ausmaß meines Hasses auf dich schon erahnt: Meine Liebe ist inzwischen zu etwas anderem geworden.» Er seufzt und wendet sich abrupt meinen Beinen zu, um sie loszubinden, ohne mir dabei in die Augen zu sehen. Vielleicht weil er zu müde ist, um seine Wut aufrechtzuerhalten, vielleicht auch, weil er mich vor Kurzem noch voller Verlangen angeschaut hat und befürchtet, dass sein Blick das immer noch widerspiegeln könnte? «Ich bin mir nicht sicher, warum das Labyrinth das Bedürfnis hatte, dir das zu zeigen. Es ist nicht mehr relevant. Du hast meine Liebe nie erwidert.»

Ich bin froh, erinnere ich mich, ihm giftig entgegengespuckt zu haben, als wir uns kennengelernt haben – zum zweiten Mal –, *dass ich, was auch immer du aus unserer Vergangenheit über mich weißt, nie Liebe für* dich *übrig hatte*.

Kein Wunder, dass er so wütend war. Immer noch wütend *ist*.

«Oh, sieh mal», sagt er, während er sein Seil aufrollt und sich, sobald ich frei bin, sofort wieder anderen Dingen zuwendet. Zuerst denke ich, er wechselt nur abrupt das Thema, aber dann nickt er zu der Stelle, an der Deos sich aus dem See schleppt. Die Statue muss am Grund entlanggelaufen oder -gekrochen sein.

«Deos», rufe ich und setze mich ganz auf. «Du hast es geschafft!» Ich komme nicht umhin, erleichtert zu sein, auch wenn die Statue nicht immer mein Freund war.

Gleichzeitig fühle ich ein seltsames Gefühl des Bedauerns, weil Daesra und ich nun nicht mehr allein sind, um weiterhin zu streiten oder ... was auch immer wir tun. Ich bin eindeutig eine Närrin.

Daesra hilft mir nicht einmal hoch, nachdem er sich aufgerichtet hat und auf durchnässten Hufen von mir wegtritt. Schlimmer noch, er befiehlt *Deos*, es zu tun.

Bevor die Statue zu mir herübertaumeln kann, sage ich zu dem Daemon: «Ich brauche auch noch bei etwas anderem Hilfe, und ich glaube nicht, dass der arme Deos das schafft.»

Die obere Hälfte meiner Tunika klafft auf, wo Daesra sie zerrissen hat, und entblößt meine Brüste teilweise, und ich selbst kann nicht viel dagegen tun, da er mir all meine Seile abgenommen hat. Ein Teil von mir verspürt kleinliche Befriedigung dabei, ihn wieder richten zu lassen, was er kaputt gemacht hat – ihn zu zwingen, mich anzusehen. Mir näherzukommen.

Daesras markanter Kiefer verhärtet sich, als er wieder zu mir schreitet und eins meiner golddurchzogenen Seile von seinem Gürtel löst. Er kniet sich neben mich und knüpft einen einfachen Brustgurt, um meine Tunika geschlossen zu halten. Das Seil lässt er über und unter meinen Brüsten verlaufen, legt dabei aber mehrere Finger darunter, um sicherzugehen, dass es nicht zu fest sitzt. Damit ich nichts habe, was ich nutzen könnte – was beweist, dass er mir nicht einmal genug traut, als dass er mich in seiner Gegenwart meine Kräfte nutzen lassen würde. Er führt das Ganze völlig routinemäßig aus, berührt mich dabei so wenig wie möglich. Ich kämpfe gegen den Drang an, mich dem sanften Zug des Seils entgegenzustemmen. Es fühlt sich viel zu gut an und gleichzeitig nicht annähernd gut genug.

Ich weiß, dass dieser unbehagliche Waffenstillstand nicht von Dauer sein kann, aber das hindert mich nicht daran, seine Wärme zu vermissen. Ich versuche, es auf die Kälte des Seewassers oder die feuchte Kühle der Höhle zu schieben, doch in meinem verletzlichen Zustand kann ich der Wahrheit nicht mehr entkommen: Was immer ich für ihn empfunden haben mag, ich vermisse das Gefühl seiner *Nähe*. Haut auf Haut. Wie wir schieben, ziehen, uns schließlich so fest aneinanderdrängen, dass ich die Trennlinien zwischen uns nicht mehr ausmachen kann. So viel hat sich in so kurzer Zeit verändert. Es sind nicht nur die Erinnerungen, die ich gesehen habe, es ist auch nicht nur das, was in der Zisterne passiert ist. Mein Körper scheint sich an das zu erinnern, was ich nicht mehr weiß. Dutzende Nächte mit ihm. Hunderte, vielleicht. Ich vermisse seine Umarmung, als würde ich einen Teil von mir selbst vermissen.

Und vielleicht vermisst mein Körper auch etwas mit mehr Biss und Feuer.

Närrin, Närrin. Weil ich mir damals erlaubt habe, ihn zu begehren, während ich geplant habe, ihn zu verraten. Weil ich ihn immer noch will, jetzt, wo es zu spät ist und ich ihn nie wieder haben kann – nicht nur, weil er mich hasst, sondern weil ich ihn wieder verraten muss. Vielleicht war es klug, diese Anziehungskraft, die so stark und unsichtbar wie Äther ist, zunächst zu nutzen, um ihn anzulocken, nur um ihm dann ins Herz zu stechen. Doch wie es nun einmal ist, wenn man gefährliche Spiele spielt, habe ich mich am Ende an meiner eigenen Klinge geschnitten.

Daesra hat recht. Er wird mir nie wieder vertrauen, und ich

kann ihm nicht vertrauen. Er hat mich bei nahezu jedem Schritt in diesem Labyrinth getäuscht. Er hat es eben gerade sogar zugegeben:

Du hast schon lange jegliches Recht verloren, die Wahrheit von mir zu hören.

Er wird mir nie verzeihen. Ich muss ihm ein für alle Mal entkommen. Das tun, weswegen ich hergekommen bin. Diesen unmöglichen Tanz zu Ende bringen.

Ich kann mir einen letzten Angriff nicht verkneifen. «Warum hast du meine Tunika nicht einfach geflickt? Wenn du eine Statue verändern und zum Tanzen bringen kannst oder eine Flut teilen, dann kannst du das wohl auch.»

Daesra hält inne und starrt in die Dunkelheit. Offensichtlich will er nicht antworten.

«Eine Wahrheit für eine Wahrheit?», schlage ich vor.

Er scheint es abzuwägen und gibt dann zähneknirschend zu: «Sie gefällt mir zerrissen.»

Sein Geständnis sollte mich weder überraschen noch zum Erröten bringen, nicht nach den Erinnerungen, die ich durchlebt habe, oder dem, was in der Zisterne passiert ist – aber es tut beides. Ich vermute, sie zuzubinden diente ihm auch als Vorwand, um mir näherzukommen. Um diese Anziehung zwischen uns beiden zu spüren – durch das Seil verbildlicht –, nach der auch ich mich sehne.

Das könnte das Eröffnungsplädoyer zu seiner Verteidigung sein, auch wenn es ebenso das zu meiner ist. Eine Gelegenheit, um wieder das Messer einzusetzen, das mich genauso schwer verletzt wie ihn. Es ist die einzige Waffe, die ich momentan finden kann.

«Jetzt im Gegenzug eine Wahrheit von dir», sagt er. «Was hältst du von meinem Vorschlag eines vorübergehenden Waffenstillstands?»

Ich zögere genauso lange wie er zuvor, denke nach. «Es ist verlockend. Aber eine Waffenruhe impliziert, dass mir etwas bleibt, das ich ruhen lassen kann. Du hast mir nicht viel angeboten. Was kannst du mir geben?»

Er mustert mich. «Was willst du?»

«Mehr.» *Eine Waffe*, aber das spreche ich nicht laut aus, stattdessen sage ich: «Und eine Antwort auf meine Frage, da du nur mit einer weiteren Frage geantwortet hast.»

«Ich kann mit *mehr* als Worten antworten, wenn du es mir gestattest.» Seine Stimme klingt rauer – vielleicht von etwas anderem als Wut gefärbt. «Und du erhältst dafür das, was du willst.»

Meint er damit Zugriff auf meine Macht oder auf ihn – oder etwa beides?

Ich schnaube. «Und du bräuchtest nur mein Vertrauen. Ich glaube, über den Punkt sind wir weit hinaus.»

Er lässt ein Seil durch seine Finger gleiten. «Was ist mit Unterwerfung? Bedingt, und nur für den Moment. Wenn du mir die gibst, hast du die Stärke, die du willst.»

Das ist mehr als verlockend, auch wenn ein Teil von mir vor dem Gedanken zurückschreckt, mich ihm gegenüber so verletzlich zu machen. Doch dieser Zustand wird nicht lange andauern, und an diesem Ort brauche ich irgendeine Waffe. Er ist gewillt, mir dieses Tor zum Äther zu öffnen – zu einer Stärke, die ich vielleicht sogar gegen ihn anwenden kann. Aber zu welchem Preis?

Ich habe den Überblick verloren, wer wem eine Antwort schuldet, aber ich frage trotzdem: «Ist das etwas, das *du* auch willst?»

Seine Augen scheinen einen noch dunkleren Rotton anzunehmen. «Ja.»

«Ich werde weder flehen noch auf die Knie gehen», sage ich sofort.

«Das werde ich nicht von dir verlangen.»

Ich zögere. «Ich weiß nicht mehr genau, wie das geht.»

«Das musst du auch nicht. Du musst dich nur ergeben.» Er hält das zusammengerollte Seil in seiner Hand nach oben. «Wenn nicht mir, dann zumindest dem hier. Und du entscheidest, wann du genug hast.»

Mein Blick fällt auf das Seil. Der Wunsch, mich ihm zu ergeben, ist fast genauso groß wie mein Verlangen nach dem Vorteil, den es mir bringen könnte. «Ich denke, das kann ich tun.»

Er fängt an, die Seilschlingen auf dem Boden auszuwerfen, und wie die Fasern auf den Stein schlagen, ist hypnotisierend, es lässt mich in eine Art fokussierte Trance fallen. Ähnlich wie wenn mich der Schmerz trifft und alles andere auslöscht. Es gibt nur mich und diesen Moment, nichts dazwischen.

Dieser Zustand fühlt sich zugleich neu und vertraut an. Genau wie wenn ich schmerztrunken bin, muss ich vorsichtig sein. Ich könnte mich selbst verlieren. Oder vielleicht könnte ich eher alles andere aus dem Blick verlieren, weil ich so tief in mir selbst versinke.

Das kann ich nicht zulassen. Und doch bin ich nicht sicher, ob ich widerstehen kann.

Wieder kniet Daesra sich vor mich, doch diesmal hält er sich nicht zurück, sondern beugt sich vor und nimmt meine Hände in seine. Er zieht mich auf eine Art an sich, die mich fast zum Weinen bringt, weil sich sein Körper plötzlich so vertraut und warm anfühlt. Ich dachte, ich wüsste, wie sehr ich seine Berührung vermisst habe, doch ich hatte keine Ahnung, bis ich ihr wiederbegegnet bin.

«Bist du bereit?», fragt er.

«Ja», hauche ich. *Bin ich das?*, komme ich nicht umhin, mich selbst zu fragen.

Er packt meine Handgelenke mit festem Griff und bindet sie beinahe umgehend zusammen. Er wirft mir das Seilende über die

Schulter und zurrt meine Arme fest um mich. Nur fühlt sich die Umarmung an, als käme sie von ihm.

«Kämpf nicht dagegen an», sagt er, seine Worte ein liebkosendes Flüstern auf meiner Wange.

«Tue ich nicht», murmle ich. Und es ist die Wahrheit. Ich habe bereits die Augen geschlossen, verzichte auf meine anderen Sinne und beuge mich vor. Überlasse mich der Anziehung. Ich kann nicht einmal meine Beine spüren, die eben noch verkrampft und nass und kalt auf dem Steinboden lagen. Es gibt nichts zwischen mir und diesem Moment, nicht einmal meinen Körper.

Darauf folgt eine Art Tanz. Das Ziehen des Seils, Daesras Hand am einen Ende, ich am anderen, ergebe mich seinem Ruf. Ich beuge mich zu ihm vor, spüre, wie gleichzeitig etwas in mir stärker wird. Obwohl er mich fester und fester schnürt, spüre ich, wie etwas in mir befreit wird.

Macht. Mehr, als ich jemals durch Schmerz erhalten habe. Allein durch die Erinnerung an diesen Austausch werde ich eine Flamme herbeirufen können, zumindest für eine Weile. So stark ist sie.

Doch *seine* Stärke ist ebenfalls offenkundig. Seine Fähigkeit, *dies* aus mir herauszulocken. Mich einer Nadel in meiner Hand oder selbst einer Klinge hinzugeben, macht mir keine Angst, mich ihm hinzugeben schon. Ich will mich ihm so dringend öffnen, dass ich befürchte, ich könnte ihm alles geben.

Er ist die Klinge, die mich schneidet, obwohl das Seil kaum in meine Haut drückt.

Ich werde aus meiner Trance gerissen, als würde ich aus tiefem Schlaf erwachen, mein Herz schlägt wie das eines panischen Vogels. Was Sinn ergibt, da ich sozusagen eine Opfertaube in seinen Händen bin. Nur bin ich ihm willentlich in die Fänge gelaufen, wie eine absolute Närrin.

Abrupt öffne ich die Augen. «*Genug.*»

Daesra hält sein Versprechen, aufzuhören, sobald ich es wünsche. Fast sofort löst sich die Spannung zwischen dem Seil und meiner Haut, zwischen ihm und mir. Trotz meiner Panik habe ich mich so mit ihm verbunden gefühlt, dass mein Körper zuerst nicht begreift, dass zwischen uns so viel Raum existiert. Innerhalb weniger Augenblicken bindet er mich los – vielleicht fühlt es sich auch nur so an, während ich mich vom Gewicht meiner Unterwerfung und der Angst freikämpfe, die mich ertrinken lässt.

Ich dachte, das hier wäre das Risiko wert, dass ich seiner Anziehungskraft widerstehen könnte, um Macht zu erlangen, doch er ist ein Strudel im Ozean, der mich in die Tiefe zieht. Die Leichtigkeit, mit der ich in ihm versunken bin, erschreckt mich – das unbewusste Vertrauen, das ich ihm entgegenbringen kann, obwohl er geschworen hat, mir nie wieder zu vertrauen.

Aber vielleicht hat das gar nichts mit ihm zu tun, sondern allein mit meiner Bereitschaft, mich zu unterwerfen, und irgendein animalischer Teil von mir ist erwacht, um mich vor der Gefahr zu warnen. Es bräuchte nicht viel mehr als das, damit ich ihm alles überließe: mein Urteilsvermögen, meinen Ehrgeiz, die nicht unerhebliche Macht, die ich bereits mit allen Mitteln zusammengekratzt habe – alles, was mich zu *mir* macht.

So bereitwillig darf ich mich nicht selbst verlieren.

Als ich mich wieder genug bewegen kann, um mir die Arme zu reiben und mich umzusehen, steht Daesra ein Stück von mir entfernt und wickelt das Seil wieder auf. Es ist seltsam, dass er das Mittel unserer Verbindung einfach so wieder wegnehmen kann, ohne sichtbare Zeichen zu hinterlassen, abgesehen von dem zu locker sitzenden Gurt, der meine zerrissene Tunika zusammenhält.

Noch immer spüre ich seine Anziehung wie einen Haken an einem Seil, der sich in meiner Brust verankert hat. Und im Gegenzug brennt eine Macht in mir, wie ich sie kaum je verspürt habe. Ich bezweifle, dass ihm bewusst ist, wie viel er mir gegeben hat.

Allerdings glaube ich nicht länger, dass es das Risiko wert war.

Ich erhebe mich auf etwas wackeligen Beinen, die sich aber vollkommen ausgeruht anfühlen, und sehe ihn kaum an. Ich widme mich Pocli und versuche ihn aufzuwecken, indem ich ihn ausgiebig kraule und durch sein Fell streiche. Ich habe keine Ahnung, was Daesra gefühlt hat – und ich möchte nicht danach fragen. Es kann dem, was ich gefühlt habe, nicht gleichkommen. Was ein Teil von mir noch immer fühlt.

Es mag ein Fehler gewesen sein, doch das Messer, das mich geschnitten hat, ist immer noch eine Waffe in meiner Hand. An diesen Gedanken klammere ich mich und widerstehe dem Drang, mich ihm erneut entgegenzulehnen oder sogar vor ihm auf die Knie zu fallen.

«Bist du bereit weiterzugehen?», fragt er, ohne mich anzusehen.

Er wartet nicht auf meine Reaktion, sondern setzt sich in Bewegung und lässt trotz des sanften blaugrünen Leuchtens um uns herum eine Flamme in seiner Hand erscheinen. Deos und ich folgen ihm, und Pocli trottet hinterher, wenn auch weniger schwungvoll als sonst. Ich gehe vorsichtig, meinem neuen Zustand gegenüber genauso unsicher wie meiner neuen Umgebung. Allerdings bin ich mir *durchaus* sicher darüber, wie ich ihm gegenüber empfinde. Ich spüre dieselbe Distanz zwischen mir und dem Daemon wie immer. Nur ist sie jetzt tiefer, dunkler und hat Zähne passend zu unserer Umgebung. Bei beidem frage ich mich, was in den Schatten lauert.

Und doch ist die Distanz zwischen uns nicht groß genug. Nicht mehr.

Während ich vorwärtsschreite, wächst meine Gewissheit nur weiter: So kann ich nicht weitermachen, wenn ich das Ende in einem Stück erreichen soll. Dass er in der Lage ist, mich zu zerstören, ist mir gerade genauso schmerzlich bewusst geworden wie die Tiefe unserer Verbindung, und kein fadenscheiniger Waffenstillstand kann mich vor ihm schützen. Entgegengesetzte Kräfte, die so stark voneinander angezogen werden, können nur gewaltsam explodieren. Ich muss daran glauben, dass das Labyrinth nie so ein Schicksal für mich vorgesehen hat – zur Selbsterhaltung und natürlich aus dem Wunsch heraus, in dieser Prüfung zu siegen.

Wir sind nicht länger von Mauern umgeben, sondern von Steinformationen, die aussehen wie das Maul eines Ungeheuers. Ich weiß, dass es nur Stalaktiten sind, die von der Decke hoch oben herunterzuschmelzen scheinen und wie Wachs auf den Boden tropfen – manchmal so sehr, dass sich an den Stellen ganze Säulen bilden, die unseren Weg säumen wie ein Käfig. Und doch führen Pfade durch die seltsamen Strukturen, schwach erleuchtet von den Algen, während der Rest der Höhle in der bezahnten Dunkelheit versinkt wie in einem lauernden Schlund. Obwohl wir uns in einer Höhle befinden, haben wir bei der Entscheidung über unsere Route mehr Freiheiten als jemals zuvor.

Vielleicht bietet mir das Labyrinth eine Möglichkeit zur Flucht.

Wie schon vorher wählt Daesra unseren Weg, aber anstatt seine Bewegungen zu verfolgen, beobachte ich einen Wasserlauf, der aus dem See austritt, durch die Höhle fließt und sich dabei zwischen den Felsformationen hindurchschlängelt. Wasser findet immer einen Weg – vorwärts und abwärts. Wenn Daesra sich falsch entscheidet oder wir getrennt werden – womöglich durch meine Absicht –, möchte ich bereits eine alternative Route gewählt haben.

Ich spähe in die Dunkelheit, suche und lausche nach irgendetwas, das ihn ablenken könnte, und versuche, mein Frösteln in der feuchten Tunika zu unterdrücken. Da ist nur das rhythmische Tropfen aus verschiedenen Richtungen, das Glucksen des Baches – und ein anschwellendes, fernes Tosen in der Dunkelheit. Ich hoffe, es ist nicht wieder eine Flut, die auf uns zurollt. Wenigstens scheinen wir diesmal darauf zuzusteuern und nicht umgekehrt.

Es könnte ein Wasserfall sein. Vielleicht der perfekte Ort, um Daesra loszuwerden.

Während ich mich umblicke, fällt mir noch etwas anderes auf: In den Schatten der Höhle lauern noch seltsamere Gebilde, die nur von diesem schwachen Leuchten erhellt werden. Bis jetzt waren die Stalaktiten und Stalagmiten relativ glatte Zapfen oder Säulen. Je weiter wir in die Höhle vordringen, desto ... interessanter ... erscheinen sie. Uneben, zusammenhängend. Eine Form in der Ferne sieht aus wie ein Pferd mit furchtbar gestreckten Beinen und wulstigen Knien, dessen länglicher Kopf und Schweif nach oben ragen und in der Decke verschwinden. Eine andere sieht aus wie ein hängender Sack, der einen Haufen kopfgroßer Steine auf dem Boden entleert hat.

«Warte mal, Daesra», sage ich, und mein Tonfall lässt ihn abrupt innehalten. Ich zeige auf etwas. «Was ist das?»

Ich möchte meinen Kraftvorrat nicht aufbrauchen, bevor es nötig ist. Ihm steht eine endlose Quelle zur Verfügung, und außerdem ist er derjenige, der die Führung übernommen hat.

Seine Augen verengen sich leicht, als würde er erwarten, dass ich ihn reinlegen will, doch was er in meinem Gesicht sieht, überzeugt ihn. Er wirft seine Flamme in die Richtung, in die ich gedeutet habe, und wartet darauf, dass sie landet und erlischt, bevor er eine weitere heraufbeschwört.

Wir sehen es beide. Die Felsen *sind* Köpfe. Aus Marmor gemeißelt, aber unförmig, als wären sie geschmolzen. Offene Münder, heraushängende Zungen, schlaffe Augenhöhlen. Ich denke daran, wie die Statuen im steinernen Boden der Zisterne versanken. Vielleicht von ihm verschluckt wurden. Es ist, als hätte der seltsame Stalaktit die Köpfe verschlungen, bevor er sie wieder ausgespuckt hat.

Mir stellen sich die Nackenhaare auf. Beunruhigt tauschen Daesra und ich einen Blick aus.

«Kann ich jetzt meine Nadeln zurückhaben?», frage ich.

«Auf keinen Fall», sagt er. «Ich habe schon erwartet, dass du nach einem Vorwand suchen würdest. Gehen wir weiter.»

Wütend funkle ich den Daemon an, aber er ignoriert mich.

Es wird nicht besser, als wir tiefer in die Höhle vordringen. Immer wieder entdecke ich Überreste von Statuen in zertrümmerten Haufen oder, schlimmer noch, formlosen Massen. Einige dieser Gebilde sehen nur noch aus wie verdaute Misthaufen, abgesehen von den Augäpfeln und Mündern, die überall im Stein klaffen. Andere sind sogar noch schrecklicher, wie eine klumpige Säule, die komplett aus geschmolzenen, schreienden Gesichtern besteht. Am schlimmsten sind jedoch die Gestalten in der Ferne – gestreckt, riesig. Misstrauisch beobachte ich eine humanoide Gestalt, die Beine weit gespreizt, die Arme zur Decke erhoben, aber so lang gezogen, dass mir ein Schauer über den Rücken läuft. Sie scheinen alle fest und unbeweglich zu sein, aber ich erinnere mich nur zu gut daran, was die Wurzeln und Statuen angerichtet haben.

Und vielleicht sind sie nicht die Einzigen, die lebendig werden können. Vielleicht wird in der Nähe des Monsters in der Mitte auch alles andere monströser, sogar die Wände selbst.

Ich schaudere beim Gedanken, wie *es* sein wird. *Das* Monster.

Ich muss mich an die Vorstellung gewöhnen, dass ich ihm – ganz zu schweigen vom Rest des Labyrinths – allein entgegentreten werde, und zwar schnell.

Obwohl sein Blick aufmerksam ist, erklärt Daesra im nächsten

Moment im Plauderton: «Siehst du, das passiert, wenn du etwas Gutes zerkaust und es dann wieder ausspuckst.»

Ich bin zu nervös, um etwas Spitzes zu erwidern. Ich wollte ihn längst los sein, doch jetzt steigt meine Verzweiflung ins Unermessliche. Dem Daemon kann man nicht vertrauen, *mir* kann man nicht vertrauen, und dem Labyrinth genauso wenig, was meine Lage umso prekärer macht. Er lässt nicht zu, dass ich mich mit irgendwas bewaffne, das er mir nicht selbst gibt, und abgesehen davon hasst er mich. Wer garantiert mir also, dass er mich beschützt, wenn die Reise zu schwierig wird? Ich fühle mich, als wären wir wieder in den Tunneln mit dem ansteigenden Wasser, nur ist das hier noch schlimmer. Dort ist er an meiner Seite geblieben, um mir zu helfen, auch wenn ich an seinen Motiven gezweifelt habe. Jetzt sind meine Zweifel zu laut, um sie zum Schweigen zu bringen.

Vor allem, als eine der lang gestreckten Gestalten in den fernen Schatten der Höhle plötzlich eins ihrer Glieder aus dem Boden bricht. Es geschieht so schnell, dass ich es fast nicht sehe. Aber ich höre es, das Klappern von zerbrochenem Stein, das hallend auf den Felsboden fällt. Das Ding erstarrt wieder, als hätte es sich nie bewegt. Versucht, uns zu täuschen.

Zum Glück war es nicht laut genug, um Pocli zum Bellen zu bringen. Seine Kakofonie würde die falsche Art von Ablenkung verursachen.

Daesra flucht leise vor sich hin, seine Augen verengen sich in die Richtung des Geräuschs. Der *Gestalt*. «Das hast du auch gesehen, oder?»

Aber ich bin schon dabei, im Schatten zu verschwinden, und ziehe einen Vorhang aus Stille und Dunkelheit um mich und Pocli. Ein Ohr ist mit einem Stück meiner Tunika verstopft, und ich habe immer noch Zugang zu dem Machtpotenzial, das ich gewonnen habe, indem ich mich Daesra unterworfen habe – auch wenn es nicht von Dauer sein wird. Jede Opfergabe, egal wie stark, wird irgendwann auf dem Altar verwelken oder verrotten. Ich bin dankbar, dass Deos nicht versucht hat, mich aufzuhalten, während der Daemon sich in die entgegengesetzte Richtung bewegte, näher an das wandelnde Felsenwesen. Vielleicht wollte Daesra einen genaueren Blick darauf werfen oder es dazu bringen, sich wieder zu bewegen. Ich würde lieber weit weg sein.

Ich schlängle mich durch die um mich verstreuten Steinzähne, so schnell ich auf den Fußballen davonkommen kann, und eile auf den Bach zu. Sein gurgelndes Plätschern wird das Geräusch meiner Schritte noch zusätzlich überdecken. Mein Mantel der Stille und des Schattens beansprucht meine Sinne und erfordert Konzentration und Kraft, die ich lieber an anderer Stelle einsetzen würde, vor allem, wenn mehr von der Höhle zum Leben erwacht, aber ich behalte ihn dennoch vorerst bei.

Einige dieser neuen Formationen könnten die richtige Anzahl von Mündern und Beinen bekommen, um wirklich entsetzlich zu werden. Vielleicht wäre die *falsche* Anzahl doch zutreffender.

Mit meinem freien Ohr höre ich Daesra nur einmal nach mir rufen, dann ist er still. Der Schein seiner Flamme hinter mir erlischt. Entweder ist er unserer fremden, lebendigen Umgebung gegenüber vorsichtiger oder er schleicht mir nach – oder beides.

Ich riskiere es, Pocli abzusetzen, und dehne meinen Mantel der Stille und des Schattens über die Chimäre aus, während sie mir dicht folgt, mir fast schon in die Fersen tritt. Auf seinen vier Beinen kann Pocli ohnehin besser über den unebenen Boden laufen als ich.

Während ich um die Stalagmiten herumgehe, binde ich meinen Brustgurt fester, um meine Atmung zu behindern und mir Schmerz zu verursachen. Ich überlege, ein zusätzliches Seil zu verwenden, um meinen Arm festzubinden, aber in dieser dunklen, rutschigen Höhle ist es besser, wenn ich volle Bewegungsfreiheit habe. Ich kann mich vage daran erinnern, von Hexen gehört zu haben, die sich selbst geißeln, aber ich hielt das immer für eine unnötige Anstrengung. Doch vielleicht macht die Anstrengung die Opfergabe umso süßer.

Ein Seil. Eine schwindende Kraftreserve in mir, die mich jedes Mal zusammenzucken lässt, wenn ich die Erinnerung wieder abrufe, um das Gefühl der Unterwerfung noch einmal zu durchleben und sie anzuzapfen. Zähne und Klauen. Das ist alles, was ich habe, um mir den Weg durch diese Höhle zu bahnen.

Und Eile. Daesra ist zweifellos hinter mir – oder sogar schon vor mir, obwohl ich hoffe, dass sein Weg ihn von mir weggeführt hat. Das ferne Tosen kommt näher.

Ich trete nur in den Bach, wenn es sein muss, denn meine Füße schmerzen von der Kälte. Und dann probiere ich etwas aus, das ich noch nie getan habe – ich gehe absichtlich ins Wasser, bis meine Füße *brennen*. Die Kälte ist eine eigene Art von Schmerz, er reicht mir, um anderswo Wärme zu erzeugen. Auf diese Weise wärme ich meine Hände und meinen Oberkörper, auch wenn sich meine unteren Extremitäten wie Eisblöcke anfühlen.

Zum Glück, denn als ich dem Bach weiter folge, muss ich mich schließlich auf den Bauch legen und mich unter einer Steinformation hindurchwinden, die quer über dem Bachlauf liegt. Wieder einmal bin ich bis auf die Haut durchnässt und zittere. Ich muss Pocli darunter hindurchziehen, die kleine Chimäre protestiert kläglich. Wenigstens stelle ich mit Genugtuung fest, dass Daesra niemals durch den Spalt passen würde. Andererseits könnte er den Stein einfach neu formen, solange der sich ihm nicht widersetzt, wie es bereits einige Teile des Labyrinths getan haben.

Die monströsesten, *lebendigsten* Teile.

Ich will mich wieder aufwärmen, aber jetzt sind meine Füße taub und bieten mir keine Schmerzen mehr. Es ist eine nützliche

Warnung, dass Kälte zwar schmerzhaft ist, jedoch auch schnell zum Gegenteil von Schmerz führen kann – Gefühllosigkeit. Abstumpfung. Ich hebe Pocli hoch, drücke mir seinen nassen, zitternden kleinen Körper an die Brust und versuche, ihn zu wärmen, während er mich wärmt. Es ist nur ein mäßig erfolgreiches Unterfangen, auch wenn er anerkennend ächzt.

Ich gehe so schnell ich kann und halte über meine Schulter dauernd Ausschau nach dem Daemon oder etwas Schlimmerem, bis ich am Ende des Baches schließlich ein Becken erreiche. Es ist nicht annähernd so groß wie der See, vielleicht dreimal so groß wie die Zisterne. Während der ganzen Zeit ist das widerhallende Tosen immer lauter geworden und klingt jetzt sogar durch meinen Schild dröhnend. Ich kann die Vibration im Stein unter meinen Füßen spüren. Die Höhle ist ebenfalls enger geworden und führt in einer Kurve nach unten, um dem Fall des Wassers zu folgen. Nebel verschleiert mir die Sicht. Es ist tatsächlich ein Wasserfall, aber ich weiß nicht, wie weit er hinabstürzt oder wo hinein.

Ich löse meinen Schild auf, da es nun nicht länger nötig ist, meine Geräusche zu verbergen, und ich muss mich auf andere Dinge konzentrieren. Ich trete näher an den Wasserfall heran, um ihn besser sehen zu können, und die kühle Gischt durchnässt mich wieder einmal bis auf die Haut. *Warum* muss es so nass und kalt sein? Das ist ein bockiger, kindischer Gedanke, aber ich kann nicht anders, auch wenn ich genau weiß, warum: Weil es so schwieriger ist. Das Labyrinth ist in erster Linie eine Herausforderung.

Ich versuche immer noch, in die schattigen Tiefen des Abgrunds zu spähen, und komme ihm mit Pocli auf den Fersen immer näher, als ich hinter mir ein seltsames Klicken von Stein höre. Es muss wirklich laut sein, wenn ich es über das Tosen des Wasserfalls hinweg hören kann.

Als ich mich umdrehe, schreie ich erstickt auf.

Ein Stalaktit wie der, der die schmelzenden Köpfe ausgespuckt hat, drückt etwas viel Größeres heraus – ein Gebilde aus miteinander verbundenen Segmenten und einer bauchigen Mitte – und gibt dabei fortwährend ein seltsames Klicken von sich. Die Gestalt entfaltet sich im Fall und streckt mehrere lange Beine aus, um einen großen Körper zu tragen. Wie eine riesige Spinne, viel größer als ein Pferd – nein, als *mehrere* Pferde, die zusammengesteckt sind. Jedes einzelne Bein ist aus verschiedenen menschlichen Gliedmaßen zusammengesetzt. Ihr Kopf besteht nur aus Augen, der bauchige Körper ist mit Mäulern bedeckt, vor allem die Unterseite, wo sich ein klaffender, zahngefüllter Schlitz befindet. Sie taumelt leicht und braucht einen Moment, um ihr Gleichgewicht zu finden.

Ich oder das Labyrinth haben diese große Herausforderung zum Leben erweckt – mit der *falschen* Anzahl an Mäulern und Beinen, wodurch sie wirklich furchterregend ist.

Sie stürzt sich auf mich.

11

Es musste ja eine Spinne sein, oder?

Ich trete Pocli beiseite und schleudere ihn über den glitschigen Stein in den flachen Teil des Beckens. Währenddessen schicke ich dem Spinnen-Ding einen Kraftstoß entgegen, stärker als bei dem Stück der Steinwand, das Deos oben im Labyrinth zu zerquetschen drohte.

Doch das Grauen *lehnt* sich der Druckwelle einfach entgegen wie einer Windböe in einem Sturm, obwohl es von ihr eigentlich in Stücke gerissen werden sollte. Es klickt, stellt seine abscheulich zusammengesetzten Beine mit den aus Menschenteilen geformten Ellbogen und Knien wieder auf und rast erneut klappernd auf mich zu.

Ich schöpfe ein weiteres Mal aus der Erinnerung an meine Unterwerfung, aus dem letzten Rest dieser Macht, um mich mit einem nach unten gerichteten Kraftstoß über die Kreatur hinweg zu katapultieren, bevor sie mich zertrampelt, und lande hinter ihr in der Hocke. Ich schicke einen noch stärkeren Windstoß in ihr wulstiges Hinterteil, um sie damit über den Wasserfall zu stoßen, aber sie rutscht nur über den Stein und rammt ihre Gliedmaßen – die in schrecklichen menschenartigen Händen und Füßen enden – in den Boden.

Götter.

Meine Kraftreserven sind aufgebraucht. Bevor die Kreatur sich aufrichten kann, beiße ich mir auf die Zunge. Tränen steigen mir in die Augen.

Ich versuche, den Stein zu zertrümmern, aus dem sie besteht, aber das zeigt weniger Wirkung als der Wind zuvor. Ich weiß bereits, dass Feuer sie nicht verbrennen wird.

Und dann steht sie vor mir. Schreckliche Hand-Füße prallen mit heftiger Wucht auf meine Schulter, als ich versuche auszuweichen, gleiten über meine feuchte Tunika und werfen mich an dem Stoff zu Boden, der dabei noch mehr reißt. Wenigstens bohren sie sich nicht in mein Fleisch – noch nicht. Das Spinnenwesen hebt vier weitere Beine wie Schwerter neben seinem Unterleib empor, bereit, zuzustechen und mich zu pulverisieren, während es das grässliche Maul in seiner Mitte weit aufreißt, um alles zu verschlingen, was von mir übrig sein wird.

Pocli, dessen Kopf jetzt größer ist als der eines Löwen, packt mit seinem gewaltigen Maul ein Bein der Kreatur. Mit einem Ruck *schleudert* er das steinerne Monstrum in das Becken, aus dem er selbst gerade aufgetaucht ist. Das eine Bein bleibt in seinem Maul zurück – es hat die Form mehrerer menschlicher Beine, die miteinander verbunden sind –, und er schüttelt es heftig hin und her, bevor er es zur Seite spuckt und wieder auf seine normale Größe schrumpft.

Das Spinnenwesen richtet sich beinahe umgehend wieder im Becken auf. Das Wasser, das tiefer ist, als ich groß bin, macht es etwas langsamer, aber es kommt dennoch sofort wieder auf mich zugestürzt. Ich stelle fest, dass sein Bein wieder *nachgewachsen* ist. Zwar habe ich nicht gesehen, wie das passiert ist, aber es ist wieder da.

Pocli brüllt es an, die Kraft strömt in einem Miniaturtornado aus seinem Maul, aber das Ding stemmt sich einfach dagegen und schüttelt den Hieb ab, selbst als eine Schneise, so breit wie sein schrecklicher Körper, im Wasser um es herum entsteht. Ich kann sehen, wie seine vielen Augen sich ausdruckslos auf die Chimäre richten. Sie konzentrieren sich auf die größere Bedrohung.

Es holt aus und schlägt gleichzeitig zu, sodass Pocli mit solcher Wucht gegen einen Stalagmit fliegt, dass die Steinsäule in zwei Teile zerbricht. Ich schreie auf, bevor ich merke, dass ich einen Laut von mir gegeben habe.

Auch bewege ich mich, bevor es mir bewusst wird, und grabe mir die Nägel in die Handfläche. Gerade als das Spinnenwesen auf Pocli herumtrampeln will, ziehe ich die kleine Chimäre unter ihm hervor und springe unter Kraftaufwendung davon. Einer von Poclis Flügeln hängt unnatürlich herunter, und er kreischt vor Schmerz, als ich mit ihm im Arm noch weiter wegspringe. Der Schrei quält mich mehr als meine Nägel, die ich zu noch schärferen Spitzen forme, um sie heftig in das Fleisch meiner Hand zu drücken.

Schon ist das Spinnenwesen hinter mir her, die vielen Augen auf Pocli gerichtet. Doch ich greife nicht an. Ich bilde einen dämpfenden Schild um die Chimäre – eine Barriere, die sogar Luft mit einschließt, falls er welche braucht. So gut habe ich noch nie etwas beschützt, nicht einmal mich selbst.

Und dann schleudere ich ihn über den Wasserfall. Sein kleiner Körper fliegt davon und verschwindet im herabstürzenden Wasser, der Dunkelheit und dem donnernden Rauschen.

Mehr kann ich nicht tun. Er könnte sterben, falls – *wenn* – mein Schild versagt, aber es ist mir lieber, er hat auf diese Weise eine Überlebenschance, als dass er hier stirbt, weil er versucht, mich zu retten. Denn ich weiß, dass er das getan hätte.

Die entsetzlichen Augen folgen seinem Flug, und einen Moment lang befürchte ich, das Spinnenwesen springt ihm nach. Wenn ich selbst ein grausameres Monster wäre und Pocli weniger lieben würde, dann würde ich vielleicht auf genau das hoffen. Doch das Ding wendet sich wieder mir zu, und seine rollenden Augen starren in meine Richtung, auch wenn es schwierig ist festzumachen, wohin genau sie schauen. So schnell ich kann, springe ich zurück, und meine Stimme klingt spöttisch, obwohl ich lieber schreien würde. «Was hat *deine* Mutter gefickt, dass du so hässlich bist?»

«Meine Güte, was für ein Mundwerk du hast!»

Ich wage es, einen Blick über meine Schulter zu werfen. Daesra steht an der Stelle, an der der Bach breiter wird und in das Becken mündet, Deos ein Stück hinter ihm. Natürlich brauchte der Daemon nicht lange, um mich zu finden, nachdem der Tumult losging.

«Für die Inspiration muss ich mich bei dir bedanken», sage ich.

Er verzieht den Mund, während er das Spinnenwesen mustert. «Was für ein Mundwerk ihr *beide* habt. Wurde die kleine Abscheulichkeit endlich gefressen?» Mir bleibt keine Gelegenheit zu antworten, bevor er das Ding zu sich heranwinkt. «Vielleicht entspreche ich ja mehr deinem Geschmack.»

Seine Hand blutet, die Haut durchbohrt wie meine. Doch die Kraft, die aus ihm hervorbricht, ist doppelt so stark wie alles, was ich bis jetzt transmutiert habe, sogar stärker noch als Poclis Brüllen. Sie sprengt Wellen und Felsen aus dem Weg. Aber der Windstoß bewirkt nichts weiter, als dass das Spinnenwesen sich abwehrend zusammenkauert. Ich komme nicht umhin, mich ein wenig bestätigt zu fühlen.

«Das habe ich schon versucht», blaffe ich, «und ich will deine Hilfe nicht!»

«Vergessen wir mal, dass du sie dringend brauchst», sagt Daesra selbstgefällig. «Aber wer sagt, dass ich dir helfe?»

Das Spinnenwesen hat seine steinernen, leeren Augen jetzt auf den Daemon gerichtet. Aus seinem Mund an der Unterseite dringt ein entsetzliches mahlendes Zischen, das mir ein alarmierendes Kribbeln über den Körper jagt. Vollkommen unbeeindruckt greift Daesra lässig hinter seine Schulter und zieht irgendwie ein glänzendes Schwert aus dem Nichts.

Es ist in der Tat hinreißend.

«Ich benutze das Geschenk meiner Mutter ungern, wenn es sich vermeiden lässt», sagt er und dreht das schwarze Perlenheft einmal in der Hand, sodass das Licht auf der Quecksilberklinge reflektiert. «Doch die Situation verlangt wohl nach so extremen Maßnahmen.»

Das Schwert von Sea. Der Beweis für Daesras göttliches Geburtsrecht.

Er dreht es weiterhin in hypnotischen Bewegungen, als wollte er die Aufmerksamkeit der Kreatur halten. Die hat er. Das Ding springt explosionsartig auf, fliegt hoch in die Luft und bricht dabei durch kleinere Stalaktiten, als wären sie nichts. Die schweren Steinstacheln regnen mit erschütternder Kraft zu Boden.

Und bringen mich auf eine Idee.

Daesra weicht der herabstürzenden Kreatur mit einer Rolle aus, schwingt das Schwert und schlägt dem Ding die beiden Vorderbeine ab. Der schwere Körper prallt in einem mahlenden Kreischen von Stein auf Stein auf den Boden. Anstatt anzugreifen, während es am Boden liegt, und den grotesken Augapfel-Kopf von seinem Mund-Körper zu trennen, wie ich es getan hätte, lässt sich der Daemon Zeit, um zwischen der Kreatur und *mir* herumzulungern.

«Was machst du denn?», schreie ich. Wenn er wieder versucht, mich irgendwie gefangen zu nehmen, wird sich mein nächster Angriff gegen ihn richten. Doch er wendet sich nicht zu mir, sondern dreht mir seinen schutzlosen Rücken zu, während er sein glänzendes Schwert bereithält. Das Spinnenwesen richtet sich in abscheulichen Zuckungen auf seine vielen Ellbogen und Knie auf.

«Ich bin sehr, *sehr* wütend auf dich», sagt er, ohne mich anzusehen, und die ausdruckslose Ruhe in seiner Stimme ist angsteinflößender als jeder Gefühlsausbruch, «aber darüber sprechen wir später.»

«Ich bin aus hundert Gründen wütend auf dich», rufe ich zurück, «aber vor allem, weil du dem Ding noch nicht den Kopf abgeschlagen hast!»

Er zuckt die Schultern. «Ich dachte, zwei Beine sind ein guter Anfang.»

«Nein …», setze ich an, doch mittlerweile hat die Kreatur ihren Stand wiedergefunden – auf *all* ihren schrecklichen Füßen –, und sie hat sich uns zugewendet.

Beide Vorderbeine sind wieder nachgewachsen.

«Das habe ich auch schon versucht!», fauche ich.

Eigentlich war das Pocli, aber wir haben keine Zeit für Erklärungen. *Pocli,* denke ich mit einem Aufflackern nutzloser Qual. Ich kann mir die Ablenkung gerade nicht leisten, also schiebe ich alle Gedanken an ihn beiseite, auch wenn sie an mir zerren.

Anstelle von Füßen in Handform haben die Vorderbeine des Spinnenwesens jetzt gefährlich aussehende Klauen. Außerdem erhebt sich ein mehrgliedriger *Schwanz* hinter ihm. An der Spitze hat dieser allerdings kein Haarbüschel wie Daesras, sondern ist mit einem Stachel von der Größe eines Schwertes besetzt. Das Ding klickt und wiegt sich von einer zur anderen Seite, während es sein neues Gleichgewicht testet.

Wieder schlägt Daesra nicht zu, als er sollte. «Eine Spinne war in Ordnung, aber *ich* mag keine Skorpione», sagt er.

Spinne oder Skorpion, mein Mund ist bei dem Anblick ganz trocken geworden. «Ich wollte gerade sagen, dass es wie du aussieht.»

«Lustig.»

«Ich mein es ernst. Dieser Ort hat sich in der Zisterne von uns beiden genährt, genau wie er die Statuen verschlungen hat. Er muss wissen, dass ich Spinnen fürchte, und er hat auch deine Stärken und Schwächen rausbekommen.»

Oder sie vielleicht schon immer gekannt.

Da blickt Daesra zu mir nach hinten, Sorge erhellt seine Augen, und er bewegt sich – fort von mir. «Verschwinde von hier, Sadaré», knurrt er. «Den Wasserfall runter.»

Zögernd versucht die Kreatur, sich zwischen uns zu entscheiden, aber Daesra geht auf sie zu und schlägt wild nach ihr, lenkt ihre Aufmerksamkeit von mir ab. Er macht sich angreifbar, um das attraktivere Ziel zu sein. Doch ich kann nicht weglaufen. Nicht, nachdem der Schwanz des Dings peitschenschnell herabtaucht und Daesra erwischt, seine Schulter durchbohrt und ihn an einen großen Stalagmiten nagelt. Mit einem seltsamen Klirren, das eher einem Glockenspiel gleicht, fällt sein Schwert aus seinen schlaffen Fingern. Und doch sieht er kaum auf die Wunde, die mich hätte töten können. Die er für *mich* erlitten hat.

«*Geh*», schreit er. «Ich schaffe das schon!»

Doch ich gehe nicht. Ich lasse meine Fingernägel erneut zu Krallen werden und ziehe sie in vier blutigen Spuren meinen Arm entlang. Eine für jeden der vier massiven Stalaktiten, die sich über mir von der Höhlendecke lösen und durch die Luft sausen. Ihre schiere Masse tut ihr Übriges, sie stürzen mit erderschütternder Wucht zu Boden.

Einer verfehlt das Ungetüm völlig, aber der größte durchbohrt seinen Unterleib, tritt aus dem Mund an der Unterseite wieder aus und drückt es auf den Boden. Gleichzeitig durchtrennt er seinen Schwanz, dessen Ende in Daesras Körper steckt. Ein anderer zermalmt auf einer Seite zwei seiner Hinterbeine sowie das letzte seiner Vorderbeine und kommt dem Daemon dabei gefährlich nahe. Das erweist sich als Segen, denn das Ding schlägt mit seinem verbliebenen Vorderbein wild um sich, und der Stein schützt Daesra vor den Hieben der Klauen, die seine Haut zerfetzt hätten, zumindest für einen Moment.

Mit dem abgetrennten Schwanz, der ihn immer noch festhält, hat er schon genug zu kämpfen.

«*Verdammt*», spuckt er aus, sein Gesicht vor Schmerzen verzogen, «ich kann mich nicht heilen, solange er in meiner verdammten Schulter steckt, und ich kann nicht ...» Einarmig zieht er an dem Stachel, aber er schafft es weder, ihn herauszuholen, noch, ihn aufzulösen.

Ich will gerade den Felsen hinter ihm zertrümmern – oder ihm sagen, dass er es tun soll, wenn ich es nicht schaffe –, als sich die verbliebenen Beine der Kreatur plötzlich in den Boden stemmen. Langsam und knirschend richten sie sich auf und heben ihren Körper – das schreckliche Maul an der Unterseite öffnet sich immer weiter – von dem Stalaktiten. Selbst mit fünf Beinen gelingt es dem Wesen, sich etwas wackelig zu mir umzudrehen. Es ignoriert Daesra völlig, solange er noch gefangen ist.

Ah, denke ich. *Seine größte Schwäche.*

Daesra hat gerade noch Zeit, mir zuzurufen, ich solle weglaufen, bevor das Ding sich auf mich stürzt. Ich schleudere den Stalagmiten, der gegen Pocli geprallt ist – und Poclis Flügel gebrochen hat –, direkt auf seinen Kopf, aber ich verpasse der Kreatur nur einen Streifschlag, als sie sich duckt. Sie stürzt sich wieder auf mich, und ich denke, dass ihr schreckliches, augenerfülltes Gesicht das Letzte sein könnte, was ich sehe.

Bis sie abrupt stehen bleibt.

Deos hält eines ihrer Hinterbeine fest, seine marmornen Gliedmaßen drücken fest zu. Ich schreie auf, als sich die Kreatur auf ihn stürzt, ihn mit beiden Vorderbeinen in den Boden rammt und ihm ihren Unterleibschlund entgegenreckt, fast wie eine Wespe es mit ihrem Stachel tun würde.

Sie beißt der Statue einen Arm ab. Das Ding kaut und schluckt in rascher Folge, begleitet von grässlichem Wippen und Knirschen.

Einen Moment lang bin ich zu erschrocken, um zu schreien.

Das Wesen wiederum muss zu wütend sein, um Deos zu erledigen, denn es wirft ihn mit enormer Kraft beiseite und lässt sich schnell neue Beine wachsen. Der Biss muss es irgendwie genährt haben. Deos liegt regungslos da, einarmig, mit einem tiefen Bruch in der Brust, wo vorher nur ein kleiner Riss war, und starrt gelassen auf die Stelle, an der sein Arm war.

Daesra schreit wortlos. Er zerrt an der abgetrennten Spitze des Schwanzes, nicht um sie herauszuziehen, sondern um seine Schulter davon zu lösen – ähnlich wie die Monstrosität es mit dem Stalaktit getan hat. Er zieht den steinernen Schaft *durch* sein Fleisch, bis er sich mit einem Brüllen davon losreißt. Er hat sich den Schmerz zu eigen gemacht, und mit einer Bewegung seines unverletzten Arms schleudert er das gesamte Gestein, das ich von der Decke geholt habe, und noch einiges mehr, in einer Felskaskade auf die Kreatur.

Einen Moment lang herrscht so etwas wie Stille, abgesehen vom Tosen des Wasserfalls. Der Daemon und ich sehen uns in die Augen. Wir bluten beide. Atmen schwer. Sind *erleichtert*, dass wir uns trotz allem noch gegenüberstehen.

Doch dann höre ich das Rumpeln von losen Steinen. Scheinbar unbeeindruckt von dem riesigen Trümmerhaufen rührt sich das Wesen und beginnt, das Gewicht von sich zu schieben.

Beinahe möchte ich lachen, auch wenn mir gleichzeitig ein Schluchzen in der Kehle hochsteigt. Es ist genau wie Daesra – das Ding kann nicht sterben. Und es wird wieder auf mich losgehen, daran habe ich keinen Zweifel.

Daesra sieht erst das Ding an und dann mich, als ob er dasselbe denken würde. Und dann stürzt er auf mich zu.

Kurz frage ich mich, ob *er* das Vergnügen haben will, mich zuerst umzubringen.

Sein plötzlicher Sprint bringt ihn direkt zu mir, seine Arme legen sich hart um meine Brust und unter meine Schultern, reißen mich hoch.

Sein Schwung trägt uns beide über den Rand des Wasserfalls – er muss in etwa den gleichen Gedanken gehabt haben wie ich bei Pocli, als ich ihn beschützen wollte. Obwohl ich mich nicht sehr beschützt fühle, jetzt, wo ich es selbst erlebe.

Ich sehe die steinerne Decke, den Wasserfall und dann das aufgewühlte Wasser mit den zerklüfteten Felsen weit unten, das rasend schnell auf mich zukommt – und vielleicht wartet dort etwas noch Beängstigenderes –, bevor ich von so viel Nebel verschlungen werde, dass ich nicht mehr klar sehen kann. Wir fallen eine ganze Weile.

Ich versuche zu schreien, bevor wir auf dem Wasser aufschlagen, aber Daesras Hand bedeckt meinen Mund, während er mich fester an sich drückt und seinen Körper um mich herum zusammenrollt. Er muss seine Hörner und Hufe jetzt wohl für die geringere Gefahr halten.

Aus gutem Grund. Die Wucht unserer Landung und die stechende Kälte versetzen mir einen heftigen Schock, eisiges Wasser strömt durch meine Kleidung, in meine Ohren, meine Nase, sogar meinen Mund unter Daesras Hand. Obwohl er mich mit sich an die Oberfläche zieht, kann ich nicht atmen, mir bleibt die Luft weg.

Wenn ich gekonnt hätte, hätte ich vielleicht noch einmal versucht zu schreien, denn die Strömung treibt uns auf ein gewaltiges, zerklüftetes Loch zu, das in der Dunkelheit des Erdbodens verschwindet. Es lässt Übelkeit in mir aufsteigen, genau wie der Anblick des Spinnenwesens zuvor.

Ich habe kaum Zeit, mich zu wehren, bevor Daesra uns beide aus dem Wasser katapultiert – wenn auch erneut in Wasser hinein, denn sein delphinartiger Sprung trägt uns tatsächlich *durch* den Wasserfall und auf die andere Seite. Die sturzflutartige Kraft versucht, mich aus seinem Griff zu reißen, bevor er gegen eine Felswand prallt, wobei er erneut die Wucht des Stoßes mit seiner

Schulter abfängt. Und die war gewaltig. Obwohl er mich an seine Brust gedrückt hielt, schwirrt mir der Kopf.

Schwindelig schweift mein Blick umher. Hinter dem Wasserfall gibt es einen steinernen Vorsprung, der breit genug ist, dass ich zwischen Daesras Beinen stehen kann, als er mich durch seine Arme gleiten lässt, ohne mich ganz loszulassen. Das Wasser bildet einen tosenden, blau leuchtenden Vorhang um uns herum, das Rauschen und der Nebel sind überwältigend.

Dann wird es plötzlich leiser. Daesra lässt mich nicht los, aber ich spüre, wie er sich ein wenig entspannt. «Ich habe einen Schild errichtet, durch den man uns nicht sehen und hören kann, aber wir sind noch nicht in Sicherheit.»

Ach, wirklich?, würde ich am liebsten mit einem hysterischen Lachen sagen.

Stattdessen nicke ich in Richtung des Schlunds und sage erstickt: «Ich habe Pocli *da* hineingeworfen?»

«Und das macht dir gerade Sorgen?», fragt der Daemon zischend.

Ich würde vor Kummer am liebsten laut weinen und ihn schlagen, aber dann heilt Daesra meine Wunden mit einem Streich, und ich keuche stattdessen erleichtert.

Ich schaue nach unten und stelle fest, dass er sich seine Krallen in die Handfläche bohrt, um seinen Schild aufrecht zu halten. Die Risse in meiner Haut zu heilen, hat ihn wahrscheinlich nicht viel mehr gekostet. Der Nachteil an seiner Fähigkeit, sofort zu heilen, ist wohl, dass er sich immer wieder selbst verletzen muss, wenn er zusätzliche Kraft braucht. Für jemanden, der keine Liebe für Schmerzen empfindet, muss das unangenehm sein.

Obwohl er keine Freude daran hat, ist er offensichtlich bereit, dieses Opfer zu bringen. Er hat seine gottgleiche Natur aufgegeben, um diese schmerzhafte Art von Unsterblichkeit und Macht zu erlangen. Ein Tausch, den ich gerne eingehen würde, und sei es nur, um das Ding da oben in Stücke zu reißen und dafür zu sorgen, dass Pocli und Deos – und sogar Daesra – für immer vor ihm sicher sind.

Ich will dem Daemon gerade sagen, dass er genau das tun soll, oder sogar versuchen, meine eigene begrenzte Macht dafür einzusetzen, als er meine Mitte fester packt und seine Hand wieder auf meinen Mund legt. Ich vertraue seinem Körper, wenn auch nicht ihm – er ist erstarrt wie eine Statue –, also leiste ich keinen Widerstand.

Als ich seinem Blick folge, sehe ich es: ein langes, gegliedertes Bein aus Stein – zusammengesetzt aus menschlichen Beinen und Armen –, das den Wasserfall teilt. Das schreckliche Ding ist ein Stück hinuntergekrochen und sucht nach uns.

Ich halte den Atem an, bis es sich zurückzieht und der Wasservorhang wieder ununterbrochen hinabfällt. Es darf nicht wissen, dass wir über den Wasserfall gesprungen sind. Deshalb hat Daesra mir den Mund zugehalten – beide Male, obwohl das zweite Mal dank seines Schildes nur aus Instinkt geschah, ebenso wie das Anhalten meines Atems.

«Es ist erst mal weg», murmelt er. «Ich kann immer noch durch die Augen der Statue sehen.»

Ich bin überrascht, dass der Daemon dies mit mir teilt. Als ich zu ihm aufsehe, ist sein Ausdruck todernst. Er lässt mich los und sucht in seiner Tunika nach etwas. Dann greifen seine Finger nach meinen, und er überrascht mich. In seiner Handfläche spüre ich einen Lederbeutel mit Nadeln.

«Bereite dich vor», weist er mich an.

«Auf was?» Es muss entsetzlich sein, wenn er mir meine Nadeln zurückgibt, vor allem, nachdem ich ihm davongelaufen bin. Dennoch bin ich erstaunt, dass er es tut.

Vielleicht ist das ein halber Schritt Richtung Vertrauen. Vielleicht ist es auch närrisch von mir, das zu glauben.

«Ich weiß es nicht», sagt er. «Aber wir müssen zusammenarbeiten, ansonsten wirst zumindest du es nicht überleben. In beiden Richtungen steht uns eine schwierige Entscheidung bevor.» Seine Hand befindet sich immer noch in meiner.

Dadurch fällt es mir schwerer nachzudenken. «Du meinst, wir sitzen zwischen einer Steinwand und einer Wasserwand fest?»

Ich höre sein Lächeln. «Wohl eher zwischen einer widerlichen Missgeburt, die einfach nicht stirbt, und einer Unterwassergrube unergründlicher Tiefe. Wenn wir versuchen, zurückzugehen, müssen wir uns der Kreatur stellen. Wenn wir das Loch wählen … weiß ich nicht, was passiert.»

Unwillkürlich erschaudere ich. «Wunderbare Aussichten.» Selbst mein Sarkasmus klingt schwach und armselig. «Du könntest mich einfach der Kreatur zum Fraß vorwerfen und tun, was du willst, während sie beschäftigt ist», füge ich hinzu.

Seine Stimme ist leiser, als ich erwartet hätte. «Ich glaube, dass wir beide das nicht wirklich wollen.» Seine Hand löst sich von meiner, und seine Worte werden schärfer. «Warum stichst du dich noch nicht selbst?»

Vielleicht, weil sich seine Berührung zu angenehm angefühlt hat. Und ehrlich gesagt ist mir so kalt, dass ich meine Hände kaum spüren kann, geschweige denn, dass ich so meine Nadeln geschickt führen könnte. Ich bezweifle, dass ich in meinem gefühllosen Fleisch große Schmerzen verursachen könnte, selbst wenn ich es schaffen würde, sie vernünftig zu bewegen. Als Antwort klappern meine Zähne.

Mit einem Seufzen zieht er mich näher an sich. Was auch immer er tut, er beginnt Hitze auszustrahlen wie ein Feuer und spendet mir Wärme. Wenn er versuchen würde, mich auf direktem Weg zu wärmen, würde er mich wohl kochen.

Der Moment dehnt sich aus, die Zeit verlangsamt sich beinahe. Plötzlich spüre ich jeden Teil von ihm, der jede Stelle meines Körpers berührt. Es hilft nicht gerade, dass er vor Hitze brennt. Trotz des Ortes, an dem wir uns befinden, trotz allem, was zwischen uns ist, schließe ich die Augen und lehne mich an ihn. Ich spüre, wie sein Kinn auf meinem Kopf ruht. Sein zweiter Seufzer weht über mein Gesicht, sein Atem ist weich und warm. So ungern er es auch tun mag, er bleibt, wo er ist.

Eine kurze Weile stehen wir beide einfach so da. Ich wünschte, ich könnte hierbleiben. Geborgen. Warm. Sicher ... mehr oder weniger. Aber wir haben eine unmögliche Wahl zu treffen, die mit Kälte, Nässe und Schmerz verbunden ist, egal wie wir uns entscheiden.

«Warum hasst du meine Nadeln so?», frage ich plötzlich.

Er zögert. «Abgesehen davon, dass ich sie ästhetisch nicht ansprechend finde und daher nicht lernen möchte, mit ihnen umzugehen, hat es ... Es hat mir immer gefallen, derjenige zu sein, der dir wehtut.»

«Dann tu mir weh», sage ich. «Jetzt.»

Er zieht den Kopf zurück, um mich überrascht anzusehen. «Was?»

«Ich will, dass du mir wehtust. Ich bitte dich darum, was es zu meinem Werk macht. Ich will meine Nadeln nicht benutzen.»

Sein Ausdruck verschließt sich, es ist mir unmöglich, ihn zu lesen. «Warum?»

«Weil ich will, dass du es tust», blaffe ich, da mein Geduldsfaden kurz davor ist, zu reißen. Vielleicht bin ich auch kurz davor, den Verstand zu verlieren. Alles, was ich tun kann, ist, nicht zu sagen: *Weil du es auch willst.* «Bitte», füge ich hinzu, und sein Blick wird ein winziges bisschen weicher, gibt mir genug Ermutigung, um zu fragen: «Gibt es etwas, was ich besonders gerne mochte?»

«Vieles.» Er sieht mich an, als wäre ich ihm ein absolutes Rätsel – allerdings kein unangenehmes, denn seine Züge wirken amüsiert. «Aber jetzt muss es schnell gehen und heftig sein. Normalerweise würde ich dich erst aufwärmen – und damit meine ich nicht so wie gerade eben.»

Ich spüre, wie mir als Antwort Hitze in die Wangen steigt. «Tu es.»

Das ist alles, was er braucht. Er bewegt sich blitzschnell, schlägt mir gegen die Schulter, die Oberarme, zwischen die Rippen – seine Hände verschwimmen vor Geschwindigkeit –, und er rammt sie schließlich tief in das Fleisch meiner Oberschenkel. Jeder Schlag baut auf dem letzten auf. Es ist, als hätte er die Saiten gefunden, die er zupfen muss, um meinen ganzen Körper vor Qual singen zu lassen – und das alles, ohne meine Haut zu verletzen. Der Schmerz hallt so stark in mir wider, dass ich nicht einmal einen Laut von mir geben kann, als meine Knie einknicken.

Er fängt mich auf, drückt mich fest an seine Brust und haucht mir Worte ins Haar. «Versuch nicht noch einmal, mich zu hintergehen, du entsetzlich ärgerliche Kreatur.»

Ich stoße ein zittriges Keuchen aus, blinzle Tränen weg und suche nach einer Antwort, doch mir bleibt die Sprache weg.

Götter, es fühlt sich unglaublich an.

Trotz meiner wackeligen Beine zwingen seine nächsten Worte mich dazu, die Füße wieder fest auf den Boden zu stellen. Ich kann nicht einmal den neuen Schub Schmerz genießen, der mir dabei durch den Körper zuckt.

«Das Ding greift jetzt Deos an.» Daesra merkt nicht, dass er die Statue beim Namen genannt hat. Als ich zu ihm aufblicke, zuckt er angesichts dessen, was er sieht, zusammen. «Es hat sein Bein. Es ...» Er verzieht das Gesicht und muss den Satz gar nicht beenden.

Übelkeit steigt in mir auf, während die von den Schmerzen verursachte Macht gleichzeitig heiß und stetig in mir glüht. «Wir können ihn nicht einfach da oben zurücklassen!»

«Er ist nur *ich*, Sadaré, eine Erweiterung von mir. Kaum stärker als ein Finger, der abgetrennt wurde, um seinem eigenen Willen zu folgen.»

«Ein Grund mehr, ihm zu helfen, wenn er ein Teil von dir ist!»

Überrascht blinzelt Daesra.

«Er hat mir geholfen», beharre ich hastig, da ich mich nicht in solch trübes Gewässer begeben will. Und doch meine ich jedes Wort genau so, wie ich es sage. «Er hat mich *gern.*»

Meine Stimme ist kurz davor zu brechen. Für Pocli empfinde ich genauso, aber wenn ich jetzt an die kleine Chimäre denke, fange ich an zu schluchzen, also lasse ich es nicht zu. Ich habe keine Ahnung, wo Pocli ist. Ob er überhaupt noch lebt. Aber Deos können wir noch helfen. Hoffentlich.

Einen Moment lang sieht Daesra mir in die Augen, und dann flucht er leise vor sich hin. «Na gut, aber dann müssen wir jetzt handeln. Es ist schon dabei, seinen Oberschenkel anzuknabbern.» Ich kann kaum verarbeiten, dass das bedeutet, dass Deos seinen *Unterschenkel* bereits verloren hat, bevor der Daemon fragt: «Kannst du dich um die Strömung des Wasserfalls kümmern?»

Ich nicke in der Hoffnung, dass es stimmt. «Aber du kannst mit Wasser besser umgehen –»

«Du auch, weil es formbarer ist als Stein. Ich kümmere mich um Letzteren.»

Formbar oder nicht, es ist eine entsetzliche Menge an Wasser, die ich kontrollieren muss. Aber mein Körper kribbelt immer noch von dem nachhallenden Schmerz dieser fiesen kleinen Schläge. Außerdem muss ich etwas tun. Irgendetwas.

Es *frisst* Deos.

«Gut», sagt Daesra, der mich scheinbar einfach so beim Wort nimmt. «Lenk das Wasser auf das Ding – so viel, wie du kannst –, nachdem ich es getroffen habe.»

«Wie –?»

Mir bleibt keine Zeit, um die Frage zu stellen, bevor Daesra mit dem Huf aufstampft und dieses Geräusch den Fels hinaufvibriert, die Wand hinter uns einreißt und den Boden unter meinen Sandalen erbeben lässt. Mir wird bewusst, dass sein Schild fort ist.

Die schreckliche Kreatur muss ihn gehört haben.

Wieder flucht Daesra. «Deos hat versucht, es zu packen, und –»

Ich höre etwas mit einem entsetzlichen Krachen an die Wand auf der anderen Seite prallen, direkt über dem tiefen Schlund im Erdboden. Dann folgt ein entferntes Platschen.

«Das war Deos», sagt Daesra. «Jetzt kann ich nichts mehr sehen.»

Ich schon: den grauenvollen Schatten einer Kreatur, die über uns hinter dem Wasserfall lauert. Daesra sieht sie auch und hebt eine blutige Faust, während er meinen Kopf mit dem anderen Arm abschirmt.

«Bereit?», haucht er.

Ich habe kaum genickt, als schon ein massiver Brocken aus der Felswand bricht und hinter dem Wasserfall hervorschießt wie die Faust eines Riesen. Er erwischt das Spinnenwesen direkt am Unterleib und schleudert es hoch wie einen Stein aus einem Katapult. Der Felsvorsprung teilt den Wasserfall so, dass ich sehen kann, wie das Ding genau wie Deos zuvor gegen die Wand auf der anderen Seite des Lochs prallt, fällt … und sich dann mit seinen weit gespreizten Beinen am Eingang *abfängt*.

«Jetzt!», schreit Daesra, aber ich werfe bereits alles, was ich habe, auf das Ding. Der Wasserfall krümmt sich plötzlich in der Luft, trotzt der Naturgewalt und kracht auf das Spinnenwesen. Der Strahl drückt es weiter in das Loch, aber einige der abscheulichen Beine halten sich trotz der Sturzflut immer noch am Rand fest – und ich kann diesen Schwall nicht mehr lange aufrechterhalten.

«Daesra», keuche ich.

«Bin dabei», sagt er schroff, und Salven von Felsen fliegen auf die Kreatur.

Ich kann sehen, wie die Spinnenbeine sich an der rauen Oberfläche festklammern. Wenn einer von uns den Stein glätten würde ...

Doch der Wasserstrahl entgleitet allmählich meinem Halt, und das Ungeheuer schüttelt sich und kämpft sich trotz der unablässig auf es einprasselnden Felsen und des Wassers wieder aus dem Loch. Kurz bevor der Wasserfall wieder an seinen Platz rauscht und mich dabei mit genug Kraft trifft, um mich wegzuspülen, würde Daesra mich nicht festhalten, schnellt das Spinnenwesen hoch. Direkt auf uns zu.

Daesra springt, zieht uns beide in den Strom, und die Kälte trifft mich erneut. Selbst unter Wasser höre ich – spüre –, wie das Ungeheuer gegen die Felswand prallt, vor der wir gerade noch gestanden haben.

Als wir in den unruhigen, rauschenden Wellen wieder auftauchen, ruft Daesra: «Atme tief ein. Ich schirme uns ab.» Er tut es mir gleich, und für mehr bleibt uns keine Zeit, bevor uns der wartende Schlund des unterirdischen Tunnels verschlingt. Wir stürzen in die Dunkelheit.

Die Welt ist ein schwarzes, brodelndes Chaos. Erbarmungslos. Selbst im Schutz von Daesras Körper und seinem Schild spüre ich noch, wie wir an den Felsen entlangschlittern. Zumindest fühlt sich der Wasserstrom weniger wie der sichere Tod an und mehr wie ein treibender Windstoß.

Doch schon nach kürzester Zeit brauche ich Sauerstoff. Ich zucke, mein Körper fängt an, unwillkürlich zu zappeln, doch Daesra hält mich nur fester. Ich schlage um mich, schiebe seine Brust weg, doch er schüttelt nur den Kopf neben meinem, und dann zieht er mich an den Haaren nach hinten.

Seine Lippen treffen auf meine. Ich brauche einen Moment, huste, um meinen Mund zu leeren, genau wie er seinen, doch dann pressen sich unsere Lippen einfach aufeinander. Und er haucht mir Atem ein.

Ich kann sehr lange den Atem anhalten, hat er einmal gesagt.

Aber er hat trotzdem keine Pferdelunge. Ihm bleibt nur eine begrenzte Menge an Atem, den er teilen kann. Dennoch reicht es, damit meine Panik nachlässt, während wir an den Tunnelwänden abprallen und in der kalten, nassen Dunkelheit gegen unsichtbare Felsen stoßen.

Pocli, komme ich nicht umhin zu denken.

Als ich mich verkrampfe, haucht Daesra mir wieder Luft ein und massiert mir in einer beruhigenden Geste den Nacken. Ich bin nicht sicher, wie lange wir noch so weitermachen können.

Erneut ringe ich um Atem, meine Lunge schreit nach Sauerstoff. Seine Lippen pressen sich auf meine, und ich weiß, dass es das letzte Mal sein wird.

Und dann wird alles silbern.

Nein, denke ich, obwohl es Sicherheit bedeutet. *Ich will es nicht wissen.*

Doch dann ist es, als wäre ich jemand anderes an einem anderen Ort und dieser Gedanke wäre mir nie in den Sinn gekommen.

ZUVOR

Ich schreite allein über eine wunderschöne Bergwiese voller gelber Blumen. Das Licht der tief stehenden Sonne strahlt durch die Bäume und taucht alles in Gold. Tau sammelt sich am Saum meiner Priesterinnenrobe, die ich mittlerweile oft trage, obwohl ich keine Priesterin bin. All die echten Priesterinnen sind aus dem Tempel geflohen, den wir bewohnen, und haben einiges an Kleidung zurückgelassen, und *irgendwas* brauchte ich zum Anziehen. Daesra zerreißt meine Kleidung regelmäßig, und außerdem stellt er sich gern vor, ich wäre eine Priesterin, die er schändet.

Er hat sie nie wirklich geschändet – außer sie haben ihn darum gebeten, was anscheinend einige von ihnen getan haben. Ich kann es ihnen nicht verdenken. Die Übrigen hat er friedvoll ziehen lassen. Aus Respekt seiner Mutter gegenüber, nehme ich an.

Es ist früher Morgen, und ich konnte mich aus dem Tempel schleichen und den Daemon schlafend zurücklassen. Sonst war niemand da, der mich aufhalten könnte, dennoch ist es nicht leicht, zu entkommen. Mit seinen roten Augen behält er mich immer genau im Blick, und er schließt sie nicht oft. *Aus gutem Grund*, denke ich ironisch und gleichzeitig nicht ohne Sorge. Abgesehen von der Tatsache, dass Soldaten und Möchtegernhelden oft versuchen, ihn zu töten oder aus seinem Zufluchtsort zu locken, bin ich jetzt hier draußen, um heimlich jemanden zu treffen. Jemanden, von dem er absolut nicht wollen würde, dass ich ihn treffe.

Wenn er es herausfände, würde er mich vielleicht sogar töten.

Es ist so gefährlich, dass ich nicht weiß, *warum* ich hierherbeordert wurde, aber wenn eine Gottheit ruft, sollte man das besser nicht ignorieren. Dabei bestand mein Plan eigentlich darin, keinen Kontakt nach außen zu haben. Daesras vollkommenes Vertrauen zu gewinnen. Ihn mich verschlingen zu lassen, bis er berauscht davon ist.

Was das Verschlingen angeht, schlage ich mich ausgezeichnet, auch wenn er mir nicht gänzlich vertraut – noch nicht. Wenn ich der Ablenkung hätte dienen sollen, damit jemand anderes seine Sache erledigen kann, während Daesra ihm den Rücken zuwendet, wie er einmal gemutmaßt hat, hätte ich meine Aufgabe bereits erfolgreich erledigt. Nur bin *ich* diejenige, die zuschlagen muss, und er macht es mir schwer. Es hat nichts mit seinem scharfen Blick zu tun. Sondern einzig und allein mit ihm, seiner Nähe zu mir.

Schon oft habe ich mich gefragt, wer hier von wem berauscht ist.

Vielleicht ist das der Grund dafür, dass ich heute Morgen hierherbeordert wurde, obwohl dies den Plan gefährdet. Der Traum war ganz deutlich. Ich bin in der Dunkelheit vor der Dämmerung kerzengerade aufgeschreckt, obwohl ich erst wenige Stunden zuvor eingeschlafen war. Der Daemon schlief neben mir weiter. Er braucht nicht immer Ruhe, doch nach gewissen ... Aktivitäten ... neigt er viel eher dazu. Und er hält mich gerne im Arm, während wir beide schlafen, was ich seltsam süß finde.

Der Traum war weniger süß: ein Ozean aus Licht unter einem blauen Himmel, ein Paar brennender Augen am Horizont, wie Zwillingssonnen, die auf Rache sinnen. *Horizont*, wohl wahr. Und plötzlich wusste ich genau, wohin ich gehen musste, als wäre mir der Gedanke in den Kopf gepflanzt worden.

Ich bleibe inmitten des Feldes stehen, drehe mich in dem Meer aus goldgelben Blumen und spüre, wie der kühle Tau zwischen meinen Zehen in den Sandalen schmatzt, während Nervosität in meinem Bauch aufsteigt und sich Gänsehaut auf meinem Körper ausbreitet. Ich weiß nicht, wie die Gottheit mir begegnen will, da allein ihr Anblick mich in Brand setzen könnte. Zum Turm hochzusteigen, ist der einzige Weg, die Götter in ihrer reinen Form zu betrachten – auf eine begrenzte Weise, eingedämmt.

Vielleicht *will* sie mich verbrennen. Und doch bin ich gehorsam erschienen. Vielleicht weil ich es verdiene, zu Asche zu werden, nach dem, was ich allmählich über mich selbst vermute.

Plötzlich bemerke ich, dass ich nicht allein auf der Wiese bin. Ich fürchte mich davor, mich umzudrehen, frage mich, ob der Anblick das Letzte sein wird, was ich je zu Gesicht bekomme. Doch als ich es tue, gehe ich nicht in Flammen auf; ich starre nur verwirrt geradeaus. In der Nähe der Bäume steht eine Gestalt in einer schimmernden grauen Tunika – die Farben des Meeres und des Himmels vermischen sich darin. Es ist eine Frau mit leuchtend rotem Haar und Augen von einem durchdringenden Gelb.

Und ich kenne sie. Das ist nicht die Gottheit.

«Hawk?», frage ich verwundert. Und dann trete ich einen Schritt zurück. «Nein.»

Die Frau schüttelt einmal kurz den Kopf. «Ich bin nicht sie, und doch bin ich weit mehr.»

Trotz der Vertrautheit der Stimme und der Gestalt vor mir ist mein Mund trocken. «Weiß meine Tante, dass Ihr ihren Körper tragt wie eine Tunika?»

«Sie ist diejenige, die es mir gestattet hat. Sie wusste, dass du mich ohne irdische Hülle außerhalb des Turmes nicht ansehen könntest und dass ihr Körper meiner Macht standhalten würde.» Die halbe Frau lächelt halb. «Ich glaube, sie war neugierig, wie es sich anfühlen würde, von einem Wesen wie mir besessen zu sein.»

Da ich weiß, dass die Gottheit in Bezug auf meine Tante richtigliegt, kann ich nicht anders, als das Lächeln zu erwidern, wobei meins sich schnell in eine Grimasse verwandelt. «Warum seid Ihr überhaupt hier?», frage ich, auch wenn ich es mir denken kann.

«Wir müssen reden. Ich konnte dich nicht zum Turm rufen, ohne dass Daesra Verdacht geschöpft hätte, wie du sicher weißt. Also bin ich hergekommen. Ich habe Sorge, dass du wankst. Deine Tante auch. Wir sind beide hier, um dich zu warnen.»

Plötzlich ist die Wahrheit zu viel, um sie zu fassen, wie Sonnenlicht, das über den Horizont hinausströmt. Ich bedecke mein Gesicht mit den Händen, als könnte ich die Augen davor verschließen, doch meine Worte lügen nicht. «Ich weiß nicht, ob ich es durchziehen kann. Ich weiß nicht, ob ich ihn zu Euch bringen kann.»

«Es ist der einzige Weg, Sadaré.»

Meine Stimme wird wütend, vielleicht aber auch nur, weil ich es nicht wage, der Gottheit in die Augen zu sehen – in Hawks Augen, die sich die Gottheit geborgt hat. «Als Ihr mir diese Aufgabe auferlegt habt, *wusstet* Ihr, was passieren würde. Ihr *wusstet*, welche Gefühle ich für ihn entwickeln würde, oder?» Ich fahre mir mit den Händen über die Wangen, zwinge mich, die Augen für das zu öffnen, was ich nicht länger ignorieren kann. «Ihr werdet ihm wehtun, nachdem ich ihn gebunden habe, nicht wahr?»

«Du liebst ihn», sagt die Gottheit schlicht. Sie klingt nicht wütend darüber. «Du musst wissen, dass er diese Liebe nicht wirklich erwidern kann, so wie er ist. Wenn er es behauptet, dann lausche auf sein Zögern und Zweifeln – sie sagen die Wahrheit. Seine Natur verhindert es.»

Ich lache erstickt auf und lasse die Hände sinken, die sich in meinem feuchten Rock zu Fäusten ballen. «Ich dachte, er hat sich selbst zum Daemon gemacht, um jegliche Beschränkungen hinter sich zu lassen. Er hält sich für freier als jeder Gott.»

«In mancherlei Hinsicht ist er das – wenn es um Macht geht. Aus einer anderen Perspektive betrachtet, hat er sich selbst ein Gefängnis gebaut und sich darin angekettet. Dir gegenüber ist er sanfter, doch das ist beinahe alles, was du von ihm kennst. Weißt du noch, was du gesehen hast, als du hier ankamst?»

Schwer schluckend wende ich den Blick ab. Bei dem Gedanken wird mir immer noch schlecht, egal wie gnädig er sich den Priesterinnen später gezeigt hat. Nachdem ich protestiert hatte, zwang er die, die später kamen, das Chaos zu beseitigen, das er mit ihren Vorgängerinnen veranstaltet hat – und dann brachte er *sie* in die größten Gräber, die sie gegraben hatten.

Für gewöhnlich versuche ich, nicht daran zu denken, aber ich gestehe: «Ich erinnere mich.»

«Noch weißt du nicht alles, wozu er fähig ist, doch du kannst es erahnen. Immerhin scheust du selbst keine Mühen, um zu erlangen, was du dir wünscht.»

Ich kann die Gottheit nicht anlügen, und sie weiß dies ohnehin über mich. Ich nicke.

«Deshalb fühlt er sich von dir angezogen. Ihr seid euch sehr ähnlich. Wie verdrehte Spiegelbilder.»

«Wie Ihr und Sky es einst wart?», herrsche ich sie an, bevor ich mich zurückhalten kann. «Was soll ich Eurer

Meinung nach tun? Ihn verschlingen, bevor er mich verschlingt?»

Flüchtig frage ich mich, ob die Gottheit mich für meine Unverfrorenheit an Ort und Stelle in Brand setzen wird. Doch sie mustert mich nur für einen langen Augenblick, und ihre gelben Augen glühen unergründlich. «Was willst du, Sadaré?»

Wieder schlucke ich. Meine Stimme erklingt als furchterfülltes Raunen. «Unsterblichkeit.»

«Das hast du bereits gesagt. Doch warum willst du endloses Leben?»

«Weil es endlose Macht bedeutet.»

«Endlose *Schmerzen*», sagt die Gottheit, und ich frage mich kurz, wie viel Leid sie erfahren hat.

Und doch hat sie gewiss nie solchen Schrecken erfahren wie ich, solche Verletzlichkeit. Der Schmerz, den ich mir jetzt selbst zufüge, ist nichts dagegen – nein, er ist ein Segen, Stärke. Er bedeutet Freiheit von denen, die mir zuerst wehtun würden.

Er ist ein Gefühl, das ich zu lieben gelernt habe.

«Dann soll es so sein», sage ich.

«Dann binde ihn an dich und bring ihn zu mir», befiehlt die Gottheit. «Ich verspreche, dieses Opfer wird eine würdige Gabe für die Macht sein, die du begehrst – wenn auch nur der Anfang. Es wird schwerer werden. Er muss dich lieben, also benutze deine Liebe, um ihn zu überzeugen. Sie muss keine Schwäche darstellen. Sie kann eine Waffe sein.»

Trotzig verschränke ich die Arme. «Ich dachte, Ihr wollt nur, dass ich ihn verführe und zu Euch bringe. Liebe ist etwas anderes.»

«Seine Liebe, *deine*, ist der Preis, den du für die Unsterblichkeit zahlen musst. Das größte Opfer. Der größte Schmerz. Vergiss das nicht.»

Und dann, mit einem Windstoß und einem Tosen wie von einem Ozean, ist die Gottheit – und meine Tante – fort und lässt nur ein funkelndes Licht zurück, das hinunterrieselt und sich wie Tau auf die Blumen legt.

Einen langen Augenblick starre ich es an, dann murmle ich: «*Miststück.*»

Als ich zu Seas entweihtem Tempel auf den Klippen über dem Meer zurückkehre, erwartet mich der Daemon an eine Marmorsäule gelehnt. Der Tempel ist jetzt sauber und schöner als zuvor, auch wenn er nicht mehr für seinen ursprünglichen Zweck genutzt wird.

Ich hatte gedacht, er würde misstrauischer dreinschauen – auf eine verquere Weise hatte ich es gehofft, fast so, als wollte ich ertappt werden –, aber er nimmt mich in die Arme und wirbelt mich in meinem taufeuchten Gewand herum, bis ich mich keuchend an ihn klammere. Ihm gefällt es, wenn ich mich klein fühle, und ich kann nicht anders, als es ebenfalls zu genießen. Vor allem, weil ich mich schon lange nicht mehr klein gefühlt habe.

«Wo warst du, kleiner Spatz?», fragt er und gibt Acht auf seine Hörner, als er mich über seine Schulter wirft, um mich in den Tempel zu tragen – zweifellos zum Frühstück. Mir ist ohnehin zu schwindelig, um zu stehen.

Ich habe mit einem Falken aus dem Himmel gesprochen. «Ich hatte einen Albtraum und wollte im Morgenlicht Blumen pflücken, um meine Gedanken zu beruhigen, aber die Wiese war so warm und schön, dass ich mich hingelegt habe und eingeschlafen bin.» Die Lüge geht mir so leicht von den Lippen wie mein verruchtes Lächeln. «Abgesehen von meinem frühen Erwachen hast du mich gestern Nacht auch lange wachgehalten.»

«Und das werde ich heute wieder tun.»

Da ich ungehinderten Zugang zu seinen Rippen habe, versuche ich ihn zu kitzeln, doch mit einem Achselzucken befördert er mich *ganz* über seine Schulter, sodass ich kopfüber auf den Boden zusteuere. Ich kreische, aber er wirbelt rechtzeitig herum, um mich in seinen Armen aufzufangen.

Er grinst auf mich herab. «Solch eine Respektlosigkeit kann nicht ungestraft bleiben.»

Ich bin atemlos, und das nicht nur von dem Fall.

Zu meiner Überraschung bringt er mich nicht in das riesige Schlafgemach, das wir uns teilen. Sondern zu den Tempelbädern.

Ich habe sie schon früher benutzt, meistens in Eile, um mich für ihn vorzubereiten. Einmal, nachdem er mir den Rücken blutig gepeitscht hatte, brachte er mich hierher, um mich zu reinigen – und um mich zu ficken, bis ich wieder vollkommen zerstört war.

Jetzt aber ist der Marmorboden mit Blumenblättern übersät, und er zieht mir mein feuchtes Gewand aus, ohne es zu zerreißen, bevor er mich in das heißeste aller Becken hinablässt. Er hat mir eine Bestrafung versprochen, also erwarte ich genau diese mit nicht geringer Vorfreude – nicht aber seine Hände, die Öl über meine Haut streichen und mich massieren, bis ich stöhne, jedoch aus allem anderen als Schmerz. Nicht seine Finger, die über meine Kopfhaut streichen, mein Haar mit verblüffender Sanftheit entwirren und in sanften Kreisen meine Schläfen, die Stelle hinter meinen Ohren und meinen Nacken reiben.

Er flüstert mir ins Ohr. «Es sollten dich keine Albträume plagen, abgesehen von mir.»

Halb stöhne, halb lache ich. «Schön wär's.»
Nach einer Weile sagt er mir, ich solle stillhalten. Also tue ich genau das und genieße das heiße Wasser, während er mir Blumen ins Haar flicht. Und dann bringt er mir ein durchsichtiges smaragdgrünes Kleid, das perfekt zu meinem Haar passt, wie für eine Königin gemacht. Er hebt mich aus dem Bad, trocknet mich ab und zieht mich an, ohne mich ansonsten zu berühren.
Als er fertig ist, hebt er meine Hände an seine Lippen und blickt mich mit seinen roten Augen an. «Frühstück?»
Ich muss den brennenden Kloß in meinem Hals herunterschlucken. So gut wie nie wurde ich verwöhnt. Ohne Erwartungen von jemandem bedient. Ich musste immer stark sein. Erbarmungslos. Gewieft.
Das muss ich immer noch.
Ich versuche angestrengt, meine Stimme ruhig und locker klingen zu lassen, obwohl ich nichts anderes als die schwere Last auf meinem Herzen spüre. «Dieses Kleid passt nicht zu mir, fürchte ich. Ich bin keine Königin.»
«Du bist meine Königin», sagt er, ohne zu zögern, «und wir sind das Einzige, was in dieser götterverlassenen Welt zählt.»
«Ich bin eine Hexe», platze ich heraus, und dann erstarre ich, während meine Hände sich immer noch in seinen befinden.
So wollte ich ihm das *nicht* erzählen. Ich wollte es ihm *nie* erzählen.
Panisch starre ich ihn an und frage mich, ob ich weglaufen sollte.
«So langsam habe ich das geahnt», murmelt er. «Doch ich hätte nie erwartet, dass du es zugibst. Danke. Deine Macht macht mir keine Angst, Sadaré. Sie lässt dein Feuer nur heller strahlen.»

Dieser ehrfürchtige Tonfall. Die Art, wie er mich ansieht …
Er hat es noch nicht gesagt. Hat das Gefühl, das in meinem Inneren bereits heranwächst, noch nicht zum Ausdruck gebracht.
Er muss dich lieben. Auch ohne das wäre es schon schwierig genug gewesen.
Wie kann ich den verraten, den ich liebe? Der diese Liebe allmählich erwidert?
Doch ich weiß, dass ich es tun werde.
(Irgendwo, irgendwann, erinnere ich mich, habe ich das bereits getan. Und es trifft mich härter, als ich je für möglich gehalten hätte.)

12

Als ich die Augen öffne, bin ich von etwas durchnässt, das viel kälter ist als der Morgentau oder ein Tempelbad. Mein halber Körper liegt noch im unterirdischen Fluss, die obere Hälfte wurde auf eine Steinbank gespült. Die Decke der Höhle ist jetzt viel niedriger, die Wände sind viel näher, die Luft ist noch kälter. Ich befinde mich in einem großen, natürlich anmutenden unterirdischen Tunnel. Er verläuft in einem sanften Bogen um mich herum. Das Wasser ist ruhiger, wenn auch immer noch in Bewegung und lässt meine Beine auf und ab hüpfen wie die einer Leiche.

Aber irgendwie bin ich noch am Leben.

Daesra hockt neben mir am Ufer auf seinen Hufen, die Arme über die Beine gelegt, die tropfenden Hände ausgestreckt, als hätte er mich gerade ein Stück aus dem Fluss gezogen. Seine transmutierte Flamme schwebt in der Nähe, wodurch ich überhaupt etwas sehen kann. Sonst wäre es stockdunkel.

Sofort drehe ich mich von ihm weg und spucke Wasser. Ich huste, bis ich das Gefühl habe, zu zerspringen. Als ich keuchend auf den Rücken falle, stelle ich fest, dass ich vollständig geheilt bin, auch wenn mein Hals rau ist, meine Lunge brennt und meine Glieder frieren. Ich frage mich, ob ich ohne seine Heilung überhaupt aufgewacht wäre. Ob ich ertrunken wäre.

Wenn ich allein durch diesen Tunnel gemusst hätte, wäre ich auf jeden Fall ertrunken.

Ich blicke zu dem Daemon auf, sehe ihm in die Augen und erinnere mich daran, dass ich Angst vor ihm haben sollte. Aber er stürzt sich nicht auf mich, die Nägel ausgefahren. Ganz im Gegenteil. Er lächelt fast traurig auf mich herab.

«Siehst du, ich war nicht immer ein Monster, oder?» Sein Lächeln schwindet. «Manchmal hast du diese Rolle für mich übernommen.»

Nein, er ist nicht immer ein Monster, selbst jetzt nicht. Er hat mir gerade *geholfen*, gegen das Spinnenwesen – hat die Regeln gebrochen, die er selbst aufgestellt hat. Außer natürlich, er will mich wieder gefangen nehmen. Und *das* wäre noch nett, nach allem, was ich in der Erinnerung gesehen habe. Nach meinem viel zu bereitwilligen Verrat.

Er könnte sich zu Schlimmerem entschließen, als mich gefangen zu nehmen.

«Daesra ...», krächze ich.

Stirnrunzelnd sieht er zu mir herunter, doch seine Augen wirken so *müde*. «Warum klingst du so ängstlich? Ich habe gesagt, ich bin wütend auf dich, aber nicht, dass ich dich bei lebendigem Leibe häuten will. Aber verleite mich nicht dazu.»

Ich verstehe, dass er scherzt, den Göttern sei Dank.

«Nicht das, was gerade passiert ist, macht mir Angst – sondern die Erinnerung.»

«Oh. Die.» Er lacht bellend. «Ist nicht nötig, meine göttliche Mutter *ist* ein Miststück, wenn das dir Sorge bereitet.»

«Nein –»

Er unterbricht mich. «Obwohl sie jetzt vielleicht doch eher mein Vater ist. Sea war ohnehin schon wie ein Vater, und da sie Sky verschlungen hat – was ich ihr nicht verdenken kann, auch wenn er grässlich geschmeckt haben muss –, ist sie nun etwas gänzlich anderes. Ich glaube, die zwei Gottheiten sind in einer vereint, und die nennt sich Horizon. Ganz offensichtlich hast du das schon vor mir gewusst. Damals habe ich Boten vom Turm nicht gerade herzlich empfangen.» Er zuckt mit den Schultern. «Sie ist immer noch ein Miststück. Sogar ein doppeltes.»

Ich weiß nicht, was ich von Sea – Sky – *Horizon* halten soll, und in meinem Verstand ist kein Platz mehr, um über solch eine himmelerschütternde Transformation unter den Göttern nachzudenken. Wie *verschlingt* eine Gottheit überhaupt ihren Gefährten?

«Ich habe dich auch geliebt», platze ich heraus, weil mir nichts anderes einfällt.

Er seufzt. «Und das hat letztendlich keine Rolle gespielt, oder? Ich weiß nicht, was schlimmer ist: Zu glauben, dass du mich nie geliebt hast, oder zu wissen, dass du es getan hast.» Er schnippt sich etwas Unsichtbares von einem Nagel und steht abrupt auf. «Ich wusste bereits, dass du mich auf Geheiß meines göttlichen Elternteils betrogen hast. Das habe ich schon geahnt, bevor du mich gebunden und zum Turm gebracht hast. Also bin ich jetzt nicht wütender als damals, und um ehrlich zu sein, fühle ich mich momentan vor allem erschöpft.»

Er stützt eine Hand auf sein Knie und beugt sich vor, um mir die andere entgegenzustrecken.

Ich starre sie an, unsicher, was das bedeuten soll. Einen Waffenstillstand oder etwas anderes? Etwas Besseres oder etwas Schlimmeres?

Ein Geräusch ein Stück flussabwärts bewahrt mich vor der Entscheidung. Es ist ein leises Kratzen auf Stein, ein feuchtes Schaben. Daesra wirbelt herum, die Hände erhoben und bereit, seinen endlosen Schmerz in Macht zu verwandeln.

«*Warte*», rufe ich, denn ich höre noch etwas anderes: ein *Grunzen.*

Ich bin auf den Füßen, bevor ich bereit bin zu gehen, stolpere vorwärts und habe bereits verzweifelte Tränen in den Augen, als ich um einen großen Felsen komme und die durchnässte kleine

Chimäre sehe, die im Licht von Daesras Flamme vor sich hin schlurft, humpelnd, kaum in der Lage, ihre Pfoten zu heben, während ihr gebrochener Flügel erbärmlich neben ihr herschleift. Ich weiß nicht, wie lange Pocli schon so in der Dunkelheit umherirrt. Vor allem weiß ich nicht, wie er den Tunnel überlebt hat, aber das ist mir auch egal. Ich falle vor ihm auf die Knie, zerkratze mir in der Eile die Haut und berühre ihn sanft, während ein heftiges Schluchzen in mir aufsteigt. All mein Kummer, meine Angst und meine Erleichterung strömen auf einmal aus mir heraus.

«Du lebst», keuche ich, während mir heiße Tränen über das Gesicht laufen. «Du lebst, du lebst. *Bleib ruhig.*» Er versucht kraftlos aufzuspringen und mir die Wange zu lecken, und ich unterdrücke ein frustriertes Lachen in meinen Schluchzern. Ich schlucke alles hinunter, so gut ich kann, und wende mich an Daesra. «Wo sind meine Nadeln? Ich muss ihn heilen.» Ich kann das Ledersäckchen dort, wo ich es in meine Tunika gesteckt habe, nicht mehr finden. Entweder habe ich die Nadeln im Wasser verloren, oder er hat sie nach meiner Rettung entfernt.

Der Daemon sieht mich seltsam an, als hätte er mich noch nie zuvor gesehen. Wortlos reicht er mir den Lederbeutel, legt mir jedoch eine Hand auf die Schulter, die mich innehalten lässt, während er in die Hocke geht.

Er sticht sich mit dem Daumennagel in die Fingerkuppe. «Lass mich. Halt ihn fest.»

Ich kann es kaum glauben. Aber ich folge seinen Anweisungen, vor allem als Pocli japst, während Daesra seinen Flügel streckt. Es tröstet mich zu wissen – aus eigener Erfahrung –, dass der Schmerz des Bruchs bald nachlassen wird. Doch das ist nicht alles, was der Daemon tut. Während die Chimäre zitternd und winselnd vor ihm sitzt, streicht Daesra mit den Händen sanft über ihre Mähne, die Federn und das Fell. Dort, wo ich knie, spüre ich die Hitze, die von ihm ausstrahlt.

Kurz darauf ist die kleine Kreatur trocken und voller Energie, schüttelt ihre Mähne und plustert die kleinen Flügel auf. Aufgeregt hüpft sie um uns beide herum und wackelt mit dem Ringelschwanz.

Verblüfft starre ich Daesra an. «Danke.»

«Für mich war das nicht der Rede wert.» Schweigend steht er auf. «Aber für dich schon.»

Wieder hält er mir eine Hand hin.

Dieses Mal nehme ich sie. Er heilt auch mich – meine wunde Kehle und die Lunge, selbst meine frisch aufgeschürften Knie –, bevor er mich loslässt.

Und dann brechen wir auf und gehen flussabwärts. Zuerst bin ich still, unsicher aufgrund des Weges entlang des Flussufers und dieser seltsamen neuen Nähe zu Daesra. Ich kämpfe nicht gegen ihn oder irgendetwas anderes. Ich fliehe nicht vor ihm oder dem Labyrinth. Wir ... gehen einfach ... durch die Dunkelheit der Höhle. Zusammen.

«Du hast dich verändert», sagt Daesra schließlich.

Ich lache erstickt, unsicher, was ich sagen soll. «Anscheinend habe ich eine Tante.»

«Deine Geschichte kenne ich mittlerweile ziemlich gut. Besser als du natürlich. Soll ich sie dir erzählen?»

Wieder einmal kann ich nicht glauben, dass er das anbietet. Wie betäubt nicke ich und schlinge die Arme um mich selbst, um mich vor der Kälte zu schützen, die von dem Untergrundfluss sanft durch die Höhle strömt.

«Ich dachte, du wärst geschickt worden, um mich zu töten.» Er lächelt darüber, als wäre der Gedanke charmant. «Ich fand das damals amüsant, denn selbst in deiner stärksten Form hättest du es sehr schwer gehabt. Viele haben es versucht. Weißt du, ich habe die Götter absichtlich verärgert, wie schon gesagt. Besonders Sun, denn er ist alles, was ich nicht bin – alles, was ich *glaubte*, sein zu wollen, und jetzt verachte. Du weißt, was im Turm geschah. Danach habe ich mich zu dem gemacht, was ich wirklich sein wollte: die Gestalt meiner Rache. Mithilfe meiner neuen Stärke riss ich Tempel nieder, korrumpierte Sterbliche und tötete alle, die von den Göttern gesandt wurden. Aber vor allem versuchte ich, Suns Ansehen zu beschmutzen. Und da kommt deine Mutter ins Spiel.» Er wirft mir einen *entschuldigenden* Blick zu – eine weitere Unmöglichkeit nach den anderen –, bevor er hinzufügt: «Sie ist nämlich Suns Kind.»

Anstatt auf den Weg zu achten, starre ich ihn mit offenem Mund an und stolpere. «Meine Mutter ist eine Halbgöttin?»

Schulterzuckend ergreift er meinen Arm. Hilft mir, mein Gleichgewicht wiederzufinden, bevor er weiterspricht und die warme Erinnerung an seine Hand auf meiner Haut zurücklässt. «Nicht ganz. Sie ist sterblich, wenn auch langlebig, vielleicht stärker als der Durchschnitt. Es ist schwer zu sagen, wie deutlich sich die göttliche Seite zeigt. Ihre Schwester mit derselben Abstammung ist dagegen so nah an der Unsterblichkeit, dass der Unterschied nicht ins Gewicht fällt, und sie ist eine der mächtigsten Hexen, die je auf Erden wandelten. Sie hat sich nicht einmal selbst gebunden, um dazu zu werden. Sie hat immer noch ihre gottähnlichen Fähigkeiten und ihre mächtige Hexenkunst obendrein. Ich bin mir nicht ganz sicher, wie das geht – vielleicht hat sie diese Kraft von ihrer Mutter. Ihre Hexenkunst scheint ebenso ein Teil von ihr zu sein wie ihr Anteil am Göttlichen. Selbst ich würde zögern, sie zu verärgern, und ich habe keinen Streit mit ihr. Außer durch *dich* natürlich. Sie ist diejenige, die dir alles beigebracht hat, was du weißt, während du den Großteil deiner Jugend bei ihr auf ihrer abgelegenen Insel verbracht hast. Wobei sie sich anscheinend für das Komplott meines göttlichen Elternteils gegen mich hat benutzen lassen. Vielleicht bin ich ihr ja doch noch etwas schuldig.» Er zögert und überlegt.

«Aber vielleicht habe in ihren Augen auch ich den ersten Schlag getan.»

«Wie?» Ich kann nicht anders, als von der Geschichte fasziniert zu sein, die mir wohl von allen am vertrautesten sein sollte.

Aber ich habe auch Angst vor meiner Rolle darin.

Daesra geht beinahe entspannt voran – womöglich auch gleichgültig –, während er spricht und mich nur gelegentlich ansieht. «Nebenbei bemerkt, deine Mutter ist eine Königin, dein Vater ein sterblicher König, und sie halten viel zu viel von sich selbst, aber das ist nicht der Grund, warum ich sie zu drangsalieren begann. In erster Linie wollte ich Sun auf die wenigen Arten beleidigen, auf die man die Vollkommenheit der Götter besudeln kann: indem man ihren Ruf unter den Sterblichen beschmutzt und ihre besudelbaren Kinder. Da Sky Sea gezwungen hatte, meine Abstammung zu leugnen, griff ich Suns Ehre durch seine Tochter an – die Tochter, die *keine* mächtige Hexe war. Ich behauptete, das Produkt der Verliebtheit deiner Mutter in einen Stier zu sein.»

Fassungslos wirble ich zu ihm herum. «*Du* hast das Gerücht in die Welt gesetzt, dass meine Mutter Stiere fickt?»

Ich sehe sein Lächeln, auch wenn er mich nicht direkt anschaut. «Obwohl ihr euch nicht sonderlich nahesteht, hast du das damals scheinbar nicht so gut aufgenommen. Sun ebenfalls nicht. Er konnte mich nicht selbst konfrontieren, denn es wäre unter seiner Würde gewesen, sich einzumischen. *Unrein,* denn die Götter versuchten das zu der Zeit zu vermeiden. Aber er hat im Grunde meinen Tod gefordert. Und *du* hast schließlich auf diesen Ruf geantwortet. Zumindest dachte ich das. Zuerst wusste ich nicht, wer du warst oder dass du eine Hexe bist, sondern nur, dass du wie alle anderen gekommen sein musstest, um mich zu töten. Doch du warst noch viel heimtückischer. Du bist nicht gekommen, um einen schwachen Angriff auf mein unsterbliches

Leben zu unternehmen oder mich abzulenken, während es jemand Mächtigeres tut. Du bist gekommen, um mich zu verführen, zu binden und zur Bestrafung in den Turm zu bringen. Und es geschah nicht auf Anweisung von Sun, sondern von meiner Mu... Horizon.» Es liegt ein Hauch von längst erloschener Enttäuschung in seiner Stimme. «Sun hätte es vorgezogen, meinen Kopf auf einem Spieß zu sehen.»

«Was wollte Horizon mit dir anstellen?» Ich erinnere mich nicht, ich weiß nur noch, dass es meinem vergangenen Ich nicht gefiel.

«Mich wegsperren vermutlich, damit ich keinen Unfug mehr treibe, oder mich vor den Göttern beschämen, bevor man mich beseitigt, wenn Horizon Sky auch nur annähernd ähnlich ist. Ich weiß nicht, ob er noch in irgendeiner Form in dieser neuen Gottheit existiert oder ob es nur seine Kräfte tun. Ich konnte sie mir nicht genau anschauen – und das ist deine Schuld. Genauso wie unsere Ankunft in diesem Labyrinth.» Er runzelt die Stirn. «Wie gesagt, ich bin mir über die Details nicht ganz im Klaren. Die Erinnerungen an meinen zweiten Besuch im Turm sind verschwommen, dank dir und deinem Bannzauber.»

Ich weiß nicht, warum ich das frage, da mir die Antwort wahrscheinlich nicht gefallen wird. «Warum habe ich diese Prüfung vorgeschlagen?»

Seine Mundwinkel verziehen sich. «Ähnlich wie deine Tante hast du dich als Hexe immer nach einer eher persönlichen Macht gesehnt als nach einer Herrschaft durch Gesetze, Armeen und Steuererhebungen. Vor allem willst du dich niemandem beugen, niemanden fürchten, und das bevorzugt durch die Macht, die dir die Unsterblichkeit verleihen würde. Aber du wolltest auch nie, dass sich dir jemand beugen muss, ungeachtet dessen, was du mir angetan hast. Ich glaube, du hast darum gebeten, in einer Arena gegen mich anzutreten, in der du mich auf faire Weise besiegen könntest, in der du zumindest eine geringe Chance hättest, denn du hast dich schuldig gefühlt, weil du mich gebunden hast. Und das solltest du auch, wobei ich nicht genau weiß, was in deinem Kopf vor sich geht, weder damals noch heute.»

Ich genauso wenig, denke ich.

«Vielleicht ist das auch nur Wunschdenken meinerseits», fährt er fort, «und ich bin bei meiner Einschätzung von dir zu großzügig. Vielleicht musstest du den Göttern noch weit mehr anbieten, um eine Gabe wie die Unsterblichkeit von ihnen zu erhalten, und was auch immer dir ursprünglich für meine Gefangennahme versprochen wurde, war dir nicht genug. Wie gesagt, du bist hartnäckig und ehrgeizig – wahrlich halsabschneiderisch im Streben nach deinen Zielen. Ein gottähnlicher Status ist alles, was du immer wolltest, nur ohne die Anhänger.» Er deutet auf unsere Umgebung. «Jedenfalls sind wir jetzt hier und wandern wie Ratten durch dieses Labyrinth.»

«Ertrunkene Ratten.» Doch meine Stimme ist so schwach wie mein Scherz. Durch die Kenntnis meiner wahren Geschichte fühle ich mich keinesfalls gestärkt. Stattdessen möchte ich mich hinlegen.

Habe ich ihm damals mit honigsüßen Lippen Unwahrheiten verabreicht? Immerhin habe ich ihm nie gesagt, dass ich ihn liebe. Auch wenn ich mich schlecht dabei fühlte, ihn gebunden zu haben, habe ich ihn in meinem Streben nach Unsterblichkeit doch in dieses Labyrinth gezerrt. War sein Leid für mich nie so wichtig wie mein eigener Gewinn?

Ich kann das komplizierte Knurren meiner eigenen Gedanken und Gefühle in den Erinnerungen spüren, doch sie sind noch immer undeutlich. Da ist noch mehr, das könnte ich schwören. Aber meine Gefühle für ihn machen mich nicht weniger zu einem Monster, denn ich habe ihn dennoch verraten. Sie machen mich *erst recht* zu einem.

Daesra atmet aus, er hört sich wirklich müde an. «Mach, was du willst, Sadaré. Du bist nicht länger meine Gefangene. Ehrlich gesagt, habe ich dich nur gefangen genommen, damit ich dir ungestraft helfen konnte. Aber selbst wenn wir uns wieder zerstreiten sollten, kann ich, wenn ich weiterhin ehrlich bin, nie den Wunsch aufbringen, dich zu töten oder für immer verloren zu wissen. Das ist eine Information, die ich dir aufgrund unserer Geschichte wahrscheinlich besser nicht geben sollte.»

Nach allem, was ich ihm angetan habe, nur um mehr Macht zu erlangen, wird er mich nicht mehr bekämpfen, geschweige denn töten. Er hat selbst nach übermäßiger Macht gestrebt, indem er den Göttern seine göttliche Herkunft beweisen wollte, um nicht nur ein Halbgott unter den Menschen zu sein. Doch um sie zu erlangen, hat er nur sich selbst geopfert – seine Seele. Das ist zweifellos viel, aber ein Preis, den nur er selbst zu tragen hatte. Diejenigen, die er seitdem getötet hat, haben zuerst versucht, ihn zu töten. Das ist nur gerecht, aber vielleicht denke ich das jetzt nur, weil ich mich nicht mehr genau daran erinnern kann, was er ihnen angetan hat.

Währenddessen habe ich versucht, *ihn* zu opfern, um meine Ziele zu erreichen – auf ungerechte Weise. Bis ich ohne Erinnerungen neben ihm in diesem Labyrinth aufgewacht bin.

Ich sollte mich über jeden Vorteil freuen, den ich bekommen kann, denn die Chancen stehen nicht mehr gut für mich. Und doch bin ich mir nicht sicher, ob ich einen Vorteil verdiene, wenn man bedenkt, wie ich das Spiel gegen ihn zuvor gespielt habe.

«Dieses Wissen werde ich nicht gegen dich verwenden», murmle ich und blicke zu Boden, während ich mir gegen die Kälte die Arme reibe.

Der Daemon sieht mich schief an. «Bist du sicher? Lüg mich nicht mehr an.»

Zuerst sage ich nichts, denn ich möchte nicht mehr lügen.

«Können wir uns wenigstens neutral verhalten?» Eine *Freundschaft* vorzuschlagen, wage ich nicht. «Einen Waffenstillstand vereinbaren, wie du angeregt hattest?»

«Sadaré ...» Er lacht bellend. «Mit einem solchen Feuer zwischen uns werden wir uns nie neutral verhalten.»

Ich schnaube. «Momentan fühle ich mich nicht sehr feurig.»

Kurz darauf stolpere ich wieder, denn meine Zehen sind ganz taub in den nassen Sandalen. Bevor ich mein Gleichgewicht wiederfinde – oder vielleicht auch flach auf die Nase falle –, fängt Daesra mich auf. Und er stützt mich nicht einfach, sondern hebt mich in seine starken Arme. Trägt mich. Wie ich es nie wieder für möglich gehalten hätte.

Ich kreische fast vor Überraschung, mein Rücken versteift sich in seiner Umarmung. «Du musst nicht –»

«Ich möchte es», sagt er und schreitet voran, ohne zu mir herabzublicken.

«Du schuldest mir keinerlei Freundlichkeit. Ich brauche nur einen Moment, um mich neu zu schnüren oder meine Nadeln zu benutzen, um –»

«Sei still, Sadaré.» Doch seinen Worten fehlt es an Schärfe. Die Stimme des Daemons klingt leise und *unfassbar* müde. «Nur das eine Mal. Gewähre mir das hier in Frieden. Erlaube mir einfach, dich zu lieben, in diesem Moment, als wärst du nicht du und ich nicht ich.»

Seine Worte versetzen mich in staunendes Schweigen. Und doch kann ich sie immer noch hören: *Erlaube mir einfach, dich zu lieben.*

Er liebt mich noch.

Ich lasse zu, dass er mich trägt, und sei es nur, weil ich zu schockiert bin, um irgendetwas anderes zu tun. Die Hitze, die von ihm ausgeht, wärmt mich, bis mein Zittern nachlässt, auch wenn ich trotzdem nicht anders kann, als meine Wange an seine

Schulter zu schmiegen. Mein Körper möchte seinem näher sein, egal was mein Verstand mir erzählen mag. Bevor ich merke, was ich tue, drehe ich mich ihm weiter zu, werfe einen Arm um seine Schulter und drücke mein Gesicht an seine Brust. Ich erwidere seine Umarmung. Atme ihn ein wie Luft.

Das lässt ihn zögern, seine Schritte geraten ins Stocken.

Doch Daesra muss auch etwas fühlen, mehr als Überraschung. Denn das Klacken seiner Hufe auf dem Stein passt sich dem Tempo meines Herzschlags an, sein Griff um mich wird fester, seine Schritte werden länger. Er sagt nichts, aber sein Schweigen ist zielgerichtet, absichtsvoll, wie seine Vorwärtsbewegung. Als würde er einen Plan schmieden, hinter dem sich Druck aufbaut – ein heftiges Verlangen, das mit mir zu tun hat.

Wir scheinen etwas in Gang gesetzt zu haben, das schwer aufzuhalten ist, so unvermeidlich wie ein Erdrutsch, ein Wasserfall oder ein Lauffeuer – wobei ich nicht sicher bin, ob ich es überhaupt aufhalten will. Und doch weiß ich nicht, was entfesselt wird, wenn seine Beherrschung bröckelt. Ein Teil von mir hat Angst.

Als könnte er meine Angst spüren, läuft er noch schneller – in ihm wächst die Erregung.

Und das wiederum erregt mich.

Wir sind in der Tat der Brennstoff für das Feuer des anderen. Die Frage lautet: Wer wird zuerst verglühen oder verzehrt werden? Ich bin mir nicht sicher, ob ich das noch wissen will. Ich will weder grübeln noch Pläne schmieden. Ich will einfach nur hier bei ihm sein, in diesem Moment.

Als wäre er nicht er und ich nicht ich.

Gelegentlich werfe ich einen Blick auf meine Umgebung, aber ich bewege mich kaum, um diesen seltsamen Zauber nicht zu brechen. Der Tunnel teilt sich nicht, er verläuft nur in sanften Kurven, die dem leichten Gefälle des unterirdischen Flusses folgen. Dennoch weiß ich nicht, wohin Daesra mich in solcher Eile führt. *Woher* er weiß, dass dort vorn etwas auf uns beide wartet.

Aber er weiß es.

Als wir um eine weitere Kurve kommen, entdecke ich sie: eine Höhle in der Höhle. Ein gewölbter Durchgang in der Tunnelwand öffnet sich zu einem kleinen geschlossenen Raum mit abfallenden Oberflächen und sanften Vorsprüngen. Es sieht aus wie ein Stückchen Frieden inmitten des Chaos des Labyrinths, mehr noch als der ruhige, dunkle Fluss, der von den sanften Kurven des Tunnels umgeben ist mit nichts, was in den Schatten lauert. Es ist fast so, als hätten er oder ich – oder wir beide gemeinsam – diesen seltsamen Raum erschaffen. Vielleicht will das Labyrinth, dass wir mehr tun, als einfach zusammen zu gehen oder gar voranzustreben.

Es will, dass wir zusammen *sind*.

Der Gedanke scheint zu schön für diesen Ort, aber ich kann nicht umhin, mich ihm hinzugeben. Doch meine Vorsicht ist immer noch lauter.

«Daesra, ich weiß nicht, ob wir darauf vertrauen sollten –»

«Ich weiß nicht, ob ich *dir* vertrauen sollte», fährt er mir über den Mund und marschiert schneller in den kleinen Raum, der uns erwartet. «Doch das werde ich fürs Erste, wenn du mir Folgendes beantwortest.»

Direkt vor dem Durchgang bleibt er stehen.

Ich habe die Hoffnung verloren, dass ich sein Vertrauen je wiedererlangen werde. Ich weiß nicht einmal, ob ich es wieder verdiene. Aber vielleicht ist er gewillt, mir auf halbem Weg entgegenzukommen – auf die Art, die ihm am besten liegt.

Mein Herz schlägt jetzt noch schneller. «Ja?»

«Wenn wir hier reingehen, erlaubst du dir dann, mein zu sein, wenigstens bis wir diese Mauern wieder hinter uns lassen?»

Mein Mund ist trocken. Es besteht kaum ein Zweifel darüber,

was es für Dinge sind, die er mit mir vorhat. Hitze durchströmt mich, mehr als nur seine, und sammelt sich tief in meinem Unterleib. Mir wird ganz schwindelig davon.

«Ja», sage ich, und es ist mir egal, ob das eine schreckliche Idee sein könnte.

Seine roten Augen sind hungrig. Brennen. Und zwar nicht vor Hass, sondern vor Verlangen – ein Feuer verschlingt das andere. «Gut. Lass mich wissen, wenn es zu viel ist. Bis dahin musst du leise sein, außer ich gestatte dir zu sprechen.»

Und dann trägt er mich in die wartende Umarmung der kühlen steinernen Dunkelheit.

13

Sobald Daesra mich in die kleinere Höhle-in-der-Höhle gebracht hat, fällt ein schimmernder Schattenvorhang, fast wie das Gegenstück eines Spiegels, über den Eingang und versperrt ihn – sperrt Pocli *aus*. Ich kann die vage Gestalt der kleinen Chimäre ausmachen, die im Tunnel draußen besorgt auf und ab geht.

«Pocli –», beginne ich.

«Er kommt schon klar.» Dem Ton des Daemons wohnt eine gefährliche Endgültigkeit inne.

Ich erschaudere. Er hat mir gesagt, ich solle nicht sprechen. Ich bin mir nicht sicher, wie viel ich mir erlauben kann, jetzt, wo wir hier drinnen sind und ich versprochen habe, ihm zu gehorchen. Mein Magen ist ein Aufruhr tanzender Wärme, die durch mich hindurchflackert wie ein funkensprühendes Feuer, das mein Gesicht und meine Hände kribbeln lässt und mich schwindelig macht. Ich sollte Angst vor dem haben, was als Nächstes passieren könnte, aber nicht Furcht macht mich atemlos.

Er trägt mich durch den Raum und setzt mich auf eine Natursteinbank, die wie eine Liege aus einer Nische in einer geschwungenen Wand hervorlugt. Ich erwarte, kalten, unnachgiebigen Stein unter mir zu spüren, aber stattdessen versinke ich in luxuriöser Weichheit. Als er sich zurückzieht, schaue ich mich erstaunt um.

Ich sitze auf einem Bett mit roten Kissen. Unter Daesra liegt ein rot-schwarzer Teppich, an den Wänden hängen rote Vorhänge zwischen schwach brennenden Fackeln. Mein Blick bleibt an einem weiteren dunklen Spritzer hängen – einer Spur aus tintenschwarzem Blut, die sich hinter dem Daemon erstreckt. Eine große Menge seines Blutes. Etwas völlig Neues aus etwas ganz anderem zu erschaffen ... Diese Macht übersteigt meine, und sie hat ihn viel gekostet. Und das alles nur, damit ich es bequem habe.

Obwohl ich bezweifle, dass er will, dass ich es lange bequem habe. Zumindest hoffe ich das.

Was auch immer er mit mir vorhat, er hat mich mit weichem Luxus umgeben. Das ist so ein warmes Licht in der kalten Dunkelheit, ein zärtlicher Kuss an einem Ort voller Zähne, dass ich Tränen wegblinzeln muss.

Zärtlichkeiten können mehr wehtun als Schläge, das weiß ich bereits. Aber ich kann mich nicht einfach in den süßen Schmerz, die blutrote Schönheit dieses Zufluchtsortes fallen lassen.

«Daesra, was, wenn ...» *Was, wenn Pocli sich verläuft? Was, wenn uns etwas angreift? Was, wenn die Wände einstürzen?* Ich weiß nicht, wo ich anfangen soll, da meine Zweifel alle gleichzeitig Aufmerksamkeit heischen. Er unterbricht mich, noch bevor ich irgendwas davon aussprechen kann, indem er sich vorbeugt und seine kräftigen Arme zu meinen Seiten platziert, mich einsperrt.

«Ich dachte, ich habe gesagt, du sollst still sein», sagt er. Er küsst mich langsam. Bedrohlich. Köstlich. Er beißt mir sanft in die Unterlippe, bevor er sie wieder freigibt. Das ist der erste Kuss, den er mir aus freien Stücken gegeben hat, ohne unter dem Einfluss der seltsamen Magie dieses Labyrinths zu stehen. Jetzt fühle ich mich, als wäre ich von *ihm* verzaubert, trunken, wartend. *Verlangend.* Er zieht sich zurück, um mit einem Nagel über meinen Kiefer zu streichen, wodurch sich mein Atem beschleunigt. «Zwing mich nicht dazu, diesen wunderschönen Mund zu knebeln, um ihn zum Schweigen zu bringen. Ich will, dass er frei ist, um mir zur Verfügung zu stehen.» Er tippt mir ans Kinn, der leichteste aller Schläge, und seine Augen funkeln rot durch seine dunklen Wimpern hindurch. «Das war deine einzige Warnung. Und jetzt *vertrau mir.*»

Aus irgendeinem Grund tue ich das. Ich verspüre einen Rausch der Erleichterung, und köstliche Erwartung breitet sich tief in mir aus.

Ich hatte ein wenig befürchtet, dass er zärtlich sein würde, wie in der jüngsten Erinnerung. Damals habe ich das gebraucht, doch nicht jetzt. Ganz im Gegenteil. Und das weiß er.

Doch wird er mir alles geben, wonach ich mich verzehre?

Er greift um mich herum, um den schlichten Brustgurt zu lösen, der meine Tunika zusammenhält. Obwohl das Seil locker sitzt, ist die Empfindung – wie ich zu ihm *hingezogen* werde – genug, um den Wunsch in mir hervorzurufen, mich in sie hineinzulehnen, in ihm zu versinken.

Aber ich will mehr. So viel mehr.

«Ich spüre, dass du eine Frage hast», sagt er. «Du hast die Erlaubnis, zu sprechen.»

Er ist mir so nahe, dass ich es gegen seine Schulter flüstere. Vielleicht ist es leichter, es ihm nicht ins Gesicht sagen zu müssen. «Wirst du mir wehtun, wenn ich dich darum bitte?»

Seine Hände halten an meinem Rücken inne. «Du wirst deine Absolution nicht durch Schmerz erlangen. Nicht von mir.»

«Ich weiß. Ich will die ... Befriedigung.» Ich stolpere über das Wort, und er lehnt sich zurück, um mich anzulächeln.

«Wirst *du*, meine liebe Sadaré, gerade rot?» Er lacht unverhohlen, so kurz und scharf wie der Stich einer Klinge. «Du erinnerst nur so viel, dass du dich für dein Verlangen schämst. Wie entzückend.» Dann macht er einfach damit weiter, meine Seile zu lösen.

An seinem Hals verziehe ich mürrisch das Gesicht, bin versucht, ihn zu beißen. «Es muss keine echte Bestrafung sein. Und ich erwarte auch nicht, dass es mit Vergebung endet.»

Er tritt zurück, um mein Seil aufzuwickeln, und mustert mich einen Moment lang. Ernst. «Ich denke darüber nach. Und jetzt schweig wieder.»

Er wirft die Schlinge in eine Ecke und wickelt sein eigenes Seil von seinem Gürtel. Seine langsamen, planvollen Bewegungen wirken beruhigend auf mich und bereiten mich gleichzeitig auf das Kommende vor – die Ruhe vor dem Sturm. Ein Teil von mir erinnert sich daran, dieses Ritual durchlebt zu haben, Dutzende um Dutzende Male, beständig bereitet er mich auf die Zerstörung vor, in der er mich zurücklässt, bevor er mich wieder zusammensetzt.

Zwischen meinen Beinen steigt Hitze auf, meine Brustwarzen werden hart. Meine zerrissene Tunika hängt nun locker um meine Brust. Er sieht sie an, und dann zu mir hoch.

«Zieh sie aus», sagt er. Und als ich zögere, fügt er hinzu: «Ich werde dich für deine sogenannte Bestrafung arbeiten lassen. *Falls* ich beschließe, sie dir zu gewähren.»

Mit Wangen heiß wie die Fackeln fange ich an, mir an Ort und Stelle auf reizlose Weise die Tunika abzustreifen.

Kopfschüttelnd schnalzt er mit der Zunge. «Nein, nein. Steh auf. Und hör auf zu schmollen. Ich habe es dir schon leichter gemacht, indem ich sie zerrissen habe.»

Ich erhebe mich auf die Füße, fühle mich vollkommen entblößt, während er mich mustert, obwohl ich noch größtenteils bekleidet bin. Ich bin versucht, ihn anzuherrschen, aber ich halte den Mund.

«Wie ich sehe, lernst du bereits», sagt er mit einem trägen Lächeln. «Und jetzt zieh sie aus. Ich weiß, du willst es.»

Das tue ich, verdammt sei er. Ich nehme einen tiefen Atemzug, um mich zu beruhigen, und ziehe mir langsam den inzwischen rauen Stoff über die Schultern, während sich Gänsehaut auf meiner Haut ausbreitet. Der Tanz der Dienerin erwacht in mir und rollt in einer Welle durch meinen Körper, die die Tunika herunterrutschen lässt, allerdings sorge ich dafür, dass sie an meinen Brüsten hängen bleibt. Meine Lippen teilen sich mit einem Keuchen, als mich ein herrlicher Schauer durchfährt, und dann fällt der Stoff hinab und sammelt sich um meine Knöchel.

Ich widerstehe dem Drang, mich zu bedecken. *Das* zumindest bekomme ich unter seinem Blick gerade noch hin.

Er betrachtet mich anerkennend, bevor er einen Finger kreisen lässt. «Dreh dich um.»

Ich drehe mich zum Bett und beobachte dabei seine langen Nägel. Wenn ich ihm den Rücken zuwende, fühle ich mich erschreckend verletzlich – aber dieses Mal entscheide ich mich bewusst dafür. Mein Atem geht wieder schneller.

«Jetzt», sagt er, «kriech vorwärts, auf Händen und Knien.»

Ich klettere auf das Bett und versuche, mich nicht von der Tatsache beirren zu lassen, dass mein Po in die Luft ragt und die Scham an mir nagt, und dann spüre ich den Hieb des Seils an meinen Schenkeln. Ich keuche, und meine Wirbelsäule wölbt sich, als der Schmerz einen hellen, klaren Ton durch meinen Körper schallen lässt, der mein Zögern, meine Verlegenheit beendet.

Genau das. Das will ich.

«Ich weiß, dass du das willst», sagt er und wiederholt damit meine Gedanken. Er liebkost meinen Po mit den Seilschlingen. «Alles davon, selbst die Erniedrigung. Also zeig's mir.»

Zornig frage ich mich, wie er das wissen kann, obwohl ich es nicht tue ... und doch spüre ich die Feuchtigkeit zwischen meinen Schenkeln. Ich presse sie zusammen und spüre wieder einen Peitschenhieb.

«Spreiz die Beine. Weit. Und berühr dich selbst.»

Ich zische ihn an und kann mich gerade noch davon abhalten, einen Fluch auszustoßen. Soweit ich weiß, habe ich mich noch nie dafür geschämt, mich selbst zu befriedigen – obwohl ich in diesem Labyrinth nicht wirklich Zeit hatte, das herauszufinden –, aber es scheint mir etwas Privates, Persönliches zu sein, das mir nicht befohlen werden sollte. Ich erwarte einen weiteren Hieb mit dem Seil – nur um festzustellen, dass er sich die Hand vor den Mund hält und sein Lachen kaum unterdrücken kann.

«Götter, was wir in der Vergangenheit alles getan haben! Und jetzt ist es, als wäre für dich nichts davon passiert. Du bist ein unbeschriebenes Blatt. Das ist das größte Geschenk, wirklich.» Er senkt die Hand, und sein Lächeln verschwindet. Er lässt die zu Schlaufen gewickelten Seile an einer Art Griff baumeln und schwingt sie sanft hin und her. «Berühr dich selbst, sonst wirst du *das hier* nie so fühlen, wie du es willst.»

Mit zusammengepresstem Kiefer wende ich mich entschlossen dem Kissen unter mir zu. Ich schließe die Augen und schiebe mir eine Hand zwischen die Beine. Dort spüre ich, dass ich mehr als bereit bin, feucht und warm. Ich muss nur so tun, als würde er nicht hinter mir stehen und mich beobachten.

Das wunderbare Brennen des Seils an meinen Schultern erinnert mich gewaltsam daran, dass er da ist. Ich keuche und merke erst, dass ich innegehalten habe, als er sagt: «Mach weiter. Schneller, wenn du mehr willst.»

Ich knurre, aber meine Finger setzen sich in Bewegung und die Schläge gehen weiter auf mich nieder. Der Schmerz ist großartig mit der Kraft seines Arms dahinter, jeder Hieb verstärkt das Gefühl zwischen meinen Beinen. Ich achte kaum darauf, was ich da unten tue, meine Finger bewegen sich schnell über meine feuchte Mitte und kreisen mit geistloser Hingabe um meine gespannte Knospe, aber es reicht, um die Lust aufzubauen. Vor allem, weil ich weiß, dass er alles mitansieht.

«Dieser Schmerz ist nicht für mich, Sadaré. Sondern für dich», sagt er, als ein weiterer kräftiger Hieb auf meinem Rücken landet und meine Gedanken genauso zum Brennen bringt wie mein Fleisch. «Aber du bietest mir im Gegenzug eine entzückende Vorstellung.»

Selbst meine zerstreuten Bemühungen sind zu viel. *Er* ist zu viel. Es braucht nur wenige weitere wilde Fingerbewegungen zusammen mit dem Biss seines Seils, und das war's.

Ich schreie auf, zucke und krümme mich um meine Hand zusammen, während ich den Rücken durchdrücken will, um den Hieben näherzukommen. Bebend keuche ich: «*Verdammt.*»

Ich wollte, dass es länger dauert.

«Was war das?» Daesras Tonfall ist tödlich, und ich fluche beinahe erneut, als mir mein Fehler bewusst wird: Ich habe gesprochen. «Ich habe dich gewarnt.» Der Hieb zieht sich langsam über meinen lodernden Rücken, ohne Schärfe. «Ah, ich weiß, wie ich deinen Mund am Reden hindern und mir gleichzeitig Vergnügen verschaffen kann. Dreh dich um.»

Auf den Knien drehe ich mich zu ihm um, meine Haut ist dankbar für die Ruhepause und verlangt dennoch nach mehr. Aber sein Anblick lässt mich all das beinahe vergessen, brennt mehr als seine Peitschenhiebe und verschlägt mir den Atem. Götter, habe ich ihn schon immer so schön gefunden? Die scharfen Teile an ihm – Hörner, Nägel, Hufe, Zähne – wirken umso schärfer neben der glatten Perfektion seines Gesichts. Ich möchte spüren, wie er sich in mein Fleisch drückt. *Alles* von ihm. Er ist noch bekleidet, aber unter seinem Gewand kann ich sehen, was er vorhin im Tunnel vor mir verborgen hat. In der Zisterne habe ich es natürlich gespürt, aber da war ich nicht ganz ich selbst. Jetzt bin ich schmerzhaft präsent, hier in meinem Körper, und sehe mich diesem offensichtlichen Hinweis gegenüber, der zeigt, wie sehr er mich will. Es ist geradezu berauschend.

Er ist ein Halbgott in Daemonengestalt. Ein Lichtstrahl, geschmiedet zu einer quecksilbernen Klinge. Beinahe möchte ich mir an ihm die Kehle aufschlitzen. Aber nicht, um ihn zu verraten. Nicht noch einmal.

Vielleicht verrate ich mich diesmal selbst, oder was immer ich geplant habe, indem ich mein Lebensblut für ihn fließen lasse, nur als Opfer, nicht um etwas zu gewinnen.

Geplant hatte, vielleicht.

Ich knie mich vor ihn, wie ich geschworen habe, es nie wieder zu tun, und beuge mich vor, lasse den Kopf auf meine Hände sinken, die flehend verschränkt sind.

«Auch wenn du mir nicht vergeben kannst, was ich getan habe», sage ich eilig und riskiere seinen Zorn, «kannst du mir vergeben, dass ich wollte, was ich wollte?»

«Dass du Unsterblichkeit wolltest oder dass du gleichzeitig auch mich wolltest?»

«Beides.»

Sein Tonfall ist kalt. «Du willst immer noch beides, Sadaré, und das war stets das Problem.»

Will ich das auch jetzt noch? Ich weiß zumindest eins, was ich jetzt will.

Seine Stimme wird teuflisch. «Weißt du, was *ich* will?»

Schnell nicke ich und unterlasse es klugerweise, erneut zu sprechen.

«Dann zeig es mir.»

In meinem Verlangen stürze ich mich geradezu auf ihn, reiße sein Gewand beiseite und ergreife seine Länge. Das warme Gewicht in meiner Hand fühlt sich unglaublich an, aber noch mehr tun es die glatten Rillen, die sich vom Ansatz bis zur Spitze ziehen, wie bei einem knochigen Rückgrat, zum Vergnügen bestimmt. Mein Körper erinnert sich an seine Form, und zwar nicht nur meine Hände, sondern auch etwas tief in meinem Innern, als wäre mein Fleisch ausgehöhlt und würde nur auf ihn warten. Da ich ihn nicht nur mit meinen Fingern berühren will, nehme ich ihn in den Mund und erkunde mit meiner Zunge seine unebenen Konturen. Meine Hände wandern an seinen Beinen hinunter, bis meine Fingerspitzen das weiche Fell finden, das seine Hufe umhüllt, sie fahren hindurch, bevor sie nach oben zurückkehren, seine harten Schenkel umklammern und ihn nach vorne ziehen, tiefer in meine Kehle. Die süße Anstrengung, ihn in mich aufzunehmen, treibt mir Tränen in die Augen, aber es ist die Mühe wert. Mit einer gewissen Genugtuung höre ich, wie er zischend Luft durch seine Zähne einzieht. Und doch ist er noch beherrscht genug, um mir das Seil ein weiteres Mal auf den Rücken zu schlagen. *Hart.*

Der Schmerz ist exquisit. Reinigend. Ein Wirbelsturm, der mein Fleisch und meinen Verstand trifft und alles hinwegfegt. *Das, das, das* ist es, was ich will, denke ich und ertrinke in den Gefühlen, während ich ihn in mich aufnehme, mein Kopf wippt vor und zurück, mein Kiefer schmerzt, meine Nase stößt in die weichen, nach Moschus duftenden Locken an seinem Ansatz. Durch den Sturm hindurch spüre ich, wie sich die Hiebe verschieben, sich um meinen Po winden und mich zwischen den Beinen treffen. Es baut sich noch mehr Druck in mir auf – sowohl die Lust als auch der Schmerz steigen ins Unerträgliche. Als ich kurz davor bin zu platzen, um seine Länge herum schluchze und unkontrolliert zittere, komme ich wieder. Ich schreie mit ihm in meinem Mund und sacke halb gegen seine Hüften.

«Nun, *das* war für mich», sagt er.

So schwach ich mich auch fühle, ich halte ihn zart zwischen den Zähnen, necke ihn immer noch mit der Zunge, doch er entzieht sich mir.

«Ah, ah, das ist nicht für dich – noch nicht. Streck die Arme aus.»

Ich setze mich auf die Fersen, Haare im Gesicht, Tränen auf den Wangen, Spucke am Kinn, Feuer auf dem Rücken, Feuchtigkeit zwischen den Beinen. Ich könnte mich nicht entblößter und ungeschützter fühlen, und ich liebe es. Gehorsam strecke ich die Arme aus.

«Da bist du ja», sagt er, aber es klingt nicht stolz oder triumphierend. Sondern beinahe traurig, als wäre ich etwas, das er verloren hat. In meinem Verstand brodelt es träge und schmerztrunken, und noch bevor ich richtig darüber nachdenken kann, spüre ich sein Seil an meinen Handgelenken, das jeden zusammenhängenden Gedanken unterdrückt. Er fesselt mich. Diesmal sind es nur einfache Bindungen, aber sie sind breit und halten irgendwie mehr als meine Handgelenke, reichen in mich hinein. Als würde *er* in mich greifen und mein Herz in seiner Faust festhalten.

Er wirft das freie Ende des Seils in Richtung Höhlendecke, und der Stein fängt es auf, formt ein glattes Loch, durch das es sich hindurchfädeln kann. Dafür hat er zweifellos mit Blut bezahlt.

Er zieht meine Handgelenke über meinen Kopf, bis ich mich auf den Knien aufrichte, zu hoch, um mich bequem auf meine Fersen zu setzen. Er dreht mich, bis ich ihm meinen brennenden Rücken zuwende.

«Vergib mir, wenn ich es dieses Mal nicht riskieren will», sagt er leise knurrend.

Ich war auf ihm, ihm zugewandt, als ich ihn verraten habe, meine Hände frei, um ihre dunkle Magie zu wirken – um mir die Kehle durchzuschneiden, ihn an mich zu binden und ihm dann ins Herz zu stechen.

Seine Hände wandern jetzt an meinen Hals, während er seine Brust gegen meinen empfindlichen Rücken drückt und mich zum Keuchen bringt. Seine Haut ist entblößt. Er hat sich entkleidet. Ich will ihn sehen, aber er hält mich von ihm abgewandt, weigert sich, mir zu geben, was ich will. Seine Finger packen fester zu.

«Jetzt weißt du, wie sich eine Halsfessel anfühlen kann», flüstert er mir ins Ohr. «Wie sie dich erstickt, wenn dein Leben nicht dein eigenes ist. Du bist jetzt in meinen Händen, jeder Teil von dir» – er packt meinen Po, hart, während sich sein Griff um meine Kehle festigt – «und ich könnte dich wie eine Kerze auslöschen. Wie fühlt sich das an?»

Schrecklich. Erregend. Mein Körper singt. Ich bezweifle, dass *er* sich in jenem Moment so gefühlt hat. Und ich kann es ihm nicht verdenken. Das war etwas anderes. Ich *will* das hier ... und ich kann bestimmen, wann es endet.

Vielleicht ist es besser, dass er mir nicht erlaubt, ihm zu antworten, auch nicht, nachdem er seinen Griff gelockert hat und mich nach Luft schnappen lässt, sodass ich die tanzenden Flecken vor meinen Augen wegblinzeln kann. Seine Finger krallen sich um meine Wange, um meine Zunge zu streicheln. Er zieht seine feuchten Nägel über mein Kinn, bevor sich seine Finger wieder sanft um meinen Hals legen, wobei er meine Hüften zu sich zieht, sodass sich meine Schultern durchdrücken und meine Beine sich öffnen, während sich sein Körper von hinten an meinen schmiegt.

«*Das* ist die einzige Fessel, die ich jemals um deinen Hals legen möchte, um ehrlich zu sein. Ich würde es hassen, wenn dein Feuer erlischt. Ich würde dich nur festhalten, um deine Flamme zu schützen oder sie weiter anzufachen.»

Ich neige den Kopf zwischen meinen erhobenen Armen zurück, reibe meine Wange an seiner und hauche ihm mein unzusammenhängendes Verlangen ins Ohr.

Ein erregtes Knurren antwortet mir. Er zieht mich mit einem Ruck fester an sich, seine warme, steife Länge drückt gegen meinen Po.

«Du gehörst mir, Sadaré», zischt er. Ich spüre seine Zähne, beißend, die Worte sind gedämpft, da er sie an meiner Haut, an meinen Adern spricht. Seine Stimme wird unstet und rau. «Ich habe dich mehr gewollt als alles andere auf dieser götterverlassenen

Erde. Ich würde die Welt niederbrennen, um dich zu finden.» Ein weiterer Ruck, bevor ich spüre, wie er sich hinter mir positioniert, bereit, in mich zu stoßen. Seine Finger gleiten zwischen meine Beine, in mich hinein, wo ich mich nach ihm sehne, und reiben meine Nässe auf seine Spitze, die ich jetzt so nah spüren kann. Er zieht mich immer näher zu sich. «Ich wünschte, ich wäre nicht fähig, dich so sehr zu lieben.»

Und dann stößt er in mich hinein. Mein Rücken wölbt sich, meine Arme werden noch stärker gestreckt, mein Kopf fliegt nach hinten. Einen Moment lang hält er mich genau so, drückt uns beide fest aneinander, seine Hände liegen auf meinem Bauch, meiner Brust. Sein muskulöser Körper umschließt meinen wie ich seinen. Ausnahmsweise sind wir beide eins, bevor er mich an seine mächtige Präsenz erinnert, indem er sich in mir bewegt. Langsam, quälend langsam, schickt seine unebene Länge träge Wellen der Lust durch mich hindurch. Ein Sturm, der sich auf dem Meer aufbaut.

Ich möchte ihn um mehr anflehen – er soll seine Wut entfesseln. Ich stöhne, erbebe bereits um ihn herum, und meine Arme schreien vor Anstrengung, weil ich mich aufrecht halten muss, während er mich nimmt.

Ich will, dass er mich bricht.

Ich will nicht nur mehr von ihm. Ich wünsche mir verzweifelter, *mich* ihm hinzugeben, als ich je etwas gewollt habe.

Beinahe mehr, als ich mich nach Macht gesehnt habe.

Ich möchte ihm sagen, dass ich ihn auch liebe. Aber ich kann es nicht, denn er hält mir den Mund zu, vielleicht auch nur, um mein Stöhnen zu unterdrücken, das immer lauter und lauter wird. Ich schließe die Augen und versinke in seinem Meer. Er hält meinen Körper, als würde er ihn neu formen: seine Faust in meinen Haaren, seine Handfläche, die sich auf meine Brust drückt, seine starken Finger, die sich in die Kurve meiner Taille krallen und meine Hüften seinen bedächtigen, quälenden Stößen entgegenbewegen, die sich bis in mein Innerstes bohren. Und die ganze Zeit über spüre ich seine Lippen und Zähne und Zunge an meinen Schultern, meinem Hals, meinem Ohr, als würde ich sie zum ersten Mal spüren. Er ist überall, und ich löse mich auf, die Grenzen zwischen uns beginnen zu verschwimmen.

Zusammen bilden wir eine andere Gestalt, die über die Begrenzungen unserer selbst hinausgeht. Wir benutzen unsere Körper, um zu formen, was zwischen uns besteht.

Wir ficken nicht, wird mir klar. Wir machen Liebe.

Ich versteife mich, reiße die Augen weit auf.

«Wag es nicht», knurrt Daesra, der die Veränderung in mir spürt. «Wag es nicht, mich zu verlassen.» Ich weiß nicht, ob er gedanklich oder körperlich meint, doch seine treibenden Stöße lassen mich allmählich wieder an ihm schmelzen, füllen mich mit flüssiger Hitze.

Seine Hand kehrt an meinen lodernden Rücken zurück und hält zwischen meinen gestreckten Schultern inne, während die andere meine Hüften hart an ihn zieht, als sein Rhythmus beginnt, sich zu beschleunigen. Zwei Spitzen seiner Nägel stechen mir unter meinem Nacken in die Haut, scharf wie Metall. Ich verstehe die Drohung, die sie mir verkünden.

«Willst du das, Sadaré? Ich gebe es dir, wenn du bei mir bleibst.»

Ich nicke verzweifelt.

Genau wie zuvor, als er mir den Finger brach oder als ich ihn hinter dem Wasserfall bat, mich zu verletzen, zögert er nicht. Seine Nägel kratzen über meinen Rücken. Sie zeichnen Linien in mein Fleisch, die so grell und scharf sind, dass sie sich fast kalt anfühlen, und hinterlassen geschmolzene Wut. Zwei Streifen aus Feuer zu beiden Seiten meiner Wirbelsäule. Ich schreie auf, als meine Sicht rot wird. Nasse Wärme rinnt über meinen Po und tränkt den wenigen Raum zwischen uns. Blut. Es verteilt sich auf seinen Hüften und tropft mir die Beine hinunter.

Als sich mein Rücken vor Schmerzen krümmt, zwickt er mir mit seinen Nägeln in beide Brustwarzen, sodass ich zusammenzucke, denn der neue Schmerz durchbohrt mich bis ins Zentrum, wo er immer schneller in mich stößt. Ich komme härter, als ich es für möglich gehalten hätte, jeder Muskel in meinem Körper verkrampft sich. Seine blutige Hand bedeckt meinen Mund, als ich schreie. Auch die in ihm aufsteigende Woge der Leidenschaft erreicht kurz darauf ihren Höhepunkt, und er keucht, während er mit solcher Wucht in mich stößt, dass ich mich frage, ob er mich wirklich zerbrechen könnte, bevor er sich in mir ergießt.

Und dann brechen wir beide zusammen, und das Seil fällt irgendwie von der Decke herab. Er dreht sich im letzten Moment zur Seite, damit er nicht mit seinem ganzen Gewicht auf meinem geschundenen Rücken landet. Ich weiß nicht, ob ich das überhaupt bemerkt hätte. Ich kann nur daliegen, umgeben von seinen Armen, wir beide sind klebrig von Blut, Schweiß und anderen Flüssigkeiten und atmen einfach nur. Ich registriere es kaum, als sich – vielleicht einen Moment oder auch eine Stunde später – seine Hände bewegen, um meine Handgelenke loszubinden. Mein Kopf ruht auf seinem Arm, und ich kann nur mit wässrigen Augen zusehen. Ich habe nicht einmal bemerkt, dass ich geweint habe.

Als er mit dem Seil fertig ist, massiert er das Gefühl in meine Hände zurück, bevor er sich meinen Rücken ansieht.

«Ich kann dich jetzt heilen, wenn du möchtest.» Seine Stimme ist leise. Erneut beinahe traurig.

Er weiß, dass unsere Zeit hier fast zu Ende ist.

Ein Teil von mir möchte diesen Schmerz festhalten, darin schwelgen, doch das ist ein Luxus, den ich mir nicht leisten kann. Bald schon würde er ein Hindernis darstellen. Meine Unterwerfung hat ihn bereits in eine tiefe Quelle der Macht in meinem Inneren verwandelt.

«Ja.» Meine eigene Stimme klingt brüchig. Ich schniefe, wische mir über die Nase und zucke zusammen. Alles schmerzt. «Aber lass mir die Narben. Bitte.»

Zwei Linien entlang meines Rückgrats. Spuren seiner Klauen. Ich will sie auf meinem Körper haben, als Erinnerung.

Er zögert und sagt dann sanft: «Das kann ich machen.»

Der Schmerz verschwindet von meinem Rücken, als würde er mit einem Krug kühlen Wassers weggewaschen werden. Seine Finger gleiten zart über meine Haut, behutsam mit den Nägeln, und ziehen eine Linie von meiner Wange hinunter zu meinem Hals und über die Rundung meiner Schultern. Er blickt auf mich herab, während sein Atem flüsternd über mein Ohr streicht und wortlos zu mir spricht. Ich würde mich fragen, was er mir mitzuteilen versucht, würden es seine Finger nicht für ihn sagen, indem sie beinahe staunend über meine Kurven gleiten und die Landschaft meines Körpers anbeten. Ich könnte ewig hier liegen, offen für seine Erkundungen, aber dann hält er über den glatten Erhebungen inne, die sich jetzt auf meinem Rücken befinden.

Zur Erinnerung. Ich hebe den Finger mit der dünnen roten Linie, die er nach meinem Erwachen im Labyrinth in meine Haut gebrannt hat.

«Was ist das eigentlich?», frage ich.

Es folgt ein langer Moment des Schweigens. «Das ist, damit du mich immer finden kannst. Wenn du es willst.»

Ich lächle schief. «Und damit du *mich* im Labyrinth immer finden kannst?»

Er weicht zurück, zieht den Arm unter meinem Kopf weg und setzt sich auf. «Es war nur für dich gedacht.»

Blinzelnd richte ich mich ebenfalls auf. «Aber warum? Du hast mich doch gehasst, als du es mir verpasst hast.» Möglicherweise hasst er mich immer noch, auch wenn er mich liebt, doch es schmerzt zu sehr, darüber nachzudenken. «Wäre es nicht ein Nachteil für dich gewesen, wenn ich dich immer hätte finden können, vor allem, wenn du einen Vorsprung vor mir hättest?»

Er steht auf, ohne mir direkt zu antworten, zieht sich seine Tunika über und bindet sich sein Seil schnell wieder um die Taille. Nachdem er mir meine eigene Tunika gereicht hat, fällt mir auf, dass sie wieder intakt ist, keine Risse oder Brandspuren, und cremeweiß.

Ein unbeschriebenes Blatt. Nur bin *ich* keins mehr. Ich habe zwei schwielige Narben auf dem Rücken wie Zählstriche. Ich weiß allerdings nicht, was ihre Summe ergibt oder wer dabei verliert.

Ich ziehe mir meine Tunika über den Kopf, während ich immer noch auf den Kissen sitze. Unter seinem blutroten Blick fühle ich mich in der Stille allmählich unbehaglich.

«Du sollst mich finden», sagt er schließlich.

«Wie meinst du das?»

Er reibt sich den Mund und mustert mich immer noch, während er etwas abzuwägen scheint, dann lässt er die Hand sinken. «Ich dachte, das hier würde sich befriedigender anfühlen. Aber ich bin nicht befriedigt, Sadaré. Und das werde ich auch nie sein, mit dir. Und *du* wirst es auch nie sein, wegen dem, was du wirklich begehrst.»

Ich habe mich in meinem ganzen Leben noch nie befriedigter gefühlt – auch wenn ich mich nur an wenig erinnern kann. Verwirrt blinzle ich ihn an, und eine ungute Vorahnung dringt durch meine übersättigte Trägheit. Ich schiebe die Beine über die Bettkante und ziehe rasch meine Tunika zurecht. «Warum bist du nicht befriedigt?»

Er zuckt mit den Schultern. «Ich habe geglaubt, dass ich hören wollte, wie du sagst, dass du mich liebst. Sodass es, wenn ich dich verrate, genauso sein würde, wie als du mich verraten hast – nachdem ich dir meine Gefühle offenbart habe. Nachdem ich sie dir wieder und wieder mit meinem Körper gezeigt habe. Und doch ist es letztendlich nicht das, was ich will.»

Furcht beginnt an mir zu nagen, und ich frage mich entfernt, ob er deshalb meinen Mund bedeckt hat, als ich ihm sagen wollte, dass ich ihn liebe. Weil er wusste, was ich sagen wollte.

Ich schüttle den Kopf und weiß nicht, was kommen könnte, aber verstehe dennoch, dass es nichts Gutes sein wird. «Daesra ... Was tust du? Was es auch ist, du musst es nicht tun.»

Ich will die Worte nicht aussprechen und damit die Möglichkeit riskieren, dass sie wahr werden, als würde das Labyrinth sie hervorbringen: *Du musst mich nicht verraten.*

Seine Worte sind bedacht. Kalt. Distanziert. «Ich fürchte, ich muss.»

Ich springe auf, binde mir in zorniger Eile mein Seil wieder um die Hüfte und schnappe mir mein Nadelsäckchen. «Was, hast du mich nur hierhergelockt, mich davon überzeugt, dir zu vertrauen, damit du mich im Labyrinth wieder *überholen* kannst?» Ich schreie fast, als ich mit einer Hand auf das Bett deute. «War das alles eine Lüge?»

Er steht reglos wie eine Statue da. «Ich wünschte, es wäre so. Doch es war nicht mehr eine Lüge als das, was du mir angetan hast, bevor du mich in den Turm gebracht hast.» Er seufzt, und Schmerz flackert in seinen Augen auf. «Ich liebe dich, Sadaré. Und diese Liebe geht so tief, dass ich sie nicht aus mir herausreißen kann, sosehr ich es auch versuche. Sie ist wie ein Pfeil, der in meiner Brust abgebrochen ist, eine Wunde, die nicht zu eitern aufhört.»

«Wir können das hier gemeinsam machen», beharre ich verzweifelt, während meine Stimme bricht und meine Sicht verschwimmt. «Wir können als Partner zusammenarbeiten, das

Zentrum des Labyrinths gleichzeitig erreichen, das Monster gemeinsam besiegen –»

«Das ist unmöglich.» Daesra lächelt leicht, eine zarte Entschuldigung auf seinen Lippen. «Weil ich das Monster bin.»

Ich kann nicht atmen. Meine Lunge fühlt sich wie eingefroren an. Ich kann ihn nur anstarren, während mir lautlos Tränen über die Wangen laufen.

«Was?», frage ich endlich flüsternd.

«Es ist wahr. Ich bin derjenige, den du erschlagen musst, wenn du hier nicht sterben willst. Ich bin der Preis für deine Unsterblichkeit.»

Was er da sagt, die Wahrheit, trifft mich tiefer als irgendetwas je zuvor.

«Nein. Nein, nein, nein.» Mein Atem geht jetzt schneller, und ich schüttle immer noch den Kopf. «Wenn das stimmt, dann will ich sie nicht mehr.»

Er macht eine wegwerfende Armbewegung. «Was du *jetzt* willst, ist nicht wichtig. Nur was du damals wolltest. Deine Aufgabe ist es, die Bestie im Zentrum des Labyrinths zu besiegen. Du musst dorthin gelangen, oder du wirst nie entkommen. Wir haben noch einen weiten Weg vor uns – der schwierigste Teil steht uns noch bevor.» Er hebt den Arm, die Nägel sind bereit, sich in sein Fleisch zu bohren. «Aber ich muss zuerst dort ankommen. Bleib, wo du bist.»

Ich hebe meine eigenen Hände in einer beschwichtigenden Geste, auch wenn meine Stimme aufgebracht klingt. «Tu das nicht.»

Er lacht, und es wirkt mehr als nur ein wenig verzweifelt. «Ich muss. Ich kann dir nicht wirklich wehtun – zumindest nicht so, wie ich jetzt bin. Ich bin nicht stark genug mit der Wunde, die deine Liebe in mich geschlagen hat. Aber ich spüre, wie sich etwas in mir wandelt. Du hast gesehen, wie sich alles verändert, je näher wir dem Zentrum kommen. Wie alles schärfer wird. Wächst. Zu etwas Neuem wird. So wird es mir auch ergehen. Ich muss meine endgültige Gestalt annehmen, nach dem Plan der Götter – nach *deinem* Plan.» Sein verletzter Blick durchbohrt mich und hinterlässt eine Wunde in meiner Brust. «*Du* kannst mich auch nicht verletzen, so wie ich jetzt bin. Deshalb wolltest du, dass ich ein richtiges Monster werde. Damit du in mir eine Bestie siehst, die man erschlagen kann. Du wolltest ein würdigeres Opfer, als dass du mich in den Turm gebracht hast, gebunden und mit gebrochenem Herzen.» Seine Lippen verziehen sich. «Und mich nennen sie grausam.»

«Nein! Nein, das glaube ich nicht.» Ich mache einen Schritt auf ihn zu. «Selbst wenn das wahr ist, lehne ich einen solchen Plan ab. Und auch du musst dich nicht an ihn halten. Du und ich, wir können beide etwas anderes werden! Was wir gefühlt haben, als wir uns geliebt haben ...» Meine Stimme klingt flehend. «*Sag mir*, dass du es auch gefühlt hast.»

Langsam schüttelt er den Kopf. «Es ist zu spät. Dieser Augenblick musste enden. Ich habe ihn genossen, solange ich konnte.»

Er tritt zurück in Richtung des schattenhaften Schleiers, der den Ausgang aus unserer kleinen Zuflucht bildet. Das Ende unseres Friedens markiert.

Seine Stimme wird zu einem tiefen Murmeln. «Lebe wohl, meine liebe Sadaré – meine Liebste.» Sein Blick verschlingt mich, als würde er mich zum letzten Mal sehen, und er küsst zum Abschied seine Fingerspitzen. Doch als er die Hand sinken lässt, ist sein Ausdruck wieder kalt und distanziert. «Ich fürchte, wenn wir uns das nächste Mal sehen, werde ich nicht mehr das sein, woran du dich erinnerst. Und du tätest gut daran, *mich* zu fürchten.»

«Bitte, geh nicht», schluchze ich und stolpere ihm hinterher. Flehe ihn vergeblich an.

Er tritt durch den dunkel schimmernden Vorhang, als wäre er gar nicht da. Ich kann ihn auf der anderen Seite noch sehen, eingehüllt in Schatten. Als ich versuche hindurchzutreten, geht es nicht. Es fühlt sich an, als würde ich gegen eine feste Wand laufen. So muss es sich von draußen auch für Pocli angefühlt haben.

Pocli, denke ich, als ich seine vage Gestalt entdecke, die auf Daesra zuläuft.

«Dieser Kleine ist für dich viel zu hilfreich», sagt der Daemon trocken und klingt nun unbesorgt. Zielgerichtet. «Ich werde ihn mitnehmen.»

«*Pocli!*», schreie ich und hämmere wild gegen den Vorhang. «Tu ihm nicht weh!»

«Vertrau darauf, dass er bei mir sicherer sein wird. Wenigstens bis ich eine größere Gefahr werde als das Labyrinth selbst.»

Ich presse die Hände flach gegen den Vorhang, versuche mich durch das zu drücken, was zwischen uns steht. Als könnte ich ihn je wieder erreichen. «Daesra, ich *flehe* dich an, bitte –»

Er unterbricht mich. «Versuch nicht, mich aufzuhalten. Da ich weiß, dass du nie hörst ...»

Ich schreie auf, als seine Nägel über seinen Arm kratzen. Sein Blut sieht durch die schattenhafte Düsternis des Schleiers schwarz aus, zwei dunkle, tropfende Linien sind in seine Haut geritzt. Ich spüre ihr Echo auf meinem Rücken. Diese Rechnung fällt letztendlich nicht zu meinen Gunsten aus.

Ich stolpere rückwärts, als auf der anderen Seite des Schleiers ein Berg aus Steinen niederprasselt und mich mit einem krachenden Brüllen hier einsperrt. Er lässt mich in der Dunkelheit zurück. In der Stille.

Allein.

Zuerst fällt es mir schwer, in der Schwärze zu atmen, unter dem erdrückenden Gewicht der Steine und von Daesras Verrat. Ich beiße mir auf die Wange und kann so wenigstens keuchend einen vollen Atemzug nehmen. Es liefert mir außerdem genug Schmerz, um ihn in Feuer zu verwandeln, damit ich sehen kann – nicht dass ich noch mehr Schmerz bräuchte. Ich bin randvoll davon. Ich schaffe es, weiterzuatmen, während ich nach meinen Nadeln und irgendeinem Seil krame.

Denk nicht nach, sage ich mir. *Mach einfach.*

Ich habe den Großteil meiner Seile gefunden und die meisten meiner Nadeln. Zum Glück, denn es braucht viel Kraft, so viele Steine zu bewegen, noch mehr, als nach meiner vollkommenen Unterwerfung gerade in mir lodert.

Wenigstens hat er mir die gelassen.

Ich habe mir einen festen Brustgurt gebunden, quälende Fesseln an meinem rechten Arm und dem linken Bein angelegt und bereite meine Nadeln vor, als plötzlich ein Licht, viel heller als meine transmutierte Flamme, durch die kleine Höhle flackert. Mit tränenden Augen spähe ich hinein.

Ein Spiegel. Ein Spiegel ist genau dort erschienen, wo Daesras schattenhafter Schleier war und wo sich jetzt eine Felswand befindet.

Bei seinem Anblick lache ich laut auf, doch das Geräusch bleibt mir im Hals stecken. Vielleicht gefiel es dem Labyrinth nicht, dass Daesra seine Steine benutzt hat, um mich einzusperren. Oder vielleicht ist diese Erinnerung nur für mich bestimmt.

«Was kannst du mir schon Schlimmeres zeigen, als er bereits getan hat?», frage ich.

Ich hoffe, ich bereue die Frage nicht.

Ich fletsche eher die Zähne, als dass ich lächle, während ich direkt in die silberne Umarmung des Spiegels marschiere.

ZUVOR

Ich genieße viele Arten von Schmerz, doch die Qual der Langeweile ist eine Art der Pein, die ich verabscheue. Und die Stufen zur Spitze des Turms sind genau das: langweilig. Ich würde lieber eine Leiter aus Nadeln in die Haut meines Arms stechen und mit übermenschlicher Schnelligkeit die Treppe hinaufsprinten. Während Hawk mir dabei folgen könnte – oder besser gesagt, mich übertreffen würde –, reist meine Mutter allerdings in der Geschwindigkeit einer Königin. Was natürlich heißt, dass sie in einer Sänfte sitzt, die von vier muskulösen Männern getragen wird, die das Schwitzen und Keuchen für sie übernehmen.

Ich habe, wie auch Hawk, beschlossen, auf meinen eigenen zwei Beinen zu gehen. Meine Tante hat mir beigebracht, wie wichtig es ist, selbst laufen und klettern zu können, falls die vom Äther gewährten Kräfte mich verlassen, indem sie mich gezwungen hat, über ihre bergige Insel zu wandern. Ich weiß, dass Bewegung mir guttut. Sie ist Nahrung für meinen Körper und doch geschmacklos wie eine verkochte Steckrübe.

Die Aussicht jedoch ist spektakulär. Der Turm besteht aus transparentem, roséfarbenem Glas, das im Sonnenlicht golden schimmert. Durch die Wände hindurch kann ich einen Hügel erkennen, der sich um den Fuß des Turms erstreckt und auf dem sich die prächtigsten Tempel des Landes befinden, für diejenigen, die eine Pilgerreise machen und noch nicht in den Turm dürfen. Nur Personen, deren Bittgesuch genehmigt oder die von den Göttern eingeladen wurden, dürfen hinaufsteigen. Jenseits der Tempel erstrecken sich goldene Weizenfelder, endlose Reihen üppiger

Weinreben und uralte Lorbeerhaine. Alles Opfergaben, die von Menschenhand für die Götter gepflanzt wurden und nicht für den Gebrauch durch Sterbliche bestimmt sind. Keine menschliche Stadt darf dem Turm so nahe sein. Um sich den Göttern zu nähern, muss man eine Reise unternehmen – und die Treppe bezwingen. Die Höhe ist schwindelerregend.

Die Aufregung, die durch den Aufstieg zunächst gedämpft wurde, wird in mir wieder stärker, je höher ich komme. Gleich werde ich den Göttern begegnen. Oder zumindest *einer* Gottheit. Wahrscheinlich der höchsten, nach allem, was Hawk von ihrem Vater Sun – meinem Großvater, schätze ich – über die Geschehnisse gehört hat. Ich bin Sun noch nie begegnet, und ich bin mir nicht sicher, ob ich ihn jetzt treffen werde. Er ist derzeit in Ungnade gefallen – bei den Sterblichen dank des Daemons und bei den Göttern wegen etwas anderem. *Jemand* anderem.

Ich bin hier, um die *neue* Gottheit zu treffen. Die, die meiner Tante das Angebot unterbreitet hat, das ich Hawks Willen zufolge annehmen soll. Meine Mutter ist hier, weil sie den Daemon und die Gerüchte, die er über ihre Neigungen verbreitet hat, nicht mehr ertragen kann, obwohl ich vermute, dass es ihr mehr um Prunk und Nervenkitzel geht. Viel mehr bleibt ihr nicht zur Unterhaltung.

Die scheinbar unendlichen Stufen erschöpfen sich schließlich ebenso wie die Aufsteigenden. Als ich oben durch den transparenten Boden nach unten schaue, dreht sich mir der Magen um, als könnte ich dort hindurch- und noch eine ganze Weile weiterfallen, also konzentriere ich mich auf den seltsamen neuen Ausblick, der sich vor mir auftut – ein Ausblick, der ganz und gar innerhalb des Turms liegt und doch auch nicht.

In dem großen Raum in der obersten Etage scheint sich ein helles Fenster zu einer anderen Welt zu öffnen. Es *ist* eine andere Welt: das Reich der Götter. Der Himmel. Für einen Moment bleibt mir die Luft weg, obwohl ich nach dem Aufstieg nach Atem schöpfe.

Dutzende menschlicher Wachen flankieren den Eingang und stehen stramm – als wären sie das Einzige, was jemanden von uns daran hindert, dieses Reich einfach zu betreten oder einen Gott zu verletzen. Genauso wie Äther in rohe Kraft, Feuer oder irdische Substanzen verwandelt wird, wenn man ihn in unsere Welt kanalisiert, würde der Versuch, mein Fleisch in ein Reich zu drängen, das *daraus* besteht, mich wahrscheinlich in kaum einer Sekunde in Asche verwandeln, wenn die Götter mich nicht schon vorher vernichten würden. Sie können schließlich nicht zulassen, dass wir ihre Reinheit besudeln.

Gut, dass ich Unreinheit ohnehin vorziehe.

Durch das Fenster wirbeln Wolken aus buntem Feuer herein, die fantasievolle Strukturen, geschwungene Türme und vergängliche Brücken bilden. Ein schimmernder Vorhang schützt unsere verletzlichen menschlichen Augen vor dem, was dahinter liegt, allerdings trübt er meine Sicht. In der Ferne bewegen sich helle Gestalten wie Sterne, ihre Formen und Gesichtszüge kann ich nicht ausmachen. Ihre Stimmen, so verstehe ich, können buchstäblich ohrenbetäubend sein.

Eine helle Gestalt – die hellste von allen – wartet auf der anderen Seite des Vorhangs. Auf mich.

Diese Gottheit sieht anders aus als die anderen. Die anderen hellen Wesen, die ich in der Ferne erkenne, haben einzelne, klare Farbtöne. Diese Gottheit ist ein Wirbel aus zwei Farben – Silber und Blau.

Sea und Sky zusammen. Das ist es, was Hawk zu Ohren gekommen ist. Die Gestalt strahlt so grell, dass ich mich abwenden, mich sogar verstecken möchte, aber dann verdunkelt sich das Licht der Gottheit, bis ich Gliedmaßen in Menschenform und so etwas wie ein Gesicht ausmachen kann. Eine vertraute Form, vielleicht nur um unseretwillen. Hawk nähert sich dem Vorhang und verbeugt sich tief. Ich folge ihr, meine Mutter ist hinter uns, nachdem sie von ihrer Sänfte abgestiegen ist und ihr extravagantes Gewand und das Diadem zurechtgerückt hat. Wie meine Tante trage ich eine einfache Tunika, die mit Seilen umwickelt ist. Anders als meine Tante knie ich nieder. Ich bin weder die Tochter eines Gottes noch unsterblich noch eine Königin. Meine Mutter begnügt sich mit einer Verbeugung, die etwas tiefer ist als die ihrer Schwester, was ich als ein überraschendes Zugeständnis empfinde.

Die Gottheit *ist* beeindruckend.

«Ihr habt nach mir gerufen?», fragt Hawk schlicht und richtet sich auf.

«Ja», sagt die Gottheit, und ihre Stimme hallt durch die Kammer. Sie ist weder männlich noch weiblich und gänzlich einschüchternd. «Und zwar nur dich, doch dein Gegenangebot interessiert mich. Ist dies das Mädchen?»

Die Gottheit sagt *mich*, nicht *uns*, obwohl sie einmal zwei Wesen war.

Wer verbleibt, frage ich mich.

Trotz meines Staunens ärgert mich das *Mädchen*. Ich bin schon seit Jahren volljährig. Ich könnte mittlerweile selbst ein Kind haben, das herumläuft und redet, wenn ich eins gewollt hätte. Doch ich bin schlau genug, den Mund zu halten.

«Das ist meine Nichte Sadaré», sagt Hawk, «und ich habe

sie so gut ausgebildet, wie es mir möglich war. Doch eins muss ich fragen: Warum wollt Ihr Eurem eigenen Sohn dies antun? Wie er wurde ich von den Hohen und den Niederen geboren. Himmel und Erde. Sonne und Bergquell. Ich fliege dazwischen. Und wie man sagt, seid Ihr nun eine neue Gottheit, die den Ort zu finden wünscht, der zwischen Meer und Himmel liegt – *Horizon.* Ich höre, so nennen sie Euch nun. Warum also wollt Ihr dann, dass ich Euren Sohn einfange, der uns beiden so ähnlich ist? Auch wenn Ihr natürlich das Höchste seid», fügt sie freundlich hinzu.

Der schiere *Mumm*, den diese Frau besitzt. Ich hätte nicht gedacht, dass ich meine Tante noch mehr bewundern könnte, als ich es ohnehin schon tue, und dennoch bin ich überrascht.

«Das geht dich nichts an», sagt die Gottheit ungerührt. «Und er ist keinem von uns ähnlich, seitdem er seine göttliche Seele gebunden hat. Bist du nun hergekommen, um mein Angebot anzunehmen, oder nicht?»

«Ich bin so gut wie unsterblich, also ist Eure Belohnung für mich nicht von Interesse.» Hawk zuckt mit den Schultern und deutet dann auf meine kniende Gestalt. «*Sie* will sie, und gleichzeitig besitzt sie etwas Entscheidendes, das ich nicht habe.»

«Und was ist das?», fragt Horizon und wendet mir das lodernde Antlitz zu. Ich zwinge mich, zumindest dorthin zu sehen, wo Augen wären, auch wenn meine eigenen dadurch tränen und brennen.

Hawk lächelt nur.

(*Unschuld* könnte die Antwort lauten, auch wenn ich mich für weltlich hielt, sogar verdorben. *Naivität*, obwohl ich mich für gerissen hielt. *Ein zerbrechliches Herz*, obwohl ich mich in dieser Hinsicht für unempfindlich hielt.)

Meine Mutter antwortet. «Ihr gefällt Schmerz, und nicht nur wegen der Macht, die er ihr verleiht. Und den Berichten meiner Schwester nach hat sie auch andere ... Gelüste. Gelüste, die gut zu denen Eures Sohnes passen könnten.» Sie presst angewidert die Lippen zusammen. Und nicht nur wegen des Daemons, das weiß ich. Sie hat mich nie verstanden, war immer froh, mich Hawk zu überlassen. Nun kann sie allerdings nicht länger so tun, als wäre ich in Sicherheit. Sie erschaudert. «Ich habe das Gefühl, wir verfüttern sie an eine Bestie. Er *ist* eine Bestie, da er solche Lügen über mich verbreitet. Wenn ich meine Tochter einem wie ihm überlasse, möchte ich, dass die Götter ausdrücklich verkünden, dass ich *nicht* –»

«Ich bin auf Bestien spezialisiert», unterbricht Hawk sie trocken und wirft ihrer Schwester einen scharfen Blick zu, «und er ist etwas vollkommen anderes. Verwandle den Durchschnittsmann in ein Schwein, und er wird sich wie jedes andere im Dreck suhlen und der Axt zum Opfer fallen, wenn seine Zeit gekommen ist. Dieser Daemon ist weitaus tödlicher und gleichzeitig seltsam edel. Er vergewaltigt die Frauen oder Jungen der Tempel, die er zerstört, nicht und tötet nur bei Provokation. Sadaré wird ihm standhalten.»

«Das weiß ich», schnauzt meine Mutter. «Als meine Tochter ist sie bestens dafür gerüstet. Doch ich bin immer noch ihre Mutter, und ich sorge mich.»

Sie vergisst wohl, dass Hawk mich dafür gerüstet hat, nicht sie, und dass meine Mutter sich hätte sorgen sollen, als sie mich auf der Insel ihrer Schwester zurückgelassen hat. Die Tatsache, dass ich es bis hierher geschafft habe, sollte mehr Vertrauen in mich hervorrufen.

Auch wenn ich es nur knapp geschafft habe und das eher Hawk zu verdanken ist als mir selbst. Ich schlucke den bitteren Geschmack in meinem Mund herunter – die Erinnerung an Dreck und Blut auf meiner Zunge – und zwinge mich, den Kiefer zu entspannen.

«Und ich bin *sein* göttlicher Elternteil», kontert Horizon mit hallender Stimme, «aber ich werde nicht zulassen, dass Sentimentalitäten meine Sicht trüben. Das Mädchen muss stark sein. Sie muss außerdem wissen, wann sie sich zu ergeben hat, sonst wird sie zerbrechen. Ich vertraue darauf, dass sie diese Fähigkeit bereits besitzt.» Horizon nickt Hawk zu. «Und tatsächlich sehe ich jetzt, dass du sie nicht besitzt.»

Hawk schenkt der Gottheit ein halbes Lächeln, das irgendwie das Gefährlichste ist, was ich je gesehen habe – und ich habe schon gesehen, wie sie einem Mann mit einer Fingerbewegung die Kehle herausgerissen hat, *ohne* ihn zuerst in ein Schwein zu verwandeln. «Ihr glaubt, ich bin so spröde, dass ich zerbrechen würde?»

Horizon mustert sie für einen langen Augenblick und neigt dann den Kopf. «Möglicherweise würde sogar eine Gottheit zuerst brechen.» Es folgt eine Pause. «Wenn auch vielleicht nicht ich.»

Hawk mustert die Gottheit ebenfalls, ihr gelber Blick ist vollkommen furchtlos. «Vielleicht nicht.»

Ich blicke zwischen ihnen hin und her, mit offen stehendem Mund, bevor ich daran denke, meinen Ausdruck neutral zu halten. Sie duellieren sich wie zwei potenzielle Geliebte – zwei Geliebte, die Titanen sind.

Ich hatte genug Geliebte, um zu wissen, auf welch vielfältige Arten wir die Abwehr des anderen auf die Probe stellen können, allerdings war keiner von ihnen ein Gott. Oder ein Daemon. Ich glaube, das wird mein bislang größtes Duell. Aufregung steigt in mir auf wie eine Meereswoge.

(Närrin.)
Jetzt wendet sich Horizon wieder mir zu. «Ein Daemon, der es liebt, Schmerzen zuzufügen, und eine Hexe, die es liebt, Schmerzen zu erfahren. Sie werden füreinander sein, was Ambrosia und Nektar für die Götter sind.»
«Das ist sehr vorsichtig ausgedrückt», murmelt meine Mutter. «*Oder* sie zerstören einander.»
Ich frage mich, ob es sie wirklich kümmert oder ob diese Zurschaustellung eines Beschützerinstinkts nur eine Maske ist, um ihre eigene Willfährigkeit zu verbergen. In jedem Fall stehe ich nur passiv daneben, während sie um meinen Kopf feilschen, als wäre ich eine Zuchtstute, die mit einem Prachthengst gepaart werden soll.
Als würde die Gottheit meine verbitterten Gedanken hören, spricht sie mich direkt an. «Wenn du es schaffst, meinen Sohn zu mir zu bringen, wirst du den höchsten Preis dafür erlangen: Unsterblichkeit. Macht jenseits der menschlichen Vorstellungskraft. Ein Schutz vor dem Tod selbst. Doch ich muss dich warnen – der Gott des Todes verliert nicht gerne eine sterbliche Seele. Er ist überaus eifersüchtig.»
«Klingt wie jeder andere Mann», sage ich, bevor ich mich frage, ob ein solcher Vergleich Horizon verärgern könnte. Schnell füge ich hinzu: «Es ist nicht er, den ich fürchte.»
«Wen oder was fürchtest du dann, wenn es weder mein Sohn noch Death ist?»
«Ich fürchte ...» Ich halte inne und fange gedanklich eine Aufzählung an – ich liste jedes Kraut auf der Insel meiner Tante auf, das ich kenne, um meinen Verstand zu fokussieren und nicht in Panik auszubrechen. Selbst diesen Trick hat mir meine Tante und nicht meine Mutter gezeigt, damit die Erinnerungen nicht die Kontrolle über meine Gedanken übernehmen und meinen Geist davontragen. «Hilflosigkeit.»

Mein Blick wandert zu meiner Mutter, und diesmal öffne ich die Schleusen für meine Erinnerungen an *sie*, und ihr Fluss lässt mich verhärten wie einen Stein: sie, die trotz der Krone auf ihrem Kopf vor meinem Vater kniet; er, der sie so hart schlägt, dass das metallene Diadem klappernd zu Boden fällt; sie, die nachts immer noch in sein Bett geht wie eine Gefangene zu ihrer Hinrichtung. Sie hat Männer, die sie tragen, damit sie nicht zu Fuß gehen muss, und doch kann sie sich nicht vor dem Mann schützen, der ihr am nächsten steht. Eine Königin zu sein, ist nichts im Vergleich zu einem König – zumindest nicht die Art von Königin, die sie ist. Sie weigert sich, mich anzuschauen, starrt entschlossen nach vorn, als wolle sie mein Mitleid oder meine Verachtung nicht sehen.

«Du willst also ohne einen Schild, der deine Sicherheit gewährleistet, die Höhle des Löwen betreten?», fragt Horizon.

Ich zucke lässig mit den Schultern. «Um seine Ängste zu besiegen, sollte man sich ihnen stellen, nicht wahr? Außerdem habe ich meine eigene Art von Schild.»

Einen Schild um mein Herz. Ich werde mich an niemanden verschenken, egal, wer mich zu besitzen versucht oder wie ich ihnen erlaube, sich mit meinem Körper zu vergnügen. Nicht auf eine Art, die zählt. Ich werde in niemandes Schuld stehen und niemandem ausgeliefert sein. Und ich werde diesen Schild benutzen, um mir selbst für immer den Schutz der Unsterblichkeit zu sichern, oder bei dem Versuch sterben, egal, wen ich bezwingen muss – Daemon *oder* Gott.

«Nun gut», sagt Horizon. «Bist du bereit? Ich werde dich jetzt zu ihm bringen.»

«*Jetzt?*», keucht meine Mutter, doch Hawk bedeutet ihr, still zu sein.

«Jetzt», sagt die Gottheit, und alles wird in silbernes Licht getaucht.

Ich erhalte nicht einmal die Gelegenheit, mich zu verabschieden. Doch Hawk war nie sentimental, und meine Mutter wird mich nicht vermissen.

Ich frage mich, ob ich sie beide je wiedersehen werde, und nur für einen Moment spüre ich eine andere Art von Schmerz – tief und subtil und zart –, die ich nicht gewohnt bin. Doch im Gegensatz zu dem Schmerz, der mir gefällt, ist er so sanft, dass ich ihn einfach zerdrücken kann.

Als das Licht verblasst, ist der Turm verschwunden, und ich finde mich auf einem Berghang wieder, der den weiten blauen Ozean überblickt. Unter mir befindet sich ein wunderschöner Tempel mit weißen Säulen, direkt am Rand einer Klippe. Sonnenlicht funkelt auf dem Wasser wie eine Schicht aus goldener Gaze.

«Nicht umdrehen», sagt eine volltönende Stimme hinter mir, immer noch so laut, dass ich zusammenzucke.

Vor Überraschung mache ich es beinahe doch und realisiere mit einem Schreck: Wenn ich das getan hätte, könnte ich jetzt tot sein. Zu Nichts verbrannt.

«Das war einst mein Tempel», fährt die Stimme fort und ahnt nichts von meiner aufwallenden Panik. «Doch nun nicht mehr. Denn er hat ihn zu *seinem* Eigentum gemacht, und außerdem bin ich nicht länger Sea. Nicht *nur* Sea.»

«Warum habt Ihr ... was auch immer es war ... mit Sky gemacht?» *Wie habt Ihr es gemacht?*, möchte ich fragen, doch meine Neugier grenzt bereits an extreme Unverschämtheit. «Weil das mit Eurem Sohn geschehen ist?»

Ich dachte, dass er sich das eher selbst angetan hat, vor allem, wenn man bedenkt, was er angerichtet hat, seit er ein Daemon geworden ist, doch das spreche ich nicht aus.

«Wegen der Dinge, die Sky sowohl Daesra *als auch* seiner Mutter angetan hat. Sie war die Hohepriesterin hier. Hier ist unser Sohn aufgewachsen. Hier hat er von seinem Geburtsrecht erfahren und mein Geschenk erhalten. Und hierher kam Sky, um die Wahrheit über ihn zu verifizieren, nachdem Daesra in den Turm gekommen war und sich in einen Daemon verwandelt hatte. Hier hat Sky sich in seiner vollen Pracht der Mutter meines Sohnes offenbart, nachdem sie ihn gebeten hatte, sich zu zeigen. Und *hier* hat er sie mit seiner Präsenz zu Asche verbrannt.»

Auch wenn der Tonfall der Gottheit ruhig ist, stellen sich mir warnend die Nackenhaare auf. *Nicht umdrehen.*

«Das ist ... Tut mir leid», sage ich, da ich nicht weiß, was sonst angebracht wäre. Außerdem spreche ich auch mit Sky, gewissermaßen. Oder mit dem, was von ihm übrig ist.

«Daesra weiß nicht, warum seine Mutter gestorben ist», fährt die Stimme fort. «Er glaubt, sie habe sich aus Scham seinetwegen selbst in Brand gesteckt. Es wäre klug, ihm nicht davon zu erzählen, da er sonst wüsste, dass du mit Göttern gesprochen hast. Das möchtest du nicht, und genauso wirst du jeglichen Kontakt zu Personen meiden, die ihn dazu bringen könnten, dich zu verdächtigen.» Nun wird die Stimme leiser. Schwindet. «Ich habe sie geliebt, innerhalb der Grenzen meiner eigenen Natur. Wie ich auch meinen Sohn liebe.»

Interessante Art, das zu zeigen, denke ich.

Die Gottheit verschwindet und lässt mich allein zurück.

Ich löse meinen Brustgurt und die Seile an meinen Handgelenken, sodass nur noch ein kurzes Seilstück als einfacher Gürtel um meine Taille gebunden ist. Den Rest und meine Nadeln vergrabe ich unter einem großen Stein. Mein eigenes Geburtsrecht, gewissermaßen.

Es wäre für ihn das Beste, wenn er auch davon nichts erfährt.
Es bleibt mir nichts anderes übrig, als tief durchzuatmen und den Berghang zum Tempel hinunterzugehen.

Wie sich herausstellt, ehrt der Daemon Daesra den einstigen Tempel seines göttlichen Elternteils auf eine ebenso interessante Art, wie die Gottheit ihre Liebe zeigt. Ich wusste, dass ich einen beängstigenden Anblick zu erwarten hatte – er terrorisiert das Land schon seit geraumer Zeit. Aber ich hatte nicht mit diesem Ausmaß an Gemetzel gerechnet.
Ich rieche die erste Leiche schon, bevor ich sie sehe. Nur ein Torso, die Arme an den Schultern abgerissen, verrottet, aufgespießt und von Maden befallen. Von da an wird es nur schlimmer. Leichenteile hängen wie kranke Früchte von den Bäumen, Köpfe säumen den Weg wie verquere Steine, Ameisen krabbeln durch die klaffenden Höhlen und Münder. Warnschilder weisen mich an, umzukehren – doch ich ignoriere sie natürlich. Ich atme durch den Mund, um meinen Würgereiz zu unterdrücken, und versuche, keine Fliegen einzuatmen.
Als ich mich dem Tempel nähere, sehe ich die alten Blutspuren an den hohen Säulen. Dunkelrote Handabdrücke und tiefe Krallenspuren zieren die weißen Marmorwände. Wenigstens gibt es hier keine Leichen und Fliegenschwärme. Die einzigen Lebewesen, die ich sehe, sind leuchtend bunte Schmetterlinge.
Trotzdem schreit alles an diesem Ort *Gefahr*. Der instinktive, animalische Teil von mir ist bereit zu fliehen. Aber es gibt noch einen anderen Teil, der dieses Gefühl genießt. Ich konzentriere mich auf meine Angst, ihren köstlichen Geschmack, anstatt auf das, was mich umgibt, denn ich weiß,

dass er *will*, dass alle die schlimmsten Dinge hier zuerst sehen.

Und so fällt mein Blick auf ihn.

Er lehnt im Schatten an einer der Säulen, die Arme verschränkt, und beobachtet mich mit Augen, die selbst aus der Entfernung eindeutig rot aussehen. Ich zögere, mein Herz schlägt mir bis zum Hals, aber nur für einen Moment. Er hat Hörner, einen Schwanz, Hufe und blasse, bläuliche Haut, wie ich sie noch nie bei einem Menschen gesehen habe – Attribute, die man als monströs bezeichnen könnte, die aber zusammen mit dem Rest von ihm seltsam schön sind. Sein Gesicht gehört auf eine Skulptur, mit scharfen Kanten und ebenen Flächen, die sich zu einem Bild harter Vollkommenheit vereinen, dazu die breiten Schultern und die bloßen Muskeln seiner Arme. Der Blick, den ich auf Letztere erhasche, weckt in mir den Wunsch, seine Tunika zu öffnen, um den Rest seines Körpers zu betrachten. Ich dränge nach vorne, und während ich mich ihm nähere, steigen sowohl Angst als auch Aufregung in meiner Brust auf.

«Falls du hier bist, um ein Attentat auf mich auszuüben, ist diese Aufgabe unmöglich zu erfüllen, fürchte ich.» Er tritt aus den Schatten und kommt die Stufen herunter, seine Hufe klacken auf dem Stein wie die eines Pferdes. Genau eine Stufe über mir bleibt er stehen, ragt vor mir auf und neigt den Kopf. «Ein ziemlich hübsches Gesicht. Schade, dass ich dich töten muss. Aber zuerst: Wer hat dich geschickt? War es Sun? Sky?»

Ich widerstehe dem Drang, einen Schritt zurückzutreten. «Weder noch.» Was größtenteils wahr ist. «Und wer sagt, dass ich nicht hier bin, weil *ich* dich treffen will?»

«Ich sage das.» Er zuckt mit den Schultern. «Und mein Wort ist an diesem Ort wie das eines Gottes.»

«Auch Götter haben sich schon geirrt.» Er blinzelt erstaunt, während ich mich zwischen den blutverschmierten Säulen umsehe. «Wenn das dein Tempel ist, lass mich dir doch ein paar Vorschläge unterbreiten, was du aus ihm machen könntest.»

Der Daemon lacht bellend und taxiert mich dann überrascht von oben bis unten. «Du bist mutig, wie es meine potenzielle Attentäterin auch sein müsste.» Mit einem langen Nagel deutet er auf mich. «Und doch trägst du offenbar keine Waffen unter dieser dünnen Robe. Außerdem scheinst du im Gegensatz zu mir unter dem Zustand der Sterblichkeit zu leiden. Wenn du keine Hexe bist, würde ich sagen, dass du nicht den Hauch einer Chance gegen mich hast.»

«Bekomme ich wenigstens die Chance, mich vorzustellen?» Als er mich aus schmalen Augen ansieht, verziehe ich gespielt mürrisch den Mund. «Du kränkst mich. Du selbst siehst wie jemand aus, den ich nur zu gerne kennenlernen würde, aber vielleicht entspreche ich nicht deinem Geschmack. Es *schien* nicht so, als würdest du Männer bevorzugen, wenn man deine ... Dekorationen ... entlang des Weges betrachtet.»

«Männer, die mich zu töten versuchen, sind mir zuwider, andere nicht.» Er hebt eine Augenbraue. «Glaubst du, *ich* fühle mich durch die Männlichkeit Sterblicher bedroht? Es spielt keine Rolle, wen ich mir nehme – Mann oder Frau –, solange ich sie will. Und ich bekomme immer, was ich will.»

«Nimmst du sie dir mit Gewalt?», frage ich, mein Tonfall ist lediglich neugierig. Ich muss fragen, auch wenn meine Tante gesagt hat, es sei nicht so. Ich frage mich, ob er behaupten wird, er täte es, nur um mir Angst zu machen.

«Ich habe noch nie Gewalt anwenden müssen – außer sie betteln darum.» Er lächelt träge. «Bettelst *du* gerne?»

Ich erwidere das Lächeln sofort. «Ich musste noch nie betteln.»
«Ich könnte dich dazu inspirieren.»
«So selbstsicher für einen Mann, der sich noch nicht einmal vorgestellt hat.»
«Ich bin ganz offensichtlich kein Mann, und ich glaube, du weißt genau, wer ich bin.»
«Aber du weißt nicht, wer *ich* bin.»
«Ah, aber lohnt es sich, das herauszufinden, oder töte ich dich direkt?» Er packt mich schneller, als ich blinzeln kann, seine langen Finger schlingen sich um meinen Hals, und die Spitzen seiner Nägel graben sich in meine Haut.
Ich keuche, mein Gesicht wird heiß und spannt sich durch den Druck, meine Hände umklammern aus reinem Instinkt sein Handgelenk. Meine Knie fühlen sich schwach an ... aber nicht wegen der Strangulation. Oder gar wegen der Angst. Ich versuche nicht, seine Hand wegzuziehen; ich halte mich nur an ihm fest.
Er ist eine Flamme, und ich möchte ihn berühren. Möchte, dass er mich berührt. Ich hatte schon früher Liebhaber, aber nicht solche. Ich will, dass er mich *verbrennt*.
Seine furchteinflößende versteinerte Miene weicht der Neugierde, sein Griff lockert sich. Ich stoße einen stockenden Atemzug aus und sehe durch meine Wimpern zu ihm auf, meine Brust hebt und senkt sich schwer. Mein Daumen bewegt sich ganz leicht und streift eine der Sehnen, die sich auf seinem kräftigen Arm abzeichnen.
Ich weiß, dass er es spürt – meine Berührung entfacht einen Funken zwischen uns. Wahrscheinlich kann er es auch in meinen Augen sehen, es in meinem keuchenden Atem hören. Vielleicht riecht er sogar meine Erregung. Langsam lässt er mich los, und seine Hand ruht locker an meinem

Hals. Als würde er meine Bereitschaft testen, ihm nahe zu sein. Tief in meinem Unterleib pocht das Verlangen, und ich hebe eine Schulter, um meine Wange an seinen Fingerknöcheln zu reiben, während ich seinen Blick festhalte.

Hawk und Horizon wussten genau, was sie taten, als sie mich hergeschickt haben.

«Nun gut», sagt der Daemon mit leiser Stimme. «Ich denke, es wird sich lohnen, dich kennenzulernen.» Fast verwundert sieht er mich an. «Ich glaube, wir beide werden die Gesellschaft des anderen *sehr* genießen.»

Er sagt das, als hätte ich keine Wahl. Vielleicht sogar, als hätte *er* keine. Er streckt die andere Hand nach mir aus, und ich nehme sie und spüre dabei einen Hüpfer in meinem Bauch. Selbst als er mich die Tempeltreppe hinaufzieht, habe ich dieses schwankende Gefühl, als würde man gleich von einer Klippe stürzen – die Vorfreude auf den Fall.

Vielleicht falle ich bereits.

14

Ich fühle mich wie zweigeteilt, als ich in einen neuen, unbekannten Teil des Labyrinths taumle. In der Erinnerung bin ich die sonnigen Tempeltreppen hinaufgestiegen, so selbstsicher, und jetzt rutsche ich alles andere als selbstsicher auf dem glatten Boden herum. Sowohl der Boden als auch die Wände und sogar die Decke sind durchscheinend, wie ich es noch nie zuvor gesehen habe – Glas, denke ich zuerst, das im Halbdunkel blassblau leuchtet, bis mir schließlich auffällt, wie kalt die Luft ist. *Eis.* Ich kann mich nicht erinnern, in meinem Leben viel Eis gesehen zu haben, aber das ist auch nicht weiter verwunderlich. Das unnatürliche Licht, das von ihm ausgeht, erinnert mich auf unangenehme Weise an das Wasser in der Zisterne. Ich hatte angenommen, die Farbe käme von dem Spiegel, der in ihren Tiefen verborgen war, jedoch sehe ich hier keinen Spiegel, daher halte ich mich von den Wänden fern, für den Fall, dass sie genauso vergiftet sind wie das Becken. Ich weiß nicht, wo die Höhle mit dem unterirdischen Fluss geblieben ist – das ruhige, dunkle Wasser und die sanft abfallenden Steinbänke. Sie ist zusammen mit Daesra und Pocli verschwunden.

Ich lege den Kopf in den Nacken, und mein Atem vernebelt die Luft, als ich keuche. Die Decke ist vielleicht doppelt so hoch wie ich, und die Wände schließen vollkommen rechtwinklig zu ihr ab. Ich scheine unter Eis begraben zu sein, trotz des unheimlichen, glatten Korridors, der sich vor mir erstreckt und als Ausweg lockt. Er wird warten müssen – nicht dass ich ihm vertraue.

Wärme und Sonnenlicht sollten eine ferne Erinnerung sein, aber ich kann beides noch auf meiner Haut spüren. Der Daesra, dem ich gerade im Spiegel begegnet bin und der mich mit Leichtigkeit die Treppe hinaufgezogen hat, verschwimmt auf schwindelerregende Weise mit dem, der gerade einen Haufen Steine mit dem Gewicht unserer gemeinsamen Geschichte zwischen uns hat herunterfallen lassen. Mein *Herz* fühlt sich zweigeteilt an, so sehr, dass sich mir der Magen umdreht, und ich muss tief durch die Nase einatmen, um mich zu beruhigen.

In gewisser Weise haben meine Gefühle zu Beginn von all dem hier das unvermeidliche Ende widergespiegelt: Wir werden beide fallen, und wir werden beide zerbrechen. Ich habe ihn gebrochen, als ich ihn an mich band, und er bricht mich jetzt.

Nachdem ich mich vergewissert habe, dass nichts und niemand auf mich lauert und der Gang kühl, blau und still bleibt, schließe ich die Augen. Ich gönne mir einen Moment der Trauer. Die Trauer höhlt meine Brust aus, und ich möchte mich schützend um die Wunde rollen. Ein Teil von mir wünscht sich sogar, zurück in der Erinnerung zu sein, wo ich wie eine frischgebackene Braut die sonnenüberfluteten Tempeltreppen hinaufgeführt werde, mit dem Rücken zu dem Blutbad. Aufgeregt. Nicht wissend, was mich erwartet. Aber dann würde ich diese verquere Reise wieder von vorn beginnen.

Er ist immer noch ein Monster, und wenn ich nur das wüsste, was ich damals wusste, würde ich ihn vielleicht wieder verraten. Obwohl mich das wiederum selbst ein wenig zum Monster macht, bin ich mir nicht ganz sicher, ob es wirklich die falsche Entscheidung war. Vor allem mit meinem jetzigen Wissen, nachdem er mich auf diese Weise verlassen hat.

Vielleicht hatte Horizon recht: So, wie er jetzt ist, ist Daesra nicht in der Lage, mich wirklich zu lieben. Er hat mich verraten, nachdem ich mich ihm gegenüber auf jede erdenkliche Weise entblößt habe. Nun, auf jede Weise, *außer* indem ich ihm gesagt habe, dass ich ihn liebe. Aber er weiß, dass ich es tue. Und er war dennoch bereit, mir in die Augen zu sehen, während er mir die Brust aufriss.

Wobei ich dasselbe getan habe, als ich ihm ins Herz gestochen habe.

Ich widerstehe dem Drang, mich an das Eis zu lehnen, als meine Beine zittern. Ich sinke fast auf die Knie und lege mein Gesicht in die Hände. Unwillkürlich graben sich meine Finger in meinen Haaransatz, als wollten sie die verborgenen Ränder finden – das andere Gesicht darunter, ein Spiegelbild dieses Gesichts aus der Vergangenheit.

Ja, ich habe ihn zuerst verraten. Aber *ich* bin anders – er hat es selbst gesagt, damals am Fluss. Meine Liebe ist neu. Und er hätte seine Liebe ebenfalls erneuern können. Er hätte sich ändern können. Doch er verkörpert die Gestalt seiner Rache, klammert sich an das Monster in seinem Inneren. Er hat sich dazu entschieden, in seinem selbst geschaffenen Gefängnis eingesperrt zu bleiben.

Als ich die Hände wieder von meinem Gesicht ziehe, um den eisigen Korridor ein weiteres Mal zu betrachten, sehe ich dieses letzte Bild von ihm noch vor mir: den unversöhnlichen Ausdruck in seinen Augen, als er mir sein wahres Ich gezeigt hat. Meine Lippen verziehen sich ob des bitteren Geschmacks in meinem Mund.

Ich sehe ihn jetzt als das, was er ist. Im Tempel habe ich anfangs ignoriert, wer er war, weil das für meinen Plan nötig war. Und dann tat ich es, weil ich es *wollte*, als ich mich allmählich in ihn verliebte. Und schlussendlich habe ich – vielleicht gnädigerweise – ganz vergessen, wer er war.

Nur um wieder daran erinnert zu werden, und das recht gewaltsam, indem ich mich erneut in ihn verliebt habe. Und dieses Mal ist er nicht nur ein Monster, er ist *das* Monster, dem ich mich stellen muss.

Das ich für die ultimative Belohnung besiegen muss: Unsterblichkeit.

Mein Blick wandert zum Boden, der ebenso spiegelglatt und kaltblau ist wie alles andere. Und doch scheint unter der durchsichtigen, nur eine Handbreit dicken Eisschicht nichts zu liegen als Dunkelheit. Ich habe mir vorgestellt, dass ich mich in unterirdischen Tunneln befinde oder in einer Höhle eingeschlossen bin, wie beim See und dem Bach zuvor, aber jetzt bin ich mir nicht mehr so sicher.

Ich hoffe, darunter befindet sich schwarzer Stein. Andernfalls bin ich vielleicht so tief in das Labyrinth vorgedrungen, dass dieser eisige Käfig von *nichts* umgeben sein könnte. Wie die Fenster, die auf die endlosen Ozeane des Todes hinausgeblickt haben, die das Labyrinth oben umgaben.

Nun gut. Ich werde nicht weiterkommen, wenn ich mich vor den dunklen Wahrheiten verstecke, die überall um mich herum lauern. Ich muss mich ihnen direkt stellen.

Ich zwinge mich, gerade zu stehen, auch wenn ich in der Kälte zu zittern beginne. Meine Hände ballen sich zu Fäusten, sodass sich meine Nägel in die Handflächen bohren, und der Schmerz verschafft mir Klarheit. Ich beiße die Zähne zusammen und atme tief und schmerzhaft gegen meinen Brustgurt. Ich spanne meinen Fuß und mein Handgelenk an, damit die Fesseln an meinem Arm und meinem Bein meine Muskeln aufschreien lassen. Wärme flammt in meinen Gliedern auf. Und dann gehe ich dem entgegen, was auch immer in diesem verdammten Labyrinth auf mich wartet.

Glattes Eis umschließt mich von allen Seiten bis auf eine, die den Weg nach vorn freigibt, bis sich der Korridor in einen weiteren Gang und eine gläserne Treppe teilt, deren Stufen rutschig aussehen. Ich nehme die Treppe und steige immer weiter hinunter. Die halb transparenten Platten, aus denen die Wände bestehen, leuchten nicht so hell, dass ich ganz hindurchsehen kann, und doch erkenne ich hier und da die Linien anderer Wände und Stufen, wie ein schwaches Spiegelbild – andere Teile des Labyrinths, die durch das Eis kaum sichtbar sind. Die scharfen Kanten und die sich gabelnden Wege, die sich verzweigen und wieder zusammenlaufen, geben mir das Gefühl, durch einen Palast aus Frost zu gehen. Oder in einer Schneeflocke mit unendlich vielen Seiten gefangen zu sein, während sie durch die endlose Dunkelheit nach unten gleitet.

Es ist schön, aber so kalt und kristallhart. Perfekte Kanten, scharf genug zum Schneiden.

Vielleicht ist es so leichter, mich zu formen.

Ich wollte nicht darüber nachdenken, aber ... hatte Daesra recht, was mich angeht, zur selben Zeit, als ich die Wahrheit über ihn erkannte? War es mein Plan, dass er im Verlauf des Labyrinths immer bösartiger wird, dass er eine echte Bedrohung für mich darstellt, damit ich es verkraften könnte, ihn zu töten, oder damit ich den Sieg über ihn mehr verdient hätte? Er war weder für mich noch für die Götter Monster genug – für sie, um eine Bestrafung zu rechtfertigen, für mich, um meine Belohnung wirklich zu verdienen –, also sollte dieser Ort ihn zu einem richtigen Monster machen?

Ich weiß nicht, ob ich ihm glaube. Er könnte auch einfach gelogen haben, um mich zu verletzen.

Vielleicht will ich ihm aber auch einfach nicht glauben.

Er hat behauptet, dass alles, was sich dem Zentrum nähert, monströser wird, sogar das Monster selbst. Vielleicht wird das auch mit mir geschehen. Meine Gefühle für ihn verdrehen sich immer mehr, wie ein Dolch im Fleisch. Ich werde die grausam ehrgeizige, *abscheuliche* Hexe, für die er mich hält. Oder vielleicht bin ich das schon immer gewesen, tief im Inneren.

Warum habe ich, während ich immer weiter in die Vergangenheit zurückblicke und mich immer tiefer zum Ende des Labyrinths vorkämpfe, nicht das Gefühl, dass ich einen Weg nach vorn *oder* hinaus finde?

Ich wehre mich gegen den Gedanken, während meine Schritte so gleichmäßig und leise bleiben wie die Gänge um mich herum, meine schwebenden Atemwolken sind der einzige Beweis, den meine Anwesenheit auf dem Weg hinterlässt. Ich werde nicht zulassen, dass ich die schlechteste Version meiner selbst werde, auch nicht um den Daemon zu ärgern. Ich weigere mich, den Absichten des Labyrinths zu erliegen, wie er es getan hat. Was auch immer aus ihm wird, wie sehr er mich auch verletzen mag, ich werde ihn nicht verletzen, es sei denn, er lässt mir keine andere Wahl. Und schon gar nicht werde ich …

Ich kann es kaum denken.

Aber ich muss das Ende erreichen, wenn überhaupt *einer* von uns beiden diesem Ort entkommen soll. Und er wird dort auf mich warten. Vielleicht wird er diesmal derjenige sein, der mich ersticht.

Der leere Schmerz in meiner Brust gibt mir das Gefühl, als hätte er es bereits getan. *Das größte Opfer*, hatte Horizon es genannt – meine Liebe, seine.

Ich weiß nicht, ob die Unsterblichkeit es wert ist. Aber ist mein Überleben es wert? Vielleicht finde ich irgendwann die Kraft, ihm noch einmal ins Herz zu stechen, und sei es nur, um von diesem Ort wegzukommen. Um die Sonne noch einmal zu sehen.

Aber ich werde es nie bis zum Grund dieses quälenden Brunnens schaffen, wenn ich mich der Verzweiflung hingebe. Ich wende mich von diesen Gedanken ab und konzentriere mich wieder auf das Labyrinth.

Die kristallenen Gänge, die tatsächlich wie die Arme einer Schneeflocke aussehen, scheinen endlos zu sein. Alles, was ich passiere, sind weitere schwach leuchtende Gänge und tückische hinabführende Treppen. Bis ... Zuerst denke ich, es ist nur ein Fehler im Eis: feine Risse und Blasen, die unter der gläsernen Oberfläche eingeschlossen sind. Aber dann beginnen sich Formen zu materialisieren, während ich vorbeigehe. Nicht hinter den Wänden. Sondern *in* ihnen.

Zuerst sind sie ganz unauffällig. Blasen, die Schatten und Strukturen entlang eines teilweise sichtbaren Gesichts tüpfeln. Ein Riss, aus dem sich eine Gliedmaße formt. Die Rundung einer Schulter.

Ich versuche, mich nicht mit ihnen aufzuhalten, sondern konzentriere mich darauf, den richtigen Weg zu wählen, nach der Methode, der Daesra und ich bis jetzt gefolgt sind. *Vorwärts und immerzu abwärts.*

Doch schon bald fügen sich die verschiedenen Körperteile zusammen. Und als ich um die nächste Ecke biege, flankieren mich auf beiden Seiten Gestalten in den Wänden und bilden ein Spalier, durch das ich wie bei einer Hochzeit oder einer Siegesparade schreite. Sie sind lebensgroß, wie die Marmorstatuen im Labyrinth über mir, nur dass sie von dem Material umhüllt sind, aus dem sie gemacht sind.

Und anders als bei den Statuen erkenne ich einige von ihnen wieder.

Meine Mutter. Meine Tante Hawk. Die anderen erkenne ich nicht, aber etwas zerrt an mir, als ob ich es sollte. Die Gestalten sehen aus, als würden sie schlafen, ausdruckslos, mit geschlossenen Augen. Ihre blassen, durchscheinenden Gesichter scheinen hinter der klaren Oberfläche der Wand zu schweben, wie die Ertrunkener, die unter einem zugefrorenen See liegen. Doch dann erschrecke ich, als ich eines mit geöffneten Augen entdecke – durchscheinende Kugeln, die mich anstarren, milchig weiß mit Blasen.

Bevor ich es überhaupt merke, beschleunigen sich meine

Schritte. Mich beschleicht das unangenehme Gefühl, dass die Gestalten irgendwie lebendig sind, wenn auch im Eis gefangen, und ich will nicht wissen, was passieren könnte, wenn sie ihre Lebendigkeit deutlicher unter Beweis stellen.

Ich bin so sehr damit beschäftigt, die Gänge nach Bewegungen abzusuchen, dass ich den unebenen Stein nicht bemerke, über den ich stolpere, bis ich ausrutsche und fast auf dem Boden lande, mich aber gerade noch fangen kann. Ich fluche leise vor mich hin und werfe einen Blick auf den Übeltäter – und dann erstarre ich.

Es ist kein Stein, sondern ein aus Eis geformter Fuß, der am Boden klebt, am Knöchel abgebrochen und zurückgelassen.

Ich denke daran, wie sich das lang gezogene Steinwesen in der vorigen Höhle von seinem Sockel gelöst hat. Vielleicht können sich diese Eiskreaturen auch lösen.

Und dann höre ich ein raues Scharren hinter mir. Als ich mich schnell aufrichte und über die Schulter schaue, kann ich in der sich ausdehnenden Dunkelheit nichts erkennen. Aber das Geräusch ertönt erneut und hallt von den Wänden wider.

Ich laufe los, hebe meine Füße in einem unbeholfenen Trab, um nicht auszurutschen. Meine Sandalen schlagen laut auf den eisigen Boden, aber ich glaube nicht, dass es mir helfen würde, still zu sein.

Nachdem ich um eine Ecke gebogen bin, halte ich inne, um zu lauschen, und schaffe es, dabei nicht auszurutschen. Das schabende Geräusch hat seine Geschwindigkeit meiner angepasst. Ich setze zu einem weiteren, unbeholfenen Sprint an und versuche, nicht zu beachten, wie alle der erstarrten Gestalten mich jetzt mit weißen Augen anstarren, ihre unbeweglichen Blicke scheinen mir zu folgen. Sie erinnern mich an die Marmorstatuen im Labyrinth oben, deren Posen und Blicke immer verzweifelter wurden, nur dass diese Gestalten jetzt *mich* ansehen. Wilde Gänsehaut überzieht meinen Körper, als ich vorbeieile, und es läuft mir kribbelnd den Rücken hinunter. Mein Atem hinterlässt immer größere Wolken hinter mir in der Luft, in immer kürzeren Abständen, wie eine Rauchspur.

Wenn diese Eiskreaturen auch nur annähernd so sind wie die Ungeheuer aus Stein, dann will ich nicht hier darauf warten, eine von ihnen in Empfang zu nehmen. Vor allem, wenn ich vorhabe, Daesra jemals einzuholen. Nach dem Sprung nach vorn, den mir der Spiegel verschafft hat – auch wenn ich immer noch nicht genau verstehe, wie –, kann ich durchaus darauf hoffen, dass ich vielleicht vor ihn gelangt bin. Ich muss nur lange genug überleben, um es herauszufinden.

Doch als ich um eine weitere Ecke biege, ertönt das schabende Geräusch *vor* mir. Die Kreatur, oder was auch immer es ist, muss einen anderen Gang genommen und mir den Weg abgeschnitten haben – diese Gänge scheinen miteinander verbunden zu sein. Auf dem eisigen Boden kann ich meinen Schwung nicht schnell genug abfangen. Mit den Armen rudernd rutsche ich vorwärts – fast in eine menschliche Gestalt, die sich auf einem Bein vorwärtsschleppt und dabei den Stumpf des anderen immer wieder knirschend auf dem Boden absetzt. Die Gestalt ist glatt, blass.

Aber sie ist aus Marmor, nicht aus Eis.

Deos.

Als ich ihn erkenne, versuche ich nicht länger, abzubremsen, um nicht in ihn hineinzuschliddern. Wir kippen beide fast um. Obwohl er aus Marmor besteht, ist er auf dem einen Bein nicht mehr so stabil wie früher, und er hat nur einen Arm, um mich aufzufangen. Der Riss in seiner Schulter reicht jetzt bis zu seinem Bauchnabel. Es gelingt ihm, mich mit einer steinernen Hand zu stützen. Mit Tränen in den Augen und stockendem Atem starre ich in sein unbewegliches Antlitz. Er hat immer noch diesen heiteren Gesichtsausdruck, obwohl er wie ein gefallener, zerschmetterter Halbgott aussieht.

Bevor ich es mir anders überlegen kann, werfe ich die Arme um ihn, auch wenn die Angst in meiner Brust wieder aufflammt. Deos hat mich fast so oft behindert, wie er mir geholfen hat. Er ist ein Teil von Daesra, wenn auch nur ein kleiner. Und wenn Daesra sich zum Schlechten verändert hat, hat sich vielleicht auch die Statue verändert. Abgesehen davon kann der Daemon durch seine gemeißelten Marmoraugen sehen. Durch seine unbeweglichen Lippen sprechen. Vielleicht kann er ihn sogar kontrollieren.

Ich löse mich schnell von ihm, wenn auch widerwillig, und trete zurück, wobei ich versuche, in der Eile nicht wieder auszurutschen.

«Deos», bringe ich hervor, ohne die Anspannung in meiner Stimme herunterschlucken zu können. Oder die widerwillige Erleichterung. «Du bist noch am Leben.»

Sofern man das von einer Statue überhaupt behaupten kann, selbst von einer, deren seltsame Existenz das Geschenk eines Daemons war. Und doch komme ich nicht umhin, Deos als eigenständig anzusehen – zwar nicht ganz getrennt von Daesra, aber dennoch anders. Simpler. Etwas, das einst ein Teil von ihm war und ohne ihn weiterexistiert: eine freundlichere, sanftere Seite von ihm, obwohl er aus Marmor besteht. Selbst wenn nichts mehr davon in Daesra besteht, es existiert hier in Deos.

Ich will mich an diesen Teil von ihm klammern. Ich strecke eine Hand aus und lasse sie dann wieder fallen.

«Du hast den Wasserfall überlebt», füge ich hinzu, um irgendetwas zu sagen. Ich weiß nicht, ob ein Sturz ihn töten könnte, und außerdem schien das Ungeheuer, das ihm Arm und Bein abgebissen hat, die größere Bedrohung darzustellen. Mein Atem vernebelt die Luft zwischen uns, während ich zögere, Wörter in meinem Mund herumrolle, bevor ich schließlich ausspucke: «Ich weiß, dass du da bist. Ihr *beide*. Der Deos, der sich um mich kümmert, und ... du, Daesra, wo auch immer du bist. Wer auch immer du jetzt bist. Du konntest durch Deos' Augen sehen, bevor du ihn im Wasser verloren hast. Ich kann mir denken, dass du auch jetzt wieder durch sie sehen kannst. Sprich mit mir.» Und dann: «Bitte.»

Es folgt ein langes Schweigen, und ich glaube allmählich, dass ich keine Antwort mehr bekomme.

Es gibt nichts zu sagen, Sadaré. Das ist Daesras Stimme. Gleichgültig und distanziert auf mehr als eine Weise. Kalt wie das Eis um mich herum.

Und doch hat er immerhin das hervorgebracht, obwohl er weiterhin hätte schweigen können. Und das bedeutet, dass er möglicherweise doch zum Reden bereit ist. Bereit, sich der Vernunft zu öffnen.

Doch ich möchte ihn nicht verschrecken, also sage ich einfach achselzuckend: «Dann sei es so.»

Ich gehe weiter den Gang entlang und schaue, ob er mir folgt. Deos tut es zumindest; ich weiß nicht, welche Rolle Daesra dabei spielt. Während ich gehe, halte ich meine Zunge im Zaum, und die Statue läuft stapfend und knirschend hinter mir her, bewegt sich hüpfend fort. Deos' Anwesenheit reicht fast aus, um meine Aufmerksamkeit von den Gestalten an den Wänden wegzulenken.

Es ist eine willkommene Ablenkung. Denn aus den Augenwinkeln bemerke ich, dass sie beginnen, mir zu ähneln. Ich weiß nicht genau, woher ich das weiß, denn ich habe nicht viel von mir selbst gesehen, abgesehen von meinem Spiegelbild am Anfang des Labyrinths, gelegentlichen Blicken auf die Oberflächen der Quecksilberbecken und jene erste Erinnerung, in der ich einen Moment lang von oben auf mich herabsah, als wäre ich außerhalb meines Körpers. Aber irgendetwas an der Rundung der Hüfte, der Wölbung des Halses wirkt, als würde jemand mit vertrauter Hand meinen eigenen Körper nachzeichnen. Ich schaue nicht näher hin. Denn die gleichen weißen Augen, die auch die anderen Figuren besitzen, sind offen und verfolgen mich. Ich will ihren milchigen Blicken nicht begegnen und erfahren, was in ihnen stecken könnten. Oder was sie im Gegenzug in mir sehen könnten. Die Nackenhaare stellen sich mir auf, als könnte ich ihre kalten Blicke durch meine Haut spüren.

Die Geduld, mit der ich Daesra ignoriere, zahlt sich zumindest aus.

Ich kann nicht anders, als dich bewundernswert zu finden, sagt der Daemon hinter mir. *Selbst nachdem ich dir erzählt habe, was du getan hast, wie skrupellos du dein Ziel verfolgst, gibst du nicht auf. Du kämpfst weiter, mit aller Macht, mit jeder egoistischen Faser deines Körpers.*

Ich habe sogar *Beweise* für das gesehen, was ich getan habe, zumindest am Anfang, und für die Rücksichtslosigkeit meines Planes, doch das muss er nicht wissen, da er die letzte Erinnerung nicht mit mir zusammen erlebt hat. Mir ist nicht danach, seine Behauptungen zu bestätigen. Während ich gehe, huschen meine Augen praktisch gegen meinen Willen zu den leuchtenden Wänden. Meine eisigen Ebenbilder sind jetzt mitten im Lauf erstarrt, als wollten sie fliehen. Aber sie starren mich immer noch an. Die Lippen geöffnet. Die Augenbrauen vor Schreck in Falten gelegt. Ich wende den Blick ab.

«Das Gleiche könnte ich über deine anhaltende Grausamkeit behaupten», sage ich, ohne mich umzudrehen, allerdings nicht aus Missachtung dem Daemon gegenüber. Ich versuche nur, nicht auf dem Eis auszurutschen und gleichzeitig unerwünschten Blickkontakt zu vermeiden. «Und dass du mir durch deinen Verrat keine andere Wahl gelassen hast, als diesen Weg weiterzugehen. Ich hatte mein Ziel in jener Höhle aufgegeben, mich dir hingegeben, und du hast mich daran erinnert, warum ich niemandem außer mir selbst vertrauen sollte. Warum ich die Reise fortsetzen sollte. Aber wir hätten das gemeinsam tun können.»

Ich zögere bei meinen nächsten Worten und frage mich, ob ich sie bereuen werde. «Wir könnten es immer noch.»

Meine zerbrechliche Hoffnung liegt offen vor ihm. Ein Friedensangebot, dargeboten wie eine verwelkte Blume in einer blutigen Handfläche.

Er schlägt sie förmlich weg. *Nein. Du hast mir keine Wahl gelassen, als du mich in dieses Labyrinth gesperrt hast, damit ich dein Monster sein kann.*

«Das habe ich nicht», sage ich barsch. Ich will genauso wenig hören, welchen Beweis er dafür hat, wie ich sehen will, was mir aus meinem eigenen Gesicht entgegenblickt. «Und selbst wenn, du hättest mich nicht genauso betrügen müssen wie ich dich. Ich würde es jetzt nicht mehr tun.»

Sobald du dich wieder ganz daran erinnerst, wer du bist, sagt er, *wirst du es ohne zu zögern wieder tun.*

Mein Blick schießt nach oben. Die Gestalten um mich herum, diese seltsamen Spiegel meiner selbst, verziehen jetzt schmerzerfüllt das Gesicht, und ihre weißen Blicke sind auf mich gerichtet, als wäre ich der Auslöser dafür.

Ich schüttle den Kopf. «Nein.»

Deine eigene Natur kannst du nicht bekämpfen, sagt er. *Oder den Willen der Götter.*

Höhnisch gestikuliere ich in Richtung der Marmorstatue. «Wie kannst du so was sagen, wenn du genau das gemacht hast? Du hast deine göttliche Natur verändert – ganz zu schweigen von deinem Köper –, um den Willen der Götter anzufechten, als du ein Daemon geworden bist.»

Lobst du jetzt meine Entscheidungen? Ich weiß die Anerkennung sehr zu schätzen.

Die Arme der nächsten, allzu vertrauten Gestalt scheinen mitten in der fuchtelnden Bewegung eingefroren, als würde sie gegen etwas Unsichtbares kämpfen.

«Nein», schnauze ich und eile voran. «Ich meine, es gibt andere Wege, unsere Natur zu verändern. Bessere.»

Dann deutest du also an, dass du besser bist als ich. Dass deine Entscheidungen meinen überlegen sind.

«Jetzt sind sie es.»

Und was könnte sich in dir verändert haben, um das möglich zu machen? Du wolltest schon immer unverwundbar sein, frei, ganz genau wie ich.

«Aber nicht mehr zu jedem Preis.»

Ah, aber du hast den Preis bereits gezahlt, genau wie ich.

Ich schaffe es nicht, zu widerstehen, und mein Blick huscht zum nächsten Gesicht im Eis. Es ist natürlich meins, und es ist zu einem grässlichen Schrei verzerrt.

Wenn das hier Spiegelbilder sind, dann stammen sie aus einem Albtraum.

Angesichts des Schmerzes, den seine Worte verursachen, beiße ich die Zähne zusammen. *Das ist nutzloser Schmerz,* denke ich – Schmerz, den ich nicht einsetzen kann –, bis ich mich eines Besseren besinne. Nicht jeder Aufwand muss einen Vorteil bringen. Nicht jedes Opfer eine Belohnung. «Ich habe vielleicht mit Liebe bezahlt, die du als wertlos anzusehen scheinst. Du hast mit deiner Seele bezahlt.»

Und du denkst, dass deine *noch intakt ist?*

«Ja», sage ich und wünsche mir, dass es der Wahrheit entspricht. «Jedenfalls soweit ich mich erinnern kann.» Ich stoße ein bellendes Lachen aus, das mir unangenehm in den Ohren klingelt. Es hallt von den glasklaren Wänden wider, sodass es sich anhört, als würden die schreienden Gestalten in ihnen mich mit verzerrten Stimmen auslachen. «Als Beweis dafür habe ich immer noch meine Sterblichkeit.»

Bis jetzt, sagt der Daemon. *Aber mit jedem Schritt entfernst du dich von ihr.*

Ich kann nicht anders, als zu Deos herumzuwirbeln und ihn wegzuschubsen – oder besser gesagt Daesra, wo auch immer er ist. «Ich versuche, *dich* zu erreichen! Und das Ende dieses götterverlassenen Labyrinths», zische ich leise. Unsicher.

Ich sollte mich nicht dafür schämen, das zu wollen. Oder?

Das Ende des Labyrinths ist mein Ende, entgegnet der Daemon mit reglosen marmornen Lippen, als würde er auf meinen unausgesprochenen Gedanken antworten. *Oder deins. Um die Sache zu beschleunigen, könntest du einfach dem Faden folgen, den ich an deinem Finger befestigt habe. Zur Erinnerung.*

Ich werfe einen Blick auf die rote, ringförmige Narbe, bevor ich mich umdrehe und weitergehe. Er hat gesagt, sie würde mich zu ihm bringen, wenn er also andeutet, dass sie mich zum Ende führen wird ... bedeutet das, dass er es bereits erreicht hat?

Es könnte ein Trick sein. Er könnte immer noch hinter mir im Labyrinth sein und mich zurücklocken wollen. Selbst wenn es nicht so ist und ich die Abkürzung nehme, die er mir zur Verfügung gestellt hat, werde ich es nicht aus eigener Kraft bis zum Ende geschafft haben – was bei einer Prüfung wie dieser katastrophale Folgen haben könnte. Ich hatte es für einen Segen gehalten. Aber selbst wenn der Daemon mir einen scheinbaren Vorteil verschafft, könnte er damit meine Niederlage herbeiführen.

Und dennoch, sollte ich überhaupt gewinnen wollen?

Meine Augen suchen mein nächstes eisiges Ebenbild, als könnte es mir eine Antwort auf diese Frage geben. Einer seiner Arme endet in einem gezackten Stumpf. Aber an der Stelle, an der eine Hand sein sollte, versucht etwas anderes aus dem Handgelenk zu wachsen: ein Gestrüpp aus dornigen Zweigen und sich windenden Ranken. Oder vielleicht sind es auch Insektenbeine und kriechende Tentakel. Anstatt vor Schmerz das Gesicht zu verziehen oder gar zu schreien, grinst die Gestalt breit. Zu breit.

Sie sieht mich immer noch direkt an, aber dieses Mal durchdringt mich ihr Blick tiefer als je zuvor. Ein Schauer durchfährt mich.

«Willst du mich dazu bringen, mich selbst zu hassen, damit ich aufgebe?», frage ich und laufe schneller, als wollte ich Daesra abhängen. Oder meine vielen Ichs, die im Eis gefangen sind. Diese schrecklichen Versionen von mir sind jetzt überall und scheinen die Wände selbst zu bilden.

Denk dran, dass du *diejenige bist, die* mich *angesprochen hat,* sagt der Daemon. *Es ist die Statue, die dir offenbar nicht fernbleiben kann. Nicht ich.*

«Warum redest du dann immer noch? Um mich zu aufzuhalten?»

Eher um dich abzulenken.

«Wovon?», frage ich und gehe sogar noch schneller. Ich fürchte mich zu sehr, um stehen zu bleiben und mich umzudrehen. Auf dem Eis auszurutschen, ist jetzt meine geringste Sorge.

Von dem, was du noch mehr fürchtest als mich: von dir selbst.

Eine kalte, harte Hand packt mich an der Schulter. Ich drehe mich um und erwarte, Deos gegenüberzustehen. Aber die Statue fliegt mit solcher Wucht gegen eine Wand, dass ich das Eis – oder vielleicht seinen Marmor – brechen höre. Wo er gerade stand, steht eine andere Gestalt.

Das bin ich. Oder zumindest wäre ich es, wenn ich aus leuchtendem, durchscheinendem Eis bestünde, mir eine Hand und beide Füße fehlen würden und ich wahnsinnige, weit aufgerissene Augen und ein scharfes Grinsen hätte, das mein Gesicht fast in zwei Hälften teilt.

Ihre gefrorenen Finger ergreifen mich und halten mich so fest, dass sie Blutergüsse hinterlassen. Als sich der gezackte Stumpf ihres anderen Arms wie ein Knüppel hebt, um gleich auf mich herunterzusausen, wird mir klar, warum sie hier ist.

Sie ist gekommen, um mich zu töten.

15

Ich reiße mich aus dem alarmierenden Griff meines anderen Ichs los und spüre, wie etwas in meiner Schulter reißt. Deos versucht mühsam, sich auf einem Bein aufzurichten, doch er rutscht auf dem glitschigen Boden aus und fällt mit einem lauten Krachen wieder hin. Das andere Ich hat solche Probleme trotz der fehlenden Gliedmaßen nicht und stürmt ausholend auf mich zu. Erneut stolpere ich zurück, mein Atem, oder vielleicht ein Schrei, bleibt mir im Hals stecken.

Ihr *Gesicht* ... Der aufgerissene Mund mit zu vielen gefletschten Zähnen ... Ich hätte nie gedacht, dass ich so angsteinflößend aussehen könnte. Meine Angst erstickt mich, bevor ich mich wieder sammeln kann. Von Anfang an wusste ich, dass ich mächtig bin, auch als ich nichts anderes wusste. Und wenn ich mich jetzt nicht wenigstens daran erinnere, dann werde ich sterben. Sie ist ein Albtraum, ja – aber ein Albtraum aus Eis. Ich bin eine Hexe, die Feuer heraufbeschwören kann.

Und ich habe reichlich Schmerz als Opfer anzubieten. Also hebe ich die Hände und rufe das Feuer. Die folgende Flammenflut lässt mich reflexartig keuchen, mehr als nur ein wenig erleichtert. Die Explosion erwischt mein anderes Ich frontal.

Ihr klaffendes Grinsen schmilzt dahin, gefolgt vom Kopf und den Schultern, dann kommt der Rest, und alles sammelt sich in einer Pfütze an der Stelle, an der zuvor ihre abgebrochenen Beinstümpfe standen. Mein Feuer ist so heiß, es ist, als stünde sie vor einer Schmiede.

Nur ist die Hitze, die ich herbeibeschworen habe, nicht so begrenzt. Als sie sich in einer wogenden Wolke ausbreitet, wünschte ich mir, ich könnte sie zurückrufen, doch es ist zu spät. Es beginnt die Wände herunterzulaufen wie in der Frühlingsschmelze an einer Felswand. Das Eis wird vor meinen Augen dünner, Wasser fließt über den Boden des Ganges.

Kurz darauf höre ich ein knisterndes Knacken, und ich beobachte die Risse, die sich durch die Wände ziehen, in denen die anderen Gestalten eingeschlossen sind. *Dutzende* andere Ichs, eines so schrecklich wie das nächste, die nur darauf warten, sich zu befreien.

Mein Körper zuckt in dem Drang zu rennen, aber Deos hat immer noch Mühe zu stehen und rutscht in der Wasserschicht auf dem ohnehin schon glitschigen Boden aus. Selbst wenn er eine Ablenkung war – sogar die Stimme meines Gegners –, kann ich ihn nicht einfach zurücklassen. Das werde ich nicht.

Ich *könnte* einiges tun, um die Sache einfacher zu machen. Aber ob das nun gut oder schlecht ist, ich habe mich noch nie für das Einfache entschieden.

Ich bücke mich und helfe der Statue, sich aufzurichten. Der Marmor ist heiß vom Feuer, aber ich fasse Deos trotzdem am Arm an. Er ist nicht leichter geworden, und ich wandle den Schmerz meiner Fesseln in Kraft um, um mir mit dem Gewicht zu helfen. Er bewegt sich abgehackt, als ich versuche, ihn in einen humpelnden Lauf zu ziehen. Zu langsam, denn die Wände hinter mir reißen weiter ein. Seinen Stein neu zu formen, würde mich zu viel kosten – ich bin nicht Daesra mit einer endlosen Quelle an Schmerz –, aber ich lasse mich von den anderen Ichs inspirieren, halte die Statue fester und rufe so viel Feuer in meine Hand, dass ich eine Wasserschicht unter seinem abgebrochenen Bein zu einem Stumpen forme. Wärme zu entziehen ist schwieriger, als sie aus Äther zu erzeugen, aber ich weiß, wie es geht:

Ich benutze Luft, um den Stumpen einzufrieren. Ich muss den resultierenden warmen Windstoß in den tropfenden Korridor vor mir leiten, was mich erschaudern lässt. Ich benutze mehr Wasser – bald Eis –, um den gefrorenen Stumpen fest an Deos' Bein anzubringen.

Ich weiß nicht, wie lange es halten wird, aber es reicht aus, um ihn in einen langsamen Gang zu versetzen, schneller als zuvor.

Die sich ausbreitenden Risse bilden Spinnweben in den Eiswänden, die immer feiner werden, während wir an ihnen vorbeieilen. Das leichte Klirren, das sie erzeugen, tanzt immer zarter durch die Luft – die leise Warnung, die Glas von sich gibt, bevor es bricht. Und dann legt sich drückende Stille über den Gang hinter uns.

Ich wünschte, ich könnte vor dem, was kommt, davonlaufen.

Wie ein wütender Sturm ertönt das donnernde Krachen von Eisregen laut hinter mir, begleitet von einem kalten Windhauch. Mir wäre es lieber, wenn nur die Wände einstürzen würden, so wie im oberirdischen Labyrinth, als riesige Steinbrocken die hoch aufragenden Bäume umgerissen haben. Das war schon schlimm, aber das hier ist noch schlimmer. Das Schlimmste ist nicht mal, dass die Decke wahrscheinlich ebenfalls einstürzen wird. Denn das darauf folgende Kratzen, Poltern und heftige Plätschern bedeutet mehr als nur die Zerstörung des Korridors.

Sie kommen.

Ich drehe mich nicht um. Ich renne einfach mit Deos weiter. Als er an einer sich gabelnden Treppe nach links stürmt, während ich nach rechts laufe – eine der schwierigen Entscheidungen –, ändere ich blindlings den Kurs, und wir rutschen beide die eisigen Stufen hinunter.

Vielleicht ist es absurd, aber ich vertraue jetzt darauf, dass er mich führt.

Ein weiterer Aufprall von Eis auf Eis ertönt – zu nah, es

schließt zu uns auf. Es ist kein Bröckeln der Wände, sondern ein krachendes Getöse auf der Treppe hinter uns.

Leider müssen die anderen Ichs auf den glatten Stufen der Treppe nicht schneller rennen als wir, sie müssen nur schneller *fallen*. Ein rollender Körper reißt mir die Beine unter den Füßen weg, seine eisigen Gliedmaßen so hart wie steinerne Keulen. Ich wäre ihm gefolgt und die Treppe hinuntergestürzt, hätte mich Deos' starrer Arm nicht erbarmungslos am Hals gepackt. Die Kraft dahinter würgt mich und schleudert meinen Hintern gegen eine der Stufen, aber wenigstens falle ich nicht weiter. Die andere Gestalt zerschellt auf den unteren Stufen.

«Danke», keuche ich hustend und reibe mir den Hals. Ich bin mir nicht sicher, ob ich mich rechtzeitig hätte schützen können, und es ist mir lieber, wenn mein Hintern die Schläge abbekommt als mein Kopf.

Deos – oder Daesra – hat keine Zeit, irgendeine Reaktion zu äußern, bevor es hinter uns auf der Treppe lauter wird.

Ich drehe mich um und sehe diesmal mindestens ein halbes Dutzend Eisgestalten, diese anderen Ichs, die in einer Lawine aus kreischendem Grinsen und abgetrennten Gliedmaßen auf uns zustürzen.

Ich denke nicht nach, sondern drehe mich einfach um und ramme mein Knie so hart wie möglich gegen die scharfe Kante der Stufe. Der Schmerz in meinem Hals und in meinem Hintern ist eine nutzlose Ablenkung von dem Schmerz, den ich sonst aus meinen Fesseln hätte ziehen können, aber *dieser* Schmerz ist gewollt und ach so frisch. Während ich einen erstickten Schmerzensschrei ausstoße – bei allen verdammten *Göttern*, ich hatte vergessen, wie ein Schlag gegen die Kniescheibe wehtun kann –, setze ich auch einen Kraftstoß frei wie einen Donnerschlag. Diesmal keine Hitze; ich habe meine Lektion gelernt. Der wirbelnde Luftstrom saust die Treppe hinauf und prallt gegen die anderen

Ichs, die mit einem solchen Druck nach hinten geschleudert werden, dass sie in einem funkelnden Schauer aus Körperteilen und Eisstaub an den Stufen explodieren.

Ich glaube, dass einige dieser Teile einfach wieder die Stufen hinunterpurzeln, bis ich das immer größer werdende Loch bemerke, hinter dem nur noch tintenschwarze Dunkelheit liegt. Auch die *Treppe* bröckelt. Oder besser gesagt, sie stürzt ein, Risse breiten sich aus und Stücke brechen heraus, die in der Leere darunter verschwinden. Es ist, als würden sie vom Nichts verschlungen werden.

Es befindet sich also kein schwarzer Stein unter uns.

Offenbar können nicht nur die Wände und die Decke einstürzen, sondern auch der Boden unter uns. Das ist es, was mich unter diesen verschlungenen Gängen und Treppen aus Eis erwartet. Bei dem Anblick dreht sich mir der Magen um.

Ich habe keine Zeit, einen schrillen Fluch auszustoßen, bevor ich vorwärtslaufe – und abwärts –, in der Hoffnung, dass Deos mir folgt. Es ist mir egal, dass ich ausrutsche und die halbe Treppe hinunterpoltere, bis ich mich abfangen und wieder nach vorne preschen kann. Die Dunkelheit unter dem Boden macht mir mehr Angst, als in einen qualvollen Tod am Fuß der Treppe zu stürzen. Ganz sicher fürchte ich sie mehr, als vom Eis erdrückt zu werden. Noch mehr als die anderen Ichs.

Bei dem Gedanken, dass es meine Schuld ist, dass sich dieses schreckliche neue Portal geöffnet hat, wird mir noch schlechter. Je heftiger ich gegen diese kalten, monströsen Versionen meiner selbst angekämpft habe, desto mehr Freiheit habe ich ihnen gegeben. Jetzt habe ich den Boden zerschlagen, der mich trägt – und damit vielleicht etwas noch Schlimmeres befreit.

Möglicherweise ist Kämpfen nicht die Lösung. Ich bin mir auch nicht sicher, ob Fliehen die Lösung ist, dennoch tue ich genau das.

Vielleicht liegt es an dem einstürzenden Labyrinth oder an den Körpern der anderen Ichs, die sich hinter uns stapeln und uns verfolgen, aber selbst nachdem ich – und wie durch ein Wunder auch Deos – das Ende der Treppe erreicht habe, kommt das Chaos uns immer noch näher, während ich eine weitere scheinbar endlose Treppe hinuntereile.

Da kommt mir eine verrückte Idee. Wenn ich schon nicht schneller rennen kann als meine Verfolgerinnen, könnte ich mich doch zumindest *genauso* schnell bewegen, wenn wir alle dieselben Voraussetzungen hätten. Diese eisigen Stufen machen es zu unsicher – aber vielleicht kann ich das ändern. Ich sammle meinen Schmerz und hebe eine Hand. Dann schicke ich Feuer die Treppe hinunter, gefolgt von einem heftigen Stoß eisiger Luft.

Die Stufen vor mir schmelzen und gefrieren wieder in einem glatten Abhang. Fast sofort rutsche ich aus und schlage Risse in das dünne Eis unter mir. Zum Glück bleibe ich mit meinem Gewicht nicht lange dort liegen, bevor ich die Eisrutsche, die entstanden ist, hinuntergleite. Ich halte eine Handfläche in die Höhe und lasse mein Feuer brennen, die andere lege ich neben mich, nicht nur, um das Gleichgewicht zu halten, sondern auch, um die Oberfläche unter mir wieder einzufrieren, sodass ich mit rasender Geschwindigkeit dahinfliege. Ich höre Deos hinter mir über das Eis schaben.

Zweifellos gleiten die Kreaturen hinter uns genauso schnell herunter. Oder sie brechen durch das dünne Eis, wie ich hoffe.

Bald merke ich, dass ich *zu* schnell bin, um auf dem Treppenabsatz zu landen, der in eine große Eisscheibe übergeht – natürlich ist es Eis, aber diesmal nur von der Dunkelheit des tiefsten Nachthimmels umschlossen. Keine Wände. Sie ist einfach von nichts umgeben, diese seltsame Plattform, die über einem endlosen Abgrund zu schweben scheint. Dorthin hat mich das Labyrinth geführt. Vielleicht hat *Daesra* mich dorthin geführt.

Ich will nicht durch den Boden brechen oder über die Kante segeln, also höre ich auf, mir Feuer vorauszuschicken. Mit den Fersen bleibe ich an den wenigen letzten nicht geschmolzenen Stufen hängen und stürze kopfüber nach vorne. Ich schaffe es, rechtzeitig einen Schild hochzuziehen, der mein Gesicht vor dem Aufprall auf dem Boden bewahrt.

Mein Schild fängt mich mit einem Polster aus Luft, und ich rutsche noch ein kurzes Stück vom Treppenabsatz weiter. Ich habe genug Zeit, um Deos' Aufprall abzufangen, seinen Schwung auszubremsen und aus dem Weg zu krabbeln, bevor alles, was uns gefolgt ist, nach ihm die Rutsche herunterstürzt.

So viele dieser monströsen Gestalten, die aussehen wie ich.

Ihre Landungen federe ich nicht ab und muss daher mehreren Gestalten und umherwirbelnden Gliedmaßen ausweichen, als sie über die Plattform und deren Kante hinweggleiten und mit stummen Schreien in ihren verdrehten Gesichtern ins Nichts stürzen. Die nächsten beiden fallen durch das Loch, das sie mit ihrem Aufprall geschlagen haben, denn das Eis ist bereits unter den ersten Figuren gebrochen.

Sie tun mir nicht leid, vor allem nicht, als noch mehr andere Ichs die Rutsche herunterstürzen – genug, um mit ihren Körpern den Spalt am Fuß der Treppe zu überbrücken, trotz des größer werdenden Lochs. Risse ziehen sich im Zickzack über das Eis und machen erst kurz vor meinen Zehen halt, obwohl ich bereits ein Stück zurückgetreten bin. Einen Moment lang kann ich nur in die Dunkelheit starren, die unter meinen Füßen lauert.

Sie haben mich in die Enge getrieben. Es gibt keinen anderen Weg von dieser Plattform als den, auf dem ich gekommen bin – oder herunterzufallen.

Der beschädigte Boden trägt immer noch das Gewicht von mindestens einem anderen Ich, das die zertrümmerten Handgelenke wie Eispickel benutzt, um sich mit gefletschten Zähnen in diesem gefrorenen Grinsen auf mich zuzuschleppen. Die durchscheinende Gestalt ist glitschig von Wasser – Schmelzwasser von der Rutsche, wie ich feststelle. Ich greife nach dem Schmerz, aber entweder ist mein Körper taub geworden oder ich habe mich an das Gefühl meiner Fesseln gewöhnt, also beiße ich auf meine Hand, bis meine Zähne die Haut durchbrechen.

Besser meine Zähne als ihre, denke ich und lasse die Gestalt am Boden festfrieren. Danach kann sie nicht mehr weiterkriechen.

Aber es kommen immer mehr von ihnen: Einige schleppen sich bereits über die schwebende Plattform, und ich weiß, dass sie nicht mehr allzu viele Körper tragen kann. Wegen ihres Gewichts kann ich die Gestalten nicht einfrieren, ich kann sie nicht schmelzen, und ich kann sie nicht zerstören oder wegschleudern, ohne dieses furchtbar zerbrechliche Gebilde zu beschädigen – das mir ohnehin nur den Schutz einer Hand bietet, die einen Samen in einem Sturm in der offenen Handfläche hält. Selbst wenn ich Zeit hätte, alle meine Nadeln einzusetzen, um sie gegen mehr Kraft einzutauschen, wüsste ich nicht, was ich tun sollte.

«Warum hört ihr nicht einfach *auf*?», schreie ich meinen gebrochenen Ichs zu, die sich auf zerklüfteten Stümpfen kratzend und tretend auf mich zuschleppen, während sie die ganze Zeit breit grinsen.

Das könnte ich auch dich *fragen,* ertönt Daesras Stimme von der Marmorstatue neben mir. *Aber den Grund kennen wir bereits.* Deos selbst scheint unseren herannahenden Tod zu beobachten – so langsam er auch auf uns zukriecht –, ohne dass sein Gesicht einen anderen Ausdruck annimmt als seine gewohnte friedliche Gelassenheit.

«Sei still», zische ich. «Außer du hast eine bessere Idee.»

Die Statue dreht sich um und deutet hinter mich. Zögerlich werfe ich einen Blick über die Schulter und keuche.

In der Mitte der Plattform steht ein weiterer Spiegel, der einen

Augenblick zuvor noch nicht dort gewesen ist, wie ein quecksilberner Vorhang hängt er in der Luft. Anstatt darauf zuzurennen, was vielleicht klug wäre, trete ich erschrocken einen Schritt zurück und bleibe stehen, als das Eis unter meinem Fuß knarzt. Ich weiß nicht, ob ich den Blick auf diese seltsame flüssige Oberfläche gerichtet halten soll, als könnte etwas hindurchgreifen und mich packen, oder auf die Kreaturen, die sich selbst – und die Risse im Boden – weiter auf mich zubewegen. Die werden mich definitiv erreichen. Und zwar bald schon.

Mein Atem bildet hastigere Wölkchen in der uns umgebenden Dunkelheit, da ich kurz davor bin, in Panik auszubrechen. «Wie kann es *immer* noch mehr Spiegel geben? Ich habe doch schon unseren Anfang gesehen! Es bleibt nichts mehr.»

Ich habe mir vorgemacht, dass ich das Schlimmste aus meiner vergessenen Vergangenheit bereits aufgedeckt habe – das Schlimmste von mir und von ihm. Ich bezweifle, dass ich in meiner Kindheit so ein Monster war, und die ist das Einzige, was noch zu sehen bliebe. Habe ich etwa aus Spaß Tiere gequält? Oder auf der Insel meiner Tante Kinder gebraten, um sie zu essen?

Nichts außer dem Ende, sagt er geheimnisvoll.

Meint er damit, dass dieser Spiegel der letzte ist?

Ich drehe mich wieder zu den anderen Ichs um, da eine der Figuren jetzt weniger als eine Körperlänge von mir entfernt ist. Bald wird sie in der Lage sein, mit einer zerschmetterten Hand nach mir zu greifen – oder mit dem, was einmal eine Hand war und was jetzt die Überreste von Tentakeln sein könnten. Ich bin fast eher bereit, mich *dem* zu stellen, als dem, was der Spiegel mir zeigen könnte.

Fast.

Bis jetzt habe ich die Spiegel alle überlebt, während ich bewiesen habe, dass ich mich *nicht* von diesen anderen Ichs befreien kann, ohne mit ihnen zu fallen. Ich habe nicht die Kraft – oder die Finesse oder die Intelligenz, was auch immer erforderlich sein mag –, um sie an diesem Ort richtig zu erledigen.

Aber ich weiß auch nicht, ob ich in der Lage bin, dem letzten Spiegel gegenüberzutreten, wenn diese Kreaturen ein Hinweis darauf sind, was ganz tief in mir steckt.

Deos hebt beide Arme, wobei der eine nur noch ein abgebrochener Stumpf ist, während er den anderen wie eine Barriere ausstreckt. Er stellt sich zwischen mich und meine entschlossenen Verfolgerinnen. Es liegt nur ein kleiner Schritt zwischen mir und dem Spiegel.

Geh, Sadaré, sagt Daesras Stimme mit beängstigender Resignation. *Erfahre die Wahrheit über dich. Und dann komm zu mir.*

Entweder stelle ich mich den Erinnerungen, oder ich stürze in die Dunkelheit, die unter dem Eis darauf lauert, mich zu packen.

Mit einem gequälten Schrei stürze ich mich auf den Spiegel.

Gerade als ich spüre, wie sich die silberne Oberfläche um mich schließt, höre ich hinter mir etwas zerbrechen und fühle etwas Kaltes, Hartes, das meinen Knöchel packt.

DIE WAHRHEIT

Ich befinde mich oben im Turm, in dem alles angefangen hat. Die Wachen, die hier stationiert waren, wurden entlassen, was dem hellen, lichtdurchlässigen Raum trotz seiner verblüffenden Offenheit ein Gefühl von Privatsphäre verleiht. Erneut bieten sich mir zwei schwindelerregende Aussichten: eine auf das üppige Land, das sich um den Turm herum ausbreitet und durch die roségoldenen Wände und Böden zu sehen ist, und eine auf das äthergefüllte Reich der Götter, das durch diesen schimmernden Vorhang von mir getrennt ist. Anders als beim ersten Mal befinden sich nur Horizon und ich im Turm – und Daesra, der neben mir auf dem Boden kniet, mit einer dicken Eisenfessel um den Hals. Und anstatt zu triumphieren, fühle ich mich verloren, wenn ich ihn ansehe.

Dies ist mein Moment der Wahrheit. Und die schreckliche Wahrheit ist Folgende: Ich kann es nicht tun. Ich kann sein Leben nicht gegen meine Unsterblichkeit eintauschen. Meine Liebe, so verdorben und unglücklich sie auch sein mag, hat meinen Ehrgeiz besiegt.

Ich hasse mich dafür. Aber ich würde mich noch mehr hassen, wenn ich Daesra für meine eigene Gier opfern würde.

Es ist mir egal, wie gefasst und kompetent ich auf die Gottheit jetzt wirke. Alles hat sich verändert, seit ich das erste Mal hier war. Tränen fluten meine brennenden Augen und laufen mir über die Wangen.

«Ich habe meine Meinung geändert», keuche ich. «Ich kann es nicht tun.»

«Du hast es bereits getan.» Horizon, wieder in vage menschlicher Form, erfüllt von wirbelndem silbernem und blauem

Licht, nickt zu Daesra. «Du hast ihn gebunden. Du hast ihn hierhergebracht.»
Ich beiße mir verzweifelt auf die Lippe und blicke auf ihn hinab. Er sieht mich nicht an; er starrt ins Leere, als befände er sich in einem angenehmen Tagtraum. Ich habe ihm nicht gesagt, er solle sich hinknien, um mich ihm überlegen zu fühlen. Ich konnte es einfach nicht ertragen, dass er hinter mir aufragt wie ein dunkler Schatten, der sein früheres Selbst verhöhnt und mich an die Macht erinnert, die er einst besaß – an das, was ich ihm gestohlen habe.
«Ihr könnt ihn nicht haben», sage ich. «Ich bin bereit, im Austausch gegen seine Freiheit die Unsterblichkeit aufzugeben.»
«Damit habe ich gerechnet.»
Blinzelnd sehe ich Horizon an. «Aber –»
«Doch ihn nur von deiner Hexenbindung zu befreien, reicht nicht. Es braucht viel mehr als das, wenn du möchtest, dass er wirklich frei ist.»
Es dauert einen Moment, bis ich begreife, was die Gottheit meint, und dann verzieht sich mein Gesicht und ich fletsche die Zähne. «Ihr wolltet nicht, dass wir uns ineinander verlieben, damit ich ihn austricksen und herbringen kann. Nicht einmal, damit ich mir wünsche, ihm zu helfen. Ihr wolltet, dass wir uns ineinander verlieben, damit ich ihm auf die Art helfe, die *Ihr* wünscht – ihn nach *Euren* Regeln befreie. Ihr wollt, dass ich seine daemonischen Bindungen breche.»
Horizon nickt.
Ein wütender, trotziger Gedanke überkommt mich, und ich fühle die ganze Ohnmacht eines Kindes, das einen Wutanfall hat – fast möchte ich auf den Boden stampfen. «Warum sollte es mich interessieren, ob er ein Daemon ist? Zuvor wollte ich unsere Liebe wenigstens gegen Unsterb-

lichkeit eintauschen. Diese Macht gebe ich auf, um ihn zu befreien, aber der Schmerz wurde bereits dargeboten. Er wird mich nie wieder lieben. Er wird mich nur noch mehr hassen, wenn ich ihn zwinge, sich gegen seinen Willen zu verändern. Was also könntet Ihr mir anbieten? Das schöne Gefühl, eine gute Tat vollbracht zu haben? Den Göttern gut gedient zu haben?» Mein Hohn verrät Horizon, was ich *davon* halte.

Die Gottheit ist unerbittlich. «Wenn du ihn nicht von seinen daemonischen Bindungen befreist, wird er sterben. Ich werde mich an die Abmachung halten und ihn jetzt befreien, aber er kann so nicht weiter existieren. Die Götter werden es nicht erlauben. *Ich* werde es nicht erlauben, aus Liebe zu ihm.»

«Ihr habt eine seltsame Art, Eure Liebe zu zeigen», murmle ich, meine Stimme schwach vor Erschütterung. Diesen Gedanken hege ich nicht das erste Mal. «Ein bloßer Aufschub der Hinrichtung. Und ich habe gedacht, ich würde unendliche Macht gegen etwas Wertvolles eintauschen.»

«Ich würde ihn schützen, wenn ich es könnte, doch ich bin nicht das einzige göttliche Wesen hier. Es gibt vor allem einen Gott, der ihn fallen sehen will, und über den habe ich keine Macht.»

Ich blinzle. «Sun?»

«Nein. Ich bin stärker als Sun. Ich spreche von Death.»

Mein Mund wird trocken. «Aber Daesra ist unsterblich.»

«Und stellt die Regeln der Götter zur Schau, verhöhnt sie. Death fühlt sich gekränkt, und er versucht, über genau das an meinen Sohn heranzukommen, was ihn von uns unterscheidet – seine daemonische Bindung. Death wünscht sich nichts sehnlicher, als meinen Sohn für sich zu beanspruchen, und er wird Erfolg haben. Denn das, was Daesra stark macht, schwächt ihn auch.» Dieser brennende Blick hält meinen gefangen. «Du kannst ihn noch retten.»

«Also gebe ich meine Chance auf endlose Macht auf, nur um auch Daesra seiner zu berauben? Ja, ich bin sicher, dafür wird er mich lieben.»

«Was ist Macht, wenn sie in einer Schachtel steckt, sodass niemand sie sehen oder fühlen kann?», fragt die Gottheit. «Nichts. Wahre Macht ist Potenzial – eine weite Welt voller Möglichkeiten. Sag mir, was du wirklich begehrst, abgesehen von Macht.»

Ich rufe mir Hawk vor Augen – die Verkörperung der Stärke, die Unsterblichkeit mir geben würde. «Freiheit. Ich will niemandem verpflichtet sein.»

Horizon neigt den Kopf. «Wenn du Freiheit damit gleichsetzt, dich über andere zu erheben, warum hast du dann *gleichzeitig* eine Vorliebe dafür, so zu tun, als würdest du vor jemandem niederknien? Genießt du es, dich überwältigt zu fühlen? Sogar abgewertet?»

Ich runzle die Stirn; den Widerspruch, den andere darin sehen, habe ich nie bemerkt. «Weil es dann nur ein Spiel ist. Ich habe die Kontrolle, auch wenn es nicht so aussieht. Ich bin sicher.»

«Ah.» Ein Laut des Verstehens. Oder bereits vorhandenen Wissens. «Du willst mit Feuer spielen – dich sogar verbrennen –, ohne davon verschlungen zu werden. Du spielst dieses Spiel immer wieder, genießt es sogar, bis deine Angst dich nicht mehr daran hindert, deine Ziele zu verfolgen. Und du willst nicht *nur* Freiheit.» Die Gottheit schweigt kurz. «Du sehnst dich nach der Berührung durch andere, auch wenn du ihren Einfluss auf dich fürchtest. Du willst nehmen, ohne zu viel geben zu müssen – ohne deine Freiheit zu riskieren.»

Mühsam schlucke ich, und das Wort kommt nur krächzend heraus. «Ja.»

«Sich diesen Ängsten so zu stellen, wie du es getan hast, ist nicht schlecht. Aber du hast sie nicht in ihrer Gesamtheit konfrontiert. Du spürst eine andere Bedrohung deiner Unabhängigkeit – die andere Seite derselben Medaille, die du aber nicht so genau untersucht hast.»

Wenn die Gottheit darauf wartet, dass ich es ausspreche, werde ich ihr diesen Gefallen nicht tun. Ich verschränke die Arme und starre stur auf den durchsichtigen Boden, als würde *er* die Antwort enthalten.

Horizons Stimme umgibt mich wie eine ansteigende Flut – beinahe sanft, aber unentrinnbar. «Selbst wenn du dein gebrochenes Herz beklagst, spürst du Erleichterung, nicht wahr? Jetzt mit seinem Hass fühlst du dich sicherer als zuvor mit seiner Liebe?»

Diese Frage gibt mir das Gefühl, als würde die Gottheit eine Hand an meinen Hals legen und die Wahrheit aus mir herauswürgen. Ich schlucke, nicke, und erneut steigen mir Tränen in die Augen. Ich sehe immer noch nicht auf.

«Du hast eine Festung um dich herum errichtet, genau wie er. Darin würde deine Unsterblichkeit hohl widerhallen, während die Mauern, hinter denen du dich versteckst, dich nicht nur einschränken, sondern dich auch zum Ziel anderer machen. Denn was sind Mauern, wenn nicht Barrieren, die andere fernhalten sollen? Ob von etwas Gefährlichem oder etwas Wertvollem, spielt keine Rolle. Die Außenwelt wird sie als Mittel der Verteidigung sehen, das nur auf einen Angriff wartet.»

Ich denke an Daesra in seinem Tempel. Die aufgetürmten Körper derer, die kamen, um ihn allein aus dem Grund zu töten, dass er ein Daemon war.

«Indem du dich weigerst, dich deiner Angst zu stellen», fährt Horizon fort, «erschaffst du eine schlimmere Bedrohung. Sich den Kräften der Natur zu beugen, sich nicht vor anderen zu fürchten, bedeutet wahre Freiheit. Denn was ist mächtiger, die Schnecke in ihrem Häuschen oder die Schlange auf dem Feld?»

Ein Daemon, erwäge ich zu sagen, doch ich bezweifle, dass die Gottheit amüsiert wäre. Also murmle ich nur: «Falken fressen Schlangen.»

Horizons Tonfall klingt leicht belustigt. «Und doch stellt ein gewisser Falke sicher keine Gefahr für dich dar? Deine Tante Hawk hat dich beschützt. Und ihr Schutz war genug. Gib dich mit deiner eigenen Macht zufrieden. Du musst nicht nach dem streben, was sie besitzt.»

Gib dich mit deiner eigenen Macht zufrieden. Damit, auf dem Boden herumzukriechen, statt im Himmel zu fliegen.

Ich erinnere mich daran, dass Männer, von den niedrigsten Bauern bis hin zu den Halbgöttern, sich von Frauen immer nehmen, was sie wollen. Mädchen, die gegen ihren Willen gezwungen werden, alte Männer zu heiraten. Priesterinnen, die, obwohl sie ihren Göttern versprochen sind, von marodierenden Bestien in ihren Tempeln vergewaltigt werden. Witwen, die ihre Häuser an ihre eigenen Söhne verlieren, sobald ihre Ehemänner sterben. Wenn ihre Ehemänner ihnen überhaupt jemals viel Schutz geboten haben.

Ich erinnere mich daran, wie meine Mutter sich, obwohl sie eine Königin ist, immer vor meinem Vater verneigt hat, selbst wenn er sie schlug. Wie sie ihm stets ihren Körper darbrachte, wenn er es ihr befahl, bis sie nur noch eine leere Hülle ihrer selbst war. Für sie war es nie ein Spiel, sondern ein langsames Sterben. Und jedes Mal, wenn ich ihre Erniedrigung mitansehen musste, verachtete ich sie und hasste ihn.

Schließlich erinnere ich mich daran, wie ein Schiff voller Männer die Insel meiner Tante fand. Ich rieche noch immer den Holzrauch in der Luft. Ich schmecke den Dreck in meinem Mund. Das Blut. Mit zwölf lernte ich noch, meine Fähigkeiten zu beherrschen, und sie überfielen mich, als ich gerade allein Kräuter sammelte. Sie waren gierig, hungrig nach mehr als nur Essen. Ich erinnere mich, wie sie mich festhielten, um sich abzuwechseln – bis Blut aus ihren Kehlen ausbrach wie aus einem Vulkan und mich von Kopf bis Fuß bespritzte. Das war nicht mein Werk, sondern das von Hawk, als sie sich offenbarte. Damals hatte ich keine Angst.

Ich war verbittert. Weil *sie* mich gerettet hat, als ich mich nicht selbst retten konnte.

Ich reagiere mit aufwallendem Zorn. «Ich will keinen *Schutz*. Ich will mich selbst beschützen.»

«Vor wem?» So eine einfache Frage, so leichthin ausgesprochen. Doch die Antwort ist kompliziert. Erdrückend. Sie lastet schon mein ganzes Leben lang auf meinen Schultern.

«Vor Männern. Vor den Göttern.» Ich sehe Daesra an, gebunden, kniend und vollkommen unter meiner Kontrolle. Ich hasse den Anblick, und doch sage ich. «Selbst vor ihm.»

«Deine Angst macht dich verletzlich. Es gibt Kräfte in dieser Welt, vor denen du niemals sicher sein wirst, egal welche Vorsichtsmaßnahmen du ergreifst. Kräfte, denen nicht mal deine Tante entgehen kann. Nicht einmal Sky konnte es. Wenn du nichts außer Macht suchst, ohne dass du dich an die Stärke anderer hältst – wenn du gegen das Meer ankämpfst, anstatt mit ihm aufzusteigen und zu sinken, wirst du ertrinken. Und was wäre besser, um über die See zu segeln, als ein robustes Schiff?» Horizon hält inne und neigt den Kopf in Richtung des Daemons. «Ist es wirklich er, den du fürchtest … oder das, was du für ihn fühlst und er für dich?»

Ich bringe ein ersticktes Lachen hervor, das zur Hälfte ein Schluchzen ist. «Wollt Ihr sagen, ich soll ihn auseinandernehmen und ein Schiff aus ihm bauen?» *Wie Ihr es mit Sky getan habt?*

Auch wenn es ein seltsamer Gedanke ist, der Himmel *ist* vermutlich das einzige Gefäß, das groß genug ist, um das Meer zu fassen.

«Manchmal findet man den Raum, den man braucht, bereits passend herausgearbeitet in anderen, ganz ohne Mühe – und ohne dass man sich selbst hinter Mauern sperren muss. Ergebe dich dem, was du nicht bekämpfen kannst. Unsterblichkeit wird dich nicht vor der Liebe schützen, genau wie ein Daemon zu werden meinen Sohn nicht davor bewahrt hat, sich ein Zuhause zu wünschen – und verstoßen zu werden. Dein Betrug hat das bewiesen.»

Der Gedanke, dass mein Verrat ihn genauso sehr verletzt hat wie die Zurückweisung der Götter, fühlt sich an wie ein Messer, das in meinem Herzen gedreht wird.

Horizons Stimme wird weicher. «Anstatt Mauern zu bauen, könntet ihr beide euch gegenseitig umschließen. Und einander dabei *befreien*.»

Plötzlich sehe ich mich in aller Klarheit, als läge ich wieder einmal nackt auf dem Tisch, nur dass ich diesmal keine Freude an dem habe, was ich erkenne. Ich bin eine misstrauische, hinterhältige, unfreundliche Person, die denen, die sie liebt, ins Herz sticht, während ihre Augen geschlossen sind, nur um eine Macht zu erlangen, die sich in ihrem Mund in bittere Asche verwandelt, sobald sie sie hat, denn alles, was sie für die Ewigkeit haben wird, ist ihre eigene Gesellschaft – die nicht sehr angenehm ist, wie sich herausstellt.

Ich kann mich von dieser Person befreien. Aus diesem Gefängnis. Und Daesra kann frei von dem Daemon sein. Vielleicht frei genug, um mich wieder zu lieben.
Ich hebe den Blick zu der Stelle, an der sich Horizons Augen befänden, meine Tränen sind fort. Nur Entschlossenheit erfüllt mich. «Was muss ich tun?»
«Sag du es mir. Das muss auch von dir kommen.»
«Warum?»
«Ich bin eine Gottheit ... Und das bedeutet, ich unterliege Regeln, die direktes Eingreifen verbieten.»
Regeln, denke ich verächtlich, die die Götter zu brechen scheinen, wann immer es ihnen beliebt – doch dies ist nicht der Zeitpunkt, um zu diskutieren. Denn ich weiß genau, was ich tun muss.
«Ich muss meinen Traum von der Unsterblichkeit loslassen.» Zuerst schwankt meine Stimme, doch dann gewinnt sie an Kraft. «Ich muss meine Mauern absenken. Und Daesra dazu zwingen, seine ebenfalls aufzugeben – die Festung, die er errichtet hat, um die zurückzustoßen, die ihn nicht akzeptieren wollten. Seine daemonische Form.» Ich atme tief ein. «Wenn er die Fesseln um seine göttliche Seele nicht lösen will, werde ich es tun. Ich muss seine Bindungen in etwas verwandeln, das ich entwirren kann.» Ich hebe meinen Arm mit der Seilmanschette. «Diese unsichtbaren Mauern müssen zu etwas werden, das ich passieren kann.»
Die Gottheit betrachtet mich für einen langen Augenblick. «Ich bin jetzt eine Gottheit, die über vieles herrscht. Diese Beschwörung liegt innerhalb meiner Fähigkeiten. Du bekommst deine Mauern in Form eines Labyrinths.»
Ich blinzle. Ich meinte doch keine *buchstäblichen* Mauern. Und doch möchte ich das Geschenk einer Gottheit nicht infrage stellen.

Vor allem, da ich das aufgegeben habe, für das ich hergekommen war.
Ich habe es akzeptiert, und doch ändert das nichts daran, dass ich den Verlust schmerzlich spüre, obwohl es nie mein gewesen ist.
«Du benötigst solche Macht nicht, wenn du dich auf mich stützt», sagt Horizon, denn die Gottheit liest den Schmerz in meinem Gesicht, als wäre er hineingeschnitzt. Sie hebt einen leuchtenden Arm, als wollte sie meine Wange berühren. Ich widerstehe dem Drang, zurückzuweichen, und glücklicherweise hält sie inne. «Halte dich an mir fest, und ich eröffne dir Welten. Einschließlich *seiner* inneren Welt. Doch sei gewarnt, es ist ein dunkler und verdorbener Ort.»
Ich fühle mich atemlos, entweder aufgrund der Fast-Berührung einer Gottheit, die mich hätte zerstören können, oder vom Gedanken an Daesras innere Welt. «Und ich kann dort reinmarschieren und ihn rausbringen?»
«Es gibt einen Weg.» Horizon macht eine lange Pause. «Aber –»
Meine Sicht zerspringt völlig, die Wärme des Turms der Götter explodiert wie eine Glasscheibe.
Oder ein Spiegel.
Bevor ich mich plötzlich an einem anderen Ort befinde, bleibt mir nur genug Zeit für eine kurze Erkenntnis:
Der Spiegel wurde zerschlagen.

16

Ich weiß nicht, was passiert. An meinem Knöchel spüre ich kalten, harten Druck, und dann blättert der Spiegel um mich herum weg, das Quecksilber wird zu einem stumpfen Grau und schwebt davon wie Asche vor einem schwarzen Himmel.

Und dann verstehe ich: Etwas hat den Spiegel zerbrochen, bevor ich die Erinnerung ganz durchleben konnte. *Jemand*, wie es scheint, denn ich werde gleichzeitig zurückgezogen und so daran gehindert, von dieser götterverlassenen Plattform aus Eis zu verschwinden.

Wie vorhin, als ich in den Quecksilbervorhang eingetaucht bin, höre ich immer noch das Geräusch von etwas, das zerbricht. Es ist, als wäre ich kaum eine Sekunde weg gewesen – vielleicht dauern die Erinnerungen im Labyrinth gar nicht länger. Aber es ist nicht die Zerstörung des Spiegels, die ich höre, denn er ist bereits verschwunden. Ich drehe mich um und schreie erstickt auf.

Deos' Eisbein ist zersplittert und er balanciert unsicher auf seinem verbliebenen Fuß. Das andere Ich, das dem Spiegel am nächsten war, hat sich offenbar *hindurch*gestürzt und meinen Knöchel mit einem eisigen, tentakelartigen Glied gepackt. Die Figur hat den Spiegel entweder durch ihren Angriff zerbrochen oder indem sie mich wieder herausgezogen hat.

Sie ist bereit für mehr, ihr zu breiter durchscheinender Kiefer mit den glitzernden scharfen Zähnen nähert sich dem Fleisch meines Beins, als Deos' Marmorarm sie am Hals erwischt. Er schleudert sie so heftig zur Seite, dass sie über das Eis fliegt, über den Rand der Plattform rutscht und in die Dunkelheit stürzt. Glücklicherweise war ihr Griff nicht stark genug, um mich mitzureißen oder mir mein Bein zu brechen – die Erinnerung an die Wurzeln lässt Phantomschmerzen durch meine Knochen hallen.

Bei der Anstrengung gerät Deos aus dem Gleichgewicht und stürzt. Ich höre das Splittern des Eises, bevor ich sehe, wie es unter ihm wegbricht. Er schaut nach unten und dann zu mir auf, mit seinen gemeißelten, starren Augen und seinem schönen, friedlichen Gesicht, und er scheint meinen Blick einen Moment lang zu halten.

Als er sich bewegt, beginnt er auf seinen verbliebenen Gliedmaßen von mir *weg*zuschlurfen.

«Deos, nein!», schreie ich, doch das warnende Ächzen unter mir hält mich davon ab, mich nach ihm auszustrecken. «Was tust du denn?»

Doch es ist klar zu erkennen. Er zieht sich zurück, nicht nur, um das Eis unter uns nicht noch mehr zu gefährden, als er es bereits getan hat, sondern auch, um sich vor die anderen Ichs zu stellen, die es immer noch auf uns abgesehen haben.

Er opfert sich ihnen an meiner Stelle.

Ich schreie auf, als zwei von ihnen seinen Arm und seinen Kopf packen und in entgegengesetzte Richtungen daran reißen. Eine beginnt sogar, ihr Gesicht gegen seine Schulter zu schlagen, und zielt dabei auf den Riss im Marmor, der sich bis zu seinem Nabel zieht. Es scheint sie nicht zu stören, dass sie dabei ihren eigenen Schädel zertrümmert, bis nur noch die Rückseite übrig ist, oder dass sie ein Spinnennetz aus Rissen im Eis darunter erzeugt. Sie scheint nur eines zu wollen.

Deos ist auf den Knien, als er in der Mitte gänzlich entzweibricht. Seine beiden Marmorhälften stürzen zusammen mit den anderen Ichs, die an jeder Seite hängen, zu Boden. Das Eis sackt unter ihnen zu einem flachen, aus Rissen geflochtenen Korb zusammen und umgibt sie gefährlich knarrend. Kein Teil von ihm regt sich mehr, er liegt völlig still – leblos –, obwohl sein Blick immer noch mit meinem verschränkt scheint.

Ich kann nur noch entsetzt zuschauen, kein Laut entweicht meinem offenen Mund. Ich habe angenommen, dass ich Daesra in der Vergangenheit gebrochen habe, indem ich ihn gebunden habe, aber ich hätte nicht gedacht, dass mir das so deutlich vor Augen geführt wird. Diese Eisgestalten stellen die denkbar schlimmste Version von mir dar. Und die Marmorstatue das Beste von ihm.

Diese schrecklichen, zerschmetterten Gesichter drehen sich um und sehen zu mir auf, anscheinend sind sie mit Deos fertig. Und jetzt stürzen sie sich auf mich.

Aber sie erreichen mich nicht, denn das Eis bricht mit einem knisternden Zischen unter ihnen zusammen, und dann ist da, wo sie einst waren, nur noch ein klaffendes Loch und Stille. Dort, wo auch Deos war.

Aus dieser Dunkelheit wird er nicht herausklettern können. Es ist keine Grube und kein See, auch kein unterirdischer Fluss. Es ist die totale Abwesenheit von allem. Unumkehrbarer Verlust. Eine für immer vergessene Erinnerung. Ich weiß instinktiv, dass Deos diesmal für immer weg ist. Ein Teil von mir denkt, er hätte *mich* mitnehmen sollen. Er hat mich gerettet, aber warum? War es seine eigene Entscheidung – oder hat Daesra für ihn entschieden?

Vielleicht werde ich es nie erfahren. Ich werde ihm sowieso bald in die Vergessenheit folgen. Die meisten der anderen Ichs stürzen jetzt in die größer werdenden Spalte und fallen in die scheinbar bodenlose Tiefe. Die gesamte Plattform bricht um mich herum auseinander. Ohne den Spiegel kann ich nirgendwo anders hin.

Ich hätte nie gedacht, dass ich mir einmal einen weiteren Spiegel *wünschen* würde.

Als ich mich nach der Stelle umdrehe, wo er einmal war, keuche ich. Da ist kein Quecksilbervorhang in der Mitte der Plattform, aber etwas anderes.

Ein *Brunnen*. Die gestapelten Blöcke seiner Seiten bestehen wie alles andere hier aus Eis, und er ist von Dunkelheit umgeben, aber ansonsten sieht er so stabil aus wie jeder Dorfbrunnen. Abgesehen davon, dass der Schacht in der Mitte in das gleiche Nichts unter der bröckelnden, zitternden Plattform führt. Es ist eher wie ein Brunnen am Ende der Welt.

Oder zumindest auf dem Grund dieses Labyrinths. Ich frage mich, welche neuen Tiefen er möglicherweise erschließen könnte. Ich möchte es lieber nicht wissen, aber die Risse, die sich durch das Eis um ihn herum ziehen, die einstürzenden Ränder der Plattform werden mir die Antwort verraten, ob ich will oder nicht.

Horizons Worte brodeln in meinen Gedanken hoch, als würden sie im silbernen Becken eines Spiegels erscheinen: *Ergebe dich dem, was du nicht bekämpfen kannst.*

Ich habe nicht viel Zeit zum Nachdenken. Ich stemme mich am Rand des Brunnens hoch und werfe die Beine darüber, gerade als der Boden unter mir wegbricht. Meine Füße baumeln im Inneren jetzt über einer ähnlichen Dunkelheit. Womöglich aber auch einer anderen. Ich kann nicht anders, als an eine weitere Stimme zu denken.

Wenn du mit blutigen Nägeln blind am Grund dieses speziellen Brunnens kratzt, ohne Hoffnung auf Entkommen, und da ist niemand, dem du wichtig bist, denk daran, dass ich der Einzige bin, der dich hier rausbringen kann.

Es mag eine Drohung gewesen sein, aber in dieser Situation sehe ich, dass noch etwas anderes dahintersteckte. Daesra erwähnte einen Brunnen, und er sagte, er könne mich da herausholen. Wenn jemand das könnte, dann er.

Vielleicht liegt in diesen harten Worten ein Hauch von Hoffnung. Denn er hat mir auch gesagt, ich solle die Wahrheit über mich selbst erfahren – und dann zu ihm kommen. Erstaunlicherweise, *unmöglicherweise* ist die Wahrheit, dass ich nicht nach Macht strebe. Ich habe ihn nicht in dieses Labyrinth gebracht, um Unsterblichkeit zu erlangen, sondern um seine Freiheit zu gewinnen. Weil ich ihn liebe. Ich muss mich nicht hassen, auch wenn er es tut.

Er kennt die Wahrheit nicht, aber ich schon.

Ich erneuere meine Fesseln und ziehe sie erbarmungslos fest, bis ich das Brennen in meinem gefrorenen Fleisch wieder spüre. Ich hole auch – *endlich* – das Ledersäckchen hervor und ziehe meine Nadeln eine nach der anderen heraus, steche eine Reihe von ihnen in meinen rechten Arm und genieße die scharfe Klarheit, die mir jeder Stich bringt. Ich lege eine zweite Reihe kreuzförmig darüber und schaffe so etwas wie metallene Schnürsenkel in meinem Fleisch. Qualvolle Pein durchfährt mich, und doch erlaubt mir der Schmerz, mich selbst zu heilen. Meine geschundene Schulter, meine unzähligen Wunden, Schrammen und blauen Flecken. Ich wärme mich sogar.

Aber am heilsamsten ist der Gedanke, dass ich kein Monster bin. Und vielleicht muss ich Daesra nicht besiegen, selbst wenn *er* eins ist. Ich kann ihn immer noch retten, irgendwie. Ich wäre gerne bereit, eine weitere Spiegelerinnerung zu ertragen, in der Horizon mir alles zu Ende erzählen könnte, um herauszufinden, wie mir das gelingt.

Vielleicht sind Daesra und ich dazu *bestimmt*, diesen Ort gemeinsam zu verlassen.

Oder vielleicht greife ich nach losen Fäden, die ich fälschlicherweise für ein festes Seil halte.

Ein Faden. Ich blicke auf meinen Finger hinunter, auf das rote Band dort, das einst eine Schnur war, die Daesra vor einer gefühlten Ewigkeit an uns beiden befestigt hat. Noch immer kann ich nicht sagen, ob es ein Segen oder eine Stolperfalle ist. Ein Versprechen oder eine Drohung?

Komm zu mir.

Ich weiß, wo er ist. Ich sitze auf dem Rand eines Brunnens, umgeben von nichts. Draußen und drinnen gibt es nur Dunkelheit, und ich hocke darüber wie ein Vogel auf einer Turmspitze – nur kann ich nicht fliegen. Es ist in gewisser Weise pervers, mich springen statt fallen zu lassen.

Doch Daesra und ich waren schon immer pervers.

Ich schaue hinunter in die schrecklichen Tiefen des Schachts und hoffe auf einen Lichtschimmer in der Dunkelheit. Vielleicht sogar das Quecksilber eines Spiegels, der mich auffängt. Aber da erhoffe ich mir viel zu viel, und ich sehe nur meine Beine, die über dem Nichts baumeln.

Ich möchte alles tun, nur nicht springen. Nach allem, was ich durchgemacht habe, nach den schrecklichen Anblicken, die sich mir geboten haben, nach der Kälte und der Dunkelheit, die ich ertragen habe, macht mir die Aussicht, mich in den Brunnen zu stürzen, immer noch mehr Angst als alles, was ich bisher erlebt habe. Aber ich will nicht warten, bis der Brunnen mit dem Rest zusammenbricht und mich der Wahl beraubt.

Meiner Chance, mir diese Dunkelheit zu *eigen* zu machen. Mir und Daesra.

Ich hole tief Luft, so kalt und stechend wie Eissplitter in meiner Kehle. Und dann lasse ich meine Schenkel über den eiskalten Rand des Brunnens rutschen. Mein Magen hüpft auf diese furchtbare Weise, kalte Luft rauscht durch mein Haar, und ich gleite in die Dunkelheit.

Ich falle.

Und falle.

Und falle.

Ich falle so lange, dass ich mich an das Gefühl gewöhne, an eine beständige Art von Orientierungslosigkeit. Schließlich fühlt sich mein Körper eher an, als würde er in einem mitternächtlichen Meer treiben. Ich weiß nicht, wo oben und unten ist, denn in der Schwärze gibt es nichts, woran ich mich festhalten kann. Ich kann nichts sehen, nicht einmal die eigene Hand vor den Augen.

Bis ich *ihn* entdecke, wie er scheinbar kopfüber in der Ferne steht. Er wird zu meinem Anker. Plötzlich kann ich mich umdrehen und mich aufrichten – auf dem Nichts – und in seine Richtung schauen. Er ist immer noch das Einzige, was ich in der Dunkelheit sehen kann. Seine Hörner und sein Schwanz. Blassbläuliche Haut und schwarze Tunika. Er leuchtet wie ein vertrautes Licht, trotz seines verschlossenen Gesichtsausdrucks.

Und dann wendet er sich auf seinen Hufen von mir ab und verschwindet.

«Daesra!», rufe ich verzweifelt. «Warte!»

Er ist immer noch ein Daemon. Vielleicht hasst er mich auch noch. Er könnte sogar das Monster sein, dem ich mich stellen muss. Aber ich muss ihm sagen, was ich weiß: Ich habe ihn nicht aus Gier in dieses Labyrinth gesperrt. Er ist nicht hier, um mehr Monster zu werden, sondern um weniger Monster zu werden, und ich bin hier, um ihn zu retten, nicht um ihn ein für alle Male zu besiegen. Ich möchte schreien, dass ich ihn liebe.

Aber sein Name verlässt nur schwerfällig meine Lippen und verstummt sofort in der Stille. Meine fremde – nicht existierende? – Umgebung will meine Stimme nicht tragen. Ich hoffe, dass sie wenigstens weiterhin mein Gewicht tragen wird – falls sie das überhaupt tut und ich nicht immer noch ins Nichts stürze. Es *fühlt* sich nicht so an, als würde ich fallen. Ich strecke die Finger blindlings in die Richtung aus, in der Daesra verschwunden ist. Doch ich berühre nur Dunkelheit.

Ich bin mir nicht einmal sicher, dass er es war und nicht nur ein Trugbild. Aber was bleibt mir sonst übrig?

Ich fange an, in seine Richtung zu kriechen – nicht weil es Daesra gefallen würde, denke ich ironisch, sondern weil aufzustehen sich zu unsicher anfühlt, solange ich nichts sehen kann, nicht einmal meinen eigenen Körper. Ich kann auch die Festigkeit dessen, was unter meinen Händen und Knien liegt, nicht richtig fühlen. Es ist, als wäre ich in Samt gehüllt, der so weich ist, dass ich ihn kaum spüren kann. Ich bin blind, stumm, gefühllos für alles, nur bewegen kann ich mich noch.

Ich bin wahrhaft allein. Berühre nichts und werde von nichts und niemandem berührt.

Wolltest du nicht genau das?, denke ich.

Nein, herrsche ich mich selbst an. Das habe ich nie gewollt. Ich möchte mich an Daesra und Pocli und den armen Deos klammern – Götter, *Deos* hat mir am Ende so viel bedeutet –, ganz zu schweigen von Hawk und sogar *meiner Mutter*, nach deren Nähe ich mich ob meines eigenen Verbots nie sehnen durfte. Jetzt sehne ich mich nach ihr.

Manchmal habe ich das Gefühl, dass die Sadaré von früher, die in diesen Spiegeln lebte, ein ganz anderer Mensch war.

Wolltest du nicht von allem frei sein? Diese quälende Frage bleibt.

Das ist keine Freiheit, denke ich, als ich mich an Hawks Worte erinnere. Freiheit bedeutet, nichts zu fürchten, während einem alles offensteht. Diese Dunkelheit ist wie eine Schachtel, tief im Untergrund vergraben. Und was ist das anderes als ein Grab?

Ich hoffe, ich bin nicht tot.

Noch nicht, flüstert dieselbe Stimme – und allmählich frage ich mich, ob sie ganz meine ist.

Die Stille um mich herum ist so dicht, dass ich sie fast hören kann. Angst steigt in meiner Kehle auf, so stark, dass ich versuche, sie herunterzuschlucken.

Plötzlich kann ich sie *schmecken*. Sie hat den modrigen Geschmack von Dreck. Einen Moment lang frage ich mich, ob ich mich wirklich unter der Erde befinde, aber dann rieche ich neben einem Hauch von Holzrauch auch die leicht fauligen Blätter.

Es ist der Duft eines frischen Herbsttages, damals auf der Insel meiner Tante.

Ich weiß jetzt, welcher Tag es *genau* war. Als der Dreck in meinen Mund geriet, nachdem die Männer, die mit dem Schiff gekommen waren, mich niederdrückten und meine Wange in die Erde pressten. Sich in einem drohenden Kreis aus Schatten vor dem Himmel über mir versammelten. Begierig anzufangen. Ich schloss die Augen, um nicht mitansehen zu müssen, was sie mit mir anstellen würden.

Noch nie in meinem Leben hatte ich solche Angst. Wenn Angst einen Geschmack hätte, dann wäre es dieser.

Aber schon bald spült der Geschmack von Blut ihn fort. Nicht meines – ihres, das, nachdem ihre Kehlen über mir aufgeplatzt waren, kupferfarben und warm auf mich herabregnete. Am Ende half mir Hawk lediglich von dem mit Leichen übersäten Boden auf und bot mir ein Tuch an, mit dem ich mir den Mund abwischen konnte, als wäre es ihr nachträglich eingefallen.

Unerklärlicherweise kann ich fast mein eigenes Blut schmecken, das sich über Daesras Gesicht ergoss, während ich ihn geritten habe. Ein weiterer Akt der Gewalt, um meine Angst zu vertreiben, nur diesmal durch meine eigene Hand. Das Blut meiner eigenen Kehle, um dem Daemon eine Halsfessel zu verpassen.

Ich habe versucht, meine Angst herunterzuschlucken. Sie zu begraben. Sie an die Kette zu legen. Alles, nur nicht, mich ihr zu stellen.

Kein Wunder also, dass ich es nie ganz geschafft habe, mich von ihr zu befreien. Angst errichtet Mauern, wie Horizon gesagt hat. Jetzt stoße ich auf diese, während ich vorwärtskrieche.

Diesmal gibt es nur einen Weg, an ihnen vorbeizukommen: durch sie *hindurch*. Und so hebe ich eine zitternde Hand und taste mich weiter vorwärts.

Ich kann nicht anders, als aufzuschreien, als sich eine Art Spinnennetz in meinem Gesicht verfängt. Es reißt, bevor ich es wegwischen kann. Ich fuchtele mit den Armen auf der Suche nach dem Rest, aber ich finde nichts weiter, als ich meine Schultern befühle.

Spinnen. Natürlich.

Ich versuche, sie mir nicht vorzustellen, während ich mich in der Dunkelheit vorwärtsbewege, aber ich bin vorsichtiger, tastender, während ich blind vor mich greife.

Etwas Leichtes und Vielbeiniges hüpft über meinen Handrücken. Japsend zucke ich zurück, doch noch immer krabbelt etwas meinen Arm hinauf. Als ich danach greife, ist da nichts. Mein Nacken kribbelt so heftig, dass ich meine Nägel *dort* hineinschlage, so wie ich es bei den unsichtbaren Spinnen nicht schaffe. Ein röchelndes Keuchen entweicht mir.

Obwohl ich nichts sehen kann, versuche ich, Feuer heraufzubeschwören. Nichts passiert. Abgesehen von mir und meiner lebendigen Angst gibt es hier niemanden und auch nichts dazwischen.

Es gibt nur einen Weg hinaus: vorwärts und abwärts. Ich kneife die Augen fest zusammen, und dann dränge ich auf Händen und Knien vorwärts.

Entsetzen erfasst mich in einer unaufhaltsamen Welle, als winzige Beine und Leiber plötzlich über meinen ganzen Körper schwärmen und mich umgeben wie ein lebender Schleier. Am liebsten würde ich schreien, doch dann würden sie mir in den Mund kriechen. Ich würge, schaudernd, bin vor Panik wie gelähmt, mein Atem tritt wie der eines erschöpften Pferdes aus meinen Nasenflügeln aus. Verzweifelt hoffe ich, dass sie mir nicht in die Nase kriechen.

Was, wenn diese Dunkelheit keine Illusion ist und tatsächlich Spinnen auf mir herumkrabbeln? Wie kann ich weiter *dort* hineingehen?

Das ist absurd, schreit mir meine innere Stimme entgegen. Wenn ich mich meinen Ängsten stellen muss, wäre es vollkommen närrisch, vor dem wegzulaufen, was ich noch nicht einmal sehen kann.

Und doch habe ich viele unsichtbare Dinge gefürchtet. Ich denke an Schmerz, den ich nicht kontrollieren kann. Liebe und die Verbindungen, die sie erschafft. Ich habe Letztere so sehr gefürchtet, dass ich einen anderen gegen seinen Willen gebunden habe – meinen Geliebten – und mich selbst abgeschottet. Ich habe zugelassen, dass meine Angst mich zu etwas Hässlichem macht.

Vollkommene Torheit, die zu Gift wurde.

Schlagartig hört das Krabbeln auf meiner Haut auf, als wäre es nie da gewesen. Zitternd und keuchend fahre ich mir mit den Händen über das Gesicht, die Arme. Da ist nichts.

Ich kann dieses Gefühl – oder seine Abwesenheit – nicht lange genießen.

Hinter mir ertönt ein Kratzen, das mich erstarren lässt. Etwas schleppt sich durch die Dunkelheit auf mich zu. Wie schon zuvor in den Eiskorridoren ist mein erster Impuls, wegzulaufen. Vielleicht ist es wieder das andere Ich, ein Grauen, das noch immer nicht tot ist. Es noch immer auf mich abgesehen hat.

Ah, denke ich. Das ist die Angst vor mir selbst. Der Klang meiner entstellten und grausamen Seele, die mir in der Dunkelheit kriechend nachstellt.

Aber es ist nicht nur meine Dunkelheit, erinnere ich mich. Nicht nur meine Angst. Daesra ist auch hier gefangen. Es ist *seine* Seele, die in diesem einsamen Gefängnis festsitzt. Seine Angst ist der Spiegel der meinen, die andere Seite der Klinge, die den Verrat der Liebe vollzieht. Während ich die Klinge an meiner Kehle fürchte, wo sie mich unten hält, fürchtet er, dass sie die Bande der Liebe durchtrennt, als wären sie nichts. *Verlassen zu werden.* Gewaltsam aus der Tür gestoßen statt mit einer herzlichen Umarmung begrüßt. Und so hat er sich gezwungen, zuerst zu stoßen.

Es ist mein Wunsch, ihn zu trösten, ihn zu *umarmen*, der mir die Kraft gibt, mich auf Händen und Knien umzudrehen und auf das schreckliche Geräusch zuzukriechen. Meine Haut rebelliert und versucht, sich schaudernd in die entgegengesetzte Richtung von mir abzulösen, während das Kratzen und Schaben vor mir zunimmt. Ich kneife die Augen fest zu, obwohl ich ohnehin nichts sehen kann. Jeden Moment rechne ich damit, zerbrochene Eissplitter anstelle von Gliedmaßen oder Gesichtern zu spüren, oder sogar zerrissenes Fleisch. Blut an meinen Fingerspitzen. Den Gestank von Fäulnis in der Nase. Den Geschmack von Gift im Mund. Oder sogar scharfe Zähne, die sich in mich bohren.

Nur schlägt meine Handfläche lediglich auf eine glatte, flache Oberfläche, die mit einer dünnen Wasserschicht bedeckt ist, nicht einmal tief genug für meine Hand. Bei dem leichten Plätschern öffne ich die Augen. Ich kann meinen Körper wieder sehen – und so viel mehr in meiner Umgebung.

Formen zeichnen sich in der Dunkelheit ab – riesig, schwebend –, als sich mein Blick auf den düsteren, höhlenartigen Raum vor mir einstellt. Ein abgetrennter Kopf, so groß wie ein Haus, aus Stein gemeißelt, treibt weiter hinten in der Finsternis. Hier greift eine Hand nach einem zerbrochenen Schwert, dort stapft der Schenkel eines Huftieres auf dem Nichts herum. Säulen stehen auf nichts als Luft und tragen keine Decke, soweit ich es in den Schatten hoch oben erkennen kann. Eine Wendeltreppe, die breit genug für viele Menschen nebeneinander ist, hängt zerschlagen in der Luft, wirbelnde, verdrehte Stücke stapeln sich irgendwie übereinander und führen doch nirgendwo hinauf. Ich fühle mich klein, unwillkommen in dieser gottgleichen Landschaft. Wenigstens bin ich fest am Boden verankert, auch wenn die Gestalten über mir nicht an dieselben Regeln gebunden sind.

Unter alldem liegt ein vertrauter schwarzer Boden, spiegelglatt, so weit das Auge reicht, bedeckt von einer Wasserschicht, die geschmeidig wie Seide darüberfließt. Doch in der Mitte fällt der Boden in den Schlund der tiefsten, dunkelsten Grube ab, die ich je gesehen habe, breiter als jede der riesigen kaputten Formen, die über ihm schweben. Vielleicht wartet er darauf, sie zu verschlingen. Oder mich. Oder alles.

Dies ist der Abgrund am Ende von allem. Ich dachte, ich wäre schon hineingefallen, durch den Brunnen, aber das war nur der Eingang. Nett, im Vergleich hierzu. Das Wasser fließt leise, aber unaufhaltsam über den Rand, eine stille, glitzernde Einladung.

Wasser findet einen Weg, erinnere ich mich an meine eigenen Gedanken. *Vorwärts und immer abwärts.*

Daesra steht am Rande des Abgrunds, dort, wo sich der Boden zu neigen beginnt, bevor er in der schrecklichen Dunkelheit verschwindet. Er starrt hinein, als wäre er bereit zu springen, während sich das Wasser an seinen Hufen teilt, jedoch kaum kräuselt.

«Daesra, nicht!», schreie ich. Diesmal wird meine Stimme getragen, wandert über das Wasser, hallt von den seltsamen Steinformen wider, die durch die Dunkelheit schweben. Sie klingt unbedeutend, belanglos, als sie zu mir zurückkehrt.

Er blickt über seine Schulter und lächelt. «Warum sollte ich? Ich habe auf dich gewartet.» Er hält mir eine Hand hin. «Kommst du mit mir?»

17

Auf Daesras Aufforderung hin strecke ich ihm eine Hand entgegen, ohne weiter auf den Rand des Abgrunds zuzugehen. «Nein. Aber du solltest mit mir kommen. Wir sollten die Prüfung beenden. Gemeinsam.»

Langsam schüttelt er den Kopf, noch immer ziert ein zartes Lächeln seine Lippen. Er sieht entspannt aus – *heimisch* will ich nicht einmal denken – in der gähnenden Dunkelheit am Grund des Labyrinths.

Das noch tiefer hinunterreicht.

«Wo ist Pocli?» Ich fürchte die Antwort, und dennoch ist es die erste Frage, die aus meinem Mund kommt.

Der Daemon zuckt mit den Schultern. «Weißt du, ich muss ihn irgendwo verloren haben.»

Ganz offensichtlich lügt er, und ich würde gern eine bessere Antwort einfordern. Doch ich weiß, dass uns nicht mehr viel Zeit bleibt, ganz gleich wie sehr die Sorge um die kleine Chimäre an mir nagt. Ich werfe den Arm nach vorne. «Also, was nun? Wir sollen gemeinsam springen?»

«Das ist eine Option», sagt er ungerührt.

«Oder gegeneinander kämpfen? Als wärst du wirklich das Monster?» Ich schnaube, auch wenn nicht viel Kraft dahintersteckt. «Vertrau mir, das bist du nicht. Ich bin bereits Schlimmerem begegnet als dir.»

Er schürzt die Lippen. «Irgendwie bezweifle ich das. Hast du das hier gesehen?» Mit einem schwarzen Nagel deutet er in den Abgrund. «Das wohnt in meiner Seele. Ein schöner Anblick, oder?»

Ich will ihn nicht länger betrachten, als ich es schon getan habe. «Wir können das richten», sage ich. Als wäre es eine einfache Wunde, die man verbinden muss. Ich weiß, wie absurd, wie dürftig dieser Vorschlag an diesem Ort klingt, doch es ist mir egal. «Irgendwie. Du und ich zusammen. Ich *weigere* mich, dich aufzugeben. Ich werde nicht gegen dich kämpfen, aber ich werde *für* dich kämpfen.»

«Oh, gut», sagt Daesra und verlagert im flachen Wasser sein Gewicht auf den Hufen, um zur Seite zu zeigen. «Denn *das* da wohnt auch in mir. Und es sieht aus, als müsste es bekämpft werden.»

Was ich fälschlicherweise für einen massiven, nichtssagenden Felsbrocken gehalten habe, der in der Luft schwebt, bewegt sich plötzlich und rollt sich in der dunklen Weite aus wie eine Schlange. Es *ist* eine Schlange, und zwar eine gigantische, mit gespreizten Flügeln, langen Gliedmaßen, scharfen Klauen und weit aufgerissenen fluoreszierenden grünen Augen mit geschlitzten schwarzen Pupillen.

Ein Drache. Ich kann mich nicht erinnern, jemals zuvor einem begegnet zu sein, aber ich schätze, ich erkenne einen Drachen, wenn ich einen sehe.

«Ein Drache», sage ich, irgendwie immer noch ungläubig. «Du willst, dass ich gegen einen verdammten *Drachen* kämpfe?»

«Seht an!», ruft Daesra mit übertriebener Theatralik. «Dies ist die Gestalt meines Zorns. Meiner Verbitterung. Meiner eigennützigen Gier.»

Gier? Eigennützig, ja, aber Daesra ist mir nie sonderlich gierig erschienen. Mir bleibt nur ein kurzer Augenblick, um darüber nachzudenken, bevor mir etwas viel Wichtigeres in den Sinn kommt.

Bedeutet das, diese *Kreatur* ist das Monster, und nicht Daesra? Dass dieses Ding irgendwie die Bindung seiner Seele verkörpert? Seinen inneren Daemon?

Auch wenn diese Möglichkeit mir Hoffnung schenkt wie ein Sonnenstrahl in der Dunkelheit, starre ich dennoch auf einen Drachen.

«Ich möchte gerne, dass du ihn für mich tötest», fügt Daesra lässig hinzu und zupft an einem Fingernagel. «Falls das nicht klar war.»

«Manchmal hasse ich dich immer noch sehr», murmle ich, und dann laufe ich los, lasse Wasser aufspritzen, während die monströse Kreatur auf mich zusaust, durch die Dunkelheit schwimmt wie durch Wasser. Sie macht sich nicht die Mühe, ganz zu mir aufzuschließen. Sie öffnet lediglich das zerfurchte Maul, um ein Glühen zu offenbaren, als wäre ihr Inneres von geschmolzenem Metall erfüllt.

«Gleichfalls», ruft Daesra. «Aber das hast du vielleicht schon geahnt.»

Ich habe kaum Zeit, einen Schild zu errichten, bevor mich der Feuerstrahl aus dem Maul des Drachens einhüllt. Er ist so heiß, dass mein Schild nicht ausreicht, also reiße ich meine andere Hand nach hinten und lenke so viel Hitze von mir weg, wie ich nur kann. Um mich herum kocht die dünne Wasserschicht auf dem Boden und wird zu Dampf. Ich kanalisiere jedes bisschen Schmerz von den Nadeln und den Bindungen, um zu verhindern, dass meine Haut Blasen wirft.

Keuchend schreie ich: «Heißt das, dass du mich manchmal *nicht* hasst?»

Daesra lacht bellend. «Du amüsierst mich immer noch, das muss ich dir lassen.»

Als das Feuer schließlich erlischt, habe ich nicht mehr viel Kraft für einen Gegenschlag – weder für einen Angriff auf den

Drachen noch für eine bissige Antwort an den Daemon. Aber ich lebe und bin abgesehen von meinen eigenen Nadeln und Seilen unversehrt geblieben. Doch die sind als Waffe gegen dieses Monster relativ nutzlos. Es schleicht sich näher heran und starrt mich mit seinen leuchtenden Pupillenschlitzen hungrig an, wie eine Katze, die eine kleine Maus beäugt.

Als der Drache erneut angreift, kann ich gerade noch seinen schnappenden Zähnen ausweichen, die in einem Kiefer stecken, der größer ist als der jeder anderen Kreatur, der ich bislang begegnet bin. Ich laufe hinter eine Säule, die nicht zu hoch über dem Boden schwebt, um mir Deckung zu geben, und zupfe so schnell ich kann Nadeln aus meinem Arm. Dann steche ich sie mir in einem Bündel direkt in die Handfläche und unterdrücke einen Aufschrei.

Ich habe sowieso keine Zeit zu schreien. Ich kann seine Anwesenheit spüren, er lauert direkt hinter mir.

Ich schlage mit der Handfläche gegen die Säule, ramme die Nadeln dagegen, sodass sie wie ein Nagel von einem Hammer tief in mein Fleisch getrieben werden, und mithilfe dieses unglaublichen Schmerzes zertrümmere ich das gesamte Steingebilde im Gesicht des Drachens. Eine gewaltige Gischt aus zerklüftetem Gestein fliegt durch die Luft und zerfetzt sowohl seine Flügel als auch seine Schuppen. Der Drache stürzt in einem sich windenden Haufen platschend zu Boden und spuckt wahllos Feuerstrahlen aus.

Meine Hand hängt an meiner Seite herab, ein einziges heftiges, stechendes Pochen, und Tränen strömen mir über das Gesicht, aber das war es wert. Ich will mir den Schaden nicht ansehen, aber ich zwinge mich dazu. Aus meinem Handrücken ragt ein stacheliges Bündel von Nadelspitzen heraus, meine Haut ist leuchtend rot und blutüberströmt. Meine Finger wollen mir nicht gehorchen. Zum Glück war es nicht meine starke Hand.

«Ich hoffe, das ist wirklich das Monster», keuche ich und halte mein Handgelenk umklammert.

«Sonst was?», fragt Daesra, der immer noch am Rand des Abgrunds steht und den Kampf beobachtet, als wäre er der einzige Zuschauer im glorreichsten und dunkelsten aller Amphitheater.

«Sonst schuldest du mir was.»

«Sadaré, ich schulde dir schon so viel.»

«Dann hilf mir, gegen das Ding zu kämpfen!», kreische ich und wirble zu ihm herum.

Ich weiß, dass er nicht meinte, dass er mir etwas *Gutes* schuldet, und doch scheint er tatsächlich einen Moment lang darüber nachzudenken.

Hinter mir plätschert es. Ich weiß, dass es der Drache ist, der sich rührt, also drehe ich mich nicht um. Stattdessen schaue ich nach oben, wo der gewaltige Steinkopf weit über mir schwebt, so groß wie ein Haus. Wenn er fällt, könnte wohl nichts überleben, das von ihm getroffen wird. Selbst ein Drache würde zerquetscht werden wie eine Fliege. Aber um ihn zu Fall zu bringen, bräuchte ich mehr Schmerzen, als ich mir je zugefügt habe. Schmerzen wie die, als die Wurzeln mein Bein gebrochen haben und mich dann daran hinabbaumeln ließen. Mein Blick schweift kurz an meinen Füßen vorbei, wo ein zerklüfteter Felsbrocken die dünne Wasserschicht teilt, die über den Boden fließt. Er ist so groß wie mehrere Fäuste, aber klein genug, um ihn mit einer Hand zu greifen.

Meine andere Hand ist sowieso nutzlos. Ich habe keine Zeit, sie zu heilen.

Meine Knie geben eher unter mir nach, als dass ich mich auf sie fallen lasse. Schwindel nagt an meinen Gedanken, aber ich lasse mich davon nicht aufhalten. Es ist besser, wenn ich nicht darüber nachdenke. Ich muss nur an meinem Plan festhalten. Mich daran festklammern wie an einem Floß in dem Sturm, der mich gleich trifft. Ich ergreife den Stein und lege meinen anderen

Arm ins Wasser. Das Wasser zieht ein rotes Band aus Blut aus dem Loch, das der behelfsmäßige Nagel in meine Hand gerissen hat.

Ich hebe den Stein hoch über meinen Kopf, bereit, ihn mit der ganzen Kraft, die ich noch in meinem Körper habe, hinuntersausen zu lassen. Um mir die Macht zu geben, die ich brauche, um einen Felsen zu Fall zu bringen, der für einen Drachen geeignet ist.

Du schlägst nur noch einmal auf die Nadeln, sage ich mir. *Mehr nicht. Du zertrümmerst dir nicht die Hand.*

«*Warte.*» Der Befehlston in Daesras Stimme lässt mich erstarren. «Nicht. Ich habe eine bessere Waffe, die du gegen die Kreatur einsetzen kannst – und *nicht* gegen dich selbst.»

Ich blicke gerade noch rechtzeitig auf, um zu sehen, wie er etwas in meine Richtung wirft. Mir bleibt kaum Zeit, den Stein zur Seite zu schleudern, um es aufzufangen. Erst als sich meine Finger um den glatten Griff schließen, als wären sie dafür gemacht, erkenne ich, dass er mir sein Schwert zugeworfen hat.

Das Schwert von Sea.

Ein Heft aus einer schwarzen Perle. Eine Klinge aus Quecksilber. Es liegt erstaunlich leicht in meiner Hand. Klitschnass und taumelnd komme ich auf die Füße, staune darüber. Und dann über Daesra, weil er es mir gegeben hat.

Er wirbelt einen Finger durch die Luft, die Augenbrauen hochgezogen. «Dreh dich um.»

Natürlich. Auch der Drache hat sich aufgerappelt, seine Flügel sind ein Trümmerhaufen, die Schuppen zeigen massive Risse. Aber er kauert dort immer noch wie ein Tier, das bereit ist zu springen.

Mein Körper geht ebenfalls in die Hocke, ohne darüber nachzudenken, instinktiv. Als sich die Kreatur auf mich stürzt, springe ich aus dem Weg und schlage gleichzeitig mit der Quecksilberklinge zu, reiße eine klaffende Wunde über die gesamte Länge der Rippen des Drachens. Seine Vorderbeine brechen ein, und er kommt hart auf. Doch noch während er über den glatten, dunklen Boden rutscht, ringt er schon darum, wieder aufzustehen.

Aber er hat es nicht auf mich abgesehen. Die geschlitzten grünen Augen richten sich auf Daesra.

Daesra blinzelt ihn an. «Nun, das sollte nicht passieren.»

Der Drache kauert sich wieder zusammen, seine Muskeln ballen sich. Und dann springt er los.

Aber ich stürme bereits vorwärts. Ich springe in die Luft, genau wie die Kreatur. Ich bringe das Schwert in einem beidhändigen Schwung hart nach unten. Daesra muss nur zur Seite ausweichen, als der massige Körper in den Abgrund stürzt, und der Kopf des Drachens kracht neben der Stelle, auf der ich mit dem Schwert in der Hand lande, zu Boden.

Mit weit aufgerissenen Augen starrt Daesra mich an, als hätte er mich nie zuvor gesehen. Ich erkenne mich selbst kaum wieder. Meine Handfläche ist verheilt, stelle ich fest, und alle Nadeln wurden herausgestoßen. Soweit ich mich erinnern kann, habe ich noch nie ein Schwert benutzt, aber irgendwie fühlt es sich an, als würde es in meine Hand gehören.

Das muss daran liegen, dass er beschlossen hat, mir zu helfen. Das Schwert hat mir die Kraft eines Halbgottes verliehen. Das ist nur ein Vorgeschmack auf die Macht, die wir beide haben werden, wenn wir uns entschließen, gemeinsam zu kämpfen. Und sie schmeckt göttlich.

Auf *diese* Weise werden wir uns befreien. Vielleicht haben wir es bereits getan, indem wir den Drachen getötet haben, der das Monster war, und jetzt müssen wir nur noch den Weg nach draußen finden. Das ist es, was das Labyrinth immer wollte. Ich brauche keinen Spiegel, um mich an Horizons restliche Worte zu erinnern – ich kann sie mir denken. Schließlich habe ich diese

Erinnerung bereits erlebt. Das Wissen ist in mir. Ich kann es in meinen Knochen spüren.

Liebe wird mich aus diesem Labyrinth hinausführen. Sie wird uns *beide* nach Hause führen.

«Du hast mir geholfen.» Ich lasse das Schwert an meine Seite sinken. «Du liebst mich. Ich weiß, du tust es. Wir haben uns beide manchmal gehasst –»

«Sehr oft», wirft Daesra ein.

«Aber wenn wir zusammen einen Drachen töten können, einen *verdammten Drachen*, dann können wir die Vergangenheit hinter uns lassen.»

Er sieht mich immer noch seltsam an. Nachdenklich. Ich hoffe verzweifelt, dass meine Worte zu ihm durchdringen.

«Aber *du* hast die Vergangenheit nicht hinter dir gelassen», sagt er.

Ich blinzle. «Doch, habe ich.»

Langsam schüttelt er den Kopf, starrt mich immer noch an. «Nein, hast du nicht.»

«Habe ich dir das noch nicht bewiesen?» Meine Stimme stockt, bricht. Mit der Quecksilberklinge deute ich auf den Drachenkopf. Meine Brust bebt, als ich in einem angespannten Flüstern frage: «Ich habe das Monster getötet, wie du wolltest – was muss ich noch tun?»

Einen langen Augenblick über mustert er mich, und ich beginne zu verzweifeln. Doch dann sagt er: «Gib mir mein Schwert zurück. Beweis mir, dass ich dir vertrauen kann.»

Es fühlt sich an, als wären meine Füße am Boden festgefroren. «Warum brauchst du es?»

«Es gehört mir.» Er streckt mir in der Dunkelheit eine Hand entgegen. «Ich habe es dir nur ausgeliehen, und jetzt hätte ich es gerne zurück.»

«Aber warum?» *Warum willst du es jetzt,* frage ich nicht, genau *in diesem Moment, in dem wir gewonnen haben?* Stattdessen frage ich: «Wie kann ich dir vertrauen? Du hast mich *gerade erst* betrogen.»

«Und du hast *mich* betrogen», knurrt er. «Es war der schlimmste Verrat, den ich mir je hätte vorstellen können. Ich war schon damals nicht darauf vorbereitet, so zerstört zu werden, und ich will auch jetzt nicht überrascht werden.»

«Ich habe dich gerade gerettet!», schreie ich ihm entgegen, meine Stimme hallt über die weite Fläche. Versinkt im Abgrund. «Und es ist ja nicht so, dass du jetzt an einem schlimmeren Ort landen könntest!»

Er gestikuliert mit einer Hand in meine Richtung, zu dem abgetrennten Kopf, der endlosen Grube hinter sich, als würde er das alles wegwischen. «Ich weiß nicht ganz, was hier deine Absicht ist, Sadaré. Ich vertraue dem Motiv hinter deinem Handeln hier nicht, so gut das auch wirken mag. Wie wunderschön *du* auch aussehen magst.» Er senkt die Stimme, und sein roter Blick schweift von mir fort. «Das ist das Problem, oder? Einer muss dem anderen zuerst vertrauen.» Seine Lippen verziehen sich. «Da ich immer noch *aussehe* wie ein Daemon, muss es dir unmöglich sein, mir zu vertrauen.»

Meine eigene Stimme ist ebenfalls leise. «Ich habe dir in der Höhle vertraut.»

«Habe ich dir dort mein Schwert gegeben?»

Mein Gesicht bleibt neutral, als ich sage: «Etwas ganz Ähnliches wie dein Schwert.»

Lachend fährt er sich mit den Fingern durchs Haar. Und gibt auf, als er nicht an seinen Hörnern vorbeikommt. Das zerreißt mir das Herz. «Ich habe dir dort nicht vertraut», sagt er. «Aber jetzt fange ich an zu verstehen.»

«Ich auch.» Ich behalte das Schwert an meiner Seite und marschiere direkt auf ihn zu, meine Sandalen lassen das Wasser aufspritzen. Sein Mund zuckt, als ich seine Hufe nass mache. Das werte ich als gutes Zeichen.

Ich lege den Kopf nach hinten und blicke ihm in die Augen. «Ich gebe dir dein Schwert, wenn du mich zuerst etwas anderes tun lässt.»

In der Luft zwischen uns schwebt etwas Lebendiges. Unsichtbar wie Äther, knisternd und entzündlich, bereit, selbst in diesen dunklen, nassen Tiefen, die alles andere ersticken könnten, zu etwas anderem zu werden.

Er sucht mein Gesicht ab, und sein Ausdruck verändert sich nicht. «Also gut», sagt er, ohne zu fragen, was es ist.

Ich schlinge die Hand um seinen Nacken und ziehe seine Lippen an meine. Das Schwert hängt zwischen uns, als ich ihn küsse wie noch nie zuvor, unsere Zungen stoßen aneinander und verschmelzen dann in einer wilden Hitze, während ich mit absoluter Gewissheit weiß, dass ich genau hier sein sollte.

Selbst am Grund des dunkelsten Brunnens, am Ende von allem – ich gehöre zu ihm.

«Wenn ich dir vertrauen kann», keuche ich, als ich wieder reden kann, meine Finger immer noch in seinem Haar, «kannst du mir vertrauen. Wenn du mir vergeben kannst, kann ich dir vergeben. Es ist vorbei. Wir haben das Monster besiegt.»

Daesra atmet nicht weniger schwer als ich. Dennoch fragt er: «Bist du sicher?»

«Du bist nicht das Monster. Das weiß ich genau.» Ich schüttle den Kopf und drücke meine Lippen erneut auf seine. Er wehrt sich nicht. Vielmehr erwidert er den Kuss mit derselben Wildheit, seine Nägel graben sich in meinen Rücken, lassen mich in seinen Mund keuchen.

Als ich mich schließlich zurückziehe, sehe ich etwas in seinen Zügen aufsteigen, das Hoffnung in meiner Brust aufflackern lässt. Es ist wie ein Sonnenaufgang in seinem Gesicht. «Vielleicht hast du recht. Ich weiß, wo das Monster ist. Ich weiß, wie man es erweckt.»

«Warte ... Was?»

Mit einer raschen Bewegung reißt Daesra mir das Schwert aus der Hand. Es ist schwer zu fassen, was dann folgt, ich begreife nur, dass sein Arm sich weiter bewegt, zustößt. Taumelnd schnappe ich nach Luft.

Langsam blinzelnd blicke ich auf die quecksilberne Klinge in meiner Brust hinab, seine Hand auf dem perlschwarzen Griff. Ich schwanke, und Daesra fängt mein Gewicht mit seinem anderen Arm auf. Ich spüre keinen wirklichen Schmerz, nur einen seltsamen Druck, der auf mehr als nur meine Brust presst. Er drängt sich wie eine Flut durch *alles* in mir hindurch. Das Glühen, das von dem Schwert ausgeht, flackert.

Fast wie ein Spiegel.

«Und hier ist der Rest deiner Erinnerung», flüstert er mir ins Ohr, als er sich gegen das Heft stemmt und mich näher an die Klinge heranzieht, sie tiefer hineinbohrt. «Zu dir zurückgekehrt. Endlich.»

Blendendes Licht verschlingt mich in der Dunkelheit.

ENDLICH

Ich stehe wieder im Turm der Götter, wo ich einst – später? – von einem eisigen Griff weggezerrt wurde. Die transparenten roségoldenen Wände umgeben mich als scheinbar labile und doch unzerbrechliche Grenzen. Horizons Stimme klingt zuerst wie ein Echo, sich selbst überlagernd, bis die einzelnen Bestandteile sich wieder zu der mächtigen, erderschütternden Klangfarbe vereinen. Und dey an der Stelle weiterspricht, an der wir unterbrochen wurden.
«Es gibt einen Weg.» Horizon macht eine lange Pause, und ich will die Gottheit anschreien, dass sie weiterreden soll. Das tut sie nun, und ihre Worte schweben durch die helle Luft um mich herum, zuerst unbegreiflich:
«Doch dafür braucht es deine Seele, gebunden an die meines Sohnes. Gebunden *innerhalb* seiner daemonischen Bindung, um seine zu spiegeln. So einen dunklen Ort in seinem Inneren könntest du niemals betreten, es sei denn, es ist auch deiner, mit seinem verwoben. Andernfalls sind seine Mauern zu hoch. Sobald die Bindung gebrochen ist, werden eure Seelen wieder getrennt. *Frei*. Doch um das zu erreichen, musst du deine zuerst als Pfand darbieten.»
«Ihr verlangt nicht viel, was?», murmle ich ungläubig. «Ich gebe schon die Unsterblichkeit auf, um ihm zu helfen, und nun wollt Ihr noch meine Seele.» Ich lache höhnisch. «Wieder etwas, das Ihr buchstäblich meintet, genau wie die *Mauern*, die er gebaut hat.»
Die Gottheit antwortet nicht. Ich kaue auf meiner Lippe herum und sehe Daesra an, der schweigend neben mir kniet.
«Also», sage ich langsam, «Ihr bindet meine Seele an seine, und dann was?»

«*Du* bindest deine Seele an seine. Du hast ihn bereits an dich gebunden. Er ist dir hier ausgeliefert wie der Stier, den er geopfert hat, um ein Daemon zu werden.»

«Ich versuche, ihn zu retten, nicht, ihn zu *opfern*», spucke ich aus und deute auf ihn.

«Tatsächlich kannst du ihn nicht opfern, da er nicht sterben kann. Doch du kannst dir einen Weg in ihn hineinschnitzen», ich sehe meine Hand, wie sie in sein Herz sticht, «und dich mit ihm vereinen. Deine Seele mit seiner, verloren in seinen labyrinthischen Bindungen.»

Das muss der wahre Grund sein, warum Horizon wollte, dass ich ihn an mich binde. Nicht nur, um ihn hierherzubringen. Sondern um mich zu *ihm* zu bringen.

«Also», sage ich mit derselben Langsamkeit. «So komme ich rein. Aber wie kommen wir wieder raus?»

«Das wird die wahre Herausforderung sein.»

«Ach, weil alles andere so einfach sein wird.»

Die Gottheit übergeht meinen Sarkasmus. «Selbst wenn du seine Bindungen für ihn entwirrst und durch das Labyrinth findest, das er errichtet hat, muss er dir freiwillig folgen. Er muss das Ende aus eigener Kraft erreichen. Er muss sich selbst retten, da nur er dies kann. Sich auf dich zu stützen, bedeutet nicht, von dir getragen zu werden.»

«Gut, denn er ist schwer.»

Wieder ignoriert die Gottheit mich. «Doch verzweifle nicht, denn indem du ihn führst, wirst du ihm unschätzbare Unterstützung geben. Und ich verspreche dir, wenn er den Weg hinausfindet, wirst du erfahren, was seine Liebe tatsächlich sein kann, und er wird auch deine wirklich erkennen.»

Frustriert werfe ich die Arme in die Höhe, denn alles daran, was ohnehin schon unmöglich erscheint, ist aus einem einfachen Grund *mehr* als nur unmöglich. «Daesra wird mir nirgendwohin folgen! Er ist noch nie einer götterverdammten Seele irgendwohin gefolgt! Er ist so stur wie ein Stier, und das solltet sogar Ihr in seiner direkten Bedeutung anerkennen können. Ganz abgesehen davon ist er unendlich viel mächtiger als ich – und momentan *verachtet* er mich vollkommen, was ich zu einem großen Teil Euch zu verdanken habe. Er würde mich nicht einmal damit betrauen, ihm den Rücken zu kratzen, und erst recht nicht damit, ihn aus einem Ort hinauszuführen, den er überhaupt nicht verlassen will – seinen Ort der *Macht*.»

Was die Hoffnung auf seine Liebe zu einer Bestrafung macht, selbst wenn ich Erfolg habe. Doch sogar sein Hass wäre es wert, wenn ich ihn befreien kann – ihn vor Death retten kann –, auch wenn ich nicht weiß, wie um alles in der Welt ich das schaffen soll.

Horizon wartet geduldig darauf, dass meine Tirade endet, selbst meine stille Grübelei, bevor dey wieder spricht. «Wie bereits gesagt, es ist ein Weg, den er selbst gehen muss. Er darf nicht getragen oder gezerrt werden. Und ich weiß, dass er dir nicht bereitwillig folgen wird.»

«Präziser ausgedrückt: *niemals*.» Ich lege das Gesicht in meine Hände. «Obwohl ich anscheinend närrisch genug bin, um ihm überallhin zu folgen. Das wird niemals funktionieren.»

Horizon scheint zögerlich. «Was, wenn es du *wärst*?»

Ich lasse die Hände sinken und starre die Gottheit an. «Was?»

«Wenn er zu dir wird und du zu ihm, wird er dir folgen, oder etwa nicht? Du hast gerade gesagt, du würdest ihm überallhin folgen.»

Wenn ich Horizons Gedanken schon zuvor schwer greifen konnte, ist es nun, als würde dey eine gänzlich andere Sprache sprechen – eine, die ich nicht im Entferntesten verstehe. Ich nehme die Worte auseinander und setze sie wieder zusammen, im Versuch, einen Sinn in ihnen zu erkennen.

Schließlich wiederhole ich: «*Was*?»

Horizon wirkt ungerührt, scheint hinter dem schimmernden Vorhang absolut selbstsicher. «So wie ich ein Labyrinth aus eurer Verbindung erschaffen kann, werde ich aus euch beiden einen Spiegel machen. Wenn er dich ansieht, wird er sich selbst sehen. Und wenn du ihn ansiehst, wirst du das sehen.» Die Gottheit deutet auf mich. «Keiner von euch wird erkennen, wer ihr wirklich seid. Nur so wirst du ihn durch das Labyrinth führen können – nicht indem du ihn trägst, sondern indem er dir auf seinen eigenen Beinen folgt.»

«Ich werde ein Daemon?» Mein Tonfall kann nur als absolut verwirrt beschrieben werden. «Ich werde *er* sein?»

«Gedanklich und äußerlich, mit Macht, die dir durch seine Bindung an dich gewährt wird. Du wirst seine Stärke haben, seine Erinnerungen. Seine eigene wird durch deine Fessel an seinem Hals unterdrückt sein.»

«Und er wird aussehen … wie ich.» Das ist weniger eine Frage als ein Ausdruck großen Zweifels.

«Mit der Macht einer einfachen sterblichen Hexe. Sein Gedächtnis wirst du vollständig übernehmen. Ich werde ihm nur ein paar deiner Erinnerungen überlassen, die er finden muss – eine Notwendigkeit, damit er nichts von dem Plan mitbekommt, und um ihn gleichzeitig zu ermutigen weiterzugehen, denn ohne genügend Teile von dir könnte er vom Weg abkommen. Er wird diese Scherben suchen und zusammensetzen wie einen zerbrochenen Spiegel – was bedeutet, dass er, sobald er genug von ihnen gefunden hat, in der Lage sein könnte, dich als das Spiegelbild zu erkennen, das du bist, und auch sich selbst zu erkennen. Das darf nicht zu früh geschehen, sonst wird er sich sträuben, bevor ihr beide seine daemonische Bindung lösen könnt. Solange er glaubt, du zu sein oder etwas, das dir ähnelt, wird er dir folgen – dich manchmal sogar überholen. Deine Liebe zu ihm, deine Sehnsucht nach Unsterblichkeit und sogar das Labyrinth selbst werden seine Schritte lenken – als *du*.»

Ich verstehe immer noch nicht, wie es möglich sein soll, dass ich Daesra werde und er ich. Vielleicht muss ich es auch gar nicht verstehen, damit es passiert. Und doch ...

Ich verziehe das Gesicht, als ich zu Daesra sehe, der auf dem Boden kniet. Seltsamerweise huscht sein roter Blick zu mir hoch und dann wieder nach unten, wodurch sowohl Schmerz als auch Sehnsucht in mir aufflackern. «Was ist mit seinem Hass auf mich? Wenn ich er werde, wenn ich so *fühle* wie er, was, wenn ich dann versuche, ihn zu töten – *mich* selbst? Ihn-als-mich?»

Mir fehlen die Worte, um diese seltsame Sprache zu sprechen, aber ich bemühe mich.

«Du wirst seinen Zorn, seinen Hass brauchen, um die Kraft zu finden, weiterzumachen – und um ihn-als-dich anzutreiben. Du-als-Daesra wirst denken, du würdest ihn-als-Sadaré bestrafen. Aber du wirst es nicht zu weit treiben, denn ich überlasse dir einen Teil der Wahrheit: dass ihr gemeinsam das Zentrum des Labyrinths erreichen müsst und dass ihr beide sonst für immer gefangen seid. Es ist eine Wahrheit, die kaum verdreht werden muss, und doch werde ich sie in deinem Gedächtnis als Prüfung, als Wettbewerb tarnen, bis ihr euch an euer wahres Selbst zu erinnern beginnt, wenn ihr euch dem Herzen des Labyrinths nähert – dem Zentrum der daemonischen Bindung. Ihr *müsst* es erreichen oder nahe genug herankommen, bevor sich einer von euch vollständig daran erinnert, wer ihr seid. Sobald das passiert, wird er wieder ein Daemon sein. Du wirst deine Hexenbindung von ihm lösen müssen, damit er sich von seinen eigenen Fesseln befreien kann. Es wird ein schmales Zeitfenster sein, ein gefährliches. Wenn er sich im Zorn mit seiner ganzen Kraft gegen dich wendet, wird er dich auslöschen wie eine Lampe.»

«Und wenn er mich *nicht* tötet und sich trotzdem nicht selbst befreit ...?»

«Dann wird das Labyrinth zusammenbrechen und zu einem unzerstörbaren Knoten werden. Er wird ein Daemon bleiben, gefangen in seinem eigenen Geist, wenn er sich nicht rechtzeitig an sich selbst erinnert ... Das heißt, bis Death einen Weg hinein findet, um ihn zu holen. Du wirst für immer verloren sein.»

So gut wie tot. Oder schlimmer. Keine nennenswerte Bedeutung.

«Selbst wenn er deine sterbliche Gestalt hat», fährt Horizon fort, «wird ihn nur deine Bindung daran hindern, viel stärker zu sein als du – doch er-als-Sadaré wird es einfach nicht wissen. Genauso wie du bis zu dem Moment, in dem du ihn befreist, nicht wissen wirst, dass du ihn noch immer gebunden hast. Deshalb wird er diesen verschlungenen Weg gehen – aus genau den Gründen, die dich hierhergeführt haben. Zuerst die Verlockung der Unsterblichkeit. Dann die Liebe. Er wird nicht merken, dass er vorangeht, um sich selbst zu retten. Und du, als er, wirst ihm den Weg weisen. Aber selbst dann werdet ihr das Zentrum des Labyrinths nicht gemeinsam erreichen, wenn ihr nicht wirklich versteht, wie es ist, in den Fußstapfen des anderen zu wandeln. Wenn ihr das nicht schafft, werdet ihr beide verloren sein.»

Ich sehe, dass Daesra mich noch einmal ansieht. Diesmal nicht friedlich benebelt, sondern richtig. Beunruhigend. Er sollte nicht bei Bewusstsein sein. «Ich bin mir immer noch nicht sicher, ob er jemand ist, der sich so leicht führen lässt, egal welche Gestalt er trägt.»

«Je mehr er die Fesseln löst, die seine Seele gefangen halten und die ihm nichts als Schmerz und Wut eingebracht haben, desto mehr wird er sich vorwärtsbewegen wollen, der Linderung nachjagen, die es ihm bringt. Der Erleichterung, die *du* ihm bringst. Währenddessen wirst du ihm trotz deiner jetzigen Gefühle zunächst nicht helfen wollen, aber du wirst dich der Neigung deiner eigenen Seele nicht widersetzen können. Wenn ihr beide das Zentrum des Labyrinths erreicht habt, wird er hoffentlich verstehen, warum du getan hast, was du getan hast, und dir vergeben, und du wirst wissen, was du als Nächstes zu tun hast.»

Die Neigung deiner eigenen Seele ... Immer zu ihm hin. Ich spüre auch jetzt seinen Ruf, obwohl wir nach dem, was ich ihm angetan habe, auch endlos weit voneinander entfernt sein könnten. Um diese Kluft zu überbrücken, um ihn wieder zu berühren, um ihn von diesen verdrehten Fesseln zu befreien, sowohl von meinen als auch von seinen eigenen, würde ich fast alles tun.

Sogar meine Seele opfern.

«Ich werde es tun», sage ich und schaue entschlossen zu Daesra hinunter.

Er starrt mich immer noch an, und mein Blick trifft auf seinen. Eine Welle des Schwindels überkommt mich. Plötzlich flackert mein Sichtfeld, und ich weiß nicht, ob ich stehe und zu ihm hinunterschaue ... oder ob ich auf dem Boden knie und irgendwie zu mir hinaufschaue.

Bin ich er oder bin ich ich?

Dieser übelerregende Moment dehnt sich immer weiter aus, bis ich nicht mehr weiß, wo ich bin. In welcher Zeit ich bin. *Wer* ich bin.

(Irgendwo, von wo auch immer diese fernen Gedanken von mir in diese Erinnerungen eindringen, denke ich: *Dieses Miststück*. Horizon hat noch weit mehr benutzt als unsere tiefsten Wünschen oder die Mauern eines Labyrinths, um uns einzusperren. Die Gottheit hat unsere Liebe und unseren Hass füreinander wie ein Netz hin und her gesponnen, um uns darin zu fangen, bis wir nicht mehr wussten, was zu wem gehört. Oder sogar, wer *wer* war.

Miststücke, wohl eher, kommt der nächste Gedanke. *Horizon* und *Sadaré*.

Denn das hier ist nicht meine *Erinnerung, oder, Sadaré?*

Es ist deine.

Und ich bin nicht du.

Ich bin Daesra.

18

Als das Schwert aus ihrer – meiner? – Brust gerissen wird, greife ich nicht nach der Wunde, um die Blutung zu stillen, oder nach der Klinge, die sie verursacht hat. Sie heilt sowieso schon. Denn dies ist nicht Sadarés sterblicher Körper. Er sieht nicht einmal mehr so aus.

Es ist meiner. Der eines unsterblichen Daemons. Anscheinend.

Ich bin Daesra.

Ich bin Daesra. Ich bin Daesra. Zumindest sage ich mir das immer wieder. Es ist schwer zu glauben, selbst als ich meine zitternde Hand hochhalte – blasses Rauchblau, mit scharfen schwarzen Nägeln und viel größer als die, die ich noch vor Kurzem für die meine gehalten habe. Die ganze Zeit habe ich gedacht, ich wäre sie. Ich *fühle* mich immer noch wie sie, auch wenn ich jetzt weiß, dass ich es nicht bin. Wenigstens dessen bin ich mir gewiss, obwohl mir der Kopf schwirrt, als wäre ich von einem Stier getreten worden.

Für einen Moment ist es mir egal, wo ich bin und wie dunkel es ist, egal, dass große Fragmente von Treppen und Statuen umherschweben und der abgetrennte Drachenkopf am Boden liegt, egal, wie tief die grässliche Grube ist, die irgendwie in eine noch größere Tiefe hinabführt. Neben alldem fällt mir etwas ins Auge, das auf der dünnen Wasserschicht auf dem Boden schwimmt, als wäre es nicht der schwerste Gegenstand von allen – ein metallenes Halsband, das geöffnet ist, als wäre es mir erst kürzlich vom Hals gefallen. Aus einem Reflex heraus, entweder ihrem oder meinem, stoße ich es kurzerhand mit dem Huf in den Abgrund. Dass ich wieder Hufe habe, ist gerade nicht meine wichtigste Erkenntnis.

Sie hat mir das Ding um den Hals gelegt. Nachdem sie mich dazu gebracht hat, mich in sie zu verlieben. Und es war die ganze Zeit da, unter *ihrer* Haut verborgen.

Sadaré steht nicht weit von mir entfernt und starrt mich genauso entgeistert an wie ich sie, den Mund leicht geöffnet. Ihr Haar ist rot und wirr, ihre Tunika zerrissen und fleckig, ihre zart leuchtende Haut zerkratzt und schmutzig.

Sie ist immer noch wunderschön. Und doch fühlt es sich seltsam an, das zu denken, jetzt, wo ich eine Zeit lang sie *war*.

Ich beuge mich leicht nach vorne, fühle mich so atemlos, als hätte mir ein Gott in den Magen geschlagen. Ich schätze, ich *wurde* auf eine Art geschlagen. Von Horizon. «Oh, verdammt noch mal.»

Auch Sadarés Hände zittern, obwohl eine immer noch den schwarzen Perlengriff des Schwertes umklammert. Das Schwert, das mir gerade in die Brust gestoßen wurde.

Mein Schwert. Mein Geburtsrecht.

«Ich glaube, wir haben uns selbst gefickt», sagt sie, da sie offenbar dieselbe poetische Wortgewandtheit besitzt wie ich. «Also so richtig.»

Ich halte eine Hand hoch. «Können wir bitte nicht darüber reden, wenigstens einen Moment lang? Am liebsten für immer. Ich versuche, meinen Mageninhalt drinnen zu behalten.» Ich fühle mich ohnehin schon, als wäre mein Inneres nach außen gestülpt, vor allem, wenn ich mir vorstelle – *nein, stell es dir nicht vor*. Es ist besser, wenn ich so tue, als wäre es einfach *ihre* Erinnerung daran, wie wir uns geliebt haben, die sie irgendwie mit mir geteilt hat, als hätte ich in einen Spiegel gesehen. Das ist eine ähnliche Perspektive, wie sich selbst in Unzucht auf eine Vase gemalt zu sehen. Ich habe diese Vasen gesammelt, erinnere ich mich jetzt, vor allem, wenn sie darstellten, wie ich Priester oder Priesterinnen schändete.

Und doch weiß ich, dass es bei unserer Zusammenkunft in der Höhle um weit mehr ging als den Anblick meiner selbst auf einem unbeweglichen Gemälde.

Und das ist einer der Gründe, warum ich mich eher mulmig als daemonisch fühle – ich versuche immer noch, zu dieser starken Mischung aus Mann-Stier-Gott zurückzufinden, die mich zu dem macht, was ich bin. Zumindest entgleitet mir das Gefühl von *ihr* auf mir wie eine gelockerte Tunika. Jetzt fühlt es sich seltsam an, mir mich als sie vorzustellen, aber das war es zu Beginn des Labyrinths nicht. Wenn man als Frau aufwacht und langsam die Erinnerungen einer Frau wiedererlangt, dann ist man eine Frau. *Ich* war eine Frau, auch wenn ich es nicht mehr bin. Ich kam mir selbst wie eine Fremde vor, aber nur, weil ich keine Erinnerung hatte. Ihre Brüste und Hüften gaben mir ein Gefühl fremdartiger Vertrautheit, so als würde ich etwas Geliebtes an einem Ort finden, an dem ich es liegen gelassen und vergessen habe. Jetzt stürzt die Realität dessen, was ich bin, mit der schwindelerregenden Gewalt einer Lawine auf mich ein.

Ich werfe noch einmal einen Blick auf das Schwert, das locker in ihrer zarten Hand liegt. Dass ich nicht tot bin, nachdem mich *das* ins Herz getroffen hat, ist ein weiterer Beweis dafür, wer ich bin. Von Menschen mal abgesehen, kann diese Quecksilberklinge, die mit der Macht einer Göttin ausgestattet ist, auch andere Halbgötter, Daemonen und Monster mit relativer Leichtigkeit töten. Nur mich nicht, und auch nicht alles hier, denn *hier* ist offenbar in mir.

Auch wenn ich das weniger verstehe als alles andere.

Vielleicht sollte ich mich vor dem großen Abgrund in der Mitte fürchten, aber ich will noch gar nicht darüber nachdenken, was er bedeutet. Alles, was ich im Moment empfinde, ist eine seltsame Erleichterung darüber, dass auch Sadaré nicht an dem Schwertstoß gestorben ist, obwohl sie *mich* niedergestochen hat. Vielleicht wäre es richtiger zu sagen: Daesra hat auf Sadaré eingestochen.

Wer auch immer die beiden sind.

Sadaré. Der Name, mit dem ich mich selbst gerufen habe, fühlt sich jetzt ganz anders an. Aber auch *Daesra* passt nicht so recht.

Mit einem plötzlichen Schrecken bemerke ich: *Daesra. Sadaré.* Selbst unsere Namen sind nur verdrehte Gegenbilder in einem zerbrochenen Spiegel.

«Das können nicht unsere wahren Namen sein», sage ich laut. «Götter, ich weiß *immer* noch nicht, wie ich heiße. Oder wie du heißt.»

Ihre Augen sind groß. «Vielleicht liegt es an der Verflechtung unserer Seelen, aber ich weiß es auch nicht mehr.»

Und sie weiß viel mehr als ich, denn das hier war ihr Plan, den sie ohne mich geschmiedet hat, während sie mich gezwungen hat, im Turm der Götter zu knien. Offensichtlich war es eine Übung für diesen Ort, an dem ich das aus eigenem Vergnügen noch viel öfter getan habe – besser gesagt aus ihrem Vergnügen, während sie sich meines borgte. Dass ich mich ihr-als-mir bereitwillig – nein, *leidenschaftlich* – unterworfen habe, fühlt sich vielleicht seltsamer an als der Rest dessen, was wir miteinander geteilt haben, während wir die Haut des anderen trugen. Dadurch wurde meine Welt auf einer noch grundlegenderen Ebene auf den Kopf gestellt.

Ich kann immer noch nicht sagen, was richtig oder falsch, wo oben oder unten ist. Ich weiß nicht, wie ich etwas von dem, was ich gerade erlebe, beschreiben soll. Ich mag jetzt wissen, dass ich ich bin, aber die Wahrheit zu *wissen* und sie zu *fühlen* sind zwei sehr unterschiedliche Dinge. So wie ein Teil von mir kaum eine Ahnung hat, wie ich hierhergekommen bin, während ein anderer

Teil jeden schmerzhaften Schritt kennt – Schritte, die ich in *ihren* zerschlissenen Sandalen gemacht habe.

«Ich weiß nur eins – du brauchst neue Sandalen», sage ich albern.

Ihr Mund zuckt. «Und glaub mir, du brauchst wirklich *dringend* ein Bad.»

«Also», sage ich ohne Vorrede und strecke einladend die Arme aus. «Willst du noch mal zustoßen? Ehrlich gesagt ist jetzt die beste Gelegenheit dazu. Ich bin ziemlich verwirrt.» Es ist, als würde das Labyrinth den Aufruhr in mir widerspiegeln, da es auseinanderfällt, so wie ich zu zerbrechen scheine: Teile einer gewaltigen Statue sind über den schwarzen Himmel verstreut, Treppen schweben in die eine Richtung, Riesenköpfe in die andere. Es ist zu viel.

Das alles hier ist zu viel.

«Sollte ich nicht dir diese Frage stellen?», fragt Sadaré, und dann runzelt sie nachdenklich die Stirn. «Ich will dir nicht mehr wehtun, was bedeutet, dass *du* mich vielleicht in Stücke reißen willst, so wie ich es mir vorgestellt habe, wenn du von alldem erfährst.»

Ich ziehe es in Betracht, aber ich bin ehrlich gesagt zu verblüfft, um wütend zu sein. «Weißt du, ich würde mich lieber erst einmal unterhalten. Vielleicht eine Pause einlegen. Aber nicht hier, denn dieser Ort ist leider schrecklich.» Ich deute auf meine Umgebung. «Ich würde jetzt gerne eine Binsenweisheit über die Dunkelheit in uns zum Besten geben und darüber, dass wir alle einen Abgrund in uns tragen – nur ist das nicht so. Nicht so wie hier.»

Sadarés Seele ist irgendwie mit meiner verflochten, aber wenigstens ist in diesem Fall klar, was zu wem gehört. Sie kann eine furchtbare Hexe sein – *abscheulich* war tatsächlich ihr Wort dafür –, aber sie trägt nicht *so* etwas in sich herum. Ich weiß das, weil ich gerade in ihr war, und zwar nicht auf die Art, die Spaß macht.

Und dann trifft sie mich wirklich, diese große Wunde in mir, als würde ich einen Pfeil erst spüren, wenn er aus meinem Fleisch herausgerissen wird. Nur dass ich diesen Pfeil irgendwie in meine eigene Seele geschossen habe, als ich ein Daemon wurde, und jetzt befinde ich mich weit genug unterhalb dieser Bindungen, um ihn zu sehen. Anders als die tiefen Risse, die Sadaré in meine Brust geschlagen hat, ist diese Wunde nie verheilt. Sie eitert und wächst, um den Mangel an allen anderen auszugleichen, den mir die Unsterblichkeit beschert hat.

Unwillkürlich entweicht mir ein leises Schnauben, als ich das alles begreife – ich konnte den Tribut, den meine daemonische Bindung forderte, nur ignorieren, solange ich nicht in ihre Tiefen starren musste. Es ist ein Anblick, der mir nicht gefällt, obwohl ich schon als Sadaré seinen Schrecken begriffen habe. Es war so viel einfacher, diesen Abgrund *nicht* als meinen zu betrachten.

Auch sie sieht sich um und wirkt dabei nicht so verloren wie ich. «Ich sagte doch, hüte dich vor dem Schöpfer», sagt sie zittrig.

«Lustig.» Das hat sie zu mir gesagt, als sie *ich* war und in einen Spiegel schaute, und mir steht gerade nicht der Sinn nach Ironie. «Was ist mit den Mauern, den Bäumen, den Höhlen?»

«Horizon ist zwar für die momentane Gestaltung des Labyrinths verantwortlich, aber das ist wohl alles deins – und meins», fügt sie hinzu und klingt dabei etwas verwirrt, «obwohl ich etwas weniger dazu beigetragen habe, da ich nicht jahrhundertelang ein Daemon war.»

«Sogar diese *Ozeane* stammen von mir?» Der Gedanke an diese toten Meereslandschaften, die die oberen Mauern des Labyrinths umgaben, erschreckt mich immer noch mehr als alles andere, selbst jetzt, hier am Rande von allem.

Sadarés elegante Augenbraue hebt sich, als sie sich erinnert, auch wenn sie immer noch so aussieht, als würde sie die Teile selbst noch zusammensetzen. Sie erinnert sich an das, was *sie* weiß, nicht an das, was ich weiß. «Ah. Die nicht. Das war etwas anderes. *Jemand* anderes, der versucht, hier hereinzukommen. Horizon hat mich gewarnt, dass ein anderer Gott da draußen ist und darauf wartet, dich zu bekommen.»

Death. Jetzt erinnere ich mich – wenn auch nur aus ihren Erinnerungen. Sie drückt sich nur um meinetwillen vage aus.

Meine Haut kribbelt. Wenigstens gehören diese Meere nicht meinem göttlichen Elternteil. «Aber wenn ich unsterblich bin, wie kann Death dann hoffen …?» Ich bin mir nicht sicher, was er sich erhofft.

«Er ist offenbar geduldig», sagt sie, nachdem ich verstummt bin. «Er will dich für sich beanspruchen, wenn deine Bindung schließlich zu viel für deine Seele geworden ist – und für meine, da sie nun an deine gebunden ist», fügt sie mit einer hübschen Grimasse hinzu, die ins Sarkastische kippt. «Rückblickend bin ich mir nicht sicher, ob ich das wirklich gut durchdacht habe.»

Ich unterdrücke ein unwillkürliches Schaudern. Vielleicht will ich mich nicht länger mit Death befassen; ich habe schon genug Sorgen. «Aber die Statuen, die im Inneren sind, sind sie –?»

«Die Monochen, denen du Leid angetan oder die du getötet hast, in der Bindung verstrickt», sagt sie fast entschuldigend. «Sie stärken diese Mauern, während das Labyrinth sie verschlingt. Ich habe einige von ihnen wiedererkannt.»

Kein Wunder, dass die Statuen – vor allem diese neuen, schrecklichen Kreaturen, die aus ihnen entstanden sind – keine Liebe für mich übrig hatten.

«Die aus Eis waren mein Beitrag», fügt Sadaré hinzu. «Zumindest vermute ich das, denn sie stammten aus meiner Vergangenheit, waren weniger zahlreich, aber zerbrechlicher. Allerdings scheint mir klarer, was zu dir gehört, als was meins ist.»

«Was ist mit Deos?», frage ich und klinge dabei für meinen Geschmack ein wenig zu erstickt.

Sein Tod schmerzt immer noch fast so sehr wie zuvor, als ich dachte, ich wäre Sadaré. Er hat mich gerettet.

«Weißt du noch, wie ich dir sagte, er sei eine Erweiterung von – nun ja, von *dir*?» Sie wollte gerade *von mir* sagen. «Nun, das war er auch, denn ich habe eine gewaltige Menge deiner Kraft in ihn gesteckt, um ihn zum Leben zu erwecken. Aber du erinnerst dich vielleicht daran, dass er, bevor er seine Gestalt angenommen hat, die Statue einer Frau war.» Ihre Stimme wird leiser. «Deiner sterblichen Mutter, um genau zu sein. Ich habe sie aus deinen Erinnerungen wiedererkannt. Vielleicht hatte Deos also auch etwas von ihr in sich, genau wie du.» Sie versucht, mir die glänzende Seite dieser schrecklich angelaufenen Münze zu zeigen, aber nicht einmal sie klingt überzeugt. «Es tut mir leid – ich habe sie verändert, weil ihr Gesicht mich beunruhigt hat. Nun, mich-als-dich.»

«Ah», sage ich kurz. Mich hatte es auch verunsichert, obwohl ich nicht wusste, warum. «Also lastet auch ihr Leben auf meiner Seele. Dass sie überhaupt hier war, ist mir Beweis genug.»

«Sie hat sich nicht deinetwegen das Leben genommen», platzt Sadaré heraus – endlich kann sie es gestehen, ohne verborgene Allianzen zu verraten. «Sky hat sie umgebracht.»

Das weiß ich nun auch aus den Erinnerungen, in denen sie mit Horizon gesprochen hat, doch es macht den Geschmack in meinem Mund nicht weniger bitter.

«Ja», belle ich, «weil *ich* beschlossen habe, zum Turm der Götter zu reisen und ein Daemon zu werden.» Was lastet sonst noch auf meiner Seele? Meine Gedanken drehen sich im Kreis wie die morbide Verhöhnung eines Kinderspielzeugs, schillernde Flügel und ein gespenstisches Gesicht auf einem Torso flackern in meinem Kopf auf. «Und die Schmetterlinge?»

Sie schließt die Augen, doch sie schont mich nicht – immerhin versucht sie nicht länger, mich mit Tricks dazu zu bekommen, sie zu lieben. «Die Schreie der Toten – hier sind sie stumm, aber treiben durch die Luft.»

Ich bekomme Gänsehaut. Ich erinnere mich an wunderschöne Schmetterlinge, die um den Tempel herumgeflattert sind – den Tempel meiner sterblichen Mutter. Die Insekten dort waren unschuldig und zart, ein nichts ahnender Teil der Kulisse für das Blutbad, doch hier sind sie zu etwas anderem geworden. Ein verdrehtes Spiegelbild meiner Vergangenheit.

Wie alles in diesem Labyrinth. Oder zumindest die schlimmsten Teile davon.

Ich bin der schlimmste Teil.

«Pocli?», murmle ich. Ich möchte fast nicht wissen, was Sadaré-als-Daesra möglicherweise mit ihm gemacht hat. Immerhin war sie ein verdrehtes Spiegelbild von *mir*, also könnte es wahrlich schrecklich sein.

Sadaré weitet die Augen und legt eine Hand auf ihren Mund. Selbst mit diesem entsetzten Gesichtsausdruck sieht sie noch aus wie ein Kunstwerk mit ihren feinen, hohen Wangenknochen und der eleganten Silhouette ihres Handgelenks. «Er hat mich irgendwann gebissen und ist weggelaufen. Ich weiß nicht, wo er ist.»

«Spielt keine Rolle», sage ich, obwohl ich ein schmerzvolles Zucken in meinem Inneren verspüre. Ich will die kleine Chimäre finden, doch ich habe keine Ahnung, wo ich überhaupt suchen sollte. Ich muss mich immer noch orientieren – nicht dass das überhaupt möglich ist in diesem albtraumhaften Herz des Labyrinths. «Und *was* ist er, weißt du das?»

«Er muss auch aus dir entstanden sein, denn er hasst mich.» Sie stößt ein schwaches Lachen aus. «Ich hatte recht, für wen ich mich zu dem Zeitpunkt auch gehalten habe: Die Chimäre *ist* eine Art Kind von dir. Während Breath Lehm und Äther zur

Schöpfung der Menschen benutzt hat, musst du Fell, Federn und Speichel zum Schwären zurückgelassen haben.»

«Amüsant wie immer», sage ich, auch wenn meine Lippen zucken. «Allerdings denke ich nicht, dass er entstanden ist, weil ich dich hasse. Er hat die ganze Zeit *Sadaré* beschützt, also könnte man argumentieren, dass er aus ... Fürsorge heraus geboren wurde.» Bei dem Wort stocke ich. «Na gut, *Liebe.*» Überrascht schießt ihr Blick zu mir, und ich blaffe: «Du weißt, dass ich dich liebe, du absolute Närrin.»

«Ich wusste nicht, ob du es immer noch tust», flüstert sie.

«Tue ich», sage ich ernst, doch dann wird mein Tonfall leichter. «Wie meine verdorbene Liebe ist er klein und nutzlos, bis er unerwartet und gewaltsam ausbricht.»

Und doch, trotz aller Selbstironie, ist Pocli mir wichtiger, als ich zugeben möchte. Vielleicht war die kleine Chimäre eine Kraft, die so zusammengewürfelt wurde, um den Hass auszugleichen, der überall an diesem Ort herrscht und alles befleckt. Hass auf die Götter, die mich verschmäht haben, auf die Sterblichen, die mich gejagt haben, auf meine Geliebte, die mich verraten hat. Und vor allem auf mich selbst. Er ist so stark, dass ich ihn schmecken kann. Das konnte ich früher nie. Er war einfach ein Teil von mir.

Jetzt möchte ich ihn ausspucken.

Da ich es nicht länger für mich behalten kann, spucke ich stattdessen *ihr* entgegen: «Was zum Teufel hast du mir angetan, Sadaré? Wie konntest du mich glauben lassen, ich wäre du?» Ich kann meine Stimme nicht senken – breche aus, wie angekündigt. «Ich will sie nicht fühlen – diese Reue, diese Scham für das, was ich bin. Wenn du so in Bezug auf dich selbst fühlen willst, dann bitte, tu es.» Ich zeige energisch auf sie. «Und das solltest du auch, weil du mich gebunden hast! Wenn ich es recht bedenke, habe ich dir nie wirklich gesagt, wie ich mich damit fühle – das warst *du*, die es *mir* gesagt hat, was ganz schön dreist ist. Hier wird die Ironie dicht genug, um daran zu ersticken.»

Ich taumle, greife nach allem, damit ich *das hier* nicht betrachten muss – meine Umgebung. Wer ich bin. Was ich geworden bin.

Sadaré schließt wieder die Augen und verzieht das Gesicht. «Ich weiß, wie du dich damit fühlst. *Auf intimste Weise.* Und wir können gerne darüber streiten, aber ich dachte, du wolltest einen Moment Ruhe haben.»

«Unterhalten wollte ich mich. Also *unterhalten* wir uns.»

«Ist es das, was wir tun?» Ihre Stimme ist leise. Zart. Eine dünne Nadel, spitz genug, um zu stechen. «Uns einfach unterhalten?»

«*Nein!*», schreie ich donnernd und wünschte, ich könnte sie einschüchtern, während ich weiß, dass das nicht funktioniert. «Eigentlich *sage* ich dir, dass dein absolut *gestörter* Plan, den du mit meinem verabscheuungswürdigen göttlichen Elternteil ausgeheckt hast», ich betone jedes Wort, indem ich mit einem scharfen Nagel stechend auf den Boden zeige, «völlig *umsonst* war, da ich recht *gerne* ein Daemon bin.»

Nur bin ich das nicht. Nicht mehr. Als sie mich gebunden hat, hat Sadaré mir sogar das genommen.

Vielleicht habe ich es abgesehen von einer kleinlichen, rachsüchtigen Genugtuung auch nie gemocht und habe das nur nie erkannt. Und alles, was sie mir genommen hat, war eine Maske.

Eine, die sie mir bereits langsam abgenommen hatte, als ich mich in sie verliebt habe.

Sie macht sich nicht einmal die Mühe, zu antworten.

Zweifellos weiß sie das alles, da sie ich *war*.

Ich stoße einen tiefen Seufzer aus, fast schon ein Stöhnen, gehe in die Hocke und fahre mir mit den Händen durch die Haare, nur um mit den Fingerknöcheln an meine Hörner zu stoßen. Als ich wieder aufschaue, hockt Sadaré ein Stück von mir entfernt mit dem Gesicht zu mir im seichten Wasser, das Schwert auf den Knien. Sie sieht zart aus, so fragil, als könnte man sie in ihrer dünnen, zerschlissenen Tunika zerquetschen, dabei weiß ich genau, dass sie nicht so leicht zu brechen ist.

Trotzdem möchte ich mich vor sie stellen. Sie abschirmen. Aber ich kann sie nicht beschützen, nicht mehr.

Ich lasse die Hände sinken, um auf meine offenen Handflächen zu starren. «Das ist sowohl das Netteste als auch das Grausamste, was du mir je hättest antun können. Nicht mich zu binden, nein», sage ich, bevor sie etwas erwidern kann, «sondern dafür zu sorgen, dass ich mich eine Zeit lang wie der Held statt wie das Monster fühle. Oder besser gesagt, dass *du* dich zum bedauernswerten Objekt meiner aufopferungsvollen Suche gemacht hast – dass du die Person warst, die es zu retten galt, als ich dachte, ich wäre du. Immer dann, wenn sich meine Reise am schwierigsten angefühlt hat, habe ich mich an die Tatsache geklammert, dass ich *dich* rette, *dich* erlöse.»

Eine Bürde, die ich in eine Rüstung verwandelt habe. Und jetzt ist meine Rüstung vergiftet. Was mich einst geschützt hat, brennt. Denn ich kenne die bittere Wahrheit. Alles, was ich mir in der Dunkelheit eingeredet habe, um mir Mut zu machen, um meine innere Stärke zu finden, war eine Lüge. Denn in Wirklichkeit habe ich es *ihr* gesagt – Sadaré. Als ich behauptet habe, ich sei nicht abscheulich, als ich darauf bestand, kein Monster zu sein, meinte ich, *sie* sei es nicht – und das glaube ich jetzt auch, nachdem ich durch ihre Augen gesehen habe.

Aber ich bin es. Egal, wie oft ich mir gesagt habe, dass sie die Schlimmere von uns ist, ich bin es. Sadaré – und sie-als-ich – hat mir das klargemacht, trotz ihrer Liebe zu mir. Und vielleicht hat sie jetzt, nachdem sie weiß, wie es ist, ich zu sein, gar keine Liebe mehr für mich übrig.

Ich würde es ihr nicht verübeln. Ich verüble ihr *nichts* mehr, gebe ihr keine Schuld mehr, auch wenn ein Teil von mir das möchte, und sei es nur, weil es einfacher wäre, ihr die Schuld zu geben als mir selbst.

So wie sie sich im Turm der Götter nackt fühlte, mit all ihren Fehlern, kann ich mich jetzt nur zu deutlich sehen – und mein Anblick ist viel weniger schmeichelhaft als ihrer. Ich ließ mich von meinem Stolz überwältigen. Ich tauschte meine Seele gegen Macht ein, die ich für nichts anderes als Bosheit brauchte. Ich habe Hunderte, wenn nicht Tausende von Sterblichen getötet. Und nachdem ich glaubte, meine sterbliche Mutter zu Tode beschämt zu haben, wurde ich taub für den Gedanken, ich könnte sie noch weiter entehren.

Bis Sadaré zu mir in ihren Tempel kam.

Ja, Sadaré hat mich gebunden, aber die Bindung, die ich mir selbst angelegt hatte, war viel schlimmer. Wenn ich sie immer noch für ihre Taten hassen wollte, müsste ich mich selbst noch viel mehr hassen.

Doch während ich ihr vergebe, ist Vergebung für mich selbst unmöglich.

Also greife ich nicht über die dunkle Weite zwischen uns nach ihr, nehme sie nicht in die Arme, wie ich es so gerne möchte. Denn ich kann sie nicht vor *mir* schützen.

Außerdem würde ich die Entschlossenheit verlieren, das zu tun, von dem ich jetzt weiß, dass ich es tun muss.

«Sieh nur, was du mir angetan hast», sage ich eher resigniert als wütend und deute hockend an mir herunter. «Weißt du, als ich dachte, ich wäre du, habe ich mich tatsächlich einmal nach der tröstenden Umarmung deiner Mutter gesehnt. Welch verblüffende Ironie.»

Sadaré unterdrückt ein Lachen, vielleicht auch ein Schluchzen. «Das ist in der Tat Ironie, wenn man deine bewegte Geschichte bedenkt und dass ich ... mir selbst nie erlaubt habe, mir das zu wünschen.» Sie beißt sich auf die Lippe. «Meine Mutter hat meine Verachtung nicht verdient. Sie wurde in einen goldenen Käfig hineingeboren, und nur weil sie nicht versucht hat, sich zu befreien, trägt sie keine Schuld an ihrer Situation. Ich hätte sie umarmen können, auch wenn sie mich nie umarmt hat.»

«Vielleicht gebe ich ein besseres Du ab», sage ich mit offensichtlichem Sarkasmus. «In diesem Fall sollte ich tatsächlich mein Schwert an den Nagel hängen.»

Ihr Blick gleitet von mir weg. Beschämt. «Ich gebe *kein* besseres Du ab. Die Wut, die ich empfunden habe ...»

«Beanspruche nicht das für dich, was mir gehört, Sadaré», blaffe ich, als der Beschützerinstinkt rasend schnell zurückkehrt, um sie sogar vor sich *selbst* zu beschützen. «Ich bin ein abscheulicher Daemon, und doch bist du gekommen, um mich zu retten. Von uns beiden bin ich in der Tat der Verabscheuungswürdigere. Zumindest, solange es nicht ums Jammern geht.» Ich reibe mir die Schläfen. «Du jammerst übermäßig viel, sogar in deinem eigenen Schädel.»

Das bringt mir nicht einmal ein Grinsen oder einen bösen Blick ein. Sie starrt immer noch in die Dunkelheit, was Besorgnis in mir auslöst. Sie sieht verloren aus, und es juckt mich in der Hand, ihre Wange zu streicheln und ihren Blick wieder auf mich zu lenken.

«Hasst du mich immer noch?», flüstert sie. «Auch wenn du weißt, wie leid es mir tut? Ich bin ...» Ihre Stimme bricht. «Es tut mir so leid, dass ich dich hintergangen habe. Horizon hat mich dazu gebracht, um dir zu helfen, aber anfangs wollte ich nur mir selbst helfen. Ich wollte die Unsterblichkeit. Als ich merkte, dass ich dich wollte, war es schon zu spät, um meine Fehler rückgängig zu machen. Ich konnte nur noch vorwärtsgehen – mit dir, hier. Vorwärts und abwärts.» Ein Schluchzen ergreift ihre Brust. «Es tut mir leid.»

Ich kann es nicht ertragen, sie zum Weinen zu bringen, wenn es nicht wenigstens einem von uns Vergnügen bereitet. Ich drücke mir die Handballen auf die Augen. «Ich weiß», stöhne ich tief in meiner Brust. «Glaub mir, ich weiß es. Ich weiß auch, was du geopfert hast, um mich hierherzubringen. Aber *warum*? Wozu die Mühe?»

Zwei Tränen laufen ihr über die Wangen, als sie sagt: «Du bist ganz von allein hierhergekommen. Alles, was ich getan habe, war, dich noch einmal zu betrügen – *mehrmals* eigentlich.»

«Das war nicht dein Werk», beharre ich und lasse die Hände sinken. «Das war eine verdrehte Spiegelung von mir, die sich rächen wollte.» Ich winke ab. «Vielleicht liegt es daran, dass ich das Opfer dieser Rache war, dass ich kein großes Interesse daran habe, sie fortzusetzen, also vergessen wir es einfach. Und du hast mich weiter gebracht, als du dir vorstellen kannst.» Ich kann nicht anders, als mich in der Dunkelheit umzusehen. «Tiefer.»

Beunruhigenderweise scheinen die Formen über mir immer näher an den Abgrund heranzutreiben. Noch während ich sie beobachte, fallen ein paar kleinere Steinbrocken, die dem Sog vielleicht weniger gut widerstehen können, aus der Luft herab und rollen über den mit Wasser bedeckten Boden, erzeugen schwache Wellen. Sie stolpern auf den Abgrund zu.

Dieser Ort wird untergehen, vielleicht eher früher als später. Ich spüre es in meinen Knochen. In meiner *Seele.*

Und zumindest Sadaré sollte nicht hier sein, wenn das passiert.

Sie schüttelt den Kopf, sieht mich immer noch nicht an. «Du kannst nicht so einfach vergessen, was ich getan habe. Ich habe gerade viel zu viel Zeit in *deinem* Schädel verbracht mit dem Wissen, dass du mir nie verzeihen würdest.»

«Aber vielleicht habe ich auch ein paar Dinge gelernt, als ich in dir gewohnt habe. Dass du eine furchtbare Hexe bist, die auf äußerst nervige Weise entschlossen ist, *nicht* furchtbar zu sein. Die tatsächlich eine Seele hat, die es wert ist, gerettet zu werden. Und doch hast du sie geopfert, um meine zu retten.» Ich kann nicht anders, als leise zu zischen: «Du leichtsinnige Närrin. Man verhandelt nicht mit *Göttern.*»

Ihr Blick schießt wieder zu mir, und ein beruhigendes Feuer kehrt in ihre Augen zurück. «Als hättest du bessere Handel geschlossen. Als wäre nicht fast alles, was du getan hast, seit du ein unbedachter, junger Halbgott warst, töricht gewesen –»

«Dich zu lieben, war es nicht.»

Sie verschluckt sich an dem – zweifellos klugen und bissigen – Argument, das sie gerade vorbringen wollte. Ihr Mund öffnet sich auf eine Weise, die normalerweise dazu führt, dass ich ihre Unterlippe zwischen meine Zähne nehmen will.

Stattdessen lächle ich sie an. «Du warst das hellste Licht in einem Meer der Dunkelheit. Bevor du zu mir kamst, war ich verloren. Und doch hast du mich in der schändlichen Ruine gefunden, die ich aus dem Tempel meiner Mutter gemacht hatte, und du ...» Jetzt versagt mir die Stimme. «Du hast mir geholfen, ihn zu reinigen. Du hast ihn zu einem Zuhause für mich gemacht, das so schön war, dass ich mich bei dem Gedanken, meine Mutter könnte es sehen, nicht schämen musste. Was habe ich im Gegenzug je für dich getan?»

Sie runzelt grimmig die Stirn. «Auch wenn sie nicht rein war, so war die Liebe, die du mir gegeben hast, bedingungslos, und eine derartige Liebe hat mir niemand sonst je geschenkt. Du hast das Gute in mir genauso geliebt wie das Schlechte, auch wenn du das Schlimmste noch nicht kanntest. Es spielte keine Rolle, dass ich dir weder Macht noch Ansehen einbrachte, dir weder Weisheit noch blinde Hingabe bot. Du hast mich ohne Grund geliebt, über die Grenzen meines Fleisches und meiner Knochen hinaus, meinen Geist und mein Herz.» Sie verzieht verbittert ihre schönen Lippen. «Auch wenn es verkümmert ist.»

«Du warst es, die es so bezeichnet hat, als du in diesem Theater mich gespielt hast», erinnere ich sie. «*Ich* habe es nie so gesehen.»

«Das hättest du tun sollen. Ich habe dich belogen, während du mich geliebt hast.»

Ich schüttle langsam den Kopf. «Was du mir gegeben hast, hat sich nicht wie eine Lüge angefühlt, Sadaré. Es fühlte sich an wie alles. Und du hast mich auch geliebt. Auch wenn deine Liebe nicht rein war.»

Ihre Augen sind weit aufgerissen, als könnte sie kaum glauben, was ich sage. «Und dann habe ich dich *verraten*, weißt du noch?»

«Natürlich weiß ich das. Und ich liebe dich immer noch, selbst jetzt, wo ich das Schlimmste von dir kenne. Du hast mich hier in diesem Labyrinth aufgesucht, um dich zu entschuldigen – und um mir noch einmal ein Zuhause zu bieten. Ich stehe noch immer für *vieles* in deiner Schuld.» Das bedrohliche Grinsen, das meine Lippen umspielt hat, verschwindet vollständig. «Aber ich bin mir nicht sicher, ob ich dir all das jemals vergelten kann», sage ich ernst, «denn Vergebung ist nicht genug, obwohl ich dir natürlich vergebe.»

Noch mehr Tränen laufen ihr über die Wangen, sodass ich mich danach sehne, sie zu berühren. Sie ist umwerfend, selbst wenn sie weint. «Ich weiß, wie du es mir vergelten kannst», sagt sie flüsternd. «Wir können von hier weggehen, zusammen.»

Der Moment hängt wie ein angehaltener Atemzug zwischen uns. Aber ich kann sie nicht an mich drücken und sie küssen, wie ich es gerne möchte.

Ich hasse es, ihr das anzutun. Wirklich, das tue ich. Aber ich sehe keinen anderen Weg.

«Das können wir nicht», sage ich. «*Du* bleibst nicht hier, aber ich werde noch einen Moment hier verharren.»

«*Was?*»

Ich zucke mit den Schultern und lasse die Arme locker über den Knien baumeln. «Ich weiß nicht, ob das, was du von mir hier vorgefunden hast, es wert ist, gerettet zu werden. Ich bin ein Monster, Sadaré, und ich weiß nicht, wie ich etwas anderes sein soll. Ich weiß nur, dass dies das Ende ist, und ich kann nicht mit dir gehen. Das *sollte* ich nicht. Gleichzeitig bist du das einzige Licht in dieser schrecklichen Dunkelheit, und du musst so schnell wie möglich von hier verschwinden.»

Hastig steht sie auf, das Schwert fest im Griff, und weicht einen Schritt von mir zurück, als könnte ich sie gleich packen. «Es ist auch *meine* Dunkelheit», spuckt sie aus, fast so, als wäre das etwas, worauf man stolz sein kann. Etwas, das sie sich zu eigen machen kann, wie ihren Schmerz. «Ich bin keine unbefleckte Priesterin.»

Meine Lippen verziehen sich trotz allem zu einem Lächeln. «Ich weiß. Aber wir haben den schlimmsten Teil deiner Dunkelheit gemeinsam besiegt.» Mein Lächeln verblasst. «Meine ist leider immer noch quicklebendig.»

«Nein», beharrt sie, «wir haben das Monster besiegt.» Sie zeigt mit der Quecksilberklinge auf den abgetrennten Kopf des Drachens. Doch dann legt sich ihre Stirn in Falten. «Oder nicht?»

Langsam schüttle ich den Kopf. «Du erinnerst dich doch. Der Drache hat dich-als-mich erkannt, nachdem du mir das Schwert zugeworfen hast – was deine Hexenbindung gelöst und mir meine Kraft zurückgegeben hat. Bevor du mich niedergestochen und damit unsere Verwandlung vollendet hast, wandte sich der Drache gegen dich, nicht gegen mich.»

«Und?», fragt sie, obwohl sie es bereits begreift – ich kann es in ihren Augen sehen. Sie will es nur nicht verstehen, stures Wesen, das sie ist.

«*Also*», sage ich geduldig, «war das deine eigene Dunkelheit, die du erschlagen musstest. Meine ist nicht tot.» Ich klopfe mir auf die Brust. «Sie ist immer noch in mir. Ich bin nicht irgendein Monster, ich bin immer noch *das* Monster, das fallen muss, damit du dem hier entkommen kannst. Tief im Inneren wissen wir das beide.»

Sie greift das Schwert fester, aber nur, um es von mir fernzuhalten, nicht um erneut zuzustechen. «Ich weiß nicht, was ich tun soll. Horizon hat gesagt, ich würde es wissen.» Sie schüttelt wütend den Kopf. «Ich weigere mich, dir wehzutun. Ich *liebe* dich.»

«Ich weiß, meine Liebe, aber sieh dich um.» Ein wenig hilflos gestikuliere ich herum. «Das Labyrinth ist immer hinter uns zusammengebrochen. Ich kann es jetzt spüren. Das Herz des Labyrinths – *mein* Herz – ist ein bodenloses Loch, in das alles stürzen wird. Du hast uns so weit gebracht, und jetzt muss ich dich hier rausholen – weil ich dich auch liebe. Und wenn du nicht bald gehst, wird es zu spät sein.»

Als wären meine Worte ein Funke auf Zunder, krachen plötzlich zwei Stücke der schwebenden Treppe aufeinander und lassen Steinbrocken und Staub zu Boden regnen.

«Du willst einfach hierbleiben, bis die Bindung zusammenbricht? Nachdem du es fast geschafft hast?», sagt sie ungläubig. «Du weißt, was draußen auf dich wartet. *Death.* Und dir ist doch wohl klar, dass ich nicht einfach hier herausspazieren kann, da meine Seele auch an das hier gebunden ist, du vollkommener –»

«Ich weiß», unterbreche ich sie. «Ich werde nicht gehen, aber ich werde auch nicht richtig bleiben. Es gibt einen anderen Ausweg – einen anderen Weg, die Bindung zu lösen und dich zu befreien. Ich bin bereit, die Wahrheit darüber zu akzeptieren, wer ich bin und was ich getan habe, und die Konsequenzen zu tragen.»

Ich erhebe mich und strecke die Hand aus. Mein Schwert wird aus Sadarés Griff gerissen und fliegt durch die Luft wie Licht über Wasser, bis der Griff in meine Handfläche prallt.

Mein Geburtsrecht. Mein Ende.

Ihr Gesichtsausdruck verändert sich, als würde sie in den Abgrund gesogen, als ich die Klinge an meine eigene Kehle halte.

19

Zuerst blickt Sadaré verwirrt auf das Schwert an meiner Kehle, doch dann legt sich unübersehbares Entsetzen auf ihr Gesicht.

«*Warum*?», keucht sie.

«Ich bin das Monster im Herzen dieses Labyrinths», sage ich schlicht. «Derjenige, der seine Seele opfern muss, um deine zu retten, nicht umgekehrt.» Ich drücke die Klinge fester in meine Haut, spüre den brennenden Schnitt. Mein Arm ist so unerschütterlich wie meine Stimme. «Wenn es etwas gibt, das mich töten kann, dann ist es dieses Schwert.»

Ihr Gesichtsausdruck ändert sich zu Ungläubigkeit. «Aber ich habe es dir bereits ins Herz gestoßen. Es ist dein Geburtsrecht. Es wird nicht –»

«Doch, wenn ich es führe – und wenn ich meinen Kopf abtrenne. Das weiß ich. Denn wenn du versuchst, gegen das Meer anzukämpfen, wirst du, wie mein göttlicher Elternteil einst sagte – zu *dir*, glaube ich, in deiner Erinnerung –»

«Ertrinken», murmelt sie heiser, und die Erkenntnis dämmert.

«Da diese Klinge die Macht der Meere in sich trägt, sollte sie ihren Teil wohl erfüllen, wenn ich den Kampf mit ihr aufnehme. Vor allem, wenn ein Berg von Felsen auf meine kopflose Leiche stürzt.» Ich blicke auf den Felsbrocken in der Größe eines Hauses, den ich auf den Drachen werfen wollte, und schnalze zufrieden mit der Zunge.

Wie zur Bestätigung meiner Theorie stürzt ein weiteres massives Treppenstück neben mir herab und lässt den Boden dauerhaft erbeben. Weitere Steine und Staub beginnen zu fallen und schicken sanfte Wellen durch das Wasser um uns herum.

Bald wird es vorbei sein.

Sadaré starrt mit großen Augen um sich, und ihre Miene wird leer. «Ich glaube es einfach nicht.» Kopfschüttelnd wendet sie den Blick ab.

Als sie mich wieder ansieht, leuchten ihre Augen vor unbändigem *Zorn* – stark genug, um einen Daemon stolz zu machen. Ich glaube nicht, dass ich jemals jemanden so wütend gesehen habe, nicht einmal sie-als-mich, und schon gar nicht *sie*. Sie war immer so sanft. So nachgiebig.

Jetzt nicht mehr. Sie ist vorzüglich in ihrer Wut. Ihre Finger bewegen sich, als hätte sie noch Krallen.

«Du ziegenfickender *Mistkerl*», zischt sie zornig und klingt dabei kaum wie sie selbst – auch nicht wie ich. «Wag es nicht. Nicht, wenn ich dich bitte, dich einmal dir selbst zu stellen. Das ist nicht der schwierigere Weg.» Sie streckt die Hand in meine Richtung und schreit jetzt. «Selbstaufopferung ist der *einfachste*. Es sollte nie leicht sein, von hier zu entkommen, du mieser Feigling!»

«Wie kann ich von hier entkommen?», knurre ich und schaue mich demonstrativ um, da meine Fassung unter diesem Trommelfeuer ein wenig bröckelt. «Es ist unmöglich –»

Sie stampft mit dem Fuß auf, wodurch ein Wasserschwall aufspritzt, und gestikuliert wild um sich herum. «Du musst dir so viel von diesem Gewicht aufladen, wie du nur kannst, während du hier herauskriechst, und dann noch mehr mitnehmen. Du lässt dich zu etwas formen, das stärker und *besser* ist als ein Monster, bis du stark genug bist, die Last mit Leichtigkeit zu tragen. Und dann hilfst du anderen mit ihrer Last, so wie ich dir geholfen habe. Das ist kein *Aufgeben*.» Sie spuckt die Worte aus wie den übelsten Fluch, den sie je ausgesprochen hat. «Tatsächlich habe ich dich so weit gebracht, du abgrundtiefe Nervensäge, aber jetzt bin ich fertig. Denn du wirst dich *selbst* hier rausholen. Und zwar *nicht so*», schreit sie und deutet auf das Schwert. Ihre Hand zittert, ihre Stimme bricht. Ihre Brust stolpert über keuchende Atemzüge, die auch Schluchzer sein könnten. «Ich will dich retten, wirklich, aber du musst dich selbst retten wollen, sonst kann ich dir nicht helfen. Keiner kann das. Also tu das nicht. *Bitte.*»

Ich bin schockierter, als wenn sie mir mit einem Pflasterstein auf den Kopf geschlagen hätte. Ein beinahe fieberhaftes Lachen sprudelt aus mir heraus. «Was für ein *Mundwerk*. Ich will dich fast küssen, nur glaube ich, du würdest mir die Zunge abbeißen.»

Sie bleckt die Zähne, voller Wut und ohne Freude. «Das ist nicht lustig. Nichts davon ist lustig. Wenn ich als sterbliche Hexe die Unsterblichkeit aufgeben konnte, die ich mir mehr gewünscht habe als alles andere – bis ich *dich* kannte –, dann könntest du wenigstens erwägen, den Daemon in dir gehen zu lassen und wieder ein Halbgott zu werden.»

«Wenn nichts an dieser Sache lustig ist, dann ist auch nichts einfach», sage ich. «Die Dinge, die ich getan habe –»

«Jaja, so viel Schuld.» Ihr Spott ist so herablassend, dass ich fast zurücktaumle. «Deine Last ist schwer, aber manches lässt sich leichter abschütteln – zum Beispiel das Gewicht, das du dir noch auf die Schultern laden wirst, indem du *ein verdammter Daemon* bleibst. Deine Seele kann das nicht ewig aushalten, und du hast gesehen, was da draußen auf dich wartet, wenn diese Mauern schließlich nachgeben.»

In der Tat, ich habe gesehen, was mich erwartet – ganze Ozeane voller Tod. Ich komme nicht umhin, mich zu fragen, wie es wohl wäre, durch diese Gewässer zu schwimmen, wenn man nicht einfach sterben kann. Selbst wenn man der Sohn von Sea ist.

Vielleicht wäre es ein Schicksal *schlimmer* als der Tod. Der bisher großartigste Plan des Todesgottes. *Unsterblicher* Tod.

«Aber ... Aber ...», stottere ich. «*Wie*? Ich kann das Daemonen-Dasein doch nicht einfach aufgeben wie eine Wache ihren Posten und mich in der Nacht aus dem Staub machen, um der Götter willen! Das ist kein Dreck, den ich wegwaschen kann!» Ich deute an mir herunter, die Hufe und alles, was dazugehört, und meine Rede nimmt Fahrt auf. «Auch wenn ich knietief im Blut stecke, was schon schlimm genug ist, stecke ich außerdem Jahrhunderte tief in meinem Dasein als Daemon.»

Am Ende meiner Ansprache keuche ich, aber sie steht nur mit verschränkten Armen und gehobenen Augenbrauen da.

«Tief, in der Tat», sagt sie.

Verflucht sei sie. «Ich dachte, du hättest gesagt, es sei nicht lustig», knurre ich. «Schmutzige Andeutungen zu machen, gehört zu meiner Rolle. Ich habe sie gerade erst zurückbekommen, und schon versuchst du, sie mir wieder zu stehlen.»

«Dann sei der Daesra, den ich kenne, und zwing mich nicht, an seine Stelle zu treten.»

«Wie denn?», schreie ich und strecke energisch eine Hand aus. «Ich sehe hier nicht viele andere Möglichkeiten. Sieh dich doch nur um!»

«Indem du mit allem lebst, was du getan hast – aber das bedeutet, du musst *leben*», faucht sie und beugt sich gezielt nach vorn, um meinen Blick mit den smaragdgrünen Tiefen ihres eigenen festzuhalten. «Ich weiß, dass du die Stärke besitzt, das Ganze hier zu Ende zu bringen. Denn ich *war* eine Zeit lang du. Und weil du ich warst, solltest du wissen, wie dringend ich will, dass du es tust – aber die Entscheidung muss deine sein.»

Ich weiß. Doch ich weiß auch, dass es nicht so leicht sein kann. «Also muss ich einfach nur mit dem leben, was ich getan habe?»

«Du lebst, und du schwörst, *anders* zu leben. Du stellst dich deiner Vergangenheit und gehst vorwärts.»

«Und das wars? Vorwärts, aber diesmal aufwärts?» Ich lache

wieder, ungläubig, und doch auch euphorisch ob der Möglichkeit. Oder vielleicht hat sie es auch endlich geschafft, mir den Verstand zu rauben.

Andererseits: Es war nicht leicht. Es hat all das hier gebraucht, um mich an diesen Punkt zu bekommen. Damit ich mich selbst deutlich in den Tiefen meiner Dunkelheit sehe und entscheide, ob ich den letzten Schritt aus dem Labyrinth hinaus gehen möchte. Den letzten Faden der Bindung lösen möchte, die ich mir selbst auferlegt habe. Ich muss es nur wollen.

Und letztendlich ist es so simpel.

Ich nicke. «Dann schwöre ich es. Ich schwöre, dass ich leben werde und dass ich anders leben werde.»

«Tatsächlich?» Sadaré blinzelt.

«Ja!», brülle ich, da ich mich nicht länger zusammenreißen kann.

Klappernd schleudere ich meine Klinge zu Boden, während ein weiterer Steinbrocken, die riesige Hand mit dem zerbrochenen Schwert – wie symbolisch –, auf meiner anderen Seite niedergeht. Ich mache mir gar nicht die Mühe zurückzuweichen, und erst recht nicht, in Deckung zu gehen. Plötzlich bin ich so erschöpft, dass ich nicht weiß, wie ich es geschafft habe, so lange aufrecht stehen zu bleiben. Ich leide unter *jahrhundertealter* Erschöpfung von all dem, was ich getragen habe. «Ich schwöre es! Ich schwöre bei der gottverbrannten Asche meiner Mutter! Ich schwöre auf die blutbefleckten Steine ihres Tempels! Ich schwöre auf das brennende Arschloch meines göttlichen Elternteils! Ich schwöre auf dieses verdammte Schwert, das alles ist, was dey mir hinterlassen hat! Ich schwöre auf meine unsterbliche Liebe zu dir – die du übrigens irgendwie nicht zu töten geschafft hast.» Ich mache einen taumelnden Schritt auf sie zu, und Wasser spritzt auf. «Können wir jetzt aufhören, uns gegenseitig anzuschreien, oder muss ich auf die Knie fallen, um meine Hingabe zu beweisen, oder …?»

Als Sadaré lächelt, ist ihr Lächeln genauso strahlend wie zuvor ihr Zorn. Geradezu göttlich.

Mit Verspätung stelle ich fest, dass auch ich strahle. Nicht auf eine metaphorische Art, sondern buchstäblich. Von meinem Körper geht ein seltsames Licht aus, das von ihrem blassen Gesicht und der Wasserfläche um uns herum zurückgeworfen wird – allerdings nicht von dieser dunkelsten aller Flüssigkeiten, die sich um meine Hufe sammelt, während meine Haut noch für ein paar Augenblicke weiterleuchtet.

Nein, nicht um meine Hufe.

Um meine *Füße*.

Sie sind nackt und senden kleine Wellen aus, als ich verblüfft mit den Zehen wackle. Ein Schock durchfährt mich wie ein Blitz, als mir klar wird, dass ich im wahrsten Sinne des Wortes *absolut göttlich* sein könnte. Wohl oder übel.

Ich halte die Hände hoch. Meine Haut ist blassblau, wie sie es immer war, aber meine langen schwarzen Nägel sind verschwunden. Mit einer Hand berühre ich meinen Kopf, während ich mit der anderen hinter mich greife. Meine Hörner und mein Schwanz sind fort, verschwunden wie der Schmutz, von dem ich behauptet habe, dass ich ihn nie abwaschen könnte.

Nur im Gegensatz zu Schmutz treibt dieser dunkle, abgeworfene Schatten in rauchigen Schwaden durch das seichte Wasser. Zuerst denke ich, dass er es auf mein Schwert abgesehen hat, dass er irgendwie mein Geburtsrecht beschmutzen will, wenn er mich schon nicht mehr haben kann, aber er fließt weiter. Auf den Kopf des Drachen zu.

Ich bin mir nicht sicher, was er mit diesem einen Körperteil anstellen kann, aber ich will es lieber nicht herausfinden.

Sadaré prescht gleichzeitig mit mir auf mein Schwert zu, und wir halten beide inne. Mit einer Handbewegung gebe ich ihr den Vortritt, überlasse es ihr gerne für den Moment. Ich kann mich selbst verteidigen, auch wenn ich jetzt nur ein Halbgott bin. Sie ist immer noch sterblich.

Sie wirkt verlegen und verspürt wohl das Bedürfnis, sich zu rechtfertigen. «Du warst nie *mein* Monster», sagt sie. «Immer nur dein eigenes. Da du meins getötet hast, ist es vielleicht meine Aufgabe, deins zu töten?»

Ich schüttle den Kopf. «Du hast das Schwert bereits in mich gestoßen, und ich bin nicht daran gestorben, warum also sollte dieser dunkle Teil von mir nun durch deine Hand fallen? So ungern ich dir auch etwas nehme, womit du dich verteidigen könntest, das Schwert ist in meinem Besitz womöglich am stärksten. Immerhin ist es das Einzige, was mich wirklich töten kann, wenn auch nur durch meine eigene Hand.»

Sie deutet auf die Stelle, wo der seltsame trübe Schatten immer noch – weniger gezielt – um das schlaffe Maul des Drachen herumtreibt. «Aber du hast deine daemonische Bindung gelöst. Er ist von dir getrennt, also kann er jetzt sterben – genau wie der Stier, den du geopfert hast, um überhaupt erst ein Daemon zu werden.»

«Ich fürchte, er ist seitdem ein bisschen gewachsen», sage ich und verziehe das Gesicht. «Ich habe Jahre damit verbracht, ihn zu stärken.» Ich fordere sie mit einer Handbewegung auf, zurückzutreten, und muss mich zusammenreißen, um sie nicht hinter mich zu zerren.

Und doch hat der Schatten seine Bewegung eingestellt, ist im Wasser erstarrt. Er vermittelt mir den unheimlichen Eindruck eines Raubtiers, das seine Beute verloren hat. In der Stille danach sucht.

Sadarés Stirn legt sich in Falten, als sie ihn beobachtet. «Er braucht einen Körper. Einen, der sterben kann.» Sie nickt zu den Überresten des Drachen. «Der hätte vielleicht funktioniert, aber er ist bereits tot – und er musste *zuerst* sterben», murmelt sie und blickt in die Ferne, als wäre sie durch die Topografie ihrer Gedanken abgelenkt, «denn ich musste mich erst an mich selbst erinnern, bevor ich dir dasselbe erlauben konnte. Indem ich mein Monster besiegt habe, konnte ich aufwachen und deine Halsfessel lösen. Aber ich bin immer noch hier gefangen, genau wie du. Damit *du* dich vollständig befreien kannst, denn das ist für uns beide wichtig ...»

Sie lacht plötzlich, aber es schwingt ein beängstigender Unterton mit.

Jetzt starre ich nur noch *sie* an und sonst nichts. «Was ist so lustig?»

Aber sie hört mir nicht zu. «Selbst Pocli würde als Gefäß nicht funktionieren, denn Pocli ist ein Teil von dir.» Sie lacht wieder, und dieser schreckliche Unterton wird nur noch schlimmer. «Du hast mir gesagt, dass ich dir, wenn es um das eigentliche Monster geht, etwas schuldig bin, sollte es nicht der Drache sein. Nun, es ist wohl an der Zeit, dass ich bezahle.»

«Mir gefällt nicht, wie du klingst, Sadaré», sage ich in der Hoffnung, dass mein tadelnder Tonfall ihre Aufmerksamkeit erregt.

So plötzlich, wie sie zu lachen angefangen hat, so abrupt beginnt sie zu fluchen. «Dieses Miststück. Dieses *verdammte* Miststück. Horizon meinte, ich würde wissen, was zu tun ist.»

«Rede mit mir, Sadaré, *sofort*.» Ich packe ihre Schultern und drehe sie zu mir herum. «Wie meinst du das?»

Die Verzweiflung in ihren Augen lässt das Blut in meinen Adern gefrieren.

«Verstehst du denn nicht?», keucht sie. «Letztendlich war immer klar, dass ich es bin. Das war von Anfang an Horizons Plan, lange bevor wir uns das Labyrinth überlegt haben. Ich habe bewiesen, dass ich alles tun würde, um zu bekommen, was ich am meisten will, ob es nun die Unsterblichkeit ist ... oder ob du es bist. Ich gebe auf, du nicht. Du kämpfst nur und kämpfst und kämpfst, aber du kannst dich nicht selbst bekämpfen.» Sie seufzt, und ihre Schultern sacken unter meinem Griff zusammen, als gäbe sie sich geschlagen. «Ich dachte, diese Prüfung durchzustehen wäre das Opfer, das ich für deine Liebe bringen muss. Für deine Vergebung. Aber nein. Diesmal bin *ich* es, die auf dem Altar liegt. Nicht nur meine Seele, sondern auch mein noch sterbliches Leben.»

«Nein.» Ich schüttele sie einmal kräftig, sodass ihr rotes Haar herumgewirbelt wird, als könnte ich das, was sie andeutet, wegstoßen. «*Nein*. Das würde Horizon mir nicht antun.»

Ich will, dass sie sich wehrt, aber sie neigt nur den Kopf zur Seite und weicht mir mit dem Blick aus, während sie sagt: «Dey würde *alles* für dich tun, genau wie ich. Der ganze Zweck dieses Labyrinths war, uns hierherzubringen, zusammen. Um unsere Seelen zu verflechten, bis sie fast ununterscheidbar wären. Bis wir eine Brücke füreinander wären. Damit ich dich nach Hause bringen könnte ... und dir diese Last abnehmen.»

«*Du* bist mein Zuhause», knurre ich ihr ins Gesicht. «Das alles hier war nötig, damit ich mich wieder daran erinnere.»

Sie sieht mich immer noch nicht an, während ihr der Atem stockt. «Horizon hat mir nur versprochen, dass ich wissen würde, wie deine Liebe aussehen kann, wenn *du* den Weg nach draußen findest, und du würdest meine kennen. Dey hat nicht gesagt, für wie lange.» Sie schüttelt den Kopf, und die Tränen beginnen zu fließen. «Es war mir nie bestimmt, diesen Ort lebend zu verlassen.»

«Das nehme ich nicht hin», sage ich und suche bereits nach einem anderen Ausweg, wobei mein Blick hektisch umherwandert. Selbst wenn das bedeutet, dass ich meine daemonische Bindung wieder anlegen und das Schwert noch einmal an meinen Hals pressen muss, werde ich es tun. Ich muss nur herausfinden, wie.

«Nicht du musst es akzeptieren», flüstert Sadaré. «Sondern ich.»

«Und das wirst du *nicht*», knurre ich. Mit Leichtigkeit schiebe ich sie hinter mich und stelle mich zwischen sie und den Schatten – der seinen Fokus nun genau in unsere Richtung zu lenken scheint. «Besinne dich ein wenig auf deinen früheren Egoismus, deinen sturen Willen, ewig zu leben, und denk nicht eine Sekunde lang daran, dein Leben für mich wegzuwerfen. Er kann nicht von dir Besitz ergreifen, wenn du es nicht zulässt.»

Paradoxerweise ist das einer der Grundsätze unserer eigenen Beziehung.

«Aber dann wirst du immer noch gebunden sein», sagt sie. «Du brauchst mich, um dir das abzunehmen. Ich bin so oder so tot.» Ich drehe mich rechtzeitig zu ihr um, um zu sehen, wie sie traurig lächelt. «Ich kann niemals rückgängig machen, dass ich dich gebunden habe. Aber das hier kann ich für dich tun.»

«Das lasse ich nicht zu!», schreie ich, will nach meinem Schwert greifen und gleichzeitig nicht eine Sekunde den Blick von diesem Ding abwenden. «Ergib dich nicht, Sadaré. Du sollst dich nur mir ergeben. Du *wirst* mir gehorchen.»

Ich betrachte sie lange genug, um ihr Nicken wahrzunehmen, und mache mich bereit, nach meiner Klinge zu greifen.

«Ich ergebe mich dir», murmelt sie, und dann fällt sie neben mir auf die Knie.

Einen Moment lang – einen verzweifelt törichten Moment – bin ich erleichtert. Denn ich denke, sie spricht zu mir.

Aber es bin nicht ich, vor dem sie niederkniet. Es ist der Daemon.

Ich versuche, sie hochzuziehen, sie von dem Schatten wegzuziehen, der sie plötzlich umgibt. Aber ich kann nicht anders, als zurückzuschrecken.

Denn Sadarés wunderschönes Lächeln verwandelt sich in eines aus Zähnen, Blut und Schrecken. Reißzähne bohren sich durch die Lippen, die zu fleischigen Fetzen zerrissen werden. Schwarze Nägel wachsen zu wahrhaft schrecklichen Klauen, und aus ihrem schlanken Rücken brechen lederne Flügel hervor, während aus ihrem Kopf Hörner wie gewaltige Speere gen Himmel schießen und sie auf Beine ziehen, die plötzlich doppelt so lang und dick sind wie zuvor. Ein skorpionartiger Stachel krönt das Ende eines Schwanzes, der viel länger ist als meiner zuvor und wie eine kopflose Schlange hinter ihr – oder besser gesagt hinter dem, was einst *sie* war – im Wasser zuckt und zittert.

Ihr Daemonengebrüll ist schon für sich allein ein brutaler Angriff, zerrissen und grausam, voller Wut und Qualen.

Götter, es muss so wehtun. Diese Last, die sie mir gerade von den Schultern genommen hat, damit ich wenigstens hier herauskriechen kann.

Sie hat das Schlimmste von mir auf sich genommen.

Ohnmächtig fasse ich mir an die Brust. Zuerst weiß ich nicht, was dieser Schmerz in mir ist. Es tut viel mehr weh als ihr Stoß mit der Klinge – beide Male. Und dann wird mir klar, dass es mein Herz ist, das bricht. Ein Herz, von dem ich nicht wusste, dass ich es noch habe, bis jetzt.

Dass die Augen des Monsters grün sind – ihre Augen, in diesem Gesicht –, ist das Schrecklichste an allem, denn es starrt mich mit dem ganzen Zorn eines Daemons an. Ich kenne diesen Zorn gut – ich wünschte nur, ich könnte ihn mir ausleihen, ihn gegen die Verzweiflung eintauschen, die mich mit der Kraft des Feuers eines Gottes verzehrt.

Ich bin immer noch so wütend, dass ich sie töten könnte. Und das ist genau das, was mein göttlicher Elternteil von mir will, nicht wahr?

Dass ich sie zusammen mit *ihm* töte.

«Fick dich, Horizon, und fick dich, Sadaré, dafür, dass du das hier tust», spucke ich dem Monster entgegen, zu dem sie geworden ist.

Es ist das Selbstloseste, was je jemand für mich getan hat.

Dafür kann ich sie nicht hassen, aber, Götter, ich möchte sie so gern bestrafen. Nur kann ich in diesem Ding kaum etwas von ihr erkennen.

«Du musst dich dem Daemon stellen, den du erschaffen hast.» Die Worte kommen knirschend zwischen den zerfetzten Lippen hervor, zusammen mit Blutstropfen. «Jetzt kannst du beweisen, wie sehr du mit dem, was du getan hast, leben willst. Rette dich – vor mir.»

Ich kann nicht glauben, dass das sie ist. Ich kann nicht glauben, dass das ich *war*. Lieber würde ich mich dem Abgrund stellen.

Mir kommt die Galle hoch, als sich die Kreatur auf mich stürzt. Ich dachte einmal, dass diese anderen Sies, die Sadarés aus Eis, die gruseligsten Monster sind, die ich je gesehen habe.

Sie bleiben weit hinter meinem anderen Ich.

Zuerst laufe ich weg. Das ist alles, was mir einfällt. Nicht weil ich ein Feigling bin – ich renne zu meinem Schwert, nachdem ich mich unter den Klauen des Ungeheuers hindurchgeduckt habe.

Aber ich will nicht gegen Sadaré kämpfen, ob sie es nun wirklich noch ist oder nicht. Egal ob ich angeblich dafür gemacht bin – kämpfen statt nachgeben. Wut statt Vergebung. Aber Sadaré hatte recht. Ich konnte weder gegen mich selbst kämpfen *noch* mir selbst vergeben, während dieses Ding in mir war.

Und doch bin ich mir auch nicht sicher, ob ich jetzt dagegen kämpfen kann, wo es in ihr ist.

Ich rolle durch die dünne Wasserschicht auf dem Boden und packe meine Klinge, halte sie angriffsbereit.

Wieder einmal denke ich: *Fickt euch beide, Sadaré und Horizon.*

Und dann: *Verdammt*, als der Daemon angreift. Es ist ein geflügeltes, klauenbewehrtes, stachelschwänziges Grauen auf missgestalteten Beinen, das mir einen Schauer des Ekels über den Rücken jagt, während ich seinem ersten Angriff ausweiche.

Tief im Inneren weiß ich, dass es immer noch Sadaré ist, aber ganz tief vergraben. Schließlich ist diese abscheuliche Kreatur die Manifestation meiner dunklen Abgründe. Aber der Keim dieses Wissens sorgt dafür, dass ich den Schwertschlag zurückhalte, der das Ding von der Schulter bis zur Hüfte gespalten hätte, als es an mir vorbeizieht.

Zum Dank reißt mir der Daemon fast den Kopf ab. Im Gegensatz zu meinem Schwert ist sein Arm voll und ganz in der Lage, seine Klauen auszufahren und mir die Kehle halb aufzuschlitzen. Als wollte er zu Ende bringen, was meine eigene Klinge begonnen hat.

Quecksilberne Flüssigkeit spritzt in einem hellen, glitzernden Bogen hervor, aber ich danke den Göttern, dass ich, anstatt zu Boden zu gehen und als sterblicher Haufen an meinem eigenen Blut zu ersticken – in all seinem wiederhergestellten Glanz –, während ich wegkrieche und meine Kehle hektisch verheilt, nur wütend denken kann: *Wie kann das so schnell gehen?* Ich *bin der Daemon ...*

Nein, *es* ist jetzt der Daemon. Ich habe meine daemonische Seite aufgegeben, wie auch immer das an einem Ort wie diesem funktioniert ... und Sadaré hat sie angenommen. Das hier ist das perverse Spiegelbild dessen, was sie mir angetan hat, als sie sich die Kehle aufschlitzte, um meine Macht zu binden. Jetzt hat sie die Last der Fesseln auf sich genommen und meine im Gegenzug durchgeschnitten.

Ich bin jetzt nur noch ein Halbgott, diese Wahrheit steht in der silbernen Farbe meines Blutes geschrieben. Mir wird bewusst, dass dies wichtig ist, aber ich bin schon lange keiner mehr gewesen – ich bin aus der Übung. Ich kann mich nicht einfach für Kraft schneiden, Schmerz gegen Äther tauschen. Ich bin von meinem dunklen Handel zurückgetreten. Ich bin mir nicht einmal mehr ganz sicher, welche Fähigkeiten ich habe, abgesehen von unmenschlicher Stärke und dem Unwillen zu sterben. Wenn man einen Halbgott gegen einen Daemon antreten lässt, würde ich selbst an einem göttlich guten Tag immer auf den Daemon setzen.

Ich kann nur hoffen, dass ich ihn ablenken kann. Ihn daran erinnern, wer in ihm lebt – und vielleicht auch daran, wer *ich* bin. Nicht, damit ich mich selbst retten kann.

Sondern um sie zu retten.

Auf längst vergessenen Füßen tänzle ich im Wasser zurück und schütze mich mit meinem Schwert. «Du bist diejenige, die Schuldgefühle und Selbstaufopferung verachtet, und dann tust du das hier, nur weil du bereust, mich gebunden zu haben, *Sadaré*», knurre ich den Daemon an. «Du tust genau das, was du mir vorgeworfen hast – du wirfst dein eigenes Leben für mich weg!»

«Wir sind immer noch Spiegelbilder voneinander», faucht der Daemon, der mir folgt, spritzend durch das Wasser schreitet und eine blutige Spur hinterlässt, wobei sich zu viele Gelenke in seinem leichenhaften Fleisch zu bewegen scheinen. «Und ich werfe nichts weg. Ich werde dich in Stücke reißen und deine Eingeweide trinken.»

Ich versuche, nicht daran zu denken, wie Deos auf dem Eis lag und von den anderen Sadarés in zwei Hälften gerissen wurde. Es ist auf eine Weise symbolisch, die ich damals nicht in Betracht ziehen wollte, und schon gar nicht jetzt, wo ich der Marmorstatue mehr ähnle denn je. «Ich denke, wir haben genug von unserem Inneren miteinander geteilt, oder? Außerdem kann ich nicht sterben.»

Der Daemon versucht, näher an mich heranzukommen, während er spricht. «Bist du dir da so sicher? Was ist, wenn dein eigenes monströses *Ich* versucht, dich zu töten? Wenn deine dunkle Hälfte dich verschlingt, ist das nicht ein ähnliches Ende, wie wenn du deine göttliche Klinge gegen dein eigenes Fleisch richtest?»

Ich bleibe in Bewegung und sage mit bewundernswerter Unbekümmertheit: «Ich hoffe, du willst mich nicht *wirklich* verschlingen. Jedenfalls bist du nicht meine andere Hälfte. Du bist ein kleiner, verschrumpelter Fetzen. Eine verfaulte Frucht, die vom Baum gefallen ist. Wie hast du Pocli genannt? Ein paar eklige Reste, zurückgelassen, um zu verwesen? Richtiger – und schmeichelhafter für uns beide, wage ich zu behaupten – ist, dass du Sadaré bist, und du musst das jetzt beenden.»

«*Du* musst mich töten.» Es liegt ein Hauch von Verzweiflung in dieser zerrissenen, wuterfüllten Stimme. «Oder ich werde dich töten.»

Das Gleiche gilt für mich, als mich die Beherrschung verlässt. «Ich kann nicht.»

Der Daemon richtet sich zu seiner vollen, furchterregenden Größe auf. «Wenn du es nicht schaffst, mich zu vernichten, dann werde ich dich mit mir in die Dunkelheit reißen. Für immer.»

Der Daemon stürzt sich auf mich. Ich weiche den greifenden Klauen aus, aber vergesse dabei den Schwanz. Der Stachel erwischt mich an der Schulter, so wie das steinerne Ungetüm Sadaré – mich – *uns* damals in der zahngefüllten Höhle erwischt hat. Ich bin diese unaufhörlichen Runden wirklich leid, weiß nicht, wo sie endet und wo ich in diesem blutigen Kampf anfange. Immer und immer wieder schlagen wir aufeinander ein, bis nichts mehr von uns übrig bleiben wird.

Vielleicht ist das das Ende, denke ich, als der Daemon mich zu sich heranzerrt, aufgespießt auf seinem Schwanz. Ich schaffe es, mein Schwert festzuhalten, auch wenn mein Griff sich schwach anfühlt und das blutige Heft in meinen Fingern abrutscht. Noch schwieriger wird es, als das Monster mit beiden abscheulichen Händen meine Schultern ergreift und dabei mit seinen langen Klauen mein Fleisch durchbohrt.

«Ich mag keinen Schmerz, Sadaré», stöhne ich, kaum in der Lage, mich zu wehren. «Im Gegensatz zu dir.»

«Ich liebe ihn», lallt der Daemon mit zerfetzten Lippen, während ihm das Blut an Kinn und Hals herunterläuft. «Aber ich bin nicht sie.»

«Ich weiß», sage ich, und meine Stimme wird brüchig. Ich versuche, den Daemon zu überzeugen, während ich mich selbst kaum überzeugen kann.

Er kommt mir näher, der mit Fangzähnen ausgestattete Kiefer weitet sich. Aber er beißt mich nicht. Er zerrt mich an den Rand des Abgrunds und lässt mich darüber baumeln. Vielleicht habe ich das Monster im Zentrum des Labyrinths wirklich gefunden. Es bin nicht direkt ich, und es ist nicht sie. Und obwohl der Gedanke mich mehr zerreißt als seine Krallen, kann ich außer diesen Augen nichts mehr von Sadaré erkennen. Sie ist nicht mehr da. Vielleicht ist sie gestorben, als sie zu diesem Teil von mir wurde, ihn aus mir herausgezogen hat wie ein tödliches Gift.

«Jetzt ist es vorbei», sagt das Monster. «Zeit, zum Grund zu gelangen.»

Sein Griff um meine Schultern beginnt sich zu lockern, die Krallen ziehen sich zurück. Es bereitet sich darauf vor, mich fallen zu lassen. Aber ich kann nicht nach unten sehen. Ich kann nicht einmal *sie* ansehen, die Kreatur, die mich töten will. Denn ich sehe eine seltsame, kleine Gestalt, die eines der Treppenstücke hinunterhüpft, das sich dem Abgrund genähert hat. Ich höre ein noch unpassenderes Geräusch, das an diesem schrecklichen Ort widerhallt.

Grunzen.

Es gibt noch einen anderen Teil von mir, der sich abgespalten hat, und der ist nicht verdorben, so seltsam und unförmig er auch sein mag. Er ist möglicherweise das genaue Gegenteil dieses Monsters vor mir.

Das Beste von mir. So wie der Daemon die Verkörperung meines Hasses ist, ist *dies* die Verkörperung meiner Liebe zu ihr.

Und das Wesen macht einen wilden, unbeholfenen Sprung von den schrägen Stufen der Schwebetreppe herunter und versenkt seine plötzlich gewaltigen Kiefer im Arm des Monsters.

«Pocli!», schreie ich.

Pocli wirft den Kopf hin und her und reißt mich und das Monster mit sich. Die breiten Hufe des Daemons rutschen auf dem glitschigen Abhang des Abgrunds aus. Reflexartig dreht sich das Monster, um nach dem Rand zu greifen, während es zu fallen beginnt und sowohl mich als auch Pocli das rutschige Ufer hinaufschleudert, zurück in relative Sicherheit. Die Chimäre schrumpft wieder auf ihre normale Größe und breitet ihre Stummelflügel aus, zu beeindruckt von sich selbst, um zu sehen, was noch hinter ihr lauert.

Das Monster packt Pocli, bevor ich es tun kann, und seine Krallen graben sich in sein pelziges Hinterteil. Meine eigene Hand holt aus und verheddert sich in der Mähne des kleinen Löwen, ich versuche verzweifelt, seinen Nacken zu packen. Da es die Kante losgelassen hat, rutscht das Monster zurück in den Abgrund, und die Chimäre ist zwischen uns gefangen. Pocli kreischt vor Schmerz.

Es braucht nur einen Blick in die panischen braunen Glupschaugen in diesem faltigen, flachen Gesicht, um mich zum Handeln zu bringen. Ich denke gar nicht darüber nach, bevor ich mit dem anderen Arm aushole, die zerrissenen Muskeln spannen sich an und heilen wieder, mein Griff wird fester. Mein Schwert schnellt in einem flüssigen Lichtbogen nieder und durchtrennt den Arm des Monsters am Ellbogen.

Ein anderes Augenpaar – grün – wird weit aufgerissen. Und dann verschwindet es im Abgrund, als das Monster rückwärtsfällt.

Ich darf nicht darüber nachdenken, was ich getan habe. Welche Entscheidung ich aus einem grausamen, verzweifelten Instinkt heraus getroffen habe. Ich versuche, alle Sinne abzuschalten, als ich die krallenbewehrte Hand am Handgelenk aus Poclis Oberschenkel reiße und das abscheuliche Glied zum Rest in die Grube schleudere. Ich drücke die blutende, zitternde Chimäre an meine Brust und starre hinunter in den Abgrund.

Es kostet mich alles, mich nicht auch hineinzustürzen. Mich nicht an die Dunkelheit zu verlieren. Ich weiß, es wäre mein Ende, so wie ich wusste, dass mein Schwert mein Ende sein würde. *Ein* Ende zumindest. Ich könnte für immer in der gequälten Landschaft meiner eigenen Seele verloren sein.

Vergessen, selbst ewiger Wahnsinn wäre vielleicht besser, als sie auf diese Weise zu verlieren.

Pocli leckt mir über das Gesicht und bringt mich damit zurück ins Hier und Jetzt. Erinnert mich daran, was ich ihr versprochen habe: dass ich leben würde, und zwar anders als zuvor. Mein Leben ist alles, was ich der Person geben kann, die mir am wichtigsten war – der Person, die mich gerettet hat. Und das bedeutet, ich kann ihr mein Leben nicht geben, indem ich es beende. Ich kann mich nur vom Abgrund wegschleppen. Ihm mit Pocli im Arm den Rücken zudrehen und gehen, egal wie sehr die Dunkelheit versucht, mich zurück in ihre betäubende Umarmung zu zerren.

Ein ...

Schritt ...

nach ...

dem ...

anderen.

Das Labyrinth – was davon übrig ist – stürzt ein und fliegt gleichzeitig in alle Richtungen um mich in die Luft. Gerät völlig aus den Fugen. Immerhin ist die Bindung an meiner Seele fort. Riesige Steinbrocken zerschellen auf dem Boden, der mehr und mehr bebt, bis es schwierig wird, darauf zu gehen.

Doch ich bleibe in Bewegung, setze einen Fuß vor den anderen. Ich weiß nicht einmal, wohin ich gehen soll, wie ich hier rauskomme. Es ist nicht so leicht, wie aus einem Albtraum zu erwachen, sonst würde ich es einfach tun.

Ich ziehe den Kopf zurück, um einem fliegenden Trümmerstück auszuweichen, und da sehe ich es zum ersten Mal – ein schwaches Leuchten weit oben. Wie das Licht am Ende eines unendlich langen Tunnels.

«Natürlich kannst du verdammt noch mal nicht fliegen», murmle ich Pocli zu. Tränen verschleiern mir die Sicht, als ich den Kopf der Chimäre küsse, wie der Daesra, den sie einst kannte, es nie getan hätte. «Aber das ist in Ordnung. Wir kommen klar.»

Nein, wir kommen nicht klar, und das wird sehr wahrscheinlich auch nicht besser. Doch das erzähle ich Pocli nicht, völlig egal, dass er ein Teil von mir ist und es ohnehin besser wissen sollte. Er war nie besonders schlau. Im Moment beneide ich ihn darum.

Und trotzdem mache ich weiterhin einen Schritt nach dem anderen.

Bis meine Zehen auf Stein treffen – den Fuß einer langen Treppe, die sich plötzlich in der Dunkelheit vor mir erhebt. Mein Blick folgt den unebenen Stufen höher und höher und höher in die Finsternis. Möglicherweise erreichen sie irgendwann das Licht.

Obwohl sie aus dem Nichts aufgetaucht ist, beginnt die Treppe zu beben. Und zu zerbrechen.

Sofort setze ich mich in Bewegung, springe die Stufen hinauf, so schnell mich meine Beine tragen können. Meine Glieder fühlen sich so stark an wie die eines Halbgottes, wenn auch nicht ganz so, wie ich es gewohnt bin. Mit der Chimäre unter dem Arm nehme ich ein Dutzend Stufen auf einmal.

Trotzdem könnte es zu wenig sein. Ich weiche einem massiven Felsbrocken aus, der gegen die Treppe prallt und ein riesiges

Stück herausbricht, das in die Dunkelheit unter mir stürzt. Ich schaffe es gerade so, über die Lücke zu springen.

Endlich wird das Licht am oberen Ende der Treppe heller, schimmert wie ein Spiegel, aber nicht länger wie ein Spiegel im Mondlicht, sondern wie einer im Sonnenlicht.

«Fast geschafft», sage ich keuchend zu Pocli und mir selbst, während ich weiterrenne.

Ein Ziehen an meinem Finger lässt mich abrupt anhalten – jedoch nicht wegen der Kraft des Zugs. Er ist sanft, kaum ein Flüstern auf meiner Haut, und lockt mich die Treppe wieder hinunter. Es spielt keine Rolle, dass die Welt um mich herum zerbricht und ich fast in Sicherheit bin. Ich drehe mich um.

Sie ist tot, da bin ich mir sicher … Aber da ist etwas, vielleicht *jemand*, am anderen Ende der unsichtbaren Schnur, die an meinen Finger gebunden wurde.

Zur Erinnerung.

Zur Erinnerung an sie? Sie ist in den tiefsten aller Brunnen gefallen. Die dunkelste aller Gruben. Den Ort des Vergessens und Vergessenwerdens.

Aber vielleicht hilft der Faden ihr, sich zu erinnern. Vielleicht hilft er auch mir.

Das ist, damit du mich immer finden kannst. Wenn du es willst.

Diese Worte, mit meiner Stimme gesprochen. Aber Sadaré hat sie sich ausgeliehen. Bedeutet das nun, dass ich sie finden kann oder dass sie mich finden kann? Spielt das eine Rolle in dieser seltsamen, sich endlos im Kreis drehenden Logik?

Die Schnur hat mich nicht ans Ende geführt. In Sadarés Schuhen bin ich zu dem Daemon gelangt, den ich verleugnen wollte und an den ich mich erinnern musste. Aber hier, am Ende, kann sie Sadaré vielleicht zu *mir* führen.

Vielleicht kann sie sie *raus*bringen.

Plötzlich kann ich den roten Faden sehen, der die Treppe

hinunter zurück in die zusammenbrechende Dunkelheit führt. Ich drehe mein Handgelenk und greife ihn fest mit der Hand. Pocli kreischt in meinem anderen Arm, als die Treppe ein letztes Mal erbebt und langsam unter uns nachgibt. Ich *reiße* am Faden, direkt bevor ich mich in das Becken aus flüssigem Sonnenlicht stürze.

Alles wird weiß. Und golden. Und Feuer.

20

Alles wird weiß und golden, und alles *brennt*. Es fühlt sich an, als wäre ich tatsächlich in die Sonne gesprungen. Ich spüre, wie Teile von mir schmelzen, neue Formen annehmen. Wie ich neu erschaffen werde. Einen Moment lang sehe ich im strahlenden Licht das Gesicht meiner sterblichen Mutter.

Ob es sich wohl so anfühlt, geboren zu werden? Oder hat sie genau das in dem kurzen Moment gefühlt, als sie den Blick auf Sky richtete – und starb, von einer Kraft verbrannt wurde, die zu groß war, als dass sie sie in sich hätte aufnehmen können.

Grell. Gleißend. Transzendent.

Im Gegensatz zu ihr sterbe ich nicht. Ich nehme das Licht auf – allerdings für eine qualvoll lange Zeit. Meine Stärke erscheint mir in diesem Augenblick eher wie ein Fluch als wie ein Geschenk. Der Schmerz fühlt sich endlos an.

Seas Liebe war besser, denke ich. *Für uns beide, Mutter. Ich hoffe, du weißt, dass Sea dich geliebt hat, wo auch immer du bist.*

Ich höre einen hohen Aufschrei wie aus weiter Ferne und dann das tiefe, sinnliche Lachen eines Mannes, das wie mitternächtliche Seide auf einer kühlen Brise treibt, die nach Erde und Most und endloser Dunkelheit riecht.

Ich weiß, ich sollte dem Geräusch nicht folgen, aber die Kühle der Brise, von welchem schattigen Ort sie auch stammen mag, lockt mich aus meinem weiß glühenden Dunst. Selbst die dunkle Liebkosung dieses Lachens zieht mich an, obwohl ihm das Echo eines bodenlosen Grabes innewohnt.

Bis Wasser mich wie ein beruhigender Balsam umspült und das Feuer löscht. Ich spüre meine Glieder, wie sie schwimmen, plötzlich schmerzfrei. Ich schmecke Salz auf meiner Zunge. Das ist die Umarmung des Meeres – ich würde sie überall erkennen, obwohl ich sie schon lange nicht mehr gespürt habe.

Ich öffne die Augen. Ich treibe mit dem Gesicht nach oben auf dem kristallklaren blauen Wasser, kleine Wellen glitzern im Sonnenlicht und plätschern an einen unberührten weißen Strand. Meine Finger gleiten sanft über den glatten, sandigen Grund. Ich greife eine kleine Handvoll und lasse die feinen Körner durch meinen lockeren Griff rieseln, während ich auf dem Rücken treibe.

Ich war mir nicht sicher, ob ich jemals wieder das Sonnenlicht oder das Meer – zumindest *dieses* Meer – sehen würde. Einen Moment lang schwelge ich in der Umarmung von beidem und bin wie betäubt von der Stille.

Bis Pocli an meinen Lippen schnüffelt. Nur die Wellenbewegung warnt mich vor seiner Ankunft; meine Ohren waren unter Wasser. Plätschernd richte ich mich auf und starre ihn ungläubig an, bevor ich ihn auf meinen Schoß ziehe. Er sieht genauso aus wie vorher – rundes, zerdrücktes Gesicht, Löwenmähne, geringelter Schweineschwanz und Entenflügel. Er ist nass vom Meer, aber ansonsten unversehrt. Er niest mir ins Gesicht.

«Du wunderschöne Kreatur», keuche ich. Ich habe immer noch meine Stimme, keine andere. Sie ertönt voll in meiner breiten Brust, wenn auch erstickt.

Ich weiß nicht, wie es möglich ist, dass wir beide hier sind. Ich nehme ihn in den Arm – behutsam – und gestatte ihm, mich so lange abzuschlecken, wie er will. Er hat es sich verdient, und gleichzeitig erweist er mir damit einen Dienst. Das Salz auf meinen Wangen stammt nicht nur vom Meer. Während ich ihn überall streichle, werfe ich nur einen kurzen Blick auf meine

Hände – lange, kräftige Finger in ihrer gewohnten Größe und blasse, bläuliche Haut. Meine Liebkosungen entlocken der kleinen Chimäre ein geradezu obszönes Stöhnen, während ich mich vergewissere, dass sie noch in einem Stück ist.

Und dann erinnere ich mich.

«Sadaré!» Die Lautstärke meines plötzlichen Schreis reicht aus, damit Pocli erschrocken und bellend von mir herunterspringt. Eilig stehe ich auf, und es regnet Meerwasser.

Als ich mich dem Strand zuwende, stehe ich einer Gottheit gegenüber.

Horizon. Und dieses Mal nicht in sterblicher Gestalt. Dass dey sich den Körper von jemandem wie Hawk borgt, ist für meine Sicherheit nicht notwendig. Ich kann die Gottheit direkt ansehen, ohne zu blinzeln, geschweige denn zu verbrennen. Trotzdem ist es, als würde man in einen Sonnenaufgang über dem Meer starren.

«Wo ist sie?», verlange ich ohne Einleitung zu wissen.

«In Sicherheit, mein Sohn. Hab Geduld.» Horizons Stimme ist sowohl sanft als auch stark genug, um durch meine Knochen zu hallen. «Du erwachst in dieser Welt. Du erwachst als Gott.»

«Du meinst wohl als Halbgott», ist zunächst alles, was mir dazu einfällt. Ich fühle mich alles andere als geduldig, doch Horizons Worte zu hören, lässt mich innehalten. Beim Anblick der Gottheit wird mir gegen meinen Willen die Kehle eng. «Aber ich weiß nicht, wie ich dich nennen soll. Mutter? Vater?»

«Ich bin beides. Ein göttliches Mysterium, genau wie du. Du warst einst ein Halbgott, geboren aus menschlichen und göttlichen Eltern, jetzt bist du ein Gott, wiedergeboren durch mich.» Horizon hebt eine Hand, und die Luft um die Gottheit verwandelt sich schimmernd und flackernd in eine helle, reflektierende Oberfläche. Ein Spiegel.

Ehrlich gesagt habe ich genug von Spiegeln, aber so kann ich mich selbst sehen, wie ich aus dem Wasser und auf den trockenen Sand stolpere, da ich mich immer noch nicht an mein neues Körpergefühl gewöhnt habe – denn ich habe tatsächlich Füße und keine Hufe. Keinen Schwanz für die Balance. Meine Haut hat zwar immer noch ihren unheimlichen blauen Ton und mein Haar die Farbe von Schiefer, aber aus meinem Kopf ragen keine Hörner und aus meinen Fingerspitzen keine schwarzen Krallen. Aber es gibt etwas, das ich noch nicht gesehen habe: Das Blutrot meiner Augen ist zu dem milderen Farbton von Wein geworden.

«Ich bin ... ein Gott?», frage ich langsam und reibe mir den Kiefer. Dort befindet sich ein stoppeliger Bartschatten, wie viele Männer ihn tragen. Doch sicherlich kein Gott. «Nicht bloß der Sohn von Sea?» Ich schüttle den Kopf. «Es fällt mir schwer, das zu glauben, da ich offensichtlich nicht aus sprudelndem Äther bestehe wie du.»

«Wie schon gesagt, du bist etwas Neues», sagt Horizon. «Etwas nie Dagewesenes, nicht einmal unter den Göttern. Der wahre Sohn von Horizon. Ich bin die Grenze zwischen zwei Reichen: Meer und Himmel – Sea und Sky. Du bestehst aus Äther und Erde. Bist nicht an die Regeln der Götter gebunden und auch nicht an dunkle Handel. Ein göttliches Mysterium. Ein *neuer* Gott.»

Dieses Versprechen hat Sky mir einst gemacht und dann zurückgenommen. Im Anschluss beschloss ich, ein Daemon zu werden.

Vielleicht hat er seine Meinung geändert, jetzt, wo er nicht mehr ganz er selbst ist. Jetzt, wo Horizon sie für ihn geändert hat. Oder jetzt, wo ich mich geändert habe.

Dennoch komme ich nicht umhin zu fragen: «Aber der Gott *wovon*?»

«Es ist an dir, deine Göttlichkeit zu erforschen.»

Die Ehrfurcht droht mich zu überwältigen. Meine Knie fühlen sich schwach an, also schaue ich woanders hin. Versuche, mir nichts anmerken zu lassen, während ich mich an etwas Vertrautes klammern möchte, um mich über diesem seltsamen Gewässer zu halten.

«Göttlichkeit.» Ich schnaube. «Ich bin so göttlich wie *er*.» Ich werfe den Kopf Richtung Pocli, der schnüffelnd über den Sand läuft. Er schlendert zu einer Gestalt weiter oben am Strand, die dort elegant ausgestreckt und, wie ich mit plötzlicher Verzweiflung denke, hoffentlich freiwillig auf dem Sand liegt. Ihre Tunika ist ein blassgrüner Fleck, ihr Haar rötlich-bronzefarben.

Horizon sagte, sie sei in Sicherheit, doch sie bewegt sich nicht.

Erneut rufe ich ein ersticktes «Sadaré!».

Die Gottheit tritt vor mich und hindert mich so daran, loszupreschen, noch bevor meine Füße mehr tun können, als sich im Sand zu drehen.

«Sie lebt», versichert mir mein göttlicher Elternteil. «Sie schläft. Lass sie so lange ruhen, wie sie es benötigt. Doch ich muss dich warnen: Wenn sie erwacht, wird sie sich wie du an alles erinnern.»

Ich wünschte, ich könnte vergessen. Doch das würde ich nicht tun, selbst wenn ich es könnte. Es ist meine Bürde. Und ihre, auch wenn ich wünschte, ich könnte sie für sie tragen.

«Das Labyrinth könnte auch sie verändert haben», fährt Horizon fort.

Ob des plötzlichen Schmerzes atme ich tief durch. «Und das heißt, dass sie mich vielleicht nicht mehr liebt, so wie ich bin.»

Pocli hat seinen Weg zu Sadarés Haar gefunden und schnuppert an ihrem Gesicht – zumindest er hat kein Interesse daran, sie ruhen zu lassen. Ich schüttle den Kopf und kann nicht verhindern, dass meine Lippen sich zu einem Lächeln formen, obwohl Angst in mir aufsteigt. «Danke dafür, dass du diesen kleinen Kerl für mich gerettet hast. Und auch sie.»

«Du hast ihn gerettet. Und dich selbst. Und Sadaré. Und sie hat dich gerettet.»

Ich ignoriere die verwirrenden Worte meines göttlichen Elternteils und schnalze stattdessen mit der Zunge, um die Chimäre zu rufen, die nun bellend und mit wild wedelndem Ringelschwanz um Sadarés schlafende Gestalt herumflitzt und Sand aufwirbelt. Irgendwie liebe ich diese absurde kleine Abscheulichkeit mehr, als ich mich selbst jemals lieben könnte.

Allerdings ist Pocli ein Teil von mir. *War*. Jetzt ist er etwas anderes, genau wie ich.

Vielleicht ist das ein Anfang.

Was Sadaré betrifft, so ist es keine Überraschung, dass ich sie mehr liebe als das Sonnenlicht und das Meer, mehr als die ganze wache Welt. Es fällt mir leichter, mir vorzustellen, dass ich das alles ihr verdanke.

Wird sie Pocli überhaupt mögen?, frage ich mich. Sie hat es nicht getan, als sie ich war.

Wer ist sie jetzt?

Sadaré. Daesra. Unsere Namen sind kaputte Spiegelbilder des anderen. Wer sind wir *beide* jetzt?

Horizon streckt ein ätherisches, brennendes Glied aus, als ob dey mir etwas reichen will. Immer noch vorsichtig beim Kontakt mit reinem Äther, egal was ich angeblich geworden bin, halte ich meine Hand in sicherer Entfernung darunter. Ein greller Blitz leuchtet auf, der wie geschmolzenes Licht auf meine Handfläche fällt. Überraschenderweise ist es kühl – metallen. Glänzendes Quecksilber wie mein Schwert oder mein Blut, aber in der Form eines Rings.

«Für sie», sagt die Gottheit. «Um sie unsterblich zu machen, wenn du ihr das schenken möchtest.»

Einen Moment lang bin ich wie erstarrt. Das ist alles, was sie sich jemals gewünscht hat. Zumindest *war* es das – ich weiß nicht, was sie jetzt will. Dann schaue ich stirnrunzelnd darauf herab und drehe den Ring zwischen meinen Fingern. «Ich habe das Gefühl, dass du mir einen unfairen Vorteil verschaffst. Sie hat sich das schon lange verdient, also ist es nicht an mir, ihr dieses Geschenk zu machen.»

«Sie war dir gegenüber häufig im Vorteil. Und doch, mein Sohn, tretet ihr nicht länger gegeneinander an. Das habt ihr nie getan, in dem Labyrinth. Wäre es dir lieber, sie bliebe sterblich?»

Ich zwinge meinen Kiefer, sich zu lockern. «Natürlich nicht, und ich glaube auch nicht unbedingt, dass sie es wollen würde. Aber ich möchte, dass sie mich so liebt, wie ich jetzt bin, nicht durch eine Art Bestechung oder aus einer Verpflichtung heraus.» Ich betrachte den Ring, der im Sonnenlicht glänzt, und seufze. «Er gehört ihr, aber ich möchte ihn ihr jetzt noch nicht geben. Ich möchte einen sauberen Neuanfang, ob nun zum Guten oder Schlechten.» Ich schnaube leise. «So sauber, wie wir beide eben können. Und ich sollte sie zumindest warnen, dass die Verwandlung in einen Gott so wehtut wie ein Bad in einer Schmiede. Selbst wenn sie Schmerzen immer noch mag, bin ich mir nicht sicher, ob sie ihr *so* sehr gefallen.»

Horizon nickt. «Wie du wünschst. Auf jeden Fall hat sich die Sterbliche ihren Platz an deiner Seite verdient – ihren Platz unter den Göttern –, und wir werden sie willkommen heißen, wenn die Zeit gekommen ist.»

«Ich werde sie fragen, und es wird ihre Entscheidung sein.»

Horizon dreht sich um. «Sie rührt sich. Geh zu ihr. Sag mir, wie sie sich entscheidet. Vielleicht kann sie es mir sogar selbst sagen.»

Die Gottheit hat recht, sie bewegt sich auf dem Sand. Ohne nachzudenken, gehe ich ein paar Schritte auf sie zu – Sadaré, stets die Flamme, die mich anzieht –, und als ich über meine Schulter zurückblicke, ist mein göttlicher Elternteil verschwunden. Da sind nur noch das Meer und der Himmel und dazwischen der ferne Horizont.

«Danke», murmle ich. Und dann renne ich zu ihr.

Ich bleibe neben ihr stehen, rage über ihr auf, als sie sich aufrichtet, und kann nicht widerstehen, ihr das Haar glatt zu streichen und die Tunika über die Beine zu ziehen. Vor allem, weil sie nur noch eine Hand hat. Ihr rechter Arm endet direkt unterhalb des Ellbogens.

Das hat mein Schwert getan. Als Dank dafür, dass sie mir den Daemon genommen hat, habe ich ihr die Hand genommen. Einen Moment lang ist mir ganz übel.

Blinzelnd sieht sie zu mir hoch und schirmt ihre Augen gegen die Sonne ab, als sie schließlich klar sehen kann. «Da war ein Labyrinth», sagt sie heiser und räuspert sich. «Du hast mich hindurchgeführt. Oder habe ich dich geführt?»

«Da bin ich ehrlich gesagt nicht so sicher», sage ich und gehe vor ihr in die Hocke, damit ich nicht so hoch über ihr aufrage. «Aber es ist vorbei. Wir sind frei.»

Ich bin frei. Das muss ich mir immer wieder selbst sagen, um es zu glauben.

Sie spuckt etwas Sand aus, den sie vermutlich Pocli zu verdanken hat. «Kennst du mittlerweile deinen Namen? Denn ich weiß meinen immer noch nicht.»

«Daesra», sage ich. «Ich schätze, den behalte ich, denn er ist der einzige, den ich habe. Vielleicht ändere ich ihn irgendwann, wenn mir der Sinn danach steht.»

Sie reicht mir ihre linke Hand zur Begrüßung. «Dann bin ich vorerst Sadaré. Es freut mich, dich kennenzulernen.»

Ich gönne ihr den Spaß und verbeuge mich leicht in meiner Hocke. «Mich freut es ebenfalls. Zum dritten Mal jetzt.»

Sie ist nicht nur frei – auch sie ist neu, nicht länger mein verdrehtes daemonisches Spiegelbild und auch nicht die Frau, die mich aus Machtgier verraten hat. Aber ihre Distanziertheit beginnt mir Angst zu machen – bis ihre vorgetäuschte Höflichkeit zusammen mit ihrer Stimme bricht. Tränen steigen in ihren leuchtend grünen Augen auf.

«Ich freue mich wirklich, dich zu sehen», stößt sie keuchend hervor.

Ich nehme ihr Gesicht in meine Hände und stürze mich regelrecht auf sie, überhäufe sie mit Küssen an jeder Stelle, die ich erreichen kann. Ihre Stirn, ihre Nase, ihre Wangen, ihren Hals. «Du Närrin», murmle ich an ihrer Haut. «Du absolute Närrin. Wie konntest du mir das antun? Dir selbst? Ich könnte dich umbringen.»

Sie lacht durch den Sturm der Küsse hindurch. «Habe ich schon erwähnt, dass ich auch sehr froh bin, dass ich noch lebe?» Ihre Hand findet meine Wange, um mich in Schach zu halten – oder zumindest so weit weg, dass sie mich staunend betrachten kann. «Du siehst jetzt so anders aus.»

Ich zucke zurück. Vielleicht wird sie mich nicht mehr lieben, obwohl ich nicht länger ein Monster bin. Oder vielleicht, *weil* ich es nicht mehr bin.

Sie hatte schon immer eine Vorliebe für kräftige Gewürze.

Sie blinzelt. «Was ist passiert, nachdem ich mich dem Daemon ergeben habe? Darf ich fragen, wie ich einen Arm verloren habe?»

Auch ihren Arm hebe ich an und küsse die glatte Narbe, als könnte ich den Schaden, den ich angerichtet habe, wiedergutmachen. Wenigstens erinnert sie sich nicht daran, was sie am Ende geworden ist. Was mehr als gerecht ist, da sie mir diese Last abgenommen hat. Ich bin froh, dass sie mir ausnahmsweise etwas lässt, das ich für sie tragen kann.

«Du hast es rausgeschafft», ist alles, was ich sage. «Wir beide haben es geschafft, und das ist das Wichtigste.»

Ich versuche immer noch, mich selbst zu beruhigen. Ein Teil von mir hat immer noch das Gefühl, in diesem Labyrinth gefangen zu sein. Verloren. Begraben unter dem erdrückenden

Gewicht meiner Vergangenheit. Ihr Griff an meinem Arm wird fester.

«Das ist das Wichtigste», wiederholt sie. «Wir sind hier ... Wo auch immer hier ist. Zumindest sind wir am Leben und größtenteils unversehrt.»

Sie wird nie erfahren, wie knapp es war, den Göttern sei Dank.

«Ich schätze, es ist gut, dass du Linkshänderin bist und der Daemon noch genug von mir in sich hatte, um die rechte Hand zu benutzen.» Mein Lächeln ist schwach, mein Atem zittrig, trotz meines ironischen Tonfalls. «Ich stehe immer noch in deiner Schuld, weil du dich diesem Ding ergeben hast. Ich habe dir noch nicht verziehen, aber vielleicht können wir erst einmal unser Überleben feiern.» Ich schaue mich am Strand um, der bis auf uns und Pocli, der am Ufer schnüffelt, vollkommen verlassen ist. «Ich würde dir Wein anbieten, aber ich habe keinen.»

«Was *kannst* du mir anbieten, außer verlockenden Drohungen?» Sadaré klingt nicht im Geringsten beunruhigt, eher begierig, was meinen Puls schnell steigen lässt und ein dunkles Verlangen in meiner Brust hervorruft. Doch dann hebt sie ihren Armstumpf und runzelt die Stirn – noch immer nicht annähernd so betroffen, wie sie es sein könnte. «Möglicherweise bräuchte ich etwas Hilfe.»

Was kann ich dir anbieten? Ich spüre das zarte Gewicht des glänzenden Rings in meiner Tasche. *Noch nicht.*

«Liebe», sage ich einfach.

Sie stemmt ihre verbliebene Hand in den Sand und lehnt sich zurück, den anderen Arm in den Schoß gelegt, und versucht, ein Grinsen zu unterdrücken. «Wie können wir von der Liebe leben? Wir können sie weder essen noch trinken.»

«Ich werde Wein machen. Das wollte ich schon immer tun.» Ich schenke ihr mein charmantestes Lächeln. Als Daemon hat es Wunder gewirkt – ich weiß nicht, wie ich jetzt aussehe. Vielleicht wie ein liebestrunkener Narr. «Möchtest du mit mir Wein machen?»

«Das klingt irgendwie zweideutig», sagt sie, und wieder weiß ich nicht, wie sie das meint. Aber dann grinst sie mich auf eine Weise an, die mir direkt ins Herz geht und es fast zum Stillstand bringt. Ich habe mich noch nie so sterblich und unsterblich zugleich gefühlt. «Das klingt so oder so reizvoll für mich, ehrlich gesagt. Hedonisten waren mir schon immer die liebsten.»

Mir entfährt ein bellendes Lachen, doch ich unterdrücke es schnell wieder. «Ich bin jetzt mehr als das. Ich bin ...» *Mensch, Daemon, Gott* ... Nichts passt so recht. «Ich werde gut zu dir sein», ende ich. «Das kann ich jetzt. Dich so lieben, wie du es verdienst – rein, tief, ohne Mauern.»

Sie blinzelt, als würde sie etwas in mir sehen, das ich nicht sehen kann. So wie sie es immer schon getan hat. «Ich weiß.» Ihr Lächeln wird verrucht. «Aber vielleicht kannst du mir zeigen, *wie* tief.»

Einhändig kriecht sie auf mich zu und stolpert auf meinen Schoß, während Pocli aufspringt, um ihr über das Gesicht zu lecken. Mit einem unbändigen Lachen stößt sie ihn beiseite, wobei ihre Finger sich in seiner Mähne und seinen Federn verheddern. Ich fange sie in meinen Armen auf und starre ehrfürchtig auf sie herab – das schönste Geschöpf, das ich je gesehen habe.

Darin hat dieses erbärmliche Dasein aus Lehm und Äther seinen Sinn. Nicht in Macht oder Reichtum, den man leichtfertig aus Rache oder Stolz ausgibt, sondern darin, sich einer anderen Person zu schenken, als wäre das eigene Leben der wertvollste Schatz, in der Hoffnung, dass man im Gegenzug das Beste von ihr bekommt – zumindest zusammen mit allem anderen. Das war früher ein Segen der Götter, und doch brauchen die Sterblichen dafür keine Götter. Ich habe viel zu lange gebraucht, um das zu begreifen, aber ich glaube, jetzt verstehe ich es wie noch nie zuvor.

Und ich glaube, Sadaré tut das auch. Sie starrt mich an, ihr Lachen lässt nach und wird durch einen weitaus intensiveren Ausdruck ersetzt. Die Luft zwischen uns ist aufgeladen, so wie sie es ist, bevor sich der Himmel öffnet und Regen niedergeht.

Sie streicht mir die Haare aus den Augen, zeichnet die Kontur meines Kiefers nach und fragt mit einem leisen Murmeln, das mich durchdringt: «Aber ... wir werden jetzt nicht *zu* rein sein, oder? Wo bleibt denn da der Spaß?» Dann macht sie eine Faust in meinem Nacken, zieht meinen Mund zu ihrem hinunter und spricht mit ihren Lippen an meinen. «Es ist ja nicht so, als wärst du *gänzlich* ein Gott.»

Ich lache in ihren Mund – ironischerweise der reinste Laut, den ich je von mir gegeben habe. Und doch ist sie es, die wie Nektar schmeckt, und ich kann nicht aufhören, sie zu küssen, sie in mich *aufzusaugen*, um ihr jetzt schon die ganze Wahrheit über mich zu sagen.

Das kann, zusammen mit dem Ring, warten.

Wir halten einen Moment inne, als ihre Hand über meinen Rücken und unter meine Tunika fährt und die Furchen dort ertastet. Die Narben, von denen ich nicht wusste, dass mein *liebender* Elternteil sie bei meiner Neuerschaffung dort belassen hat.

Zur Erinnerung. Die Kratzspuren auf beiden Seiten meiner Wirbelsäule. Verursacht von Sadaré-als-mir – in einem Moment, den ich sehr gerne vergessen würde.

Wer braucht schon unsichtbare Narben, wenn ich diese habe?, denke ich höhnisch.

Sadaré schürzt die Lippen und fragt verlegen: «Vielleicht kannst du mir ein entsprechendes Paar verpassen?»

Mir stockt der Atem. Ich wusste nicht, ob sie solche Dinge noch will, aber das gibt mir Hoffnung. Und ein tieferes, dunkleres Bedürfnis, das nur sie stillen kann.

Daraufhin werden wir beide um einiges verdorbener und wälzen uns auf dem seidenweichen Sand. Als ich meine zu kräftigen Finger versehentlich in ihren Oberschenkel grabe, stöhnt sie auf, aber nicht vor Schmerz – sondern vor köstlicher Lust, die mich nur noch hungriger macht.

«Möglicherweise werde ich deine Krallen vermissen», sagt sie atemlos. «Und deine Hörner.»

Nun gut, denke ich. *Lass uns neue Erinnerungen schaffen. Und uns selbst neu erschaffen, wie es uns beiden gefällt.*

Mühelos lasse ich Hörner und Krallen aus meinem Kopf und den Händen wachsen. Sadaré zuckt zusammen, als sie die scharfen Spitzen auf ihrer Haut spürt. Erschrocken blickt sie auf – und greift fest nach einem meiner Hörner. Ihr entzücktes Lachen ist berauschend, als sie meine Lippen auf ihre zieht.

«Das wollte ich schon immer mal machen», murmelt sie. «Und ich kann es sogar noch mit einer Hand.» Und dann führt sie meinen Kopf weiter nach unten, vorbei an ihrem Mund, ihren Brüsten, lenkt mich zwischen ihre Schenkel.

Nachdem ich mich an ihr satt getrunken habe, mich an ihrem Stöhnen ergötzt habe, bin ich immer noch hungrig auf mehr. Und so werden wir immer schmutziger. Dass ich mich wie ein Tier auf dem Boden wälze, stört mich nicht im Geringsten. *Ich* habe den Geschmack an solchen Dingen sicher nicht verloren.

Für sie würde ich mich in jede Tiefe begeben, auf jede Höhe klettern. Ich würde bis zur Hölle und zurück gehen, um sie zu retten, denn sie ist bis zur Hölle und zurück gegangen, um mich zu retten.

Oder besser gesagt, um mir einen Grund zu geben, mich selbst zu retten.

Dafür werde ich ihr Gott sein, ihr Daemon, ihr Diener, was immer sie von mir will.

Ich bin der *ihre.*

Und ich will, dass sie mein ist. Für immer.

Irgendwann später, als ich wieder Luft zum Sprechen habe, frage ich: «Was wäre, wenn ich dir sagen würde, dass ich jetzt gänzlich ein Gott *bin*?»

Als sie merkt, dass ich es ernst meine, weiten sich ihre Augen, während ihr Kopf in meiner Armbeuge liegt, und ihre Lippen teilen sich auf die Art, die ich liebe und die mich dazu verlockt, zuzubeißen. Stattdessen lasse ich mich vor ihr auf die Knie sinken.

Lächelnd halte ich ihren Ring hoch, der im Sonnenlicht quecksilbern schimmert. «Möchtest du eine Göttin werden?»

Danksagung

Mein Dank gebührt in erster Linie demjenigen, dem dieses Buch gewidmet ist: Lukas, meinem Mann. Wir sind durch unsere eigenen Labyrinthe gegangen, und ich bin so froh, dass ich immer noch deine Hand hielt, als wir herauskamen. Ob die Herausforderungen von außen oder von innen kommen, eines der wertvollsten Dinge, die ich erlernt habe, ist, sie aus einer anderen Perspektive zu betrachten – oft aus deiner. Dieses Buch ist eine Ode daran.

Ich danke meiner Agentin Hannah, die von Anfang an hinter diesem Buch stand, nicht mit der Wimper zuckte, als es von dem Fantasy-Roman abwich, den ich ursprünglich gepitcht hatte, und mich später sehr freundlich darauf hinwies, dass ich eine Fantasy-*Romance* geschrieben hatte, wenn auch eine mit Biss. Ich bin immer noch überrascht, dass ich das getan habe, aber nicht überrascht, dass du dabei vollkommen mit an Bord warst.

Vielen Dank an meine wunderbare Lektorin Abby, die das seltsame Monster-von-einem-Liebesroman, das ich geschrieben habe, liebte und sich darauf stürzte, um es aufzunehmen und sich darum zu kümmern. Dieses Buch hätte kein besseres Zuhause finden können. Danke auch an Ali Chesnick, Carrie Feron, Lisa Litwack, Christine Masters und den Rest des fantastischen Teams von Gallery.

An meine frühen Leser*innen: Lukas (wieder einmal), Michael, Terran und meine Mutter Deanna. Euer Feedback ist von unschätzbarem Wert, und Mom, deine Korrekturen sind so gut, dass sie die Peinlichkeit wert sind, dass du es gelesen hast. Du (und ich) müssen uns vor allem bei Terran und seiner großen Erfahrung mit *Archive of Our Own* bedanken, dass er mir geholfen hat, meine Sexszenen zu verbessern.

An Leute, die nicht wissen, dass sie geholfen haben: der *Off the Cuffs*-Podcast für unzählige kinky Perspektiven und Leigh Cowart, deren faszinierendes Buch *Hurts So Good,* das sich mit dem Thema absichtlicher Schmerz befasst, eine großartige Quelle war – trotzdem vielen Dank!

An meine Freund*innen aus der queeren und kinky Community: Ohne euch wäre dieses Buch nicht möglich gewesen. Es liest sich wie ein heterosexueller Liebesroman, aber sein Fundament ist überaus fließend und biegsam, und die Geschichte ist dadurch umso stärker.

Zu guter Letzt möchte ich mich bei meinen Möpsen Odin und Starbuck bedanken, die die Inspiration für Pocli waren. Wer Erfahrung mit Möpsen hat, wird den schnaubenden, niesenden Schweine-Hund-Löwen ohne Zweifel als das erkennen, was er ist. Ich habe mich für meine Hunde mit einem Grizzlybären angelegt, also ist es nicht weit hergeholt, dass Daesra sich für Pocli seinem Daemon stellt.

Marie Niehoff
Burning Crown

448 Seiten

In der Armee von Eldeya sind Beziehungen zwischen Reitern und Drachenwandlern streng verboten. Zuwiderhandlungen werden mit dem Tod bestraft. Doch als Captain Yessa Hayes ein neuer Drache zugeteilt wird, ist ihr sofort klar, dass es schwer wird, diese Regel zu befolgen. Cassim übt eine ungeahnte Anziehungskraft auf sie aus. Und je mehr sie hinter seine verschlossene, misstrauische Fassade blickt, desto heftiger wird das verbotene Knistern zwischen ihnen. Yessa kämpft mit aller Macht gegen ihre wachsenden Gefühle an, denn schon ein falscher Blick könnte ihr Schicksal besiegeln. Nur ahnt sie nicht, dass die größte Gefahr für ihr Leben von Cassim selbst ausgeht ...

Verbotene Liebe und dunkle Geheimnisse.
Der epische Auftakt der Dragonbound-Trilogie.

Weitere Informationen finden Sie unter **rowohlt.de**